Né en Écosse, **Jack Whyte** a émigré au Canada en 1967. Il y a brièvement exercé en tant que professeur d'anglais avant de se consacrer entièrement à sa passion pour la scène et d'en faire son métier. Tour à tour comédien et musicien, il est également l'auteur de nombreux romans historiques best-sellers. Sa *Trilogie des Templiers* a été traduite dans plus de vingt langues.

Du même auteur :

La Trilogie des Templiers :
1. *Les Chevaliers du Christ*
2. *L'Honneur des Justes*
3. *La Chute de l'ordre*

Les Chroniques de Camulod :
1. *La Pierre céleste*
2. *Le Chant d'Excalibur*

Ce livre est également disponible
au format numérique

www.bragelonne.fr

Jack Whyte

La Chute de l'ordre

La Trilogie des Templiers – 3

Traduit de l'anglais (Canada) par Jean Claude Mallé

Bragelonne

Collection dirigée par Stéphane Marsan et Alain Névant

Titre original : *Order in Chaos*

ISBN : 979-10-281-0753-6

Bragelonne
60-62, rue d'Hauteville – 75010 Paris

E-mail : info@bragelonne.fr
Site Internet : www.bragelonne.fr

À Beverly, ma femme, mon mentor et ma protectrice.
Sans jamais se tromper, elle sait quand il convient de me laisser tranquille, et à quels moments il faut m'arracher à mon existence d'ermite pour me ramener sous les lumières de la vie.
Merci et encore merci.

« Je les livrerai entre les mains de leurs ennemis, de ceux qui en veulent à leur vie, et leurs cadavres serviront de nourriture aux oiseaux du ciel et aux bêtes de la Terre. »

Jérémie, 34:20

« Il est difficile de distinguer les faits de la légende. Sur ce qu'est un fait, il n'existe pas de consensus, car tout est affaire de points de vue. Très bizarrement, une légende, par définition distordue, nous offre une vision bien plus acceptable des événements. Sur les légendes, tout le monde est d'accord, alors qu'on s'étripe sur les faits. »

Michael Coney, *La Locomotive à vapeur céleste*

France

La femme aux portes de la ville

Même un aveugle aurait vu qu'il y avait un problème et Tam Sinclair se rengorgeait d'avoir de bons yeux. La patience, en revanche, n'était pas son fort. À la chiche lueur du crépuscule, voilà qu'il était réduit à l'immobilité après trois jours d'un voyage épuisant et à moins d'un quart d'heure de sa destination. Tenant les rênes de son attelage, il regardait la foule de plus en plus compacte qui lui barrait le chemin et, pressée contre ses chevaux, les incitait à hennir, à renâcler et à secouer nerveusement la tête.

En temps normal, Tam détestait la multitude. Confronté à une *meute* de gens, une âcre puanteur montant de leurs corps trop rarement lavés, il perdait jusqu'au simple plaisir de respirer.

— Ewan ?

— Oui !

Un des deux jeunes hommes installés sur la bâche qui protégeait le chargement du chariot cessa de bavarder avec l'autre, se leva, approcha du banc du conducteur et tendit le cou pour mieux voir au loin.

— Fichtre ! Que se passe-t-il ? Et d'où sortent tous ces gens ?

— Si je le savais, je t'aurais laissé continuer à discutailler avec ton jeune ami.

Sous sa barbe grisonnante, les lèvres de Tam dessinèrent un sourire – ou peut-être un rictus.

— File jusqu'aux portes, essaie de savoir ce qui se passe et, surtout, d'apprendre pendant combien de temps nous serons coincés ici. Quelqu'un a dû s'évanouir ou tomber raide mort… Si c'est ça, je te serais reconnaissant de trouver une autre entrée, histoire que nous soyons en ville avant le couvre-feu. À force de rester sur ce fichu banc, j'ai le postérieur lardé d'échardes, et il me tarde d'entendre le bruit que fera notre ferraille quand nous la déchargerons dans la cour de la fonderie. Allez, file, mon garçon ! Cette nuit, je n'ai aucune envie de dormir à la belle étoile. Bouge-toi un peu !

— Compris !

Le jeune Ewan s'appuya au hayon du chariot, sauta et atterrit souplement sur les pavés. D'un pas vif, il se fraya un chemin dans la foule massée devant la porte sud de La Rochelle, la plus grande et la plus active cité portuaire de France. À l'approche du poste de garde, la marée humaine, prise dans un goulet d'étranglement, rétrécissait avant de franchir une arche haute et étroite.

Sans quitter le garçon du regard, Tam sauta à son tour sur les pavés – beaucoup moins souplement, cependant. Encore dans la force de l'âge, il n'était pas une mauviette, mais voilà beau temps – des années, pour tout dire – qu'il ne tentait plus d'égaler les prouesses physiques des jeunes.

Foudroyant du regard les importuns qui l'entouraient, il approcha du petit tonneau de chêne solidement attaché au flanc du chariot, décrocha la grande louche, souleva le couvercle, puisa de l'eau et porta l'ustensile à ses lèvres. En buvant, il sonda les environs, mais ne vit rien qui pût expliquer l'embouteillage. Sur le chemin de ronde, il remarqua un nombre important d'arbalétriers – au niveau du sol, d'autres soldats flanquaient la haute porte – mais aucun ne semblait s'intéresser à ce qui se passait en bas.

Anonyme parmi des anonymes, Ewan avait avancé en jouant des coudes. N'étant pas le seul à tenter de découvrir ce qui se passait, il fut bientôt arrêté par une muraille de curieux serrés les uns contre les autres. Cette fois, pour avancer, il dut y aller à grands coups d'épaule. Ignorant le vacarme des conversations, il était presque arrivé – dressé sur la pointe des pieds, il apercevait le casque à crête du caporal de la garde – quand des cris d'effroi retentirent devant lui.

Avançant dans sa direction, trois hommes fendaient la foule. Sans se soucier de bousculer les gens, ils s'efforçaient de courir, les yeux écarquillés de terreur. D'un coup d'épaule, l'un d'eux faillit faire tomber Ewan, mais il se rétablit sans trop de peine puis se retourna pour voir les trois fuyards s'éloigner en zigzaguant.

Dès qu'elle capta la peur panique des trois types, la foule, telle une créature vivante, s'écarta pour les laisser passer – ou plutôt, chacun se fichant de malmener son voisin, pour filer le plus loin d'eux possible –, une manœuvre qui dégagea le champ de tir des arbalétriers.

Le caporal de la garde somma les fuyards de s'arrêter. N'obtenant aucun résultat, il n'eut pas le temps de répéter son ordre avant que le premier carreau d'arbalète, tiré depuis les remparts, ait commencé à fendre l'air. Aussitôt, un lourd silence s'abattit sur la foule.

Lâché trop hâtivement, le projectile percuta les pavés, ricocha et vint se ficher dans le tonneau de Tam Sinclair. Bien entendu, le maudit objet explosa et arrosa le conducteur de chariot. Trempé jusqu'aux os, celui-ci baissa les yeux sur la flaque qui se formait autour de ses chaussures.

Lâchant un juron, Tam se laissa tomber sur le sol mouillé, se reçut sur les mains et la pointe des pieds puis roula sur lui-même jusqu'à se retrouver à l'abri sous le chariot. Une initiative judicieuse, tandis qu'une pluie de carreaux se déversait des remparts. Hamish, son second apprenti, sauta du véhicule et fila se réfugier derrière une roue – non sans devoir chasser quelques fâcheux en quête de sécurité.

Aucun des trois fuyards ne survécut longtemps. Touché simultanément par trois carreaux – un dans l'épaule, un dans le cou et un derrière le genou droit –, le premier tournoya sur lui-même comme un danseur des rues. Du sang jaillissant de sa carotide, il fit encore quelques pas – une dizaine, peut-être – puis s'écroula, sans doute mort avant d'avoir percuté les pavés. Le deuxième s'immobilisa au milieu d'une foulée, battit des bras pour rétablir son équilibre, se retourna et leva les mains en signe de reddition. Une fraction de seconde, il resta ainsi, apparemment miraculé, puis un carreau s'enfonça dans son torse, au niveau du sternum, et l'envoya en arrière. Décollant du sol, il fit un vol plané, atterrit sur le dos et, juste avant de mourir, roula sur un flanc.

Le troisième homme tomba tête la première aux pieds d'un grand moine bossu qui se pencha vers lui. Dans les tourments de l'agonie, sa main tendue se referma sur la sandale du frère mendiant, sous l'ourlet effiloché de sa bure en lambeaux. À ce contact, le moine se pétrifia, les yeux rivés sur le projectile de métal qui, en un éclair, venait de priver un homme de la vie. Regard braqué sur le cadavre, aucun des témoins n'accorda d'attention à la stupéfaction du religieux. Au fond, pourquoi se soucier d'un de ces innombrables anonymes qui tendaient la main, implorant de quoi subsister, aux quatre coins de la chrétienté ?

Dans le lourd silence qui succéda à l'explosion de violence, tout le monde entendit clairement le grincement des gonds d'une porte. Puis des bruits de bottes retentirent, annonçant qu'un haut responsable, sorti de la tour de garde, se dirigeait vers les trois cadavres.

Nul ne broncha dans la foule, et les gardes eux-mêmes ne bougèrent pas. Comme les visiteurs potentiels, ils semblaient abasourdis par la soudaineté et la violence des derniers événements. Par une paisible soirée, la mort, en un éclair, avait frappé à trois reprises…

—Avez-vous tous perdu l'esprit ?

Au son de cette voix dure et rocailleuse, le charme fut rompu. Les gens se remirent en mouvement et les conversations reprirent – hésitantes, comme si nul ne savait exactement que dire sur ce qui venait d'arriver. S'ébrouant, les gardes aussi se mirent en chemin vers les trois morts.

Déjà sorti de sous le chariot, Tam Sinclair s'apprêtait à regagner son banc, une botte sur un rayon de la roue avant et une main sur le marchepied du siège, quand quelqu'un murmura derrière lui :

—S'il vous plaît… Je vous ai entendu parler au jeune homme… Vous venez d'Écosse, n'est-ce pas ?

D'abord figé sur place, Sinclair se retourna lentement, l'air faussement impassible. Debout derrière son chariot, la femme serrait à s'en faire blanchir les phalanges la lanière du gros sac de laine accroché à son épaule. Vêtue d'une cape de voyage en laine verte, elle avait relevé la capuche, laissant seulement apercevoir sa bouche et son menton. Pas bien vieille, elle n'avait pourtant plus rien d'une adolescente, estima Tam d'après le peu qu'il voyait. Sa peau, constata-t-il, était claire et exempte de crasse. Continuant son inspection, sans fausse timidité mais sans une once d'impudeur, il détailla son interlocutrice de la tête aux pieds.

—Oui, je viens d'Écosse. Et alors ?

—Je viens aussi d'Écosse et j'ai besoin d'aide. Grand besoin, même… Le cas échéant, j'ai de quoi vous récompenser…

Cette femme n'avait rien d'une paysanne. Les murmures du début remplacés par un timbre grave et serein, la diction claire et précise, elle s'exprimait certes d'une voix un peu tremblante, mais avec l'assurance des personnes de haute naissance. Suspicieux par nature, Tam regarda autour de lui et constata que nul ne s'intéressait à eux. Encore fascinée par le drame, la foule ne quittait pas les trois morts du regard. Sans savoir pourquoi, Tam devina que l'inconnue était impliquée dans l'affaire.

Malgré sa méfiance innée, il fut impressionné par le comportement de cette femme. Bien que morte de peur – c'était visible –, elle gardait assez de présence d'esprit pour paraître calme aux yeux d'une tierce personne.

— Qu'est-ce qui ne va pas, ma dame ? Et qu'attendez-vous d'un humble conducteur de chariot ?

— Je dois entrer en ville... Des gens me cherchent, et ils ne me veulent pas du bien.

Sinclair dévisagea l'inconnue – en tout cas, le peu de ses traits qu'il distinguait.

— Il en est vraiment ainsi ? demanda-t-il, son accent écossais soudain plus prononcé. Et qui aurait le front de traquer et de terroriser une dame si bien née ?

L'inconnue se mordit les lèvres, comme si elle répugnait à en dire davantage. Mais elle finit par se décider :

— Les hommes du roi. Ceux de Guillaume de Nogaret, plus précisément...

Sinclair dévisagea de plus belle la femme. Bien qu'ébranlé par ses propos, il n'en laissa rien paraître. Garde du sceau du roi Philippe IV le Bel, Guillaume de Nogaret était l'homme le plus redouté et le plus haï de France. La franchise de l'inconnue – motivée par la décision de faire confiance à un homme sur la seule base de leurs origines communes – incitait Tam à la trahir sur-le-champ ou à devenir son complice. Contre Guillaume de Nogaret, le bourreau en chef du roi de France, la seconde option était une recette infaillible pour finir entre les mains d'un tortionnaire... ou la tête sur le billot.

Toujours impassible, Tam réfléchit à la vitesse de l'éclair. Puis ses lèvres dessinèrent ce qui aurait pu passer pour un sourire.

— Vous… Tu es traquée par Guillaume de Nogaret ? Doux Jésus, ma belle, il n'y a pas meilleure raison de crier au secours ! Reste où tu es, à l'abri des regards. Il faut que je voie ce qui se passe devant nous.

Soudain moins tendue, la femme recula pour mieux se cacher derrière le chariot.

Sinclair acheva de se hisser sur la roue avant. Même s'il restait plus méfiant que curieux vis-à-vis de l'inconnue, il aurait juré avoir fait le bon choix. Un pied sur le moyeu de la roue, il s'immobilisa et regarda par-dessus la tête des gens, cherchant l'endroit où le moine au dos déformé, toujours pétrifié, fixait encore le cadavre du troisième homme. Après un moment, Tam grogna dans sa barbe puis se hissa sur son banc.

Une fois perché au-dessus de la foule, il prit les rênes du chariot, saisit le fouet posé à ses pieds et siffla. Ses deux assistants, minces mais très musclés, accoururent puis sautèrent dans le chariot. Ewan vint s'asseoir sur le banc, à côté de Tam, et son compagnon s'installa de nouveau confortablement sur la bâche.

Fouet en main, Tam Sinclair ne stimula pourtant pas son attelage. Autour de la scène du drame, la foule s'agitait, mais elle n'avançait pas. Toujours occupés à découvrir la cause de cette affaire, les gardes ne semblaient pas disposés à s'occuper des visiteurs en attente.

Apparemment, les trois morts avaient avec eux une charrette à bras. D'après les bribes de conversations qu'il capta, Tam comprit que les types s'étaient enfuis quand les gardes, leurs soupçons éveillés par on ne savait quoi, avaient entrepris de fouiller la charrette puis fait mine d'appréhender l'un d'eux. Tandis qu'une poignée d'hommes tournaient et retournaient le chargement du véhicule, Tam se demanda d'abord distraitement ce qu'on pourrait bien y trouver qui méritât de perdre la vie. Alors que sa curiosité grandissait, il dut se résigner à ne jamais connaître la réponse. Le caporal, de guerre lasse, venait d'ordonner qu'on conduise la charrette dans le corps de garde, où il serait plus commode de la fouiller. Détournant les yeux des hommes qui exécutaient ces ordres, Tam s'intéressa au dignitaire à la voix rauque et dure. En réalité, c'était un chevalier, et il étudiait toujours la zone dégagée où gisaient les trois cadavres…

Il n'avait rien d'un géant, ce type… Pourtant, son plastron poli, porté sur une tunique de mailles, et son heaume de fer le grandissaient sous la lumière de plus en plus pâle du crépuscule. La fleur de lys emblématique des Capétiens brodée sur la poitrine, son manteau blanc et bleu ajoutait à l'autorité qui le distinguait indéniablement de toutes les autres personnes présentes.

Perché sur son banc, le regard impénétrable, Tam Sinclair ne fut pas impressionné par l'allure de cet homme. Pour ça, il avait été soldat trop longtemps, s'était aventuré trop loin dans le monde et avait vu trop de frères d'armes confrontés à la mort. Du coup, les signes extérieurs de bravoure et les beaux atours, très peu pour lui ! Des années plus tôt, il avait appris que les ornements ne révélaient pas grand-chose sur les qualités de celui qu'ils paraient. Ce type était un chevalier du roi, mais aux yeux de Tam, ça n'indiquait rien sur sa valeur ou sa virilité. Le surnom du roi de France, le Bel, lui venait de son aspect agréable à l'œil. Mais qui doutait encore que la beauté, en ce bas monde, fût la qualité la plus superficielle de toutes ? Quiconque connaissait un peu le puissant monarque n'aurait jamais songé à l'appeler le Juste ou le Compatissant. Philippe Capet, quatrième du nom et petit-fils de Louis IX, canonisé dix ans plus tôt, avait plus d'une fois démontré son égoïsme et son absence d'humanité. Bref, un tyran froid et ambitieux. Entouré, selon Tam, de chevaliers, de conseillers et d'amis taillés dans le même bois…

Le triste spécimen de cette engeance qui évoluait autour des cadavres venait de dégainer son épée longue. En toute modestie, la lame brillante posée sur son épaule, il avançait désormais vers le moine, toujours à l'écart de la foule et encore penché sur l'homme qui venait de rendre l'âme en lui saisissant le pied.

— Ewan, souffla Tam sans quitter le chevalier des yeux, une femme se cache derrière le chariot. Va l'aider à embarquer pendant que tout le monde regarde le noble capitaine du roi. Même si c'est une compatriote, procède discrètement, histoire de ne pas te faire remarquer. Hamish, viens t'asseoir près de moi et ne regarde pas Ewan et encore moins son inconnue.

Ewan sauta du chariot, Hamish venant prendre sa place. D'un signe de tête, Tam attira l'attention de l'assistant sur la scène qui se déroulait sur leur gauche.

— M'est avis que le moine est dans de sales draps, si on en juge par l'expression du chevalier…

Hamish se pencha pour mieux voir.

Tandis que le chevalier approchait, le moine s'agenouilla lentement et posa une main sur le crâne du mort. Puis il ne bougea plus, la tête inclinée. À l'évidence, il priait pour le salut de l'âme du défunt. Quand il fut à deux pas du religieux, le chevalier lâcha de sa voix désagréable :

— Le maudit chien est déjà en enfer, prêtre, inutile de prier pour lui !

Le moine fit mine de n'avoir rien entendu et le chevalier se rembrunit. Être ignoré ne faisant pas partie de ses habitudes, il baissa sa lame et tendit le bras jusqu'à ce que la pointe se glisse sous la capuche du frère mendiant puis la rabatte sans vergogne pour dévoiler la tonsure typique des Dominicains – une zone carrée entourée de courts cheveux gris acier. Le chevalier prolongeant son geste, le moine fut contraint d'incliner la tête en arrière et révéla son menton glabre à la peau blafarde.

Après s'être penché afin que leurs visages se touchent presque, l'homme du roi reprit la parole dans un silence de mort – sur un ton pas plus aimable qu'avant :

— Quand je te parle, prêtre, écoute-moi et réponds à mes questions ! C'est compris ?

Le chevalier se redressa, la pointe de sa lame reposant sur le sol.

— Je te connais, religieux !

Le moine secoua la tête, mais son interlocuteur insista :

— Ne me mens pas ! Je n'oublie jamais un visage, et j'ai déjà vu le tien. Nous nous sommes croisés, je ne saurais préciser où. Dis-le-moi !

Le moine secoua la tête.

— Non, sire chevalier, fit-il d'une voix stridente très étrange chez un homme de cette taille.

Si stridente, en fait, que Tam, occupé à regarder comment Ewan s'en sortait avec l'inconnue, se tourna de nouveau sur son banc pour suivre le dialogue entre le religieux et son tourmenteur.

— Vous vous trompez, affirma le frère. Je viens d'arriver, et c'est ma première visite dans cette région. Je vis au nord, loin d'ici, en Alsace, dans le monastère de saint Dominique, béni soit-il. Sauf si vous y êtes allé récemment, vous ne pouvez pas me connaître.

Dans les yeux bleu clair du religieux passa la flamme d'une ferveur fanatique.

— De plus, je n'aurais pas oublié un homme tel que vous.

Déconcerté, le chevalier hésita puis reposa sa lame sur son épaule avec une grimace.

— Admettons... Pour ma part, je n'aurais pas oublié une voix comme la tienne. Que viens-tu faire à La Rochelle ?

— C'est le service de Dieu qui m'amène, sire chevalier... Je dois délivrer des messages au père supérieur du monastère de saint Dominique, en ville...

Le chevalier fit signe au moine de continuer son chemin. Un changement d'attitude compréhensible, quand on n'avait aucune envie d'être mêlé de près ou de loin aux affaires des Dominicains, les Inquisiteurs zélés et hargneux du Saint-Père en personne.

— Eh bien, file accomplir ta mission. Tu sais où est le monastère ?

— Oui, sire chevalier. Je détiens un document qui m'explique comment faire, une fois en ville. Puis-je vous le montrer ?

Voyant le moine fouiller sous sa bure, le chevalier recula et lui fit de nouveau signe de passer.

— Du balai ! Tes instructions ne m'intéressent pas. Allons, débarrasse-moi le plancher !

— Merci, sire chevalier...

Le grand moine inclina poliment la tête puis se dirigea vers les portes de la ville. Dès qu'il les eut franchies, les autres visiteurs lui emboîtèrent le pas. Tandis qu'ils avançaient, les gardes les inspectant d'un œil distrait, Ewan et l'inconnue montèrent dans le chariot par le côté droit.

Intrigué, Tam remarqua que les sentinelles laissaient passer les hommes mais interceptaient les femmes pour les interroger. Se redressant sur son banc, il se massa les reins avec sa main libre.

— Les gars, dit-il d'un ton neutre en écossais, vous voilà devenus de jeunes nobles. Jusqu'à nouvel ordre, vous êtes mes fils. Ewan, si tu dois parler à ces bouffons, ne lésine pas sur l'accent écossais, histoire de paraître plus étranger que nature. Hamish, à partir de maintenant, tu ne parles plus le français. Tout juste arrivé en France avec ta mère, tu es venu nous rejoindre, ton frère et moi. Bien entendu, je n'ai pas encore eu le temps de t'enseigner la langue du cru. Idem pour les us et coutumes. À présent, file de là et laisse la place à ta mère.

Tam se tourna vers sa passagère clandestine :

— Mary, viens t'asseoir près de moi. Et abaisse donc ta capuche – sauf si tu as peur d'être reconnue.

La femme obéit, révélant un très beau visage aux grands yeux bleu-gris et de longs cheveux bruns peignés à la perfection. Sous le regard approbateur de Tam, elle prit place sur le banc. Dès que ce fut fait, le conducteur secoua les rênes et le chariot s'ébranla.

— Femme, accroche-toi bien et sois prudente. Provisoirement, tu es Mary Sinclair, épouse de Tam Sinclair et mère de ses fils, Ewan et Hamish. Une compagne assez avenante pour me rendre fier d'elle et m'inciter à défendre sa vertu. Bien entendu, tu ne parles pas un mot de français. Si on t'interroge, et ça arrivera, attends que j'aie traduit et réponds en écossais. Et comporte-toi comme une humble servante, pas comme une dame. Une dame, c'est bien ce qu'ils cherchent, non ?

La femme soutint le regard de Sinclair puis acquiesça.

— Si tu te trahis, nous serons tous pendus... Allons, viens t'asseoir, mais fais attention où tu mets les pieds. Hamish, aide-la, puis reste derrière elle. Dieu en soit loué, tous les deux, vous avez presque les mêmes yeux, alors, n'hésitez pas à les montrer. (Sinclair secoua ses rênes.) En route ! Tiens, voici le freluquet qui se prend pour un chevalier. Restez tranquilles, vous trois, et laissez-moi parler.

Le chevalier arriva au moment où le caporal de la garde avançait pour barrer le passage au chariot. Dieu merci, le bouffon ne parut pas vouloir se mêler de l'interrogatoire.

— Votre nom ?

— Tam Sinclair, répondit Tam en forçant sur son accent écossais.

— Et vous sortez d'où ? lança le caporal, déconcerté par ce nom exotique qu'il répéta maladroitement.

Tam répondit en français, mais avec un accent à couper au couteau.

— Comment ça, d'où je sors ? D'Écosse, bien entendu, comme tout bon Écossais. À part ça, je suis conducteur de chariot, comme vous pouvez le voir.

Le caporal se rembrunit.

— Et vous fichez quoi en France, mon brave ?

Tam se gratta le menton, dévisagea un moment l'homme, haussa les épaules puis, lentement, comme s'il parlait à un enfant, se fendit d'un petit discours :

— J'ignore où vous avez grandi, caporal, mais là d'où je viens, tout le monde sait ça : quand il est question de la noblesse, Écosse, France ou n'importe où ailleurs, c'est du pareil au même. L'argent et le pouvoir n'ont pas de frontières. Sur ces points, nos deux royaumes sont alliés depuis beau temps.

» Ce que je fais en France ? La même chose que les Français font chez moi. En d'autres termes, je m'occupe des affaires de mon maître et je sers ses intérêts. La maison St. Clair possède des terres et des entreprises dans les deux pays, et je suis un de ses intermédiaires. Bref, je fais ce qu'on me dit. Aujourd'hui, ça consiste à conduire un chariot.

La réponse sembla adoucir le caporal, mais il jeta un coup d'œil au chevalier, son supérieur, qui n'avait pas bougé.

— Et que transportez-vous ?

— De la ferraille destinée aux fonderies de la ville. Des vieilles chaînes rouillées et des épées brisées, pour l'essentiel.

— Montrez-moi.

— Ewan, soulève la bâche !

Ewan sauta à terre, gagna l'arrière du chariot, abaissa le hayon et écarta la « bâche » – en réalité, un vieux morceau de voile – qui protégeait le chargement.

Le caporal l'étudia, farfouilla un peu dedans puis revint vers l'avant du chariot en essuyant ses doigts graisseux sur le devant de son surcot. Quand il désigna « Mary », le « fils » de Tam jugea bon de ne pas remonter dans le véhicule.

— Qui est-ce ?

— Ma femme, mère de mes deux garçons que voici.

— Votre femme ? Pourquoi devrais-je vous croire ?

— Et pourquoi mentirais-je ? A-t-elle l'air d'une fille de joie ? Si vous n'êtes pas aveugle, regardez donc ses yeux et ceux de mon plus jeune fils.

Le caporal parut prêt à prendre la mouche à cause du ton insolent de Tam. Considérant la largeur des épaules et l'air déterminé du gaillard, il opta finalement pour la prudence et avança afin de mieux voir la femme et son prétendu fils. Comme Tam venait de le lui conseiller, il compara leurs yeux.

— Mouais... Qui est l'autre gars ?

— Mon fils aussi... Demandez-lui, il parle français.

— Et si je demande à votre... épouse ?

— Elle vous regardera avec de grands yeux ronds. Mary ne comprend pas un mot de votre langue.

Le caporal se tourna vers la femme :

— Dites-moi votre nom !

Mimant la panique, l'inconnue se tourna vers Tam, qui traduisit en écossais :

— Femme, il veut connaître ton nom.

« Mary » se pencha pour mieux voir le caporal et le chevalier, puis elle regarda de nouveau son faux mari.

— Dis-lui ton nom, fit Tam.

— Mary Sinclair, dit l'inconnue d'une voix aiguë mais fluette – et avec l'accent chantant d'une paysanne.

— Et d'où venez-vous ? demanda le caporal.

Une fois encore, Tam traduisit :

— C'est ridicule... Ce crétin veut savoir d'où tu viens. Je lui ai dit que tu ne parles pas français, mais ça n'a pas encore fait assez de chemin dans son crâne. Alors, dis-lui d'où nous venons.

Tam n'osa pas regarder le chevalier, mais il aurait parié que ce bouffon comprenait tout ce qu'il disait.

— Réponds-lui, Mary. D'où venons-nous ?

La femme se tourna vers le caporal et cligna des yeux.

— Inverness, dit-elle. Écosse…

Le caporal dévisagea un moment la voyageuse, puis il chercha le soutien du chevalier, qui avança et leva les yeux sur l'épouse présumée de Tam et sur son « fils ». Le front plissé, il les étudia tour à tour, puis recula et agita vaguement la main.

— Vous pouvez y aller, dit le caporal.

Quelques minutes plus tard, après avoir franchi l'arche et s'être assez éloigné des gardes, Tam arrêta le chariot et se tourna vers sa passagère :

— Ma dame, où dois-je te déposer ?

— Ici, ça ira parfaitement. Si ce brave jeune homme veut bien m'aider à descendre, je gagnerai à pied ma destination. Quel est ton vrai nom, mon ami ? Pour te prouver ma gratitude, j'enverrai une récompense à la commanderie locale du Temple, sise près du port. Pour la récupérer, il te suffira d'y aller et de dire ton nom.

Tam secoua la tête.

— Non, ma dame, je ne te prendrai pas d'argent. Entendre le son de ta voix, en écossais, était déjà une récompense, parce que je suis très loin de chez moi. Mon nom, c'est Tam Sinclair, comme je l'ai dit, et je n'ai pas besoin de tes pièces. Va en paix, mais ne traîne pas en chemin, parce que Guillaume de Nogaret a des espions partout.

» À l'occasion, remercie Dieu de t'avoir donné des yeux pareils. Grâce à eux et à ce bon Hamish, nous avons sauvé notre peau aujourd'hui. Ewan, accompagne notre… invitée.

Porte son sac et assure-toi qu'il ne lui arrive rien. Puis rejoins-nous là où tu sais. Nous t'y attendrons.

La femme se pencha et posa une main sur l'avant-bras de Tam.

— Que Dieu te bénisse, Tam Sinclair, et qu'il t'ait en sa sainte garde. Ma reconnaissance t'est acquise, ainsi que celle de ma famille.

Tam faillit demander de quelle famille il s'agissait, mais quelque chose l'en empêcha.

— Que Dieu te bénisse aussi, ma dame, se contenta-t-il de dire.

D'après le peu qu'il avait pu voir, l'inconnue était une très belle femme. À présent qu'elle descendait du chariot avec l'aide d'Ewan, il la regarda lutter contre les vêtements qui emprisonnaient son corps et tenta d'imaginer à quoi elle ressemblait une fois débarrassée de ce carcan. S'avisant soudain de ce qu'il était en train de faire, il s'arrêta net. En sus de sa beauté, la femme était courageuse et vive d'esprit – deux bonnes raisons d'être fier de lui avoir rendu service.

Quand l'inconnue et Ewan furent hors de vue, Tam peina pour forcer son attelage à s'engager dans une rue latérale obscure et déserte. Environ à la moitié du chemin, il tira de nouveau sur ses rênes quand le moine dominicain bossu sortit d'un bâtiment et vint lui barrer la route.

Le jeune Hamish sauta du chariot et fut vite rejoint par trois hommes qui avaient eux aussi assisté à la tuerie, aux portes de la ville, et qui suivaient « discrètement » le chariot depuis. Se massant près du hayon arrière, ils entreprirent de décharger la ferraille, qui produisit un concert de cliquetis métallique.

Tam rangea son fouet dans la cavité ménagée à cet effet, près de son pied droit, puis il se concentra sur les propos que le frère mendiant tenait à voix basse pour que les autres n'entendent pas.

— Tam, qui était cette femme et quelle mouche t'a piqué ? En m'éloignant, j'ai vu Ewan l'aider à grimper dans le chariot, et j'ai failli ne pas en croire mes yeux. Enfin, tu es plus malin que ça !

Fini la voix stridente. Désormais, le moine émettait des sons graves et harmonieux.

Un grognement puis un juron retentirent, ponctués par des bruits de pas, quand une lourde chaîne glissa du chariot et s'écrasa sur les pavés. Tam jeta un coup d'œil derrière lui, puis, les yeux pétillants de malice, regarda de nouveau le religieux.

— De quelle femme parles-tu ? Ah ! celle-là ! Elle avait simplement besoin d'un peu d'aide. Une Écossaise… et une noble dame, j'en mettrais ma main au feu.

— Une dame qui voyagerait seule ?

— Ça, c'est plus que douteux… Selon moi, les trois pauvres types étaient ses gardes du corps. Elle a affirmé être pourchassée par les hommes de Guillaume de Nogaret, et je l'ai crue.

— Guillaume de Nogaret ? C'est encore pire ! Tu nous as tous mis en danger, Tam.

— Pas le moins du monde… (Tam baissa les épaules et releva le menton.) Qu'aurais-je dû faire ? La livrer à cet abruti de chevalier pour qu'il la jette en prison avant de lui faire subir des horreurs ?

Le moine soupira puis se redressa de toute sa hauteur. En fait, il n'était pas bossu, mais simuler l'aidait à faire oublier ses larges épaules.

— Non, Tam, j'imagine que non… Mais de quoi est-elle coupable ? Encore que, avec Guillaume de Nogaret, il n'y ait pas besoin d'avoir commis un crime… Où est-elle allée, selon toi ?

— Rejoindre sa famille, quelque part en ville. J'ai chargé Ewan de l'escorter. Elle doit être en sécurité.

— Parfait... Espérons qu'elle le restera. Mais quoi qu'il en soit, l'aider était dangereux. Ce que nous faisons ici ne nous laisse pas le luxe d'être chevaleresques. Que tu le veuilles ou non, c'était un risque absurde.

Tam haussa les épaules.

— Peut-être, mais ça m'a paru la bonne chose à faire, sur le coup. Quand je l'ai autorisée à monter dans le chariot, tu avais déjà franchi l'arche, te mettant hors de danger. Notre mission repose sur toi. Nous, on est tes gardes du corps, c'est tout. (Tam baissa le ton.) Will, cette femme avait besoin d'aide. J'ai vu que tu t'en tirais bien, alors j'ai pesé le pour et le contre et pris une décision. Comme celles que tu prends tout le temps. C'est quoi, ton expression ? Un « choix immédiat » ? Bref, une option de champ de bataille... C'est oui ou c'est non, et on ne peut se fier qu'à soi.

— Bon, grommela le faux moine, c'est fait, et par la grâce de Dieu, ça n'aura pas de conséquences. Alors, passons à autre chose... Ah ! mais c'est mon épée ! Merci, Hamish.

Avec ses trois compagnons, Hamish, en déchargeant le chariot, avait dégagé une cache où attendaient des armes soigneusement enveloppées dans du tissu. Une fois ces lames déballées, Hamish avait apporté la sienne au « frère mendiant ».

Celui-ci saisit la poignée, tira l'épée du fourreau et la tint à la verticale pour que les ultimes lueurs du jour viennent s'y refléter.

Des bruits de pas retentirent, annonçant l'arrivée du dernier membre de l'équipe.

— Sir William, haleta l'homme, ils seront bientôt ici. Le chevalier s'est souvenu de vous. Il lui a fallu un moment, mais soudain, il s'est redressé de toute sa hauteur, en face de moi, et vous auriez dû voir sa tête. « Un Templier », a-t-il crié avant d'alerter la garde. Après avoir harangué les hommes, il les a lancés à vos trousses. Au moins dix types, ai-je vu avant de filer, mais ça pourrait être plus. Cela dit, ce crétin pense que vous êtes seul. Il n'a pas parlé d'autres cibles, donc, les gardes ne s'attendront pas à rencontrer une résistance. Au début, ils sont partis dans la mauvaise direction, sur la voie principale…

— Vers le monastère, puisqu'ils croient traquer un moine…

Sir William retira à la hâte sa bure en lambeaux, la roula en boule et la jeta dans le chariot, au milieu de la ferraille.

— Watt, on se dépêche ! lança-t-il au nouveau venu. Prends les armes et filons. Tam, on va laisser le chariot ici. À présent, il ne nous sert plus à rien.

Sir William se détourna de ses compagnons et tira rageusement sur la tunique longue qu'il portait sous son déguisement de moine. Pour qu'elle ne dépasse pas de l'ourlet effiloché de la bure, il l'avait enroulée autour de sa taille, et maintenant, il lui fallait la déplier et la défroisser. En jurant d'abondance, il s'échina jusqu'à ce qu'il juge le résultat satisfaisant.

— Passe-moi mon haubert, Tam… Non, pas les hauts-de-chausses, je n'aurais jamais le temps de les enfiler. Je ferai ça plus tard…

La sortant de la cache, Tam lança à son compagnon une tunique de mailles fendue à l'entrejambe et sur les reins pour préserver la liberté de mouvement de son porteur. Puis il s'empara d'un heaume et d'une capuche de mailles et sauta sur le sol.

— Et les chevaux ? demanda-t-il.

— Laissons-les ici. Quelqu'un sera ravi de les trouver et de se les approprier. Bon, aidez-moi un peu !

En chevalier expérimenté, sir William avait enfilé sans peine le haubert, mais il ne parvenait pas à boucler les lanières de cuir qui le tiendraient en place sous ses bras.

Un des hommes vint le faire pour lui. Quand il eut terminé, le chevalier leva les bras et bougea les épaules pour s'assurer qu'elles étaient bien couvertes mais encore assez libres de leurs mouvements pour l'escrime. Ensuite, il prit la capuche de mailles que lui tendait Tam, l'enfila et laissa libre les fixations, qu'il lacerait plus tard sous son menton. Satisfait de sa tenue, il délesta Tam d'un heaume qu'il ajusta sur son crâne.

—Merci, Tam. (Sir William hocha la tête à l'intention de son autre « valet ».) À toi aussi, Iain. Et maintenant, mon épée…

Saisissant l'arme, il passa le baudrier autour de son torse puis l'ajusta pour que la poignée à deux mains et la garde dépassent de son épaule gauche.

—Bien, on se dépêche, les gars ! Nous avons déjà trop traîné ici. Dès qu'ils auront compris que je ne les précède pas sur le chemin du monastère, nos poursuivants s'accrocheront à nos basques. Thomas, prends le sac, et toi, Hamish, emporte les surcots et distribue-les en marchant. Les autres, restez groupés et ne flânez pas, mais soyez discrets et prêts à tout à chaque instant. Gardez vos armes au fourreau, histoire d'avoir les mains libres, mais si un fâcheux nous barre la route, que ce soit un garde ou un simple citoyen, taillez-le en pièces avant qu'il ait pu donner l'alerte. En avant !

Ils se mirent en chemin, le faux moine et le soi-disant conducteur de chariot en tête. Derrière, les autres hommes se déployèrent en demi-cercle, afin de couvrir toutes les directions. Selon ses ordres, Hamish ouvrit le grand sac de cuir qu'il portait et un autre membre du groupe vint en sortir des ballots de tissu qu'il fit passer dans les rangs, à l'exception du dernier, de couleur marron clair. Ouvrant son ballot, chaque homme le déplia, le secoua pour le défroisser, puis revêtit le surcot noir qui transforma aussitôt un passant lambda – quoique lourdement armé – en un sergent de l'ordre du Temple reconnaissable à la croix rouge brodée à la fois sur son dos et sur sa poitrine. Le manteau blanc de leur chef, lui, identifiait sans ambiguïté possible un chevalier de l'ordre.

Sir William marchait de nouveau à la tête de ses hommes, ses chevilles nues et ses sandales jurant avec le reste de sa tenue martiale.

Tam ajusta la position du sac qu'il portait sur une épaule.

— Alors, Will, vas-tu enfin me le dire ? Qui était ce bouffon de chevalier ? Il te connaît, c'est évident, mais d'où ?

Sir William Sinclair sourit pour la première fois.

— Thomas, on peut dire qu'il me connaît… et qu'il ne me connaît pas. Mais je m'étonne que tu poses cette question. De tous les gens que j'aurais pu rencontrer aujourd'hui, c'est bien le dernier auquel je m'attendais. Tu ne le remets vraiment pas ?

— Non, mais j'ai compris qu'il y avait un problème quand tu t'es mis à braire comme un âne. D'où tiens-tu ce… talent ?

— La nécessité, Thomas, la nécessité… Je trouve incroyable que tu n'aies pas reconnu ce type. Comment as-tu pu oublier un tel porc ? Il y a moins d'un an, tu voulais l'égorger, et j'ai eu toutes les peines du monde à t'en empêcher. C'était Geoffroy le Geôlier. Nous avons croisé son chemin lors de notre avant-dernier voyage vers Paris. Il était à Orléans, directeur de la prison du roi…

À ces mots, une lueur passa dans le regard de Tam.

— Bien sûr ! Je me souviens, par la pisse d'une vierge ! C'est l'armure qui m'a abusé. Le tortionnaire ! Même sans le surcot du roi, c'était déjà un ignoble fils de pute qui adorait faire souffrir ses proies. Quant à vouloir l'égorger, je n'étais pas le seul. Toi aussi, tu serrais convulsivement ta dague, à un moment. J'ai bien cru que tu allais le saigner dans sa propre prison.

— Oui, c'est ce sagouin-là. Geoffroy de... De Martainville ! Je l'avais sur le bout de la langue. Quelle malchance d'être tombé sur lui ! Il ne m'a pas reconnu à cause de la tonsure dominicaine et de mes joues glabres, mais ça lui est revenu peu après. Un sacré bon physionomiste, ce salopard !

— Ils arrivent ! lança un des hommes, à l'arrière.

— Combien d'adversaires, et qui sont-ils ?

Sir William ne daigna pas se retourner et ce fut Tam qui lui répondit :

— Trois paires d'hommes, à environ cent pas de nous, au bout de la rue.

— Peuvent-ils nous voir clairement ?

— Non, pas plus que je peux les voir...

— D'accord... Continuons d'avancer et ne regarde plus en arrière sauf s'ils se mettent à courir. Ils cherchent un moine solitaire, n'oublie pas. Si près de la commanderie, ils ne s'intéresseront pas à un groupe de Templiers.

Les sept hommes continuèrent à avancer comme si de rien n'était et sans hâte particulière – flagrante, en tout cas, car ils traversèrent d'un bon pas les rues sinueuses de l'antique cité, direction le front de mer, où se dressait le complexe fortifié connu sous le nom de commanderie du Temple. Seuls sir William et Tam étant déjà venus à La Rochelle, leurs cinq compagnons ignoraient tout de la ville. En marchant, ils tendaient le cou pour mieux voir les bâtiments de pierre grise enveloppés d'obscurité. Curiosité ou non, ils restaient attentifs au moindre cri ou à des bruits de pas précipités.

Pour l'heure, aucune lumière ne brillait dans les bâtiments, comme si les sept Templiers étaient les seuls êtres vivants actifs dans l'entière cité de La Rochelle.

Sir William, lui, ne regardait pas alentour. Le dos très droit, il ne se laissait distraire par rien, ses sandales ne faisant quasiment aucun bruit sur les pavés. En réalité, son esprit était entièrement occupé par l'image de l'inconnue aidée par Tam. Une incroyable beauté, avec des yeux comme des lacs jumeaux. De sa vie, il ne l'avait jamais vue, car il ne fréquentait pas de femmes, le célibat devenu comme sa seconde nature. Pourtant, impossible de chasser de son esprit l'image de celle-là. De ses yeux, surtout…

Furieux de perdre son temps avec de telles idioties, il secoua la tête pour en déloger ses mauvaises pensées, puis pressa le pas et se concentra sur la tâche qui l'attendait. La commanderie n'était plus très loin, et il devait préparer le discours qu'il tiendrait au commandeur et à l'amiral. Pour la centième fois, il s'efforça de peaufiner les arguments qu'il avancerait. Hélas, quelles que soient les précautions oratoires qu'il prendrait, mobilisant toute la subtilité et la diplomatie dont il était capable, son rapport, il le savait, éveillerait chez ses interlocuteurs un mélange de colère, d'incrédulité, de consternation… et de doute sur sa santé mentale.

Sir William Sinclair avait consacré sa vie à l'ordre du Temple, nul ne l'ignorait et tout le monde lui en savait gré. À force de voyages, toujours au service de son idéal, il avait fini par connaître la France et l'Italie bien mieux que son Écosse natale. Aujourd'hui, arrivé à l'âge mûr – le cheveu certes précocement grisonnant, mais l'âme et le corps toujours alertes –, il se rengorgeait d'appartenir au conseil de gouvernance qui tenait entre ses mains le destin de l'ordre. Dans sa position, il n'avait surtout pas besoin qu'on le soupçonne d'aliénation mentale. Pourtant, les informations dont il était porteur, s'il les avait entendues d'une autre bouche que la sienne, lui auraient paru incroyables. Ses états de service, il n'en doutait pas, lui épargneraient des éclats de rire lorsqu'il exposerait les faits, mais en toute franchise, ceux-ci tenaient bel et bien de la plus haute fantaisie. À tout le moins, ses frères chevaliers étaient des gens pragmatiques qu'on ne pouvait taxer de tendance à la crédulité. À leurs oreilles, son histoire sonnerait comme du pur délire. Leur légendaire intégrité et le solide bon sens hérités de leurs prédécesseurs reposaient sur une tradition de probité et de loyauté à l'Église et à la chrétienté vieille de deux cents ans...

Dans les heures à venir, sir William devrait convaincre les chefs de la commanderie que leur monde – celui où l'influence et le pouvoir des Templiers rayonnaient aux quatre coins de la chrétienté et au-delà – se serait écroulé d'ici à une semaine.

En réalité, et il le savait – sans que ça le réconforte beaucoup –, il n'aurait pas vraiment besoin de persuader les deux hommes de la véracité de son message. Dans sa position, il avait toute autorité pour exiger l'obéissance et la collaboration de la commanderie de La Rochelle – un pouvoir qu'il tenait du grand maître de l'ordre, Jacques de Molay en personne. Tout ce qu'il devait faire, c'était ordonner aux Templiers locaux de se retrancher avec toutes leurs possessions dans leur complexe fortifié et de ne plus en sortir afin de rester hors d'atteinte des sombres et traîtres desseins du roi de France.

Perdu dans ses pensées, sir William restait cependant conscient de son environnement. Du coup, il ne fut pas le moins du monde surpris lorsqu'il déboula, au sortir d'un dernier lacet de la rue, dans la grande cour pavée éclairée qui donnait accès à l'entrée principale du complexe.

Les bâtiments de la commanderie étaient adossés à la mer afin de faciliter les allées et venues des navires et des équipages de la puissante flotte du Temple composée pour l'essentiel de bateaux marchands qui sillonnaient toutes les eaux du monde connu. Cette impressionnante marine comptait aussi des bateaux de guerre – galères en Méditerranée ou caraques pour l'Atlantique – dont les capitaines et les membres d'équipage appartenaient à l'ordre.

Une force qui avait pour mission exclusive la défense des possessions maritimes des Templiers.

Sir William releva les épaules et, avec les deux mains, vérifia que son épée coulissait bien dans son fourreau – un geste si habituel qu'il n'avait même plus conscience de le faire. Pourtant, depuis qu'il avait vu la cour éclairée, il n'éprouvait plus aucune inquiétude. En quête d'un moine, les gardes ne s'étaient pas intéressés aux Templiers, les laissant vaquer à leurs occupations. Serrant plus fort le fourreau de son arme, sir William plia les doigts et révisa mentalement les propos qu'il allait tenir au commandeur de La Rochelle.

Tout en réfléchissant, il remarqua sur sa gauche une ruelle obscure entre deux hauts bâtiments. Sans lui accorder d'attention, il la dépassa, ses compagnons sur les talons, mais ralentit imperceptiblement lorsqu'une clameur monta des obscures profondeurs de la venelle.

— Continuez à avancer ! ordonna-t-il à ses hommes. Faites comme si vous n'aviez pas entendu.

— Halte ! cria une voix dans la ruelle. Vous, là ! Arrêtez-vous, au nom du roi Philippe !

Des bruits de bottes retentirent.

Sir William allongea le pas et souffla par-dessus son épaule :

— Occupe-toi de ces gens, Tam ! Décourage-les, mais évite un massacre, si c'est possible. Surtout, arrange-toi pour qu'ils restent assez loin de moi et ne voient pas comment je suis vêtu. S'ils remarquent l'absence de hauts-de-chausses et repèrent mes sandales de moine, l'un d'eux risque d'être assez malin pour additionner deux et deux et trouver quatre. Dans ce cas, nous devrons faire couler le sang. Vu qu'il s'agit d'hommes du roi, ce ne serait pas très sage, dans notre situation…

Sir William accéléra, fonçant vers la cour illuminée, à moins de trente pas de là. Sa destination atteinte, il se dirigea vers les portes de la commanderie, s'arrêta quelques pas devant et se retourna pour voir où en étaient ses hommes. Lui tournant le dos, ils avaient formé une ligne, juste après l'intersection avec la venelle, et tenaient leur épée pointée vers le bas, en signe d'apaisement. Alors qu'ils se préparaient au combat, chacun ayant assez d'espace autour de lui pour manier son arme, un groupe de soldats de la garnison, débraillés comme il était d'usage, jaillit de la ruelle et s'immobilisa net, des vociférations et des cris étranglés dans toutes les gorges.

Dix hommes seulement, qui ne s'attendaient pas à faire face à six Templiers l'arme au clair.

Alors qu'il observait les événements, une confrontation semblant inévitable, sir William entendit des bruits de pas en provenance de la commanderie. Se retournant, il vit qu'il s'agissait du jeune sergent, Ewan, parti escorter la fascinante inconnue.

— Sir William !

Le chevalier fit signe au jeune homme de se taire. Mais le gaillard ne l'entendit pas de cette oreille.

— Sir William, j'ai des nouvelles…

— Plus tard ! Pour le moment, tais-toi !

— Mais…

— La ferme, bon sang ! Et regarde ce qui se passe !

Sir William désigna la rue dont il venait d'émerger.

Ne laissant pas aux soldats le temps de comprendre ce qui leur arrivait, Tam était passé immédiatement à l'action, s'adressant à l'ahuri qui semblait diriger la pitoyable patrouille. Alors qu'il s'exprimait dans un français des rues sans l'ombre d'un accent, sa voix puissante pleine d'autorité arriva aux oreilles de sir William :

— Alors, vermine, on nous cherche des noises ? Quelle fantaisie vous autorise à défier des Templiers ? Nous interpeller au nom du roi ? De quel droit ?

Aucun soldat ne s'aventura à répondre. S'interrogeant du regard, sans oser braquer les yeux sur les Templiers, ces pauvres types trahirent aussitôt leur stupidité et leur incompétence.

Tam haussa encore le ton :

— Eh bien, quoi ? C'était une question simple qui appelle une réponse simple. Pourquoi nous avoir interpellés ? Sommes-nous des criminels ? Mesurez-vous votre bévue ? Ordonner quoi que ce soit à des membres de notre confrérie sans en avoir l'autorité ? Où êtes-vous allés pêcher un tel crétinisme ? Pour se mêler des affaires du Temple, il faut ne pas avoir de cervelle.

Malgré les insultes, toujours pas de réponse. Tam en profita pour pousser son avantage :

— Vous êtes tous muets, ou encore plus idiots que vous en avez l'air ? Des hommes du roi – si on se fie à votre uniforme – sont censés savoir qui nous sommes. Et ils ne devraient pas ignorer qu'ils n'ont aucune autorité sur nous, en quelque circonstance que ce soit. Sergents du Temple, nous obéissons au grand maître de l'ordre, placé directement sous l'autorité du pape. La valetaille comme vous n'a pas de pouvoir sur nous. À dire vrai, dans toute la chrétienté, aucun roi ne peut nous commander.

Tam s'interrompit pour évaluer la réaction de ses interlocuteurs.

— Alors, que faisons-nous ? Voulez-vous nous défier et mourir ? Nous interroger et mourir ? Ou nous affronter et mourir ? Faites votre choix, et vite !

Le chef de la patrouille retrouva enfin sa voix :

— Vous ne devez pas nous menacer, gémit-il piteusement. Au service du roi, nous portons son uniforme…

Tam continua comme si de rien n'était :

— Cela dit, il y a une quatrième option. Vous pouvez rester où vous êtes, ne plus dire un mot, et nous regarder reprendre notre chemin sans vous avoir éventrés. Quand nous serons hors de vue, vous filerez, et aucun d'entre nous ne parlera jamais de ce grotesque incident. C'est d'accord ?

La question s'adressait au chef de la patrouille, qui avait osé discutailler. Tam ne cacha pas que l'hésitation du type lui tapait sur les nerfs.

— Alors, cette réponse ? On se sépare bons amis ou on s'entre-tue ?

Non pour menacer mais pour ponctuer son discours, Tam leva son épée.

— On se sépare bons amis…, souffla le soldat.

— Excellente décision. Ne bougez pas jusqu'à ce que nous ayons filé.

Les hommes de sir William tournèrent le dos à leurs adversaires déconfits et s'éloignèrent sans rengainer leur lame.

Quand ils l'eurent rejoint, le chevalier se tourna enfin vers Ewan.

— Monseigneur, j'ai…

— La ferme ! Je sais que tu as des nouvelles, mais ça attendra. J'ai des préoccupations plus urgentes. Va rejoindre les autres et change-toi !

Alors que le jeune sergent s'éloignait, dépité, son chef fit de nouveau face à la commanderie. Dès qu'il était entré dans la cour, on l'avait repéré, ça ne faisait pas de doute, et le sergent de veille avait immédiatement fait appeler le chef de la garde.

Sir William sourit en voyant un vieux sergent accompagné de quatre hommes sortir du complexe pour venir à sa rencontre. S'arrêtant soudain, le vétéran fronça les sourcils quand il aperçut les chevilles nues et les sandales de l'homme sans barbe qui approchait de lui dans le manteau blanc des chevaliers, six sergents de l'ordre en guise d'escorte.

D'un geste, le vétéran fit signe à ses hommes de ne pas broncher. Puis il attendit que l'étrange chevalier l'ait rejoint.

— Salutations, Tescar ! Pourquoi cet air troublé ? Tu ne me reconnais pas ? Ou vas-tu m'interdire l'accès à la commanderie pour défaut de barbe réglementaire ?

Le sergent parut ne pas en croire ses yeux.

— Sinclair ? Sir William, c'est bien vous ? Pour l'amour de Dieu, que vous est-il arrivé ?

— C'est une longue histoire, mon vieil ami… Mais j'ai des nouvelles urgentes de Paris pour le commandeur. Il est ici ?

— Vous aussi, seigneur ? Oui, il est là, mais il faudra attendre. Ce soir, c'est « premier arrivé, premier servi » et vous êtes le troisième à le demander en une demi-heure.

— Sergent, j'exige d'avoir la priorité. Comme je l'ai dit, je viens de Paris, avec un message de maître de Molay en personne. L'amiral est là aussi ?

Tescar sourit.

— Oui. Les nouvelles venant du grand maître sont sacrément bien acheminées… Votre frère en chevalerie est arrivé il y a dix minutes, directement de la porte sud, et sans nul doute avec le même message.

— Quel frère en chevalerie ? Nous sommes passés par la porte sud, juste avant qu'elle ferme, et nous avons dû attendre. Je n'ai vu aucun autre Templier. Sergent, tu es sûr, pour la porte sud ? Et qui est ce chevalier ?

Tescar haussa les épaules.

— La porte sud, oui, c'est bien ce qu'il a dit… Quant à son identité, je ne l'avais jamais vu… Mais son compagnon et lui arrivent de Paris avec un message du grand maître pour le commandeur et l'amiral.

Quand il comprit que cette affaire était sans doute la cause du trouble d'Ewan, sir William baissa les mains, jusque-là très proches de son épée. Tirant Tescar par la manche, il l'entraîna à l'écart et baissa la voix :

— Tescar, quelque chose cloche… Il n'y a pas d'autre messager. Je suis le seul émissaire du grand maître envoyé à La Rochelle. À quoi ressemblait ce type ?

— Votre genre, en mieux habillé… (Tescar semblait perdre patience.) Manteau blanc, barbe réglementaire… Chargé de délivrer un message urgent du grand maître, a-t-il dit. Pourquoi l'aurais-je empêché d'entrer ?

— Lui as-tu demandé son identité ?

— Bien entendu… Un nom anglais… Godwinson ou Goodwinson… Mais c'est un Templier, ça ne fait aucun doute.

— Rien ne fait aucun doute, Tescar. Plus de nos jours…

Sir William se dirigea vers l'entrée d'un pas vif. D'un geste, il fit signe à Tam et aux autres sergents de le suivre.

— Décris-moi ce Templier !

— Je l'ai déjà fait… Un chevalier du Temple typique. (Tescar pressa le pas pour rester au niveau de Sinclair.) Grand, longue barbe rousse avec une zébrure blanche d'un côté.

Sir William s'arrêta net, tendit un bras pour immobiliser le sergent et lui fit face.

— Quoi ? Une barbe rousse striée de blanc d'un côté ? Le gauche ?

— C'est ça, oui…

Après de très longues années de service, Tescar savait reconnaître une urgence. Du coup, il s'abstint de poser des questions inutiles.

— Je vous conduis… Suivez-moi. Vos hommes peuvent aller au réfectoire, où on leur servira encore à manger.

— Non, ils m'accompagneront, et je saurai m'orienter. Toi, tu restes ici, et tu condamnes la porte. Plus personne n'entre ni ne sort jusqu'à nouvel ordre de ma part. C'est clair ?

— Oui, mais…

— Ce n’est plus l’heure des « mais », Tescar. Fais ce que je te dis et prie pour qu’il ne soit pas trop tard. Tam, avec moi ! Les autres aussi !

Des hommes de bonne volonté

1

Sir William Sinclair traversa la tour de l'entrée principale et émergea dans la grande cour carrée du complexe où se dressaient quatre bâtiments de trois niveaux. Sans hésiter, il prit sur sa gauche et fonça vers les portes de ce qu'il savait être le centre administratif de la commanderie en même temps que les quartiers des gradés de la garnison. Pour suivre son chef, Tam dut quasiment courir. Quand il l'eut rattrapé, il le tira par la manche, le forçant à se retourner.

— Attends un peu, par tous les enfers ! Contiens-toi une minute ! Pourquoi cette charge ? Que se passe-t-il ? Et quelle mouche t'a piqué ?

— Ça sent mauvais, Tam. En fait, ça empeste. Tu n'as pas entendu Tescar ?

— Pas tout ce qu'il a dit… Vous chuchotiez comme deux tourtereaux. Qui est l'autre chevalier, ce Godwinson ?

— Je n'en sais rien, mais c'est un menteur. Il n'y a pas d'autre chevalier impliqué dans cette affaire. Comme tu le sais, nous sommes les seuls émissaires de maître de Molay. De plus, nous n'avons pas vu l'ombre d'un Templier devant la porte sud.

Les deux hommes s'étaient immobilisés au pied d'un étroit escalier, et sir William semblait pressé de repartir.

—La question, reprit-il, est : qui est ce Godwinson et d'où vient-il ? Pas de la porte sud, nous le savons… Tu te souviens que nous avons vu Guillaume de Nogaret à Paris, il y a quinze jours ?

Tam acquiesça. Tout en s'engageant dans l'escalier, son supérieur enchaîna :

—Oui, tu te souviens… Mais moins bien que moi, à l'évidence. As-tu oublié qui était avec lui ? Réfléchis, Tam ! Les deux hommes venaient de sortir de chez le roi et ils attendaient une calèche.

—Oui, je me rappelle avoir vu un autre type, mais de là à savoir qui c'était… Sans doute parce que j'étais trop concentré sur Guillaume de Nogaret. L'autre homme était grand avec une barbe rousse… Au nom du Christ !

—C'est ça, oui. Grand, avec une barbe rousse striée de blanc à gauche. Était-ce un Templier ? J'en doute fort. D'ailleurs, il n'en portait pas la tenue. Tam, le Christ n'a rien à voir avec ce faux chevalier, surtout si Guillaume de Nogaret est mêlé à cette affaire.

En haut de l'escalier, le Templier se dirigea vers l'entrée de l'aile administrative. Sur ses talons, les sergents regardèrent autour d'eux, se demandant ce qu'ils venaient faire ici.

—Gardez votre sang-froid, les gars, dit sir William, et marchez sur des œufs. J'ignore ce qui nous attend, mais ce n'est pas le moment d'arriver en fanfare. Ne faites pas de bruit et préparez-vous au pire…

Le chevalier guida ses hommes dans un couloir qui s'enfonçait sur la droite, mais il s'immobilisa après quelques pas – si brusquement que Tam le percuta.

—Que se passe-t-il ?

—Il n'y a pas de gardes…

Approchant d'une double porte fermée, sir William dégaina son épée, qui émit un long sifflement métallique.

— Je suis déjà venu, Tam, et je n'ai jamais vu ces portes sans gardes… Attention, quelqu'un arrive !

Des bruits de pas signalaient en effet qu'une personne approchait. Puis un chevalier en blanc apparut. Avisant la lame au clair de sir William, il lâcha un petit cri, mais le supérieur de Tam plaqua un index sur ses lèvres pour lui intimer le silence.

— Amiral, dit-il, ne bougez pas, c'est moi, William Sinclair.

Si l'amiral Charles de Saint-Valéry ne cacha pas sa surprise, il resta où il était.

— Où est Arnold de Thierry ? demanda Sinclair.

L'amiral parut sur le point de répondre agressivement, mais il se ravisa.

— Je n'en sais rien… La dernière fois que je l'ai vu, il y a une demi-heure, il était dans la salle de jour. Depuis, je suis resté à l'étage. Sir William Sinclair, que faites-vous ici, l'arme au poing ?

Sir William regarda à droite et à gauche et ne vit rien, à part ses propres hommes, lame au clair comme lui.

— Consentirez-vous à me répondre ? insista Saint-Valéry.

— Bien entendu, seigneur amiral…

Sir William regarda l'officier brièvement, puis il riva de nouveau les yeux sur la porte de la salle de jour, le cœur même de la commanderie.

— Dans quelques minutes, j'espère pouvoir vous dire que nous n'avons plus besoin de brandir nos armes. Pour l'instant, rien n'est moins sûr. Où sont vos gardes ?

— Mes…

Saint-Valéry regarda l'endroit où auraient dû se tenir des sentinelles.

— Où sont-ils, en effet ?

— Et où est passé ce Godwinson ?

— Qui ça ? De qui parlez-vous ?

— Vous êtes monté à l'étage il y a une demi-heure, c'est ça ?

— Exactement.

— Donc, vous n'étiez pas ici quand Godwinson est arrivé. D'ailleurs, je vois que vous êtes sans armure ni arme.

— Et alors ? Pourquoi trimballerais-je cette quincaillerie dans ma propre demeure ?

— Venez avec moi, amiral, et faites tout ce que je vous dirai.

Sir William fit demi-tour et, l'amiral sur les talons, rejoignit ses six sergents.

— Tam, désigne un homme qui veillera avec toi sur l'amiral, ici même. (Tandis que son sergent obéissait, sir William se tourna vers Saint-Valéry.) Je pense que des ennemis vous attendent de l'autre côté de ces portes… Pour les franchir, mieux vaudra être équipé de pied en cap. J'aimerais me tromper, mais j'en doute fort… Donc, attendez ici jusqu'à ce que nous en ayons appris plus long. Tam !

— Oui, Will ?

— Que tes quatre hommes restants filent contacter le sergent Tescar et lui demandent des arbalètes. Sans traîner, mais en évitant d'attirer l'attention sur eux…

Tandis qu'ils attendaient le retour des sergents, Saint-Valéry dévisagea Sinclair, qui ne cessa pas un instant de fixer la porte de la salle de jour.

— À quoi pensez-vous, sir William ?

— À une armure, amiral. En avez-vous une dans vos quartiers ?

— Bien entendu.

— Et un plastron ?

— Aussi, oui…

— Alors, allez-y, si vous le voulez bien, et revêtez les deux.

L'amiral eut un sourire moqueur.

— Les deux ? J'ai également un haubert – de mailles musulmanes, la protection la plus solide et la plus légère du monde. Dois-je le mettre aussi ?

L'amiral plaisantait, contrairement à sir William.

— Oui, ce serait bien.

Voyant la stupéfaction de Saint-Valéry, le chevalier désigna les portes.

— Sire Charles, le premier homme qui entrera recevra un carreau dans la poitrine. Une triple protection vous semble-t-elle superflue ? J'aurais volontiers pris votre place, mais je n'ai pas de barbe, et on ne risquerait pas de nous confondre. Donc, vous devrez passer le premier. Rassurez-vous, je serai à vos côtés et quatre arbalètes cribleront de carreaux les ennemis qui nous attendent derrière ces portes.

— Et de qui s'agit-il, selon vous ?

Nul n'avait jamais accusé Saint-Valéry de couardise. À raison, parce que sa voix ne tremblait pas.

— Je n'en sais rien, mais je parie que nous allons trouver deux gardes morts et un commandeur, nommément, sire Arnold de Thierry, également défunt ou prisonnier de l'ennemi. Un de nos adversaires s'est infiltré ici, amiral. On a percé nos défenses, et je ne sais rien de l'agresseur, sinon que je l'ai vu à Paris en compagnie de Guillaume de Nogaret, il y a deux semaines de ça. Son nom m'est inconnu, mais à Tescar, il a dit s'appeler Godwinson. Bien que vêtu comme un chevalier du Temple, il n'en est pas un, et il ne porte pas notre ordre dans son cœur.

— Vous l'avez reconnu ?

— Grâce à la description de Tescar, oui.

Saint-Valéry fronça les sourcils.

— Comment savez-vous qu'il s'agit du même homme ? Les descriptions sont toujours vagues… Ne peut-il pas être un frère venu d'Angleterre ?

— Dans ce cas, où sont vos gardes, amiral ? Godwinson a-t-il cru bon de les renvoyer ? De plus, le portrait tracé par Tescar ne laissait aucun doute. Un grand type avec une longue barbe rousse zébrée de blanc sur le côté gauche. En France, il peut y avoir deux hommes qui présentent cette particularité, je le concède, mais jusqu'à preuve du contraire, je ferai comme si ce n'était pas le cas. De grâce, allez dans votre chambre pour vous équiper. Nous vous attendrons. Dans la salle de jour, le drame est joué depuis longtemps et personne ne semble vouloir en sortir.

Les quatre sergents revinrent juste après le départ de l'amiral. Les prenant à part, sir William leur expliqua ce qu'il attendait d'eux.

Les deux premiers prirent position de chaque côté des portes et les deux autres s'allongèrent sur le ventre, leur arbalète chargée pointée sur les battants. Après être entré avec l'amiral, le chevalier le pousserait sur le côté en espérant lui sauver la vie. Ensuite, il s'écarterait dans la direction opposée afin de laisser le champ libre aux tireurs.

En principe, il devait y avoir seulement deux hommes dans la salle. Hélas, ce n'était pas garanti. En France, où la trahison poussait comme du chiendent, Guillaume de Nogaret avait des agents et des espions partout. Cela dit, il n'y aurait sans doute qu'une arbalète à affronter, et après son tir, l'adversaire devrait prendre le temps de recharger. Si les arbalétriers couchés ne parvenaient pas à l'abattre, les deux autres prendraient le relais. Entrant dans la salle, ils se déploieraient latéralement. En procédant ainsi, il serait aisé d'éliminer un seul tireur adverse. Et sir William se faisait fort de neutraliser l'imposteur à la barbe rousse.

L'air d'avoir pris beaucoup de poids en un rien de temps, une épée accrochée dans le dos, l'amiral revint, sa démarche nettement moins fluide qu'avant.

Sir William fendit l'air avec sa lame puis la cacha derrière son dos.

— Placez-vous sur ma gauche, amiral, et allons voir ce qui nous attend. Si je me souviens bien, ces portes s'ouvrent vers l'intérieur ?

— Exact… Vous êtes prêt ?

Saint-Valéry avança d'un pas tranquille jusqu'aux portes. Quand sir William l'eut rejoint, il saisit les anneaux en fer noir qui tenaient lieu de poignées, inspira à fond, ouvrit les deux battants et les poussa.

Pour commencer, sir William ne vit rien. Puis, dans la salle apparemment vide, il aperçut du coin de l'œil une grande flaque de sang, sur sa gauche. La preuve qu'on avait traîné un corps à l'écart…

Une fraction de seconde plus tard, le chevalier capta l'ombre d'un mouvement sur sa droite. Vif comme l'éclair, il tendit le bras gauche et percuta violemment l'épaule de l'amiral. Pris par surprise, celui-ci bascula sur le côté – juste un peu trop tard, car un projectile le frappa au torse assez puissamment pour l'envoyer s'écraser sur le sol, non loin d'un mur.

Sir William ayant utilisé le coup porté à l'amiral pour se donner de l'élan, il plongea sur la droite, percuta de l'épaule un battant de la porte et, dans le même temps, aperçut une autre ombre mobile, cette fois sur sa droite. Un deuxième carreau, qui le visait, vint se ficher dans le bois, à quelques pouces de sa tête.

Dehors, un des tireurs couchés lâcha un projectile. Tournant la tête, sir William vit enfin l'homme qui avait tenté de le tuer. Arbalète toujours à l'épaule, le type avait été foudroyé par un des sergents postés à l'extérieur. À si courte distance, le carreau lui avait traversé la gorge. Ressortant par sa nuque, il s'était planté dans une jointure du mur, entre deux blocs de pierre.

Suivi par ses hommes, sir William avança dans la salle, épée brandie.

Tenant toujours l'arbalète qui avait touché Saint-Valéry, l'imposteur à la barbe rousse s'était plaqué contre un mur. Dès qu'il aperçut le chevalier et ses sergents, il lâcha son arme puis défit son lourd manteau de Templier, le laissa tomber sur le sol, dans son dos, et dégaina son épée avec un rictus haineux.

— Il est à moi, dit sir William.

Godwinson décrivit un cercle serré et le chevalier le suivit, attendant qu'il prenne l'initiative.

Un éclair d'argent passa devant les yeux de sir William. Percuté de plein fouet, le faux chevalier tomba à genoux puis bascula sur le sol, face la première.

— Un lancer de dague parfait, Tam ! Si c'était volontaire…

— Ça l'était ! Je voulais l'assommer avec le manche de mon arme. Mais tu regrettes peut-être qu'il n'ait pas eu une seconde chance de te tuer…

— Il n'y serait pas parvenu, Thomas…

— Probablement, oui… Mais tu l'aurais occis, et nous ne serions pas plus avancés qu'avant. Là, il est vivant, et nous pourrons l'interroger.

— Je sais qu'il est venu ici pour tuer l'amiral et le commandeur. Hélas, il a réussi à demi sa mission.

— Une sacrée chiennerie ! Mais dans quel dessein ?

— Semer le chaos ce soir en vue de demain…

— Dans ce cas, il a à demi échoué. L'amiral n'est pas mort. Le carreau a ricoché sur son haubert et l'a déséquilibré, mais il n'est pas blessé. Inconscient, certes, mais indemne.

Sir William tourna la tête vers les deux sergents qui s'occupaient de Saint-Valéry.

— Que Dieu en soit loué… J'ai bien peur d'avoir été trop lent… Tam, envoie un homme chercher un chirurgien ou un médecin. En attendant, qu'on débarrasse l'amiral de ses trois couches de protection. Où est le commandeur ?

— Ici, seigneur ! lança un sergent.

Au fond de la salle, il regardait quelque chose, derrière une table.

— Trois morts... Les deux gardes et Arnold de Thierry...

— Mon Dieu...

Sir William traversa lentement la grande salle puis baissa les yeux sur les cadavres qu'on avait cachés derrière la table. Deux sergents de l'ordre, leur surcot poisseux de sang. Et un homme plus âgé, en tenue blanche de chevalier, la croix du Temple brodée du côté du cœur. Tué par un carreau, comme les autres, d'assez près pour que la pointe du projectile soit ressortie dans son dos. À en juger par l'hémorragie modérée, sauf autour de l'orifice de sortie, Arnold de Thierry était mort sur le coup.

Sir William connaissait l'histoire de cet homme presque aussi bien que la sienne. Veuf et sans enfants à l'âge de vingt et un ans, Arnold de Thierry, trente et un ans plus tôt, avait intégré l'ordre sur l'île de Chypre, le 4 juillet 1276. Quinze ans de campagne en Terre sainte plus tard, couvert d'honneurs, il s'était affirmé comme un des meilleurs chevaliers du Temple. Une blessure reçue dès le début du siège décisif de Saint-Jean-d'Acre, en 1291, avait mis un terme à ses exploits. Rapatrié par voie de mer, il avait été confié aux bons soins des chevaliers hospitaliers, à Rhodes. Condamné par la médecine, il avait lutté pour sa vie et vaincu – non sans se tailler une impérissable réputation de bravoure absurde, puisqu'il avait refusé qu'on l'ampute d'un bras rongé par la gangrène. En réalité, murmurait-on, la blessure était simplement infectée, et Arnold de Thierry, non content de se rétablir, avait en partie récupéré l'usage de son bras. Hélas, pendant qu'il se remettait lentement, ses camarades, à Saint-Jean-d'Acre, avaient été submergés puis massacrés par les mamelouks du sultan Al-Achraf.

Trop handicapé pour pouvoir espérer manier de nouveau une épée, Arnold de Thierry avait néanmoins repris du service. Pour le récompenser de ses exploits, on l'avait nommé commandeur de l'ordre à La Rochelle. Une promotion qu'il tenait à juste titre pour le plus grand honneur qu'il ait jamais reçu.

Contrairement au chef administratif d'un temple – à mi-chemin entre un abbé et le bourgmestre d'une petite ville –, le commandeur avait des responsabilités militaires. Dans toute la chrétienté, les temples de l'ordre étaient des institutions civiles avec des ramifications financières et administratives. Leurs membres, nominalement des Templiers, étaient des artisans et des commerçants de tout poil. Les commanderies, en revanche, abritaient des garnisons composées de frères combattants de l'ordre – les chevaliers et les sergents – et elles avaient des objectifs strictement militaires. En d'autres termes, la défense des intérêts de l'ordre. Un commandeur avait la charge de tout son complexe, sous tous ses aspects. Difficiles à assumer partout, ces responsabilités devenaient écrasantes à La Rochelle, la plaque tournante en France des activités commerciales de l'ordre.

Construite face à la mer et profitant d'un port capable d'accueillir des bateaux de tout type et de toute taille, la commanderie de La Rochelle abritait la première force militaire du royaume. La prospérité de l'ordre et son influence sur le monde dépendaient en grande partie d'elle.

Toutes les affaires dont s'occupaient les Templiers aux quatre coins de la chrétienté et au-delà – manufactures, plantations, vergers, fermes, entrepôts, points de vente, réseau de distribution de biens divers, gestion de patrimoine immobilier et banques internationales – avaient à un moment ou à un autre un lien avec la commanderie de La Rochelle. Qu'il s'agisse des quais du port, des entrepôts abritant les cargaisons ou des installations de chargement, tout passait par là...

Devant le cadavre du commandeur, sir William songea qu'il ne regardait pas seulement un mort, mais assistait à la fin d'une époque. Avec sire Arnold de Thierry, c'était une ère d'intégrité inébranlable qui disparaissait. Un adieu définitif à l'honneur et au respect d'un idéal...

Plus d'honneur, pensa le chevalier, *mais l'application glaciale de la loi. Plus de panache et de bravoure dans l'accomplissement loyal du devoir... Et chez les hommes de bonne volonté, aucune confiance en l'intégrité des rois. Adieu, mon vieil ami. Tu nous manqueras beaucoup, mais en ratant ce qui arrivera demain, tu n'auras vraiment rien perdu.*

Avec un soupir, sir William se tourna vers Tam, qui regardait lui aussi les trois morts.

— Tam, envoie un homme chercher Tescar. Il ne faut rien lui dire, juste me l'amener...

— Au nom béni de Dieu, que s'est-il passé ici ?

Sursautant au son d'une voix tonitruante, sir William se tourna vers l'homme debout dans l'encadrement de la porte puis tendit une main pour attirer son attention. Quand le frère en tunique blanche le foudroya du regard, il leva un doigt pour lui indiquer d'attendre, puis s'adressa à Tam :

— N'oublie pas, surtout : ton homme ne doit rien dire à Tescar.

— Je vais désigner Ewan. Il sait tenir sa langue.

Sir William alla rejoindre le nouveau venu.

— Comment te nommes-tu, frère ?

L'homme cligna des yeux, se demandant à qui il avait affaire. Un type pâlichon et imberbe, en tenue de chevalier du Temple ?

— Je suis le frère Thomas, responsable de l'infirmerie. Que s'est-il passé ici ?

— Es-tu chirurgien ou médecin, frère Thomas ?

— Les deux, mais…

— Excellent ! Maintenant, ouvre grandes les oreilles. Je suis William Sinclair, récemment intégré au conseil. Si je suis glabre, c'est parce que j'ai voyagé incognito pour délivrer un message de notre grand maître au commandeur et à l'amiral de La Rochelle. Ce qui s'est passé ici, si tu veux le savoir, c'est un massacre ! Le commandeur est mort et l'amiral s'en est tiré de justesse. Toujours inconscient, il est indemne, paraît-il. Note soigneusement ce que je vais te demander, et considère que ça entre dans le cadre de ton vœu d'obéissance. Dans cette salle, il y a quatre cadavres. Le mort qui gît près de l'entrée était l'un des meurtriers. Derrière la table, tu trouveras la dépouille de deux sergents et du commandeur en personne.

» Tu vas appeler des gens sur-le-champ, leur ordonner le silence et l'obéissance, comme je viens de le faire avec toi, puis organiser le transport des cadavres jusqu'à ton infirmerie. Ensuite, tes assistants nettoieront cette salle du sol au plafond. Dès que tu auras mis tout ça en route, il te faudra réanimer l'amiral de Saint-Valéry. J'ai des ordres à lui transmettre, et c'est une urgence absolue. J'ai besoin – non, le Temple a besoin – qu'il soit lucide et alerte. M'as-tu bien compris, frère Thomas ?

L'homme acquiesça mais ses yeux dérivèrent sur le type à la barbe rousse toujours évanoui et surveillé par deux sergents.

— Qui est-ce ?

— Un prisonnier. Le second meurtrier. Nous nous chargerons de lui. Pour l'instant, il ne risque pas d'avoir besoin de tes soins.

— Pour l'instant ?

— Exécution, frère Thomas !

Tescar et le frère chirurgien se croisèrent à l'entrée de la salle. Se pétrifiant, le sergent regarda Godwinson avec des yeux ronds.

En quelques mots, sir William mit le vétéran au courant du drame, puis il lui demanda les noms des seconds du commandeur et de l'amiral, un pour la garnison et l'autre pour la marine. Ces informations mémorisées, il envoya Tescar rassembler les hommes – en lui ordonnant de ne rien révéler de ce qu'il savait.

2

Une heure plus tard, après avoir fait tout ce qu'il pouvait pour réparer les dégâts provoqués par Godwinson et son complice, sir William revint dans la salle de jour. Sans rien à faire, sinon attendre des événements qui échappaient à son contrôle…

Installé dans un fauteuil, près de la cheminée, il croisa les jambes, chercha la position la plus confortable possible et balaya du regard la pièce soigneusement récurée où se traitaient toutes les affaires de la commanderie.

Son haubert retiré, sir William portait une bure blanche de moine sous le manteau également blanc orné de la croix d'un chevalier du Temple. Prudent, il ne s'était pas départi de son épée, et sa main, tandis qu'il contemplait les flammes, reposait sur la garde de l'arme comme s'il s'était agi d'un bâton de marche ou d'une canne.

La pièce entière puait le savon de cendres dont les émanations agressaient cruellement les yeux. Mais ça s'arrangeait déjà un peu, même s'il faudrait être patient. Cette odeur lui valant des maux de tête, le chevalier avait passé la dernière heure à l'air libre, où il était tout à fait possible de gérer les affaires de la garnison.

Godwinson, quel que soit son vrai nom, croupissait dans une cellule gardée en permanence. Après avoir repris conscience, il avait refusé de répondre aux questions. Sentant la moutarde lui monter au nez, sir William avait jugé plus prudent qu'on l'ôte de sa vue. Après, il avait expliqué aux deux seconds comment calmer la garnison à la fois outragée et humiliée, mais en omettant de leur révéler l'objectif de sa mission. Sans discuter, les deux hommes avaient reconnu son autorité et exécuté ses volontés comme leur devoir les y obligeait.

Tant qu'il n'aurait pas informé Saint-Valéry de la raison de son séjour à La Rochelle, il ne pourrait rien dire à personne…

Avant de regagner la salle, il était passé à l'infirmerie. Selon frère Thomas, l'amiral revenait lentement à lui, et il ne garderait aucune séquelle de sa chute. Le carreau, cela dit, avait raté ses chairs d'un souffle, et il en aurait été autrement s'il n'avait pas été mieux caparaçonné qu'un cheval de guerre.

Trois heures avant minuit, le chevalier écossais devait se résoudre à ronger son frein en attendant que Saint-Valéry soit en état de s'entretenir avec lui et d'assimiler ses nouvelles. Quand ce serait fait, il pourrait assumer les fonctions de l'amiral jusqu'à ce que celui-ci en soit de nouveau capable. En cas d'urgence, il tenait du grand maître en personne le pouvoir de recourir à des mesures radicales.

À l'autre bout de la pièce, Tam était adossé à un mur, les yeux baissés et les mains sagement croisées devant lui. Bien entendu, ils avaient débattu en profondeur des derniers événements, mais sir William, d'humeur plus que morose, avait conscience de s'être défoulé sur son compagnon, tirant parti de son équanimité à toute épreuve pour déverser sur lui une rage et une frustration dont il n'était en rien responsable. Rongé par la culpabilité, il brûlait d'envie de se racheter :

— Tu es bien tranquille, Thomas… Pourquoi ?

Tam leva les yeux sur son chef et arqua un sourcil noir. Puis il se détourna, se pencha pour ajouter deux bûches dans le feu et les poussa du bout d'une botte afin qu'elles s'embrasent plus vite. Enfin, il se redressa, s'essuya les mains sur son surcot et fit face à son supérieur.

— Tu fulmines toujours à cause de ce que j'ai fait avec cette femme ? demanda-t-il.

Sir William se redressa dans son fauteuil et regarda Tam avec de grands yeux ronds.

— Ce que tu as fait avec cette femme ? J'espère bien ne pas avoir ce genre de « souci », Thomas.

— Tu sais bien que tu peux dormir sur tes deux oreilles… Mais depuis cet incident, ça fait bien dix fois que tu m'appelles « Thomas », et en général, ça signifie que tu m'en veux. Et quand tu te montres très poli, comme à l'instant, ça veut dire exactement la même chose. Mais je me suis mal exprimé. Tu ne me reproches pas ce que j'ai fait avec la femme, tu m'en veux parce que je l'ai aidée.

— C'est exact, et figure-toi que j'y ai réfléchi. Tu as mal agi.

Tam détourna vivement la tête, comme s'il voulait cracher dans le feu, mais il se ravisa et regarda de nouveau son supérieur, la voix vibrante d'agacement.

— En quoi était-ce mal, pour l'amour de Dieu ? Enfin, j'ai aidé une de nos compatriotes contre un homme que nous méprisons ! C'était une femme, certes, mais ça change quoi ? Elle avait besoin d'assistance, Will, et j'étais là pour la lui fournir. Fin de l'histoire. Si ça s'était passé avec un homme, tu n'aurais rien dit.

— C'est faux, parce que ça aurait aussi mis en danger notre mission.

— Will, ce sont des foutaises, et tu le sais ! Tu tires ta tête de cochon pour m'embêter. Notre mission n'a jamais été menacée. À ma place, face aux suppliques de l'inconnue, tu aurais fait la même chose que moi.

— Sûrement pas. Je l'aurais fuie, ton inconnue !

— Tu l'aurais fuie, vraiment ? Et pourquoi donc ? Parce que c'était une femme ? Doux Jésus, Will, et si ça avait été ta mère, ou une de tes sœurs ? Tu n'aurais pas voulu qu'on lui propose de l'aide ?

— Ce n'était pas ma mère, Tam. Ni une de mes sœurs.

— D'accord, mais elle est bien la mère ou la sœur de quelqu'un, non ? Voire les deux.

— Faux. C'était une voyageuse solitaire – un appel au péché qui attend patiemment son heure.

— Pour l'amour du Christ, c'est répugnant ! (Une opinion sincère, ça s'entendait dans la voix de Tam.) Will Sinclair, depuis quand se connaît-on ?

— Trente ans, pourquoi ?

— Plus que ça, même… Et au fil des ans, tu es devenu un autre homme.

— Je ne vois pas ce que tu veux dire…

— Ça, je n'en doute pas un instant… Le jeune gars de jadis n'aurait jamais débité des bigoteries pareilles. Mais depuis ton retour de l'Outre-mer, et ton admission au sein du conseil, tu t'es métamorphosé, Will, et pas à ton avantage.

Sir William se raidit.

— C'est de l'insolence, sergent !

Tam croisa les bras.

— On en est là ? Au bout de trente ans, tu m'accuses de ça ? Après m'avoir dit et répété de m'exprimer et de ne jamais te cacher la vérité. En privé, affirmais-tu, je devais me tenir pour ton égal. Et voilà que je suis insolent ?

Le rouge lui montant aux joues, sir William se ratatina dans son fauteuil.

— Tu as raison, c'était déplacé. Je te prie de m'excuser.

— Je le fais de bon cœur, Will. Mais qu'est-ce qui ne va pas chez toi ? Tout ça ne te ressemble pas.

Sir William se redressa, serra plus fort la poignée de son épée et, les yeux plissés, riva son regard sur les flammes.

— Je ne sais pas ce qui m'arrive, Tam… C'est vrai, tu peux me croire. C'est lié au drame de ce soir – tant de cruauté et de malveillance. Le ministre de la Justice d'un roi organisant un assassinat… C'est impensable et… ignoble. Pourtant, ça s'est passé, et depuis une bonne demi-heure, je m'interroge sur la volonté de Dieu. Était-ce à cause de lui que nous étions à Paris, ce jour précis, pour voir Guillaume de Nogaret et ce chien de Godwinson sortir de chez le roi ? Si je n'avais pas vu la barbe rousse striée de blanc, je n'aurais pas réagi à la description de Tescar, et l'amiral ne serait plus de ce monde.

— Foutaises ! Tu n'aurais pas gobé cette histoire d'émissaire venu avec un message du grand maître. Dès le début, tu as compris que c'était un mensonge. Donc, sans avoir croisé ce bâtard à Paris, tu aurais pris les mêmes mesures. La volonté divine n'est pour rien là-dedans.

— Admettons… Mais Dieu a-t-il voulu que ce tueur prenne la vie d'Arnold de Thierry ? Un homme qui ne l'a jamais offensé de son vivant…

— N'en jette plus, la cour est pleine ! (Tam leva les mains en signe de reddition.) Tu vas faire exploser ma pauvre tête. Will, je ne peux pas répondre à des questions pareilles, et toi non plus. Continue, et tu finiras par devenir fou ! Arnold de Thierry a eu une fin atroce, c'est vrai, mais il est mort à son poste – au service de Dieu, je te rappelle. Il doit être à sa droite avec les autres, à savourer sa récompense.

— Quels autres, Tam ?

— Eh bien, tous les gens intègres comme lui qui sont morts en faisant leur devoir. Tu ne crois quand même pas qu'il soit le seul à avoir péri ainsi ? Si tu songeais à ta famille ? Les Sinclair sont liés au Temple depuis le début. Combien d'entre eux ont péri au service de Dieu et de l'Église ? On l'ignore, mais ils doivent être nombreux. Il n'y a pas si longtemps, trois de tes ascendants – des oncles et des cousins français et écossais, St. Clair comme Sinclair – sont tombés le même jour en Outre-mer durant la guerre sainte livrée par ce foutu Richard Cœur de Lion contre le Sarrasin Saladin et ses musulmans. Penses-tu que Dieu, dans son infinie sagesse, les ait condamnés à mort pour avoir soutenu le Plantagenêt, un homme célèbre pour sa dépravation et ses ignobles habitudes ?

» Il ne nous revient pas de juger les motivations de Dieu, Will. Nous avons déjà assez de mal avec nos propres erreurs…

— Tam, j'ai tant changé que ça ? Suis-je vraiment le bigot que tu dépeins, toujours prompt à débiter des âneries bien-pensantes ?

— Par moments, tu n'en es pas loin… (Tam eut un grand sourire.) Mais pas en permanence, le ciel en soit loué !

Sir William continua à observer les flammes. Quand Tam pensa qu'il n'entendrait plus sa voix de la soirée, le chevalier lâcha :

— J'ai réfléchi à cette femme, Tam…

— C'était une beauté, oui… Il n'y a rien de mal à ça.

— Si, au contraire !

Sir William tourna la tête et plongea les yeux dans ceux de son sergent.

— J'ai juré de rester loin des femmes.

— Laisse tomber, Will. Ça ne veut rien dire et tu le savais dans ta jeunesse.

— Tam, c'est sérieux ! J'ai fait vœu de chasteté.

— Tu as juré de ne pas forniquer, que ce soit avec une femme ou un homme. Parfait. Un vœu est un vœu, et j'en ai prononcé un certain nombre moi-même. Mais réponds à cette question : avoir un homme pour partenaire est-il pire que coucher avec une femme ?

Will frémit d'indignation.

— La luxure entre hommes est contre nature. Le plus grave péché mortel.

— C'est bien ainsi, je te l'accorde... Y penser suffit à me donner la nausée, mais ça arrive pourtant. Est-ce plus grave que de forniquer avec une femme ?

— Pourquoi parlons-nous de ce sujet ?

— Parce que tu as commencé. Alors, c'est pire ?

— Bien entendu !

— Parce que c'est contre nature ?

— Oui.

— Donc, avec une femme, c'est naturel ? Ne t'énerve pas, je veux juste essayer de savoir pourquoi tu ne t'es jamais tenu à l'écart des hommes.

— À l'écart des hommes ? Tu as perdu l'esprit ?

— Non, je crois même être très clair. Si la fornication entre hommes est contre nature, donc pire que le péché « normal » – tu aurais dû éviter de fréquenter des mâles. Un type aux tendances perverses aurait pu te corrompre.

Sir William se radossa à son fauteuil.

— C'est absurde. Pas un homme sur dix mille n'envisagerait de faire une chose pareille. L'idée même est risible.

— Je te le concède volontiers. Mais pas moins que ta façon d'assimiler toutes les femmes au péché, comme si elles en avaient après ta fichue chasteté.

— C'est différent. Très différent, même. Je ne suis pas attiré par les hommes. En revanche, il peut m'arriver de trouver une femme séduisante. Et ça risque de saboter mon vœu.

— Quel vœu ? Ta chasteté, c'est ça ? Je vois… Mais dis-moi, quand as-tu juré de dénier aux femmes le droit de vivre ? Celui de vouloir être libres, ou de fuir un ennemi comme ce rustre de Guillaume de Nogaret et ses chiens ? Quand as-tu juré de nier leur humanité ?

— Jamais, bien entendu.

Tam se rembrunit.

— Will, tu as dû le faire au plus profond de toi-même. Et tu te comportes en conséquence. Ta mauvaise humeur date du moment où tu nous as vus avec cette femme.

— Mensonge ! Je ne l'ai même pas observée d'assez près pour la considérer comme une personne.

— C'est pour ça que son image t'obsède ?

Un court silence s'ensuivit. Tam en profita pour venir s'asseoir dans un fauteuil, à côté de son chef.

— Will, as-tu jamais connu une femme ?

— Quelle question idiote ! Bien sûr que j'ai connu des femmes.

— Qui ? Donne-moi un nom.

— Ma mère. Plusieurs tantes… Mes sœurs, Joan, Mary et Peggy.

— Des parentes, Will, des parentes… Je parle d'une vraie femme, en chair et en os, qui ne soit pas de ta famille. Alors ?

Sir William regarda son sergent dans les yeux.

— Non, je n'en ai pas connu, et tu le sais. Depuis trente ans, tu me suis comme mon ombre.

— Je m'attendais à cette réponse. Le pire, c'est que je te crois. Mais j'espérais me tromper. Comme tu l'as dit, on est ensemble depuis trente ans. Mais moi, j'ai *connu* quelques femmes, et tu n'en as jamais rien su.

Tam vit son cadet frémir d'horreur.

— Que dois-je dire, mon gars ? Que je suis un pécheur ? Un sergent du Temple n'en reste pas moins un homme, sais-tu ? J'ai connu la tentation, j'y ai cédé – pas souvent, rassure-toi, je ne suis pas un bouc en rut – et je m'en suis réjoui la plupart du temps. Après, je me suis confessé et j'ai fait pénitence. Bref, j'ai été pardonné par un Dieu d'amour. Tu te souviens, il est plein de compassion, notre Dieu ! (Tam se pencha vers son supérieur.) Dis quelque chose, vieux frère, et respire un bon coup. On croirait que tu couves une attaque.

Les yeux écarquillés, sir William tenta en vain de parler.

— Qu'y a-t-il ? railla Tam. Exprime-toi, au nom du Seigneur !

Cette injonction fut efficace. Non sans peine, le chevalier parvint à croasser :

— Au nom du Seigneur ? Sur un tel sujet, tu oses l'invoquer ? Tu as prêté serment, Tam.

— Oui, je sais, et j'ai manqué à ma parole de temps en temps. Cela dit, je me suis confessé et on m'a absous. Tous les hommes font ça. Nous sommes des êtres de chair, pas des dieux.

— Des Templiers, voilà ce que nous sommes.

— D'accord, mais avant tout, des hommes ! Dans notre ordre, nous avons des prêtres et des évêques, comme toutes les autres confréries, et presque tous ceux que je connais ont une catin cachée quelque part. Quel monde as-tu construit dans ta tête, Will ? Es-tu sourd et aveugle sur ces questions ? Tu dois l'être, parce qu'il ne manque pas de choses à voir et à entendre.

Sur la poignée de l'épée, les phalanges de sir William avaient blanchi, tant il la serrait fort.

— Je… refuse… de… parler… de… ça, dit-il en détachant bien chaque mot.

Les deux hommes n'eurent pas l'occasion de se quereller davantage. Sans qu'on ait frappé, les portes s'ouvrirent et l'amiral de Saint-Valéry se campa sur le seuil de la salle.

3

Sir William se leva d'un bond, prêt à aller aider l'officier, mais celui-ci lui fit signe que ce ne serait pas nécessaire. Sous le regard du chevalier et du sergent, Saint-Valéry étudia la salle, ses yeux s'attardant sur le mur où le carreau mortel pour le complice de Godwinson avait laissé une entaille.

— Ça empeste le savon de cendres, dit-il.

— Oui, amiral, je trouve aussi. Mais ça s'est arrangé… Il y a une heure, on pouvait à peine respirer.

Saint-Valéry hocha distraitement la tête, puis il approcha de la cheminée. Quand sir William s'écarta pour le laisser passer, il ne s'assit pas, mais s'appuya au dossier d'un fauteuil pour pouvoir rester debout. En quelques heures, le pauvre homme semblait avoir vieilli de plusieurs années. Blafard, il avait les yeux cernés et les joues creuses. Pourtant, il ne semblait pas décidé à baisser les bras.

— J'ai vu Arnold, dit-il d'un ton neutre. Selon les chirurgiens, il est mort sur le coup, donc, sans souffrir. À vrai dire, il n'a même pas dû voir venir la fin. Je l'espère, sinon, comme il avait pris ses assassins pour des frères, il a dû se sentir trahi. Et une telle félonie, même en apparence seulement, lui aurait brisé le cœur. Je suis navré par sa mort. Tous deux, nous étions amis depuis… plus d'années qu'un homme devrait en vivre. Il me manquera.

L'amiral se redressa, prit une grande inspiration et se tourna vers sir William. En une seconde, il redevint le chef de la flotte, ses peines personnelles reléguées au second plan.

— Je crains de devoir remettre ce deuil à plus tard. Sir William, il paraît que vous m'apportez un message de maître de Molay ?

— C'est exact, amiral.

Saint-Valéry fit un grand geste circulaire.

— Y a-t-il un rapport avec les horreurs qui se sont produites ici ?

Sir William regarda son sergent, qui hocha imperceptiblement la tête.

— Oui et non, amiral… Selon moi, il y a un lien, mais je ne puis l'affirmer. Faute de preuves, évidemment… Mais Tam partage mes soupçons.

Saint-Valéry tira son fauteuil à bonne distance des flammes.

— Nous devrions nous asseoir… Un peu de confort ne nous fera pas de mal, si ça doit être long…

Sir William et Tam prirent place aux côtés de l'amiral. En temps normal, un sergent n'aurait même pas envisagé d'agir ainsi. En principe, ces hommes ne frayaient guère avec les hautes sphères. Mais Tam connaissait Charles de Saint-Valéry depuis très longtemps, et ses états de service, à l'insistance du haut gradé, lui avaient valu le droit de s'asseoir et de s'exprimer en sa présence.

— Ce sera long, amiral, dit sir William en s'asseyant, et je crains que rien ne puisse nous sembler confortable…

— Eh bien, c'est adapté à cette affreuse nuit, pas vrai ? Que m'apportez-vous donc ? Je suppose que c'est une missive ?

— Oui, de la main même du grand maître… Tam ?

Tam Sinclair saisit le sac suspendu à son épaule. Le posant sur ses genoux, il l'ouvrit et en sortit deux gros paquets enveloppés de parchemin. Il en tendit un à Saint-Valéry et remit l'autre dans le sac.

— Le grand maître avait beaucoup à dire, semble-t-il, souffla l'amiral. Pour qui est l'autre document, si je puis me permettre de demander ?

— Voyez vous-même, amiral, répondit sir William.

Il fit signe à Tam, qui ressortit le paquet et le tendit à l'officier.

Saint-Valéry regarda l'inscription et plissa le front.

— « Pour sir William Sinclair, lut-il à haute voix. À ouvrir le jour de l'Épiphanie de l'an de grâce 1308. Jacques de Molay, grand maître de l'ordre. » (Saint-Valéry leva les yeux sur sir William.) L'Épiphanie ?

Le chevalier haussa les épaules et écarta les mains en signe d'ignorance. Avec un grognement, l'amiral rendit le paquet à Tam et affermit sa prise sur le sien, sans faire mine de briser le sceau.

— Sir William, connaissez-vous la teneur de ce texte ? (Le chevalier acquiesça.) Et celle du vôtre ?

— Je n'en ai aucune idée, mon seigneur. Le grand maître ne m'a pas donné d'indices. Il a simplement attiré mon attention sur l'inscription. Donc, je devrai attendre l'Épiphanie.

— Voilà qui est inquiétant, puisque nous sommes en octobre… Trois mois à patienter, avec tant d'événements susceptibles d'altérer vos ordres – si ce sont des ordres. Auriez-vous la bonté de me résumer les miens ? Je les lirai plus tard.

Sir William se leva et alla se placer dos à la cheminée, histoire de regarder l'amiral en face.

— Comme vous le savez, il y a huit mois, le pape a ordonné au grand maître de quitter Chypre pour revenir en France. Ce faisant, il n'a fourni aucune explication à Jacques de Molay sur la raison de ce voyage ni sur ce qui était attendu de lui – à part de rencontrer le Saint-Père et le roi pour débattre de l'avenir de l'ordre et d'une éventuelle fusion entre le Temple et l'Hôpital. Un projet auquel maître de Molay est très hostile pour toute une série de raisons.

— Je connais les objections du grand maître. Vous les partagez ?

— Oui, amiral. Il craint que nous y perdions notre identité, et cette idée nous inquiète tous.

— Dans ce cas, je vous écoute…

Le chevalier écossais croisa les mains.

— Pour commencer, l'ordre de l'Hôpital est plus important et plus complexe que le nôtre. Ses activités sont plus diverses, et il fait montre de plus de… souplesse dans l'interprétation de ses devoirs et de son rôle. Les Hospitaliers n'ayant jamais été des guerriers, le maître redoute que nous renoncions au désir impérieux de reconquérir la Terre sainte. Il s'inquiète aussi des « doublons » dans les cités. Au sujet des installations, je veux dire… Lesquelles survivraient à la fusion, et sous quelle administration ?

» Ces questions le tracassent, et il n'a pas obtenu de réponses satisfaisantes lors de ses rencontres avec le pape Clément à Poitiers et avec le roi Philippe à Paris. En d'autres termes, rien de concret n'en est sorti. Et depuis deux mois, le grand maître, soucieux de respecter la volonté du roi, patiente à Paris sans savoir ce qu'il attend.

» Il y a moins d'un mois, Jacques de Molay a été informé d'un complot contre le Temple. Bien entendu, il a réagi aussitôt. J'ignore d'où est venue la fuite, mais j'ai l'intuition, après avoir entendu le dit et deviné le non-dit, que l'informateur est un proche du roi ou de son garde du sceau, Guillaume de Nogaret.

Saint-Valéry acquiesça, très calme.

— Je vois… Et quelle est la cible de ce complot ? Notre argent, j'imagine, qu'il est question de confisquer, puisque Guillaume de Nogaret est à la manœuvre. Quelle est l'étendue de la menace ?

— Sire Charles, c'est bien plus grave qu'on peut le supposer… Assis en face de maître de Molay, qui me confiait son secret, j'ai été bouleversé au point de penser un instant que notre chef, devenu fou, voyait des démons partout. En réalité, il était au courant depuis dix jours, et, au début, il avait eu lui-même les plus grands doutes. La source étant incontestable, m'a-t-il confié, il a jugé bon de prendre des précautions, au cas où la catastrophe se produirait.

» L'avertissement a été confirmé le matin même du jour où j'ai vu le grand maître, il y a deux semaines de ça. Un deuxième rapport, plus détaillé, transmis par la même source… Au moment où il m'a reçu, Jacques de Molay avait déjà un plan. Depuis, je travaille à sa mise en œuvre.

Saint-Valéry se rembrunit.

— À vous entendre, on croirait que la fin du monde est proche.

— Elle l'est, en tout cas pour nous…

La réponse de sir William était celle d'un chef à un subordonné, et l'amiral ne manqua pas de s'en apercevoir.

— C'est la fin de notre monde, ici, en France. Les armées de Philippe Capet, notre « roi bien-aimé », sont prêtes à se tourner contre nous. Ses armées, sire Charles ! Et tous ses affiliés ! Toutes les puissances du royaume de France se sont liguées pour monter contre nous une machination sans précédent. En son nom, la marionnette du roi, Guillaume de Nogaret, vient d'ordonner à l'armée d'arrêter tous les Templiers présents en France au matin de ce vendredi 13 octobre.

— C'est incroyable, tout simplement…, souffla l'amiral.

— Certes, mais surtout… c'est demain.

— Une affaire grotesque !

— Je ne vous le fais pas dire, amiral ! Hélas, il en va ainsi. Demain à l'aube, les hommes du roi frapperont à ces portes.

Saint-Valéry en resta muet. Sir William devina sans peine la tempête qui faisait rage sous son crâne. Tous les Templiers présents en France arrêtés et jetés en prison le même jour ? Oui, vraiment, c'était grotesque ! Dans le royaume, où il y avait des milliers de frères du Temple, très peu étaient des soldats. Depuis cent ans, la plupart des « Templiers » ne portaient pas l'ombre d'une arme. En réalité, il s'agissait de frères honoraires ou associés : des marchands, des banquiers, des clercs, des commerçants, des négociants, des artisans, des membres de guildes et des gouverneurs locaux. En d'autres termes, les hommes qui assuraient le bon fonctionnement de l'empire du Temple. Car l'ordre était l'institution civile la plus riche du monde, et son bras armé, depuis deux cents ans, constituait la force principale de l'Église. Dans toute la chrétienté, c'était la seule entité combattante qui n'eût pas la moindre tache sur ses états de service. Les Hospitaliers, objets de tant de louanges, étaient désormais ses rivaux, mais, comparé à celui des Templiers, leur palmarès militaire prêtait à sourire.

Alors, comment s'étonner que l'amiral soit sonné à l'idée qu'un édifice pareil puisse être ébranlé, voir rasé, par un seul roi cupide ?

Saint-Valéry, cependant, démontra une nouvelle fois sa valeur. Au lieu de se répandre en lamentations, il se concentra sur la situation qu'il devait affronter.

— Quels sont mes ordres ? demanda-t-il. Ma flotte doit-elle se rendre ?

Sir William sourit.

— Jamais ! Cette nuit, vous préparerez tout pour demain, puis vous enverrez vos navires dans d'autres eaux, où il sera impossible de les atteindre. Jacques de Molay a encore quelques doutes sur l'authenticité de ce complot. Pas moi.

» Si la catastrophe se produit, ce que je crois, vous conduirez votre flotte hors de France puis attendrez qu'une solution soit trouvée à cette affaire. La raison dicte que ce soit le cas. En attendant que la crise passe, chaque camp y ayant mis du sien, vous resterez en mer aussi longtemps qu'il le faudra en gérant au mieux vos ressources. Et j'embarquerai avec vous, pour veiller sur le trésor de l'Ordre.

L'amiral en resta bouche bée.

— Vous l'avez ici ? Le trésor des Templiers ?

— Pas à La Rochelle, mais dans ses environs…

— Comment l'avez-vous sorti de Paris ?

— Depuis dix ans, il n'y était plus, mais se trouvait en sécurité dans une grotte de la forêt de Fontainebleau. Le grand maître, en secret, avait ordonné qu'on le déplace.

— Il y a dix ans ? Pour le protéger de qui ?

— Des hommes qui le convoitent aujourd'hui, sire Charles. Philippe Capet et Guillaume de Nogaret. À l'époque, il n'y avait pas de menace directe. Maître de Molay s'est seulement montré prévoyant, comme c'est son devoir.

— Donc… (Saint-Valéry se racla la gorge.) Si je comprends bien, sir William, avec Tam et une poignée de sergents, vous avez traversé la moitié de la France en transportant le trésor du Temple ? Qu'est-ce que ça représente, exactement ? Cette manne a-t-elle grossi depuis la dernière fois où vous l'aviez vue ?

Sir William secoua la tête.

— Pas le moins du monde, amiral… Le trésor des Templiers, ce n'est pas ses possessions terrestres. Il s'agit de deux choses bien différentes… J'ai vu les quatre mêmes coffres qu'après le siège de Saint-Jean-d'Acre, et pour autant que j'ai pu le calculer, ils étaient formidablement lourds, mais pas plus qu'à l'époque.

Saint-Valéry regarda le chevalier, de beaucoup son cadet, et posa la question qui lui brûlait les lèvres :

— Que contiennent-ils ? L'avez-vous enfin appris ?

Sir William sourit.

— Amiral, vous savez que j'ai juré de ne rien dire sur ce sujet…

— Je comprends… Pourtant, mon cher ami Arnold et moi, que Dieu ait son âme, malgré nos états de service, n'avons jamais eu le droit de poser un œil sur un trésor dont vous avez par deux fois garanti la sécurité.

— Vous extrapolez, amiral… J'ai convoyé deux fois le trésor, et vu les coffres à chaque occasion, mais lors du premier voyage, c'est sire Tibauld de Gaudin qui s'est chargé de leur sécurité. Sa mission était de transférer la précieuse cargaison de Saint-Jean-d'Acre à Sidon. Moi, j'ai simplement navigué avec lui.

— Mais cette fois, la responsabilité pèse sur vos épaules. Comment avez-vous transporté les coffres jusqu'ici ?

— Eh bien, avec une belle escorte, vous pouvez me croire. Comme je vous l'ai dit, maître de Molay a réagi dès qu'il a eu vent du complot. Sans tarder, il m'a convoqué à Paris. En même temps, il a levé une force importante afin de veiller sur le trésor pendant son transfert.

— Importante ? Dans quelle mesure ?

— Cent frères parfaitement équipés : chevaux, armures, armes, écuyers, palefreniers, maréchaux-ferrants…

— Cent chevaliers ? Comment avez-vous fait pour les rassembler ?

— En si peu de temps, c'était impossible. Cette force compte seulement quarante chevaliers…

» Les soixante autres hommes sont des sergents recrutés un peu partout dans le royaume. Dès le début de la crise, Jacques de Molay a ordonné que ces braves se rassemblent – en plusieurs endroits et par petits groupes, avant de faire route pour la forêt de Fontainebleau, où sir Kenneth les attendait pour prendre leur commandement. Tam et moi, nous les avons rejoints, puis nous avons récupéré le trésor. Une fois le détachement au complet, nous avons gagné la côte par des chemins discrets.

— Le trésor est à l'abri ?

— Tout à fait, amiral. Sinon, je ne serais pas là. Kenneth et ses hommes veillent au grain.

— Et si quelqu'un les trahit ? Ces choses-là arrivent…

— C'est vrai, hélas… C'est pour ça que nous sommes ici aujourd'hui avec de si mauvaises nouvelles. La cupidité est mère de la trahison. Mais dans le cas qui nous occupe, le risque est négligeable. Pour agir, un voleur aurait dû savoir où était caché le trésor. Dans cette hypothèse, il l'aurait subtilisé avant que nous venions le récupérer. Sinon, il aurait dû être informé de notre mission – ce qui revient à peu près au même. Or, nous n'en savions rien jusqu'au dernier moment…

— Je vois… Et qu'adviendra-t-il de vos cent frères, s'il se passe demain ce que vous prédisez ?

— Ils s'enfuiront afin de se battre plus tard.

— Sur mes galères, c'est ça ? Suffisantes pour transporter cent hommes armés et leurs montures.

— Oui, sans oublier les équipements, les écuyers, les palefreniers et les maréchaux-ferrants. Amiral, ce sont bien entendu les ordres du grand maître.

Saint-Valéry grogna dans sa barbe puis sourit.

— Bien entendu… Donc, s'il nous faut partir, nous emporterons avec nous bien plus qu'un trésor…

— C'est la stricte vérité, sire Charles. Mais chaque vaisseau de votre flotte que nous laisserions derrière nous tomberait aussitôt entre les mains du roi de France, et aucun d'entre nous ne s'en réjouirait, je crois…

L'amiral acquiesça puis brandit son paquet.

— Si vous étiez venu hier avec cette histoire, j'aurais cru que vous aviez perdu la raison – comme vous avec maître de Molay. Mais après l'assassinat de mon ami Arnold, ce soir, dans les conditions que nous connaissons, je vous crois. Quelqu'un a envoyé des tueurs à la commanderie, et ça change tout. À présent, je vais devoir lire ces documents…

— Pas *quelqu'un*, sire Charles. Il n'y a aucun doute sur l'identité du commanditaire : c'est Guillaume de Nogaret. Tam et moi, nous l'avons vu parler avec Godwinson, il y a moins de quinze jours.

— Dans ce cas, que le Seigneur envoie son âme en enfer. Mais ça n'a aucun sens, sir William. Pourquoi engager un tueur ? Si vous ne vous trompez pas, sire Arnold et moi devions être de toute façon arrêtés demain à l'aube.

Le chevalier revint s'asseoir.

— Bien raisonné... N'était un point essentiel, amiral. La Rochelle est la plus puissante commanderie de France, et la flotte mouille dans son port. Les plans de bataille, vous le savez, évoluent toujours après le début des hostilités. Parfois, ils tournent mal. Le commandeur et vous morts, vous imaginez le chaos, demain, en ces lieux ? Dans un océan de spéculations et d'angoisses, la discipline aurait coulé à pic, interdisant toute tentative de résistance.

— Oui, je vois ce que vous voulez dire... Pouvez-vous me laisser un moment pour lire mes ordres ?

Un quart d'heure durant, il n'y eut pas d'autres sons dans la salle que le crépitement des flammes et le bruissement du parchemin. Puis Saint-Valéry releva les yeux et riva sur sir William un regard perplexe.

— Connaissez-vous *tout* le texte ?

— Non, seigneur... Le grand maître m'a seulement révélé ce que j'avais besoin de connaître.

— Je vois... Vous en apprendrez plus long demain, si ça s'impose, ce qui j'espère ne sera pas le cas. Quoi qu'il arrive, nos seconds, Bérenger et Montrichard, doivent être informés. Garde !

Saint-Valéry chargea le soldat qui répondit à son appel d'aller quérir d'urgence les deux hommes. Quand il fut parti, l'amiral se tourna vers sir William :

— Qu'auriez-vous fait si... eh bien, si j'étais mort ce soir ? Auriez-vous transmis les ordres du grand maître à Bérenger ?

— Bien entendu... Et à Montrichard, le second de sire Arnold. Puisqu'ils auraient assumé le commandement, ç'aurait été logique.

— Sir William, vous faites montre d'une grande délicatesse, mais il est clair que je suis désormais votre subordonné. Seul un membre du conseil peut veiller sur le trésor.

Le chevalier se contenta d'acquiescer.

— Dans ce cas, en attendant les autres, puis-je lâcher la bonde à ma curiosité ? Où comptez-vous aller, quand nous partirons ? Où emporterez-vous le trésor ? Maître de Molay vous a-t-il donné des instructions ?

— Non, amiral. Pour le moment, tout ce que je sais, c'est que nous devrons prendre la mer. Contre toute logique, j'espère encore que rien ne se produira demain. À part ça, je suis aussi ignorant que vous…

» La mer, voilà tout ce que je sais. À l'origine, maître de Molay voulait que j'aille en Angleterre, à la cour d'Édouard Plantagenêt, mais durant mon séjour à Paris, j'ai appris que ce roi est mort il y a des mois, en tentant une nouvelle fois d'envahir ma patrie. Le fils d'Édouard étant à l'évidence indigne de confiance, cette nouvelle a tout changé.

— Le roi d'Angleterre ne serait donc pas fiable, même avant d'être couronné ? Comment est-ce possible ? Et pourquoi ne suis-je au courant de rien ? Ici, je suis si isolé que je ne sais pas grand-chose du monde extérieur.

À l'évidence, Saint-Valéry ne feignait pas la surprise.

Sir William chercha son regard, puis il haussa les épaules.

— Votre monde, c'est l'ordre, amiral. Vous n'avez jamais eu le temps de vous pencher sur autre chose, et les qualités du roi d'Angleterre, même en des temps meilleurs, ne sont pas de nature à vous intéresser. Ce type est… perverti, sire. Un inverti qui préfère jouer le rôle de la femme. Il affiche sa déviance devant ses barons, se fiche de ce qu'ils pensent, et n'a aucun sens de la diplomatie. Ses amants, il les exhibe sans pudeur, les couvrant de cadeaux, de privilèges et surtout de promotions qu'ils sont incapables d'assumer. Les barons l'abominent, et on murmure qu'il ne fera pas de vieux os s'il ne s'amende pas. Avant que ce soit fait, il ne nous sera d'aucun secours.

— Je comprends… Puisque vous êtes direct, je le serai aussi : où irez-vous, si les événements vous donnent raison ? Vous devez en avoir une idée.

Dans son fauteuil, sir William se redressa de toute sa hauteur.

— En Écosse, lâcha-t-il comme s'il lançait un défi.

Pensif, l'amiral assimila cette déclaration, puis la compara à ce que le chevalier venait de dire sur l'Angleterre. Au bout du compte, il exhala un long soupir, coula un regard à Tam puis se tourna de nouveau vers sir William.

— L'Écosse… Oui, c'est bien… Nous y avons de solides… affiliations.

Il n'y avait ni hésitation ni incertitude dans la voix de l'amiral. Pourtant, ses propos en étaient empreints.

— C'est exact, et il en est ainsi depuis deux cents ans. Notre étendard noir et blanc y est présent partout, et très récemment, on l'a vu battre au vent face aux troupes des Plantagenêts, afin de défendre le peuple d'Écosse. Chez moi, nous serons très bien accueillis.

— Par les frères de l'ordre, oui… Mais le nouveau roi, ce Robert… Comment se nomme-t-il, déjà ?

— Robert Bruce, roi des Écossais… Je connais sa réputation, et il ne nous tournera pas le dos.

— Qui connaissez-vous ? Un compatriote, ou le roi ?

— Doit-il y avoir une différence ?

L'amiral se rembrunit.

— Seigneur Sinclair, ce n'est pas obligatoire, mais c'est souvent le cas. Les rois ne sont pas des gens ordinaires. Si isolé que je sois, j'ai entendu dire que ce Robert est un homme dur, violent et qui ne recule pas devant un sacrilège – comme tuer un homme sur les marches d'un autel à la gloire de Dieu.

— Je suis informé de tout ça, amiral, et une bonne partie de ce que vous dites – pas tout, cependant – est la stricte vérité. Croyez-moi, je sais de quoi je parle. La provocation était terrible, et je doute que Robert Bruce ait eu toute sa lucidité sur le moment. Selon moi, il a frappé sans avoir vraiment conscience de son environnement. De plus, le coup n'était pas mortel, et ce n'est pas Robert qui a tué John le Rouge Comyn, seigneur de Badenoch. Il l'a poignardé, c'est sûr, puis il est sorti de l'église, désorienté par ce qui venait d'arriver. Après qu'il eut raconté l'affaire, un de ses hommes est entré dans l'église et a achevé Comyn. Il y a eu un meurtre, c'est indéniable, mais de là à l'attribuer à Robert Bruce…

— Vraiment ? Alors qu'il a frappé un homme devant un autel ? Comment pouvez-vous dire une chose pareille ?

Sir William arqua un sourcil.

— Ce n'est pas moi qui le dis, amiral, mais l'Église d'Écosse, par la voix de Robert Wishart, l'évêque de Glasgow, avec le soutien sans partage de William Lamberton, archevêque de Saint Andrew et primat du royaume – deux prélats qui ont absous Robert Bruce moins d'une semaine après le drame, avant de le couronner roi d'Écosse. À l'époque, Robert était fort démuni, en particulier en matière de vêtements. En conséquence, quand il reçut la couronne, il portait l'aube de cérémonie de l'évêque Wishart, qui la lui avait prêtée de bon cœur.

Sir William marqua une pause pour que son interlocuteur ait le temps d'assimiler ces informations.

— Je postule qu'aucun homme d'Église, même le plus vénal et corrompu, ne s'afficherait ainsi avec un homme qu'il soupçonne de meurtre. Et ce dans un lieu saint ou ailleurs.

» Puis-je vous rappeler vos propres mots, sire Charles ? « Les rois ne sont pas des gens ordinaires. » Eh bien, ce meurtre ne l'était pas non plus. Il ne s'agissait pas d'une chamaillerie ayant mal tourné. C'était, sachez-le, une confrontation entre deux hommes fiers et ambitieux – des gardiens du royaume d'Écosse, chacun croyant dur comme fer que la couronne lui revenait de plein droit. La colère et l'amertume ont provoqué la violence. L'un d'eux est sorti de l'église, et l'autre y est mort peu après…

» Ce sont les partisans de John le Rouge Comyn, dont le pape Clément en personne, qui ont accusé Robert Bruce de meurtre. Qu'auraient-ils dit, je me le demande, si c'était lui qui avait perdu la vie devant cet autel ? John Comyn, seigneur de Badenoch et ami du pape, aurait-il été condamné ? Il serait devenu roi, certes, mais le Saint-Père l'aurait-il excommunié et voué à la damnation ? N'oubliez pas que c'est le même pape, aujourd'hui, qui laisse Philippe Capet et Guillaume de Nogaret tenter de détruire notre confrérie. Clément était-il moins cupide et plus honnête il y a un an qu'aujourd'hui ?

Saint-Valéry s'éclaircit la voix.

— De votre propre aveu, sir William, nous ne savons pas encore si c'est vrai. La destruction de notre confrérie, je veux dire… Pour le moment, c'est une rumeur, et ça pourrait en rester là.

— Demain nous le dira, et, pour une fois, ce n'est pas une image. En attendant, je sais ce que je crois cette nuit. (Sir William se leva et tapa énergiquement dans ses mains.) Robert Bruce est un homme fiable, amiral. Il est jeune et impétueux, je vous le concède, et il a le sang chaud. En toute honnêteté, ce ne sont pas les qualités qu'on attend d'un roi, mais il apprend vite, et il ne fait jamais deux fois la même erreur. En d'autres termes, j'ai confiance en lui et je lui vois un grand avenir. Donc, je pense que notre ordre doit se fier à lui. Depuis le début, nous sommes influents en Écosse, et c'est encore plus flagrant depuis que nous avons pris parti pour ce peuple et son roi contre les Anglais. Robert Bruce nous en saura gré et nous offrira l'asile politique.

— Jacques de Molay sait-il que vous comptez aller en Écosse ?

Sir William hésita.

— Non, amiral… Pas formellement, en tout cas, mais il doit s'en douter. Cela dit, nous n'en avons pas parlé, et le nom « Écosse » ne fut jamais prononcé lors de nos entretiens. Le grand maître m'a laissé libre de choisir mon sanctuaire, sans tenter de m'influencer. Je jurerais qu'il ne croit pas vraiment lui-même aux événements qui se préparent. En secret, il espère que tout ça n'aura été qu'une mystification. Mais en chef avisé, il a pris des mesures pour éviter le pire, au cas où… Si ce qui nous attend demain est bien ce que je redoute, c'est Dieu, m'a-t-il dit, qui m'indiquera où aller le moment venu. Le grand maître m'a aussi ordonné d'exiger, comme je viens de le faire, que vous mettiez la flotte à mon service, afin d'assurer ma fuite.

— Mais… ? Sir William, j'entends un « mais » dans votre voix.

— Et il y en a un. Je suis convaincu que le grand maître ne voulait pas connaître ma destination. Ainsi, il ne pourra pas la divulguer sous la torture.

— La torture ? Infligée au grand maître de l'ordre du Temple ? Nos ennemis n'oseront jamais commettre une telle infamie. Le pape les condamnerait publiquement.

Sir William resta de marbre.

— Le pape, amiral, fera tout ce que Philippe Capet lui demandera. C'est au roi de France qu'il doit son siège. Et il peut le perdre en un éclair. Quant aux condamnations publiques, Guillaume de Nogaret a déjà été excommunié pour avoir maltraité un des deux papes précédents sur ordre du roi de France. Le vieux Saint-Père en est mort d'indignation, mais ça ne semble pas peser sur la conscience du garde du sceau.

Après un assez long silence, sir William reprit la parole :

— Qu'allez-vous faire du tueur anglais, amiral ? Ce Godwinson…

— Il sera jugé et condamné pour meurtre.

— Quand ? Et par qui, monseigneur ? Demain, Guillaume de Nogaret le fera libérer et il rira de voir nos hommes le remplacer dans sa cellule. C'est une profonde injustice, me semble-t-il.

Un peu plus pâle qu'avant, l'amiral secoua la tête, incrédule.

— Que voulez-vous que je fasse ? Ordonner qu'on l'exécute ? Ce serait un meurtre.

— Amiral, puis-je vous rappeler vos propos ? Membre du conseil, je suis votre supérieur. La responsabilité de cette décision m'échoit, et pas à vous.

— Et qu'allez-vous faire ?

— Opter pour la justice. Ce soir même… J'aurais dû m'y décider plus tôt. Quand il a quitté Paris pour accomplir sa sinistre mission, Godwinson a signé son arrêt de mort. Lui permettre d'échapper à son châtiment serait une forfaiture.

» Tam, rassemble les hommes qui ont assisté au drame et conduis-les au donjon. Je vous y rejoindrai.

Tam acquiesça et sortit sans un mot, laissant seuls ses deux supérieurs.

— Vous allez vraiment exécuter cet homme ? demanda Saint-Valéry sur le ton de la conversation.

— Que puis-je faire d'autre ? Le laisser vivre pour qu'il se vante de son exploit ? Si vous le souhaitez, vous pouvez attendre ici. Inutile que vous voyiez ça. Nous avons assez de témoins des crimes de Godwinson.

L'amiral se leva, tira sur les plis de son manteau pour qu'ils soient impeccables, puis fit de même pour son cadet, prenant garde à bien positionner la croix de l'ordre sur son côté gauche. Puis il recula, étudia son œuvre et hocha la tête, satisfait de lui-même.

— Parfait… À présent, je vais ajouter mon témoignage à celui de vos hommes. Je le dois à la mémoire d'Arnold et à son âme éternelle. Je vous suis, sir William.

4

La procédure judiciaire ne dura pas longtemps. Quand sir William et l'amiral arrivèrent, Tam et les sergents les attendaient.

Sans perdre de temps, Tam guida tout le monde dans un grand bâtiment où s'alignaient des cellules individuelles. Sur la gauche, elles étaient fermées par de lourdes portes munies d'un guichet. Sur la droite, c'étaient des sortes de cages aux solides barreaux serrés les uns contre les autres. Dans une de ces dernières, assis sur un banc, Godwinson avait des fers aux poignets et aux chevilles. Dès qu'ils virent l'amiral, sir William et leurs compagnons, les gardiens les saluèrent tandis qu'ils se massaient devant la cellule pour étudier le prisonnier.

L'Anglais ricana puis cracha sur le sol.

— Vous êtes venus pour triompher, c'est ça ? Eh bien, ne vous gênez pas, et allez au diable ! Mais dépêchez-vous, parce que je ne resterai pas longtemps ici.

S'il parlait français, Godwinson avait un accent anglais à couper au couteau.

Après lui avoir jeté un coup d'œil, sir William se désintéressa du meurtrier et étudia l'espace, entre les cellules.

Surmonté par un toit pointu en tuile rouge, le bâtiment pénitentiaire était un endroit encore moins accueillant qu'un cercueil et balayé de courants d'air qui devaient vous geler jusqu'à la moelle des os même en plein été. Sur les murs en pierre brute, le plâtre n'était plus qu'un lointain souvenir, et en guise de meubles, il y avait en tout et pour tout une étroite table et trois chaises. Posé sur un socle de pierre, à un bout de la table, un brasero fournissait un peu de chaleur et de lumière.

Sans se soucier du silence des gardiens, sir William approcha du brasero. Le charbon presque consumé, il ne restait plus que des braises.

Dans sa cellule, Godwinson éructait toujours des insanités, sa voix devenant de plus en plus gutturale à mesure qu'il s'échauffait.

S'emparant d'un tisonnier, sir William ranima les flammes du brasero, puis abandonna l'outil où il était, en prit un second et le posa à côté. Avisant le seau qui contenait la réserve de charbon, il le souleva et alimenta le feu naissant.

— Que faites-vous, sir William ? demanda Saint-Valéry en approchant du chevalier.

— Je relance le feu, amiral. Il fait froid, ce soir, surtout dans cet endroit ouvert aux quatre vents.

Sir William alla se placer devant la cellule de Godwinson, croisa les bras, inclina un peu la tête et observa en silence la bête fauve qui rugissait derrière les barreaux.

Il fallut assez longtemps pour que le tueur s'avise que ses vociférations n'avaient aucun effet sur le grand chevalier qui commandait le petit groupe. Finalement, il cessa de beugler et regarda avec un rictus sir William, qui ne broncha pas et continua à le dévisager. Puis, dans le silence enfin revenu, le Templier recula de nouveau vers la table.

— Qu'on fasse sortir le prisonnier !

Godwinson se débattit, mais avec ses fers, il ne résista pas longtemps aux six hommes qui le soulevèrent du sol et le portèrent devant sir William, désormais assis à la table, les mains bien à plat dessus.

— Faites-le s'asseoir en face de moi. Pour qu'il ne tente pas de se lever, enroulez ses chaînes autour des pieds de la chaise.

Toujours incapable de résister, Godwinson se résigna à son sort. Une fois solidement attaché à son siège, il crut bon de lancer :

— Qui es-tu, sale fils de pute ? Je te jure que…

— Qu'on le bâillonne ! ordonna sir William.

Tam attendait déjà, un carré de tissu crasseux à la main. Le déchirant en deux, il en enfonça une moitié dans la bouche du tueur et lui noua l'autre autour de la mâchoire.

Sir William se pencha en avant, les coudes sur la table et le menton posé sur ses poings.

— Maintenant, l'Anglais, tu vas devoir m'écouter. (Il désigna l'amiral.) Cet homme, tu aurais dû le tuer ce soir. Il se nomme Charles de Saint-Valéry et il est l'amiral de la flotte du Temple. Tu ne l'as même pas blessé, et ton maître ne te féliciterait certainement pas. Hélas, tu n'as pas raté son vieil ami, le commandeur de La Rochelle, un homme cent fois plus digne de vivre qu'un charognard comme toi. Tu l'as assassiné, tous les sergents et chevaliers présents ici en témoigneront. Tu as également tué deux gardes qui appartenaient à notre confrérie. Pour ces crimes, tu devrais être exécuté, et ce serait déjà fait si j'étais ton seul juge.

» Pour des raisons qui le regardent, l'amiral de Saint-Valéry ne veut pas que tu sois abattu comme un chien.

Du coin de l'œil, sir William vit la flamme de l'espoir se rallumer dans les yeux du tueur. S'il survivait à cette nuit, il le savait, l'aube ferait de lui un homme libre. Avec une profonde satisfaction, sir William se prépara à étouffer dans l'œuf cette toute nouvelle espérance. Se radossant à son siège, il croisa de nouveau les bras.

— Parmi les Mamelouks, l'Anglais, j'ai combattu des hommes qui avaient plus d'honneur que toi. Des mécréants, certes, et au-delà de toute rédemption, mais au moins, ils luttaient loyalement pour leur Dieu et son faux prophète. Ta seule motivation, c'est l'appât du gain.

Le tueur plissa les yeux.

— Crois-tu vraiment que Guillaume de Nogaret souhaite que tu survives aux événements à venir ? Si c'est le cas, en plus d'être un meurtrier, tu es un crétin. Et après ton échec, penses-tu qu'il t'accueillera à bras ouverts ? Nogaret est un homme de fer, l'Anglais. Il ne lèvera pas le petit doigt pour t'aider.

» Oui, je sais, il sera là demain, et même dès l'aube… Je n'en ai jamais douté.

Dans le regard du tueur, sir William vit passer de la consternation. Poussant son avantage, il continua à parler, détachant bien chaque phrase pour qu'elle s'imprime dans l'esprit du prisonnier.

— Comment réagira-t-il, selon toi, en découvrant que l'amiral est indemne et que sa flotte a déjà pris le large, échappant à ses sombres manœuvres ? Tu espères recevoir une décoration ?

» Bien sûr, tu pourras toujours lui dire que je suis arrivé à temps pour saboter tes plans et les empêcher, le roi et lui, de mettre la main sur la flotte du Temple. Mais se donnera-t-il la peine de t'écouter, mon pauvre Godwinson ?

» S'il y consent, je te demande de lui dire qu'un certain William Sinclair, Templier et membre du conseil, a conduit la flotte loin de la France en emportant le trésor que son maître et lui convoitent depuis si longtemps. Quand tu lui auras dit tout ça, nul doute qu'il te récompensera grassement pour ta loyauté. Ou non…

Conscient que le regard de Godwinson avait changé, au-dessus du bâillon, sir William se leva et poussa sa chaise pour que le dossier repose contre le bout de la table.

— Bien entendu, c'est seulement ce que je *souhaiterais*, si je te croyais capable de dire quoi que ce soit à ton maître. Meurtrier, ouvre grandes tes oreilles, car je vais énoncer ta sentence, comme ma position dans l'ordre et mon statut de témoin m'en donnent le droit. Je te condamne triplement : pour félonie, pour meurtre et pour avoir porté indûment l'habit de cet ordre – ce qui ajoute le blasphème à tes crimes. À la demande de sire Charles de Saint-Valéry, tu vivras, mais je doute que tu nous en remercies. Godwinson, tu ne tueras plus jamais quelqu'un, sauf si tu te suicides. Et tu ne raconteras pas ce que tu as fait ici…

Sir William se tourna vers Tam :

— Tiens-le solidement. Vous deux, les sergents, tirez sur les chaînes de ses fers pour qu'il tende les bras vers moi. Très bien… Maintenant, nouez les chaînes autour du dossier de sa chaise, sans hésiter à serrer fort, puis faites basculer le tout sur la table.

Très vite, Godwinson se retrouva à demi allongé, incapable d'esquisser ne serait-ce qu'un mouvement. Le visage de marbre, sir William désigna la hache de guerre qu'un des sergents, blanchi sous le harnois, portait à la ceinture.

L'homme saisit l'arme et la remit à son chef, qui éprouva le tranchant du bout d'un pouce et hocha la tête, content du résultat.

Godwinson devina ce qui allait se passer et gémit sous son bâillon. Entre ses dents serrées, sir William énonça la sentence.

— Pour les trois meurtres, tu perdras les mains qui ont versé le sang. Pour ta félonie et ta haine, c'est ta langue qui te sera ôtée, puisque c'est elle qui a scellé le marché avec ton maître. Qu'il en soit ainsi !

La hache s'abattit deux fois, étouffant dans sa gorge les gémissements de Godwinson.

— Il y a des fers dans le brasero. Cautérisez les moignons, vite ! Très bien, oui… Maintenant, qu'on lui retire le bâillon.

Sir William posa la hache, dégaina sa dague, ouvrit la bouche du condamné inconscient et trancha dans le vif.

Quand il se redressa, blanc comme un linge, il grimaçait de dégoût.

— Conduisez-le à l'infirmerie, aussi vite que possible. Et transportez-le tête vers le bas, pour qu'il ne s'étouffe pas avec son sang.

Sir William laissa tomber la dague dans le brasero et s'essuya les doigts avec le bâillon.

— Qu'il en soit ainsi, répéta-t-il.

L'antique invocation des Templiers…

Très raide, le chevalier sortit de la prison.

5

— Sir William !

Le chevalier écossais s'immobilisa sur le seuil de la salle de jour.

— J'ai convoqué Montrichard et Bérenger, dit l'amiral en approchant, mais je veux vous parler en privé avant qu'ils arrivent. Si vous voulez bien m'attendre à l'intérieur, je ne serai pas long.

Saint-Valéry entra dans une autre pièce. Puis il déboula dans la salle avant même que sir William ait fini de s'installer confortablement devant la cheminée. Posant sur un guéridon la bouteille et les deux verres qu'il était allé chercher, il fit le service, soucieux de ne pas trop forcer la dose, et déclara :

— Il faut que vous goûtiez ça… C'est un merveilleux élixir, mais je dois bien le cacher, histoire de ne pas exposer mes frères à la tentation. Pour ma part, j'y cède parfois, et Arnold, que Dieu ait son âme, avait une passion pour ce nectar. Prenez un fauteuil très confortable, sir William. Nous n'en avons pas beaucoup, mais celui-ci, près de vous, est paraît-il des plus agréables. Tirez-le donc vers la cheminée.

Saint-Valéry tendit un petit verre à son compagnon.

— Buvez, vous trouverez l'expérience intéressante.

Sans un mot, sir William prit le verre, y trempa les lèvres... et eut une quinte de toux.

— Oui, c'est fort, souffla l'amiral. Surtout n'en renversez pas. C'est une potion stimulante, non ? Les Bénédictins la préparent dans leur abbaye, un peu à l'est d'ici. Insistez, mon ami. Très vite, ça ne brûle plus, et on se sent extraordinairement détendu. Que Dieu m'en soit témoin, sir William, j'ai rarement vu quelqu'un avoir autant besoin de se calmer. Allons, buvez, buvez, vous êtes plus tendu qu'un arc...

Le chevalier but, plus prudemment, cette fois, et l'amiral l'observa par-dessus le rebord de son verre.

Toujours blafard, sir William semblait avoir vieilli de dix ans. À l'évidence, rendre la justice lui avait coûté, et Saint-Valéry ne pouvait que compatir. Commander par l'exemple n'était jamais facile, le vieil amiral pouvait en témoigner. Dans les moments de crise, ça risquait de ruiner le moral d'un homme.

— Encore un peu, sir William. Buvez... Ça descend plus facilement, je vous le garantis.

Le chevalier obéit. Fermant les yeux, il garda la liqueur en bouche un moment, puis la laissa couler dans sa gorge. Les yeux rivés sur lui, Saint-Valéry approuva du chef.

— Comment vous sentez-vous ?

Sir William ouvrit les yeux.

— Comment je me sens ? Selon vous, je devrais être euphorique ? Je viens de mutiler un homme, lui coupant les mains et la langue. Après un tel fait d'armes, amiral, que ressentiriez-vous ? J'ai l'impression de m'être sali et de ne pas valoir mieux que la vermine charcutée par mes soins.

— William Sinclair, vous avez rendu la justice – admirablement bien, je dois dire. Pourquoi vous sentir sali ? Si vous n'aviez rien fait, ce type serait sorti demain, indemne et hilare. Désormais, il lui reste une vie pour se repentir de ses péchés.

— Se repentir ? Pas ce sagouin-là, amiral. Il ne regrettera rien, à part de ne pas m'avoir tué quand nous étions face à face.

— Il ne brandira plus jamais une épée ni une arbalète. Au moins, il respirera encore.

— S'il ne meurt pas de ses blessures.

— Entre les mains de mes chirurgiens, il ne risque rien. Ce sont des génies.

— Demain, ils seront sous les verrous, et leurs compétences ne les aideront pas.

L'amiral se rembrunit.

— Sir William, depuis votre arrivée, vous n'avez pas dit un mot sur la garnison. Que devra-t-elle faire ?

— Il n'y a rien à dire, amiral… Vous avez lu les instructions du grand maître… Ces hommes devront faire le dos rond, c'est tout. Se battre provoquerait le chaos et fournirait à Guillaume de Nogaret le prétexte qu'il attend pour déchaîner l'enfer. Il crierait à la rébellion, et des têtes tomberaient. Au bout du compte, la garnison se rendra. Nos frères iront en prison, mais il ne leur arrivera rien de pire. Leur mission, c'est de se faire un peu tirer l'oreille, histoire de nous permettre de gagner la haute mer. Leur victoire, ce sera d'avoir sauvé la flotte et le trésor – sans le savoir, pour ce dernier.

Le chevalier but une nouvelle gorgée.

— Cette boisson est excellente. Quel est son nom ?

— Elle n'en a pas, à ma connaissance. C'est une liqueur que les Bénédictins fabriquent en distillant du vin et en y ajoutant diverses herbes et épices. Sir William, puis-je vous poser une question personnelle ?

— Je vous en prie…

Sir William avait repris des couleurs et il ne ressemblait plus à un vieillard ridé autour des yeux et de la bouche.

Saint-Valéry s'éclaircit la voix et sentit le goût de la liqueur dans sa gorge.

— C'est au sujet de l'Écosse. Depuis quand n'y êtes-vous pas allé ?

Sir William vida son verre, le posa sur le sol et se leva. Quand il eut appuyé son omniprésente épée au dossier de sa chaise, il se massa le visage à deux mains comme s'il espérait se débarrasser d'un masque de fatigue.

— Depuis trop longtemps, j'en ai peur… Ces douze dernières années, au minimum, je n'ai pas mis un pied chez moi. Mais pourquoi cette question ?

— Je me doutais de la réponse… Malgré tout, vous êtes au courant des dernières nouvelles du royaume. Comment est-ce possible ?

— J'ai là-bas une sœur cadette, Margaret, qui ne me connaît pas très bien, mais insiste pour m'informer de tout ce qui arrive à la famille. Pour elle, c'est un devoir divin, et depuis cinq ans, je m'en félicite, parce que c'est une chroniqueuse douée, intelligente et pleine d'esprit.

— Je vois… Et comment recevez-vous ses lettres ?

— Par l'intermédiaire de l'ordre. Elle les remet au temple d'Édimbourg qui les fait parvenir à Paris. J'ai reçu le dernier lot, onze missives, lors de mon dernier séjour dans la capitale. La plus récente avait à peine trois mois.

— Au sujet du roi, c'est elle votre source ? En ces matières, elle est fiable ?

— Oui, jusqu'à un certain point… Dans certaines lettres, Peggy – c'est son surnom – parle du roi Robert, de ses problèmes et de la façon dont ça les affecte, Edward et elle. C'est comme ça que j'ai tout su des événements et des rumeurs entourant l'accession de Robert au trône, l'an dernier.

— Qui est cet Edward ? Un de vos frères ?

— Non, c'est le mari de Peggy. Mon beau-frère Edward Randolph. Sir Edward Randolph.

Saint-Valéry sursauta.

— Randolph ? Est-il apparenté à sir Thomas Randolph ?

— C'est son frère.

— Doux Jésus ! Donc votre sœur est…

— Lady Margaret Randolph, oui.

— Par alliance, elle est la sœur de lady Jessica Randolph…

— Je ne connais pas de Jessica… Un nom que Peggy n'a jamais mentionné. Cela dit, je ne connais pas non plus Edward. Son frère aîné, Tom, était un ami de jeunesse – d'enfance, même – et à l'époque, le deuxième frère, James, avait sept ou huit ans. Edward est né après que j'eus quitté mon chez-moi, et je dois avoir raté aussi une ou deux sœurs.

— Vous n'auriez pas pu rencontrer Jessica – et votre sœur non plus, même si elles ont sans doute entendu parler l'une de l'autre. (Saint-Valéry plissa bizarrement le front.) Comme vous le supposez, Jessica est bien plus jeune, et elle est rarement en Écosse. Avant son veuvage, elle a vécu en France puis en Angleterre, où son mari était un agent du roi Philippe. Il s'appelait Étienne de Saint-Valéry – *baron* de Saint-Valéry. C'était mon jeune frère. Jessica est baronne de Saint-Valéry. Ainsi, par alliance, on dirait bien que nous sommes parents.

Sir William en cilla de surprise.

— Dans ce cas, amiral, je me réjouis de vous appeler « cousin ». Dieu nous a fait naître dans un monde bien petit, malgré les apparences. Si je comprends bien, je n'aurai guère de chances de rencontrer lady Jessica en Écosse.

— Exact, parce qu'elle est ici.

— Comment ça, ici ?

— Ici. Que ne comprenez-vous pas dans ce mot ?

— En France ?

— Non, à La Rochelle, dans cette commanderie, et elle est en grand danger. Elle nous a demandé l'asile contre Guillaume de Nogaret. Aujourd'hui, Tam Sinclair lui a sauvé la vie.

Voyant que sir William était perdu, Saint-Valéry mit les points sur les « i ».

— Oui, vous avez bien entendu. La femme que Tam a fait entrer en ville est l'épouse de mon frère. Enfin, sa veuve. Elle s'est couchée là-haut, à l'étage, juste avant votre arrivée. Après des jours de voyage, des ennemis aux trousses, elle était épuisée. Une bonne nuit de sommeil, m'a-t-il semblé, devait lui faire du bien. Mais en quelques heures, tout a changé, et je tenais à vous informer de sa présence – et des raisons de sa venue. Quelle heure est-il ?

— Pas loin de minuit, je suppose…

— Oui, ce doit être ça… Dans l'histoire de cette commanderie, c'est la première fois qu'on n'aura pas célébré les vêpres. Décidément, vos nouvelles ont tout bouleversé, mon ami. Et lady Jessica n'en sait rien…

— Pourquoi devrait-elle en être informée, amiral ? Ce sont les affaires de l'ordre. Depuis quand une femme serait-elle concernée ?

Saint-Valéry regarda durement son interlocuteur, comme s'il envisageait de le tancer.

— Ce qui touche à l'ordre ne la regarde pas, c'est vrai, mais ce qui se passe ici, en revanche… Jessica a placé sa foi, sa mission et sa personne entre les mains du Temple, qui défend ses intérêts depuis déjà longtemps.

Saint-Valéry regarda la porte avec insistance. Ce comportement rappela à sir William que les deux seconds ne tarderaient plus.

L'amiral vida son verre puis en sonda pensivement le fond avant de reprendre :

— La vie de Jessica est une longue histoire, pas directement liée à nos soucis actuels, même s'il y a des recoupements…

Saint-Valéry regarda de nouveau la porte. Puis il en détourna la tête, en chassant pour la seconde fois l'idée qui l'avait traversée.

— Elle doit être reposée, après des heures de sommeil… En attendant Bérenger et Montrichard, un autre petit verre, chevalier ?

— Volontiers.

— Parfait. Et je vous accompagnerai… Une seule fois, cependant, parce que ce nectar, s'il est délicieux, est d'une rare puissance.

L'amiral se leva, collecta les verres et alla faire le service. Avant de retourner trinquer avec sir William, il referma soigneusement la bouteille.

— Depuis que j'ai découvert cette liqueur, dit-il, je me félicite que nous ne sacrifiions plus aux libations que pratiquaient nos ancêtres. Quel gaspillage ce serait ! Vider ce divin élixir à nos pieds… Si vous le voulez bien, buvons à demain et à la damnation de Guillaume de Nogaret.

— Avec plaisir ! À la damnation de Guillaume de Nogaret, donc ! Amiral, si vous m'en disiez plus au sujet de votre belle-sœur ? Sa situation m'intrigue… Pourquoi est-elle ici, et pour quel motif Guillaume de Nogaret la traque-t-il ? J'ai cru comprendre qu'elle vivait en Angleterre…

— C'est exact. Comme elle a eu maille à partir avec le bourreau du roi, si la catastrophe a lieu demain, elle sera en danger, car ce démon n'hésitera pas à la torturer pour obtenir ce qu'il désire.

Sur la malveillance du garde du sceau, sir William n'avait aucun doute.

— S'il la capture, il le fera, c'est évident. Mais que veut-il obtenir ? Et si cette femme est sur sa liste noire, que fiche-t-elle en France ?

— Guillaume de Nogaret convoite l'argent, chevalier. Avec la haine, c'est tout ce qui le motive. Mon frère Étienne, je vous l'ai dit, était un agent du roi envoyé en Angleterre pour défendre ses intérêts à la cour d'Édouard Plantagenêt.

Saint-Valéry se laissa tomber dans un fauteuil et croisa les mains sur son ventre.

— En Angleterre, Étienne a saisi l'occasion de lancer ses propres affaires. En toute légalité, et sans jamais léser son souverain. Lors d'un séjour en France, peu après son émigration, il est allé dans le Languedoc pour finaliser des accords commerciaux avec un vieil ami à lui. Un négociant juif de Béziers appelé Yeshua Bar Siméon.

» À l'époque, mon frère n'en avait parlé à personne, et j'ai découvert tout ça après sa mort. Tel qu'en lui-même, il avait décidé de garder ses activités secrètes… Reparti pour l'Angleterre, il a laissé la gestion des affaires courantes à Bar Siméon. Vingt ans durant, l'entreprise a prospéré au-delà de toutes les espérances – jusqu'à ce que Bar Siméon tombe malade, il y a deux ans. Beaucoup plus âgé qu'Étienne, il a compris que c'était la fin. La nature très particulière de son accord avec mon frère lui interdisant de se choisir un successeur, il a vendu tout ce qu'ils possédaient en commun et a confié cette manne à nos frères de la commanderie de Marseille. Le commandeur, un homme remarquable nommé Théodoric de Champagne, a consigné tous les détails de la transaction.

» Au lieu de garder par-devers lui ces documents, Bar Siméon a demandé qu'ils soient envoyés à Étienne – à Londres, où il résidait toujours. La pièce principale était une lettre de crédit à tirer sur la commanderie de Marseille.

Saint-Valéry posa son verre sur le sol, près de lui, puis se leva et entreprit de marcher de long en large, les mains croisées dans le dos et la tête baissée.

— Hélas, cette exigence ne put être satisfaite, car elle n'était pas en accord avec nos lois… Notre Règle interne, je veux dire…

L'amiral s'immobilisa et regarda sir William du coin de l'œil.

— Vous êtes un homme d'action – un chevalier membre du conseil. Si je ne me trompe pas, les mystères de nos activités commerciales vous passent largement au-dessus de la tête. Donc, vous n'êtes sûrement pas familier de certaines procédures très codifiées…

En attendant que sir William réponde, l'amiral recommença à marcher. Quand le chevalier eut hoché la tête, il reprit :

— À la base, je suis sûr que vous le savez, c'est très simple. Avant de partir pour un long et périlleux voyage, un homme peut déposer son argent dans la commanderie ou la maison du Temple la plus proche. L'ordre met alors sa fortune en sécurité et lui délivre en échange une lettre de crédit du montant correspondant. Arrivé à destination, notre voyageur n'aura plus qu'à se présenter aux Templiers locaux pour récupérer son bien. Pendant son voyage, ceux-ci auront reçu, par l'intermédiaire de notre flotte, un mémo de la transaction accompagné d'un mot de passe codé.

» Une fois arrivé à bon port, notre voyageur doit simplement présenter sa lettre de crédit et une preuve de son identité – une mesure indispensable contre la fraude. Une fois son mot de passe validé, il peut retirer son avoir minoré d'une commission. Ce système fonctionne très bien, mais il a ses limites. L'homme mentionné sur la lettre de crédit doit l'avoir en permanence sur lui et il faut qu'il retire l'argent lui-même. En d'autres termes, la lettre de crédit n'est pas transférable et il n'y a pas de procuration possible. Rien que de très logique, sinon, comment garantir la sécurité des transferts ? N'importe qui pourrait se présenter avec la lettre et repartir les poches pleines.

» Dans le cas qui nous occupe, on était dans une impasse. Déjà convaincu qu'il était condamné, Ben Siméon eut je ne sais quelle sorte d'attaque dans la commanderie de Marseille, et il comprit qu'il lui restait à peine quelques jours. Il se confia à Champagne, qui n'eut aucun mal à le croire au vu de son état – d'autant plus qu'il avait assisté à la crise de convulsions.

» La lettre de crédit, ça tombait sous le sens, ne devait pas être au nom du vieil homme. Sinon, après sa mort, le dépôt aurait été perdu à jamais. Déclaré en déshérence, l'argent serait entré dans notre patrimoine. Et bien entendu, à l'article de la mort, Bar Siméon n'avait aucun intérêt à retirer ses fonds pour les apporter ailleurs. Un vrai dilemme pour ce pauvre Théodoric.

— On peut le dire, oui… Qu'a-t-il fait ?

De nouveau immobile, Saint-Valéry contemplait pensivement les flammes de la cheminée.

— Il a prié, pour commencer. Puis il a pris une décision contraire à la Règle mais conforme à ce qu'il jugeait moralement adéquat.

» Sans doute désespéré après s'être fourré tout seul dans une situation inextricable, le vieux Bar Siméon avait tout raconté à Théodoric de Champagne. Sachant que l'argent revenait de droit à mon frère, le commandeur a pris sur lui, contre toutes les règles, de rédiger la lettre de crédit au nom d'Étienne. Puis il m'a envoyé le document avec une explication détaillée. Selon lui, Étienne connaîtrait le mot de passe, puisque Bar Siméon et lui l'utilisaient depuis toujours pour sécuriser leurs transactions. Champagne et moi étant de vieilles connaissances, il me faisait aveuglément confiance dans cette affaire.

» Deux jours après l'établissement de la lettre, Yeshua Bar Siméon quitta ce monde.

— Et qu'avez-vous fait ? demanda sir William.

Après avoir écouté jusque-là, il était impatient de connaître la suite.

— Au début, rien du tout… N'ayant pas été informé des liens d'Étienne avec Bar Siméon – un homme qu'il estimait au plus haut point et à juste titre, semble-t-il –, je fus d'abord sous le coup de la surprise. Après un moment de réflexion, cependant, je me confiai à Arnold de Thierry, mon collègue et ami. Même si je pensais savoir que faire, il me paraissait présomptueux de dériver seul si loin de notre Règle et de notre éthique. Mais Arnold approuva ma démarche et m'encouragea à continuer.

— Du coup, vous avez envoyé la lettre de crédit à votre frère.

— Non. Ça, c'était hors de question. Une violation trop flagrante de nos lois. J'ai gardé ce document ici, afin qu'il vienne l'y prendre. Et je l'ai informé par lettre de cette situation.

» Ce doit être à ce moment-là que Guillaume de Nogaret a eu vent de l'affaire – mais bien sûr, à l'époque, nous ne le savions pas. Quoi d'étonnant, après tout ? Jusqu'à cette étrange transaction, personne n'était au courant de l'association entre mon frère et Bar Siméon. Et ce « personne » inclut ma famille et moi-même.

» Qui a vendu la mèche ? Probablement un de nos frères, à Marseille. Un chevalier corrompu ou un sergent à la solde de Guillaume de Nogaret. Ça paraît inconcevable, et ça me hante jour et nuit, mais je ne vois pas d'autre explication. Quoi qu'il en soit, le bourreau du roi a su ce qui s'était passé et la réputation de notre ordre en a souffert.

— Comment savez-vous que la fuite venait de Marseille ? S'il y avait un espion ici, il a pu lire votre missive avant qu'elle parte pour l'Angleterre.

— C'est impossible, sir William. J'ai rédigé la lettre à mon bureau, je l'ai scellée et, le même jour, confiée à une galère qui levait l'ancre pour Londres. Quand elle y arriva, mon frère était déjà parti pour la France en réponse à une convocation urgente du roi. Même sans ça, il prévoyait de venir en compagnie de Jessica pour rendre visite à notre mère, qui apprécie beaucoup sa bru. La convocation, en conséquence, l'a simplement incité à précipiter son départ.

» Coup de chance pour Jessica – peut-être parce qu'il voulait gagner Paris au plus vite –, Étienne l'a laissée en arrière, sous la protection des Templiers du Havre.

» Dès son arrivée dans la capitale, il fut arrêté et jeté en prison, où il subit la question assez longtemps pour en mourir.

Sir William assimila ces informations, puis il se pencha en avant, s'accouda à son fauteuil et posa le menton sur sa main droite.

— Pourquoi Guillaume de Nogaret n'est-il pas en train de taper à votre porte ? Si ces gens ont torturé Étienne pendant des jours, il a dû finir par tout leur dire.

— C'est vrai, mais il ne savait rien qui puisse être utile à son bourreau. N'oubliez pas qu'il a quitté l'Angleterre sans avoir reçu ma lettre. Donc, il ignorait tout de la maladie de son associé – sans même parler de sa mort. Dans le même ordre d'idées, il ne se doutait pas que ses avoirs étaient désormais entre les mains protectrices de l'ordre.

» Aux tortionnaires, il a seulement pu révéler des détails antérieurs à la maladie de son ami. En d'autres termes, en se précipitant, Guillaume de Nogaret avait commis une énorme erreur. Grâce à son espion, il savait que nous détenions les fonds, mais sans la lettre de crédit, dont il ignorait la situation, ça ne lui servait à rien. Que Dieu en soit loué, sur ce point, nos règles sont limpides. La lettre de crédit est remise au déposant et il n'en est pas fait de copie. Le Temple détient légitimement ces fonds, et aucun roi ni valet d'un roi n'a de pouvoir judiciaire sur notre ordre. Très logiquement, Guillaume de Nogaret n'a même pas envisagé qu'un de nos commandeurs puisse négliger la Règle et agir selon sa conscience, comme le fit mon ami Champagne.

» Au contraire, il a supposé ce qui semble évident : la lettre existe toujours, rédigée au nom d'un des coreligionnaires de Bar Siméon.

— Autrement dit, un juif… Un moment, amiral ! Laissez-moi réfléchir… Quand ces événements ont-ils eu lieu ?

— L'affaire remonte à près de deux ans…

— Avant la purge ?

— Juste avant, oui. Les plans de cette opération devaient être déjà prêts, parce qu'elle fut massive.

— C'est peu de le dire… Aujourd'hui, il n'y a plus en France un seul juif vivant pour la dénoncer, à supposer que quelqu'un veuille l'entendre. De l'avis général, il était juste et normal que l'argent des juifs – la fortune des assassins du Christ – soit confisqué et vienne consolider les finances du royaume.

— À vous entendre, on dirait que vous n'êtes pas d'accord.

— Et c'est le cas. Êtes-vous surpris, considérant les antiques racines qui rattachent notre ordre à Sion ? Je n'ai aucune tolérance pour la haine des juifs. À mes yeux, c'est une passion méprisable qui se justifie en niant les origines juives de Jésus.

— Il était juif, oui… (Saint-Valéry se rassit et reprit son verre.) Mais en France, aucun juif – à part Yeshua Bar Siméon – n'avait le moindre lien avec la fortune de mon frère. Seuls les Templiers étaient informés… (L'amiral but une gorgée.) Vous vient-il à l'esprit que nous pourrions être accusés d'usure ?

— Non, parce que nous sommes étrangers à tout ça. Pour conserver et transférer des fonds, nous prélevons une commission minime, et ça n'a rien à voir avec de l'usure.

— C'est ce que nous proclamons, mais est-ce la vérité ? On sait si peu de choses de nous – même dans nos propres rangs – que la confiance s'est plus qu'effritée depuis la création de l'ordre, en Outre-mer. Par exemple, connaissez-vous le sens du premier sceau de l'ordre, celui où on voit deux chevaliers chevauchant la même monture ?

— *Sigillum Militum Christi ?* Il illustre la pauvreté des chevaliers, au début de l'ordre. À cause de leur dénuement, ils étaient souvent obligés de se partager une monture.

Saint-Valéry eut une moue dédaigneuse.

— Là encore, c'est ce qui se raconte… Moi, j'en doute. Réfléchissez, sir William. Les neuf compagnons originaux du groupe d'Hughes de Payns étaient tous membres de l'ordre de Sion – l'ordre de la Renaissance à Sion, comme on disait en ce temps-là. Après leur découverte, dans les ruines du Temple de Salomon, leurs rangs enflèrent et l'ordre du Temple naquit, vibrant de ferveur chrétienne prosélytique et miné par la bigoterie et de sanglantes passions. Je m'autorise à croire que le premier symbole adopté – le sceau aux deux chevaliers – avait un sens ironique voulu par Hugues de Payns lui-même, le fondateur de notre ordre. Pour moi, cette image illustre la dualité fondamentale de l'organisation soudain métamorphosée. Le sens, ce n'est pas deux hommes sur un cheval, mais l'existence en chaque membre fondateur de deux personnalités distinctes. Celle d'un Templier, bien entendu, mais aussi celle d'un membre de l'antique ordre de Sion. C'est peut-être une absurdité née de ma trop grande solitude et d'une propension à trop réfléchir, mais j'en tire quelque réconfort.

Sir William hocha doucement la tête.

— Je n'y aurais jamais pensé, dit-il d'un ton admiratif. Même si j'avais dû vivre cent ans… Mais à vous entendre, ça paraît tout à fait crédible.

Le chevalier sourit, se pencha pour ramasser son verre, le vida et se laissa envahir par la puissance de la liqueur. Quand il reprit la parole, il murmura :

— On n'apprend jamais vraiment les choses, pas vrai ? La plupart d'entre nous s'empressent d'oublier tout ce qu'ils ont étudié. Mais de quoi parlions-nous, avant ça ?

— Du succès de l'expulsion des juifs…

— Oui, oui… (Sir William leva le verre à hauteur de ses yeux.) Ces Bénédictins sont des magiciens. Mon esprit flotte librement, je n'avais jamais éprouvé ça… Mais revenons à nos affaires. L'histoire remonte à près de deux ans. Qu'est-il arrivé à la baronne, à l'époque ?

— Ses gens l'ont sauvée.

— Comment ? Et quelles gens ?

— Étienne et sa femme ne voyageaient jamais sans l'escorte d'Écossais affectée à leur service par Thomas Randolph. Des hommes aussi loyaux que des chiens-loups et encore plus sauvages. Étienne était parti pour Paris avec la moitié du détachement. Présents lors de son arrestation, ces braves ont succombé sous le nombre quand ils ont tenté d'intervenir. Ne se fiant à personne, ils avaient cependant laissé à l'écart une arrière-garde chargée d'observer les événements.

» Ces témoins du drame repartirent aussitôt pour Le Havre, où ils louèrent un bateau afin de conduire leur protégée en sécurité. Pas en Angleterre, notez-le, mais chez elle, en Écosse. Comme je l'ai dit, ils se méfiaient de tout, et Édouard le Sec guerroyait depuis des années contre les

Écossais. À juste titre, ils jugèrent plus prudent de ne pas livrer Jessica au bon vouloir du roi anglais.

» En ce temps-là, je ne savais rien de tout ça… Finalement, après avoir transité par Londres, la lettre de crédit arriva à Édimbourg, mais avec six bons mois de retard. Coup de théâtre incroyable, il y a un mois, lady Jessica a débarqué à La Rochelle pour réclamer le trésor de son défunt mari.

— Sûrement pas une petite somme…, railla sir William.

Saint-Valéry ne releva pas l'ironie.

— Six coffres pleins de lingots et de pièces d'or, oui… Plus cinq de la même manne, mais en argent… Assez pour payer la rançon d'un roi… ou pour le soutenir dans des moments difficiles.

» Jessica ne fait pas mystère de ses intentions. Elle veut offrir ce trésor à Robert Bruce, votre roi. C'est son droit le plus absolu, bien sûr, mais ça pose un problème que je n'avais pas anticipé. Pour débloquer l'argent, j'ai besoin d'un mot de passe, et seul Étienne aurait pu nous le communiquer. Confronté à cette difficulté, j'ai de nouveau écrit à Théodoric de Champagne, à Marseille, pour lui demander de me révéler le mot de passe, puisqu'il était le seul à le connaître. Ayant été à l'origine de toute cette aventure, il ne fit aucune difficulté et me l'envoya. Mais en attendant, Jessica avait décidé d'aller voir ma mère à Tours. La veuve de mon frère a un sacré caractère, chevalier ! Si elle partait avec une petite escorte, assura-t-elle, elle ne risquerait rien.

— Et alors ?

— Elle fut dénoncée et trahie par un employé de ma mère à la solde de Guillaume de Nogaret… Ce félon envoya un messager à Paris, mais il eut aussi l'arrogance d'exiger que Jessica, sur le point de repartir, reste là où elle était. Mon plus jeune frère, Gilbert, tua ce pourceau et s'enfuit. Tandis qu'on le poursuivait, Jessica en profita pour filer.

Saint-Valéry marqua une courte pause.

— Depuis, nous n'avons plus de nouvelles de Gilbert, mais avec un peu de chance, il aura survécu… Jessica, elle, a dû fuir à travers la France, et sans l'intervention de Tam Sinclair, votre lointain parent, elle aurait été arrêtée aujourd'hui en essayant d'entrer à La Rochelle. Les trois hommes tués par la garde étaient avec elle. Engagés pour l'aider à s'infiltrer en ville, ils ont paniqué quand les soldats ont fouillé leur charrette pour la seconde fois – la preuve qu'ils étaient démasqués.

— Et voilà que vous aimeriez me voir escorter cette femme jusqu'en Écosse…

Saint-Valéry chercha le regard du chevalier.

— Oui, mais pas tout seul. Je viendrai avec vous, ne l'oubliez pas. Et vous veillerez aussi sur le trésor destiné au roi d'Écosse. Jessica est ma belle-sœur ! Quant à l'argent, s'il reste ici, Guillaume de Nogaret mettra la main dessus. Même s'il échoue partout ailleurs, ce sera une grande victoire pour lui.

Saint-Valéry hésita un instant.

— À cette heure, l'or et l'argent doivent déjà être chargés sur une galère, avec le pécule moins impressionnant de la commanderie.

— Un pécule ? Puis-je savoir de quoi il s'agit ?

— Ça n'a rien de secret… C'est notre réserve d'or et d'argent destinée à payer les lettres de crédit. Si je la laisse en arrière, Guillaume de Nogaret la saisira au nom de son maître. Et Philippe Capet a déjà assez bénéficié de nos largesses.

— Oui, j'avais oublié… Chaque commanderie garde un fonds de garantie. À combien s'élève le vôtre ?

— C'est moins que le trésor de la baronne, mais il y a quand même dans les douze mille besants d'or et d'argent…

Sir William en siffla de surprise.

— Nous allons être la flotte la plus riche du monde.

— Sans nul doute, oui… Si les choses se passent comme prévu demain.

— Nous verrons bien, amiral. Cette horreur avec Godwinson m'en a convaincu.

— Je partage votre opinion… Mais je me demande ce qui retarde Bérenger et Montrichard. Votre verre est-il vide ? Bravo… Donnez-le-moi, je vais le cacher ainsi que la bouteille.

Saint-Valéry s'affairait encore lorsqu'on frappa à la porte. Quand il eut répondu, un jeune moine fit entrer les deux seconds. L'amiral les salua puis ordonna au moine d'aller réveiller leur invitée, à l'étage – sans lui dire un mot de ce qui était arrivé pendant son sommeil, mais en lui demandant de gagner la salle de jour dès qu'elle serait présentable.

La tête bizarrement légère, sir William riva les yeux sur les flammes de la cheminée. Dans son esprit, l'image de la superbe femme aux grands yeux tournait en boucle…

L'ŒUVRE DU DÉMON

1

Quand Jessica Randolph se réveilla en sursaut, son cœur battit la chamade dès qu'elle s'avisa, terrorisée, qu'elle ne savait pas où elle était. Dans ce lieu inconnu, on se gelait et aucune lumière ne troublait les ténèbres.

La jeune femme reposait sur une surface dure comme la pierre. Ayant la tête surélevée, elle supposa qu'un oreiller la soutenait, mais il était tout sauf moelleux.

Je suis couchée sur le sol, dans une cellule. Les hommes de Guillaume de Nogaret m'ont eue…

Serrant les dents pour ne pas crier, Jessica lutta contre la panique. Un peu plus calme, elle tendit les bras sur ses deux flancs et soupira de soulagement en découvrant qu'elle n'était pas enchaînée. À tâtons, elle reconnut le rude contact d'une paillasse puis les contours d'une couchette.

Où suis-je ?

Des coups à la porte firent sursauter la jeune femme. C'était ça qui l'avait réveillée, comprit-elle. Toujours dans le brouillard, elle ne broncha pas, la peur encore présente au creux de son estomac.

— Ma dame, êtes-vous réveillée ?

La voix était étouffée, comme si son propriétaire ne voulait pas faire trop de bruit. En revanche, il ne paraissait pas menaçant.

Jessica promena les mains sur son corps et sentit sa chaleur sous les vêtements.

Je suis encore habillée et je n'ai mal nulle part…

—Ma dame?

D'autres coups, plus forts, cette fois… Inspirant à fond, Jessica essaya de parler d'un ton assuré.

—Je suis là, oui… Que se passe-t-il?

—L'amiral de Saint-Valéry demande que vous le rejoigniez en bas. Le plus vite possible…

Charles! Bien sûr, je suis à la commanderie de La Rochelle.

Cette idée balaya instantanément les angoisses de la jeune femme. Se levant, elle posa les pieds sur le sol et frissonna au contact des dalles froides contre ses pieds nus. Euphorique à l'idée de n'être pas prisonnière, elle faillit aller ouvrir pour embrasser l'homme qui venait de la réveiller.

Elle était en sécurité, à La Rochelle!

Quand elle imagina la tête qu'aurait tirée le moine si elle l'avait embrassé, Jessica ne put s'empêcher de sourire. Le pauvre en serait peut-être tombé raide mort.

—Merci, mon brave, dit-elle d'un ton mesuré. Informez l'amiral que j'arrive.

—J'y vais de ce pas, ma dame.

Le moine dut joindre le geste à la parole, car la pâle lueur qui filtrait sous la porte–celle d'une bougie, sans doute–menaça de disparaître.

—Attendez! S'il vous plaît, rester là où vous êtes.

Guidée par la lueur, Jessica approcha de la porte et chercha la poignée à tâtons. Quand elle l'eut trouvée, elle tira sur ses vêtements pour être à peu près décente puis ouvrit le lourd battant.

La tonsure du jeune moine brillait à la lueur de sa bougie et d'une ou deux torches, au bout du couloir. À sa tenue, ce devait être un sergent de l'ordre…

Remarquant ses yeux écarquillés de surprise, Jessica devina qu'elle avait les cheveux en bataille. Dans sa vie, le brave garçon avait dû voir une poignée de femmes, et voilà qu'il se trouvait face à une diablesse échevelée.

Jessica tendit une main vers lui.

— Désolée de vous avoir effrayé, frère, mais pouvez-vous me laisser votre bougie ? Dans ma chambre, il n'y a pas de lumière, et je voudrais m'arranger un peu avant d'en sortir.

Le jeune sergent avança et offrit sa bougie à l'invitée de l'amiral.

— Une bougie vous suffira, ma dame ? Sinon, je peux en apporter d'autres.

— Que Dieu vous bénisse, cher frère. J'accepte, si ça ne vous dérange pas trop. On n'a jamais assez de lumière. Croyez-moi, je vous en garderai une éternelle reconnaissance.

Le jeune sergent hocha la tête puis partit au pas de course. Revenue dans sa chambre, Jessica regarda autour d'elle. Très petite, la pièce contenait l'étroite couchette, un crucifix de bois accroché sous une minuscule fenêtre et un prie-Dieu placé juste en face. Approchant de la couchette, la jeune femme appuya dessus et constata qu'elle était effectivement très dure. Sous la taie en toile, elle découvrit un oreiller en bois.

Je me suis crue en prison, mais c'est une cellule de moine. En somme, ça ne fait pas beaucoup de différence... Cela dit, en arrivant ici, ça m'a remplie d'allégresse, je m'en souviens...

Ces hommes ne connaissent rien du confort au sens où nous l'entendons. Ils vivent pour prier, travailler, se priver de tout et multiplier les sacrifices. Sans parler de se battre, à l'occasion...

Seigneur bien-aimé, je dois avoir l'air de rien ! Mais bien entendu, pas de miroir ici. Ni même une table, d'ailleurs... Où est mon sac ?

Jessica trouva son bagage là où elle l'avait laissé, au pied de la couchette. À la lueur de sa bougie, elle fouilla dedans et trouva très vite la petite trousse de cuir qui contenait son plus grand trésor. Tirant sur le cordon, elle fit tomber sur le lit une brosse, plusieurs peignes et, dans une peau de chamois pliée, une collection de résilles. Un autre petit ballot contenait des objets qui cliquetaient en se heurtant et un miroir à main en argent reposait entre les plis d'un carré de tissu.

Après l'avoir poli avec le tissu, Jessica se regarda dans le miroir et fit la grimace en découvrant son apparence après plusieurs jours sans les soins de ses dames de compagnie. Pas du genre à baisser les bras, elle posa le miroir sur la couche et entreprit de s'arranger du mieux possible.

Plongeant les mains dans ses cheveux, elle repéra puis retira les épingles censées discipliner ses mèches vagabondes montées en pyramide. Quand elle eut terminé, elle secoua la tête, libérant ses lourdes tresses, puis les démêla avec ses doigts. En l'absence de nœuds impossibles à défaire, elle saisit sa brosse et lissa ses cheveux pour transformer sa coiffure complexe en une longue crinière cascadant dans son dos. Durant le processus, elle s'attaqua sans pitié à tous les nœuds, puis entreprit de lisser le résultat de ses efforts.

Elle avait presque fini quand le jeune sergent frappa de nouveau à sa porte. Lui ouvrant, elle lui fit signe d'entrer et remarqua le regard fasciné qu'il riva sur ses cheveux détachés.

Le moine rapportait une brassée de bougies et de chandelles. Avançant un peu, il regarda autour de lui pour repérer un endroit où poser son fardeau.

Jessica fit un grand geste circulaire.

— Il n'y a vraiment pas de place, ici. N'y a-t-il pas une cellule plus grande, dans le coin ?

Le sergent cligna des yeux, s'arracha à on ne savait quelles pensées, puis répondit :

— Celle du commandeur, ma dame… On y trouve même une table et une chaise.

Jessica attendit la suite, qui tarda à venir.

— C'est à côté ? demanda-t-elle. Puis-je y aller un moment ?

Désorienté par la question, le sergent plissa le front. En femme d'expérience, Jessica poussa son avantage.

— Ce ne sera pas long… Mon beau-frère a bien dit « aussi vite que possible » ?

— Oui, ma dame.

— Dans ce cas, plus vite je serai présentable, mieux ça vaudra. Où est la cellule du commandeur ?

— Veuillez me suivre, ma dame.

Sans s'agacer, le sergent attendit que Jessica ait remis dans la trousse son nécessaire de beauté. Quand ce fut fait, il ouvrit la marche jusqu'à une porte entrouverte.

— C'est ici, ma dame.

Sa bougie brandie, Jessica étudia la cellule du commandeur. À peine plus grande que la sienne, elle était tout aussi spartiate, mais on y trouvait deux tables poussées contre le mur, en face de l'étroite couchette. Sur la plus petite, un broc et une cuvette tenaient lieu de salle d'eau. Sur la plus grande, un bureau, Jessica remarqua un encrier en corne et une sorte de gobelet, également en corne, dans lequel attendaient plusieurs plumes rangées par taille. La chaise placée devant ce « meuble », banale et peut-être bancale, n'avait rien d'extraordinaire, mais il faudrait faire avec.

— Parfait, dit Jessica en approchant de la coiffeuse minimaliste. Enfin, presque… Le broc est vide.

La jeune femme se tourna vers le moine, occupé à disposer sur la table les six bougies qu'il avait apportées.

— Frère, pouvez-vous me dénicher un peu d'eau et une serviette ? J'adorerais me débarbouiller…

De plus en plus habitué aux exigences de l'invitée, le sergent acquiesça puis s'empara du broc.

— Pour ça, je vais devoir aller jusqu'aux cuisines. Voulez-vous que je demande de l'eau chaude ?

— Si vous le faites, je citerai votre nom dans chacune de mes prières, et ce pendant un mois.

— Merci d'avance, ma dame… Au fait, je me nomme Giles et je serai de retour en un clin d'œil.

Quand le frère fut sorti, Jessica alluma toutes les bougies avec la sienne, puis alla vider sa trousse sur le plateau de la bizarre coiffeuse.

Après un examen critique dans son miroir, elle le posa contre un bougeoir, prit sa brosse et se fit soigneusement une raie au milieu. Ensuite, avec l'aisance conférée par des années d'exercice, elle se confectionna deux tresses, vérifia son œuvre dans le miroir, reconstitua son chignon et le fit tenir avec une série de jolis petits peignes en écaille de tortue.

Après avoir secoué la tête, elle vérifia sa coiffure dans le miroir et sourit de satisfaction. Secouant la tête plus fort, elle jugea le résultat tout aussi parfait, posa sur son chignon une résille aux fils dorés et la fit tenir en place avec quatre petites épingles.

Un second examen, encore plus critique que le premier, lui apprit que rien ne clochait. Pas une seule mèche de travers.

Entêtée, Jessica s'attaqua à une mission quasi impossible : arranger un peu ses vêtements froissés. Renonçant très vite, elle traqua les taches et en élimina certaines avec sa brosse. Au milieu de ce cérémonial, Giles revint avec un broc d'eau fumante enveloppé dans une serviette.

Un autre frère l'accompagnait. En tablier de cuisinier, il portait sous un bras un ballot similaire à celui du sergent.

— Il y a de l'eau chaude et de la froide, annonça Giles. Comme ça, vous obtiendrez la température rêvée.

— Que Dieu vous bénisse, frère Giles – et vous aussi, frère cuisinier. Deux serviettes, c'est le grand luxe ! Et du savon, en plus ! À vous deux, vous m'avez sauvé la vie et offert un précieux soutien sanitaire !

Les deux hommes rayonnèrent de plaisir. Voyant qu'ils ne semblaient pas vouloir sortir, Jessica leur sourit :

— J'ai encore deux choses à vous demander, frère Giles. D'abord, quelques minutes d'intimité, afin de faire mes ablutions. Ensuite, j'aimerais que vous m'accompagniez quand je me mettrai en quête de l'amiral. À ma grande honte, j'ignore totalement où le trouver. Vous voudrez bien m'attendre dans le couloir puis me conduire à ma destination ?

— Ce sera un honneur, ma dame.

Giles regarda son compagnon, puis fixa la porte avec insistance. Quand l'autre homme eut compris le message, ils sortirent et fermèrent derrière eux.

Jessica versa de l'eau chaude dans la cuvette et y ajouta un peu de froide. Trempant une des serviettes dans ce mélange, elle saisit le morceau de savon à l'odeur piquante, puis se nettoya le visage, les mains et les bras. Les yeux fermés, elle savoura un instant l'enivrante sensation d'être de nouveau propre.

Après s'être séchée, elle hésita un moment avant de défaire les lacets de son corsage. L'ouvrant et le baissant sur ses hanches, elle se frotta et frissonna lorsque la serviette passa lentement sur la pointe de ses seins.

Histoire de se ressaisir, elle se rappela où elle était et songea que son beau-frère l'attendait. Accélérant le rythme, elle passa à ses épaules, puis à son cou et à sa nuque.

Submergée de sensations, elle ferma de nouveau les yeux, mais se tança intérieurement. Enfin, que faisait-elle à demi nue dans la cellule d'un Templier ?

Revenue à la raison, elle finit de se sécher, relaça son corsage et tira une nouvelle fois sur ses vêtements pour les défroisser. Dans sa trousse, elle prit une petite boîte ronde et plate, l'ouvrit et saisit le bâtonnet qui reposait sur un lit de poudre grisâtre. Suçant l'extrémité effilochée du bâtonnet pour l'humidifier, elle la plongea ensuite dans la poudre et s'en servit pour nettoyer ses dents et ses gencives. Après s'être rincé la bouche avec de l'eau froide, elle la recracha dans la cuvette puis passa la langue sur ses dents afin d'en déloger les petits résidus. Un ultime rinçage mettant un terme à ce rituel, elle alla s'asseoir et se regarda dans le miroir.

J'ai l'air d'un cadavre... Plus de couleurs... Marie, où es-tu alors que j'ai besoin de tes compétences ? En sécurité, j'espère, mais loin de moi, et je dois œuvrer à ta place. Sans aller trop loin dans le raffinement, parce que, ici, on ne gagne rien à avoir l'air d'une fille de joie.

De son sac, Jessica sortit un assortiment de poudriers joliment décorés. Après les avoir ouverts, elle les disposa devant elle par ordre de couleurs. Miroir en main, elle s'occupa d'abord de ses yeux afin qu'un peu de bleu, habilement réparti autour, leur redonne de l'éclat et de la profondeur. Après s'être essuyé l'index, elle passa à un fond de teint très rouge qu'elle lissa jusqu'à ce qu'il ne se voie plus mais confère une belle couleur rose à ses joues.

Dans un troisième poudrier, elle puisa une substance conçue pour rougir les lèvres et les faire briller. Pour mieux répartir le produit, elle ferma la bouche puis se mordilla doucement les lèvres.

Enfin, elle s'empara du petit flacon qui contenait sa meilleure assurance contre les inconvénients d'une toilette un peu bâclée, même à son corps défendant. Avec force précautions, elle retira le bouchon de liège et fit couler sur le bout de son index une seule goutte d'un liquide visqueux. Portant le doigt à son nez, elle huma l'essence entêtante, consciente qu'elle ne serait bientôt plus en mesure de la sentir. Un sacrifice acceptable, puisque tout le monde, autour d'elle, en aurait plein les narines...

Elle appliqua un peu d'essence derrière ses oreilles, puis étala le reste à la base de son cou, sur une zone de peau particulièrement douce.

Voilà, elle était fin prête ! Ses affaires remises dans la trousse puis dans le sac, elle souffla les six bougies et sortit.

Quand le jeune Giles leva sa bougie pour mieux la voir – un réflexe compréhensible –, il en resta bouche bée, les yeux ronds.

— Ma dame, vous êtes… Vous avez l'air… Hum, êtes-vous prête ?

Jessica gratifia le pauvre garçon de son plus beau sourire.

— Oui, frère Giles, et je m'excuse de vous avoir fait attendre une éternité… Mais grâce à vous, je me sens fraîche comme une rose. Sans votre aide, j'ignore comment je m'en serais sortie. Comme vous le savez, les femmes sont très différentes des hommes. Les apparences, pour nous, comptent énormément – surtout la nôtre, il faut bien l'avouer. Encore merci d'avoir tenu compte de mes besoins.

» J'ai encore une question : devons-nous laisser les six nouvelles bougies dans la cellule ?

Le sergent sourit, puis il se rembrunit.

— Il vaudrait mieux s'en abstenir, ma dame… S'il trouvait une telle abondance de luxe chez lui, le commandeur pourrait être troublé – voire penser à une intrusion de forces surnaturelles… Cela dit…

Le sergent sonda le couloir, en direction de l'escalier, puis reprit d'un ton plus assuré :

— Cela dit, il est temps que je vous conduise à l'amiral.

Dans le couloir, Jessica fut frappée par le silence qui les entourait, son compagnon et elle.

— Quelle heure est-il, frère ? On se croirait au milieu de la nuit.

— C'est parce que nous y sommes, ma dame.

— Serez-vous de service jusqu'au matin ?

— Non, je devrais être relevé bientôt, si ce n'est pas déjà fait. La garde change à minuit.

Jessica s'arrêta juste avant l'escalier et se tourna vers son compagnon, l'air compatissante :

— Veuillez me pardonner de vous avoir retenu ! Serez-vous puni pour avoir quitté votre poste ?

Giles sourit et secoua la tête.

— Pas ce soir… C'est l'amiral qui m'a chargé de venir vous chercher. Une mission des plus agréables.

— Quel délicieux compliment ! Merci beaucoup, frère Giles. Mais je m'inquiète toujours au sujet des bougies. Pourrez-vous les rapporter dans ma chambre, et en laisser une allumée ? Si je dois y retourner avant le lever du soleil…

Une ombre passa dans le regard du jeune moine.

— Il est inutile de vous en faire, ma dame. Personne ne s'en souciera… (Giles s'engagea dans l'escalier.) Cette nuit, le commandeur ne se couchera pas. Trop d'événements fâcheux se sont produits. Figurez-vous que nous avons négligé les vêpres… C'est la première fois, à ma connaissance.

— Toute la confrérie ? Oui, c'est très inhabituel. Savez-vous ce qui se passe ?

— Non. Je suis un humble frère qu'on ne daigne pas informer. Des rumeurs courent, mais elles ne sont pas dignes d'être répétées. Bien, nous voilà au pied de l'escalier. Voulez-vous attendre ici, le temps que je vous annonce ?

Giles abandonna Jessica dans un grand couloir éclairé par des torches. Approchant d'une double porte, il y cogna puis entra.

Jessica tira de nouveau sur ses vêtements – à force, ça finissait par agir un peu – puis elle tapota ses cheveux pour les mettre en place sous la résille d'or. Nerveuse sans trop savoir pourquoi, elle supposa que c'était à cause de la révélation de Giles sur les vêpres.

Dans un ordre monastique, la vie des membres était régie par la Règle qui imposait des prières à heures régulières, sauf en temps de guerre. À part un conflit, rien ne pouvait perturber les horaires d'une communauté religieuse. Pourtant, ce soir, les vêpres étaient passées à l'as. Quelque chose de grave devait être arrivé…

2

Charles de Saint-Valéry accueillit Jessica à l'entrée de la salle.

— Chère belle-sœur, viens, je t'en prie ! Tu as bien dormi, j'espère ?

Prenant délicatement le bout des doigts de la jeune femme entre le pouce et l'index accolé au majeur, l'amiral guida sa jeune parente dans la salle. Souriant jusqu'aux oreilles, Jessica se rembrunit quand elle découvrit que d'autres hommes étaient présents. Trois en tunique blanche, en plus de l'amiral, et un sergent en tenue sombre.

Seigneur, une réunion de chevaliers ! De la pompe à outrance, une hygiène douteuse et un pharisianisme puant ! Et c'est quoi, cette odeur ignoble ? On croirait qu'ils ont repeint les murs et le plafond au savon de cendres. À minuit, c'est un peu dur à encaisser…

Jessica se tourna vers l'amiral :

— Désolée, Charles, j'ignorais que tu étais en réunion. Tu m'as demandé de venir, c'est vrai, mais j'aurais dû attendre que tu en aies fini.

Jessica n'avait bien entendu aucun moyen de le savoir, mais le son de sa voix, pour un des hommes présents, évoquait la douce et vibrante musique de cymbales sarrasines. Le chevalier concerné frissonna, troublé par cette idée, et se demanda par quelle aberration elle lui avait traversé l'esprit.

— Tu ne me déranges pas, chère belle-sœur, bien au contraire, assura l'amiral.

Sans lâcher la main de Jessica, il avança, la fit pirouetter avec lui sur la droite, et désigna de sa main libre les trois chevaliers et le sergent.

— Permets-moi de te présenter mes compagnons. Deux d'entre eux sont la cause de ton réveil précoce.

Jessica étudia d'abord le chevalier debout près du sergent. Puis son regard s'attarda sur ce dernier, et elle le reconnut aussitôt.

— Tam Sinclair ! s'écria-t-elle, sourire aux lèvres. C'est l'homme dont je t'ai parlé, Charles…

Jessica s'interrompit, troublée.

— Tout à l'heure, tu étais conducteur de chariot… Je ne me suis pas doutée un instant de ton appartenance au Temple.

— Personne ne s'en est avisé, ma chère, intervint Saint-Valéry. En mission secrète, Tam escortait sir William, que j'ai l'honneur de te présenter. Il est venu nous apporter un message de notre grand maître, qui séjourne à Paris. Mes amis, voici la femme de mon frère, lady Jessica Randolph, baronne de Saint-Valéry…

La jeune femme salua l'assemblée puis se concentra sur sir William.

Seigneur, quel colosse ! De telles épaules… Et il n'a pas de barbe. Je croyais que tout Templier devait en porter une. Pour une raison qui doit même échapper à Dieu, ils pensent qu'être imberbe est un péché. Cela dit, c'est un bel homme, fort et sain, avec une mâchoire carrée et un menton volontaire. Quant à ses yeux, ils sont superbes… Mais il semble furieux. Contre moi ?

— Je n'avais jamais vu le menton d'un Templier, dit Jessica.

Les yeux de sir William lancèrent des étincelles. Un des autres hommes simula une quinte de toux pour occulter ses ricanements.

— Désolée d'être si directe, continua la jeune femme, mais c'est la stricte vérité. Tous les Templiers de ma connaissance sont barbus. Vous êtes un parent de Tam ? Donc, je parle à sir William Sinclair, le légendaire chevalier du Temple de Salomon.

Sir William continua à foudroyer du regard l'insolente. *In petto*, il sut avec une certitude accablante (et fort malvenue) qu'il n'oublierait jamais les yeux de cette femme et que son image resterait pour toujours gravée dans son esprit et dans son âme.

Qu'ai-je fait pour mériter sa colère ? Ou est-il un de ces misogynes invétérés ?

— Ma chère, tu connais sir William ? s'étonna Saint-Valéry.

— Non, beau-frère, mais j'ai entendu parler de lui. Ses exploits sont connus de tous.

Toujours souriante, mais avec un rien de malice dans le regard, Jessica se tourna vers le chevalier et le vit s'empourprer jusqu'aux oreilles – un curieux mélange de modestie et d'humiliation, semblait-il.

Seigneur bien-aimé, il n'est pas du tout en colère contre moi. Cet homme me craint. Mais pourquoi ? Parce que je suis une femme ? Est-ce si simple et si triste ? Le pauvre ne réussit même pas à parler. Ce doit être plus profond que la peur...

Sir William, lui, se maudissait intérieurement de rougir comme un garçon de ferme incapable de s'exprimer. Alors qu'il luttait pour trouver une réplique brillante aux piques de la jeune beauté, il réussit à lâcher quelques mots si stupides qu'il faillit s'étrangler avec dès qu'ils sortirent de ses lèvres :

— Vous vous moquez de moi, ma dame.

Jessica sentit qu'elle écarquillait les yeux, mais elle se força à garder le sourire.

— Sur ma foi, ce n'est pas le cas !

Pas le cas du tout, je le jure !

Oubliant toute ironie, la jeune femme prit l'air grave et parla en écossais :

— Sir William, quand j'étais gamine, chez moi, j'ai connu Peggy, votre sœur. Très liées, nous passions beaucoup de temps ensemble, et elle me régalait de récits sur vos faits d'armes. Une succession d'actes de bravoure et de grandeur…

Sans effort, elle repassa au français :

— Peggy chantait sans cesse vos louanges. Vous étiez son modèle. Son grand frère en armure scintillante, soldat du Temple et défenseur de la Vraie Croix. Pourtant, elle vous connaissait à peine : deux rencontres en tout et pour tout, très brèves par-dessus le marché. Mais elle n'aurait pas pu vous tenir en plus haute estime.

Le colosse plissa le front et ses lèvres frémirent, mais pas un son n'en sortit. Agacé, il essaya en écossais :

— C'était une gamine, à l'époque, son jugement ne valait rien.

La réplique ne tarda pas – en français, tant qu'à faire :

— Est-ce seulement le jugement des gamines qui ne vaut rien, sir William ? Aujourd'hui, Peggy est une femme et je parie que son opinion sur vous n'a pas changé. Diriez-vous encore qu'elle est sans valeur ?

— Comment le saurais-je ? se défendit sir William.

Très maladroitement, se tança-t-il, surtout après avoir dit tant de bien de Peggy à l'amiral. Histoire de s'enfoncer un peu plus, il persista et signa – sur un ton plus hostile que jamais, en plus de tout :

— Je ne sais rien des femmes, ma dame.

— Ça se voit comme le nez au milieu de la figure, sir William, lâcha Jessica d'un ton glacial.

— Eh bien, je suis un simple guerrier et…

— Et un humble moine, oui… J'ai déjà entendu ça. Mais en vous, je ne vois guère de simplicité ni d'humilité.

Prends-toi ça dans les dents, sire Grognon !

Jessica se détourna du chevalier pour faire face à l'amiral, visiblement consterné par ce qu'il venait d'entendre. La jeune femme lui posa le bout des doigts sur le bras, sourit et désigna les deux autres hommes :

— Le commandeur de Thierry ne devrait-il pas être là ? Suis-je censée le voir ?

Saint-Valéry répondit en ne regardant personne d'autre que son interlocutrice.

— Sire Arnold, j'en ai peur, n'est plus de ce monde. En fait, il vient de le quitter…

L'amiral marqua une pause pour laisser Jessica assimiler la nouvelle et y réagir. Prudent, il omit de préciser à quel point le départ du commandeur était récent.

— Je suis sûr, chère belle-sœur, de parler pour lui en insistant sur le plaisir qu'il aurait eu à t'accueillir.

Saint-Valéry s'interrompit de nouveau, comme s'il devait gérer un conflit intérieur. Puis il ajouta :

— Puis-je te présenter son successeur, sire Richard de Montrichard – et mon vice-amiral, sire Édouard de Bérenger ?

Les deux hommes s'inclinèrent et Jessica les gratifia de son sourire le plus ravageur – sans s'apercevoir que sir William, fou de colère, la foudroyait du regard.

Encore empourpré d'avoir été pris de si haut par la dame, le chevalier, en un accès terrifiant de lucidité, venait de comprendre que ce corps dont il ne parvenait pas à détourner le regard, admirant le moindre de ses mouvements, était l'incarnation même de la Tentation. En d'autres termes, l'œuvre du démon. Cela dit, Jessica se révélait plus belle et plus troublante que toutes les femmes qu'il avait vues lors de ses quarante et quelques années d'existence.

Sans cesser de fulminer, il dut reconnaître que la diablesse avait l'art et la manière de subjuguer les hommes. Tout chevalier aguerri qu'il soit, sire de Bérenger semblait conquis par le sourire de Jessica et charmé par sa conversation – au point d'être suspendu à ses lèvres et de sourire comme un idiot du village qu'il valait mieux ne pas lâcher dans la nature sans quelqu'un pour le surveiller.

Sire de Montrichard, l'austère second du défunt commandeur, souriait aussi bêtement que son collègue.

Sentant le regard de Tam peser sur lui, sir William lui coula une œillade assassine, mais son sergent détourna vivement la tête avant qu'il ait pu voir sa réaction.

Intérieurement, le chevalier bouillait toujours d'envie de laver son honneur. Intervenir, même à contretemps, et de quelques mots bien sentis, remettre la pécore à sa place. Histoire qu'elle comprenne une fois pour toutes de quel bois il se chauffait sous sa façade de courtoisie et de bienveillance. Hélas, rien ne lui vint. Pas la moindre pique, le plus infime sarcasme ou l'ombre d'une remarque ironique. Rien du tout ! Du coup, il dut se résigner à mijoter dans son humiliation, sans savoir pourquoi ou comment il en était arrivé là, pendant que ses maudits yeux s'attardaient sur la nuque de la tentatrice ou buvaient littéralement chaque ondulation de tissu sur son corps parfaitement sculpté.

Tirant sir William de l'impasse où il croupissait, l'amiral invita tout le monde à s'installer devant le feu. En galant homme, il tint le fauteuil de Jessica, puis prit place sur sa droite et fit signe à sir William de s'asseoir sur l'autre flanc de la belle. Alors que ses « rivaux » s'asseyaient à leur tour, le chevalier, à contrecœur, obéit à l'amiral, puisqu'il ne restait plus qu'un siège libre. Si près de la jeune femme, il fut bien entendu submergé par sa présence – une subtile promesse de chaleur et de douceur –, les narines emplies de son incroyable odeur.

Après son enfance en Écosse, sir William avait passé sa vie dans des garnisons monastiques, aux quatre coins de la chrétienté et de la Terre sainte. Le parfum étant inconnu dans les lieux de ce genre, il n'avait aucune raison de penser qu'il ne s'enivrait pas des senteurs naturelles du corps de Jessica Randolph. Autant qu'il jugeât mal cette femme, il ne put s'empêcher de constater avec une jubilation douloureuse que ses émanations déchaînaient une tempête au cœur de sa pauvre poitrine.

Comme si elle n'avait pas conscience de sa présence, Jessica s'entretenait avec l'amiral en lui tournant le dos.

Quand leur aparté fut terminé, Saint-Valéry tapota gentiment la main de sa parente puis se racla la gorge pour attirer l'attention générale. Avant qu'il ait pu prendre la parole, des coups retentirent à la porte. Après l'avoir poussée, un garde entra et avança, l'air intimidé.

Deux femmes, annonça-t-il d'une voix tremblante – rien d'étonnant, à voir l'expression courroucée de l'amiral – s'étaient présentées peu après la tombée de la nuit, demandant à voir la baronne de Saint-Valéry.

Jessica se leva d'un bond.

Marie et Jeanette ! Seigneur Jésus, merci de ce cadeau du ciel !

L'homme ajouta que les visiteuses étaient pour l'instant dans le corps de garde, en cellule, puisque le sergent Tescar avait interdit que quiconque entre ou sorte de la commanderie. Avec une insistance de plus en plus lourde, les deux femmes avaient exigé de voir la baronne. Vite dépassé, Tescar avait envoyé un homme demander des directives à ses chefs.

Jessica se tourna vers l'amiral et lui prit le bras.

— Charles, ce sont mes servantes, Marie et Jeanette. Quand on nous a informées que les hommes du roi cherchaient trois femmes, nous avons jugé plus prudent de nous séparer. Marie et Jeanette devaient m'attendre en ville, puis me retrouver ici. Je dois aller les voir. Auriez-vous la bonté de m'excuser ?

Sir William remarqua la joie de la jeune femme. Malgré lui, il ne put s'empêcher d'avoir chaud au cœur en la voyant si soulagée. À l'évidence, elle se souciait vraiment de ces femmes.

À la grande surprise du chevalier, Saint-Valéry secoua la tête.

— Non, très chère, je ne peux pas t'autoriser à partir… (Regardant les autres hommes, il agita une main, l'air agacé.) Je détiens des informations que tu dois connaître sans délai. Ces nouvelles, même Bérenger et Montrichard les ignorent. Aujourd'hui, les événements se sont enchaînés, ce sera encore pire demain, et le temps nous file entre les doigts. Désolé, mais je ne peux pas raconter deux fois cette triste histoire.

Bérenger et Montrichard ne cachèrent pas leur stupéfaction.

— Tes servantes vont bien, Jessica. Entre de bonnes mains, elles ne souffriront pas d'attendre encore un peu pour te voir. Puisque nous connaissons leur identité, nous les dorloterons, mais je ne peux pas les autoriser à entrer si tu n'es pas présente. De plus, nous sommes dans un monastère où il n'y a pas de place pour elles. Tu imagines la panique que deux femmes livrées à elles-mêmes sèmeraient parmi mes moines ? Je t'en prie, fais-leur dire de t'attendre patiemment…

Jessica foudroya son parent du regard, mais elle se ressaisit et hocha la tête.

— Ces nouvelles doivent être très graves, beau-frère, pour que tu condamnes tes portes et oublies les vêpres. Je suis impatiente de les entendre.

Jessica se tourna vers le garde :

— Mes amies ont-elles eu à manger ?

— Je n'en sais rien, ma dame… Elles étaient déjà là quand j'ai pris mon service. Elles ont peut-être dîné plus tôt.

— Si ce n'est pas le cas, assure-toi qu'on les nourrisse et dis-leur que je me réjouis de leur arrivée. Précise-leur que je suis en réunion, et que je viendrai les voir dès que possible. Et remercie de ma part le sergent Tescar, qui les a si bien traitées.

Dès que l'homme fut sorti, la baronne revint s'asseoir.

— Amiral, dit-elle, nous écoutons tes fameuses nouvelles.

Saint-Valéry se leva et vint se placer en face de son auditoire, dos à la cheminée.

— Mes amis, vous risquez de ne pas en croire vos oreilles. Sir William est venu me transmettre des instructions de Jacques de Molay. Récemment, notre grand maître a appris que le jour bientôt écoulé est peut-être le dernier où nous aurons été libres en France !

L'amiral sonda le regard de Jessica puis ceux de Bérenger et de Montrichard.

— Selon maître de Molay, le roi veut se débarrasser de nous et de l'ordre du Temple. Alors qu'il séjournait à la commanderie de Paris, une source digne de confiance a averti notre grand maître que Philippe Capet lancera demain un mandat d'arrêt contre tous les membres de notre ordre présents en France. Dès l'aube, cette infamie sera mise à exécution. Elle est l'œuvre de Guillaume de Nogaret, le garde du sceau placé directement sous les ordres du roi.

— C'est insensé ! s'écria Montrichard en se levant d'un bond. Pourquoi le roi ferait-il une chose pareille ? Et comment s'y prendrait-il ? C'est absurde et irréalisable.

— Sire Richard, pas pour le roi de France…

Les cinq hommes se tournèrent vers Jessica, surpris qu'elle s'aventure à contredire un homme dans une assemblée majoritairement masculine. Imperturbable, la jeune femme leva une main pour réclamer l'attention des Templiers :

— Philippe Capet est un roi de droit divin, pas vrai ? Puisqu'il n'en fait pas mystère, bien au contraire, tout le monde le sait. S'il est roi, c'est par la volonté de Dieu. Et il règne ainsi depuis vingt-deux ans, si je ne me trompe pas.

Consciente que les hommes étaient tout ouïe, Jessica marqua une pause pour ménager ses effets.

— Oui, voilà vingt-deux ans qu'il a été couronné. Âgé de trente-neuf ans, il a donc passé plus de la moitié de sa vie sur le trône. Malgré ça, que savons-nous vraiment de lui ?

Une autre pause, plus courte.

— Oui, qu'en savons-nous ? Nous connaissons son titre, Philippe IV et son surnom, Philippe le Bel, mais à part ça ? Aucun homme n'en sait plus long…

» Aucune femme non plus, soit dit en passant. Son épouse, la reine Jeanne, est morte il y a deux ans, après vingt et un ans de mariage avec lui. Tout ce qu'elle a su dire, sur son lit de mort, c'est qu'elle aurait jadis souhaité qu'il soit moins froid avec elle. *Jadis*, mes seigneurs. En d'autres termes, elle n'en avait plus rien à faire depuis longtemps.

Sir William fit mine de parler, mais d'un geste nonchalant, Jessica lui indiqua de s'en abstenir.

— Je sais ce que vous pensez tous. De quel droit une femme parle-t-elle ainsi des affaires des hommes ? Eh bien, sachez que je ne raconte pas n'importe quoi ! Ce roi n'accepte aucune limite à ses désirs. C'est le cas depuis toujours, et ça ne changera jamais. Quand il s'engage, c'est sans retenue. Élu par Dieu, il n'a selon lui de comptes à rendre à personne, à part au Créateur, justement.

» Souverain sans âme et sans conscience, Philippe Capet a fait tuer mon mari simplement parce qu'il était mécontent de lui…

De nouveau, Jessica dévisagea son auditoire. Désormais, elle le savait, plus personne ne l'interromprait.

— Philippe le Bel, je l'ai vu une seule fois, et je peux dire qu'il a fière allure. Bien davantage que mon défunt mari… La beauté d'une statue de marbre.

Jessica se leva et alla se camper dos à la cheminée. Lui cédant la place, Saint-Valéry se rassit. Elle le remercia d'un signe de tête, car elle était loin d'avoir fini son discours.

— Une statue, mes seigneurs. Voilà à quoi se réduit la part d'humanité de ce roi. Une statue de marbre règne sur la France. Agréable à l'œil, sans doute, mais froide comme la pierre et dénuée de vie. Glaciale dans tous les sens du terme, inaccessible, impossible à comprendre et sans l'ombre d'une qualité ou d'une faiblesse humaine. Cet homme s'est drapé d'un manteau de frimas et de silence. Il ne sourit jamais, ne se confie à personne, n'écoute pas les secrets des autres et interdit la moindre familiarité en sa présence. Personne ne sait ce qu'il pense ou ce qu'il croit, sinon qu'il s'estime distingué par Dieu, et à ce titre supérieur au pape, à l'Église et à toutes les institutions humaines. Bref, le représentant du Seigneur sur la Terre.

» Parmi ses rares attributs humains, aucun n'est admirable ou au moins respectable. Il est capricieux, cupide, matois et ambitieux. Pour lui, la vie des autres n'a aucune valeur. Bien entendu, il s'entoure de sbires prêts à exécuter ses ordres, si cruels soient-ils.

» Guillaume de Nogaret règne sur cette armée de vauriens. Il est le premier d'entre eux et le bras droit du roi. Il y a quatre ans, vous n'avez pas oublié, il est allé en Italie avec une bande de voyous – près de quatre cents lieues de distance – pour séquestrer le pape en titre, Boniface VIII, la veille de l'annonce de l'excommunication de la France. Ce fut le pire crime de l'histoire contre la papauté, et son auteur a bénéficié d'une totale impunité.

» Le pape, nul ne l'ignore, est mort un mois plus tard, l'outrage se révélant trop violent pour un homme âgé. Quand son successeur, Benoît, eut le courage de condamner publiquement Guillaume de Nogaret – et à travers lui le roi de France –, lui aussi mourut dans le mois qui suivit.

De terribles douleurs abdominales, à ce qu'on dit. Les effets du poison, mes seigneurs. Nous le savons tous, mais personne n'ose le dire à voix haute parce que c'est impossible à prouver.

» Grâce aux agissements de son âme damnée, Philippe eut dix-huit mois pour organiser l'élection d'un pape français – ce Clément de malheur !

» Ayant prouvé sa loyauté au roi, et fait montre de « compétences », Guillaume de Nogaret fut nommé garde du sceau. Un étrange poste pour un homme dont nul ne nie l'intelligence, mais qui a tout d'un voleur, d'un meurtrier, d'un blasphémateur et d'un tueur de pape. Le garde du sceau français, ce bandit !

— Les juifs, dit une voix manquant curieusement de personnalité et de résonance.

Tous les regards se tournèrent vers Édouard de Bérenger.

— Les juifs, répéta-t-il un ton plus haut. L'année dernière, en juillet… Ce que dit maître de Molay est la stricte vérité.

— Quel rapport avec les juifs, mon ami ? demanda Saint-Valéry. Que voulez-vous dire ?

— Les complots surprises, monseigneur… L'année dernière, le 25 juillet au matin, sans l'ombre d'un avertissement, tous les juifs de France furent arrêtés, jetés en prison puis expulsés, leurs biens confisqués par la couronne pour le salut du royaume. J'avais presque oublié, et à l'époque, ça n'a pas fait beaucoup de bruit. La mesure visait les juifs, après tout, et les coffres vides de la chrétienté avaient grandement besoin de leur argent…

» Seigneur amiral, pensez-vous qu'il y avait autant de juifs en France, à l'époque, que de Templiers de nos jours ?

Bérenger interrogea Jessica du regard, puis il balaya l'assistance des yeux et reprit :

— Ce complot contre les juifs, si bien organisé puis tenu secret, fut l'œuvre exclusive de Guillaume de Nogaret.

Le même homme dont les parents, il faut le rappeler, sont connus pour avoir brûlé des Cathares « hérétiques » à Toulouse sous l'œil attentif des chevaliers du Temple – qui jouaient alors le rôle d'enquêteurs sous la houlette des Inquisiteurs dominicains...

— Marie, mère de Dieu ! souffla Saint-Valéry.

Personne ne daigna le regarder.

Édouard de Bérenger eut un rictus.

— Aujourd'hui, tout prend son sens, même si ça semblait absurde sur le coup. L'arrestation des juifs, l'an dernier, était une répétition générale en vue de ce qui se passera demain. Dans mon esprit, ça ne fait plus le moindre doute.

» Le grand maître ne se trompe pas et n'exagère pas le danger. Cette attaque est prévue depuis longtemps, et la procédure a été éprouvée. Demain, notre ordre connaîtra le malheur et la terreur. (Bérenger se redressa sur son siège.) Je ne dis pas que le sang coulera dans les rues, et je ne prétends pas que ce sera la fin de l'ordre. Comparés aux juifs isolés et désorganisés, nous sommes une entité religieuse et militaire bien mieux à même de survivre à la tourmente. De plus, le nombre joue en notre faveur – de peu, mais ça suffira – et nos états de service sont exemplaires. Nos affaires risquent d'être perturbées, voire interrompues, mais je ne crois pas un instant à la disparition de notre ordre. Même s'il n'est qu'une marionnette, le pape Clément lui-même n'autoriserait pas une telle absurdité !

Jessica intervint d'un ton froid :

— Clément autorisera tout ce qu'on lui demandera d'autoriser... Comme Guillaume de Nogaret, c'est un sbire du roi, mais il est pire : moins intelligent et plus dangereux parce qu'il craint de perdre sa position. Vous ne devez rien attendre de lui. Avant que Philippe lui fasse la courte échelle, Clément s'appelait Bernard de Bot, un obscur religieux qui avait réussi à se faire nommer archevêque de Bordeaux.

Philippe l'a déniché dans cette ville et promu parce qu'il était connu pour sa cupidité, son goût de la flatterie et sa vanité. Bref, un faible très facile à manipuler… Amoureux des honneurs de ce monde et en quête de reconnaissance, il était aussi fameux pour son art de la procrastination. Un type si tordu et peureux qu'il aurait préféré ramper sur dix lieues plutôt que de prendre une vraie décision. Craignant d'être renvoyé à son insignifiance par le roi, il ne vous aidera pas, vous pouvez me croire.

Bérenger secoua la tête.

— Même si c'est vrai, ma dame, sur le long terme, ça ne comptera pas. Et nous devons voir à long terme… Pour qu'un arbitrage intervienne, il faudra des mois ou peut-être même des années. En attendant, nos finances en souffriront, mais notre saint ordre survivra. Il faudrait être dément pour penser autre chose. Il y aura tôt ou tard une solution équitable, peut-être même des réparations, et…

— Des réparations ? De grâce, épargnez-moi vos vaines certitudes de mâle arrogant !

Devant la fureur de Jessica, Bérenger se rassit, stupéfié comme les autres, car on n'avait jamais vu un tel comportement chez une femme.

— M'avez-vous seulement écoutée ? Au nom du Seigneur, quand comprendrez-vous que vous n'affrontez pas des hommes tenus comme vous par le sens de l'honneur ? Vous vous baptisez « hommes de bonne volonté », et faites comme si tout le monde était comme vous. Des hommes d'honneur et de bonne volonté ! Foutaises ! Le roi pense avoir été choisi par Dieu ! Oint du Seigneur, il se croit incapable de se tromper ou de mal agir. Au sens où vous l'entendez, il n'a pas d'honneur, et ça ne lui manque pas. Que Dieu nous protège de la cécité des hommes d'honneur !

» Ce roi est cupide, comprenez-le ! Ce qui le consume, c'est le désir d'avoir de l'argent. Il ne pense qu'à ça et n'espère que ça. Criblé de dettes, les finances à zéro, il lève des impôts, vole, détrousse ou rançonne tous ceux qu'il soupçonne d'avoir du bien ou d'en cacher. Son avidité est insatiable, et selon lui, Dieu le comprend et lui donne carte blanche pour la satisfaire en recourant à tout ce qui lui passera par l'esprit.

— Baronne, dit Montrichard, pour quelqu'un qui l'a si peu fréquenté, vous semblez très bien connaître le roi.

Comme une lionne, Jessica se tourna vers l'insolent :

— Je l'ai vu une fois, pas *rencontré*, alors, épargnez-moi vos sous-entendus. Des années durant, mon mari a représenté les intérêts du roi à la cour d'Angleterre. Une tâche épuisante qui ne lui a valu aucune reconnaissance, bien qu'il ait envoyé des fortunes en France pour gonfler le trésor de Philippe Capet. Mécontent malgré tout, ce maudit a fait exécuter un homme de bien. Sachez-le, je ne répète pas des rumeurs. C'est d'expérience que je parle.

— Votre mari discutait avec vous des affaires du roi, ma dame ? demanda Montrichard.

Même s'il n'abdiquait pas, il avait rougi et sa voix manquait d'assurance.

— Mon époux me faisait confiance. Bien plus que son monarque se fiait à lui. Ayant appris qu'Étienne menait ses propres affaires, il a lancé Guillaume de Nogaret sur la piste. Le limier n'a rien trouvé, mais mon mari y a perdu la vie.

Jessica se tourna comme si elle avait l'intention de sortir, mais elle se ravisa, les yeux brillant de rage, et revint se camper devant les hommes.

— Si ça lui semble judicieux, le roi vous tuera tous pour s'approprier vos possessions. Des réparations, il n'y en aura jamais ! Pour compenser quoi ? La confiscation de vos biens par un monarque de droit divin ? Une fois les dés jetés, croyez-vous que Philippe Capet soit homme à restituer ce qu'il a pris ou à se retenir de prendre tout ce qui s'offre à lui ? Si vous le pensez, sire de Bérenger, vous êtes un idiot – vice-amiral ou pas. Moi, ce qui m'étonne, c'est que le roi ne vous ait pas attaqués plus tôt.

Depuis que Jessica parlait, sir William l'écoutait bouche bée sans même s'aviser qu'il ne la quittait pas des yeux.

Quelle femme superbe ! Des épaules et des hanches larges, une taille fine, de longues jambes et une fière poitrine magnifiquement mise en valeur par sa tenue. De sa vie, le chevalier n'avait jamais rien vu de tel. Hypnotisé, il buvait ses mouvements, se régalait des ondulations de ses hanches, du roulis de ses seins, de l'éclat de ses yeux brillants et de l'incendie de ses joues rouges sous l'effet de la colère – mais moins rouges que ses lèvres si joliment mobiles, cependant.

Quand il entendit la baronne traiter Bérenger d'« idiot », sir William reprit ses esprits. Refermant la bouche, il se redressa sur son siège, toujours un peu rouge à l'idée de ce qu'il venait de faire – reluquer une femme – et de penser… Mais le mot « idiot » tournait en boucle dans sa tête, et il retrouva enfin la parole :

— Je ne le suis pas, dit-il.

Ses premiers mots depuis qu'il avait à tort médit de sa sœur. Tous les regards se braquèrent sur lui, mais il était redevenu maître de lui-même.

La baronne s'était mêlée d'une conversation d'hommes, leur démontrant sa supériorité à tous. Mais ici, parmi ses pairs, la voix de sir William primait. En tant que femme, Jessica Randolph le bouleversait. En tant que baronne, elle avait fait intrusion dans son domaine et il serait facile de la remettre à sa place comme n'importe quel subordonné.

— Vous n'êtes pas quoi, sir William ? demanda Saint-Valéry.

— Surpris, amiral. La baronne s'est étonnée que le roi ne nous ait pas attaqués plus tôt. Eh bien, moi, ça ne m'étonne pas du tout. Pour obtenir une réaction adéquate, il lui a fallu tout ce temps.

Il y eut un long silence avant que Saint-Valéry réponde :

— Quelle réaction adéquate, sir William ? Désolé, mais votre raisonnement m'échappe.

— Je sais, et c'est normal…

Sir William s'adossa à son fauteuil et serra les accoudoirs. Un rictus sur les lèvres, il tenta de résoudre son conflit intérieur, puis s'avisa qu'il était absurde, dans les circonstances présentes, de s'inquiéter du caractère confidentiel de ce qu'il avait à dire.

— Il y a un an et demi, après la mort de la reine, Philippe a demandé à entrer dans notre ordre.

Saint-Valéry fronça les sourcils.

— Vraiment ? Je n'en ai rien su.

— Et vous n'êtes pas le seul, sire Charles. Ce n'est pas de notoriété commune. Un roi ne pouvant pas suivre le protocole normal, il s'est adressé directement au conseil.

— Et que s'est-il passé ?

— En accord avec notre Règle et nos coutumes, nous avons étudié sa candidature, puis nous avons procédé à un vote secret.

— La pratique habituelle, même à ce niveau de pouvoir, souffla Saint-Valéry.

— Exact, mais Philippe a été blackboulé…

L'amiral et les deux chevaliers n'en crurent pas leurs oreilles.

— Blackboulé ? répéta Saint-Valéry. Quelqu'un a mis dans le sac une boule noire ?

Sinclair secoua la tête.

— Non, amiral. Ce jour-là, nous étions onze à voter et il y a eu huit boules noires.

— Que signifie cette histoire de boules ? intervint la baronne, agacée.

Saint-Valéry se tourna vers elle :

— Dans notre ordre, pour les votes importants, nous n'utilisons pas des bulletins mais des boules blanches et noires. Chaque Templier en met une dans un sac qu'on fait circuler dans les rangs. Blanc, c'est « oui », et noir, c'est « non ». Dans un scrutin, une seule boule noire suffit pour rejeter la motion.

Ce fut au tour de la baronne d'avoir l'air dépassée.

— Vous êtes membre du conseil de gouvernance ?

Sir William acquiesça.

— J'ai cet honneur, oui…

— Et vous avez rejeté la candidature du roi ?

— Exactement. Sur onze membres du conseil, huit ont estimé que Philippe le Bel voulait se joindre à nous pour de mauvaises raisons. Pas pour servir l'ordre, mais pour s'y infiltrer et mettre la main sur ses possessions. Ce point avait été largement évoqué lors d'une séance préliminaire…

Quel superbe crétin bouffi d'honnêteté et d'illusions ! Tu n'as aucune idée de ce que vous avez fait, je parie…

— Vous avez éconduit le roi de France, et le coup qui vous frappe aujourd'hui vous étonne ?

» Vous avez pris la bonne décision – celle que l'honneur vous dictait – mais pour le roi, cette insulte a scellé votre sort. Ce jour-là, l'ordre du Temple a été détruit par huit boules noires. Au moment où Philippe Capet a appris votre décision, les dés étaient jetés. Simplement, la nouvelle a mis très longtemps pour vous parvenir…

Sinclair n'objecta rien, puisque c'était la stricte vérité.

— Que vas-tu donc faire, seigneur ? demanda Jessica à l'amiral.

Malgré sa fatigue, le vétéran sourit.

— Que Dieu te bénisse, chère belle-sœur. Je te reconnais bien là… Alors que Guillaume de Nogaret frappera bientôt à nos portes, tu te soucies de nous, pas de ton propre sort…

L'amiral balaya du regard l'assemblée avant de continuer :

— Nous en avons déjà beaucoup fait, répondit-il, et nous continuerons. Ces dernières heures, la flotte a reçu l'ordre de se tenir prête à appareiller – officiellement, pour un exercice prévu dès l'aube. Tes fonds sont en sécurité sur ma galère, et tu navigueras avec moi en direction de l'Écosse, où nous vous déposerons, tes coffres et toi. À présent, va retrouver tes servantes, si tu veux… Tam t'accompagnera puis vous fera embarquer toutes les trois. Sur un bateau de guerre, ta cabine te paraîtra spartiate, mais ça sera toujours mieux qu'une cellule en France.

» Une fois à bord, tu devrais essayer de dormir, même si ça risque d'être difficile avec tout le remue-ménage à prévoir cette nuit. Si le temps le permet, nous lèverons l'ancre demain à l'aube. Avec un peu de chance, nous pourrons plus tard te transférer sur un des gros navires commerciaux. Si on en trouve un qui ne soit pas chargé jusqu'à la gueule… Sergent Tam, voulez-vous bien conduire dame Jessica jusqu'au corps de garde ?

3

— J'ai été surprise que sir William soit d'accord avec moi, dit Jessica en écossais.

La précédant d'un pas, Tam se retourna, étonné par ses propos.

— Pourquoi donc, ma dame ?

— Pourquoi ? Parce qu'il ne m'aime pas du tout, à l'évidence. Se comporte-t-il ainsi avec toutes les femmes ? Un ours mal léché ?

Tam s'immobilisa et dévisagea longuement la baronne. Figée sur place, celle-ci attendit qu'il daigne lui répondre.

Soudain, le sergent sourit et hocha la tête.

— C'est bien vu, oui… Ces vingt dernières années, chaque fois qu'il s'est adressé à une femme, il s'est comporté comme un rustre. Ours mal léché, voilà qui le décrit très bien…

— Il déteste les femmes, c'est ça ? Avant de lui parler, je n'aurais pas cru ça de lui…

Le sourire de Tam s'élargit.

— Non, ma dame, il ne déteste pas les femmes.

— Dans ce cas, qu'est-ce qui cloche chez lui ? À t'en croire, il est comme ça avec nous toutes…

— C'est par manque d'exercice, ma dame. C'est vrai, depuis vingt ans je ne l'ai pas entendu parler autrement à une femme. Simplement parce que tu es la première à qui il s'adresse…

— La première en vingt ans ? C'est impossible !

— Tu peux croire ça, ma fille… Hélas, c'est la stricte vérité. La dernière femme à qui je l'ai entendu parler, c'était sa mère, lady Ellen. Le jour de son départ de chez lui, alors qu'il rêvait déjà d'intégrer l'ordre… William évite les femmes depuis toujours. Sur ce point, c'est un intégriste, et sa vie de Templier lui permet de tenir fermement le cap. Une conséquence de son vœu de chasteté, en fait. Ce gaillard ne prend pas ces choses-là à la légère.

Alors qu'ils étaient toujours dans le long couloir où se trouvait la salle de jour, Jessica regarda à droite et à gauche histoire de se laisser le temps d'assimiler l'information. Quand Tam se remit en chemin, elle lui emboîta le pas.

— C'est un moine, je veux bien en convenir. Mais il ne vit pas dans un cloître. Au contraire, étant chevalier, il parcourt le monde…

— C'est vrai, il erre toujours sur les routes, surtout depuis qu'il appartient au conseil. Ne vois-tu pas comment il se débrouille pour respecter son vœu ? Ce type ne cesse pas de travailler, sauf pour prier.

— Il est donc un saint ? Un anachorète…

— Non, c'est un homme tout simplement. Pas un troubadour à la langue de velours, je te le concède. Si c'est le charme qui t'intéresse, autant chercher ailleurs. Même chose si tu aspires à des minauderies de courtisan. En revanche, c'est le meilleur type que je connais, et je colle à ses basques depuis le début. À son départ d'Écosse, il n'avait que seize ans, et il est allé directement en Terre sainte. Après des années à se battre, il fut un des rares survivants du siège de Saint-Jean-d'Acre.

— Il y était ? Je n'en savais rien… Et toi ?

— À ses côtés, oui…

— Comment es-tu sorti de ce traquenard ?

— Avec lui… J'étais son sergent, et il n'allait nulle part sans moi.

— Il s'est échappé et toi aussi… Comment avez-vous fait ? Tous les autres défenseurs sont morts, non ?

Tam soupira.

— Hélas oui… Pas tous, mais presque.

— Alors, pourquoi avez-vous survécu ? Qu'avez-vous fait ?

— On lui a ordonné de partir, ma fille. Avec Thibaud de Gaudin, qui était alors commandeur du Temple et second de Pierre de Sevrey, notre marshal. Le marshal, c'est le chef militaire suprême de l'ordre, en temps de guerre.

— Je me fiche de ces détails, Tam ! Pourquoi William Sinclair a-t-il été sauvé ?

Le sergent haussa ses larges épaules.

— Parce que c'est arrivé, voilà tout… Gaudin l'aimait bien et il l'a choisi, c'est aussi simple que ça. Lors d'escarmouches contre les Infidèles, William lui a sauvé deux ou trois fois la vie. En plus, c'est un grand meneur d'hommes et un guerrier d'élite. Quand Gaudin a reçu l'ordre de charger le trésor du Temple sur une galère et de le transférer de Saint-Jean-d'Acre à Sidon, il a tenu à s'entourer d'hommes de confiance. Et sur cette liste-là, William occupait la première place.

— Et vous avez transporté le trésor à Sidon ?

— En Asie Mineure, oui…

— Après, où êtes-vous allés ?

— Nous sommes revenus dans la chrétienté. Muté de garnison en garnison, William a accumulé les promotions et les responsabilités. D'abord en Écosse, puis en France, en Espagne, en Italie, à Chypre, encore en Espagne, et de nouveau en France. Il y a quelques années, il s'est lancé dans des études pour intégrer le conseil de gouvernance.

» Baronne, si les mots « honneur », « loyauté », « fiabilité » et « courage » ont un sens pour toi, tu ne trouveras pas en ce monde un homme qui les incarne mieux que lui.

Jessica s'immobilisa et tira sur la manche de Tam, qui se retourna.

— Ne m'as-tu pas entendue dire aux autres ce que je pense de l'honneur et du courage ? Ce sont des vertus masculines, sans la moindre utilité aux yeux d'une femme. Si tu me trouves une fille qui désire épouser un héros mort, je te montrerai une malheureuse très mal mariée. En hiver, un cadavre ne réchauffe personne avec son amour. D'ailleurs, c'est la même chose en toute saison…

Jessica se tut un instant.

— Pourtant, il y a des vivants qui sont encore plus glaciaux. Ton William Sinclair en est un bel exemple. J'espère qu'il se comportera mieux pendant la traversée. L'Écosse est loin d'ici, et je ne voudrais pas passer mon temps avec un goujat.

Jessica ayant changé de ton – moins d'amicale complicité, pour l'essentiel –, Tam reprit ses distances.

— Vous serez sur des navires différents, ma dame. Toi, tu navigueras sur le vaisseau amiral, et lui avec sire de Bérenger, le vice-amiral.

— Oui, c'est logique… Les galères sont des navires de guerre, avec très peu de place pour des passagers. Nous ne serons pas ensemble, en effet… Bien, allons rejoindre mes servantes, voilà trop longtemps que je les fais attendre.

— Ce n'est plus bien loin, baronne…

4

Dès que Tam et Jessica furent sortis, sir William resta un moment assis en silence, les yeux rivés sur la porte qu'ils venaient de franchir. Puis il se tourna vers Édouard de Bérenger :

— Veuillez m'excuser, vice-amiral… Tout à l'heure, je vous ai menti avec cette histoire d'exercice matinal. Hélas, je n'avais pas le choix, car sire Charles n'avait pas encore lu les instructions de maître de Molay.

Bérenger hocha la tête avec bienveillance, puis il s'adressa à Saint-Valéry :

— Qu'en est-il pour les autres éléments de la flotte, amiral ? Peut-on garder espoir ?

— Oui, dans une certaine mesure. Maître de Molay a fait avertir les commanderies de Brest et du Havre – ordre de se préparer à un exercice pour demain matin. Il y a une semaine, l'amiral de Marseille a reçu des consignes similaires : lever l'ancre sans tarder et foncer vers le détroit de Gibraltar, puis filer au nord en direction du cap Finisterre, au sud de l'Espagne. Nous nous regrouperons tous là-bas, avant de cingler vers nos destinations respectives.

— Combien de navires en tout, amiral ?

— C'est impossible à dire, Édouard… Ça dépend de qui était ou n'était pas à quai au moment où l'ordre est arrivé. Les ports pouvaient être pleins ou presque vides… Mais nous serons les seuls à voguer avec des vaisseaux de fret. Les autres éléments compteront exclusivement des galères. Cela dit, avant de filer vers le cap Finisterre, nous aurons une dernière tâche à accomplir. Je vous expliquerai ça demain… Bien, allez superviser les préparatifs. Ici, nous en avons terminé.

Le vice-amiral salua et sortit au pas de charge.

— Et qu'en sera-t-il de mes hommes ? demanda sire de Montrichard, le nouveau commandeur de La Rochelle.

Silencieux jusque-là, il avait attendu le départ de Bérenger pour parler.

Saint-Valéry coula un regard à sir William.

— Les ordres du grand maître sont clairs. Retranchés dans la commanderie, vous vous rendrez quand on vous le demandera – sans aucune résistance, même face à des provocations flagrantes. Surtout, pas d'impair ! Les conséquences seraient vertigineuses…

Montrichard acquiesça, le visage de marbre.

— Je vais informer mes hommes de tout ça, sire.

— Bonne idée, mais attendez un instant… Sir William, il me faut votre avis. Quand maître de Molay a rédigé ses ordres, il n'a pas laissé de place à l'interprétation ?

— Non. Pourquoi cette question ?

— Eh bien, il n'était pourtant pas certain de la suite des événements, n'est-ce pas ?

— Pas totalement, non…

— S'il avait été avec nous ce soir, aurait-il été convaincu de la véracité de la menace ?

— J'en suis sûr. Là encore, pourquoi cette question ?

— Parce que je m'inquiète pour la garnison, contrainte de ne pas résister. Sire Richard, combien d'hommes avez-vous sous vos ordres ?

— Cent dix-huit, amiral, en comptant le personnel médical.

— Plus de cent hommes… Sir William, certains seront tentés de résister, c'est inévitable.

— Ça le serait s'il ne s'agissait pas de Templiers… Que voulez-vous *vraiment* dire, amiral ?

— Eh bien, nous pourrions éliminer toute tentation et garantir ainsi que le grand maître sera obéi. Cent dix-huit *absents* ne peuvent pas se rebiffer.

Sir William exhala un long soupir.

— Vous avez assez de place pour eux ?

— J'en ferai.

— Dans ce cas, qu'il en soit ainsi. Nous laisserons une coquille vide à Guillaume de Nogaret.

— Merci, mon ami, dit Saint-Valéry avec un grand sourire. Sire Richard, faites verrouiller et barricader les portes, puis rappelez tous les gardes. Ensuite, préparez-vous au départ avec le paquetage minimal. Dès que ce sera fait, lancez l'embarquement.

Le nouveau commandeur salua puis sortit d'un pas allègre, les épaules bien droites et le menton levé.

— À présent, ami William, dit l'amiral, il me reste à protéger mon propre trésor, que j'ai failli oublier… Mais cette grosse bouteille est très lourde, et mes muscles ne sont plus ce qu'ils étaient. M'aiderez-vous à la rendre plus légère avant que nous sortions ?

Peu après, un troisième verre de la fantastique liqueur dans le ventre, les deux hommes sortirent du complexe et se dirigèrent vers les quais vivement éclairés par plus de torches que sir William en avait jamais vus en un seul endroit. Posés dans des supports, ces tisons à la lumière aveuglante étaient fixés au sommet de poteaux solidement arrimés au sol. En rangs serrés, ils délimitaient les chemins qui passaient entre les entrepôts et les réserves pour rejoindre les quais et les passerelles d'embarquement des galères.

— D'où viennent ces torches ? demanda sir William, surpris.

— De nos réserves... Souvent, quand il faut charger ou décharger un navire, le temps presse. Du coup, ces tisons sont en permanence prêts pour le travail de nuit. À Aytré, le village le plus proche de La Rochelle, au sud, on trouve de gros producteurs de poix. On la fait venir par chariot, dans des tonneaux, et on la conserve dans une grande cuve qui semble exister depuis toujours. Comme ça, nous ne sommes jamais à court de combustible.

— Je suis impressionné, avoua sir William. Je n'avais jamais rien vu de semblable...

Se détournant des quais à l'activité frénétique, il étudia les bâtiments qui flanquaient la commanderie et s'étendaient à l'infini. Tous étaient obscurs, contrairement au complexe, dont les fenêtres restaient éclairées.

— À qui appartiennent les bâtiments, des deux côtés de la commanderie ?

— Ils sont à nous. Sur toute la longueur des quais, de ce côté du port, ce sont des établissements du Temple dirigés par des associés : des négociants, des marchands, des ciriers et bien d'autres... Des membres du Temple, mais sûrement pas ce que nous appelons des Templiers, vous et moi.

Sir William acquiesça. Dans son esprit et dans celui de tous les moines soldats, le mot « Templier » désignait exclusivement les combattants. Les autres membres du Temple, et il y en avait des milliers dans la chrétienté, étaient des pièces rapportées. Des « associés », à savoir des fonctionnaires ou des commerçants chargés de gérer et de préserver l'empire commercial de l'ordre, dont les activités non militaires devenaient de plus en plus nombreuses. Comme tous ses frères d'armes, sir William voyait ces « gestionnaires » avec une sorte de dédain bienveillant qui tournait parfois à l'hostilité. Pas de bon cœur, il admettait que ces gens étaient parfois utiles, voire indispensables, mais il leur en voulait de se proclamer « Templiers de plein droit ».

Cette utilisation abusive du titre – et des privilèges qui allaient avec – expliquait selon lui la réputation déclinante de l'ordre partout dans le monde. Un marchand ou un banquier cupide et sans scrupules ne se gagnait jamais la sympathie des gens. Quand il agissait au nom de l'ordre, c'était ce dernier qui en souffrait, puisqu'on l'associait aux malversations et exactions d'une bande de mécréants.

Sir William et d'autres comme lui débattaient depuis des décennies de cette question. Un problème insoluble, finissaient-ils toujours par conclure.

Le chevalier cessa d'y penser, conscient qu'il n'y pouvait rien…

— Je me demande ce qui leur arrivera demain, murmura-t-il.

N'attendant aucune réponse, il se tourna de nouveau vers les quais. Concentrés et disciplinés, tous les hommes qui s'y affairaient, quasiment en silence, faisaient montre d'une parfaite discipline. Formant de longues chaînes, ils se transmettaient des provisions qui venaient s'empiler au bord de l'eau avant d'être prises en charge par les équipes formées pour embarquer la cargaison.

Pour les objets fragiles, des porteurs individuels faisaient en permanence la navette, confiant leur fardeau aux marins qui les attendaient sur les ponts.

D'autres travailleurs maniaient les treuils qui soulevaient de grands filets lestés de produits trop lourds pour être traités « à la main ».

Dans cette ruche grouillante, des chariots arrivaient avec des objets trop énormes pour être déplacés autrement.

Fasciné par le spectacle, sir William n'avait pas remarqué que l'amiral l'observait. Du coup, il sursauta quand sire Charles lâcha :

— Vous souriez, sir William. Trouvez-vous cette scène plaisante ?

— Pardon ? Plaisante ? Non, sûrement pas dans le sens où vous l'entendez, amiral. Ce n'est pas drôle du tout… (Pourtant, le sourire du chevalier ne s'effaça pas.) Mais voir des hommes disciplinés à l'œuvre est toujours une source de satisfaction. Si je souris, c'est parce que je me réjouis que nos travailleurs soient si efficaces… J'ai bien envie de me mêler à eux pour les féliciter. Vous m'accompagnez ?

Sentant sous ses pieds le roulis de la galère qui, à la rame, s'éloignait des quais en direction de son point d'ancrage, sir William cala son épée longue dans un coin de la cabine où elle ne risquerait pas de tomber. Puis il retira son lourd manteau, l'accrocha à une patère et se laissa enfin tomber face la première sur l'étroite couchette dont il devrait se satisfaire au cours des prochaines semaines – voire des mois à venir.

Avant qu'il sombre dans le sommeil, une vision s'imposa à son esprit. Jessica Randolph, rouge de colère, qui lâchait une phrase terrible :

« Ce jour-là, l'ordre du Temple a été détruit par huit boules noires. »

En quête de foi

1

— Pourquoi attendons-nous ici ? Nous savons très bien qu'ils viendront.

Sir William Sinclair se tourna vers le vice-amiral de Bérenger, debout à la poupe de la galère, les jointures blanches à force de serrer le garde-fou du bastingage. Le front plissé, il tentait de sonder la brume qui occultait les quais pourtant pas si lointains.

— Savoir et voir n'est pas la même chose, sire Édouard. Si nous ne sommes pas témoins de la catastrophe avant d'appareiller, nous ne saurons jamais si elle s'est vraiment produite.

Sir William jeta un coup d'œil à la galère de Saint-Valéry, qui voguait de conserve avec la leur. Beaucoup plus grande, c'était la plus imposante de la flotte avec ses quarante rameurs répartis en deux doubles rangées de dix sur chaque flanc. Pour l'heure, les longues palettes de bois reposaient dans l'eau qui venait clapoter contre la coque.

Parce qu'il était entouré d'une légion de sous-officiers, sir William ne réussit pas à voir le chef suprême de la flotte. Mais comme lui et tous les autres, il fixait sans doute intensément la commanderie.

— C'est pour ça que nous attendons, reprit sir William. Je n'aime pas ça plus que vous, mais… (Il se raidit.) Les voilà !

Sur les deux galères, tout le monde avait vu… Voilées par le brouillard, des silhouettes couraient sur les quais, envahissant tout l'espace. Bientôt, des cris retentirent. Alors que la brume se dissipait, les hommes de Guillaume de Nogaret, leurs contours de moins en moins flous, s'étaient arrêtés au bord de l'eau, et ils beuglaient comme des veaux.

— Ils sont déconcertés, souffla sir William.

En face de la galère amirale et de sa compagne, le port de La Rochelle, presque toujours bondé, était désert à l'exception d'un groupe de douze navires arrimés près de la jetée la plus au sud et solidarisés par de solides cordes. Tous les autres bâtiments qui mouillaient là quelques heures plus tôt avaient filé vers l'entrée du port, où, bien à l'abri au large, ils attendaient de voir ce que l'aube leur réservait.

Comme prévu, l'aube leur avait amené Guillaume de Nogaret…

Sir William leva les yeux pour observer le pavillon du navire amiral, un crâne et deux fémurs croisés sur fond noir, monter lentement le long du mât principal. Un signal convenu à l'avance…

Soudain muets, les soudards massés sur le quai regardèrent le pavillon s'élever lentement. Qu'est-ce que ça signifiait ? Et pourquoi ne se passait-il rien d'autre ? La galère amirale ne bougeait pas, vaguement menaçante…

Un cri brisa le silence quand quelqu'un, à terre, vit ce que sir William observait déjà depuis un moment. Sur la droite des quais, des soldats se mirent à courir vers la jetée sud, mais il était déjà trop tard. Sur les douze navires reliés par des cordes, le feu soigneusement préparé durant la nuit se répandait déjà, les flammes dévorant tout sur leur passage.

Quittant les bâtiments condamnés, des marins sautaient dans les canots qui les attendaient des deux côtés.

— Repêchons-les, dit très calmement sir William.

Le vice-amiral de Bérenger ordonna de diriger la galère vers les canots à l'approche.

Sur la jetée, les soudards s'étaient déjà arrêtés, bras levés pour se protéger de l'infernale chaleur.

Les douze navires, tous des bâtiments de fret, étaient les plus vieux de la flotte et les moins maniables. Plutôt que de les abandonner à l'ennemi, Saint-Valéry avait préféré les immoler par le feu – un défi fièrement lancé au roi et à son exécuteur des basses œuvres.

Alors que la galère s'ébranlait, sir William vit du mouvement sur les quais, juste en face de lui. Les yeux plissés, il étudia l'homme qui venait de fendre la foule et se tenait au bord de l'eau. Avec son armure polie et son manteau rouge, il devait s'agir d'un chef.

— C'est Guillaume de Nogaret ? demanda sir William. Il oserait venir ici ?

Conscient que le vice-amiral ne l'écoutait pas, il se répondit à lui-même :

— Bien sûr qu'il l'oserait, ce bâtard dégénéré ! Il a tenu à prendre La Rochelle en personne. Dommage que nous soyons au-delà de la portée d'une arbalète. Je l'aurais bien descendu…

Un bruit sourd, contre la coque, annonça l'arrivée du premier canot chargé d'« incendiaires ». Quand tous ces braves furent à bord, le vice-amiral ordonna à la galère de cingler vers la haute mer.

Sir William resta à la poupe, les yeux rivés sur la silhouette de plus en plus lointaine de Guillaume de Nogaret. Entre les deux hommes, une pluie de carreaux parfaitement inutiles s'abattait dans l'océan. Non sans jubilation, le chevalier vit son ennemi honni frapper un pauvre type, à ses côtés, puis faire volte-face et disparaître dans la foule – en route pour la commanderie déserte, sûrement.

Sir William se détourna, la rage au cœur. Quel que soit l'outrage en cours, il ne devait plus y penser, ne pas gaspiller son temps en futiles imprécations et se concentrer sur l'avenir – immédiat, bien sûr, mais aussi à long terme.

Devant lui, la proue de la galère amirale avait déjà dépassé l'entrée du port, disant adieu à des eaux paisibles mais sans surprise. Sous les premiers rayons du soleil, les tours et les murs de La Rochelle probablement abandonnés pour toujours, le rapide vaisseau de guerre chargé de deux trésors filait certes vers l'inconnu, mais fuyait juste à temps les menaces mortelles du roi de France.

À la poupe, enveloppée dans un manteau à capuche, la baronne de Saint-Valéry contemplait la côte qui s'éloignait.

2

Six heures plus tard, les fugitifs mouillèrent de nouveau, cette fois dans le port d'un village de pêcheurs, à quatre lieues au sud de leur point de départ. Si elle n'avait pas de nom connu et très peu d'habitants, l'agglomération disposait d'un solide quai de pierre et, au pied de la falaise qui le dominait, d'un terrain plat assez vaste pour accueillir confortablement la petite armée qui l'avait envahie dès les premières lueurs de l'aube.

Toujours campé à la poupe, sir William se pencha au bastingage pour mieux observer tout ce qui se passait et prendre note des différences entre les activités d'une force navale et celles d'une armée terrestre. Dans les deux cas, on avait besoin d'une lourde logistique pour déplacer, nourrir et loger des soldats. Mais en toute franchise, le chevalier aurait été incapable, avec ses troupes, d'égaler la rigueur et l'efficacité des marins. Et son frère n'y serait pas parvenu non plus.

Un peu plus tôt, il avait aperçu Kenneth sur le quai – pour le reperdre aussitôt de vue, ce qui n'avait rien d'étonnant. Son cadet de trois ans, en chef intelligent, s'était empressé de filer pour ne pas traîner dans les pattes d'hommes bien plus capables que lui dans les circonstances actuelles.

Pendant la nuit, Saint-Valéry et Bérenger avaient en partie planifié les opérations de récupération du trésor et de son escorte. En partie seulement, parce qu'ils ne connaissaient pas le village et devaient laisser un rôle majeur à l'improvisation – contrôlée, bien entendu – sur un terrain dont ils ignoraient les particularités. Sir William aurait pu éclairer leur lanterne – c'était lui qui avait choisi le site, brièvement « visité » des années plus tôt – mais il avait été très occupé et les deux hommes n'avaient pas songé à l'envoyer chercher. Au bout du compte, le quai était très petit – deux navires au maximum en même temps – mais la zone d'ancrage s'avérait sûre et le port disposait de treuils pour mettre à l'eau ou ramener au sec les bateaux de pêche. Descendu à terre, Édouard de Bérenger supervisait les embarquements en cours.

Sir William suivit du regard deux chevaux suspendus à des sangles qu'un treuil faisait lentement descendre vers un navire. Impressionné par l'habileté des hommes qui dirigeaient la manœuvre, tant du côté « expédition » que du côté « réception », le chevalier fut également ébloui par la vitesse à laquelle tous les navires, par paires, quittaient le quai dès qu'ils étaient chargés pour être aussitôt remplacés par un autre duo. Qu'il s'agisse de navires huissiers, pour le transport des chevaux, ou de fret, ces bâtiments ne ressemblaient en rien aux galères. Conçus pour supporter de lourdes charges et affronter les pires conditions en mer, ils avaient presque tous deux mâts, à l'exception d'un fier trio qui en arborait un troisième. La coque pansue, cargaison oblige, et la ligne de flottaison très basse lorsqu'ils étaient à plein, ils semblaient lourds, maladroits et massifs comparés aux navires de guerre qui les escortaient.

En les observant, sir William finit par leur découvrir une certaine beauté, et il éprouva une franche admiration pour les compétences des hommes – pourtant tous des « associés » du Temple – qui les manœuvraient si bien dans un espace exigu.

Les équipages des galères étaient aussi brillants, le chevalier le savait, mais leurs objectifs, très différents, exigeaient une discipline encore plus stricte. Alors que des marins professionnels œuvraient à bord des bâtiments de fret, les galères n'acceptaient que des sergents du Temple attirés par la mer – des bourlingueurs, en somme, qui se seraient ennuyés à mourir sur le plancher des vaches.

Ces hommes-là devaient se plier à une double discipline. À la fois moines et soldats, ils obéissaient à une version « maritime » de la Règle de l'ordre. Chaque jour, ils sacrifiaient à la prière et s'acquittaient de corvées monastiques. Leur quart terminé, les marins avaient cependant le droit de dormir pour reconstituer leurs forces. Tout religieux qu'ils fussent, leur mission première était de protéger l'énorme flotte commerciale de l'ordre.

Baissant les yeux, sir William étudia les rangs de rameurs installés sur leurs bancs, les plus proches étant à une bonne douzaine de pieds sous le niveau du château de poupe. Sur cette galère, on comptait seulement dix-huit rames de chaque côté, alors qu'il y en avait vingt sur le navire de Saint-Valéry. Les palettes de bois, rigoureusement semblables, avaient la forme profilée qui leur permettait de propulser le navire à une vitesse impressionnante, même sans l'assistance de la grand-voile carrée.

Quand il entendit quelqu'un crier son nom, sir William se pencha pour suivre des yeux la chaloupe à huit rameurs qui approchait de la galère. Assis à la proue, l'amiral de

Saint-Valéry chercha le regard du chevalier, désigna le village puis lança :

— Rejoignez-moi à terre ! Je vais m'entretenir avec Bérenger…

Une nouvelle fois, sir William constata que les déplacements, en mer, n'avaient rien à voir avec ce qu'il connaissait. Sa galère mouillait à moins de trois cents coudées du quai, soit l'équivalent de deux cents pas sur terre. Même en devant d'abord seller son cheval, couvrir cette distance lui aurait pris quelques minutes. Dans les circonstances présentes, il dut demander un canot, attendre que des rameurs soient disponibles, passer de la galère à la frêle embarcation – avec la prudence pataude d'un « terrien » peu habitué aux sautes d'humeur de la mer – puis contempler mornement l'eau pendant qu'on le conduisait à destination à grand renfort d'huile de coude. Bref, trois bons quarts d'heure de décalage entre l'invitation de l'amiral et leur rencontre effective.

Sur la jetée, Kenneth attendait son frère aîné et il lui donna l'accolade. Tandis que son cadet le serrait dans ses bras avec la délicatesse d'un ours, sir William sourit. Puis il se dégagea et laissa courir ses doigts sur le haubert de Kenneth.

— Heureux de te voir, mon frère. En l'absence de larmes et de gémissements, je présume que tout s'est passé comme prévu. La cargaison est en bon état ?

— Rien à signaler… Et tout est là.

— À t'entendre, on dirait qu'il y avait plus que ce que tu attendais.

— C'est ça, oui ! Nous avons rempli quatre gros chariots et une charrette. C'était plus que prévu, mais pas impossible à transporter. Les quatre coffres ont tenu dans deux chariots, comme on l'avait pensé. Mais il y avait aussi un surplus d'or et d'argent que je n'attendais pas. Des pièces et des lingots, dans des caisses. Puis sept coffres supplémentaires, deux assez petits et cinq presque aussi grands que les quatre d'origine. Fermés par des lanières de cuir, en majorité… Du coup, j'en ai ouvert deux ou trois, par curiosité.

— Et alors ?

— Des calices cloutés d'or, des crucifix, des ciboires, ce genre de matériel… À l'évidence, maître de Molay n'a pas voulu laisser de cadeaux à Guillaume de Nogaret. Pour trouver les chariots nécessaires, nous avons dû chercher dans toute la région.

— Vous ne vous êtes pas trop fait remarquer, j'espère ?

— Tu me prends pour un crétin, mon frère ? J'ai envoyé des hommes en binôme, avec des pièces d'argent. Ils avaient mission d'acheter un chariot et un attelage par village, pas un brin de paille de plus… Avant que tu le demandes, aucun ne portait un signe de reconnaissance de l'ordre. Impossible de voir en eux des Templiers.

Sir William prit le temps d'assimiler ces informations.

— Excellent, Kenneth. Tu t'en es bien tiré. Nous allons embarquer tout ça et nous assurer que ce soit bien entreposé. En attendant, jure-moi de retirer ton armure avant d'essayer de monter à bord d'un navire. Et ordonne la même chose à tes hommes. Ce que je porte de plus lourd, c'est une dague. En passant de galère en chaloupe ou en canot, j'ai plus d'une fois failli boire la tasse. Si tu tombes à l'eau, lesté comme tu l'es, tu couleras à pic. Où sont tes hommes, au fait ?

Kenneth tendit un pouce dans son dos. Montant sur une bitte d'amarrage, sir William regarda au loin et repéra les cent chevaliers et sergents massés à la base de la falaise – sans leurs montures, évidemment. Sur la droite, les sergents en surcot sombre formaient un groupe compact, et les quarante chevaliers, presque tous en manteau blanc orné d'une croix pattée rouge, se tenaient un peu à l'écart sur la gauche. Un coup d'œil suffit à sir William pour constater que la discipline ne s'était pas relâchée. Satisfait, il sauta de son perchoir.

— Ils ont l'air très vaillants… Leurs chevaux sont en cours d'embarquement. Quand je verrai le vice-amiral, je lui demanderai de te faire préciser quand et dans quelles galères tes hommes devront monter. Mais le voilà qui approche !

Sire Édouard de Bérenger avait en toute discrétion rejoint les deux hommes. Sir William lui présenta Kenneth puis voulut savoir où était passé l'amiral. Avec un sourire, Bérenger désigna une grande tente, à une centaine de pas de là. Tournant la tête, le chevalier écossais aperçut une petite foule de gens qui se tenaient prudemment à l'écart du quai grouillant d'activité. Les villageois, déduisit-il de leur tenue.

— Et les gens du cru ? Ils t'ont fait des difficultés ?

— Pas le moins du monde… Quand nous sommes arrivés, descendant de la falaise, ils ont pris peur. Une fois convaincus qu'on ne leur voulait pas de mal, ils nous ont laissés investir leur quai sans interférer. Leur bourgmestre s'appelle Pierre. C'est lui qui les a calmés. J'ai insisté pour qu'il leur dise de rester à l'écart, et pour sa peine, il a reçu une bourse de pièces d'argent. Depuis, plus personne n'a dit un mot…

» Je lui ai aussi conseillé, si on les interroge, de ne rien cacher de ce qui s'est passé. Pour nous, ça ne fera plus aucune différence…

— Oui, je vois…, souffla sir William. Hélas, si quelqu'un vient nous chercher ici, ce que diront ces braves gens ne changera rien. Leurs vies ne tiendront plus qu'à un fil, et je suis sûr qu'ils le savent.

» Sire Édouard, si nous allions retrouver l'amiral ? Après tout, c'est lui qui veut nous parler… Kenneth, tu devrais rejoindre tes hommes.

Le cadet des Sinclair salua le vice-amiral et s'éloigna.

— Je ne peux pas venir avec vous, annonça Bérenger. Un problème urgent à résoudre… Des ennuis avec un treuil qui ne peuvent pas attendre. Excusez-moi auprès de sire Charles, je vous prie, et dites-lui que je ferai aussi vite que possible.

En approchant de la tente, sir William eut la désagréable surprise de découvrir la baronne de Saint-Valéry assise sur la plage de galets à côté de son beau-frère. Dès qu'il la vit, le chevalier sentit son estomac se nouer. Avait-elle l'intention de participer à toutes les conversations jusqu'à l'arrivée en Écosse ? Une idée révoltante, vraiment...

Bien qu'il eût aperçu le chevalier, l'amiral lui tourna le dos, distrait par un homme qui semblait lui apporter des nouvelles. Se levant souplement, il souffla quelques mots à la baronne, salua sir William de la main et emboîta le pas au messager.

Alors que moins de cent pas le séparaient de l'endroit où la baronne observait les manœuvres d'embarquement, le chevalier se força à ne pas ralentir – un exploit, alors que les galets semblaient lui coller aux semelles – mais baissa les yeux pour ne pas voir la tentatrice. Malgré sa fatigue – ou peut-être à cause d'elle – il n'avait pas réussi à dormir, passant de longues heures à songer à elle.

Pourquoi résister, une fois acquis qu'il ne pouvait pas s'en empêcher, quoi qu'il fasse ?

Jessica Randolph le troublait profondément. Étendu sur sa couchette, aux petites heures de la nuit, il avait enfin compris qu'elle incarnait pour lui tout ce qu'il ne connaissait pas – l'essence de ce qu'il avait volontairement abandonné en rejoignant l'ordre, puis en prononçant ses vœux de moine. Religieux et soldat en Terre sainte, il avait mené une vie placée sous le signe de la masculinité. Entraînement et combat en temps de guerre, cantonnement, discipline et prière en temps de paix... Ces dernières années, alors qu'il étudiait pour postuler au conseil de gouvernance, il s'était tenu éloigné des affaires du monde, se concentrant sur les mystères de l'ordre. Au fil de ces études, il avait appris à déchiffrer les secrets ésotériques des Templiers – un privilège qu'il partageait avec une très petite élite d'initiés – et découvert que ces arcanes avaient une source commune dont on parlait rarement, et surtout jamais en public.

Les Suprêmes Mystères de l'ordre de Sion, ni plus ni moins…

Absorbé par sa tâche, sir William, confronté à son immense complexité, en avait parfois conçu une anxiété proche de la terreur. Après une vie passée dans l'ignorance des Mystères, il avait dû revoir et réviser tout ce qu'il croyait savoir ou connaître.

Puis cette baronne avait déboulé dans sa vie, la mettant sens dessus dessous avec sa voix fascinante, son corps superbe, son odeur enivrante et son omniprésente féminité.

Quand il ne fut plus qu'à vingt pas, elle le vit à son tour. L'ombre d'inquiétude qui planait sur son visage disparut pour céder la place à… Quoi, exactement ? Du désintérêt ?

Non, ça n'était pas ça ! Un vide abyssal, plutôt. Comme s'il n'était même pas digne qu'elle le remarque. Eh bien, tant mieux ! De cette réaction-là, il ne lui en voudrait sûrement pas. Si elle entendait se comporter comme un homme – enfin, l'idée qu'elle s'en faisait – il la traiterait comme un homme, voilà tout. Un inférieur, bien entendu. Du genre sous-fifre…

Sir William se força à sourire et à se détendre.

Quand la baronne leva les yeux sur lui, il la salua de la tête, délibérément distrait.

— Bonjour, sir William.

Nul enthousiasme dans cette voix – mais aucun déplaisir non plus.

— Mon beau-frère nous rejoindra vite. En attendant, asseyez-vous.

Était-ce le « nous » qui tapa sur les nerfs du chevalier ? Cet orgueil qui la poussait à croire qu'elle pouvait entendre tout ce que les deux hommes avaient à se dire ?

Était-ce plutôt l'air supérieur qu'afficha la pécore en lui faisant signe de s'asseoir ? Comme s'il n'avait pas d'autre choix qu'obéir…

Pour l'une ou l'autre raison, la coupe était pleine. Déchiré entre l'outrage et l'humiliation – quoi qu'il dise ou fasse, il se ridiculiserait, c'était couru –, sir William resta debout, les dents serrées. Pétrifié, oui, par tant d'arrogance tranquille.

Par bonheur, la femme interpréta mal sa passivité et le regarda avec un rien de chaleur en plus dans les yeux.

— Je vous en prie… Charles vous a vu approcher, mais il a dû partir avant de pouvoir vous saluer. Un ennui relatif à l'embarquement des chevaux…

» Je suis surprise, je l'avoue, par la petite armée qui nous attendait ici. J'avais parié pour une dizaine d'hommes, mais il y en a plus de cent. Même chose pour les chevaux. Allons, asseyez-vous. Mes servantes sont allées chercher du bois, car il fait plutôt frisquet. Dès qu'elles seront revenues, un bon feu nous réchauffera.

Surpris par les aimables dispositions de Jessica, et son absence d'agressivité, sir William accepta l'invitation à s'asseoir, même s'il n'avait aucune idée de ce qu'il allait pouvoir dire.

Alors qu'il prenait place sur un rocher, non loin d'elle, elle se remit à babiller. Malgré lui, le chevalier tendit l'oreille, soucieux de préparer une éventuelle réponse.

— Il faut bien que je l'avoue : sans mes dames, je risquerais de mourir de froid, parce que j'ignore comment allumer un feu en plein air. Êtes-vous habile avec un silex et un morceau d'acier ? Un Templier doit savoir tout faire, non ? J'ai ouï dire qu'aucune tâche manuelle ne vous dépasse.

— N'importe quoi…, s'entendit grommeler sir William. (Sa propre rustrerie manqua lui arracher une grimace.) J'ai une petite boîte à feu, avec un silex et de l'acier, mais Dieu seul sait quand je l'ai utilisée pour la dernière fois – s'il m'est arrivé de m'en servir. Tam se charge de tous ces détails, et je lui en suis reconnaissant. Il allume le feu et il cuisine, m'épargnant de mourir de faim. Les contingences de ce monde ne m'intéressent pas.

Au moins, tu es capable de parler comme un être humain à peu près normal. Après ce que j'ai vu et entendu dire de toi, il y a du progrès...

Sir William se leva soudain.

— Vos servantes, ma dame... Je vais vous laisser avec elles.

Le chevalier désigna les deux seules autres femmes présentes sur la plage. Les bras lestés de petit bois, elles étaient suivies par des sergents tout aussi chargés.

Alors que les nouveaux venus laissaient tomber leur fardeau sur les galets, Jessica se leva et appela le chevalier :

— Attendez, je vous en prie ! Avant que le feu crépite, j'aimerais marcher un peu avec vous.

Troublé, sir William ne dit rien et réussit à ne pas tressaillir quand la baronne lui prit le bras.

— Merci beaucoup, chevalier... Ces galets sont traîtres, quand on n'a pas l'habitude.

Le bras très raide, sir William ne fit pas de commentaires et avança à pas très lents, prêt à retenir la jeune femme si elle s'étalait.

Jessica étouffa le sourire qui lui montait aux lèvres. Puis elle s'adapta au pas de son chevalier servant, imaginant la tête qu'il tirerait si elle décidait d'esquisser quelques pas de danse sans lui lâcher le bras !

Tentée d'éclater de rire, elle mit une main devant sa bouche. Puis elle s'arrêta, forçant sir William à faire de même, et resta un long moment à contempler le village de pêcheurs et les falaises environnantes.

— Quel endroit parfait pour votre mission... Niché au cœur des falaises, ce coin ne peut être vu de personne, et encore moins d'un navire rempli de gens qui ignorent son existence. Comment avez-vous déniché ce havre de paix ?

Sir William suivit la direction du regard de Jessica.

— Un pur hasard, il y a plus de vingt ans de ça…

— Quel hasard a pu vous conduire jusqu'ici ? La côte n'est pas très accueillante.

— Le vent et le temps, ma dame… J'étais sur un bateau en train de couler quand une tempête nous a poussés sur la plage, un peu au sud d'ici. Tam et moi avons fait partie des rares survivants. Lui dans un canot de fortune, avec trois autres gars, et moi en m'accrochant à un espar en compagnie d'un type qui est mort avant que le courant nous ait recrachés sur la plage.

» Échoué un quart de lieue au nord d'ici, Tam m'a cru mort. Alors que je le pensais perdu, on s'est retrouvés le lendemain.

— Ce village existait déjà ?

Surpris par la question, sir William regarda furtivement son interlocutrice.

— Oui. C'est un refuge naturel. Des pêcheurs doivent y vivre depuis le commencement des temps.

— Et vous vous êtes souvenu de ce paradis ?

— C'est ça. J'essaie toujours de mémoriser le bon et le mauvais. Oublier l'un ou l'autre, c'est de la folie. On peut ne pas se souvenir d'un tas de choses, mais savoir qu'il existe un endroit sûr – ou à l'inverse un coin très dangereux – se révèle souvent précieux.

Après avoir écouté la tirade, tête inclinée d'un côté, Jessica se remit en mouvement, la main toujours posée sur le bras du Templier.

— Dois-je confesser, chevalier, que la notion de « coin dangereux » ne m'est pas très familière ? Cela dit, je comprends vos propos et je les approuve.

Sans rien ajouter, Jessica continua à marcher, les yeux baissés. Au chevalier de digérer l'idée qu'une femme pouvait comprendre et approuver ses propos…

Sir William aurait bien continué sur ce sujet. Faute de trouver un moyen, il attendit, espérant que Jessica en dirait plus. Mais elle n'enchaîna pas. Quand il fut certain qu'elle en resterait là, contrariante, elle reprit comme si de rien n'était :

— Il serait amusant, ne croyez-vous pas, de voir comment vous allez changer de point de vue vis-à-vis des « refuges » et des « coins dangereux » de votre nouvelle vie.

— Ma nouvelle vie ? demanda sir William, aussitôt sur la défensive. Je n'en ai pas, ma dame, et n'en aurai jamais…

— Mais je…

Choquée par la rudesse du ton de sir William, Jessica parla sans vraiment réfléchir :

— Je faisais simplement allusion aux événements de ce matin… Le roi s'en prenant à vous, avec l'aide son complice… Voilà qui a changé…

— Rien du tout, baronne ! assura le chevalier. Il y a eu un malentendu – dû à un manque de communication, sans doute – mais tout s'arrangera bientôt. L'ordre du Temple est le plus solide de tous – et plus grand que n'importe quel roi. Les machinations d'hommes sans importance – y compris s'ils sont ministres d'un souverain – ne réussiront jamais à l'abattre. Du coup, ma vie ne changera pas d'un iota.

Tandis qu'il parlait, Jessica s'était empourprée, et elle passa aussitôt à l'attaque :

— Un malentendu ? Tout s'arrangera bientôt ? Vous n'avez rien retenu de ce que j'ai dit hier ? Ou n'accordez-vous aucune importance à l'avis d'une femme ?

Le chevalier et la baronne se foudroyèrent du regard. Quand la réponse qu'attendait la jeune femme vint, ce ne fut pas du tout ce qu'elle prévoyait.

Son visage devenu un masque de désapprobation, sir William se détourna, raide d'indignation, et planta là sa compagne alors que l'amiral approchait d'eux – et faillit rester bouche bée devant ce spectacle.

— Au nom du Seigneur, que se passe-t-il, ma chère ? Pourquoi offenses-tu sir William ainsi ? Je ne l'ai jamais vu si en colère. Que lui as-tu dit pour qu'il file comme un voleur ?

Les yeux rivés sur le chevalier, Jessica attendit de l'avoir perdu de vue pour se tourner vers son beau-frère :

— Dieu m'en soit témoin, je n'ai rien dit qui puisse vexer un homme normal. Mais ta tête de mule de Sinclair semble incapable de communiquer avec quelqu'un qu'il ne parvient pas à intimider ou à brutaliser. L'outrage et la colère qui l'ont saisi ont d'autres sources que ma personne. Pour savoir la vérité, fouille donc l'âme de sir William Sinclair. Moi, je ne veux plus avoir affaire à lui. Ce n'est qu'un grand dadais aux manières détestables.

Après cette tirade, Jessica fit volte-face et abandonna à son sort le pauvre amiral. Décontenancé, il la regarda s'éloigner, puis se tourna et partit à la poursuite de sir William.

3

Quand Saint-Valéry le rejoignit, sir William, au bord du quai, observait les manœuvres d'embarquement. Pensif, il jouait avec un galet.

— Chevalier, j'ai besoin de vous parler de choses importantes. Pouvons-nous retourner vers ma tente ?

Sir William acquiesça.

— Parfait...

Saint-Valéry hésita puis se jeta à l'eau :

— J'ignore ce qui s'est passé entre ma belle-sœur et vous, mais vous êtes furieux, ça se voit, et je ne peux pas permettre ça dans notre situation. Alors, oubliez cet incident, si c'est possible, et parlons un peu de ce qui nous attend. Est-ce faisable ?

— Bien sûr, sire Charles. Je suis affligé que vous ayez cru bon de le demander... Parlez, mon attention vous est acquise.

— Tant mieux, parce que nous avons beaucoup de choses à voir. Pour commencer, il y a le trésor apporté par votre frère, bien plus important que nous le pensions. Ma galère et celle de Bérenger sont les deux meilleures de la flotte, et je déteste l'idée de confier une part de l'or et de l'argent à un autre navire, même si les bâtiments de fret ont des cales plus accueillantes.

» Plus j'y pense et plus je suis sûr qu'il serait absurde d'entreposer les coffres là où nous ne pouvons pas veiller directement sur eux. Non que je doute de nos hommes, mais en mer, avec le gros temps, on ne sait jamais... Les tempêtes d'automne et d'hiver frappent sans prévenir et la flotte pourrait être dispersée aux quatre coins de l'océan.

» En conséquence, je propose de répartir le trésor entre votre galère et la mienne. Vous transportez déjà l'or de Jessica et la protection des biens de l'ordre entre dans vos responsabilités. Les quatre coffres principaux vous reviendront, et je prendrai le reste. Qu'en dites-vous ?

Sir William approuva, soulagé de ne pas être séparé des coffres – la responsabilité que lui avait déléguée Jacques de Molay.

Un quart d'heure durant, les deux chefs marchèrent sur la plage en observant le quai et en peaufinant leur plan.

Dès que le trésor serait embarqué, ils reprendraient la mer et passeraient entre le continent et l'île d'Oléron. L'estuaire de la Gironde abandonné sur leur gauche, ils caboteraient dans le golfe de Gascogne puis atteindraient la péninsule Ibérique d'où ils continueraient vers l'ouest, le long de la côte espagnole, jusqu'à la péninsule de la Corogne. Là, ils mettraient le cap vers le sud pour aller attendre les navires de l'ordre susceptibles de s'être regroupés dans les environs du cap Finisterre.

Il n'y avait aucun moyen d'estimer le nombre de bâtiments qui avaient pu fuir les autres ports français puis filer vers le point de rendez-vous. Pareillement, impossible de savoir si ces fugitifs seraient ponctuels ou non. Quoi qu'il en soit, le contingent de La Rochelle attendrait en haute mer sept jours durant, soit le délai suffisant pour permettre à tout navire parti avant le vendredi 13 de la rejoindre. Ensuite, la flotte placée sous les ordres de sir William Sinclair, membre du conseil de gouvernance, lèverait l'ancre pour la destination qu'il lui indiquerait.

Finalement, Saint-Valéry se retrouva à court de sujets à évoquer. Sur le quai, les piles de biens à embarquer avaient considérablement diminué.

— On dirait que ce sera bientôt fini, constata sir William.

Les quatre coffres du trésor « principal » étaient encore à quai avec une partie du contenu des chariots de Kenneth. Mais ces derniers, promptement démontés, avaient été embarqués et les cent hommes de l'escorte devaient déjà être répartis dans des bateaux. On ne voyait presque plus de chevaux et la quasi-totalité des armures et des armes lourdes reposait au fond de plusieurs cales.

Sans vraiment regarder son interlocuteur, Saint-Valéry demanda :

— Sir William, vous êtes vraiment décidé au sujet de l'Écosse ?

Le chevalier ne cacha pas sa surprise.

— Décidé ? Oui, je crois bien… Mais il semble que vous ayez un doute. Avez-vous une autre destination en tête ? Si c'est le cas, parlez, et nous en débattrons. Faut-il faire venir Bérenger ?

— Non, non, ce ne sera pas nécessaire… Mon idée c'est que… Eh bien, j'y pense depuis très longtemps… C'est en rapport avec ce que nous sommes et où nous devrions être, pas avec ce que nous sommes et où il nous faut aller… Si vous voyez ce que je veux dire ?

— Désolé, sire Charles, mais je ne vois rien du tout… (Sir William eut un petit sourire.) Pour tout vous avouer, c'est la première fois que je vous vois si mystérieux, et ça éveille ma curiosité.

Le chevalier regarda autour de lui. Personne ne pouvait les entendre, constata-t-il, ravi.

— Marchons de nouveau, histoire que nul ne puisse nous écouter. Ce que vous avez à dire, je le pressens, est réservé à mes seules oreilles. Même celles du vice-amiral seraient de trop… Que l'ami, pas l'amiral, se promène avec moi et me confie le fond de sa pensée.

Sir William se mit en chemin et Saint-Valéry marcha à ses côtés, les yeux baissés.

La veille, se souvint le chevalier, il avait lui aussi eu le plus grand mal avec la nouvelle qu'il était chargé d'annoncer. Du coup, il pouvait se montrer patient avec le vieil officier.

Saint-Valéry redressa la tête et se lança :

— Très bien, sir William. Mais avant de m'exprimer, puis-je savoir ce qui s'est passé entre ma belle-sœur et vous ? J'ai vu que vous étiez furieux.

— Je l'étais, et je crains d'avoir eu tort… Elle m'a demandé ce que je comptais faire de ma nouvelle vie, à présent que l'ordre a été trahi.

— Et ça vous a mis en colère ?

— Oui, parce que ça m'a forcé à imaginer, un court instant, un monde où notre ordre aurait cessé d'exister. Pour moi, c'est inconcevable. Discrètement guidé par l'antique ordre de Sion, le Temple est devenu la plus puissante confrérie du monde. Dans ces conditions, je pense qu'on trouvera des compromis et des arrangements. L'important, c'est que *notre* ordre, celui de Sion, dont tout est issu, ne périsse pas. Songer que ma vie puisse changer sans que je sois en mesure de m'y opposer m'a rendu furieux. Loin d'être capable d'accepter cette éventualité, je n'avais aucune intention d'en discuter avec la baronne. Voilà, il n'y a rien de plus à raconter. Comme je viens de le préciser, je crains d'avoir eu tort de réagir ainsi.

— Sir William, je ne puis dire si vous avez eu raison ou tort, mais je vous rejoins sur un point : quoi qu'il arrive, *notre* ordre survivra. Il peut changer en apparence, et même se métamorphoser ou sembler disparaître totalement – par exemple en revenant à ce qu'il était avant qu'Hugues de Payns et ses compagnons partent pour l'Outre-mer et découvrent ce qu'ils ont trouvé…

» Mais l'ordre de Sion durera tant que l'un de ses membres, dédié à sa défense, sera en mesure de transmettre le flambeau à la génération suivante. Sir William, fondamentalement, notre ordre, c'est une *idée* – un système de croyance. Ces choses-là, j'en suis sûr, sont indestructibles et immortelles.

Saint-Valéry se tut, mais sir William devina qu'il avait encore beaucoup de choses à dire.

— C'est ça, très précisément, qui m'a fait penser… au reste.

L'amiral prit le bras du chevalier et obliqua sur la gauche pour s'éloigner d'un groupe de travailleurs qui entassaient des armes dans un filet de transport.

— Il me semble que l'idée fondatrice de notre ordre serait renforcée, dans l'avenir, s'il existait une démonstration pratique de sa véracité.

— Que voulez-vous dire, amiral ? Cette « démonstration pratique » a déjà eu lieu il y a deux cents ans, quand l'ordre a connu sa renaissance dans les tunnels du Temple de Salomon. La véracité de sa doctrine fut alors prouvée au-delà de toute contestation. Que peut-il y avoir de plus « pratique » que ça ? À partir de là, l'ordre de la Renaissance à Sion est simplement devenu l'ordre de Sion. Cette Renaissance, nous l'avons accomplie à cette époque et en ce lieu. L'ordre du Temple a été fondé ensuite.

— Je le sais aussi bien que vous, mon ami, mais les frères « lambda » du Temple, ceux d'aujourd'hui, n'ont aucune connaissance de ces faits et de l'existence d'un ordre antique. Parce que ces données leur manquent, ils risquent d'être désespérés par la tempête qui vient de se déchaîner en France.

— Donc ?

— Donc, je refuse d'accepter l'idée que l'ordre du Temple puisse mourir…

— Où est le problème ? Ce qui importe, sire Charles, c'est notre ordre, celui de Sion, pas l'ordre du Temple. Depuis la chute de Saint-Jean-d'Acre et la perte de l'Outre-mer, il y a plus de dix ans, le Temple a perdu les faveurs des gens qui jusque-là le vénéraient. Ce déficit est bien réel, mais la perte la moins désastreuse, celle de Saint-Jean-d'Acre, ne peut pas en être rendue responsable. Parce que cette défaite, si tragique qu'elle fût, était honorable. Les chevaliers et les sergents du Temple présents sur les lieux ont presque tous été tués, mais ils ont lutté fièrement aux côtés des autres défenseurs de la foi en Outre-mer. Accomplissant leur devoir, ils sont morts en martyrs face à des hordes d'ennemis.

» Il est donc injuste d'attribuer la chute de popularité de l'ordre à ces malheureux. Le Temple de Salomon, au fil des ans, fut l'artisan de sa propre disgrâce. Et tout a commencé le jour où il a décidé d'abaisser ses critères et décrété qu'on pouvait adhérer sans être moine. Dès cet instant, le ver était dans le fruit. Oui, lorsque des laïcs eurent le droit de se proclamer « Templiers », ce fut le début de la déchéance.

À cause des mauvais comportements des « associés », l'ordre, tel que les gens ordinaires le voyaient au quotidien, prit un visage détestable. À force d'étaler leurs privilèges et de faire montre d'arrogance, les « associés » ont terni l'image des vrais Templiers.

Sir William se tut, fit la moue et lança à l'amiral un regard où brillait ce qui ressemblait à du défi.

— Baissons le masque, sire Charles, oublions la loyauté de surface, et admettons, d'homme à homme, que le Temple a toujours compté parmi ses membres des malotrus, des types pompeux et des crétins finis. Et ce dès le début, il faut l'avouer… Mais il s'agissait de chevaliers combattants, et leurs pires excès ne sortaient jamais du cercle de la confrérie. En conséquence, ce n'est pas de là que vient le mal.

» Aujourd'hui, l'ordre du Temple de Salomon ne ressemble plus à ce qu'il fut jadis, sauf si on considère la petite élite qui lui sert de bras armé. Désormais, c'est plutôt une guilde de négociants avec pour membres des vantards, des tricheurs, des pédants et des gens sans intérêt. Aucun ne paie un sou d'impôt, ils se vautrent dans leurs privilèges et incarnent tout ce que l'humanité peut avoir de vil, de faible et de ridicule.

» Pourtant, au cœur du Temple, soigneusement cachés, se trouvent encore nos frères de l'ordre de Sion. Les tendons, en somme, qui actionnent les muscles et gardent le corps fonctionnel. Sans eux et la doctrine qu'ils s'efforcent de préserver, le Temple s'écroulerait et sombrerait dans l'oubli. Mais la confrérie de l'ordre de Sion, elle, survivrait…

Saint-Valéry fronça les sourcils, se pinça le menton, puis acquiesça.

— Oui, vous parlez d'or, sir William. Même s'il me déplaît de l'admettre, c'est la vérité, et je ne vous contredirai pas. L'ordre du Temple est corrompu, et s'il disparaît ou se transforme, la confrérie de Sion ne périra pas. Mais à quel prix ? Nous devrons de nouveau vivre et travailler dans la clandestinité, au détriment de nos objectifs les plus chers. Ce simple fait doit modérer notre… enthousiasme. La confrérie du Temple – ses structures elles-mêmes – nous confère un manteau d'invisibilité. Bien à l'abri dans notre coquille, nous restons anonymes et personne ne nous remarque. Selon moi, nous devons tout faire pour qu'il continue à en être ainsi. Et dans cette optique, il nous faut fournir aux frères du Temple du… eh bien, du grain à moudre. En d'autres termes, quelque chose à croire, au sein de leur propre tradition, qui leur donne le courage de faire face à la tourmente en cours.

Une bourrasque balaya la plage. Du coin de l'œil, l'amiral observa les nuages noirs qui s'accumulaient et occultaient la lumière du jour.

— Du gros grain en perspective, dit-il en resserrant les pans de son manteau. Espérons que ça ne durera pas. Sinon, nous risquons d'être bloqués ici.

Près de l'amiral, sir William aussi se débattait contre son manteau.

— Le Temple n'a pas de véritable tradition ni de coutumes bien ancrées. Pour ça, amiral, il est encore trop jeune.

— Je sais bien…

Saint-Valéry regarda de nouveau le ciel.

— Je doute que ça soit long, mais si besoin est, nous naviguerons à la rame pour gagner le large. En revanche, si ça s'aggrave, nous devrons peut-être attendre ici…

— Trop près de La Rochelle, à mon goût… Par la route, nous sommes à moins de quinze lieues de la ville. Les hommes de Guillaume de Nogaret pourraient nous tomber dessus n'importe quand.

— S'ils savaient où chercher, chevalier ! Par bonheur, ils l'ignorent, et nous devons en remercier le ciel. Dans le port, tout se passe à merveille et la marée arrivera dans plusieurs heures… Nos vaisseaux de fret sont presque tous en sécurité, le long de la côte sous le vent de l'île d'Oléron, et ceux qui restent ici les rejoindront vite. Tout va plutôt bien. Le trésor est dans nos cales, et les chevaux ont embarqué aussi. Tout ce qui reste, ce sont des équipements que nous pouvons abandonner, s'il le faut. (D'un geste, Saint-Valéry congédia ces soucis matériels.) Au sujet de cette tradition, ou plutôt de son absence… Il existe un fragment de celle de Sion qui nous a échappé, en somme, et que le Temple a adopté depuis longtemps.

— Merica…

— C'est ça, oui… Personne n'a jamais découvert la source de la trahison, ni comment l'information a été divulguée, mais c'est la seule fois qu'une telle chose s'est produite. Pour ma part, depuis quelques années, je suis enclin à penser qu'Hugues de Payns a pu lancer lui-même la rumeur – délibérément – dès les origines du Temple, à Jérusalem. À mon avis, il la tenait pour inoffensive mais utile pour inciter au secret les membres du tout nouvel ordre. Une graine, peut-être, dont pouvait naître une tradition. Trouvez-vous cette idée absurde ?

Sir William pointa le menton.

— Pas du tout ! Maintenant que vous en parlez, ça semble même logique. La rumeur sur Merica n'a jamais eu beaucoup de substance, et pour nos objectifs, elle était sans importance. Quiconque l'avait entendue jugeait l'affaire… triviale. Qu'elle se soit répandue ne risque en aucune circonstance de menacer notre ordre. Du coup, je pense qu'Hugues de Payns a pu l'« emprunter » en des temps où nécessité faisait loi.

— Merica n'est pas une rumeur, sir William. C'est une part reconnue et validée de nos antiques croyances et de nos enseignements.

— Je sais en quoi ça consiste, amiral. Il existerait, de l'autre côté de l'océan Atlantique, une terre immense sur laquelle brillerait une étoile du soir que les populations locales nommeraient « Merica ». J'ai consulté toute la documentation, qui n'est pas bien épaisse. Mais quoi qu'on ait envie de croire, ce n'est qu'une légende qui puise sa source dans notre tradition. Tout un chacun est libre de spéculer, mais nous n'avons aucune preuve que cette terre existe ou ait un jour existé.

— Je suis d'accord, mais c'est pourtant à ça que j'ai pensé…

— Sire Charles, vous sombrez dans l'incohérence.

— Pas du tout, sir William. Selon vous, de combien de navires est composée notre flotte ?

Une autre bourrasque charria des gouttes de pluie. Levant une main pour s'essuyer les joues, sir William fut surpris d'avoir la peau si froide.

— Vous le savez bien mieux que moi, amiral. Après tout, c'est *votre* flotte. Je n'ai pas compté, mais je dirais bien une vingtaine.

Saint-Valéry hocha la tête.

— Une très bonne estimation. Nous avons sept galères et quatorze navires de transport. Vingt et un en tout, donc… La semaine prochaine, à cette heure, nous en aurons peut-être dix de plus, près du cap Finisterre.

— Les nouveaux éléments ne seront sans doute pas des transporteurs.

— C'est probable, oui… Si des navires nous rejoignent, ce seront des galères, à cause du message diffusé dans tous les ports.

— Combien de combattants avez-vous ?

— Par rapport à vous ?

— Oui, marins et fantassins compris.

— En forces terrestres, si j'exclus le contingent de votre frère, je dois disposer de cent cinquante-quatre hommes – la garnison de La Rochelle – desquels il faut décompter trente-six frères servants non combattants. Ce qui nous donne cent dix-huit guerriers sous les ordres de Montrichard. Les marins ? Ceux des transporteurs, environ quatre cents, ne sont pas des combattants. En revanche, les membres d'équipage des galères sont tous des soldats, et ces bateaux ont de vingt à quarante rames, selon leur taille. Deux hommes par rame, plus un type ou deux en réserve pour chacune… On ne serait pas loin de sept cents hommes, mais il faut se méfier, parce que les réserves varient énormément de navire en navire, même si on s'efforce de les équilibrer.

» Voilà mon compte. Une force importante – impressionnante, même.

— Oui, et c'est très bien comme ça. Amiral, quel rapport entre vos navires et Merica ?

Saint-Valéry cessa de marcher et se tourna vers le chevalier :

— Nous faudra-t-il une flotte pareille en Écosse, un pays étranger ? Entre sept et vingt galères plus des transporteurs ? Si vous répondez « non », j'aimerais partir à la recherche de cette terre de légende. Avec deux ou trois bateaux et des marins volontaires, bien sûr.

— En quête de Merica ?

Face à l'incrédulité du chevalier, Saint-Valéry ne broncha pas.

— Ce n'est pas une farce, lâcha sir William, glacial. Vous êtes sérieux.

L'amiral haussa presque imperceptiblement les épaules.

— Je ne suis pas d'un naturel farceur… C'est comme ça depuis toujours. Je prends garde à dire ce que je pense… et à penser ce que je dis.

Un autre silence suivit, plus court que le précédent.

— Amiral, vous mesurez à quel point ça semble absurde ? Avec une partie de votre flotte, vous envisagez de partir à la recherche d'une terre hypothétique que nul n'a seulement aperçue en mille ans. Tout ça dans des eaux inconnues et sur d'incroyables distances... Et vous demanderez des volontaires pour ce suicide organisé ?

— En gros, c'est ça, oui... Mais je ne parlerais pas d'absurdité...

— Bien sûr que non, puisque c'est votre idée ! Vous êtes informé, je suppose, que l'endroit où nous avons rendez-vous, le cap Finisterre, est censé être le bout du monde ?

Saint-Valéry sourit.

— Je l'ai entendu dire, oui... Un nom donné par des hommes incapables de trouver des terres au-delà... parce qu'ils n'ont pas osé s'aventurer plus à l'ouest. Sans côte pour se repérer, les anciens étaient incapables de naviguer.

L'amiral dévisagea son interlocuteur, conscient de son inquiétude.

— Sir William, daignez m'écouter, même simplement en tant qu'ami. Tendez l'oreille à mes arguments, puis réfléchissez. Avant de devoir trancher, vous avez au moins dix jours devant vous. Si vous refusez ma demande, j'obéirai, en vertu du serment que j'ai prêté. Ce ne sera pas de bon cœur, mais j'obéirai...

— Je vous écoute.

— D'abord, pensez au signe qu'il faut adresser aux hommes pris dans la tourmente, en France. Si c'est aussi grave que prévu, tous les frères importants emprisonnés, les membres subalternes qui survivront à la purge ou à l'attaque se sentiront abandonnés et perdus – comme un bateau sans gouvernail en pleine mer. Si ça se passe ainsi, les choses iront de mal en pis...

Sir William réfléchit quelques secondes puis secoua la tête.

— Sire Charles, je ne peux pas accepter que les choses aillent de plus en plus mal... Si traumatisante qu'elle soit, j'espère que la situation de nos frères, en France, restera temporaire. Maître de Molay semblait le croire lors de notre ultime conversation, et la logique suggère qu'il en sera ainsi. S'il n'y avait rien d'autre, la taille du Temple militerait en ce sens…

— La sainte, catholique et apostolique Église est encore plus grande. Vous ne me contredirez pas sur ce point, j'imagine…

— En termes numériques, sûrement pas. Impossible de nier la supériorité de l'Église, mais…

— Mais quoi ? Nous devons postuler qu'elle est impliquée dans le malheur qui frappe notre ordre. Malgré son arrogance, Philippe le Bel ne nous aurait pas attaqués sans l'aval du pape. Sinon, puisque nous sommes des moines, il s'exposerait à des sanctions. Dois-je vous rappeler que Clément a la réputation de devoir son siège au roi ? Et qu'il serait donc sa marionnette…

— Pourquoi n'avez-vous pas parlé de tout ça hier ?

— Parce que l'idée m'est venue après, et qu'elle m'obsède… Hier, nous n'aurions pas eu le temps, de toute façon. Il y avait trop à faire en quelques heures. Depuis, sans avoir pu dormir à cause de la tempête qui faisait rage dans mon esprit, j'ai conçu de terribles doutes au sujet de l'avenir de notre ordre en France. Il y aura peut-être des compromis et des arrangements, comme vous dites, mais je crains que le Temple ne retrouve jamais l'influence qu'il avait hier encore. À force de s'enrichir sans jamais payer d'impôts, les associés ont fait naître bien du ressentiment. Après la chute de Saint-Jean-d'Acre et la perte du royaume latin d'Outre-mer, le Temple n'a plus eu de raison d'être. En France et ailleurs, beaucoup de gens accusent l'ordre d'être responsable de cette déroute. Si injuste et insupportable que ce soit, c'est ainsi. En conséquence, je crains que nous n'ayons plus notre place dans ce royaume. Philippe est un roi dur et cruel aux ambitions sans limites – si ce n'est celles qu'impose l'argent, quand il vient à manquer. Il ne nous rendra pas une pièce de ce que ses hommes de loi auront saisi.

Sur le visage de sir William, l'agacement céda la place à la perplexité.

— Un navire sans gouvernail, avez-vous dit ? Si vous avez raison, il n'y aura plus de navire – enfin, d'ordre, dans votre métaphore. Comment la situation pourrait-elle s'aggraver ?

Saint-Valéry leva une main et l'agita comme s'il voulait balayer d'un geste ce qui tombait sous le sens.

— Supposons un moment que Philippe et Guillaume de Nogaret réussissent à s'approprier les biens et les fonds de l'ordre – ceux qui restent en France, je veux dire. Sur-le-champ, les caisses du royaume déborderaient. Adieu les dettes, bonjour la monnaie solide et trébuchante ! Vous imaginez le changement ? C'est pour ça, essentiellement, que je ne crois pas à une solution en notre faveur. Mais allons plus loin... Si le « coup » réussit, sans riposte de la sainte Église, croyez-vous que les autres rois de la chrétienté ne se sentiront pas inspirés ? Quand il s'agit d'argent, il faut toujours craindre le pire...

Sir William tourna le dos à la pluie que charriait le vent marin.

— Sur ce point, au moins, je suis d'accord avec vous. Cette idée m'a traversé l'esprit, je l'avoue. Pourtant, qu'il est sombre, le tableau que vous peignez !

» Hélas, malgré mes réticences, je crains que vous voyiez juste. Une fois encore, quel rapport avec votre Merica ?

— Tous les rapports possibles, William, et aucun... Quand Philippe leur aura montré la voie, je crains que les autres rois se jettent sur l'ordre comme des vautours sur une carcasse. Si j'ai le choix, je ne veux pas vivre dans un tel monde. Je suis un vieux type arrivé presque au bout de son utilité au moment où il devrait être capable d'accomplir de grands exploits. En avoir conscience me mine... Je sais qu'il est temps de transmettre mes galons à un homme plus jeune. Édouard de Bérenger, je n'en doute pas, me succédera brillamment. S'il reste une succession à assumer…

Saint-Valéry marqua une pause.

— En Écosse, je m'ennuierai à mourir, mon ami. C'est votre pays, et celui de Jessica, mais pas le mien. De plus, vous êtes un « terrien », né pour chevaucher. Moi, je suis un marin expert en navigation, et la mer est mon domaine depuis toujours. Tout bien pesé, je préférerais mourir sur l'eau, lors d'une quête qui me tient à cœur, que de me ratatiner dans un pays étranger peuplé de gens dont je ne parle pas la langue.

» Au point où nous en sommes, la flotte compte assez de navires pour vos besoins et pour les miens. Qui sait si votre roi ne tiendra pas pour une menace une vingtaine de bâtiments ? (L'amiral inclina la tête.) Quelqu'un vous appelle… Par là, sur le quai.

Sir William vit qu'un homme lui faisait de grands signes.

— Vos oreilles sont meilleures que les miennes, sire Charles. C'est Tam, mon sergent. Et ça n'augure rien de bon. Il ne m'interromprait pas sans raison.

— Alors, filez le rejoindre. Mais avant, un dernier mot : si je meurs à des miles marins d'une terre, de légende ou non, je serai un homme heureux. Et mes compagnons, tous volontaires, ne regretteront jamais leur choix. En revanche, imaginez que la « légende » soit aussi vraie que celle du temple de Jérusalem et du trésor qu'il abritait ? Et si j'en trouvais un autre, de trésor ? Et si je revenais avec des preuves de ma découverte ? N'y aurait-il pas de quoi rallier tous nos frères, de Sion comme du Temple ?

L'amiral écarta les mains, paumes vers le ciel.

— Ça ne serait pas plus étrange que creuser le sol à mains nues pour retrouver un temple, pas vrai ?

Sir William indiqua à Tam de patienter un peu.

— Pas plus étrange, non, quand on présente les choses ainsi. C'est entendu, je réfléchirai à la question pendant le voyage jusqu'au cap Finisterre. À présent, si vous voulez bien m'excuser, le devoir m'appelle.

Charles de Saint-Valéry regarda le chevalier s'éloigner, puis il se gratta la barbe du bout d'un index – et tressaillit quand son cadet, néanmoins supérieur, s'arrêta et se retourna.

— Tam veut que vous veniez, dirait-on. Si ses nouvelles sont importantes, elles vous concernent sûrement aussi…

D'un pas décidé, comme s'il avait retrouvé un peu de sa jeunesse, l'amiral se mit en chemin.

4

— Que se passe-t-il, Tam ?

— Je n'en suis pas sûr…

Sans perdre de temps avec le protocole, le sergent s'était contenté d'un signe de tête pour saluer les deux officiers.

— Amiral, votre capitaine est arrivé… Un des deux que vous avez renvoyés en arrière ce matin. Il m'a chargé de vous transmettre ses respects et demande que vous montiez à bord de sa galère pour avoir un entretien avec lui.

Sir William et Saint-Valéry échangèrent un regard interloqué. Se tournant vers l'entrée du port, l'amiral riva les yeux sur une galère élancée qui mouillait plus près de la baie que toutes les autres, mais impossible à voir depuis la position précédente des deux hommes.

— C'est le bateau de Parmaison. Mais où est celui de De Lisle ? Et pourquoi le capitaine ne vient-il pas à moi ?

— Il doit y avoir une urgence absolue… Regardez les rames, déjà en position… Dès qu'il aura parlé avec vous, Parmaison repartira.

— C'est bien vu, sir William... Sergent, trouvez-nous une chaloupe.

— Un canot vous attend déjà au pied de la jetée, amiral.

Après le départ de La Rochelle, le matin même, Saint-Valéry, avec l'accord de sir William, avait chargé deux galères parmi les plus rapides et maniables de retourner près du port et d'y rester jusqu'au soir afin d'observer d'éventuels mouvements ennemis. Cette précaution, non prévue au départ, était venue à l'esprit des deux chefs quelques heures après qu'ils eurent levé l'ancre. Même s'il semblait improbable qu'il se passe quelque chose – puisqu'ils avaient fait incendier les navires qui mouillaient encore au port –, garder un œil sur la commanderie et ses environs semblait une bonne idée. Mais un des deux « espions » était de retour bien avant l'horaire programmé...

Geoffroy Parmaison, le capitaine de la galère, regarda ses deux supérieurs approcher du château de proue, puis il les aida à monter à bord avant de les guider jusqu'au confortable « salon en plein air » qu'il avait installé sur le pont supérieur. Quand il eut ordonné à la vigie de proue de quitter son poste, les trois hommes s'assirent sur des chaises relativement confortables.

— Nous vous écoutons, sire Geoffroy, dit Saint-Valéry, pressé d'entrer dans le vif du sujet.

— Amiral, nous sommes arrivés à La Rochelle juste à temps pour voir trois de nos galères entrer dans le port. Les *voir*, certes, mais de trop loin pour attirer leur attention et les empêcher de se jeter dans la gueule du loup.

— Vous savez de qui il s'agissait ?

— Oui, amiral. De Lisle était plus près que moi. D'après lui, une des galères était celle d'Antoine de L'Armentière.

— Antoine de L'Armentière ? N'est-il pas censé être à Chypre ?

— C'est ce que je croyais aussi, mais de Lisle est son cousin, et il jure avoir reconnu la galère – qui commandait la flottille, semble-t-il. Apparemment, ce navire est différent de tous les autres.

— Exact… C'est une prise de guerre. Un navire pirate maure capturé non loin de Gibraltar il y a quelques années. De Lisle est certain de ce qu'il avance ?

— Autant qu'on peut l'être à une telle distance, amiral. Quoi qu'il en soit, cette galère en a conduit deux autres dans le port de La Rochelle et aucune n'en est sortie depuis.

— Où est le capitaine de Lisle ?

— À son poste, sire Charles. Il attend de voir ce qui se passe. C'est lui qui m'a envoyé vous prévenir.

— Et vous n'avez vu rien d'autre de notable ?

— Rien du tout. Ces navires sont entrés dans le port et on ne les a plus revus.

— C'est noté… Merci, capitaine Parmaison. Filez rejoindre de Lisle et restez en place jusqu'à ce qu'il y ait un nouveau rapport à faire.

Levant une main pour retenir le capitaine, Saint-Valéry se tourna vers sir William :

— Quelque chose à ajouter ?

— Non, amiral… Selon moi, nous avons tous les deux la même idée. À la place de Guillaume de Nogaret, nous arraisonnerions ces galères, jetterions en prison les équipages, les remplacerions par nos hommes et les lancerions à la poursuite des fugitifs. C'est comme ça que vous voyez les choses ?

— Exactement… Capitaine Parmaison, vous avez saisi tout seul qu'il n'y a pas de temps à perdre. Quand vous aurez rejoint de Lisle, restez à bonne distance du port et guettez l'éventuelle sortie des galères. Si elles se remontrent, revenez ici le plus vite possible, pour nous en informer. Compris ?

Parmaison acquiesça.

— Que Dieu soit avec vous, dit l'amiral en se levant. Foncez rames et voile, sire Geoffroy. Et que le vent vous porte !

» Sir William, nous devons informer le vice-amiral de Bérenger de ce rebondissement.

Avant d'embarquer dans le canot où Tam et leurs rameurs les attendaient, les deux hommes entendirent Parmaison crier des ordres à son équipage.

Alors qu'ils approchaient du quai, la galère cinglait déjà vers le large.

5

Les compétences administratives et les qualités d'organisateur de Bérenger furent une fois de plus démontrées. En un temps record, ses hommes avaient embarqué la totalité du convoi de Kenneth, chariots démontés et chevaux compris. La cargaison dans les cales, la flotte repartirait avec la marée du soir, abandonnant le providentiel village sans nom.

Doutant depuis le début de la faisabilité de cet exploit, sir William, avant de regagner le navire, mit son point d'honneur à rencontrer le vice-amiral et à le féliciter de son efficacité. Sur sa galère, le trésor de l'ordre serait entre de bonnes mains.

Encore préoccupé par le démontage des treuils et le nettoyage des quais, Bérenger répondit à ces compliments par un sourire distrait, puis ajouta qu'il reverrait le chevalier à bord, dans moins d'une heure.

Sir William laissa l'officier à ses responsabilités et alla retrouver Tam, qui l'attendait pour le transférer sur la galère avec son canot.

Une fois sur l'eau, sir William s'avisa qu'il n'avait pas vu la baronne quitter la plage. Cerise sur le gâteau, il n'avait pas pensé à elle depuis des heures. Concentré sur d'autres points, il l'avait chassée de son esprit – une technique dont il décida de se resservir à l'avenir.

À l'horizon, la poupe de la galère amirale disparaissait déjà. Dans le port, les rares navires encore présents se préparaient à lever l'ancre.

Le navire de Bérenger serait le dernier à partir. Avec un peu de chance, les villageois effaceraient ensuite des quais toute trace de leurs visiteurs.

Quand le chevalier monta à bord de la galère, Bérenger et ses officiers embarquaient déjà dans deux chaloupes. Sur le quai, il ne restait plus le moindre débris trahissant l'activité frénétique de la journée. Du bon travail, vraiment.

Moulu, sir William se mit en quête de sa minuscule cabine. Une fois à l'intérieur, il retira son manteau, s'étendit sur sa couchette et y resta pendant que la galère s'ébranlait, moins d'une heure plus tard. Sans l'ombre d'un rôle à jouer dans les manœuvres maritimes, il ne lutta pas contre le sommeil – même quand il s'aperçut, dans un brouillard, que le visage de Jessica Randolph flottait devant son œil mental. Sans refuser de croiser son regard, la jeune femme affichait l'air fermé qui interdisait de deviner ses pensées.

Sept jours plus tard, en plein océan, alors qu'il s'accrochait à un cordage pour résister au tangage de la galère, prise dans une tempête, le chevalier dut se rendre à l'évidence : malgré tous ses efforts, il pensait toujours à la tentatrice…

Les yeux plissés, il tenta de repérer à travers un hublot la silhouette du navire amiral. Des jours plus tôt, la galère voguait de conserve avec celle de Bérenger, mais là, on ne distinguait plus rien. Quoi d'étonnant avec des vagues si hautes, une pluie battante et de pareils embruns ?

Après le départ du village, et en deux occasions durant la même journée, sir William avait aperçu la silhouette de

Jessica sur le pont de la galère amirale. Une fois à la poupe, et l'autre à la proue. Depuis que le temps avait tourné, dès le deuxième jour, la baronne ne lui était plus apparue, et il ne s'en plaignait pas.

Le golfe de Gascogne était célèbre pour ses violentes tempêtes. Avec l'approche de l'hiver, ça se révélait encore pire. Bien que profane en matière de navigation, sir William le savait, et il n'ignorait pas non plus que la galère était conçue pour résister aux plus gros grains. Tant qu'ils restaient assez loin des côtes pour ne pas être poussés sur des bancs de rochers, les bateaux ne risquaient rien.

Intellectuellement, le chevalier n'en doutait pas un instant. Dans ses tripes, l'angoisse dominait. Et une petite voix, sous son crâne, lui rappelait qu'il n'avait rien à faire sur un fichu navire ballotté par les vagues et malmené par le vent. Sa place était sur la terre ferme, à pied ou mieux encore en selle, les talons confortablement calés dans des étriers.

Alors qu'il repensait en boucle à tout ça, il entendit quelqu'un crier son nom. Serrant plus fort le cordage, il tourna la tête et reconnut Tam, à moins d'un pas de lui. Après s'être lâché d'une main, il tendit le bras, prit soudain conscience du poids démesuré de son manteau imbibé d'eau, saisit le poignet de son sergent et le tira vers lui, pour qu'il puisse également s'accrocher au gréement.

— C'est Bérenger qui m'envoie ! cria Tam. Il t'attend dans sa cabine.

À l'idée de devoir se déplacer, sir William eut la nausée. S'il se trouvait sur le pont central, c'était pour une bonne raison : des jours plus tôt, il avait survécu de justesse à sa première crise de mal de mer, une expérience dévastatrice qu'il n'était pas près d'oublier. Devenu un peu moins sensible au tangage et autres tortures liées à une tempête, il n'était pas blasé au point de pouvoir affronter le cyclone qui se déchaînait au niveau du pont inférieur, où se trouvaient les cabines. À première vue, les marins s'en fichaient, capables de retrouver dans l'obscurité leur chemin au cœur d'un dédale de coursives. Lucide, sir William savait qu'il ne développerait jamais cette aptitude – d'ailleurs, la seule idée de rester assez longtemps à bord pour y parvenir lui retournait l'estomac.

Pour répondre à la convocation du vice-amiral, il n'avait hélas pas le choix. En route donc pour l'aventure ! Avant de se lancer, il se retourna et regarda la proue surélevée où deux timoniers luttaient contre le gouvernail afin d'empêcher la galère de prendre directement le vent et d'être livrée, impuissante, aux vagues qui déferlaient du nord-ouest. Sous ses pieds, les rameurs, affalés sur leur banc, attendaient que ça passe, leurs palettes de bois dressées à la verticale mais prêtes à fendre l'eau au premier ordre.

— Tam, tu sais ce qu'il y a ?

Le sergent secoua la tête.

— Non. Le vice-amiral est monté sur le pont et il m'a ordonné d'aller te chercher. Quelque chose est en cours, mais j'ignore quoi.

— Essayons d'en apprendre plus. J'ai hâte d'en avoir fini…

— Et moi donc ! Ah ! quitter cette coquille de noix et retrouver le plancher des vaches !

À pas prudents, les deux hommes gagnèrent la poupe, où Tam s'accroupit pour être protégé par la coque. Laissant là son sergent, sir William s'engagea dans une étroite coursive puis frappa à une porte, se pencha et entra sans attendre qu'on l'y ait invité.

Dans sa petite cabine, Bérenger était assis face à une cloison, devant une table de travail qui pouvait être repliée quand on n'en avait plus besoin. Des taches d'encre sur les doigts, il devait être en train d'écrire.

— Vous vouliez me voir, sire Édouard ?

— Oui, sir William. Entrez et fermez la porte.

Le chevalier obéit, soulagé qu'il y ait de la lumière dans la pièce. Montées sur une étrange suspension ronde accrochée au plafond, trois bougies projetaient une lueur sans cesse vacillante mais très rassurante.

— Prenez la couchette, si ça vous dit, ou le tabouret.

Notant les yeux hagards et la bouche entrouverte de son visiteur, Bérenger le regarda avec une sincère compassion.

— Comment vous sentez-vous, toutes choses égales par ailleurs ? Vous pensez tenir le coup ?

Le vice-amiral eut un sourire qui se refléta dans ses yeux.

Le dos collé contre la porte, les pieds bien à plat sur le sol, sir William s'assit sur le tabouret et saisit immédiatement l'anneau de fer solidement fixé à une poutre.

— Au point où j'en suis, oui, ça devrait aller… Après cinq jours, on s'accoutume… Sachez cependant que je risque de vomir sans sommations. À l'air frais, sur le pont, je me retiens difficilement, alors, dans un endroit confiné, sans pouvoir distinguer l'horizon…

Le sourire de Bérenger s'élargit.

— C'est presque toujours comme ça, avec le mal de mer… Surtout, ne vous gênez pas pour vomir. Après cinq jours, il ne doit pas vous rester grand-chose dans l'estomac… Et quand il faut nettoyer, ce n'est pas l'eau qui manque.

Bérenger désigna les feuilles qui dépassaient d'une sacoche de cuir ouverte posée sur la table.

— Je veux vous parler de ça… Depuis que j'ai reçu ce texte, je n'ai pas eu beaucoup de temps. À dire vrai, j'y ai jeté mon premier coup d'œil ce midi, pas avant… Pour exposer son point de vue, sire Charles n'a pas ménagé sa peine, et le résultat est stimulant pour l'esprit…

» En principe, c'est une communication d'amiral à vice-amiral, réservée à de très rares yeux. Mais vous avez dans l'ordre une position que nous n'atteindrons jamais, donc vous êtes concerné au premier chef. Dans ce rapport, l'amiral suggère qu'il faudrait prendre de graves décisions, et il décrit dans les grandes lignes leurs conséquences éventuelles.

» J'ai lu ses écrits avec un grand intérêt, mais je suis soulagé, il faut l'avouer, de ne pas avoir à trancher…

Sir William hocha la tête puis regarda du coin de l'œil la sacoche et son contenu. Le premier jour de gros grain, il avait vu ce « colis » arriver sur la galère pendant une accalmie. Malgré les conditions difficiles, le navire de Saint-Valéry s'était approché à portée d'arbalète. Après plusieurs tentatives, un carreau s'était enfin planté dans la coque. Une longueur de fil de pêche y était attachée, elle-même nouée à une plus grosse corde où pendait un panier couvert de poix – un genre de bateau miniature – qui contenait un objet enveloppé dans de la toile goudronnée. La fameuse sacoche, bien entendu…

Fasciné, sir William avait observé le processus de récupération. Ainsi concentré, il avait presque oublié son estomac ravagé. Qu'est-ce qu'ils étaient adroits, ces marins, quand même !

Les documents, à l'évidence, devaient concerner des affaires navales, puisque la flotte était coupée de la terre depuis des jours. Et pendant la traversée, rien ne s'était produit qui fût susceptible de mobiliser les compétences d'un membre du conseil de gouvernance.

— Vous voulez que je le lise, c'est ça ?

— Oui, sir William. Hélas, avec le mal de mer, vous risquez d'avoir des difficultés. Il vous faudrait rester assis là, tête penchée, l'esprit en alerte alors que tout autour de vous tanguerait follement… Du coup, puis-je me permettre une suggestion ?

— Bien entendu !

Bérenger désigna la table d'une main.

— Depuis midi, j'ai tout lu, et je réfléchis… Je peux vous dire ce qu'il y a dans ces documents puis vous exposer les propositions de l'amiral. Ensuite, si telle est votre volonté, vous lirez certains passages particulièrement pertinents.

— Très bonne idée. Révélez-moi la teneur de ce texte.

Le vice-amiral saisit une liasse de feuilles et la brandit.

— Comme vous le devinez, il y a là-dedans beaucoup de textes purement techniques. Des descriptions de cargaisons, des manifestes, des rapports disciplinaires… Aujourd'hui, rien de tout ça ne nous intéresse.

Bérenger tapota les feuilles, les aligna au carré puis les posa et s'empara d'une autre liasse, moins épaisse.

— Voici ce qui importe ! Ces documents abordent les deux questions qui préoccupent l'amiral. La première, c'est l'affaire des trois galères qui sont entrées à La Rochelle après notre départ. Que leur est-il arrivé et où sont-elles ?

— Avons-nous des réponses ? Je n'ai rien entendu dire depuis que sire Charles a envoyé Parmaison et de Lisle en mission.

— L'amiral a chargé deux autres navires de revenir en arrière et de se placer séparément entre nous et le duo Parmaison-de Lisle. C'était juste avant la tempête, il y a cinq jours.

— Séparément ? Ça signifie « séparés l'un de l'autre » ou séparés du duo en question ?

— Les deux. Dans le second binôme, avec les capitaines André du Bois et Charles Vitrier, les navires devaient se placer en vue l'un de l'autre, mais pas naviguer de conserve, et se tenir assez loin du premier duo pour pouvoir nous prévenir en cas de problème.

— Résultat ?

— Nous n'en savons rien. Avec ce mauvais temps, impossible de déterminer ce qui se passe derrière nous.

— Pourtant, j'entends un « mais » dans votre voix.

— Et il y en a un… L'amiral a postulé que les trois galères seraient capturées puis se lanceraient à notre poursuite.

— C'était notre première idée, et sauf découverte ultérieure, elle reste raisonnable. Que propose donc l'amiral ?

Bérenger fronça très légèrement les sourcils.

— C'est là que sa logique m'échappe… ou me déconcerte… C'est pour ça que je m'adresse à vous.

Bérenger hésita puis se lança :

— L'amiral de Saint-Valéry vous a-t-il confié ce qu'il voudrait faire une fois que nous aurons quitté le cap Finisterre ?

— Oui. Il entend cingler vers l'ouest, à travers l'océan, en quête d'une terre qu'il croit pouvoir trouver.

— Merica…

— Il vous en a parlé aussi ?

— « Parler » est un bien grand mot… (Bérenger hésita, comme s'il allait révéler des confidences.) Lors de notre dernière conversation privée, il a mentionné cette terre fabuleuse. Après sa démission, a-t-il laissé entendre, il aimerait entreprendre cette quête. À l'en croire, il y pense depuis des années. S'il peut recruter assez de volontaires, rien ne l'empêchera de tenter l'aventure.

— Oui, c'est en gros ce qu'il m'a dit. En me demandant de le laisser partir. Gagner l'Écosse avec nous ne l'intéresse pas. Sur ce point, il a été très clair. Qu'en pensez-vous ?

— De quoi ? La quête de Merica ou le voyage vers l'Écosse ?

— Merica.

Des expressions contradictoires passant sur son visage, Bérenger finit par hausser les épaules.

— En toute franchise, je ne sais que dire, parce que l'ordre, à ma connaissance, ne nous a jamais indiqué la position à adopter. Sur bien des points, l'enseignement est sans ambiguïté : voici ce qui est établi, voilà un mensonge répandu par Rome, voici de nouveau la vérité, et voilà une superstition ridicule. En matière de doctrine, nous savons presque toujours où nous en sommes. En cas de mauvaise compréhension ou de désaccord, on peut poser des questions puis mettre en doute les réponses. Sur Merica… eh bien, il n'y a rien pour nous guider.

Sir William inspira à fond et retint son souffle pour repousser une nouvelle vague de nausée. Quand ce fut passé, il répondit :

— Oui, et c'est normal. Même dans l'ordre de Sion, on ne sait rien sur le sujet. Au sein du Temple, c'est encore pire. La seule certitude, c'est que cette légende existe et qu'elle est fondée sur d'obscures références, dans de très anciens textes. J'ai demandé à mon mentor et à mon mécène, mais tous deux n'avaient rien à dire, tant ils jugeaient cette histoire sans importance. Plus tard, pourtant, quand on m'a envoyé étudier à Carcassonne, un de mes professeurs m'a conseillé de contacter un certain frère Anselme. À l'époque, c'était le doyen de l'ordre de Sion. Une mine d'or d'informations sur les aspects les plus énigmatiques de la doctrine. Il est mort l'an dernier seulement…

Sir William se tut, tendit l'oreille et serra un peu moins fort l'anneau de sécurité.

— Je rêve ou nous tanguons moins ?

Bérenger acquiesça.

— La tempête se termine peut-être, à moins qu'il s'agisse d'une accalmie. Que vous a-t-il apporté, ce frère Anselme ?

— Une nouvelle façon de penser à ces énigmes et de les étudier. (Sir William se tut de nouveau.) Oui, on dirait que le vent tombe. Accepteriez-vous que nous poursuivions cette conversation à l'air libre ? Désolé, mais je suis aussi mal à l'aise dans cette cabine que sur le pont inférieur.

En parfaite harmonie avec les mouvements du navire, Bérenger se leva souplement.

— Avec plaisir, sir William. Veuillez me pardonner, je n'avais pas mesuré votre inconfort…

Le vice-amiral ouvrit la porte et s'écarta pour laisser passer le chevalier, qui courut s'accouder au bastingage, les pieds bien écartés et la tête inclinée en arrière pour mieux se gorger d'air frais.

Il semblait bien que le pire de la tempête fût passé. Beaucoup moins fort, le vent ne hurlait plus comme un loup affamé et les vagues, plus basses, paraissaient bien moins déchiquetées. Toujours démontée, la mer malmenait encore la galère, mais sans la rage aveugle de ces derniers jours. Plus moutonnantes, les vagues n'étaient pas ourlées d'écume – ou plutôt presque plus, car des traînées blanches les zébraient encore de-ci de-là.

En attendant que son supérieur ait récupéré, Bérenger sonda le ciel, s'intéressa en particulier aux nuages et sembla conclure que le temps tournait pour de bon.

Redevenu lui-même, sir William se détourna du garde-fou.

— Je me sens mieux... Beaucoup mieux, même... Sire Édouard, merci de l'attention que vous avez portée à mon estomac et à mon bien-être. Qu'étais-je en train de dire quand ma tête s'est mise à tourner ?

— Vous parliez du frère Anselme, qui a changé votre vision des choses.

— Oui, pour la changer, il l'a changée...

Sir William rassembla ses idées et se lança :

— Avant tout, frère Anselme m'a appris à ne jamais ignorer un phénomène sous prétexte que je ne le comprends pas immédiatement. Ça semble évident, mais en réalité, nous faisons la plupart du temps le contraire. Comme tous ceux qui se sont donné la peine de chercher, Anselme a découvert qu'il n'y a rien de sérieux, dans nos archives, pour étayer la légende de Merica. Cela dit, il a fait un pas de plus que ses prédécesseurs. En d'autres termes, il a consulté la source de nos sources, si vous voyez ce que je veux dire...

— Pardon ? Je ne comprends pas… Une source est une source. Il n'y a rien au-delà.

— Oui, oui… (Sir William sonda l'océan et parla sans se retourner.) Presque mot pour mot, c'est ce que j'ai dit à frère Anselme. Après m'avoir souri, il a corrigé cette erreur de raisonnement.

Le chevalier écossais chercha le regard du vice-amiral et inclina la tête, presque comme s'il voulait s'excuser.

— Je parlais de *nos* sources, celles où les pères fondateurs de l'ordre de Sion ont puisé pour développer notre doctrine. Et ce petit mot, « nos », influence notre vision du monde depuis des lustres. Puisque nous parlons de ça, avez-vous été surpris que je vous donne une poignée de main « inversée », ce fameux soir, à La Rochelle ?

— Oui, et pas qu'un peu… Il y a longtemps que je n'avais pas rencontré une huile du Temple également membre de notre confrérie.

— Dois-je comprendre que vous me teniez plus pour un pilier du Temple que pour un frère de Sion ?

Sir William sourit et leva une main pour apaiser le dépit qu'affichait le vice-amiral.

— Oubliez ça, mon ami. C'était une plaisanterie, pour illustrer à quel point ce que nous voyons, ou croyons voir, peut influer sur ce que nous pensons ensuite. Parce que c'est exactement ce qui s'est produit, d'après frère Anselme, en ce qui concerne la légende de Merica.

Bérenger hocha la tête, à l'évidence pressé d'entendre la suite.

— Nous le savons tous, le secret joue un rôle capital dans tout ce que nous avons fait depuis la fondation de l'ordre de Sion, il y a plus de mille ans. Aujourd'hui, les rares frères qui réfléchissent à tout ça pensent que cette tendance au secret a pour fondement la nécessité de cacher nos origines juives pour échapper à la vengeance de Rome.

Sir William secoua la tête comme s'il venait de proférer une sottise.

— C'est faux ! Pour nous, Rome n'a jamais été une menace et ce depuis les premiers temps de notre installation dans le sud de la Gaule – cette époque où nous avons caché nos vraies racines, nous intégrant à notre environnement avant de devenir chrétiens. Notre besoin de secret, sire Édouard, remonte à plus longtemps que ça, pour des motivations bien plus importantes.

» Le clergé de l'antique Judée, nos archives nous l'apprennent, était une société fermée et secrète bien avant que Rome commence à s'étendre au-delà de ses sept collines. Les racines de ce clergé nous font remonter jusqu'en Égypte, à l'aube des temps, lorsque régnaient les premiers pharaons. Quand Moïse les lança dans la quête de la Terre promise, les Hébreux étaient de misérables esclaves depuis des siècles.

» Vous savez tout ça, j'en ai conscience, alors excusez-moi d'avoir l'air de vous tenir un sermon. Mais ce qui va suivre est de la plus haute importance : nos pères fondateurs tiraient leurs connaissances de l'Égypte. Après tant de générations, ils étaient influencés par la religion égyptienne, fondée sur l'adoration d'Isis et Osiris.

» Cette doctrine, ils l'emportèrent avec eux à Jérusalem, où Salomon construisit son Temple, les prêtres devenant les saints gardiens de ses secrets.

» Nos pères fondateurs avaient leur propre doctrine, comme nous avons la nôtre, mais leur inspiration venait d'Égypte.

Sir William s'interrompit pour regarder le mousse porteur d'un seau qui descendait l'échelle de coupée du château de proue. Quand le jeune garçon les eut dépassés, le chevalier reprit :

— Ce que j'ai réussi à voir grâce à Anselme – sans lui, ça ne m'aurait pas traversé l'esprit – c'est que nos pères fondateurs « plus récents », les prêtres qui ont fui la mise à sac de Jérusalem, n'avaient pas réussi à tout emporter avec eux. S'enfuyant avec ce qu'ils pouvaient porter, ils avaient caché le reste, avec l'espoir de revenir un jour. Ce trésor, nous l'avons découvert quand Hugues de Payns et ses compagnons l'ont exhumé, mais douze cents ans avaient passé, et durant cette période, l'ordre de Sion s'était en somme refondé sur l'héritage rapporté de Palestine… Bien entendu, étant des êtres humains, les premiers frères, concentrés sur un éventuel retour au « foyer », se sont surtout intéressés aux parties de la doctrine qui se focalisaient sur cet objectif suprême. Parce qu'ils les ont négligés, d'autres éléments de notre tradition, apparemment mineurs, sont tombés en désuétude, leurs origines oubliées. Tout ce qu'il en resta, ce furent de vagues mentions… Dans ce matériel, ce qui domine encore de nos jours, c'est ce que nous nommons la légende de Merica.

En écoutant son supérieur, le vice-amiral était allé s'adosser au bastingage.

— Vous trouvez tout ça difficile à croire ? demanda le chevalier devant son air ébahi.

Bérenger secoua la tête.

— Pas du tout… Au contraire, ça me semble limpide. Ce que vous prenez pour de l'incrédulité, sur mon visage, c'est de la surprise. Oui, j'ai du mal à croire que personne, moi compris, n'ait jamais pensé à ça.

— Pourquoi auriez-vous dû y songer – ou quiconque d'autre ? C'est une obscure légende, quasiment oubliée de tous. Si j'ai fouillé dans nos racines égyptiennes, c'est par hasard, en somme. Sans le frère Anselme – et notre présence simultanée à Carcassonne – je ne serais jamais remonté si loin en arrière.

Sir William se redressa et se tourna de nouveau vers la mer, les mains serrant le garde-fou et le regard rivé sur le sud-ouest, où un beau rayon de soleil jailli d'une brèche entre les nuages faisait briller l'eau.

— Regardez ça... Un seul rayon modifie notre perception des choses. Que les hommes sont donc insignifiants ! Nous vantons nos prouesses ou nous rengorgeons de notre pouvoir, certains d'être capables de changer le monde, puis nous fondons des empires et des ordres – tout ça pour les voir balayés et détruits par des forces que nous ne contrôlerons jamais... Il y a trois jours, nous commandions une flotte de quelque trente navires. Il y a un mois, le Temple nous semblait si puissant que rien ne paraissait pouvoir le vaincre. Que nous reste-t-il ?

Le chevalier sonda de nouveau la mer.

— J'aperçois trois navires, aucun n'étant celui de l'amiral de Saint-Valéry... Sire de Bérenger, j'ai bien peur que nous soyons égarés, témoins impuissants de la fin d'une époque. Le monde que nous avons connu n'est plus...

— Il n'en est pas ainsi, sir William, je l'atteste au nom du Seigneur. Notre flotte se regroupera dès que le vent sera tombé, je vous le jure.

— J'en accepte l'augure... Mais qu'en sera-t-il de notre bonne fortune ? Ces derniers jours, Philippe Capet et Guillaume de Nogaret ont réussi de grandes choses – maléfiques, de notre point de vue, mais impressionnantes. Franchement, je ne les vois pas renoncer à ce qu'ils ont gagné. Ils tiennent La Rochelle, un de nos bastions, et je crains que notre flotte soit tout ce qu'il reste de la puissance du Temple en France. Et quand je dis « je crains », ça signifie « je sais ». Pendant que Guillaume de Nogaret prenait La Rochelle, le Temple de Paris a dû tomber, tous ses membres jetés dans les prisons du roi.

Bérenger n'ayant aucune objection à émettre, le chevalier continua :

— Jusqu'au dernier moment, quand nous sommes entrés dans la salle de jour où des tueurs guettaient l'amiral, je ne parvenais pas à croire à la menace. Un monstrueux malentendu, pensais-je… La monstruosité, ce fut en fait la vérité… et l'étendue de notre aveuglement à tous. La France est devenue une oubliette où croupissent nos malheureux frères, mais aussi les idéaux et les principes que nous défendons. J'en suis certain, Édouard. En conséquence, j'envisage d'autoriser l'amiral à partir pour son hypothétique Terre promise…

Bérenger tressaillit, les yeux ronds de surprise. Un long moment, seuls les craquements du navire et le bruit des vagues troublèrent le silence.

— Alors, qu'en dites-vous ? demanda sir William. Au lieu de vous étouffer avec vos pensées, parlez-moi.

Dans le coin où s'était réfugié Tam, il n'y avait plus personne. Le chevalier supposa que son sergent était retourné sur le pont inférieur. Les yeux fermés, il se focalisa un instant sur l'air vivifiant qui lui cinglait le visage.

— Sir William, je ne sais que dire. Au premier abord, cette idée semble délirante… Après vous avoir écouté, je me prends à douter… Pourtant, à part dans nos archives, on ne trouve aucune trace de l'existence de cette terre. Quant à l'océan Atlantique, n'est-il pas sans limites ? Laisser l'amiral partir à l'aventure, c'est le condamner à mort.

Sir William sourit. À présent que la mer et le vent s'étaient calmés, il commençait à se sentir bien pour la première fois depuis des jours.

— Une étendue d'eau ne peut pas être sans limites, Édouard. Imaginez ce que ça impliquerait… Elle doit nécessairement avoir un bord, ou quelque chose dans ce genre. Sinon, ses eaux se déverseraient dans l'Abîme et elle se viderait rapidement. N'est-ce pas logique, même si c'est difficile à croire ?

Voyant l'effarement du vice-amiral, sir William éclata de rire.

— Ne tirez pas cette tête, sire de Bérenger ! Je n'ai pas encore pris ma décision, et vos arguments pèsent lourd. Laisser partir Saint-Valéry reviendrait à l'envoyer à sa fin… (Le chevalier se rembrunit.) Pourtant, j'ai l'impression que ce serait faire une faveur à sire Charles au moment où il en a le plus besoin. En quelques jours, sans avertissement, il a perdu tout ce qui lui tenait à cœur. Son vieil ami, son commandement et, peut-être, l'ordre auquel il a consacré sa vie. Désormais, privé de ses repères et de ses chefs, il voit l'avenir comme un exil stérile dans un pays dont il ne connaît rien. Dans ces conditions, que peut espérer un amiral qui n'a plus de mission ? Il lui reste cette flotte et les navires qui nous rejoindront peut-être au cap Finisterre, mais à quoi lui serviront-ils ? Cet homme n'a plus nulle part où aller…

— Avec le respect que je vous dois, sir William, ce n'est pas vraiment ça… L'amiral serait bien accueilli dans beaucoup de pays. Nous avons des maisons du Temple et des commanderies dans toute la chrétienté et au-delà. Le désastre se limite à la France.

— C'est vrai… pour le moment. Mais combien de temps faudra-t-il pour que d'autres rois suivent l'exemple de Philippe Capet ? N'oubliez pas que le pape Clément est à sa botte. Du coup, il accordera sa bénédiction à tous les souverains qui nous attaqueront et saisiront nos biens. Toutes ces têtes couronnées sont cupides, Édouard, je le sais d'expérience. La seule exception, c'est Robert Bruce, le roi d'Écosse. Parce qu'il est excommunié, plus que pour toute autre raison, je le tiens pour le seul monarque fiable. On dit aussi que les Templiers d'Écosse comptent parmi ses plus fidèles soutiens…

» N'oubliez pas mes propos, mon ami. Ce que je décris arrivera – et sans tarder, vous pouvez m'en croire. Quand ce sera fait, aucun d'entre nous, l'amiral compris, n'aura d'endroit sûr où aller. À part l'Écosse, ce sanctuaire sans doute provisoire.

— Vous voyez l'avenir en noir, sir William.

— Non, je le vois tel qu'il est.

Regardant autour de lui, le chevalier constata que le ciel s'éclaircissait partout.

— On dirait bien que c'est terminé… Si nous retrouvons l'amiral, je rediscuterai de ce sujet avec lui. Il me convaincra peut-être de le laisser partir, mais ses arguments devront être plus solides que ceux qu'il a avancés jusque-là.

Empoisonnés

1

Très loin de l'endroit où sir William et le vice-amiral débattaient en sondant l'horizon, Jessica Randolph fut parmi les premiers, sur la galère amirale, à remarquer que la tempête se calmait. Pourtant, concentrée sur des préoccupations plus urgentes, elle n'avait guère accordé d'attention aux éléments.

Ayant fini ce qu'elle avait à faire, elle se redressa au-dessus du corps endormi de Marie, sa servante, écarta une mèche de son front du dos de la main droite et, avec la gauche, massa ses reins douloureux. Un inconfort pas étonnant, après des heures à se pencher sur deux femmes dont la mission, paraissait-il, consistait à veiller sur elle.

Malgré sa fatigue, cette idée la fit sourire alors qu'elle baissait de nouveau les yeux sur les fidèles domestiques qui dormaient à ses pieds, vidées de leurs forces.

Dans un angle de la coque, à la proue, les « lits » des deux femmes étaient protégés des intempéries par des paravents de cuir habilement attachés les uns aux autres. Dans cet espace clos, on avait à peine la place de circuler entre les deux tas de couvertures et de peaux de bête où reposaient les malheureuses.

Deux victimes de plus du mal de mer – comme presque tous les passagers de la galère. Et c'était ainsi depuis le début de la tempête, cinq jours plus tôt. Surprise par son aptitude à tolérer les assauts de la mer et le roulis du navire, Jessica avait materné les deux femmes en continu, attentive à tous leurs besoins – et consciente qu'elles auraient été horrifiées de l'imaginer dans cette position. Comateuses, elles ne s'étaient aperçues de rien, et la baronne, ravie d'avoir échappé à leur sort, ne se formalisait pas le moins du monde de l'étrange inversion des rôles.

Si elle ignorait pourquoi elle avait si bien résisté, en gardant à tout moment son calme, Jessica avait conscience d'être une exception. Pourtant vétéran de la mer, son beau-frère avait succombé à la cruauté des vagues et son quartier-maître comme ses officiers n'avaient pas tardé à l'imiter. Incapables de diriger la galère, voire de maintenir un semblant d'ordre, ils n'avaient pourtant pas beaucoup manqué, parce qu'il était impossible, dans de telles circonstances, de *commander* un navire.

Depuis le début de la tempête, les rames n'avaient plus touché l'eau. Les rameurs condamnés à l'oisiveté s'étant révélés incapables de faire face à d'autres tâches, un certain sergent Tescar, chef de la garde à la commanderie de La Rochelle le soir de l'arrivée de Jessica, avait dû assumer le commandement.

Alors que la jeune femme comptait plusieurs traversées à son actif, toujours dans des conditions clémentes, Tescar n'avait jamais mis les pieds sur un pont. Comme Jessica, il ne s'expliquait pas pourquoi il avait affronté sans peine la tourmente alors que des marins expérimentés de tous les grades étaient tombés comme des mouches. Sans se poser de questions, il avait tiré parti de ce don du ciel pour contribuer à maintenir tout le monde en vie. Parti en quête de nourriture et d'eau dans les réserves du navire, il en avait trouvé plus qu'il n'en fallait. Le ventre plein, la baronne et lui – avec une petite vingtaine d'hommes en état de tenir debout – étaient parvenus à s'occuper de tous les malades sur un navire devenu un hôpital flottant.

Tous les gens atteints n'étaient pas cloués au lit, certains parvenant même à faire leur travail presque normalement – mais tous se sentaient très mal. Pétrifiés sur le pont, les yeux vides, ils attendaient qu'on leur crie un ordre avant de bouger un doigt, même dans les cas les plus simples.

Jessica remarqua justement un de ces malheureux. Tentant de résister au tangage, il titubait, le visage blafard et le regard halluciné. C'était la quatrième fois que Jessica le voyait aller de la poupe à la proue. À l'évidence, ses déplacements avaient un sens, même si elle ignorait lequel.

S'intéressant davantage à lui, elle remarqua qu'il ne s'accrochait plus aux cordages et avançait d'un pas plus assuré. Simultanément, la baronne s'avisa que le pont ne dansait plus aussi violemment sous ses pieds, comme si les vagues avaient décidé de le bercer plutôt que de le secouer comme un prunier.

De la lumière attirant son regard, elle leva les yeux et vit que le ciel s'éclaircissait par endroits. Pas très longtemps, cela dit, mais dès qu'une brèche disparaissait, une autre la remplaçait, et ça devait être bon signe.

Devant ce spectacle, Jessica éprouva de l'exaltation. Était-il possible que ce calvaire maritime touche à sa fin ?

Jessica se pencha et ramassa le sac en cuir souple qui gisait entre les deux servantes endormies. Après l'avoir ouvert, elle en tira une couverture pliée, la secoua, la plaqua contre son visage pour s'assurer qu'elle était sèche, puis s'en drapa, couvrant aussi sa tête. Avec mille précautions, pour ne pas réveiller ses patientes, elle s'assit entre elles, s'adossa à la cloison et tira sur la couverture pour qu'elle l'enveloppe complètement.

Elle s'endormit comme une masse, avec sur les lèvres un sourire inspiré par une idée étrange qu'elle était seule à connaître.

2

Quand elle ouvrit les yeux, Jessica rêvait que quelqu'un l'appelait de très loin. Revenue dans le monde réel, elle reconnut frère Thomas, le sacristain, qui la regardait d'un air désapprobateur.

Surprise, elle voulut lever les mains pour se frotter les yeux, mais les plis de la couverture lui bloquaient les bras, et quand elle s'en fut dépêtrée, elle avait déjà repris ses esprits.

Oui, tout lui revenait. Assise entre Marie et Jeanette, qui dormaient toujours à poings fermés, elle plaqua un index sur ses lèvres pour indiquer au sacristain de ne surtout pas les réveiller.

L'air vaguement dégoûté, l'homme recula un peu, mais elle le dédaigna et entreprit de se lever sans trop nuire à sa dignité – dans la mesure du possible.

Le sacristain ne l'appréciait pas, elle ne se faisait aucune illusion là-dessus. Dès le début, il avait clairement signifié qu'il désapprouvait la présence d'une femme au sein d'une confrérie qu'il tenait pour sacrée. Consciente qu'il n'y avait rien de personnel là-dedans, Jessica ne s'en offusquait pas outre mesure. De toute façon, il aurait rejeté n'importe quelle autre femme…

De son côté, elle l'avait spontanément détesté. Sentant dès la première seconde son antipathie et son hostilité – une affaire de lueur dans le regard, avant même qu'ils aient été présentés –, elle l'avait rangé dans la catégorie des types sans intérêt rongés par les poux et plus puants qu'une chèvre sauvage – bref, le genre d'individu dont elle s'efforçait de ne pas reconnaître l'existence.

Hélas pour tous les deux, il ne leur était pas possible de s'ignorer ou de s'éviter. Depuis la mort de son maître, le commandeur Arnold, frère Thomas, en vertu de son ancienneté à la commanderie, était passé au service de l'amiral de Saint-Valéry, le plus haut gradé après le défunt sire de Thierry. Serviteur zélé de l'un, Thomas se montrait tout aussi empressé avec l'autre.

Dans l'espace confiné d'une galère, il n'était jamais bien loin de son nouveau maître. Sans doute parce qu'il considérait Jessica comme l'instrument du diable dans sa grande entreprise de tentation des hommes dignes de ce nom, il lui avait dès le premier jour refusé l'entrée de la cabine de son beau-frère malade. Même si un tel comportement la rendait folle de rage, la jeune femme faisait tout pour le cacher. N'ayant pour le moment aucun moyen de s'opposer au cerbère, elle tenait au moins à ne pas lui montrer qu'il avait réussi à l'énerver.

Après avoir remis de l'ordre dans sa tenue, elle se tourna vers le cuistre :

— C'est à quel sujet ?

— Frère de Saint-Valéry voudrait vous parler, lâcha le sacristain, le teint rubicond.

— Frère de Saint-Valéry ? répéta Jessica, dévisageant Thomas sans tenter de dissimuler son hostilité. Je me demande si sire Charles, au plus profond de lui-même, apprécie un tel degré d'intimité. Mon défunt mari aimait répéter qu'on choisit ses amis mais pas sa famille...

Les yeux toujours rivés sur le sacristain, Jessica eut la satisfaction de le voir s'empourprer quand l'insulte eut fait assez de chemin dans son cerveau déficient. Histoire de ne pas lui laisser le temps de riposter, elle partit d'un pas décidé vers la cabine de l'amiral, à la poupe de la galère.

— J'ai du temps libre, dit-elle, donc j'y vais...

S'adaptant sans le moindre effort au roulis, la jeune femme se régala de voir le ciel de plus en plus bleu au-dessus de sa tête. Rancunière de nature, elle se réjouit aussi d'entendre le sinistre sacristain tituber derrière elle comme un ivrogne.

Quand elle atteignit l'entrée des modestes quartiers de l'amiral, un coup d'œil par-dessus son épaule lui apprit qu'elle avait assez distancé Thomas pour pouvoir frapper puis entrer avant qu'il ait le temps d'intervenir.

Dans la petite cabine obscure, sire Charles, tout habillé, reposait sur plusieurs couches de couvertures. Plissant les yeux, il leva une main pour les protéger de la lumière qui entrait à flots dans son fief. Les cheveux en bataille, pas rasé, les yeux enfoncés dans leurs orbites, il faisait peine à voir, et Jessica en eut le cœur serré. Par bonheur, étant ébloui, il ne s'en aperçut pas…

Frère Thomas arriva et débita un chapelet de protestations que Jessica interrompit d'un geste nerveux. Ayant obtenu le silence, elle s'adressa à son beau-frère d'un ton à la fois amical et léger :

— Frère Charles, je suis ravie que tu aies survécu à la tempête. Toutefois, je me demande comment tu as fait, enfermé dans cette minuscule boîte obscure. Puis-je te suggérer de sortir respirer un peu d'air frais ? Ça te ferait du bien, je t'en fiche mon billet.

L'amiral baissa sa main, battit des paupières, referma les yeux puis saisit son nez entre le pouce et l'index et le tordit comme s'il avait l'intention de se l'arracher. Quand il le lâcha enfin, il secoua frénétiquement la tête, tel un chien mouillé qui s'ébroue. Puis il rouvrit les yeux, battit de nouveau des paupières et demanda :

— Quel jour sommes-nous ?

— Vendredi, Charles. Nous essuyons une tempête depuis cinq jours…

Et tu as l'air d'avoir été mort pendant les quatre derniers…

La première fois, en des années, que Jessica le voyait autrement que tiré à quatre épingles.

Saint-Valéry se redressa, sa bouche bougeant comme s'il mangeait quelque chose, et du dégoût s'afficha sur son visage.

— J'ai un goût abominable sur la langue... (Derrière Jessica, l'amiral repéra son aide de camp.) Thomas, va me chercher un peu d'eau.

Dès que le frère puant se fut éloigné, Jessica respira plus librement.

— Un amiral qui craint les tempêtes..., souffla sire Charles. C'est très inhabituel, même pour moi, avec toutes mes humaines faiblesses... Je n'ai pas l'habitude du mal de mer – ni d'aucune autre affection, pour être franc. Voilà des années que je n'ai pas été si mal fichu. Si Dieu le veut, ça ne recommencera pas avant longtemps.

Saint-Valéry tapa du plat de la main sur son sternum, toussa comme un perdu, aspira péniblement de l'air et souffla :

— Vendredi, dis-tu ? Une semaine déjà que nous avons quitté La Rochelle... Où sommes-nous ?

— Toujours sur la mer, pas au fond, Dieu merci, mais c'est tout ce que je peux dire. Pour une raison qui me dépasse, le sergent Tescar et moi sommes en pleine forme – sinon, tous les autres sont plus ou moins patraques. « Terriens » ou non, on est restés de marbre face à la tempête, l'estomac paisible et les jambes solides... C'est bizarre, mais après un moment, on s'habitue à l'odeur du vomi.

» Une quinzaine de personnes vont à peu près bien – ou pas trop mal – mais elles ne connaissent pas mieux la navigation que nous. Du coup, impossible de dire où nous sommes. Au moins, on flotte encore, et c'est une bonne nouvelle en soi.

— Que me racontes-tu là, belle-sœur ? Je n'y comprends rien. Où sont mes officiers ?

— Au lit, sire, tous aussi malades que toi.

— Mais c'est impensable ! Et mes marins ?

— Dans le même état. Quelques-uns tiennent vaguement debout. Trois sont morts durant la tempête, selon Tescar.

— De quoi, pour l'amour de Dieu ?

— Du mal de mer.

— Du… (Saint-Valéry secoua la tête.) Jessica, le mal de mer ne tue pas. Quand on en souffre, on croit qu'on va mourir, mais je n'ai jamais vu de cas fatal. Tous les hommes sont-ils tombés malades en même temps ?

— Je crois, oui… Mais le premier jour de la tempête, je n'étais pas bien du tout, et quand je me suis rétablie, tout le monde était frappé, toi compris.

— Quelque chose cloche là-dedans… Et je crois que c'est grave. Un empoisonnement… J'ai survécu à un événement semblable, en mer d'Arabie…

» Cette viande, lors du premier dîner… Je lui ai trouvé un drôle de goût. Jessica, ce soir-là, après la récupération du trésor, avez-vous mangé quelque chose, Tescar et toi ?

— Moi, j'ai perdu l'appétit dès que la mer s'est démontée. Après, j'ai souffert mille morts dans mon coin. Du coup, je ne peux pas parler pour le sergent, mais je sais qu'il a été patraque lui aussi – et même avant moi.

— Alors, c'est la viande qu'il faut incriminer. C'était du porc salé… Le pain, lui, datait de la veille. Dommage que la salaison n'ait pas été aussi fraîche.

L'amiral regarda autour de lui.

— Il vaudrait mieux que je sois sur mes jambes.

Il se leva lentement et baissa la tête pour ne pas la cogner au plafond. Puis il fit quelques mouvements pour s'assouplir.

— Et les autres navires de la flotte, sont-ils en vue ?

Alors que Jessica haussait les épaules, frère Thomas revint avec un gobelet en corne et une outre d'eau.

— Je n'ai pas regardé récemment, mais la dernière fois, ce matin, je crois, nous étions seuls. Rien en vue dans toutes les directions. Cela dit, avec la tempête, la visibilité n'était pas bonne.

— Merci pour l'eau, dit l'amiral au sacristain.

Il tint le gobelet pendant que Thomas le remplissait.

— Thomas, as-tu été malade comme les autres ?

— Non, frère amiral. Que le Seigneur en soit loué.

— As-tu mangé du porc ce soir-là ?

— Non, frère. C'était l'anniversaire du décès de ma mère, donc j'ai jeûné toute la journée.

— Je vois…

L'amiral vida son gobelet et le tendit de nouveau, prenant cette fois le temps de regarder par le hublot pendant que le sacristain le servait.

— Elle retombe, dit-il, parlant à l'évidence de la tempête. Quatre miles marins de visibilité, je pense…

Saint-Valéry sortit de la cabine et se redressa de toute sa hauteur.

— Jessica, là-bas, j'aperçois un mât. En quand on en voit un, il y en a souvent d'autres.

L'amiral regarda autour de lui et nota qu'un rouleau de corde n'était plus à sa place. Un espar cassé et d'autres débris gisaient un peu partout sur le pont.

— Mais occupons-nous du plus urgent… Je dois remettre sur pied mon équipage et refaire de cette galère un navire digne de ce nom. Thomas, va chercher le capitaine de Narremat. Je me fiche de son état, pourvu qu'il respire. Si c'est le cas, amène-le-moi. Et rameute les autres officiers. S'il y a bien eu empoisonnement, ils se remettront plus vite en travaillant qu'en restant prostrés dans un coin. Même remarque pour moi.

3

Ce soir-là, l'amiral et sa noble invitée, lady Jessica, partagèrent le même menu que tous les membres de l'équipage, le plus modeste rameur compris. Une fine tranche de bœuf séché – après vérification de sa fraîcheur –, un peu de saucisse fumée, du fromage de chèvre à pâte dure et du bannock à volonté accompagné d'une poignée de raisins secs.

Saint-Valéry et son hôte eurent cependant le privilège de se restaurer sur le petit pont de poupe, où ils purent profiter d'une illusion d'intimité. Le grade ayant ses avantages, ils s'autorisèrent à boire du vin tiré de la cave personnelle de l'amiral.

La grand-voile les poussant sans à-coups vers l'ouest, ils cabotaient le long de la côte septentrionale de l'Espagne.

En avalant sa dernière bouchée de bannock – après l'avoir consciencieusement mastiquée –, Jessica eut une pensée émue pour le pain croustillant dont elle se régalait jadis en France.

À part ça, elle s'inquiétait pour son beau-frère, qui n'avait quasiment pas dit un mot du repas. Les yeux rivés sur la mer, il affichait une lassitude et une mélancolie sans rapport avec sa récente maladie.

— Il te manque beaucoup, dit-elle en écossais.

Saint-Valéry répondit avec un accent à couper au couteau :

— Pardon ? Qui me manque ?

Jessica passa au français :

— Désolée... Un instant, j'ai cru que tu pensais à ton ami, sire de Thierry. Mais j'ai parlé sans réfléchir, et je n'aurais pas dû me montrer si mal élevée.

Le regard voilé par ce qui devait être du regret, l'amiral sourit.

— Aucun besoin de t'excuser, tu as raison, je pensais à Arnold. Une fin si cruelle à une vie si noble…

— Parle-moi un peu de lui, car je le connaissais à peine. C'était assez pour l'admirer, mais vous étiez amis depuis longtemps, non ?

— C'est vrai, souffla Saint-Valéry, toujours souriant. Depuis très longtemps, oui…

Quand Jessica crut qu'il n'en dirait pas davantage, l'amiral reprit :

— On nous appelait les Jumeaux. Le savais-tu ?

— Non. Pourquoi ce surnom ?

Saint-Valéry écarta les mains, paumes vers l'intérieur. Un geste très gaélique signifiant à la fois l'ignorance et la perplexité.

— Parce qu'on se ressemblait, je suppose, après tant d'années. Ayant le même grade, nous portions le même manteau et, dessous, un plastron identique. Nos galons étaient différents, mais pas tant que ça, et j'ai souvent entendu dire qu'on avait du mal à nous distinguer de loin. La même taille, le même maintien – rien d'étonnant après des décennies à suivre la discipline de l'ordre. Bien entendu, il faut ajouter une tonsure identique et, le temps passant, la même barbe grisonnante.

Le sourire de sire Charles s'élargit.

— Bien sûr, nous n'étions pas censés savoir comment nous avaient baptisés les frères… En face de nous, ils n'auraient jamais osé utiliser ce surnom. Du coup, on jouait le jeu…

» Nous avons rejoint l'ordre le même jour. Sur l'île de Chypre, le 4 juillet 1276, il y a trente et un ans. On s'était rencontrés quelques jours plus tôt, sur la galère qui transportait les postulants. Une traversée de Rhodes à Limassol… Dès le premier moment, nous sommes devenus amis et les années n'y ont rien changé.

L'amiral se tourna, étendit les jambes, redressa le torse et tira sur les plis de son manteau.

—Arnold avait vingt et un ans, à l'époque, et moi vingt-cinq. Son épouse étant morte en couches avec le bébé, il ne lui restait plus de famille. Mais il brûlait de ferveur pour l'ordre et pour sa mission, et il est devenu un des chevaliers du Temple les plus respectés. Quinze ans de campagne en Terre sainte, avant d'être piégé avec les autres dans Saint-Jean-d'Acre, en 1291…

—Il a survécu au siège ?

—Oui et non… Grièvement blessé dès le début, il a été évacué à Rhodes, où il s'est rétabli grâce aux soins des Hospitaliers. Mais pendant ce temps, avec la chute de Saint-Jean-d'Acre, nous avons été chassés de Terre sainte.

—Et toi, mon beau-frère ? Où étais-tu pendant ces événements ?

—En mer, bien entendu ! Avant mon affectation à La Rochelle, j'y passais ma vie. Je suis né dans une riche famille de négociants, tu es bien placée pour le savoir. Quand j'ai rejoint l'ordre, on m'a enrôlé dans la flotte, et j'y suis resté.

—Comment t'es-tu retrouvé à La Rochelle ?

—À cause de mon amitié avec Arnold. Et puisque nous parlons à cœur ouvert, en raison de notre sens de l'intérêt collectif. Une affaire de compatibilité, pour l'essentiel. La Rochelle est un des centres majeurs de l'ordre, sa plaque tournante, et c'est aussi un site dirigé par deux chefs. Des hommes qui doivent travailler ensemble jour après jour. L'un est le commandeur, chargé des affaires terrestres, et l'autre l'amiral. Idéalement, ces hommes doivent se connaître, s'apprécier, se respecter et même s'admirer. Avant tout, il faut qu'ils se consacrent corps et âme au service de l'ordre.

» La nature humaine étant ce qu'elle est, cet idéal n'est pas toujours facile à atteindre. Très peu d'hommes de haut rang, semble-t-il, sont capables de s'estimer au point de partager sans heurt le pouvoir. Souvent, les ambitions personnelles viennent tout gâcher.

» Du coup, notre amitié – et nos états de service respectifs, bien entendu – nous fit remarquer par nos chefs. Entre nous, la jalousie n'existait pas. Dix ans durant, nous avons commandé La Rochelle sans dispute ni rancœur. Dix très belles années…

D'un geste, Saint-Valéry appela un homme d'équipage puis il lui demanda de desservir. Quand il eut terminé, un autre marin plia la table et l'emporta.

— Que vas-tu faire, Charles ? demanda Jessica quand ils furent de nouveau seuls.

— J'aspire à mener une quête.

— Une quête ? N'en menons-nous pas déjà une ? Mettre le trésor du Temple à l'abri en Écosse et livrer le mien à Robert Bruce ?

Avec l'ombre d'un sourire, l'amiral secoua la tête.

— Ce que tu décris, c'est une mission, pas une quête, et ce travail-là peut être fait par quelqu'un d'autre, sans ma participation.

L'amiral se tut pour ménager son effet.

— C'est énigmatique…, souffla Jessica, suspendue à ses lèvres.

Saint-Valéry soutint le regard de la jeune femme. Dans ses beaux yeux bleus, Jessica ne lut rien qui puisse la mettre sur la piste. Après avoir attendu un moment, elle comprit que son beau-frère comptait sur elle pour parler.

Sondant l'horizon, elle prit le temps de réfléchir puis se racla la gorge. S'il aspirait à une quête, elle devait commencer là où leur voyage s'arrêterait.

— La quête dont tu parles aurait un rapport avec l'Écosse ? Y es-tu déjà allé ?

Saint-Valéry sourit, de petites rides se formant autour de ses yeux. Un indice précieux, car le vent qui agitait sa moustache et sa barbe dissimulait les plis de sa bouche.

— Je n'ai jamais mis les pieds en Écosse, et je n'ai aucune intention de le faire. En Angleterre, j'y ai séjourné deux fois, et une troisième ne me dit rien. Et si je parle très mal l'anglais, comme tu le sais, votre fichu gaélique m'arrache les oreilles et je n'y comprends rien.

Pour l'avoir entendu dire la même chose à Étienne, des années plus tôt, Jessica comprit que l'amiral la taquinait. Fine mouche, elle entra dans son jeu :

— Tu n'es pas le seul. Une moitié des Écossais ne comprend pas ce que dit l'autre… Nous avons plusieurs langues et les Écossais se divisent en divers groupes : Scots, Nordiques, Gaëls, Norvégiens… Sans compter les grands anciens, ceux que les Romains appelaient les Pictes – les Hommes peints.

— Et tous ces gens réussissent à communiquer ?

— En permanence, amiral, mais rarement sur un ton amical. Le roi Robert essaie de changer tout ça en unissant le pays contre Édouard d'Angleterre.

— Jessica, Édouard est mort. Tu as entendu sir William…

— S'il est mort, ses barons ne le sont pas, et il n'y a plus sa main de fer pour les tenir en échec. Le successeur d'Édouard est la pire chose qui pouvait arriver à l'Écosse. Ce roi est un faible, et ces mêmes barons n'en feront qu'à leur tête, s'asseyant sur ses souhaits. Leur obsession, c'est d'envahir mon pays… Mais pour toi, c'est sans conséquence, pas vrai ?

» Si tu ne souhaites pas séjourner en Écosse, où iras-tu ? Comptes-tu retourner en France ?

— C'est ce que me dicterait mon cœur, mais j'ai peur que l'ordre n'y sorte pas de la tourmente avant des années, s'il en sort un jour. Alors, non, pas de retour en France.

L'amiral sonda l'horizon un moment. Se levant, il traversa le petit pont pour aller se camper devant le bastingage.

— Regarde, dit-il en faisant signe à Jessica de le rejoindre. N'ai-je pas dit que voir un mât en annonçait bien d'autres ? On en distingue onze, désormais. Plus trois navires entièrement visibles. Quand on voit seulement le mât d'un bateau on dit qu'il est « coque basse ». Tu vois, notre flotte existe toujours.

Jessica resta un moment immobile à sonder l'horizon et à compter les mâts, comme l'avait fait son beau-frère. Dans un ciel quasiment sans nuages, le soleil ne tarderait pas à se coucher.

Regardant autour d'elle, Jessica prit soudain conscience du silence qui régnait sur la galère. Le retour de la discipline, comme en témoignait la posture du timonier, derrière son gouvernail. Satisfaite de tout ce qu'elle voyait, la jeune femme alla s'asseoir, prête à reprendre la conversation.

— Alors, cette quête, en quoi consistera-t-elle ? demanda-t-elle, Saint-Valéry lui tournant toujours le dos. J'ai conscience de me montrer bien trop insistante, mais si tu as abordé le sujet, c'est bien pour que je te tire les vers du nez.

Charles de Saint-Valéry se retourna, le regard un peu voilé.

— Sais-tu que tu es la seule famille qu'il me reste ?

Voyant la jeune femme froncer les sourcils, sire Charles lui fit signe de le laisser continuer.

— Oui, j'ai de lointains cousins, mais je parlais de la famille proche, celle qui compte pour moi. Je suis l'aîné et le dernier survivant de quatre frères. Sur les trois, j'en connaissais deux et je les aimais. Sur ma horde de sœurs, je n'en connais aucune.

L'amiral sourit, dévoilant des dents d'une blancheur éclatante.

— Chère belle-sœur, tu es tout ce que j'aurais connu, adulte, du monde féminin. Au début, t'avouerais-je que tu m'effrayais ?

— Moi ? Pourquoi donc, au nom du ciel ?

— Parce que je suis un moine, au nom du ciel, justement ! Un homme qui a fait vœu de chasteté et de solitude… Et toi, épouse de mon frère, sans le vouloir, ni en être le moins du monde blâmable, tu m'as montré à quel point est fragile la muraille d'abstinence derrière laquelle nous nous réfugions, mes frères et moi. Tu étais et tu es restée un parangon de beauté, Jessica, et cette beauté me perturbait, car je n'avais pas l'habitude de l'associer aux femmes. Je ne cherche pas à te flatter – pourquoi aurais-je l'envie ou le besoin de le faire ? Je dis la vérité, voilà tout. Ta beauté me terrorisait, comme elle terrorise sir William.

Jessica rata la fin de la tirade de son beau-frère. Sir William, terrorisé par sa beauté ? Cette idée la laissait muette. Loin d'être naïve, elle avait cependant une expérience plus que limitée avec les chevaliers du Temple.

Enfants, les rares Templiers qu'elle avait connus étaient tous des parents ou des amis de sa famille. Bien entendu, ces guerriers la traitaient comme il convient avec une petite fille : par l'ignorance, ou en lui tapotant distraitement la tête au passage. Devenue adulte, elle n'avait plus revu ces hommes – sauf à de très rares et très brèves exceptions, durant sa vie d'épouse, en France puis en Angleterre, où il lui arrivait d'en apercevoir un, le reconnaissant à sa tenue et à ses emblèmes.

Les affaires d'Étienne, agent du roi, impliquaient une présence constante à la cour de Philippe Capet. Là, Jessica avait vite appris à se défendre des « approches » lubriques des courtisans oisifs et des « attentions » constantes d'une horde de prédateurs de tous rangs et de toutes positions. Avec le temps, elle était devenue experte dans l'art de l'esquive…

À l'exception de son beau-frère, Charles de Saint-Valéry, elle n'avait jamais eu aucun contact étroit avec les chevaliers du Temple. Comme tout le monde, elle les savait distants et dédaigneux – une conséquence de leur ferveur mystique –, mais de là à croire qu'ils vivaient dans la terreur des femmes, il y avait un monde.

À présent, elle savait. William Sinclair la redoutait parce qu'elle était une femme séduisante.

— ... du coup, c'est sans plaisir aucun que je considère un nouveau départ, à mon âge.

— Charles, pardonne-moi, mais je n'ai pas écouté... (L'approche directe, comme toujours.) Distraite pendant un moment, j'ai raté une partie de tes propos. De quel nouveau départ parles-tu ?

Saint-Valéry eut un regard plein d'indulgence – enfin, peut-être...

— En fait, il y en a plusieurs. Diverses possibilités s'offrent à moi, mais j'aimerais mieux les éviter – à part une.

Dévisageant Jessica, l'amiral vit qu'elle l'écoutait et ne l'interromprait pas.

— Pour commencer, je suis trop vieux pour m'enthousiasmer à l'idée de recommencer ma vie dans un pays inconnu. Mon séjour en France a été brutalement interrompu, et je n'ai aucun contrôle sur les événements qui nous ont conduits sur cette galère. En revanche, j'aimerais être le maître de ce que je ferai à partir de maintenant.

— Peux-tu avoir une influence sur ton avenir ?

— Sans difficulté, si Dieu le veut bien, et si j'obtiens la permission de sir William, qui semble être mon dernier supérieur actif. Hélas, j'ai peur qu'il refuse parce qu'il reste si peu de Templiers en liberté.

Saint-Valéry se détourna, sonda la nuit qui tombait sur l'océan, puis fit de nouveau face à sa parente.

— S'il repousse ma demande, je devrai accepter sa décision et apprendre à vivre avec mes regrets. En Écosse ou ailleurs, j'accomplirai mon devoir au gré des besoins. S'il me permet de partir, je retournerai dans mon élément – ce que je suis né pour faire – et ma vie sera pour toujours entre mes mains.

— Pour toujours ?

— Pour le peu qu'il me reste, plutôt.

— Cette quête te soustrairait à l'autorité de l'ordre ? Comment est-ce possible ? Où devras-tu aller pour ça ?

— Au-delà des mers.

— En Outre-mer ? Mais c'est fini, désormais. Il n'y a plus de chrétiens en Terre sainte. Y retourner serait un suicide.

— Je ne parle pas de l'Outre-mer.

— D'où, alors ?

Saint-Valéry riva sur sa belle-sœur un regard où il n'y avait plus trace de légèreté.

— De nulle part… Nulle part dans le monde connu…

Jessica n'en revint pas.

— Veux-tu dire qu'il existe des endroits inconnus dans ce monde ?

— Oui.

Un moment, l'amiral regarda la jeune femme assimiler cette nouvelle. Sur son visage, une myriade d'émotions défila.

— Une terre inconnue existe peut-être. Ma quête sera de la trouver.

— Mais comment ? En cherchant où ?

— Très loin à l'ouest. Merica… Ce nom te dit quelque chose ?

— Il devrait ?

— Non, je ne vois pas pourquoi tu serais censée le connaître. En revanche, il y a moult raisons pour que tu ne le connaisses pas. Merica est une terre de légende. Si je t'en parle en détail, je violerai un de mes vœux – même si je ne vois pas où peut être la transgression.

Respectant le silence de l'amiral, Jessica attendit, se forçant à ne rien faire qui risque de le troubler. Après un long moment, il s'éclaircit la voix puis vint se rasseoir en face d'elle.

— Comme je l'ai mentionné, tu es la seule famille qu'il me reste. Du coup, je vais te faire une confidence qu'on pourrait un jour me reprocher. Notre ordre, Jessica, repose sur le secret. Je sais que tu en es consciente, comme la plupart des gens, mais la vérité est plus profonde que ça. L'ordre du Temple repose sur un secret et impose le secret. Sur notre doctrine, nous sommes très loin de pouvoir tout dire. À cause de nos serments, et par crainte de terribles sanctions. Cela précisé, sur certains éléments, nous avons plus de marge de manœuvre. Saisis-tu le distinguo ?

Jessica acquiesçant, l'amiral enchaîna :

— Très bien… Dans notre antique tradition, très complète, plusieurs secteurs manquent de cohérence et de preuves de… Comment dire ça ? « Authenticité » me semble un très bon terme.

» Un de ces « secteurs », c'est l'existence très improbable d'une terre qui s'étendrait de l'autre côté de l'océan Atlantique. Si on se fie à nos rares archives, c'est une immense contrée dominée par une étoile du soir que les indigènes – car il y en a ! – appellent Merica.

» Hélas, il n'existe aucune preuve que ce soit vrai. Cette terre est une ombre…

— Quelle antique tradition ? demanda Jessica. Ton ordre, cher beau-frère, fut fondé il y a moins de deux cents ans, lors de la première prise de Jérusalem par les armées du Christ. C'est ancien, mais pas antique – pourtant, tu sembles sûr de toi quand tu en parles.

— Bravo, ma chère ! (Saint-Valéry hocha admirativement la tête.) Peu d'hommes auraient mis le doigt dessus, et les femmes sont réputées incapables de tels raisonnements. Un postulat erroné, je m'en aperçois, qui entretient notre prétendue supériorité. Je suis impressionné…

» Tu as raison. Le Temple est ancien, mais pas tant que ça. En revanche, sa doctrine remonte à des millénaires. En dire plus serait une violation de mon serment.

Jessica accepta d'en rester là. À contrecœur, sans doute, mais…

— Récapitulons… Il s'agit peut-être d'une légende – une tradition immémoriale impossible à vérifier – mais tu entends quand même consacrer le reste de ta vie à cette quête ? Désolée, ça semble fou, tout simplement. Par où commencerais-tu tes recherches ? Et qui t'accompagnerait ?

— Peut-être personne, ce qui m'empêcherait de partir… Mais parmi mes hommes, il doit y avoir assez d'aventuriers pour composer les équipages nécessaires.

— Afin de voguer avec toi vers la mort ?

— Oui, si tu veux présenter les choses ainsi… Mais l'issue fatale n'est pas aussi sûre que tu le penses. Et notre confrérie, ne l'oublie pas, est fondée sur la foi. La foi en Dieu, en nous-mêmes et en notre mission. Le trésor que nous transportons et sur lequel veille sir William, est la preuve de l'authenticité de notre doctrine. Jusqu'à sa découverte, dans les entrailles de la montagne du Temple, à Jérusalem, on doutait de son existence. Ce qui a tout changé, c'est la foi d'hommes qui ont passé des années à le chercher. Hugues de Payns, le fondateur de l'ordre, n'avait pour le guider que de très vieux et vagues documents. C'est sa foi qui l'a poussé, avec ses huit compagnons, à creuser dans le cœur du Temple durant neuf longues années. Contre toute logique, le trésor était là, attendant depuis des siècles…

— De quoi s'agit-il ? C'est très précieux, ça semble évident, mais encore ?

— Précieux, oui, et aussi très puissant. Hélas, c'est aussi un secret, et je peux te dire en toute franchise que je n'en sais pas plus long que toi, tout amiral que je sois. Avant de les voir sur le quai du village, il y a une semaine, je n'avais jamais posé les yeux sur ces coffres. Et aucun membre de l'ordre de ma connaissance n'a jamais vu leur contenu. La dernière chose que j'ai sue sur le trésor, ce fut son « évacuation » de Saint-Jean-d'Acre, peu avant la victoire des Sarrasins, il y aura bientôt vingt ans de ça…

— J'ai entendu ce récit, et il m'a impressionnée. Mais ce trésor, mon cher Charles, est ce qu'on pourrait appeler un « fait établi ». Son existence, on la connaît depuis deux siècles. L'affaire dont tu viens de me parler est radicalement différente. Même si tu te trouves des compagnons aussi loyaux que ceux d'Hugues de Payns, je doute que des hommes soient prêts à tout quitter pour naviguer avec toi jusqu'à l'hypothétique « autre rive » de l'océan Atlantique. Tout ça pour risquer de tomber dans l'Abîme !

— Tous les hommes risquent de tomber dans l'Abîme, ma chère. Pour ça, il suffit de vivre dans ce monde. Si je trouve les bons gaillards – et je pense les avoir sur ma galère –, ils m'accompagneront.

— Et ton supérieur ? Pourquoi sir William t'autoriserait-il à te lancer dans une quête apparemment farfelue avec une grande partie du peu d'hommes qu'il lui reste ?

Saint-Valéry haussa les épaules.

— Présenté comme ça, il n'y a aucune raison. Mais si je lui propose quelque chose en échange, ça pourrait le convaincre… Comme tu le sais, nous sommes poursuivis par trois de nos galères capturées par les hommes du roi à La Rochelle. Ces navires ont sur nous un retard qu'ils n'ont pas dû pouvoir combler pendant la tempête, et cette avance nous permettra d'agir. Il faut une journée pour que je transfère ma part du trésor sur un autre navire. Une fois que ce sera fait, le reste de la flotte ira se cacher le long de la côte du Portugal. Moi, j'attendrai nos poursuivants, puis je les entraînerai dans une longue traque à travers l'Atlantique.

— Comment peux-tu être sûr qu'ils te suivront ?

— Parce qu'ils ne sauront pas qui je suis… Tout ce qu'ils verront en arrivant, ce sera ma poupe – et celle de mon navire d'escorte, si j'en ai un – en train de disparaître à l'horizon. À coup sûr, ils me prendront pour l'arrière-garde chargée de les surveiller, et ils penseront que le gros de la flotte nous précède. Le temps qu'ils découvrent le pot aux roses, sir William sera très avancé sur le chemin de l'Écosse.

Pensant à tout ce qu'il venait de lui raconter, Jessica dévisagea longuement son beau-frère.

— Tu crois vraiment pouvoir trouver Merica, n'est-ce pas ?

— Si cette terre existe, je la trouverai ! Et je suis certain qu'elle existe. Cela dit, j'ignore combien de temps ça prendra. Il nous faudra des provisions pour deux ou trois mois.

— La galère peut transporter ça ?

— Tout juste, oui… Ce serait plus facile à deux… J'ai demandé plusieurs galères, mais à présent, je m'aperçois que deux seront un maximum – à cause du recrutement des équipages, pour l'essentiel.

Jessica se redressa sur son siège et soupira.

— Dans ce cas, tu dois demander deux galères à sir William mais réussir à les faire avancer avec un seul équipage divisé en deux. Tu crois que ça te suffira ?

Saint-Valéry sourit.

— Oui, c'est très faisable. Pourquoi es-tu soudain convaincue que sir William me laissera partir ?

— Parce que c'est logique. Tu peux le débarrasser des navires qui le suivent, et si tu réussis à trouver cette terre…

— Et à en revenir, coupa l'amiral.

Jessica foudroya son beau-frère du regard.

— Si tu trouves, tu reviendras t'en vanter, je n'ai aucun doute là-dessus. Et tu offriras à sir William et à l'ordre un refuge que l'ennemi ne pourra pas attaquer. Un endroit situé au bout du monde et connu de vous seuls. Le cas échéant, ça se révélerait très précieux. Charles, tu dois aller parler au chevalier, et te montrer plus persuasif que jamais.

L'amiral hocha la tête et sourit sous sa barbe.

— Qu'il en soit ainsi, murmura-t-il. Je le ferai, compte sur moi. Mais ma tâche sera moins compliquée si tu feins de ne rien savoir et si tu te tiens loin de moi…

Des éclairs jaillirent dans les yeux de la baronne.

— Tu veux que je joue les ignorantes ?

— Oui. Sir William se méfie des femmes. Ça vient de sa formation, et il n'a pas encore appris à mettre de l'eau dans son vin…

— Ça, tu peux le dire ! Je déplore son attitude – celle d'un idiot et d'une tête de mule, à mes yeux – mais c'est d'accord. Je ne dirai rien, et quand tu lui parleras, je resterai à distance.

— Merci, ma chère. Je suis ton obligé.

4

À la grande surprise de l'amiral, puis de Jessica, quand il l'en eut informée, sir William n'émit aucune objection majeure lorsqu'il eut entendu la proposition de Saint-Valéry.

En réalité, ça n'avait rien d'étonnant. Après une longue réflexion, le chevalier n'avait trouvé aucune raison valable de refuser. Du point de vue moral, un homme d'Église aurait souligné que sire Charles avait une attitude suicidaire – une forme de fuite en avant mortelle. Mais avec ce que l'ordre devait à l'amiral – soit une vie entière de bons et loyaux services –, il semblait injuste de lui dénier le droit de mener sa quête à bien.

Quand il entendit l'argument soufflé à Saint-Valéry par la baronne – un refuge sûr pour les survivants de l'ordre, éventuellement –, sir William fut totalement convaincu qu'il fallait tenter le coup. La possibilité de détourner les trois galères désormais ennemies pour les lancer dans l'Atlantique plut aussi au chevalier, mais elle faisait office de cerise sur le gâteau, pas de plat de résistance.

Charles de Saint-Valéry étant un vieux renard, sir William se fiait aveuglément à son jugement. S'il pensait pouvoir trouver Merica, c'était le fruit d'une longue réflexion, et il avait dû peser plus d'une fois le pour et le contre de son projet. Car il n'était pas dans sa nature de conduire ses hommes à la mort. Ce dernier argument avait fait pencher la balance en faveur de la « folle » aventure.

Une fois la décision prise, on passa sans transition aux préparatifs.

Depuis la fin de la tempête, les conditions étaient idéales. Le long de la côte nord de Navarre, la flotte voguait vers le cap de la Corogne. Après avoir contourné la péninsule, elle cinglerait de nouveau vers l'ouest, direction le cap Finisterre.

Le deuxième jour d'accalmie, la flotte s'était regroupée sans déplorer la perte d'un seul navire. Un miracle, si on devait en croire frère Thomas, le sacristain. Saint-Valéry, lui, penchait pour un exploit de ses capitaines, bien aidés par la très haute qualité de leurs navires.

Sir William fit cravacher l'amiral et ses hommes sur tous les détails qui pouvaient assurer le succès de leur plan.

Au matin, une cinquième galère partit rejoindre les quatre qui faisaient déjà écran entre la flotte et ses poursuivants. Le capitaine avait mission de collecter des informations sur les galères ennemies afin de déterminer la distance et le temps de navigation qui les séparaient du gros de la flotte.

Cette tâche accomplie, le navire devrait revenir le plus vite possible, mais non sans avoir signalé au commandant des quatre galères – sire Charles de Lisle – qu'il devait changer de stratégie et voguer de conserve avec son escorte.

Si possible, il faudrait aussi déterminer la véritable nature des trois poursuivants – amis ou ennemis, à la fin ça devenait agaçant – puis en informer au plus vite l'amiral.

En attendant, grâce au temps clément, Saint-Valéry ordonna à des chaloupes de lui ramener tous les membres ou passagers de la flotte qui avaient déjà navigué entre le cap de la Corogne et le cap Finisterre.

Trois hommes montèrent sur sa galère, où il les attendait en compagnie du vice-amiral de Bérenger, de sir William et du capitaine de Narremat. Deux de ces types étaient des sergents – de vieux loups de mer très expérimentés – et le troisième, un chevalier, avait grandi dans la région côtière concernée.

L'amiral leur demanda de choisir un endroit sûr et abrité – s'il en existait le long de ce littoral souvent malmené par l'océan – où il pourrait envoyer une partie de la flotte quelques jours durant.

Le lieu existait, assurèrent les « consultants ». Un port naturel, à quelque quarante miles marins au sud du cap de la Corogne. Proche de la région natale du chevalier, ce site n'était pas habité à cause des hautes et dangereuses falaises qui l'entouraient. Déchiquetées par l'océan, elles formaient par endroits des saillies susceptibles de se détacher et de tomber dans le golfe. Cela dit, celui-ci était assez grand pour abriter la flotte pendant aussi longtemps qu'elle le voudrait, et en toute discrétion. Cependant, il fallait tenir compte des chutes de pierres, extrêmement dangereuses et imprévisibles.

Nommé Escobar, le chevalier était intimement convaincu que les poursuivants, si c'étaient vraiment des Français, ne connaîtraient pas cette baie. Un des deux marins le soutint :

la seule utilité du site, à sa connaissance, était d'accueillir pour quelques heures un navire désireux de se débarrasser des bernacles accrochées à sa coque.

Saint-Valéry consulta du regard sir William, qui hocha la tête.

— Ça semble répondre à tous nos besoins, mais de nous deux, c'est vous le marin. Qu'en pensez-vous ? Et combien de temps vous faudra-t-il pour tout faire ?

Saint-Valéry se tourna vers Bérenger, impassible comme une statue.

— Pour transférer le trésor dans la galère de votre choix, quelques heures suffiront. Ensuite, il faudra charger des provisions sur mes navires. Tout ça devrait prendre une demi-journée.

L'amiral leur ayant demandé à quelle distance était la baie, les deux marins discutèrent entre eux puis annoncèrent qu'il faudrait encore trois ou quatre jours pour arriver sur place, en fonction du temps et des courants. Sans connaître exactement leur position, ces marins estimaient se trouver à deux ou trois jours du cap de la Corogne, d'où il faudrait un jour de plus pour atteindre la baie.

— Combien de galères voulez-vous emmener, amiral ? demanda sir William. Beaucoup de choses dépendront de ça. En particulier, votre estimation d'une demi-journée de travail.

Voyant de l'incertitude passer dans le regard de Saint-Valéry, le chevalier continua :

— La durée des opérations ne m'inquiète pas, mais je ne veux pas être pris de court. Selon moi, il faudra un jour entier pour *bien* faire tout ça. Vous voguerez peut-être pendant des mois, et il serait dommage que la mission échoue faute d'avoir embarqué assez de provisions. Maintenant que la décision est prise, j'entends que vous mettiez toutes les chances de votre côté.

Saint-Valéry leva les yeux sur la voile où s'affichait une grande croix noire sur fond blanc.

— Tout bien réfléchi, pour cette expédition, des bateaux de fret seraient préférables à des galères. Ils sont plus solides et offrent une plus grande capacité de stockage. Les galères ne sont pas conçues pour naviguer de longs mois durant.

» Des bateaux commerciaux, voilà ce qu'il me faut, sir William. Quatre, si ça vous semble possible.

— Pas de problèmes… À condition que vous trouviez assez de volontaires. Quatre bâtiments suffiront-ils à assurer votre succès, si on peut assurer quoi que ce soit dans cette histoire ?

S'apercevant que les trois « invités » suivaient la conversation avec une évidente perplexité, sir William leva une main à l'intention de Saint-Valéry.

— Une minute, je vous prie… Vous trois, connaissez-vous la légende de Merica, telle que consignée dans les archives de l'ordre ?

Les trois hommes acquiescèrent, l'air toujours aussi troublés.

— L'amiral de Saint-Valéry a décidé de se lancer à la recherche de cette terre, dans l'océan Atlantique, et je lui ai donné la bénédiction de notre grand maître, Jacques de Molay. En cas de succès, l'amiral et ses hommes démontreront l'authenticité de notre doctrine, à l'image d'Hugues de Payns et de ses compagnons, quand ils découvrirent le trésor du Temple.

» L'amiral cherche des volontaires pour l'accompagner dans cette aventure. Selon vous, comment réagiront les hommes ?

Les trois invités se regardèrent, toute considération de grade oubliée, puis le chevalier prit la parole :

— Amiral, dit-il, je parle en mon nom seul, mais naviguer avec vous sera un honneur.

Sire Charles hocha gracieusement la tête mais ne dit rien.

— Quel est votre nom, chevalier ? demanda sir William. Nous ne nous connaissons pas, je crois ?

— Antonio Escobar, sir William. Vous avez raison, on ne s'est jamais vus.

— Eh bien, je garderai de vous le souvenir du premier chevalier qui s'est joint à la quête de Merica. Et vous deux, les sergents ?

L'aîné déclara qu'il était prêt à partir, puisqu'il n'avait pas de famille. Secouant tristement la tête, le cadet annonça qu'il passait la main.

— Deux sur trois, c'est un bon début, sire Charles. À ce rythme, vous me prendrez les deux tiers de mes forces.

— Ne craignez rien, sir William. Il me faut quatre équipages. En cas d'afflux de volontaires, je ferai une sélection et les autres resteront avec vous.

— Et l'eau, amiral ? Il va vous en falloir d'énormes quantités.

Escobar leva une main et parla quand sir William le regarda :

— Dans la baie, il y a une cascade, seigneur.

— Une bonne nouvelle, ça. Merci, mes amis. Lequel d'entre vous connaît le mieux la côte ? Un seul suffira pour nous guider. Les autres, retournez sur votre bateau.

— Il faut que ce soit un des sergents, sir William, dit Escobar. Moi, je n'ai rien d'un marin.

Le chevalier se tut et se mit au garde-à-vous. Après une brève conversation, le cadet des deux sergents fit un pas en avant et se tourna vers Saint-Valéry :

— Je resterai, amiral.

Sire Charles remercia les trois hommes avant de les libérer. Sir William envoya le jeune sergent à la poupe, regarda partir les deux autres hommes puis récapitula :

— Bien… Nous aurons une demi-journée pour tout organiser, peut-être un peu plus si nos poursuivants sont assez loin. Nous avons du pain sur la planche, et il faut aussi prévenir les autres navires de nos intentions. Pouvez-vous vous en charger, amiral ? Il faut faire vite, pour nous concentrer ensuite sur d'autres choses. Par exemple, sur le devenir de votre passagère et de sa… cargaison. Je suppose que la baronne ne compte pas vous accompagner. Qu'allons-nous faire d'elle ?

— Elle restera à bord de ma galère, devenue le poste de commandement de Bérenger. Le capitaine de Narremat, promu vice-amiral à titre provisoire, occupera le poste de sire Édouard. (L'amiral regarda Narremat, qui en avait rougi de plaisir.) Avant de prendre votre commandement, capitaine, vous choisirez un de vos officiers pour qu'il vous remplace au côté du nouvel amiral.

» Sir William, vous avez des objections ?

Le chevalier écossais secoua la tête.

— Vous êtes toujours l'amiral, sire Charles, et vous connaissez vos hommes mieux que moi. Tous ces choix vous appartiennent. Si sire Édouard n'y voit pas d'objection, je resterai sur sa galère. Et maintenant, le plus gros du travail nous attend. On s'y met ?

À cet instant, la vigie, en haut du mât, annonça qu'un navire approchait – non, un groupe de navires, le premier étant nettement détaché.

— Cinq galères ! cria la vigie. Une est nettement devant les autres. Et… Derrière, j'en distingue trois autres !

Saint-Valéry se tourna vers sir William :

— Cinq galères du Temple tentant d'échapper à trois autres ? C'est impossible. Il doit y avoir une explication plus plausible. Les trois dernières galères doivent être les nôtres, évadées de La Rochelle avant d'avoir été capturées.

Les deux heures suivantes, sir William resta sur le pont supérieur du château arrière afin d'observer l'approche des trois galères douteuses. Très vite, il comprit pourquoi celle de L'Armentière était universellement connue. Quelle que soit leur taille, les galères du Temple s'inspiraient des massives birèmes du temps des Romains. On les construisait dans des chantiers navals, dans les environs de Gênes, où des générations d'artisans fabriquaient les mêmes modèles depuis des siècles.

Des galères imposantes et solides, avec un double banc de rameurs et une longue barre sous la proue. Depuis les heures de gloire de la marine romaine, ces bâtiments n'avaient pratiquement pas évolué, n'étaient les voiles en tissu en remplacement des antiques voiles en cuir.

Plus longue, plus élancée, la ligne de flottaison basse, la galère de L'Armentière comptait trente-six rames réparties sur deux doubles bancs de dix-huit rameurs. Le mât aussi était différent, en particulier plus petit que ceux pour lesquels optait l'ordre. Pour résumer, on ne pouvait pas contester que ce modèle fût conçu pour la vitesse. Et pour le combat, bien entendu, témoin le bélier de bois incurvé recouvert de cuivre qui jaillissait agressivement de sa proue.

Les deux galères d'escorte étaient des modèles standards du Temple, chacune comptant dix-huit rames sur chaque flanc, mais avec un banc de rameurs simple. À deux rameurs par palette, on ne devait pas être loin de cent hommes par bâtiment, selon l'importance de la relève. En principe, on ne partait pas de Chypre sans un équipage au complet. Résultat, pas loin de trois cents combattants de plus pour la flotte. Tous des sergents du Temple, à voir leur tenue.

Sir William resta là où il était jusqu'à ce que la galère sarrasine mette à l'eau plusieurs chaloupes. Se détournant, il vit que la baronne de Saint-Valéry, sur le château avant, observait aussi les nouveaux venus.

Troublé de la voir, le souffle étrangement court, le chevalier s'admonesta intérieurement. Enfin, il avait bien prévu qu'il la croiserait pendant son passage sur la galère amirale. Il n'y avait pas de quoi en être remué.

En regardant ailleurs, il descendit d'un pont pour attendre les « visiteurs » dans le bureau de l'amiral.

5

Sire Antoine de L'Armentière, capitaine de la galère sarrasine, était exactement le genre d'homme qu'attendait sir William. Ceux qu'il appelait les Sangliers du Temple, des moines soldats dépourvus d'humour et exclusivement intéressés par les affaires de leur ordre.

Bien entendu, ça n'avait rien de critiquable, songea le chevalier alors que le fier capitaine approchait. Ces hommes accomplissaient des missions nécessaires et leur loyauté à l'ordre était inébranlable.

Antoine de L'Armentière entra dans la cabine comme si c'était la sienne et vint saluer l'amiral sans se soucier de quiconque d'autre.

Saint-Valéry le salua en retour puis lui présenta les autres officiers, qu'il connaissait presque tous. Enfin, il passa au chevalier écossais :

— Sire Antoine, voici sir William Sinclair. Membre du conseil de gouvernance, il représente maître de Molay pour tout ce qui concerne les derniers événements, dont vous ignorez peut-être l'ampleur.

Saint-Valéry se tourna vers sir William :

— Sire Antoine est originaire de Bourgogne. Sa famille fournit des Templiers à l'ordre depuis sa fondation, à Jérusalem.

Ayant ainsi précisé pour les initiés que le capitaine n'appartenait pas à l'ordre de Sion, l'amiral fit signe à tout le monde de s'asseoir.

— Nous commençons ?

Sinclair et L'Armentière se saluèrent de la tête, puis tous prirent place autour de la longue table qui remplissait presque la pièce.

— Sire Antoine, dit l'amiral, nous attendons votre rapport. Nous savons que vous êtes arrivé à La Rochelle quelques heures après notre départ, mais nous étions trop loin pour que nos vigies puissent vous avertir. Ensuite, nous avons pensé que vos galères avaient été arraisonnées. Les voyant ressortir, nous avons supposé que l'ennemi était aux commandes. Une grossière erreur, à l'évidence. S'il vous plaît, dites-nous ce qui s'est passé.

Le capitaine savait savourer les moments où il était le centre de l'attention. Le front plissé, sans regarder personne, il se concentra pour rassembler ses idées, puis dévisagea chaque homme présent et lâcha :

— Qui est l'ennemi ? Arrivant de Chypre après dix jours de mer, nous avons vu sur les quais des hommes en uniforme du roi. Plus tôt, nous avions repéré des navires en feu dans un port déserté. Sur les remparts de la commanderie, les étendards de l'ordre brillaient par leur absence, ce que je n'avais jamais vu jusque-là…

» Du coup, j'ai ordonné de jeter l'ancre en restant hors de portée d'arbalète. Même ainsi, quand ils ont compris que nous n'approcherions pas, ces types ont gaspillé leurs carreaux en nous tirant dessus. J'ai guetté une attaque, mais ils n'ont pas mis l'ombre d'un canot à l'eau. De toute évidence, ces hommes n'avaient pas de chef et personne ne voulait assumer le commandement.

» Nous avons mouillé un moment, histoire de voir si un chef finirait par arriver. Au bout de trois heures, alors qu'il n'en était rien, j'ai décidé de tirer parti de la marée et de filer à la rame. Sans avoir la moindre idée de ce que j'allais faire ensuite…

— Et qu'avez-vous fait, capitaine ?

L'homme eut un demi-sourire.

— Dès que nous sommes sortis du port, nos vigies ont signalé des mâts à l'horizon, au sud, et j'ai décidé de suivre ces navires. Je ne savais pas qui venait d'envahir La Rochelle, mais si ces bâtiments étaient dans le mauvais camp, je comptais bien leur en faire voir de toutes les couleurs. En fin de compte, ils s'éloignaient eux aussi et semblaient vouloir garder leurs distances avec nous.

— Vous ne vous êtes pas douté que c'étaient des galères du Temple ? demanda Saint-Valéry.

Le sourire de sire Antoine s'élargit.

— J'ai soupçonné bien des choses, amiral, mais pas ça. Des galères du Temple fuyant un combat ? Cette idée ne m'a jamais traversé l'esprit. De plus, ces navires étaient coque basse la plupart du temps, ce qui laissait penser qu'il s'agissait de galères. Mais toutes ne se ressemblent pas, pour le savoir, il suffit de songer à la mienne...

Sire Antoine regarda chaque homme dans les yeux avant de continuer :

— J'ai compris qu'elles n'avaient aucune envie d'approcher de nous, mais pas question de renoncer à la poursuite ! De retour d'un long voyage, nos réserves épuisées, nous venions de trouver notre propre port inaccessible. De quoi m'enlever l'envie de renoncer...

» La chasse a duré jusqu'à ce que les galères se laissent approcher puis s'identifient, hier matin. Depuis, j'ai à peu près reconstitué les événements, mais auprès d'officiers et de sergents qui ne savaient presque rien du fond de l'affaire. Donc, si je peux demander sans passer pour impertinent, quelqu'un veut-il bien me dire ce qui est arrivé en mon absence ?

La question souleva une marée de murmures que l'amiral endigua en tapant sur la table. Le silence revenu, il s'adressa à L'Armentière.

— La folie, la fureur et la trahison se sont déchaînées. Pour le moment, vous vous contenterez de savoir que Guillaume de Nogaret, le garde du sceau, a attaqué notre ordre avec le soutien de son maître et probablement du pape. L'abomination s'est produite le matin de votre arrivée à La Rochelle. Selon nous, la même chose a eu lieu partout en France. Vous apprendrez les détails plus tard… Pour le moment, nous avons d'autres priorités.

» La veille de ce sinistre vendredi 13, sir William, mandaté par Jacques de Molay, est venu nous avertir de ce qui se tramait. À l'origine, c'est le grand maître qui a découvert ce complot.

» Nous avons reçu l'ordre d'embarquer pendant la nuit et d'attendre de voir ce qui se passerait le matin. Car le grand maître lui-même avait du mal à croire à cette énormité.

» Désormais, nous voguons en quête d'un sanctuaire, hors de France.

— Où ça, pour l'amour de Dieu ?

Saint-Valéry regarda sir William, qui se chargea de répondre :

— En Écosse, où le roi, excommunié, risque peu d'être influencé par le pape.

— Sauf si le Saint-Père propose de lever l'excommunication en échange de notre capture. Avez-vous pensé à ça ?

La question de L'Armentière frisait l'insolence – d'autant plus que cette idée n'avait jamais traversé l'esprit de sir William. Ravalant une réponse acerbe, il s'adossa à son siège et inspira à fond pour se laisser le temps de réfléchir.

— J'y ai pensé, bien entendu, mentit-il, conscient qu'une partie de son autorité se jouait, mais j'ai balayé cette éventualité – surtout depuis que j'ai appris que vos trois galères ne sont pas tombées entre les mains de l'ennemi. De plus, personne ne sait où nous avons l'intention d'aller… Si les hommes du roi avaient capturé vos galères, nous les aurions entraînés au milieu de l'océan, au-delà du cap Finisterre, afin de les couler par le fond ou au moins de les égarer pour longtemps. Débarrassés de l'une et l'autre tâche, il ne nous reste plus qu'à cingler vers l'Écosse où nous remettrons au roi un trésor en pièces et en lingots offert par un de ses plus loyaux sujets.

» Cette opération devrait nous valoir sa gratitude et nous assurer un séjour sans mauvaise surprise. En Écosse, le Temple est en sécurité, donc, nous serons doublement bien accueillis. Si Guillaume de Nogaret retrouve notre piste, ça n'aura aucune gravité, puisque ce conflit, d'ici là, aura très probablement été résolu par le biais de la négociation…

Le chevalier bourguignon prit le temps d'assimiler ce qu'il venait d'entendre, puis il inclina la tête et sourit.

— Qu'il en soit ainsi, sir William. Vos propos me conviennent et je suis à votre service…

Le capitaine fit le tour de la table du regard – sans intention de provoquer, cependant…

— Ai-je raison de penser, sir William, que c'est vous qui commandez ici ?

Le chevalier hocha la tête.

— Oui, c'est bien comme ça que sont les choses. Pourtant, en mer, l'amiral est toujours le maître à bord après Dieu. Moi, je ne suis qu'un modeste passager de sa flotte… Ces choses dites, je vais vous laisser à vos préparatifs, parce que vous avez du pain sur la planche. Amiral, si je puis vous être utile, je serai sur la galère du vice-amiral.

» Capitaine, je vous félicite chaudement pour votre comportement à La Rochelle. C'était brillant. À présent, je vous souhaite à tous une bonne fin de journée.

6

Dès qu'il fut sorti, sir William chercha Tam du regard et le découvrit en grande conversation avec la baronne de Saint-Valéry, sur le château avant. Vêtue d'un manteau vert, la jeune femme, grâce à une haute capuche, parvenait à paraître plus grande que le sergent.

Le sang lui battant aux tempes, sir William sentit son estomac se nouer. D'émotion, pour commencer, puis de culpabilité – une réaction vite balayée par une rage froide.

Pourquoi bavasses-tu avec cette femme ? parvint-il à penser à l'intention de Tam.

Pour se calmer, il prit une grande inspiration. Sa colère, il le savait, était injustifiable. Mieux valait avoir l'esprit pratique et se préparer à une rencontre inévitable. Avec un peu de tact, ce non-événement serait empreint de courtoisie et n'aurait pas de conséquences désastreuses.

Dès qu'il fut assez près, le chevalier signala sa présence par un ordre plus grommelé que prononcé :

— Tam, ma chaloupe, et que ça saute ! Bien le bonjour, baronne.

Alors que le sergent se ruait vers la poupe, Jessica Randolph se retourna et sourit.

— Sir William… Nous pensions que vous seriez retenu plus longtemps que ça, avec tout ce qui s'est passé aujourd'hui. Vous sentiriez-vous mal ?

Si William se força à répondre poliment :

— Non, je me porte comme un charme, au contraire. Mais des tâches urgentes m'attendent, donc je laisse à l'amiral et à ses officiers le soin de résoudre des problèmes qu'ils connaissent mieux que moi. Tam et vous étiez en grande conversation, si j'ai bien vu…

— Le sergent est un homme charmant… Vous avez vraiment autorisé Charles à partir en quête d'une terre inconnue ?

Maudite bonne femme !

— Je vois que Tam ne s'est pas contenté de vous déclamer ses prières…

— Vous faites erreur, seigneur… C'est mon beau-frère qui m'a parlé de ça. Quand je l'ai interrogé, Tam s'est montré très évasif.

Sir William fut soulagé que son sergent n'ait pas été bavard, car il avait longuement parlé avec lui avant de prendre une décision. Tam n'était pas du genre à répéter les confidences, et savoir qu'il n'avait pas changé avait quelque chose de réconfortant.

Soudain, le chevalier s'aperçut que la baronne attendait toujours qu'il lui réponde.

— Hum, oui, grogna-t-il, l'amiral m'a demandé mon accord, et je le lui ai donné. Il partira bientôt.

— À la recherche de Merica…

Sir William fut abasourdi d'entendre ça.

— Sire Charles vous en a parlé ?

— Exactement. Il n'aurait pas dû ?

— Non, mais je suis très surpris…

— Qu'il se soit confié à une femme, ou qu'il se soit confié tout court ?

— Ni l'un ni l'autre, ma dame. Je n'avais pas l'intention d'être blessant.

La baronne plissa les yeux, plus que dubitative. Heureusement, un bruit sourd, contre la coque, annonça l'arrivée d'une chaloupe. D'un coup d'œil, sir William vérifia qu'il s'agissait bien de la sienne, puis il salua la baronne d'une esquisse de courbette.

— Ma chaloupe est là… Si vous voulez bien m'excuser, le devoir m'appelle.

— Ne tardez pas à lui répondre…

La baronne inclina gracieusement la tête puis se détourna et s'éloigna. Au prix d'un effort surhumain, le chevalier réussit à ne pas la suivre du regard, mais il entendit les joyeuses exclamations des marins sur son passage.

Approchant du garde-fou, il lorgna d'un œil morose l'échelle de corde qu'il allait devoir descendre.

Une fois dans la chaloupe, il s'assit, resserra sur son torse les pans de son manteau puis leva les yeux et vit que Tam le regardait, le visage de marbre.

— Eh bien quoi ? lança-t-il en écossais histoire que les rameurs ne comprennent pas la conversation qui se profilait.

Tam détourna le regard, toujours muet.

— Avec elle, tu as passé un marché de pipelettes, lâcha sir William, pas d'humeur à abandonner l'affaire. À part des informations sur la quête de l'amiral, que lui as-tu raconté d'autre ?

— On bavardait pour passer le temps… Elle a bien tenté de me tirer les vers du nez, mais je n'ai pas répondu sans réfléchir. Dans un jour ou deux, elle aurait tout découvert, alors, quelle importance ? Tu es fâché contre moi ?

Sir William regarda les muscles jouer sur le dos des rameurs tandis qu'ils propulsaient la chaloupe loin de la galère amirale.

— Non, Tam, je ne suis pas fâché… Mais cette femme… me trouble.

Le sergent ne saisit pas la perche et parla d'autre chose :

— Que penses-tu du nouveau capitaine, avec sa bizarre galère ? Antoine de L'Armentière, c'est ça ? Un beau spécimen de Sanglier du Temple.

— Pour sûr, mais l'avoir avec nous sera un avantage. Il a l'esprit vif, et si on l'occupe en lui donnant des occasions de se battre, il ne nous compliquera pas la vie. Ses galères sont superbes, et il doit avoir quelque trois cents hommes sous ses ordres. En mer, ils seront précieux, si ça tourne au vinaigre. Mais une fois à destination, il faudra les nourrir et les loger.

— Exact, concéda Tam.

À l'approche de la galère du vice-amiral, le rameur en chef se leva et saisit une gaffe pour attraper l'amarre. Pendant qu'il travaillait, Tam ajouta, toujours en écossais :

— Puisqu'on en parle, trois cents hommes de plus, ça ne risque pas d'inquiéter Robert Bruce ? L'amiral se demandait si une flotte trop importante était une si bonne chose que ça. Tu crois qu'il se trompait ?

Sir William se prépara à gravir l'échelle dès que la chaloupe aurait cessé de tanguer.

— Peut-être pas, Tam. C'est difficile à dire. Mais d'après ce que je sais, le roi Robert a des problèmes sur terre, pas en mer. Nos galères ne l'intéresseront pas, mais nos combattants, en revanche… Voilà qui me rappelle quelque chose. Sais-tu s'il y a d'autres Écossais au sein de notre flotte ? Tu connais la réponse, ou devras-tu te renseigner ?

— Il faudra que je demande. Mais pourquoi cette question ?

Avec force précautions, sir William se leva.

— Il me faudrait quelqu'un qui connaisse l'île d'Arran. Moi, je ne sais rien sur le sujet. Je l'ai souvent vue, mais en passant, sans jamais y débarquer. Si un membre de cette flotte pouvait combler mes lacunes, ce serait bien.

— D'accord, je vais voir si je trouve… Concentre-toi, à présent, histoire de ne pas boire la tasse. Je détesterais passer des heures à polir tes lames rouillées…

7

— Recule d'un pas et reste loin du bord de cette falaise ! N'est-ce pas toi qui me répètes sans cesse qu'elle s'effrite dangereusement ? Tu voudrais qu'un gros morceau se détache, avec toi dessus, et vienne s'écraser sur notre galère ?

Sir William inclina la tête et éclata de rire – tout en obéissant à son sergent. Une fois loin du danger, il s'assit dans l'herbe, près de Tam, et sonda l'infinie étendue de l'océan Atlantique.

— Quel panorama magnifique, Tam ! Tu as déjà vu ça ? Bien sûr que non, parce que tu ne t'es jamais trouvé devant une si vaste étendue d'eau – moi non plus, d'ailleurs. Ces dernières années, nous avons beaucoup voyagé, tous les deux, mais sans jamais nous éloigner assez d'une côte pour ne plus la voir. Devant nous, là où l'amiral s'enfoncera demain, il n'y a rien…

» Plus au nord, où nous irons, se trouve l'Irlande. Ensuite, ce sera l'Écosse. Là aussi, nous caboterons, alors, profite du spectacle !

» Vers l'ouest, il n'y a que de l'eau, et après deux ou trois jours, l'amiral et ses hommes seront seuls au milieu d'un si vaste océan qu'ils n'auront guère d'espoir de revoir une côte, sauf en faisant demi-tour.

— Il n'est plus amiral, désormais. Juste sire Charles.

Tam avait raison. Après que les galères de L'Armentière l'eurent rejointe, la flotte avait mis deux jours pour doubler le cap de la Corogne puis gagner la baie sans nom choisie pour l'abriter. Dès que les opérations de transfert du trésor puis des provisions avaient commencé, Saint-Valéry avait démissionné et transmis son commandement à Bérenger – tout ça sous le regard de sir William, pour que la passation de pouvoir soit tout à fait légale.

Très courte, la cérémonie avait eu lieu sur la plage, après une messe célébrée par les prêtres de la flotte. Ensuite, tout le monde était retourné à ses occupations.

L'expédition de sire Charles n'emmènerait pas de chevaux. D'abord surpris par cette décision, sir William avait vite mesuré à quel point elle était judicieuse. Si personne ne savait combien de temps durerait la traversée – si c'en était une –, Saint-Valéry l'estimait à environ trois mois. Emporter assez de fourrage se révélant impossible, la question était réglée. De plus, les chevaux supportaient très mal les longs voyages en mer. Après plusieurs semaines, il leur fallait au moins une journée pour se réhabituer à la terre ferme – sinon deux, parfois. Alors, après des mois, comment savoir s'ils seraient encore en état de porter un cavalier ?

Sur la terre inconnue, l'expédition de Saint-Valéry se déplacerait à pied – sauf si elle trouvait des montures sur place.

— Combien de temps sire Charles naviguera-t-il avec nous avant de changer de cap ?

— Pas longtemps. Il nous fera au revoir de la main avant que nous ayons perdu la côte de vue.

— Tu en sais rudement long pour un « terrien ».

— En supposant qu'on puisse savoir quoi que ce soit en ce monde... Mais oui, je le sais. En attendant, tout se passe bien en bas, et nous n'avons rien à faire, à part attendre un peu...

Tam ne fit pas de commentaires. Au pied de la falaise, les manœuvres se déroulaient sans accrocs. L'idée était que Saint-Valéry et ses compagnons disposent de tout ce dont ils auraient besoin pendant leur voyage.

Ces opérations n'entrant pas dans leur domaine de compétences, sir William et Tam, désireux de se dégourdir les jambes, étaient montés au sommet de la falaise par un chemin sinueux mais pas dangereux. À présent, ils savouraient la vue, confortablement installés dans l'herbe.

Le chevalier sourit et ferma les yeux, décidé à profiter du soleil, mais le sergent avait d'autres questions.

— Et les navires qui nous attendront au cap Finisterre ?

— Affaire réglée. De Lisle est déjà en route pour les rencontrer, s'il y en a. Ils nous suivront, caboteront jusqu'au cap de la Corogne, puis nous mettrons le cap sur l'Écosse, où nous les attendrons dans le Mull du Kintyre.

» As-tu découvert s'il y a d'autres Écossais dans la flotte ?

— Oui, ce matin… Il y a deux types… D'abord, un gars de Galloway appelé Mungo MacDowal… Je ne l'ai pas encore rencontré, mais je lui ai fait dire de venir te voir quand il aurait fini son travail, cet après-midi. S'il est de Galloway, il a dû grandir avec l'île d'Arran sous les yeux. Quand nous serons de retour sur la plage, il ne tardera pas à se montrer. Au fait, pourquoi avons-nous changé de galère, toi et moi ? Je commençais tout juste à m'habituer…

Le chevalier ouvrit un œil, cilla pour ne pas être ébloui par le soleil puis regarda son sergent comme s'il était devenu fou.

— Nous n'avons pas changé de navire.

— Non, mais ça revient au même… Nous n'avons plus le même capitaine, et j'aimais bien Bérenger.

— Je n'ai pas eu le choix, Tam. La galère de l'amiral est la seule assez grande pour accueillir la baronne et sa suite. Tu aurais voulu que je les en chasse ? Le transfert de Bérenger n'est pas un problème, puisque sire Charles est parti, mais si nous avions suivi le mouvement, ç'aurait fait trop de monde. Donc, nous sommes restés. En outre, j'aurais mal supporté d'être en compagnie de toutes ces femmes.

Tam parut vouloir répondre, mais il s'étendit d'abord dans l'herbe, les mains croisées sous la nuque.

— Non, ç'aurait été trop pénible. Trop humain… Tu penses, t'infliger la présence de femelles !

Sir William ne daigna pas relever le sarcasme, car Tam avait raison. Allergique aux femmes, il avait choisi de rester là où il était, à savoir sur une galère qui le satisfaisait pleinement. Le trésor du Temple étant désormais dans la cale du navire, veiller dessus semblait une justification suffisante pour s'épargner la présence dévastatrice et envahissante de la baronne – et ce jusqu'à l'arrivée en Écosse !

Pas vraiment surpris par l'absence de réponse, Tam savoura un moment la caresse du soleil sur ses joues, puis il lança :

— Que comptes-tu faire une fois en Écosse ? Aller voir tout de suite le roi ?

Le matin même, sire Charles avait posé les mêmes questions. Après y avoir répondu d'instinct, le chevalier avait réfléchi et modifié son approche :

— Je n'en sais trop rien, Tam… Tout dépend de ce que nous trouverons en arrivant. Ce matin, j'ai dit à Saint-Valéry que je chercherais d'abord un site d'ancrage sûr – j'ignore si c'est le cas d'Arran – puis que je me renseignerais sur le roi. Depuis, il m'est apparu que rien de tout ça ne serait aussi simple que prévu. Pour commencer, je doute de pouvoir aller voir le roi si vite. Avant, il faudra régler les problèmes d'organisation. Nous sommes très nombreux, et la plupart des chevaliers me semblent trop fiers et entêtés pour qu'on les abandonne à eux-mêmes. Avant de m'en aller, je vais devoir établir des règles et renforcer mon autorité.

» Ensuite, il y a la question du roi lui-même. Aux dernières nouvelles, il nage dans les problèmes, parce que ses seigneurs et ses barons lui sont aussi hostiles que les Anglais. En particulier les Comyn, dans le nord du pays. Ils revendiquent la couronne et accusent Bruce d'être un usurpateur. Du coup, la guerre civile fait rage… Bien sûr, il y a surtout la menace anglaise. Édouard Plantagenêt est mort, mais ses barons sont toujours aussi avides de faire rendre gorge aux Écossais. Pour ce que j'en sais, Robert Bruce n'est peut-être plus de ce monde – Dieu nous préserve d'un tel malheur ! Mais il faut l'envisager, quoi qu'il en soit, et avoir un plan de secours si c'est le cas. Du coup, je dois me préparer à rencontrer sir Thomas Randolph et les autres

Templiers d'Écosse. Ils me recevront, je n'en doute pas, mais j'ignore s'ils auront le pouvoir de nous aider.

— Alors, ce site d'ancrage, il sera où ?

— Sur Arran, pour commencer… C'est un territoire écossais, donc appartenant à Bruce, depuis que le roi Alexandre a écrasé les Norvégiens lors de la bataille de Largs.

» Nous irons là-bas, et nous évaluerons sur place. L'île se trouve dans le Firth de la Clyde, mais elle est assez isolée pour nous cacher. De plus, c'est une terre peu accueillante et donc très peu peuplée, ce qui nous arrangera bien.

— Il y aura quand même des insulaires.

— Bien sûr, mais nous parlerons avec eux. Après tout, on ne leur veut pas de mal.

— Possible, mais ils ne le sauront pas… Dès qu'ils verront une flotte de vaisseaux inconnus, ils se cacheront dans les collines. Les gens de chez nous, encore plus quand ils vivent sur une île, se méfient d'instinct des étrangers.

Sir William ne répondit pas tout de suite.

— Eh bien, c'est un obstacle qu'il nous faudra surmonter quand nous l'aurons atteint.

Les deux hommes n'ayant plus rien à dire, ils se turent, paressèrent et savourèrent la joie d'être pour une fois sur le plancher des vaches.

Quand son supérieur tapa dans ses mains pour le réveiller, Tam eut l'impression qu'il venait tout juste de s'endormir.

— En route, mon gars ! Ton Mungo doit déjà nous attendre. L'Écosse aussi, et je vois que la marée monte.

Tam roula sur lui-même puis se releva. Avant de se diriger vers l'étroit chemin qui les conduirait au pied de la falaise – la descente, elle, serait un peu plus délicate –, il contempla une dernière fois l'océan.

— Tu crois que sire Charles trouvera Merica ?

— Non, Tam. Pas plus que je crois, au fond de mon cœur, que Robert Bruce est mort. Prie pour que je me trompe dans un cas et pas dans l'autre…

Sans répondre, Tam se tourna vers le nord, où l'eau semblait s'étendre aussi jusqu'à l'infini. Mais dans cette direction, on trouvait leur terre natale, et, si le temps le permettait, ils y seraient d'ici à quelques jours.

Pour le meilleur, ou pour le pire ?

Île d'Arran

L'île sainte

1

— Des gens nous regardent, là-haut.

Tam avait parlé tout bas, pourtant, les trois hommes qui étaient avec lui levèrent les yeux vers l'endroit qu'il désignait.

Mungo MacDowal, un colosse barbu, se racla la gorge puis cracha par-dessus le bastingage.

— Nous sommes près d'Eilean Molaise, marmonna-t-il, l'île sainte de Clyde. C'est un lieu sacré, à ce qu'on dit, donc il y a des frères – des moines mendiants, très probablement. Là-haut, trois ou quatre d'entre eux vivent dans des grottes comme des bêtes… Ils ne nous ennuieront pas.

— Même quand nous débarquerons ? demanda sir William.

Mungo daigna à peine lui accorder un regard.

— Même si on les tue, grogna-t-il.

S'accoudant au garde-fou, il continua à observer les lointaines silhouettes.

Avec un demi-sourire, sir William se tourna vers l'amiral de Bérenger :

— Vous avez compris ce qu'il a dit ? lui demanda-t-il.

— Non. Désolé, mais je ne parle pas le sanglier…

Le sourire du chevalier écossais s'élargit.

— Mungo nous informe que ces hommes sont des moines mendiants sans communauté qui survivent comme ils peuvent. Cet îlot s'appelle Eilean Molaise en l'honneur d'un saint gaël qui résidait là jadis. Ces moines vivent dans des grottes, comme des bêtes sauvages, mais ils sont inoffensifs.

— J'en accepte l'augure… Après tout, votre sergent s'y connaît en bêtes sauvages. Entre nous, j'ai du mal à comprendre comment il a obtenu ce grade.

— Il l'a obtenu, amiral, et il le garde depuis vingt ans, assez loyal et efficace pour avoir tenu lieu de second à une bonne dizaine de capitaines. Ce type est compétent et il connaît ces îles et leur population. Ce n'est pas mon cas… Et s'il parle en écossais, c'est parce qu'il est avec deux compatriotes, et qu'il n'avait plus connu ça depuis des années.

Sir William sourit pour adoucir ses propos suivants :

— Montrez-vous patient, Édouard, et cachez votre mépris quand vous posez les yeux sur lui. C'est un brave type, même s'il a tout d'un rustre selon vos critères.

Bérenger hocha la tête.

— Ce Mungo vous est sympathique, pas vrai ? Très bien, je vous prendrai au mot et me forcerai à le supporter. Quand voulez-vous partir ?

Sir William se rembrunit.

— Pas tout de suite, je crois…

Il leva les yeux vers le sommet de la colline où se tenaient les moines sur fond de soleil levant. Sur la mer, la brume marine flottait toujours, occultant les détails du paysage.

— Si on trouve un endroit où accoster, nous serons au sommet de la colline en une heure ou deux. De là, nous verrons ce qu'il y a de l'autre côté de la baie. Mungo, pourrons-nous voir l'île d'Arran, une fois arrivés là ?

— Oui, et vous pourrez même compter les daims… Il y a moins d'un mille marin entre les deux îles.

— Parfait, c'est donc ce que nous allons faire. Tu crois qu'il y a une plage quelque part ?

— Non, pas en face de nous. Mais il y en a une dans la petite baie que nous avons dépassée tout à l'heure.

— Édouard, pouvez-vous gagner ce site tout en restant invisibles depuis l'île d'Arran ?

— Moi, non, mais c'est dans les cordes de mon capitaine.

Bérenger appela son tout nouveau second et lui donna les ordres idoines. Détournant le regard, sir William vit que Tam et Mungo étaient en grande conversation en écossais, et cette image lui arracha de nouveau un demi-sourire.

Mungo MacDowal était une mine d'informations. Persuadé qu'il venait de Galloway, du territoire MacDowal, Tam avait commis une grossière erreur. S'il avait passé une partie de sa jeunesse sur le continent, le sergent était un insulaire originaire d'Arran. Avant la mort de son père, il avait sillonné les îles. Après, âgé de quatorze ans, il était parti pour le continent avec son oncle. D'un rustre, il n'avait que la façade. Après avoir reconnu en sir William un compagnon de valeur – pour lui, le grade et le rang n'avaient aucune importance –, il avait fait de son mieux pour l'aider et y avait parfaitement réussi.

Sur sa suggestion, la flotte s'était dissimulée sur la côte sud-est d'un îlot nommé Sanda et lui-même situé au sud-est de la péninsule du Kintyre. Un endroit où les navires pouvaient rester des mois durant sans jamais être vus depuis la péninsule. De là, avait souligné le sergent, la flotte pourrait gagner rapidement l'île d'Arran – moins d'un jour de traversée – mais aussi s'assurer qu'aucun insulaire ne la verrait tant qu'elle ne bougerait pas. Frappé par le bon sens de cette proposition, sir William avait ordonné à l'amiral de faire route vers le nord puis vers l'est, le long des côtes d'Irlande, en prenant garde de rester loin de l'île de Rathlin, du côté nord de la côte irlandaise. Une fois ce trajet accompli, la flotte s'était mise à l'abri dans la petite baie de Sanda. Quelques jours plus tard, le capitaine de Lisle l'avait rejointe avec trois galères supplémentaires de trente-six rames, soit la taille intermédiaire. Parties de Marseille pour gagner le cap Finisterre, ces trois navires étaient tout ce qui restait de la flotte des Templiers au sud de la France.

Une fois les nouveaux venus bien installés, sir William avait manifesté l'intention de rejoindre Arran avec une petite force. Là encore, Mungo lui avait donné un excellent conseil.

— Prenez une seule galère, chevalier… La plus grande, pour inspirer le respect et décourager les malveillants, tout en dissuadant les habitants de fuir face à ce qu'ils prendraient pour une invasion.

Au sud-est d'Arran, avait ajouté le sergent, la baie de Lamlash serait parfaite pour mouiller. À moins d'un mille marin, une petite île pourrait jouer le même rôle que Sanda, dissimulant le reste de la flotte jusqu'à ce qu'elle décide de se mettre en mouvement.

Se surprenant lui-même, sir William avait appliqué à la lettre les consignes du sergent. Quand on faisait confiance d'instinct, pourquoi tergiverser ?

Avant le départ de Sanda, et sans doute au grand déplaisir de la baronne, Jessica Randolph et ses servantes avaient changé de galère. Tandis que sir William et Tam migraient sur le navire amiral, elles avaient hérité de leurs quartiers, sur l'ancienne galère de Bérenger. Du coup, les trésors étaient désormais associés aux mauvaises personnes. Celui de la baronne sous la surveillance de sir William, et celui des Templiers en compagnie de la baronne. Pour l'instant, il n'y avait aucun moyen d'arranger ça.

Alors que Mungo et Tam dévisageaient sir William, attendant qu'il parle, le chevalier désigna le sommet de la colline :

— Mungo, l'amiral va conduire la galère dans la baie que tu as mentionnée, et j'ai l'intention de monter sur cette butte pour voir les choses de haut. J'espère que vous êtes assez en forme pour m'accompagner, Tam et toi. Combien de temps faudra-t-il pour grimper jusqu'au sommet ?

Alors que la galère, sous l'impulsion de ses rameurs, amorçait un grand virage pour aborder la plage, Tam leva les yeux pour scruter le sommet de la colline. S'adaptant au mouvement du navire, il pivota sur lui-même pour garder l'îlot dans sa ligne de mire.

Sur les deux flancs, les rames s'immobilisèrent, arrêtant la rotation du navire, puis le propulsèrent de plus en plus vite vers sa destination.

— On devrait y être en milieu de matinée, répondit Tam à son chef. À condition de ne pas traîner, bien sûr… Sans toi, on pourrait faire plus vite, mais je me souviens de ta piètre performance, le jour du départ de sire Charles. Tu sais, quand nous avons gravi la falaise ? Tu as failli cracher tes poumons, et la pente n'avait rien à voir avec celle qui nous attend.

Enclin à sourire de tant d'amicale insolence, sir William se retint. Regardant Mungo, il désigna Tam :

— Surtout, ne va pas croire à ses fadaises ! À cause de ses jambes en coton et de ses poumons de flanelle, j'ai presque dû le porter. Trop de temps en mer et pas assez d'exercice… Bon, voyez tous les deux si nous pouvons emporter un peu de nourriture. Je vous rejoins dès que j'en aurai terminé…

Le chevalier se détourna, s'autorisa enfin à sourire et jubila quand il entendit Tam maugréer dans son dos.

Quelques minutes plus tard, il revint sur le pont, vêtu d'un lourd manteau en laine vert foncé, d'une tunique matelassée mi-longue et d'un justaucorps en cuir. En guise d'arme, il portait à la ceinture une dague à un seul tranchant. En sus de hauts-de-chausses en laine, une solide paire de bottes à lacets complétait sa tenue.

Habillés et armés à l'identique – puisqu'il n'y avait aucun danger sur l'île, pourquoi paraître menaçants ? –, Tam et Mungo attendaient leur chef sur le pont. Sur l'épaule, le sergent portait un sac de cuir fatigué.

— À manger, dit-il quand sir William l'interrogea du regard.

— Parfait. En arrivant là-haut, on crèvera de faim. Tu nous as trouvé une chaloupe ?

2

De leur point d'observation, face plein ouest, les trois hommes pouvaient voir toute la côte orientale de l'île d'Arran, par-delà les eaux de la baie de Lamlash. Par un temps frais mais sans vent, la brume marine s'accrochait encore à l'onde par pans entiers de rideaux opaques. Dans le ciel, les nuages s'effilochaient, éliminant tout risque de pluie. Leurs cris couvrant tous les autres bruits, des mouettes piquaient ou remontaient en flèche un peu partout autour d'eux.

— Rien ne bouge, ici…

— C'est vrai, mais n'allez pas croire qu'il n'y a personne… Par une si belle matinée, quelqu'un finira bien par venir. C'est une vue splendide, non ?

— Tu l'as dit, Mungo… Depuis quand n'étais-tu pas revenu ?

— Mon Dieu, ça fait un bail ! La dernière fois, j'étais encore un gamin imberbe. Donc, ça doit faire dans les vingt ans, si je ne me trompe pas. Si j'avais cru reposer un jour les pieds sur Eilean Molaise ! Devant ce panorama, je ne regrette pas de m'être trompé.

Sir William ne vit aucune raison de contredire le sergent sur ce point.

L'île d'Arran, avait-il appris un jour, avait en gros la forme d'un œuf dont le bout le plus étroit, sur leur gauche, descendait en pente douce vers la mer. Directement en face d'eux, de l'autre côté de la baie, une plage elle aussi pentue conduisait à un plateau en forme de croissant qui s'étendait sur environ une lieue, montant vers le nord-ouest en direction de ce qui semblait être une vaste lande en altitude. Plus loin au nord, tout à fait sur leur droite, le sol montait en pente plus raide, les collines moutonnantes finissant par céder la place à de lointaines montagnes dont certaines étaient déjà couronnées de neige à cause des premières intempéries de l'hiver.

Sir William se tourna sur sa gauche, sonda l'étendue de terre la plus au sud et tenta de repérer les fortifications qu'ils avaient longées la veille en arrivant – à la faveur de la nuit, assez loin de la côte, et la grand-voile baissée, histoire que les rayons de lune, en s'y reflétant, ne révèlent pas leur présence. En passant, ils avaient vu plusieurs feux de signalisation briller dans la nuit. Selon Mungo, ces balises brûlaient sur la falaise de Kildonan, une position stratégique occupée en permanence depuis que des hommes s'étaient installés sur l'île. Aujourd'hui, on y trouvait une tour en construction commencée par les Norvégiens, des décennies plus tôt, avant que le roi Alexandre, les écrasant à Largs, mette un terme à leur domination sur l'ouest de l'Écosse. Ensuite, le site était resté un point clé des défenses de l'île.

Plissant les yeux, sir William ne vit rien et supposa que la tour, si elle existait toujours, était hors de vue derrière le promontoire.

Le chevalier regarda de nouveau devant lui, contempla le paisible paysage et se demanda combien on pouvait y dissimuler d'hommes.

— L'un de vous voit-il des signes de vie ?

Une question idiote. Si c'était le cas, Mungo ou Tam l'auraient déjà dit.

Pourtant, le sergent répondit :

— Oui, et très près de nous. Mungo, un de tes moines déments approche !

À moins de cinquante pas de là, un des frères aperçus le matin les observait, seules sa tête et sa poitrine dépassant de la ravine où il se tenait.

— Tu disais qu'ils ne nous poseraient pas de problèmes ? lança sir William à Mungo.

— Ne faites pas attention à lui, et il s'en ira. Comme disait Tam, ce n'est qu'un moine à demi fou, voire plus. Pour vivre ici, il ne faut pas avoir toute sa tête.

Le frère mendiant, si c'en était un, les regardait sans bouger. Un moine dément ? Ce n'était pas mal vu du tout. Complètement cinglé, probablement…

Fallait-il l'ignorer, se demanda sir William, ou tenter d'établir un contact ? À demi dément ou non, ce type pouvait détenir des informations précieuses. Si c'était le cas, lui tirer les vers du nez ne serait pas un gaspillage de temps.

Le chevalier se tourna pour pouvoir regarder l'homme en face. Quand il eut capté son regard, il ne le lâcha plus mais n'esquissa pas un geste.

Perplexe, l'homme inclina la tête sur le côté. Après l'avoir salué, sir William lui fit signe d'approcher et, stupéfait, constata qu'il répondait à son invitation.

Quand il fut sorti de sa ravine, l'homme se révéla être un géant. Le voyant de plus près, sir William estima qu'il était assez âgé pour mériter le titre d'ancien. Couvert de crasse, la barbe et les cheveux en quête d'un peigne depuis au moins dix ans (et d'eau depuis le double), il portait une longue tunique noire tellement usée et déchirée qu'on apercevait par endroits la peau de son torse ou de ses jambes. Brandissant un bâton de marche en prunellier, il arborait à la ceinture – une simple longueur de corde – une sacoche ou une bourse qui semblait désespérément vide. Sous la tunique, ses longues jambes paraissaient squelettiques au-dessus des sandales en cuir de chèvre usé d'où dépassaient largement des doigts de pied tout aussi géants que lui.

L'inconnu avança, s'arrêta à deux pas de sir William et le regarda fixement. Même s'ils l'étudiaient avec des yeux ronds, il ne sembla pas s'aviser de la présence des deux compagnons du chevalier.

— Une belle matinée, non ? hasarda celui-ci en écossais.

Le vieil homme hocha la tête puis baissa les yeux vers la baie où la galère amirale mouillait.

— Oui, une matinée splendide, dit-il dans un impeccable français. Qu'est-ce qui amène l'amiral du Temple sur l'île sainte ?

Sir William en resta bouche bée, stupéfié par la qualité du français de ce loqueteux et par la question qu'il venait de poser.

— Vous êtes… familier du Temple ? réussit-il à croasser.

— Je l'étais assez, jadis, pour reconnaître le pavillon de l'amiral. Mais ça remonte à longtemps.

— Et d'où teniez-vous cette… familiarité ?

Le vieil homme hocha la tête tout en haussant les épaules.

— De l'engagement… J'étais membre de l'ordre, jusqu'à ce que je le voie tel qu'il est.

— Le voir tel qu'il est, répéta sir William, conscient d'être ridicule.

Il se ressaisit et ajouta :

— Et qu'avez-vous perçu ?

— Un suaire blanchi pourri de l'intérieur.

Une telle phrase n'appelait pas de réponse cohérente. Sir William en chercha pourtant une, histoire de prolonger cette étrange conversation.

— Vous étiez membre… À quel titre, si je puis demander ?

— Chevalier… Mais ce n'était pas hier…

— Un chevalier du Temple ? Comment vous nommez-vous ?

Le vieillard sourit, dévoilant ses gencives édentées.

— Mes frères m'appellent Gaspard.

— Non, je veux connaître le nom que vous portiez au service du Temple.

— C'est sans importance. Cette vie, je l'ai abandonnée derrière moi.

— Dois-je comprendre que vous avez… renié vos vœux ? Vous êtes un apostat ? Comment… ?

— Je n'ai rien renié, me contentant de partir… J'avais fait vœu de pauvreté, de chasteté et d'obéissance, et je n'ai jamais dévié de cette voie. Pauvre je le suis, comme il convient à qui cherche la Voie, chaste, ça n'a jamais été un problème, et j'obéis à mon supérieur, l'abbé de notre modeste communauté.

— Chercher la Voie ? Quelle Voie ?

Le vieil homme arqua un sourcil et inclina la tête.

— Il n'y en a qu'une seule, mon ami.

Sir William aurait voulu chasser de son esprit l'idée qui venait de le traverser, mais le mal était fait, et il ne lui serait pas donné la grâce de revenir en arrière, si incroyable et choquant que tout cela pût être.

Se tournant vers Tam et Mungo, il leur fit signe de s'éloigner. Quand ils eurent obéi, l'air ébahis, il tendit la main droite au vieil homme, qui la prit dans la sienne, en retournant sa main, et la serra avec une vigueur et une confiance surprenantes chez un tel spectre.

Ce vieillard décati, comme venait de le prouver la poignée de main « inversée », était un membre de l'ordre de Sion ! Sans le lâcher, sir William le dévisagea, secoua la tête et sourit.

— Salutations, frère, dit-il enfin. Je n'aurais jamais cru trouver un membre de la confrérie en un lieu pareil... Quand tu parlais d'un « suaire blanchi », j'espère que tu ne faisais pas allusion à *notre* ordre.

— Un *vieux* membre de la confrérie, souligna le moine. Et non, je ne faisais pas référence à l'ordre de Sion, mais au Temple, qui est une tout autre affaire. Un « temple » érigé à la gloire de Dieu, mais qui a oublié ses propres racines – et préféré ses activités mercantiles à l'amour de Notre-Seigneur. Le Temple fut bâti par des hommes, mais à la hâte et avec pour objectif l'accumulation de richesses et de pouvoir. Comment s'étonner que ses membres soient aussi corrompus que leurs prétendues « affaires » ? Mais tu ne m'as toujours pas dit ce qui amène le Temple sur Eilean Molaise.

— Tu sauras tout, mais d'abord, je dois connaître ton nom et la raison qui t'a poussé à venir nous parler.

— Quel âge as-tu, frère, et quel est *ton* nom ?

— Je suis William Sinclair de Roslin, et j'ai quarante-six ans.

— Eh bien, William Sinclair de Roslin, l'homme que j'étais est mort avant que tu aies atteint l'âge de raison. Et son nom, sache-le, est mort avec lui. Même si je te le révélais, il ne te dirait rien. Contente-toi de savoir que j'ai vagabondé des années durant avant de trouver cette île, il y a plus de trente ans. Depuis, j'y réside et c'est ici que je mourrai un jour. C'est quand j'ai mentionné la Voie que tu m'as percé à jour, pas vrai ?

— Oui. Mais pourquoi être venu vers nous ? J'ai le sentiment que tu ne parles pas à grand monde, ces temps-ci.

Le vieil homme sourit de nouveau et inclina la tête.

— La curiosité… Après tant d'années, je ne la contrôle toujours pas. Tu es l'amiral ?

— Non frère, ce n'est pas moi…

— Mais tu es un homme d'influence, je le sens. Pas un simple chevalier. Que fais-tu ici ?

— La nécessité… Mes compagnons, comme tu as dû le deviner, ne sont pas de *notre* ordre, mais comme ils t'ont entendu dire que tu étais un Templier, si tu veux bien casser la croûte avec nous, nous parlerons de sujets « non sensibles ». Veux-tu manger ?

Gaspard inclina la tête – une sorte de tic, chez lui.

— Oui, et avec joie ! Changer un peu de menu, ça fait plaisir, au bout de trente ans. Tu as de la viande ?

Sir William s'abstint de demander comment Gaspard, sans dents, ferait pour la mâcher. Appelant Tam et Mungo, il leur présenta son invité :

— Le frère Gaspard va déjeuner avec nous. Nous en profiterons pour parler. Qu'y a-t-il au menu ?

— Pas grand-chose, répondit Tam. Du bannock, de la venaison séchée et un peu de fromage.

Gaspard hocha la tête avec enthousiasme. Pendant que Tam déballait les vivres, Mungo disposa en rond de grosses pierres plates en guise de sièges.

Tout compte fait, le vieil homme édenté n'eut aucun mal à broyer la viande entre ses gencives sans doute dures comme du bois. Pendant qu'il se régalait, sir William lui résuma les événements du mois écoulé, en France.

Gaspard ne trahit aucune surprise. À ses yeux, ça semblait le sort inévitable d'un « suaire blanchi ». La catastrophe aurait certes pu être retardée, mais pas très longtemps.

Cela dit, que comptaient donc faire sir William et ses amis en Écosse ?

Quand le chevalier lui confia qui veillait sur le trésor du Temple, Gaspard en fronça les sourcils de stupéfaction.

Pourtant, il n'émit aucun commentaire, car il savait – sans pouvoir le dire devant les autres – que ce trésor était en réalité celui de l'ordre de Sion, confié au Temple, certes, mais ne lui appartenant pas.

— Qu'allez-vous faire ? demanda le vieux moine à la fin du repas. Et qui cherchez-vous ?

— Le roi d'Écosse, répondit sir William.

Un long moment, le vieil homme le regarda en silence. Puis il dévisagea Tam et Mungo avant de demander :

— Vous cherchez le roi d'Écosse sur Eilean Molaise ?

Sir William sourit.

— Non, bien entendu… Nous espérons mouiller à Arran. De là, nous traverserons les terres pour trouver le roi.

— Vous laisserez votre galère ici ? Comment comptez-vous faire pour gagner Arran ?

— Nous prendrons cette galère, mais nous avons d'autres navires avec nous. Ils nous attendent non loin du Mull du Kintyre, près d'une île appelée Sanda.

— Je vois… Et tu voudrais savoir, chevalier, qui se trouve sur Arran, et avec quelles forces ?

— C'est exactement ça. Peux-tu nous aider ? Y étais-tu récemment ?

— Sur Arran ? Il y a deux ans, oui…

— Deux ans ?

Gaspard écarta les mains.

— Pourquoi devrais-je voyager ?

— Pour te réapprovisionner, par exemple…

— En quel honneur ? Ici, Dieu nous fournit tout ce qu'il nous faut. Nous avons des moutons, des chèvres, les œufs de nos poules, de l'eau en abondance et du blé dans nos champs. Sans oublier la mer qui regorge de poissons. Que nous faudrait-il de plus ?

Incapable de répondre à cette question, sir William haussa les épaules.

— Donc, tu ne peux rien pour nous.

— Quand ai-je dit ça ? Il y a deux ans, des soldats anglais construisaient des fortifications sur la côte d'Arran. Vous voyez l'autre baie, au nord ?

Tournant la tête, sir William, Tam et Mungo regardèrent dans la direction que désignait Gaspard. Une pointe de terre, fendant l'onde, protégeait une autre baie, la dissimulant aux regards.

— Ils étaient là, grouillant comme des fourmis, dit Gaspard. Autour d'une butte au sommet plat, sur la falaise, ils érigeaient des défenses et creusaient des douves dans le sol sablonneux, sur la plage. J'ai pensé que l'endroit serait imprenable, quand ils auraient terminé.

— Combien d'hommes ? Et sont-ils encore là ?

— Cent soldats, au moins... Je n'ai pas pris le temps de les compter, et encore moins de leur parler. Pour te répondre, ils ne sont plus ici. Il y a un an, une flotte de galères les a attaqués, brûlant leurs bateaux. Nous étions à la fin de l'été, ou au tout début de l'automne... Dès l'aube, nous avons vu arriver les galères, puis entendu les échos d'une grande bataille. Il y a eu beaucoup de fumée, et après, nous n'avons pas vu un seul navire anglais sortir de la baie. La conclusion était assez facile à tirer.

— Combien de galères ont attaqué ?

Le vieux frère réfléchit quelques secondes.

— Sept sont entrées dans la baie et cinq en sont ressorties.

— Donc, il peut rester deux galères et leurs équipages. Quel pavillon battent-elles, ces galères ?

— Comment le saurais-je ? Pour nous, elles ne représentent rien. Mais des navires de ce type, dans cette région du monde, peuvent seulement venir des îles, au nord-ouest. Quant à savoir s'ils sont encore là ou non, c'est impossible !

» Ces galères ont pu lever l'ancre n'importe quand, sans qu'on s'en aperçoive. Mais deux autres navires – ou peut-être les mêmes – sont arrivés il y a une semaine et ne sont pas repartis. Nous ne guettons pas les événements de ce genre, il faut le comprendre. Quand ils se produisent devant nos yeux, nous en prenons note, voilà tout. Sinon, on se concentre sur nos animaux et nos dévotions.

— Bien entendu, souffla sir William. Frère Gaspard, merci de tes informations. Pour en savoir davantage, nous allons devoir nous rendre sur place.

— C'est ça, oui… Le roi d'Écosse, qui est-il ? Alexandre est mort il y a longtemps, je le sais, et nous avons entendu parler d'un souverain appelé Bailleul – un nom français, je dirais… Mais ça remonte à longtemps, et celui-là aussi doit être mort. Ou règne-t-il encore ?

— Le roi John Balliol, oui… Jadis, son nom était français, comme le mien et beaucoup d'autres. À part ça, il ne règne plus, mais il vit en exil en France – prisonnier de Philippe Capet, en réalité. Quand il s'est révélé incapable de tenir tête au roi Édouard – mort cette année –, il a abdiqué.

— Édouard Plantagenêt est mort ? C'était un grand homme.

Sir William arqua un sourcil.

— Oui, c'est ce que j'ai entendu dire – quand il était jeune, en tout cas. On le cite parmi les plus grands rois de la chrétienté. Mais avec l'âge, le vice s'est emparé de lui, et il a voulu annexer l'Écosse. Très peu d'Écossais pensent du bien de lui.

— Peu d'Écossais du tout-venant, c'est ça ?

— Pardon ? Là, nos opinions divergent. Que veux-tu dire exactement, frère Gaspard ?

Le vieil homme passa une main dans ses cheveux, sur sa nuque.

— Ce que je veux dire ? Aux yeux de bien des gens, la revendication d'Édouard sur l'Écosse était juste et légitime. Il exigeait l'allégeance des nobles écossais, presque tous d'ascendance normande et tenant leur titre et leurs terres de la couronne anglaise. Quel vice y a-t-il là-dedans ? Leur loyauté, ces nobles la lui devaient – il en est ainsi depuis que le premier Normand a reçu un titre et des terres ici. Jusqu'à la mort du roi Alexandre, personne ne remettait ce point en question. Frère William, c'est ainsi que va le monde. Le code féodal prime tout, et les nobles écossais doivent eux aussi s'y plier. S'ils le contestent aujourd'hui, c'est pour défendre de vils intérêts. Une affaire de soif de pouvoir – le suaire qui blanchit…

— J'espère que tu ne seras pas offensé, frère Gaspard, mais pour un homme coupé du monde, tu me sembles très bien informé.

Le vieux moine ricana.

— Ma fichue curiosité, encore et toujours ! C'est un péché d'orgueil, sans doute, mais mon esprit est toujours en éveil, et il enregistre tout dès que j'ai l'occasion de parler avec un homme intelligent. J'adore écouter, et parfois, il m'arrive même de… bavarder.

Moins compétent en français que le vieux moine – mais quand même capable de comprendre –, Mungo ne put plus se contenir :

— C'est bien beau, grommela-t-il en écossais, ce que vous dites sur les prétentions des Anglais, mais en Écosse, nous avions des rois quand ces gens-là vénéraient encore les empereurs romains. Aujourd'hui comme hier, les Écossais, en tant que peuple, ne veulent pas de foutus Anglais chez eux…

— Le peuple écossais…, soupira Gaspard.

Il regarda Mungo et Tam, plissa le front et ajouta :

— C'est une tout autre histoire, ça… Le peuple écossais est comme les autres. Quand il ne possède pas de terre, sa voix ne compte pas. Les serfs ne sont rien et dépendent entièrement de leur seigneur. Anonymes, sans visage et incapables de s'organiser, quand ils protestent, c'est dans le vide. Tant qu'ils ne sauront pas s'unir, ils resteront à la merci de leurs maîtres.

Gaspard se redressa et inspira à fond. À cet instant, aucun de ses interlocuteurs ne vit plus en lui un vieil homme affaibli.

— Tant qu'il n'aura pas appris à s'unir, aucun peuple, où que ce soit, n'aura d'influence sur les affaires des rois et des nobles.

Après une pause, histoire que ses interlocuteurs assimilent sa tirade, le vieil homme reprit :

— Nous avons entendu parler d'un brave nommé Wallace – oui, même ici, on le connaît – qui a su fédérer les Écossais avec l'aide de quelques gaillards de sa trempe. Pour la première fois dans l'histoire, le peuple s'est dressé contre ses oppresseurs. Pas seulement les Anglais, mais aussi la noblesse d'Écosse. Du coup, les nobles écossais les ont regardés, ses partisans et lui, comme de la vermine – des brigands et des hors-la-loi, oui…

— Comment en as-tu appris si long sur Wallace ? demanda sir William.

— Trois de ses partisans se sont réfugiés parmi nous, il y a six ou sept ans. C'est là que nous avons su, pour l'exil du roi Balliol. Ces trois hommes étaient traqués par les Anglais et par leurs propres nobles.

» L'un de ces fugitifs, nommé Menteith, était à la fois cultivé et d'abord agréable. Un renégat à sa caste, je pense. Pendant son bref séjour chez nous, j'ai beaucoup conversé avec lui. Cela dit, j'ignore ce qu'il est advenu de lui ensuite – même chose pour Wallace, d'ailleurs…

— Wallace est mort, grogna Mungo. Ça remonte à huit ans. Vendu aux Anglais… À Londres, ils l'ont attaché en place publique pour l'écorcher vif, le vider de ses entrailles et les brûler devant ses yeux. Ensuite, ils l'ont décapité et démembré.

Sir William regarda son compagnon avec insistance.

— Et toi, brave marin, comment se fait-il que tu en saches si long sur Wallace ?

Le sergent haussa les épaules.

— Il y a quelque temps, nous étions à Leith, en mission pour le Temple. Les armées anglaises grouillant partout, impossible de sortir du port. Mais j'ai entendu des conversations dans les tavernes. C'est le jeune Bruce, paraît-il, qui a adoubé Wallace – moins pour l'honorer que pour offenser les Comyn. En tout cas, c'est ce que les gens disaient.

» Ce sont les Bruce et les Comyn, ces lignées nobles, qui ont poussé l'Écosse dans le gouffre et forcé Wallace à réagir. Eux et tous leurs semblables, si prompts à retourner leur veste – un jour pour Édouard, le lendemain contre, mais sans jamais oublier leurs propres intérêts. Sur ce point, ils ne varient pas.

Mungo en cracha de mépris sur le sol.

Une idée lui traversant l'esprit, sir William lança :

— C'est Bruce qui règne en Écosse, tu le sais ?

Lisant de l'incrédulité dans les yeux du sergent, le chevalier ajouta :

— Ce n'est pas une blague. Le jeune Bruce, ancien comte de Carrick, est monté sur le trône l'an dernier, au nom du royaume d'Écosse. Désormais, il est le roi Robert, premier du nom.

Impassible, Mungo soutint le regard de son chef.

— Je vois, dit-il, ouvertement dubitatif. Voilà qui a dû ravir les Comyn. Et ce Robert, il règne toujours ?

— Je n'en sais trop rien… Pour tout dire, j'ignore s'il est encore de ce monde. C'est même ce que je dois découvrir.

Mungo replia son couteau, le glissa sous sa tunique, s'essuya les mains sur ses hauts-de-chausses et se leva.

— Si c'est ainsi, vous ne trouverez rien en restant assis ici. On s'en va ?

Gaspard se remit debout avec une souplesse étonnante.

—Oui, on file, fit sir William en imitant le vieil homme. On peut être dans la baie et accoster avant la nuit ?

—C'est même possible en milieu d'après-midi, si on se bouge…

Quand sir William l'eut remercié de ses informations, affirmant qu'il espérait le revoir un jour, Gaspard eut un sourire bienveillant.

—Que Dieu veille sur vous dans la baie… Je regarderai, mais je ne pourrai pas vous aider. Si vous trouvez des gens, là-bas, ce seront des Écossais et ils devraient pouvoir vous informer, au sujet du roi. Adieu, donc, et suivez tous la Voie du Seigneur.

3

—Alors, amiral, qu'en dites-vous ? Quelqu'un nous a vus ?

Édouard de Bérenger leva les yeux sur la grand-voile ornée d'une énorme croix noire.

—Si c'est le cas, ça ne changera rien… Nous serons dans la baie avant qu'une sentinelle ait pu donner l'alarme.

Aidés par la voile gonflée de vent, les rameurs souquaient à leur rythme maximal. Fendant les flots, la galère avançait à une vitesse qu'aucun autre navire de la flotte ne pouvait atteindre. Après avoir traversé la baie de Lamlash, où ils avaient un moment envisagé de mouiller, l'amiral et son équipage fonçaient vers la pointe de terre qui les séparait de leur objectif final.

Impressionné par la vitesse du navire, sir William eut un grognement admiratif.

—Édouard, dit-il, dès que nous aurons contourné la pointe de terre, vous devrez prendre des décisions rapides.

De quelle taille est cette baie ? Quelle est la profondeur de l'eau ? Si des galères nous y attendent, comme Gaspard semblait le croire, seront-elles deux ou quatre ? Et à quelle distance devrons-nous en rester ? Tout ça sans être trop loin de la terre ni trop vulnérables à une attaque.

» Dieu merci, c'est vous le marin… Moi, je ne saurais même pas par où commencer.

D'habitude impassible, Bérenger s'autorisa un sourire.

— Dans ce cas, ne vous mettez pas martel en tête. Je ne ferai rien d'irréfléchi. Après tout, c'est mon bateau. Je ne le mettrai pas en danger… Maintenant… (Il leva un bras.) Tiens-toi prêt, quartier-maître.

Nommé Boulanger, ce Normand flegmatique était des plus fiables.

Quand la galère eut presque atteint les rochers, au bout de la pointe, Bérenger agita le bras – le signal indiquant à Boulanger et à ses gars de baisser la voile. Pendant que les matelots exécutaient cet ordre, les rameurs ne ralentirent pas le rythme, propulsant la galère vers l'entrée de la baie.

Mordant davantage sur les terres que ses voisins, le bassin se révéla plus grand que sir William l'aurait cru. À en juger par la couleur de l'eau, il devait aussi être plus profond. Cela dit, il restait moins vaste que celui de Lamlash et la ligne de côte était plus accidentée et pentue.

Deux galères mouillaient non loin de la berge, voile enroulée et espars abaissés. À bord, il n'y avait aucun signe de vie. Une centaine de pieds au-dessus de l'eau, sur le sommet plat d'une butte, des fortifications en rondins dominaient le paysage.

Ce fort n'était pas énorme, mais il semblait imprenable. Les douves pas encore terminées attestaient qu'il s'agissait d'un ouvrage récent.

Des hommes grouillaient partout. Sur la plage, sur les flancs de la butte et sur les remparts du fort…

Alors que sir William les découvrait, ces soldats s'avisèrent de l'irruption de la galère. Délaissant leur tâche en cours, ils braquèrent les yeux sur le navire qui fendait l'onde dans leur paisible petite baie.

Soudain, ils se mirent en mouvement, fonçant récupérer leurs armes.

Derrière sir William, Bérenger ordonna qu'on relève les rames. Aussitôt, la galère ralentit puis finit par s'immobiliser.

— Eh bien, mon ami, dit l'amiral à sir William, à présent, ils savent que nous sommes là. La suite du programme ?

— Nous patientons, Édouard… Nous avons joué franc-jeu, et ils sont un peu surpris, dirait-on. Attendons de voir comment ils réagissent. Ça nous donnera une idée de la valeur du type qui les commande. Combien d'hommes y a-t-il, selon vous ?

— Cent au minimum, et probablement le double. Ils sont trop dispersés pour qu'on les compte plus précisément.

— C'est mon estimation : deux cents soldats. Mais il peut y en avoir d'autres à l'intérieur des terres.

» Donc, je confirme, on attend ! Je serai dans ma cabine. Appelezmoi dès qu'il se passe quelque chose.

Le chevalier venait à peine de retirer son manteau quand Tam frappa à la porte puis passa la tête dans la cabine.

— Will, on te demande sur le pont. Trois types approchent avec un drapeau blanc.

Sir William fila rejoindre Bérenger et Boulanger, qui se tenaient côte à côte, sondant la plage. Sous le regard d'hommes armés jusqu'aux dents, un petit canot luttait contre le courant pour rejoindre la galère. Derrière les six rameurs, trois types se tenaient debout, et l'un d'eux agitait une lance où pendait un carré de tissu blanc.

— Ils veulent parlementer…, souffla sir William à l'amiral. Au moins, ça nous apprend que le chef n'est pas un fou furieux assoiffé de sang…

Quand le canot fut assez près, un des trois hommes – un grand barbu roux en kilt – lança dans un français des plus hésitants :

— C'est une galère du Temple ?

Sir William se pencha avant de répondre :

— Oui. Qui pose la question ?

— Je suis Alexander Menteith de Lochranza, commandant d'Arran. Je viens vous transmettre un salut et vous inviter à accoster en paix.

Le chevalier écossais hésita un moment puis répliqua :

— Un salut de qui, maître Menteith ? Puisque vous le transmettez, vous parlez nécessairement au nom de quelqu'un.

Du pouce, Menteith désigna la terre, dans son dos.

— Je suis envoyé par sir James Douglas, gardien du roi Robert sur Arran.

Soucieux de ne pas montrer que ce nom ne lui disait rien, sir William résista à l'envie d'interroger Bérenger du regard. En matière de Douglas, il avait entendu parler d'un certain William, un chevalier célèbre pour son courage – voire sa témérité –, mais *James* Douglas était pour lui inconnu au bataillon. Le fils de William ? N'était que celui-ci n'avait rien d'un vieil homme. Du coup, son rejeton ne pouvait pas avoir l'âge d'être officier du roi.

Toujours en attente d'une réponse, Menteith regarda ses deux compagnons, puis il lança :

— Vous venez ?

Sir William comprit qu'il n'avait pas le choix. Au moins, le « gardien du roi » saurait sûrement où se trouvait son souverain.

— Oui, nous venons. Dites à sir James que nous arrivons. Combien d'hommes puis-je amener ?

La question surprit l'Écossais.

— Autant qu'il vous plaira ! cria-t-il.

Puis il ordonna à ses rameurs de s'écarter de la galère et de faire demi-tour.

— Édouard, ferez-vous partie de la délégation ?

— Si vous voulez de moi, sir William. Vous pensez que c'est important ?

— C'est possible… Peut-être, oui… Dites-moi, vos sergents ont-ils des surcots ?

— Oui, mais ils sont rangés dans des coffres quand nous naviguons.

— Vous pouvez les retrouver très vite ? Quand nous débarquerons à terre, je veux que vos rameurs aient vraiment l'air d'être des Templiers. Assurez-vous qu'ils soient tous vêtus à l'identique – en noir ou en gris, je m'en fiche, s'ils sont en uniforme.

Sans attendre de réponse, sir William se tourna vers Tam :

— Même chose pour Mungo et toi… Et demande au capitaine Boulanger de mettre à l'eau la chaloupe de l'amiral.

Pendant que Tam filait exécuter ses ordres, sir William s'adressa de nouveau à Bérenger :

— Pour nous, ce sera la tenue d'apparat. Manteau, ceinturon, épée et bouclier… Mais pas de haubert, je crois. En revanche, toutes les décorations, bien sûr. On nous demandera peut-être de laisser nos armes, alors inutile d'en rajouter en matière d'attirail guerrier. En revanche, peignez votre barbe, pour l'amour du ciel ! Vous êtes un chevalier du Temple, pas un anachorète marin !

4

Seulement troublé par le clapotis des vagues et les cris lointains des mouettes, le silence était oppressant. Les yeux rivés sur la foule qui attendait la délégation, sir William constata qu'on aurait pu entendre voler une mouche. Tant d'hommes, silencieux si longtemps ? De quoi s'étonner, vraiment…

Jetant un coup d'œil devant lui, le chevalier dut reconnaître que son escorte était impressionnante. Alors qu'il se tenait à la poupe avec Bérenger, Tam et Mungo, les douze rameurs qui leur faisaient face, la croix du temple brillant au soleil sur leur surcot, avaient l'air de vétérans endurcis et prêts à tout.

Leur surcot noir emprunté aux réserves de Bérenger – pour l'esbroufe, exclusivement –, Tam et Mungo arboraient des galons correspondant à leurs véritables grades. Casqués et armés, la croix pattée noire de l'ordre gravée sur leur bouclier blanc, ils en imposaient.

Mais sur la plage, tous les regards étaient braqués sur les deux chevaliers en manteau blanc. L'amiral de Bérenger et sir William Sinclair, scintillants comme à la revue.

Dès que la chaloupe eut atteint les galets, les quatre premiers rameurs sautèrent sur le sol, attendirent la vague suivante puis tirèrent l'embarcation au sec. Se penchant sur le côté, les autres rameurs laissèrent la place suffisante pour que la délégation gagne la proue puis descende dignement sur la grève.

Dès que sir William eut posé le pied sur les galets, la foule de soldats se scinda en deux pour lui ouvrir un passage jusqu'à l'endroit où le commandant Menteith l'attendait en compagnie de trois hommes. L'un d'eux, grand et large d'épaules, portait le même genre de tenue que l'officier.

Les deux autres membres du groupe, un homme et un jeune garçon, semblait-il, étaient vêtus très différemment. En tunique et hauts-de-chausses, l'aîné portait une cotte de mailles fatiguée sous une cape marron des plus ordinaires rejetée derrière ses épaules afin de lui laisser les bras libres. Impassible, il regarda sir William approcher, la paume de sa main droite sur le haut du tranchant de la hache de guerre glissée à sa ceinture.

Ses yeux ne ratant aucun détail, sir William s'efforça d'identifier les quatre personnages et d'appréhender leurs liens hiérarchiques.

Le type en kilt, sur la droite de Menteith, sa stature de colosse dominant la frêle silhouette du commandant, devait être James Douglas, le fameux « gardien du roi ». Le haut de sa tenue couleur de miel frais lui enveloppait le torse et venait pendre librement sur son épaule gauche. Resserré à la taille par une épaisse ceinture à boucle d'argent, le kilt lui tombait juste au-dessus des genoux.

Sur son épaule gauche, une lourde broche, elle aussi en argent, fermait le vêtement. Au-dessus de son genou droit, une autre empêchait le rabat de se soulever – une saine protection pour la virilité presque sûrement à l'air libre du noble gardien.

Des brogues traditionnelles aux pieds, leurs lacets formant de face un triangle isocèle, James Douglas portait à la ceinture un sporran tout aussi traditionnel – une sacoche de cuir bien pratique quand on évoluait dans une tenue dépourvue de poches.

Enfin, sous sa coiffe traditionnelle ornée d'une plume d'aigle, ses longs cheveux roux – comme ses sourcils et sa barbe – cascadaient jusqu'à son épaule gauche.

Les traits comme ciselés au burin, cet homme appartenait sans conteste à la race des chefs. Bons ou mauvais, c'était une autre affaire...

Sir William s'intéressa au quatrième larron du quatuor. Contrairement à ce qu'il avait cru voir, ce n'était pas un adolescent mais un homme. Très jeune, cependant, et pourtant en âge de porter un couteau. Sur sa tunique bleue – rien de fantaisiste, mais de fort bonne facture – le chevalier écossais distingua un emblème qu'il ne put pas identifier, même en plissant les yeux. Des hauts-de-chausses également bleus moulant ses jambes musclées, le jeune type portait une solide paire de bottes à lacets. Dédaignant le manteau, les manches mi-courtes de sa tunique révélant la complexion mate de sa peau, il laissait nonchalamment reposer ses mains sur la longue poignée de l'épée large qui pendait à sa ceinture dans un fourreau richement ouvragé.

Quand ils furent presque au niveau des quatre hommes, sir William et ses compagnons s'arrêtèrent. Puis le chevalier écossais inclina la tête en guise de salut – un geste sans une once de soumission marquant un statut d'égal parmi des égaux.

— Bien le bonjour, dit-il à haute et intelligible voix. Je suis William Sinclair, chevalier du Temple et membre du conseil de gouvernance. Mon compagnon, l'amiral Édouard de Bérenger, commande la flotte de l'ordre.

Avec grâce, Menteith salua lui aussi de la tête.

— Bienvenue sur Arran et au fort de Brodick, si vous y venez en paix…

Très mal à l'aise en français, il posa la question qui semblait inévitable :

— Sinclair, avez-vous dit ? Parleriez-vous l'écossais ?

Sir William eut un grand sourire.

— Bien entendu, mais sire Édouard n'a pas cette chance.

Le jeune homme en tunique bleue intervint, coupant la parole à Menteith :

— Dans ce cas, nous converserons en français – ceux qui en sont capables, en tout cas. Pas question de mettre un invité dans l'embarras. Sire Édouard, bienvenue en Écosse. Cet accueil chaleureux, cependant, s'adresse plus au chevalier qu'à l'amiral… Puis-je demander ce qui vous amène ?

» Non, veuillez me pardonner ! Ce n'est pas le lieu où il convient de poser ces questions-là. Accepteriez-vous de nous suivre jusqu'au fort ? Pour l'heure, on ne peut pas parler de « château », mais au moins, nous y serons à nos aises… et en privé. Sans parler de la bonne flambée qui nous attend ! Un vent vicieux se lève, et j'ai peur qu'il ne tarde pas à pleuvoir.

Bérenger interrogea sir William du regard. Celui-ci acquiesça, puis tous deux levèrent les yeux vers le ciel où de gros nuages noirs s'accumulaient.

— Nous vous suivons, dit l'amiral.

— Et vos hommes ? Devons-nous les renvoyer sur votre galère ? Ils pourront revenir plus tard…

Après une brève hésitation, Bérenger fit signe au sergent qui commandait les rameurs, toujours en place dans la chaloupe, à moins de quinze pas derrière la délégation.

Quand le sergent l'eut rejoint, l'amiral lui ordonna de retourner sur la galère et d'attendre qu'on lui demande de revenir.

— Je vous remercie, dit-il à son hôte avec un sourire. À bord du navire, mes hommes seront bien plus à l'aise.

— Cela dit, précisa le jeune type en tunique bleue, ils auraient pu rester ici et casser la croûte avec nos soldats.

— C'est vrai, mais l'entente aurait été difficile, entre des gens qui ne parlent pas la même langue.

— Exact… Je n'y avais pas pensé… Puis-je faire les présentations ? Menteith, vous le connaissez déjà… Le colosse, là, ne parle pas un mot de français. Prénommé Colin, il est le fils de Malcolm MacGregor de Glenorchy, le chef du clan Alpine. Colin aime se vanter de son ascendance royale – selon lui, il descend directement de Kenneth MacAlpine, le premier roi d'Alba.

Ayant entendu son nom, MacGregor inclina poliment la tête, mais sans se fendre d'un sourire.

— Sur ma droite se tient sir Robert Boyd de Noddsdale, chargé comme moi des affaires de Sa Majesté.

» En titre, je suis le gardien du roi sur Arran... Depuis un an, cependant, je me réjouis de laisser les affaires courantes à sir Alexander Menteith – par héritage, chef de tous les Menteith d'Arran. Quant à moi, je me nomme James Douglas, fils de sir William Douglas, de Douglasdale.

Comme pour ponctuer la tirade du gardien, un vent froid balaya la plage.

— Oui, il va pleuvoir, comme prévu, et à l'heure dite... Mes amis, filons d'ici ! Au fort, je vous présenterai d'autres hommes...

Sans un mot de plus, sir James se détourna et s'éloigna. En compagnie de MacGregor, Menteith et Boyd, les quatre Templiers suivirent le mouvement. Quelque deux cents hommes leur emboîtèrent le pas dans le plus grand désordre – et en beuglant d'abondance, maintenant qu'on en avait fini avec le protocole.

Sir William marcha en silence, les yeux rivés sur le dos de l'homme qui le précédait. Pour la seconde fois, en ce jour, il s'étonnait d'avoir rencontré un interlocuteur si compétent en français. S'il n'était pas bien vieux – vingt ans au maximum –, James Douglas faisait montre d'une assurance stupéfiante. À part son âge, rien ne laissait penser qu'il fût indigne d'occuper le poste de gardien du roi.

Alors qu'il gravissait la pente, le chevalier écossais songea que la démarche souple et vive de James rappelait beaucoup la sienne, au même âge. Mais où ce garçon avait-il appris un français parfait ? On n'y trouvait même pas l'ombre de l'accent normand presque universellement répandu chez les Anglais et les Écossais descendant de Guillaume le Conquérant.

Sans fenêtres et protégé contre le feu, le fort, un grand bâtiment carré, était à l'évidence conçu pour le stockage et la défense. Du coup, on y entrait par un étroit tunnel défendu par une herse – commandée par un système de poulies, depuis une salle dédiée difficile d'accès. Sur les deux côtés, un escalier en bois conduisait au grand hall surélevé. Composés de blocs de granit et de rondins, les murs semblaient indestructibles, et les pignons, à chaque extrémité, étaient uniformément en pierre.

Quand il vit la foule d'hommes qui attendait dans le grand hall, sir William comprit que le protocole, qu'il croyait derrière lui, ne faisait que commencer.

5

Quand il devait improviser en plein milieu de journée, sir James faisait montre d'un sens de l'hospitalité des plus généreux, même s'il ne donnait pas dans le luxe ou l'ostentation. Sans doute prélevés dans la cave de l'ancienne garnison anglaise, le vin et la bière coulèrent à flots et les tables installées le long d'un mur ployèrent bientôt sous le poids des miches de pain et des roues de fromage. Les hommes levant le coude sans retenue, le vacarme devint vite assourdissant.

L'heure du dîner encore très loin, on ne servit rien de chaud. Malgré ça, le protocole, au grand dam de sir William, s'étala sur près de deux heures. Oui, deux heures à voir défiler des inconnus désireux de saluer les chevaliers du Temple et à tenter en vain de retenir leurs noms. Pour l'essentiel originaires des Highlands et des Îles, ces hommes rivalisaient de tenues aux couleurs vives, un spectacle qui finit par donner le tournis à sir William – et à Bérenger, constata-t-il à plusieurs reprises du coin de l'œil.

Adossés contre un mur, près de la porte, Tam et Mungo ne participèrent pas à ces frénétiques activités diplomatiques.

Laissant Bérenger à sa conversation en français avec deux Écossais – probablement ravis de pratiquer cette langue avec un natif–, sir William profita de la cohue pour balayer la salle du regard et analyser l'assemblée comme un tout, plus seulement comme une suite infinie de visages inconnus. Dans cette foule, plusieurs hommes l'avaient impressionné – dont une poignée favorablement – et deux d'entre eux étaient en grande conversation à l'autre bout de la salle. Le premier, un Highlander, chef du clan Campbell d'Argyll, portait un prénom qui échappait pour l'instant au chevalier. L'autre, un officier de sir James bâti en force, arborait une barbe coupée court.

Les deux hommes portant le même nom, il s'agissait à l'évidence d'un cousin du chevalier Boyd. Le Robert Boyd de la plage était de Noddsdale alors que celui-là, un autre Robert, était d'Annandale. Sir William l'avait rencontré tout au début de la cérémonie des présentations, et il avait été frappé par ses yeux gris acier qui brillaient comme des astres et semblaient plonger dans les siens pour y forer des trous.

Sur le coup, ils ne s'étaient pas dit grand-chose, mais Boyd avait affirmé qu'il aurait plaisir à parler avec l'invité de marque, dès que les circonstances le permettraient.

— Vous semblez bien pensif, sir William… Voulez-vous que je renvoie tout ce monde ?

Se retournant, sir William s'avisa que James Douglas se tenait près de lui – depuis combien de temps, et en l'observant avec quelle intensité ?

— Mille excuses, sir James, je rêvassais… Une mauvaise habitude dont il faudrait que je me débarrasse.

— Si j'étais vous, je ne ferais surtout pas ça ! Pouvoir s'abstraire d'une assemblée bavarde et bruyante est un don du ciel. Si j'avais cette aptitude, soyez assuré que je m'en réjouirais. (La tête inclinée, le jeune chevalier tenta de déchiffrer l'expression de son invité.) Vous pensiez à quoi ? Allez, sortons un peu tous les deux. S'il ne pleut plus, l'air frais nous fera le plus grand bien.

Alors qu'ils se dirigeaient vers les portes, sir James se tordit la tête pour étudier le médaillon pendu autour du cou de son interlocuteur.

— Un joli colifichet, sir William. Et probablement bien plus que ça, si on en juge par son poids et son aspect. Que représente-t-il ?

Sir William baissa les yeux sur le bijou puis prit le médaillon entre le pouce et l'index.

— C'est le symbole de ma position au sein de l'ordre. Sans doute l'emblème du Temple le plus connu mais le moins vu… Certains frères meurent très vieux sans avoir jamais posé les yeux sur un de ces… colifichets.

» Ce symbole, seuls les membres du conseil de gouvernance de l'ordre ont le droit de l'arborer. La marque d'appartenance au « Temple Intérieur », selon certains. En réalité, il s'agit simplement de signaler que son porteur est un représentant et un agent du maître.

Les deux hommes s'étant immobilisés, sir James se pencha en avant pour mieux étudier le bijou pendu au bout d'une chaîne en argent aux maillons imbriqués de manière à ressembler aux tresses d'une corde.

En forme de losange, le médaillon lui-même présentait sur un champ rouge brillant – la couleur du sang du Sauveur, depuis toujours arborée par les chevaliers du Temple – une croix pattée rouge émaillée reposant sur un écusson blanc.

Très patient, sir William attendit que James Douglas ait fini d'admirer le remarquable bijou. Fasciné, le jeune homme fit même mine de toucher le médaillon, mais il se ravisa au dernier moment, se contentant d'un hochement de tête admiratif.

— Une merveille…, souffla-t-il.

— Sir James, je suis stupéfié par la qualité de votre français. Au point, je crois, de vous l'avoir laissé voir… Où avez-vous appris à maîtriser cette langue ?

Le gardien du roi éclata de rire.

— En France, bien entendu ! Vous voyez un meilleur endroit pour apprendre ça ? Encore jeune, j'ai passé cinq ans à Paris.

Encore jeune ? Tenté de dire que sir James l'était toujours – et peut-être même un peu trop pour sa charge –, sir William jugea plus prudent de s'abstenir. Laissant son compagnon lui tenir la porte, il sortit de la salle.

Voyant des gardes accourir, sir James leur fit un geste apaisant.

— Promenons-nous sur les remparts, dit-il quand ils furent dans l'escalier.

Dehors, il ne pleuvait plus, mais un vent mordant soufflait du nord-ouest. Sous un ciel dégagé, les deux hommes s'emplirent les poumons d'un air vivifiant.

— De Paris, reprit sir James, je suis revenu il y a trois ans, juste avant mon dix-huitième anniversaire.

— Si j'ose demander, pourquoi vous y avait-on envoyé ?

— La bonne question, sir William, ce n'est pas « pourquoi », mais « à cause de qui ». D'Édouard Plantagenêt, si vous voulez le savoir… Il aimait se surnommer lui-même Malleus Scottorum, ce qu'on peut traduire par « le Marteau des Écossais ». L'idée que je reste en vie après la mort de mon père lui déplaisait hautement…

Jetant un coup d'œil en coin à son invité, sir James eut un sourire amer.

— Mon père, un sir William, comme vous, était un rebelle bon teint… Sir William Douglas n'était la marionnette de personne, vous pouvez me croire. Il est mort dans la Tour de Londres – de désespoir parce qu'il était prisonnier, disent certains. D'autres prétendent qu'il a quitté ce monde en état de démence, et d'autres encore – bien placés et fiables – m'ont assuré qu'Édouard l'a fait assassiner. Sur sa fin, je ne saurai probablement jamais la vérité. Mais cette mort troublante a incité ma famille à m'envoyer en France pour y continuer ma formation. En sécurité, j'ai passé cinq ans dans la demeure de William Lamberton, archevêque de Saint Andrews et primat d'Écosse. Vous le connaissez ?

— De nom, oui, mais je ne l'ai jamais rencontré.

Sir James traversa la cour en terre battue puis se dirigea vers ce qu'il appelait les « remparts », à savoir une palissade bordée par un monticule de terre artificiel. Des hommes y conversaient déjà par groupes de deux ou trois, mais ils n'accordèrent aucune attention aux deux nouveaux venus, qui gagnèrent rapidement un point d'où ils pourraient dominer la baie et s'entretenir loin de toute oreille indiscrète.

Une main posée sur le bout pointu d'un rondin, sir William contempla un moment la mer puis se tourna vers son compagnon :

— Où avez-vous trouvé les arbres ?

— Nos prédécesseurs ont eu l'obligeance de les couper pour nous et de les transporter jusqu'ici. Sur la lande, dans l'ouest de l'île, il y a une forêt à flanc de colline. Enfin, il y avait, avant que les Anglais abattent les plus gros arbres.

Sir James se tut, croisa les bras, dévisagea son interlocuteur puis se lança :

— Dites-moi, mon ami, comment un chevalier peut-il avoir la préséance sur l'amiral de la flotte ?

— C'est une affaire de nuance, sir James. Membre du conseil de gouvernance de l'ordre, j'ai été chargé d'une mission par maître Jacques de Molay en personne.

— En d'autres termes, le grand maître vous tient en haute estime – en tout cas, c'est ce que je comprends... Mais bien sûr, les arcanes de votre ordre m'échappent...

» Si je peux me permettre, que venez-vous faire dans l'Écosse du roi Robert, avec l'amiral de la flotte pour compagnon ? Parlez sans crainte, puisque vous êtes seul avec le gardien d'Arran.

Avant de répondre, sir William dévisagea le jeune homme, qui ne parut pas fâché de lui laisser le temps de peser ses mots.

—Je vais tout vous dire, mais avant, j'aimerais que vous répondiez à des questions qui risquent de vous paraître impertinentes. Comment avez-vous obtenu ce commandement ?

—Selon le bon plaisir du roi, je commandais déjà tout le Sud-Ouest. En ce qui concerne Arran – l'île comme le titre – c'est depuis janvier de cette année. Venus pour voler des vivres et des équipements, nous avons trouvé la garnison anglaise en plein effort de construction… Ces gens, nous les avons chassés, puis nous avons arraisonné les navires venus les ravitailler. Ensuite, nous avons revendiqué Arran au nom du royaume d'Écosse. Un simple rappel, en réalité. Depuis que le roi Alexandre a vaincu Haakon et ses Norvégiens à Largs, il y a quarante ans, Arran appartient à la maison Bruce. Les Anglais risquent de revenir, bien entendu, mais nous les attendrons de pied ferme, et ils seront moins confiants qu'avant. Ces derniers mois, le roi a gagné du terrain dans le Sud et partout ailleurs.

—Où gardez-vous les prisonniers ?

—Quels prisonniers ? Nous n'en avons pas.

—Je… (Sir William s'interrompit, le temps de peser ses mots.) Vous les avez renvoyés en Angleterre ?

—Non. Nous n'avons pas fait de prisonniers. Du tout…

—Du tout…, répéta sir William, incrédule.

Un moment, il ne trouva rien d'autre à dire, puis il se lança :

—Sir James, loin de moi l'idée de vous offenser, mais n'êtes-vous pas un peu jeune pour vous montrer si… ?

—Quoi, cynique ?

—Non, impitoyable…

—Impitoyable, oui…

Sir James eut le même triste sourire qu'en parlant de son père.

— Depuis quand êtes-vous parti d'Écosse, sir William ?

— Eh bien, ça va faire vingt ans.

— Pour séjourner en France ?

— Ces derniers temps, oui… Avant, j'ai servi un peu partout dans le monde. Jusqu'à la perte de la Terre sainte…

— Et quelles nouvelles avez-vous eues de l'Écosse durant votre absence ?

— Un minimum… Mon devoir et ma loyauté allaient au Temple, en accord avec mes vœux. En guise de source d'information, j'ai une jeune sœur… Elle m'écrit régulièrement, et c'est de ses lettres que je tire mes chiches connaissances de ce qui se passe ici. À travers les yeux d'une femme…

— Je comprends… Mon ami, laissez-moi vous dire que l'Écosse a subi durant ces dernières années des atrocités rarement vues, même en Terre sainte lors du saccage de Jérusalem. Des crimes impardonnables, commis dans un petit royaume par l'homme qu'on présentait jadis comme le plus grand roi de la chrétienté. Édouard d'Angleterre m'a tout appris au sujet de la pitié. Avec leurs armées, ses barons m'ont ensuite offert plusieurs séances de révision… Pas assez nombreux, les Écossais sont à la merci des Anglais quand ils décident de les attaquer – ce qu'ils font sans relâche depuis plus de dix ans. À l'avenir, et malgré la mort de Plantagenêt, ce sera encore pire. Des attaques plus brutales par des forces encore plus haineuses.

» Vous me trouvez impitoyable ? Eh bien, j'avoue l'être devenu, parce que j'ai appris, en payant cher, que se montrer cléments avec ces ennemis-là ne nous vaudrait que du mépris et nous conduirait à la mort. Le roi et les nobles anglais n'ont aucun respect pour notre peuple. Pour eux, nous sommes de la vermine, et ils nous traient en conséquence. Brûler, violer, pendre et piller ne leur pose aucun problème de conscience, tant que des Écossais en sont victimes.

Bien que sir William n'eût pas fait mine de l'interrompre, le jeune gardien leva une main pour l'en empêcher.

— Je sais ce que vous pensez... Avant, à dix-huit ans, je partageais votre point de vue. Selon vous, je ne respecte pas le code de la chevalerie, pas vrai ? J'ai été comme vous, amateur de nobles gestes et dévoué corps et âme au code. Une fois de retour au pays, j'ai vu agir les Anglais, et ça m'a dessillé les yeux. Aujourd'hui, mon ami, il n'existe pas de code de la chevalerie en Écosse – en tout cas, pas parmi les envahisseurs anglais. Ils en parlent beaucoup, certes, s'indignant en son nom face à nos « atrocités », mais...

Sir James leva de nouveau une main – pour s'interrompre lui-même, cette fois.

— Parler de tout ça est inutile ! Et ça me fait perdre mon sang-froid...

Après un court silence, le jeune homme reprit pourtant :

— Une dernière chose, et nous n'y reviendrons plus... Par le passé, j'ai relâché des prisonniers anglais – des hommes bien nés et dotés d'une excellente réputation – pour les voir revenir chez nous et passer leur rage sur des innocents. Des villes entières, comme Berwick, ont été rayées de la surface du monde, leurs habitants égorgés ou brûlés vifs dans les églises qu'ils prenaient pour des sanctuaires. Pour quel crime ? Avoir hué Plantagenêt quand il est venu assiéger leur ville. Alors, ne me parlez plus de manque de pitié !

Tournant la tête, sir James foudroya du regard les rares hommes qui le regardaient, intrigués par son ton même s'ils ne comprenaient pas un mot de son discours. Stupéfiés par la rage qui animait leur chef, ces soldats s'éloignèrent sans demander leur reste.

Se reprenant, sir James sourit avec une évidente sincérité.

— Je sais ce que vous pensez, sir William, et je comprends… Je suis jeune !

Il passa à l'écossais, une langue qui lui semblait sûrement plus adaptée à une humeur moins dévastatrice.

— Jeune et téméraire, selon le roi Robert. J'ai le sang chaud, c'est vrai, mais je brûle d'envie d'apprendre à me maîtriser, croyez-moi…

Pour se ressaisir, le jeune homme s'ébroua, et ça parut lui remettre les idées en place.

— Nous avons de l'ouvrage, tous les deux, et voilà que je vous fais perdre du temps. Si nous revenions à nos moutons ? Pourquoi êtes-vous en Écosse avec un amiral pour compagnon ?

Dos tourné à la mer, sir William s'adossa à la palissade, croisa les bras et passa lui aussi à l'écossais.

— Je viens voir le roi, avec l'espoir de trouver un sanctuaire en Écosse.

Sir James en resta bouche bée, comme si rien n'aurait pu le désorienter davantage. Le temps qu'il se remette de sa surprise, les portes de la grande salle s'ouvrirent pour laisser passer une bande d'hommes faisant grand tapage. Dans le lot, sir William reconnut Robert Boyd de Noddsdale.

Alors que les autres types étaient de toute évidence éméchés, le chevalier, parfaitement sobre, se dirigea tout droit vers sir James.

— Puis-je vous dire un mot ? lança-t-il.

Son chef lui faisant signe d'approcher, Boyd dévala les marches et salua l'invité de la tête dès qu'il arriva. Il s'inquiétait, confia-t-il, parce qu'il était plus que temps de donner des instructions aux cuisiniers – si sir James, comme il le supposait, avait l'intention de donner un dîner le soir.

Le jeune homme confirma que c'était bien ce qu'il prévoyait. Il ajouta qu'il fallait renvoyer tout ce petit monde, là-haut, avec une invitation à revenir à l'heure du dîner. Enfin, il chargea Boyd de les excuser auprès de l'amiral, sir William et lui – mais qu'il ne s'inquiète pas, ils seraient de retour très vite. Et bien entendu, s'il y tenait, Bérenger pouvait inviter ses hommes au banquet…

Dès que son assistant fut reparti, sir James se tourna vers son invité. Ignorant les hommes qui approchaient, l'esprit échauffé par l'alcool, il reprit la conversation, certain que nul n'oserait le déranger :

— Un sanctuaire en Écosse ? Au milieu d'une guerre civile ? Auriez-vous perdu l'esprit ? Et au nom de quoi les Templiers auraient-ils besoin d'un sanctuaire ?

— C'est une longue histoire, mais assez facile à résumer quand nous aurons rejoint sire Édouard dans la salle enfin déserte. Sir James, où puis-je trouver votre roi ? Le savez-vous ?

— Hélas, je serais bien incapable de vous le dire… Par les temps qui courent, Robert n'est guère à son aise dans le royaume. Sa tête est mise à prix, et il a plus d'ennemis parmi les Écossais qu'en Angleterre. Ces derniers mois, il a guerroyé au nord, à l'est et à l'ouest…

— Contre les Comyn ?

— Oui et non… Pas directement, pour l'instant, mais ça ne tardera plus. En revanche, il a affronté leurs sbires, John MacDougall de Lorn et les MacDowal de Galloway. Ces derniers sont en mauvais état, mais ils résistent encore. Si Galloway n'est plus qu'un champ de ruines, rien n'interdit qu'ils renaissent de leurs cendres. Une partie de ma mission consiste à empêcher ça. Par le passé, le roi s'est efforcé de les éviter tandis qu'il tentait de lever une armée pour les écraser. Mais il est toujours à court d'argent, et les promesses ne suffisent pas à acheter des hommes de valeur. Cela dit, depuis l'automne dernier, les MacDowal ont payé cher leur trahison.

Sir William ne fut pas long à prendre une décision :

— Sur un certain point, je peux aider le roi, si je lui mets la main dessus.

— L'aider ? Vous voulez dire à Galloway ?

— Non, je parle des finances… À bord d'un de mes navires, j'ai un trésor qui lui est destiné.

— Un de vos navires ? (Sir James oublia sa surprise pour sauter au plus important.) Un trésor ? Quel genre de trésor ?

— Assez d'argent pour acheter des armes et enrôler des hommes. Six coffres pleins de pièces et de lingots d'or, et cinq contenant l'équivalent en argent. Un cadeau de la baronne de Saint-Valéry, la jeune sœur de sir Thomas Randolph.

— Le neveu du roi ? C'est impossible ! Depuis sa capture lors de la bataille de Methven, l'an dernier, il est détenu en Angleterre. Et il n'a pas de sœur cadette assez âgée pour être baronne.

— Vous vous trompez, mon ami ! Sir Thomas a mon âge, voire quelques années de plus. Doté d'une ribambelle de sœurs, il n'a jamais été le neveu de Robert Bruce.

— Un homonyme ! Votre sir Thomas est mort, j'en ai peur. Sir Thomas Randolph, aujourd'hui, c'est son fils.

— Son fils ? Dans ce cas, il ne doit pas être beaucoup plus vieux que vous.

Sir James eut l'ombre d'un sourire.

— Il est plus jeune, je crois… Je ne l'ai jamais vu, mais on dit que l'esprit de la chevalerie brûle en lui comme un brasier. Jamais il ne se montrerait inclément avec un ennemi…

Ne sachant que répondre à ça, vu le contexte, sir William fit mine de ne pas avoir entendu.

— Sir Thomas père, dit-il, avait un jeune frère nommé Edward. À présent, vous le situez ?

Sir James arqua les sourcils.

— Oui, je vois… Lui aussi est mort. Tombé à Methven.

— Quel malheur… Ainsi, Peggy est veuve… C'est ma sœur, l'épouse d'Edward.

— Je suis donc une nouvelle fois porteur de mauvaises nouvelles…

À l'évidence, sir James avait souvent dû être contraint d'apprendre de terribles choses à une épouse angoissée.

Sir William s'éclaircit la voix puis changea de sujet :

— Vous parlez de cette bataille de Methven comme si je devais la connaître. Mais il n'en est rien. Qu'est-il arrivé à Methven ?

Sir James soutint sans frémir le regard du Templier. Ce jeune homme, franc et honnête, avait le don rare de reconnaître ses propres lacunes et de faire ce qu'il fallait malgré ce « handicap ». Ça se lisait dans ses yeux.

— Vous ne savez rien de Methven ? Désolé de le dire si crûment, mais il me semblait impossible qu'un chevalier, écossais par surcroît, n'ait pas entendu parler de cette bataille. À l'évidence, je me trompais… Eh bien, nous avons reçu une sacrée leçon d'honneur, de bravoure et de respect du code de la chevalerie – du point de vue des Anglais, dois-je préciser. Vous connaissez l'endroit ?

— Pas du tout.

— C'est à côté de Perth, la première ville fortifiée tenue par les Anglais que Robert a défiée, après son couronnement. Perth, ça vous dit quelque chose, j'imagine ?

Sir William acquiesça – pour rien, parce que c'était une plaisanterie, bien entendu.

— Aymar de Valence, comte de Pembroke et commandant en chef des forces anglaises en Écosse, occupait la ville et fut pris par surprise quand nous arrivâmes. Après avoir mené une campagne punitive contre toute la région, il s'était arrêté à Perth en passant, et n'était donc pas prêt à soutenir un siège.

» Par un dimanche après-midi, nous déboulâmes devant la cité pour trouver ses portes fermées et ses remparts pleins de soldats. Dans l'esprit du code de la chevalerie, le roi avança seul pour défier Aymar de Valence et ses hommes. Un jour de sabbat, le comte refusa, mais il nous donna rendez-vous le lendemain. Jugeant sa réponse acceptable, nous nous repliâmes sur Methven, à quelque deux lieues de là, afin d'y camper. Alors que nous nous installions, nos chevaux dessellés et attachés à des piquets, prêts à nous endormir, les Anglais attaquèrent à la nuit tombée. Une vraie charge de cavalerie…

» Une ignoble manœuvre, à l'encontre de tout ce que préconise le code. Des centaines de braves périrent, et le roi Robert, grièvement blessé, dut être transporté au loin par quelques hommes dont je faisais partie.

— Où êtes-vous allés ?

— Dans la forêt… Une fois le roi sorti d'affaire, nous avons avancé vers le nord-est trois semaines durant, en direction d'Inverness.

— Pourquoi ce choix ? C'est très loin de Perth…

— Certes, mais c'était également loin d'Aymar de Valence. Et le roi avait pris ses dispositions pour y retrouver ses femmes.

— Ses femmes ?

— Ses femmes, oui… La reine nous y attendait, ainsi que Marjory, la fille du roi, plus ses sœurs Mary et Christina, ainsi qu'Isobel de Buchan, la comtesse qui couronna Robert après que le comte, son frère – dont c'était le devoir –, eut refusé. C'est un Comyn, bien entendu. La comtesse, elle, est une MacDuff, cette antique lignée qui couronne les rois d'Écosse depuis le temps de Kenneth MacAlpine. Après ces retrouvailles, nous avions une bonne dizaine de femmes avec nous.

— Voilà qui m'étonne… Un roi qui intègre des femmes à son armée…

Sir James parut ne pas en croire ses oreilles.

— Et qu'aurait-il dû faire d'autre ? Les laisser en arrière, alors que la zone sud de son royaume était entre les mains des Anglais ou des Comyn ? Le seul endroit où elles ne risquaient rien, c'était auprès de lui.

Sir William acquiesça. À présent, il imaginait mieux ce que sir James avait voulu lui dire au sujet de la situation, en Écosse.

— Je vois… Qu'est-il arrivé ensuite ?

— Trahison, folie et ignominie… Moins de deux semaines après notre passage à Inverness, nous sommes tombés dans une embuscade, dans la vallée de Glenfillan, près de Glen Dochart, sur les terres de Macnab. Le lieu exact se nommait Dal Righ. Avec la bénédiction de Macnab, Alexander MacDougall d'Argyll, un beau-frère des Comyn, a envoyé un millier d'hommes contre nous. Au prix de lourdes pertes – les quatre cinquièmes de nos forces –, nous avons réussi à nous en tirer. Comme vous vous en doutez, après ça, nous avons divisé ce qu'il nous restait de troupes. Avec une dizaine d'hommes, le roi est parti à pied. Le groupe de la reine, plus nombreux et plus fort, a pris les chevaux pour foncer au nord-est vers Kildrummy, dans le comté de Mar. Le frère du roi, sir Nigel Bruce, faisait partie de l'escorte en compagnie de David, l'évêque de Moray, de John de Strathbogie, comte d'Atholl, de sir Robert Boyd et de bien d'autres hommes.

— Quand tout cela est-il arrivé ?

— En juillet, il y a plus d'un an.

— Et depuis, que fait le roi ?

— L'hiver dernier, il a joué les partisans dans les îles, cherchant le soutien des autochtones… Pour consolider son royaume, cet homme-là est prêt à tout. Et sans cesse, il s'efforce de ne pas plier sous les fardeaux qui l'accablent quotidiennement.

— Quels fardeaux ?

Sir James détourna le regard comme s'il n'avait pas l'intention de répondre. Mais ce n'était pas le cas…

— La perte de trois de ses quatre frères : Nigel, Alec et Thomas, tous trahis par des nobles écossais et envoyés en Angleterre pour être pendus, éviscérés et démembrés comme des brigands. Il y a aussi la capture de sa femme, la reine Elizabeth, de sa fille Marjory, de ses sœurs Mary et Christina – la comtesse de Mar – et de la comtesse de Buchan. Toutes envoyées en Angleterre par John Comyn, le comte de Ross. D'après ce que nous savons, la reine est détenue quelque part dans le nord de l'Angleterre. À treize ans, Marjory, incarcérée dans un couvent, n'a le droit de parler à personne. Dame Mary Bruce, la sœur du roi, est enfermée dans une cage accrochée aux remparts du château de Roxburgh. Dame Christina de Mar, son autre sœur, est aussi emprisonnée dans un couvent. Enfin, la comtesse Isobel de Buchan a droit à sa cage, suspendue au mur de Berwick.

— Au nom du ciel ! C'est l'œuvre d'Édouard ? Mais à présent qu'il est mort…

— Rien n'a changé ! Édouard de Caernarvon n'est pas de la trempe de son père, mais pour la haine, il est à son niveau. En août dernier, il a quitté ses terres avec près de deux mille hommes. Un moment, nous avons cru qu'il marcherait vers le nord pour nous traquer, ce qui aurait signé notre arrêt de mort. Grâce à Dieu, son couronnement était prévu en septembre, à Londres. Ayant trop tardé à nous attaquer, il a perdu l'avantage de la surprise. Ses deux mille hommes contre nos trois mille, ça ne faisait pas le poids… Ces troupes sont venues et reparties, mais elles reviendront un jour ou l'autre… Cela dit, d'après des sources fiables, Édouard II a trop de problèmes avec ses propres barons pour nous chercher des noises dans l'immédiat.

» Un répit qui donne l'occasion à Robert de débarrasser le royaume des traîtres et des vendus. Il a commencé par les MacDowal, à Galloway, leur donnant une idée du châtiment des félons. Puis il s'est occupé des MacDougall en Argyll, arrachant une trêve au fils de leur chef, John « le Boiteux » MacDougall de Lorn. Le père, Alexander, n'étant plus en état de se battre ni même de marcher, c'est John le Boiteux qui règne en réalité. La trêve durera jusqu'en juin prochain. J'estime que Robert aurait dû en finir quand il le pouvait, mais il craignait de perdre trop d'hommes en cas de bataille rangée. Pour le moment, nous ne sommes pas assez forts…

» Ensuite, il a continué vers le nord-est, le long du grand Glen, et pris le château d'Inverness. Sa première victoire du genre depuis son couronnement. Dans le royaume, tous les autres fiefs sont entre les mains des Anglais.

Sir William s'efforça d'assimiler les formidables nouvelles qu'il venait d'apprendre. Puis il tenta d'imaginer les conséquences que pouvait avoir eues pour Robert Bruce une telle avalanche de catastrophes familiales. Comment les avait-il traversées sans y perdre son aptitude à agir comme un homme – et plus encore, comme un roi ?

Comme s'il lisait les pensées de son interlocuteur, sir James enchaîna :

— Ses drames personnels l'ont touché, mais également endurci. Un homme de moindre envergure aurait été abattu. À sa place, je le serais. Mais pas le roi Robert… Souvent, je me demande comment il résiste à l'envie de traquer ses ennemis et de les tuer de ses propres mains. Mais il ne s'abaissera pas à ça. Avant tout, il se considère comme un souverain responsable de son peuple. Ses liens familiaux et amicaux passent après…

» Par bonheur, ces derniers mois, le vent semble tourner… Pas assez, certes, mais il y a de l'espoir, et il grandit chaque jour. Nous avons remporté quelques escarmouches, et des partisans nous rejoignent sans cesse. Pas de grands nobles, des gens du peuple… Bref, nous sommes plus forts que jamais depuis Methven. Mais Robert ne veut pas entendre parler de bataille rangée tant qu'il aura moins de trois mille hommes à aligner contre les dizaines de milliers des Anglais et des Comyn. Bien sûr, ça changera dès qu'il s'en prendra directement à ces derniers.

—Avec tout ça, que faites-vous à Arran, sir James ? Votre place ne serait-elle pas plutôt près du roi ?

—Non. Mon rôle, c'est de tenir le Sud-Ouest en attendant le retour de Robert. Pour le moment, ça va, mais tous les châteaux de la région sont encore entre les mains des Anglais. Au nord et à l'est, les MacDougall et les MacDowal grouillent toujours comme des vers à Lorn et à Galloway, nourrissant leur haine. Pour l'heure, nous sommes en sécurité à Arran, mais ça peut changer avec la prochaine voile qui apparaîtra à l'horizon.

» Puisqu'on en parle, au sujet du trésor, vous avez dit : « un de mes navires ». Je n'ai vu qu'une galère, mais de toute évidence, vous avez d'autres bâtiments.

Sir William acquiesça.

—Combien, et où sont-ils ?

—Pas loin d'ici, attendant que je les contacte. Comme je vous l'ai dit, je suis en quête d'un sanctuaire, mais j'ignorais par qui et comment je serais reçu sur Arran. J'ai laissé mes navires dans un endroit sûr afin qu'ils puissent me rejoindre ou s'enfuir selon le cas.

Pensif, sir James se mordilla la lèvre inférieure. Alentour, le bruit et le chahut augmentaient régulièrement.

—Auriez-vous l'obligeance de venir avec moi ? demanda-t-il soudain. D'autres personnes doivent entendre ce que vous avez à me dire… Et certaines ne le doivent surtout pas ! Êtes-vous d'accord pour tenir votre langue tant que je ne vous aurai pas fait signe de parler ?

Sir William hocha la tête, surpris par la sympathie que lui inspirait ce jeune homme au teint mat et aux yeux bleus si expressifs.

—Aucun problème ! dit-il avant d'emboîter le pas à son hôte.

6

La grande salle était quasiment vide, désormais. Immobile sur le seuil, sir William s'aperçut qu'elle ne se présentait pas comme il l'avait cru au premier abord. Abusé par la foule, il avait eu l'impression d'être dans un vaste hall au toit soutenu par des colonnes et des poutres. Là, il remarqua deux portes, dans les murs porteurs, qui donnaient sur deux autres pièces au moins aussi grandes. En face de chaque porte, un escalier conduisait à un espace surélevé et divisé. Sur la gauche, une vaste mezzanine abritait des chambres séparées par des rideaux et un couloir central. La mezzanine de droite, probablement agencée de la même façon, était protégée par une cloison en bois – une garantie d'intimité pour les gens qui l'occupaient. Sans doute le gardien du roi et ses officiers, paria sir William.

Flambant neuf, ce fort était un modèle de construction, mais pas de raffinement. Les poutres portaient encore des traces de scie et de hache, mais des finitions étaient visiblement en cour, en particulier du côté des quartiers de sir James.

Entre les deux escaliers, un bon feu crépitait dans une grande cheminée. À l'odeur de la fumée, sir William devina qu'on venait juste de l'allumer.

Dans la partie droite de la salle, des hommes disposaient des tables et des bancs en vue du festin imminent.

Sir William assimila tous ces détails en quelques secondes. Dans le même temps, il nota que de grands chiens minces à poil long allaient et venaient parmi les hommes. Dans son enfance, il en voyait souvent, mais cette race n'était pas très répandue en France.

Trois petits groupes d'hommes conversaient à voix basse dans les coins de la salle – assez loin les uns des autres pour ne pas s'entendre. Bérenger était là aussi, debout près de l'entrée, discutant avec un des chevaliers dont sir William ne parvint pas à se rappeler le nom.

— Mon ami, dit sir James, je vois que l'amiral a fait la connaissance de l'évêque de Moray. Si vous n'y voyez pas d'inconvénient, je vais vous laisser avec eux un moment, car j'ai des choses à régler avant que nous… poursuivions nos activités.

Le jeune homme fit mine de s'éloigner, mais sir William le retint par le coude.

— Cet évêque de Moray, c'est celui qui est parti vers le nord avec la reine et ses dames ?

— En personne, oui.

— Et vous lui faites confiance ?

Sir James eut un grand sourire.

— David est très fiable, vous pouvez me croire.

Le gardien du roi présenta sir William à l'évêque – qui ne ressemblait ni de loin ni de près à un religieux. David de Moray n'était pas bien grand, mais il avait des épaules et un torse de lutteur de foire. En tenue militaire, le gaillard était de toute évidence un membre actif des Combattants de l'Église. Un simple capuchon de laine couvrant sa tête, il avait rabattu la capuche de mailles de son haubert, dont la partie basse portait encore les traces de trois impacts brutaux d'armes tranchantes. Une épée large accrochée dans son dos par un baudrier, une longue dague glissée dans un fourreau battant son flanc, il portait pour compléter sa tenue des hauts-de-chausses en mailles et de lourdes bottes aux épaisses semelles.

—Je suis content que tu sois là, David, dit sir James en français. (De la tête, il salua l'amiral de Bérenger.) Sir William m'a interrogé sur l'état de l'Écosse, ces derniers temps... Je te le confie, afin qu'il ait le point de vue de l'Église, plus modéré que le mien. Quand il s'agit de nommer ceux qui méritent de crever, je reconnais être parfois un peu... radical.

» Depuis le début, sir William, David est un fervent partisan de notre roi. Il saura vous dire tout ce que vous voulez savoir – des choses que j'ignore. Comme le prouvent les traces, sur son haubert, il est plus un guerrier qu'un prêtre. Néanmoins, il reste un homme d'Église, plus sage et avisé que moi. En conséquence, je vous laisse entre ses mains.

Sir James désigna une des traces, sur le haubert.

—Là, tu as eu une sacrée chance, David. Ce coup aurait pu te trancher une jambe.

—C'est passé près, concéda Moray. Mais Dieu était vigilant, ce jour-là, même si je ne l'étais pas...

—Il l'est toujours... Je te confie nos invités, et je reviendrai aussi vite que possible.

L'évêque se tourna vers sir William :

—Alors, que pensez-vous de notre James ?

—C'est un jeune homme remarquable. Et bien jeune, justement, pour avoir une telle confiance en lui-même.

—C'est vrai, il est jeune, mais c'est un Paladin. Malgré son âge, il compte parmi nos meilleurs commandants, et s'il vit assez longtemps, il sera un jour le meilleur. Ce gamin apprend rapidement, et il ne commet jamais deux fois la même erreur. Mais il a dû grandir trop vite, et quand on le connaît bien, ça se voit très clairement.

» Alors que nul ne le connaissait il y a un an, il est devenu un des plus proches amis et conseillers du roi. Dès leur rencontre, Robert l'a adoubé, la veille de son couronnement.

Nonchalamment, la main droite du religieux alla jouer avec la poignée de sa dague.

— Donc, vous avez des questions ? Posez-les et je ferai de mon mieux pour y répondre.

— Merci, monseigneur… Je sais à peine par où commencer…

— Eh bien, d'abord, appelez-moi David, ça fera un bon début. Comme l'a dit James, ces deux dernières années, j'ai été un guerrier plus qu'un évêque. De plus, loin du chœur de mon église, ma mitre et mon étole rangées dans une armoire, je préfère mon prénom à mon titre. Imaginez-vous qu'il m'a fallu des mois pour convaincre James de me donner du « David ».

» Que voulez-vous savoir en priorité ?

— Le roi et son statut actuel… Il a été excommunié, paraît-il.

— On peut voir les choses ainsi… Mais c'est une affaire politique plus que théologique. Au sein de l'Église, Dieu merci, beaucoup de prêtres ne sont pas d'accord – et parmi eux, notre primat, l'archevêque Lamberton, et son « second » l'évêque Wishart de Glasgow. En toute conscience, et pour le salut du royaume d'Écosse, ces deux hommes croient sincèrement que le Saint-Père a été mal informé sur ce qui s'est déroulé entre Robert et John Comyn, dans l'église de Dumfries. Selon eux, des conseillers trop partisans ont volontairement déformé la vérité afin de servir leur cause. Très loin de l'Écosse et de ses drames, Clément a jugé Robert *in abstentia*. Selon notre archevêque, il pourra être un jour convaincu de lever sa sentence.

» En attendant, notre primat, toujours en accord avec sa conscience, refuse de mettre en application l'excommunication. Grâce à cette initiative, le roi peut gouverner le royaume en des temps si troublés…

— Du coup, vous pensez que l'archevêque Lamberton sait où est le roi ?

— Non. Sur ce point, je suis affirmatif. Comme Wishart de Glasgow, Lamberton, prisonnier des Anglais, est quelque part en Angleterre. Comme d'habitude, la trahison venait d'autres Écossais, aveuglés par la cupidité.

» Les deux prêtres sont bien traités, comme ils convient pour des religieux, mais ils sont privés de leur liberté.

— Je vois… Et qu'en pensent les autres évêques du royaume ? Toute l'Église d'Écosse est-elle dernière l'archevêque ?

David de Moray eut un rictus dégoûté.

— Non… Comme je l'ai déjà dit, c'est une affaire de politique, pas de théologie… Les évêques alliés aux Comyn se dressent contre le roi. Une meute de chiens ! Ils espèrent toujours renverser Robert et faire monter un fantoche sur le trône.

Sir William hocha vigoureusement la tête.

— Jusqu'à cet instant, seul sir James est au courant, mais je suis membre du conseil de gouvernance du Temple. Chargé d'une mission par Jacques de Molay, je dispose d'une grosse somme d'argent destinée au roi Robert. Ce n'est pas un cadeau du Temple, rassurez-vous… Connaissez-vous sir Thomas Randolph – le père !

— Tom ? Oui, je suis de ses amis. Pourquoi ?

— Donc, Jessica, sa plus jeune sœur, vous dit aussi quelque chose.

— Oui, je l'ai croisée une fois, il y a longtemps. Elle était mariée à un baron français, je crois…

— Le baron Étienne de Saint-Valéry. Lui aussi est mort. Mais avant, il a accumulé une fortune qu'il a fini par confier provisoirement au Temple. Sa veuve, lady Jessica, est à bord d'un de mes vaisseaux qui mouillent près de l'île de Sanda, sur la côte du Kintyre. Le trésor dont je vous parle, elle veut l'offrir à Robert. Si nous lui mettons la main dessus, le roi sera un homme riche.

Moray se gratta le crâne.

— Quel volume fait-il, ce trésor ?

— Il y a de quoi acheter une armée. Six coffres de pièces d'or et cinq d'argent.

— C'est considérable... Encore que tout dépende de la taille des coffres. J'ai du mal à ne pas me demander, je l'avoue, si ça suffit à expliquer la présence de l'amiral de la flotte et d'un membre du conseil de gouvernance...

L'instinct qui avait poussé sir William à se fier à James lui souffla de faire de même avec David.

— Vous êtes loin de connaître toute l'histoire... Nous avons arraché le trésor aux griffes de Philippe le Bel. De justesse, croyez-moi, et nous n'aurions pas réussi si on ne nous avait pas prévenus en temps voulu...

— On vous a avertis que le roi de France lorgnait le trésor de votre famille ?

— Non, le trésor de la baronne était déjà à La Rochelle. Le sauver fut un pur coup de chance.

» On nous a prévenus que le chef juriste de France – Guillaume de Nogaret – entendait attaquer le Temple le 13 octobre au matin. Partout dans le pays...

Le silence qui suivit sembla durer une éternité. Quand il eut assimilé les nouvelles, l'évêque secoua la tête.

— Répétez-moi un peu ça ? Qu'avez-vous dit ?

— Le vendredi 13 octobre, à l'aube, l'armée française, sous le commandement de Guillaume de Nogaret, est montée à l'assaut de toutes les commanderies et autres installations du Temple. Les occupants – chevaliers, sergents, frères servants et associés – ont été arrêtés et incarcérés. Tous en même temps.

— C'est... incroyable... Mais comment avez-vous réussi à fuir ?

— Les informations, je vous l'ai dit… Jacques de Molay, notre grand maître, a eu vent de l'opération avec un mois d'avance. Bien qu'incrédule, il a pris des mesures pour soustraire la flotte à cette félonie. Au dernier moment, de plus en plus convaincu que la catastrophe se produirait, il m'a envoyé à La Rochelle afin d'organiser la fuite de la flotte.

— Et ce drame, il s'est produit ?

— Nous l'avons vu de nos yeux… Pour ce que nous en savons, le Temple n'existe plus en France.

— C'est inimaginable ! Le Temple, détruit ?

— En France, en tout cas. Du moins, nous le postulons. Pour en être sûrs, il aurait fallu rester là-bas, mais ce que nous avons vu à La Rochelle laisse peu de doutes…

» Bien entendu, nous avons envisagé toutes les explications possibles. Un coup d'esbroufe du roi, pour nous effrayer et nous contraindre à le financer… Avec la possibilité de négocier, puis de dissiper le malentendu…

— Mais vous n'en croyez rien.

— Pas un mot… Selon moi, Philippe le Bel a agi en toute malveillance, avec l'intention précise de s'approprier les biens de l'ordre. Je doute qu'il revienne là-dessus. D'autant plus qu'il est acculé. Avec les emprunts contractés auprès du Temple, il était au bord de la faillite. Si l'ordre disparaît, il n'aura plus de dettes et disposera même d'assez de fonds pour faire ce qu'il désire. En France, l'ère du Temple est révolue.

Sir William jeta un coup d'œil à Bérenger, qui n'avait pas bronché.

— Excusez-moi, Édouard, mais ces idées me sont soudain apparues évidentes.

Bérenger acquiesça.

— Il n'y a rien à excuser, puisque je partage votre analyse. Mais ça laisse une question ouverte : qu'allons-nous faire ?

— Une telle agression, dit Moray, pensif, exige l'accord tacite du pape, voire son soutien franc et massif…

— Exact… Clément, nous le savons tous, est un faible facile à manipuler. En France, sous le règne de Philippe le faiseur de Saint-Père, il est de la glaise entre les mains d'un tourneur.

Moray inspira à fond, se redressa et voulut parler. Mais sir Robert Boyd de Noddsdale, pourtant sorti un peu plus tôt, rejoignit le petit groupe.

— Monseigneur, sir James vous demande de venir. Vous devez me suivre, en compagnie de ces deux gentilshommes.

Moray regarda les invités.

— Si je n'étais pas un digne prélat, je dirais, mes amis, que vous allez devoir chanter pour payer votre dîner.

Les amis et la loyauté

1

Six hommes attendaient derrière la cloison en bois qui isolait la mezzanine. Bien éclairée par des bougies, la pièce était mansardée, mais avec une telle hauteur sous plafond que ça n'était pas gênant.

Dans un coin, près de la porte, des armes gisaient en tas. Vieilles épées, boucliers ébréchés, haches émoussées et dagues épointées…

La cheminée intégrée au pignon fournissant une agréable chaleur, l'atmosphère était des plus confortables.

La plus grande partie de l'espace était occupée par une longue table sur laquelle reposaient trois bougies. Les six hommes assis sur des chaises levèrent les yeux sur les nouveaux venus.

En sus de sir James, placé en bout de table, sir William reconnut le chef du clan Campbell – sir Neil Campbell de Lochawe, se souvint-il – et le Robert Boyd d'Annandale. Le jeune chef des MacGregor siégeait à côté de Boyd – en face, un type à l'air sinistre nommé de Hay regardait sombrement le plafond. À côté de lui, après un siège vide, se tenait un homme à l'expression tout aussi morose. La trentaine, ce chef était le cadet du groupe, si on exceptait sir James et MacGregor. Les traits fins et la barbe noire, il contenait mal sa rage.

Sir William ne se souvenait pas de l'avoir vu avant. En revanche, il reconnut sans peine sir Alexander Menteith d'Arran, l'air encore plus malingre que d'habitude en une telle compagnie de colosses.

Suivant David de Moray, sir William et sire de Bérenger s'immobilisèrent au pied de la table pendant que le Boyd de Noddsdale allait prendre son siège.

— Bienvenue, dit sir James avec un grand sourire.

Pour s'adresser à Bérenger, il passa au français :

— Vous me pardonnerez, j'espère, ce qui peut ressembler à une convocation à l'emporte-pièce. Mais en parlant avec sir William, il m'est apparu que certains nobles d'Écosse doivent entendre ce que vous avez à dire. En particulier au sujet du trésor que vous destinez au roi.

» C'est une bonne nouvelle, mais à prendre avec circonspection. Asseyez-vous, mes amis. Sir William, j'espère que raconter une autre fois votre histoire ne vous gênera pas. Sachez que tous les hommes présents ici ont la confiance du roi.

Sir William fit mine de s'asseoir, mais l'évêque guerrier lui posa une main sur le bras pour le retenir.

— Sir James, avant de commencer, vous devez savoir la véritable raison de la venue de sir William.

Tous les regards se braquèrent sur l'invité.

— Comment ça, la véritable raison ? s'étonna sir James.

— Sir William, vous vous en chargez ou j'essaie d'expliquer ça à votre place ?

— Comme il vous plaira, monseigneur… Mais si vous parlez, je pourrai déterminer si vous m'avez écouté attentivement.

Moray eut un sourire fugitif. Puis il regarda Bérenger.

— Vous m'excuserez, j'espère, mais je vais repasser à l'écossais. Dans cette pièce, plusieurs hommes ne comprennent pas un mot de français. En principe, vous savez ce que je vais dire. En cas de nouveauté, sir William traduira pour vous.

Moray se tourna vers les autres « conseillers » :

— Sir William m'a appris que de noires manœuvres s'ourdissent très loin de notre royaume. Des événements graves et qui peuvent avoir un impact terrifiant sur notre pays.

» Puisque nous avons peu de temps à gaspiller en bavardages, je vais être clair. Les informations qui vont suivre risquent de vous stupéfier puis d'exciter votre curiosité. Quoi qu'il en soit, je vous demande d'accepter mes propos. Tout est vrai, mais ce n'est ni l'heure ni l'endroit pour entrer dans les détails.

Après avoir balayé l'assistance du regard, l'évêque résuma l'affaire de l'attaque du roi contre le Temple.

— Sir William, du conseil de gouvernance, et sire de Bérenger, l'amiral de la flotte des Templiers, sont convaincus d'être les derniers dignitaires de l'ordre à ne pas croupir dans une cellule puante.

Malgré les précautions prises par Moray, des commentaires coururent tout autour de la table. Pour reprendre, il attendit que le calme soit revenu.

— Aucun d'entre nous n'aurait imaginé ça – après tout, le Temple est indestructible – mais personne, dans cette salle, ne doit se dire, même un instant, que nous ne sommes pas concernés. Nous le sommes, c'est indéniable, et ce à plusieurs degrés. Pour commencer, ces « invités » sont en réalité venus chercher de l'aide et du réconfort. Pour un temps, c'est vrai, mais ce qu'ils ne peuvent pas savoir…

L'évêque hésita.

— À l'heure où nous parlons, le roi Robert est en pourparlers avec le souverain français. L'objectif, c'est une alliance contre l'Angleterre. La demande d'asile de nos amis pourrait tout faire rater.

Entendant sir William traduire pour Bérenger, Moray marqua une courte pause.

— Pour ne rien arranger, Philippe le Bel n'aurait pas osé agresser ainsi l'ordre sans l'assentiment du pape. Parce que le Temple, quoi que chacun en pense dans le secret de sa conscience, reste une organisation religieuse.

» Il est inutile que je vous le rappelle, j'imagine, mais il n'y a qu'un pape : celui que l'archevêque Lamberton tente de convaincre d'annuler l'excommunication de Robert.

» Voilà qui nous fait deux bouchées bien amères à avaler, et ce n'est qu'un début.

— Dans ce cas, renvoyez ces gens chez eux, grogna le barbu assis au milieu de la table. Nous avons assez de problèmes pour ne pas nous en inventer.

— Après les avoir délestés du trésor, c'est ça ? Prendre la manne qu'ils nous apportent et leur faire au revoir de la main ?

Dans la voix glaciale de l'évêque, sir William reconnut du mépris. À l'évidence, il détestait son interlocuteur. Les deux hommes se défièrent du regard jusqu'à ce que sir Robert Boyd d'Annandale lève une main.

— Si je peux dire un mot… Notre ami à la barbe noire vient juste d'arriver de l'île de Rathin. Du coup, il ignore qui est qui ici, et ça ne fait rien pour améliorer son caractère plutôt morose. Mais il est le capitaine de son clan, et le frère du chef…

» Sir William, avant de décider de venir ici, étiez-vous au courant des points que vient d'évoquer monseigneur de Moray ?

— C'est la première fois que j'entends parler d'un pacte avec Philippe Capet. En un sens, ça me surprend, sachant quel genre d'homme il est, mais je comprends vos motivations. En ce qui concerne l'excommunication, j'en étais informé…

» Cela dit, j'avoue n'avoir pas fait le lien entre la situation du roi Robert et la nôtre. (Il hésita...) En fait, ce n'est pas tout à fait vrai. Je pensais que ça inciterait le roi à nous accorder l'asile. Je ne savais pas qu'un plan visant à obtenir une dispense était en cours, ni que nous risquions d'être un fardeau pour l'Écosse.

— Sir James nous a informés que vous êtes resté longtemps hors d'Écosse, dit Boyd. Si vous nous disiez ce que vous savez de notre roi, Robert Bruce ? En supposant que vous en sachiez quelque chose...

Même s'il avait conscience d'être devant un tribunal, sir William ne put s'empêcher de sourire.

— Si vous me demandiez de dévoiler les secrets les plus intimes de l'ordre, sir Robert, je ne serais pas plus mal à l'aise pour répondre...

Personne ne riant de sa plaisanterie, sir William enchaîna :

— Blague à part, je ne sais pas grand-chose du roi, et mes chiches informations, je les tiens de deux femmes... Ces vingt dernières années, je me suis consacré au Temple, comme l'impliquaient mon serment, mon devoir et mes convictions.

» Je suis né à Roslin et j'y ai grandi. Quand j'ai quitté l'Écosse, très jeune, nous n'avions aucun conflit avec l'Angleterre. Vingt ans durant, j'ai vécu dans l'ignorance de ce qui se passait ici, et je n'en conçois aucune culpabilité. En intégrant l'ordre, j'ai renoncé au monde. À part au pape, un Templier n'a de comptes à rendre à personne.

» Ma sœur Margaret a épousé sir Edward Randolph longtemps après mon départ. C'est elle qui m'a tenu informé de ce qui se passait ici et des agissements du roi Robert, quand il était encore le jeune comte de Carrick. Dans ses lettres, elle ne tarissait pas d'éloges sur cet homme et insistait sur l'estime et la loyauté qu'il inspirait à son mari. La sachant raisonnable et sensée, je me suis fié à son jugement.

» La seconde femme, c'est Jessica Randolph, baronne de Saint-Valéry. Je ne la connais pas bien, mais sa volonté de confier à Robert Bruce la fortune de son mari m'impressionne très favorablement. Si on combine cela aux louanges de ma sœur au sujet de Robert, on comprend mieux pourquoi j'ai choisi l'Écosse comme sanctuaire.

— Et que savez-vous d'autre sur Robert ? L'homme, au moins…

— Mes connaissances ne vont pas très loin. Je ne l'ai jamais vu, mais grâce à ce que sir James m'a dit sur lui, je me suis forgé une opinion. Pour avoir tant de partisans, il doit être très honorable…

— Certes, oui… Et ses ennemis ? N'avez-vous jamais entendu dire que les fidèles de Robert Bruce n'étaient pas assez nombreux pour remplir une table de banquet ?

— Ou que ses adversaires, intervint sir James avec un sourire amer, se précipitent sur lui comme des mouches à merde ?

Sir William balaya l'assemblée du regard. Que venait-il faire ici ? se demanda-t-il, soudain méfiant.

— Les gens doivent se répéter ça, puisque vous le dites, mais n'oubliez jamais que ce sont de grands menteurs. Arrivé depuis peu de temps, je n'ai rien entendu de ce genre. Mais faut-il vraiment que je vous rappelle la règle d'or ? Les peuples sont menteurs et on ne doit jamais se fier à eux.

» Moi, je choisis de voir les choses différemment… Si Robert Bruce a si peu d'amis que ça, il faudrait lui rendre hommage en précisant « amis restants », parce qu'il me semble être du type d'homme à s'attirer aisément la sympathie des autres. À part ça, il me paraît aussi très capable de tirer le meilleur de ceux qu'il aime, que ce soit dans sa vie privée ou dans sa vie publique.

» Donc, ses amis meurent volontairement pour défendre sa cause, certains poursuivis par d'impitoyables tueurs. Alors, s'il lui reste peu de proches, je suis prêt à parier qu'il n'oublie pas ceux qu'il a perdus. Ces deuils le hantent sûrement jour et nuit, mais il est capable d'aller de l'avant quand même – la marque des grands souverains, selon moi.

Dans un silence tendu, sir William acheva sa tirade :

— Voilà ce que je pense de Robert Bruce, et qu'importe s'il me rejette et me force à rebrousser chemin. Ce jugement est des plus récents, mais il vient du cœur, et si je rencontre un jour Robert, j'en serai très honoré.

Dès qu'il eut terminé, sir William mesura à quel point sa déclaration était bizarre. Sans aucune préméditation, les mots étaient sortis de sa bouche, portés par une colère qu'il éprouvait toujours, même après s'être tu. Du coin de l'œil, il vit que Bérenger, qui n'avait pourtant pas dû saisir un mot de tout ça, le regardait avec des yeux ronds.

Il doit y avoir eu quelque chose dans mon ton…

Prenant une grande inspiration, il la retint, regarda droit devant lui et attendit une réaction de son auditoire. Sur les six hommes assis à la table, trois n'avaient pas encore parlé. Alors qu'ils ne semblaient pas décidés à rompre avec cette habitude, quelque chose d'incroyable se produisit.

Une minuscule lueur attira le regard de sir William. On eût dit celle d'une perle, et ça n'était pas loin de la réalité.

Une larme reflétant la lumière vacillante d'une bougie… Rien d'extraordinaire, n'était qu'elle perlait à l'œil du chevalier à la triste figure appelé de Hay.

Raide comme un manche à balai, mais pas gêné pour un sou, de Hay ne tenta pas d'essuyer la larme, qui ruissela sur sa joue puis vint se perdre dans sa barbe. À cet instant, il cligna des yeux, puis les leva sur sir William. Pleurant à présent à gros bouillons, il regarda sir Robert Boyd de Noddsdale puis dévisagea son homonyme originaire d'Annandale.

Le second Boyd soutint le regard du chevalier en larmes. Sans trahir ni pitié ni mépris, il haussa presque imperceptiblement les épaules puis tourna la tête vers les deux Templiers.

— Eh bien, sir William, on dirait que sir Gilbert apprécie votre tirade.

Les pieds de la chaise grincèrent quand Boyd se leva. En même temps, un grand bruit retentit dans la salle, en bas, comme si quelqu'un avait laissé tomber une lourde table.

— D'accord, plus de mascarade ! s'écria le « Robert Boyd » d'Annandale. Je suis Robert Bruce, roi d'Écosse, et je m'excuse de ce subterfuge. Sachez cependant que je m'en passerais bien, si je pouvais... Ma présence ici ne doit pas être connue, et la plupart des soldats, en bas, ignorent qui je suis.

Stupéfié, sir William avait du mal à remettre de l'ordre dans ses idées. Mais le roi ne s'en aperçut pas et enchaîna :

— James m'a dit que vous étiez fiables, tous les deux. Pour ces choses-là, il a du flair. Mais je devais en juger par moi-même. La pire malédiction, dans ma nouvelle vie, c'est que je dois *toujours* en juger par moi-même.

Robert Bruce se redressa de toute sa hauteur.

— Mais c'est peut-être le fardeau d'un roi... Les dés sont jetés, et nous avons du pain sur la planche, en plus de l'ouvrage entrepris ici.

Se tournant vers Bérenger, il lui fit signe d'approcher puis reprit en français :

— Seigneur amiral, vous êtes le bienvenu ici. Retirez votre manteau, si ça vous chante, et asseyez-vous avec nous. Nous avons beaucoup à dire – en écossais, le plus souvent, mais sir William servira d'interprète quand ça s'imposera.

Tandis que les deux visiteurs tombaient le manteau, Robert Bruce s'adressa à sir William :

— Vos navires, où sont-ils et quelle force représentent-ils ?

— Majesté, ce sont les navires de sire Édouard, pas les miens. Les galères, en tout cas.

Bruce sonda le regard de sir William.

— Qu'ils soient à vous ou à lui n'a aucune importance. Ce sont les navires du Temple, et ils mouillent dans *mes* eaux. Quant au « Majesté », gardez ça pour le roi d'Angleterre, si vous avez la malchance de le rencontrer un jour. En Écosse, on ne s'embarrasse pas de ces fioritures. Si vous y tenez, Votre Grâce fera l'affaire.

— C'est exact, mon roi. Désolé, j'avais oublié...

— Aucune importance. À présent, asseyez-vous, je vous en prie. Non, James, inutile de te lever pour me laisser la place d'honneur. Ça ira très bien comme ça.

Dès que les deux Templiers et l'évêque se furent assis, le roi désigna le chevalier à la barbe noire assis au centre de la tablée.

— C'est mon frère, Edward Bruce, comte de Carrick. Les autres, vous les connaissez, mais à titre de rappel, il s'agit de sir Neil Campbell de Lochawe, chef du clan Campbell, et de Colin, le fils de Malcolm MacGregor de Glenorchy. L'homme auquel vous avez tiré des larmes est sir Gilbert de Hay, mon porte-étendard. Quant à sir Robert Boyd de Noddsdale, il est avec moi depuis Dumfries. Toujours là pour me soutenir, il me prête son nom quand ça s'impose. Maintenant, revenons-en à vos navires.

Sir William résuma la tirade du roi pour Édouard, puis il repassa à l'écossais.

— Votre Grâce, nous avons des galères et des navires de transport. En fait, il s'agit de la flotte présente à La Rochelle le jour de l'attaque, renforcée par trois galères venues de Marseille. En tout, ça nous fait vingt navires, dont dix galères...

Sir Neil Campbell siffla entre ses dents et le roi s'adossa à son siège.

— Des galères du Temple, rien que ça... De quelle taille ?

— Elles sont toutes différentes… Les trois plus grosses, dont celle de l'amiral, ont vingt rames par côté. Avec deux hommes par rame, et l'ancienne configuration des doubles bancs…

— Des birèmes…

— Oui, Votre Grâce, à part la galère arabe arraisonnée par l'homme qui la commande aujourd'hui. Dix-huit rames et deux rangs simples… En tout, nous avons quatre « trente-deux rames », trois « quarante rames » et trois « trente-six »…

— Impressionnant… Ce qui nous fait combien d'hommes ?

— Dans les cinq cents, je pense. Nous n'avons pas encore compté.

— Une force considérable…

— Oui, Votre Grâce, mais une force navale.

— Ce qui veut dire ?

— Ces hommes sont des marins, pas des soldats. Mais nous avons un bonus. L'entière garnison de La Rochelle, subtilisée au nez et à la barbe de Guillaume de Nogaret.

— Le boucher français ?

— Oui, en personne.

— Et vous n'aimez pas ce gaillard ?

— Votre Grâce, pour lui, ma détestation est infinie.

— Combien d'hommes, la garnison ?

— Cent cinquante-quatre, dont trente-six frères servants non combattants. Ce qui nous donne cent dix-huit chevaliers et sergents.

Le roi plissa ses yeux couleur gris argenté.

— Et vous espériez faire cantonner tous ces hommes dans mon royaume ?

— J'ai aussi d'autres chevaliers et sergents, sous le commandement de mon frère, sir Kenneth Sinclair. Vingt chevaliers et quatre fois plus de sergents.

Sir Edward Bruce remua sur sa chaise. Sinon, personne ne broncha en attendant la réaction du roi.

— Et les vaisseaux de fret ?

— Dix bâtiments de commerce… Sept d'entre eux transportent les hommes de mon frère et leurs chevaux, plus tous les équipements requis. Deux autres abritent la garnison de La Rochelle. Le dernier est chargé de vivres.

— Des chevaux ? Vous avez amené des chevaux…

— Oui, Votre Grâce. On ne pouvait pas en faire cadeau au roi et à son séide.

— Donc, ils ont navigué avec vous… Où comptez-vous les installer ?

— Sire, je n'en ai pas la première idée. J'ai refusé de les laisser en arrière, pensant que vous me proposeriez une solution. Les montures des chevaliers sont de vrais destriers, dressés pour le combat. Les autres, ce sont des équidés lambda…

— Sir William, nous allons devoir débattre de loyauté et de *quid pro quo*. En attendant, un problème doit être résolu sans délai. James m'a dit que vous avez laissé vos navires devant Sanda, près du Mull du Kintyre. C'est le territoire des MacDonald, et s'ils repèrent votre flotte, ils accourront en masse, ce qui ne m'arrange pas du tout. Vous devez déplacer ces navires et les transférer ici, où ils mouilleront dans la baie de Lamlash. Êtes-vous disposé à le faire ?

— Sans tarder, oui. Mais ne seront-ils pas repérés plus vite s'ils se déplacent ?

— C'est un risque très réduit en naviguant de nuit. Dans le Mull du Kintyre, ils feraient une cible pour les MacDonald. Ici, ils ne risqueront rien. Qui dirigera la manœuvre ?

— Sire Édouard, bien entendu…

Sir William traduisit toute la conversation à l'amiral, qui se leva aussitôt et prit son manteau.

— J'y vais, dit-il. À la rame, il y en aura pour quatre heures.

— Minute ! fit le roi, une main levée. Inutile de vous presser à ce point. Amiral, votre équipage est invité à terre, ce soir. Laissez manger vos hommes, donnez-leur une heure de repos, puis passez à l'action. Partir au crépuscule ou à minuit, c'est du pareil au même. Le voyage sera toujours nocturne, et bien plus agréable après un bon dîner. Jusqu'à minuit, prenez du bon temps…

» Et souvenez-vous, en bas, je suis simplement Robert Boyd d'Annandale. Sir William, après le dîner, nous nous remettrons au travail.

2

Pour sir William, le banquet ne fut qu'un tourbillon de voix graves – il n'y avait pas une femme dans l'assistance –, de plats de viande rôtie et de flots de boissons fortes. Le tout sur un fond musical strident – la spécialité des Highlands et des Îles, à base de cornemuses et de harpes – souvent interrompu par d'interminables chansons marmonnées en erse (ou « gaélique écossais », disait-on désormais) par des bardes et des chanteurs.

Flanqué de sir James et de l'amiral, sir William eut droit à la table d'honneur surélevée, mais pas un convive ne s'en soucia, et ceux qui l'occupaient la désertèrent après le plat de résistance afin d'aller rejoindre leurs amis. Du coup, l'estrade devint le fief des trois francophones.

Toujours occupé à analyser les conséquences de la présence inattendue du roi, sir William trouvait impensable que Bruce puisse être assis parmi ses sujets sans qu'ils le sachent. Il en fit part à sir James, qui eut un grand sourire.

— Pour quelqu'un qui vient de France, un haut lieu de la civilisation, ça doit paraître étrange, en effet. Mais ça n'a rien d'extraordinaire. En Écosse, tout homme connaît Robert Bruce – de nom et de réputation, au moins. Mais tous ont gardé l'image du jeune comte de Carrick, qui était bien plus… Quel est le mot juste ? Exubérant ? Oui, je crois… Il était connu pour son goût du luxe : les derniers vêtements à la mode, les plus belles armures, les meilleures armes, les plus beaux chevaux et… d'exquises damoiselles. Sans parler de son esprit acéré.

» Jeune homme, il ne mégotait pas sur les largesses. Pourtant le seigneur d'Annandale, son père, ne lui allouait pas beaucoup de fonds… Mais à ses débuts, Robert avait les faveurs d'Édouard le Sec. Beaucoup de gens le tenaient pour un bon à rien dépourvu de qualités, à part sa jeunesse, sa prestance et son insouciance apparente. En ce temps-là, j'étais encore gamin, savez-vous ? Du coup, je n'ai pas connu le comte de Carrick à son meilleur – ou à son pire. Mais c'était l'image qu'il donnait avant que le roi Édouard lui apprenne à détester sa laisse.

— Sa laisse ?

— Les liens qui faisaient de lui la marionnette du Plantagenêt. Quand son plan d'annexion de l'Écosse a échoué, le roi d'Angleterre a tenté d'utiliser Robert comme homme de paille.

— Comment ça ?

— En lui ordonnant d'agir comme s'il était son laquais, et donc celui de l'Angleterre. Du coup, la vie est devenue insupportable pour le comte.

— Quel genre d'actes lui imposait-il ? Même si vous étiez très jeune, vous devez avoir des exemples.

— Pour sûr ! J'ai même été témoin de la rébellion du comte. Comme je vous l'ai dit, mon père était un résistant – en d'autres termes, un des plus gros cailloux que le roi

Édouard ait eus dans sa chaussure. Impliqué dans une révolte, il y a dix ans, il fut déclaré hors la loi par le Plantagenêt. À l'époque, j'avais douze ans. Édouard a envoyé des troupes pour nous capturer, ma mère et moi, mais celle-ci fit barricader les portes et refusa de se rendre. Le comte de Carrick appartenait aux forces anglaises, histoire de leur servir de caution. Bien qu'il fût le plus haut gradé, il n'avait aucune autorité et personne ne le respectait. Un fantoche écossais source de légitimité pour les soudards anglais.

» Le véritable commandant – navré mais son nom m'échappe – rafla trois enfants, dont un de mes amis, et menaça de les pendre si ma mère ne rendait pas gorge. À l'évidence, il ne la croyait pas capable d'être si dure.

— Et il se trompait ?

— Nous ne l'avons jamais su. Le comte de Carrick, futur roi Robert, défia le commandant et le força à détaler avec ses hommes. Ensuite, il libéra les trois enfants et implora ma mère de lui pardonner. Puis il nous conduisit auprès de mon père, dans le Nord, et se joignit à la rébellion. S'affirmant comme un Écossais, il jura de vaincre ou de mourir aux côtés de son peuple. Ce fut son premier pas sur le chemin de Scone et de la couronne.

Sir James sourit.

— Ce fut aussi le mien sur la longue route qui mène à la chevalerie. Car l'homme que je découvris ce jour-là devint mon modèle et mon idéal. Robert Bruce, comte de Carrick, était désormais mon père spirituel.

Sir James marqua une courte pause.

— Voilà qui nous ramène à nos moutons… Quand ils pensent à Robert Bruce, les gens voient le chevalier en armure prêt à en découdre avec les Anglais. L'homme qu'il est devenu depuis, assis ce soir parmi les siens, est un partisan des Highlands, capable de vivre à la dure comme un membre des clans. Un rebelle qui dort dans des grottes, enroulé dans une couverture en tartan, qui fait rarement du feu, de peur d'être repéré, et qui braconne pour survivre – quand il ne mendie pas un peu de pain et de fromage dans les fermes. Un combattant qui se couche dague au poing toutes les nuits et qui n'a ni armure, ni éperons, ni épée ni tunique chatoyante…

» Un autre détail interdit qu'on le reconnaisse. Le roi Robert, chacun le sait, était glabre en toutes circonstances. Mais depuis un an, il n'a pas trouvé une minute pour se raser. Du coup, en arrivant sur Arran, il a décidé de conserver sa barbe – en la tressant, simplement. Le roi d'Écosse vit désormais parmi ses sujets, et leur ressemble comme une goutte d'eau ressemble à une autre.

— C'est très bizarre, fit sir William, pensif. Quand j'étais jeune, le roi d'Angleterre n'envisageait pas de conquérir l'Écosse. Que s'est-il passé ?

— Qui peut le dire ? Les choses changent… Peut-être a-t-il été inspiré par ses succès au pays de Galles. Après avoir vaincu Llewellyn et fait plier l'échine aux Gallois, il a bombardé son fils prince de Galles, histoire de marquer le coup. Pour cette conquête, il lui a fallu dix ans, mais son royaume en a énormément bénéficié.

» Selon certains, la première proie avalée, il s'est tourné vers l'Écosse afin d'unifier toute l'île de Bretagne. Mais il a sous-estimé la résistance des Écossais.

Bérenger intervint pour la première fois dans la conversation :

— Tous les nobles écossais sont des Normands français, non ? Ils devaient allégeance au roi d'Angleterre, et si je vous en crois, sir William, ils respectaient la règle du jeu. Ça ne suffisait pas ? Pourquoi vouloir conquérir ce qu'on détient déjà ?

— Parce que vous vous trompez, amiral… Tous les nobles écossais ne sont pas des Normands français. Les grands comtés d'Écosse ont pour racines les royaumes celtiques – plus précisément, les clans parlant le gaélique qui étaient là bien avant l'arrivée des Normands. Cela dit, combien de temps une lignée doit-elle passer sur des terres pour qu'elles lui appartiennent ? Les Bruce sont ici depuis l'époque de Guillaume le Conquérant. Anciennement St. Clair, la lignée des Sinclair a changé de nom après son émigration de France en Écosse. Même si j'ai grandi en parlant l'angevin et le français, quand les arrière-grands-parents d'un homme sont nés et ont vécu en Écosse, il doit se considérer comme un Écossais.

Entendant du remue-ménage, sir William tourna la tête et vit qu'on tirait à l'écart plusieurs tables. Sur la zone ainsi dégagée, deux hommes se campèrent face à face, le regard mauvais, puis entreprirent de se dévêtir avant de combattre.

Des paris fusèrent un peu partout. Au milieu de ce joyeux désordre, sir William vit que Robert Bruce souriait aux anges.

— Regardez le roi, souffla Bérenger. Il adore tout ça !

— Et comment ! acquiesça sir James. Depuis un an, ses goûts ont bien changé.

— Vous m'avez dit qu'il faisait campagne dans le Nord…, rappela sir William.

— Et je n'ai pas menti. Sa présence ici sera courte, mais déterminante.

— Pourquoi est-il venu ?

— Pour discuter de stratégie… Sur quel point, exactement, vous le saurez bientôt. J'ai le sentiment, sir William, que vous serez impliqué dans ce plan – en partie, du moins. J'ai entendu le roi parler de donnant donnant – *quid pro quo* – mais ce n'est pas à moi de dire ce qu'il entendait par là. Il vous faudra attendre jusqu'à ce qu'il aborde la question.

Bérenger se leva soudain.

— Le temps passe, et je dois aller voir si mes hommes se comportent bien. J'ai obtenu qu'on ne leur serve pas plus d'un gobelet de vin avec leur repas. Il est temps d'aller les retrouver, si nous voulons partir à minuit…

Sir William leva une main pour retenir l'amiral.

— Une dernière chose, Édouard… Vous allez conduire la flotte dans la baie de Lamlash… Comme il n'y a pas de route terrestre jusque-là, je serai toujours ici quand vous arriverez. Dès que ce sera fait, laissez les autres navires – avec consigne que nul ne descende à terre sans un ordre de moi – puis venez me chercher. Je vous attendrai. C'est clair ?

— Comme de l'eau de roche. Si vous voulez bien, je vais me retirer.

Bérenger s'inclina devant sir James puis salua sir William de la main.

— C'est un brave homme, dit le gardien d'Arran, mais comment peut-il être si naïf ? Avant une mission, je ne laisserais pas mes gars à distance olfactive d'une boisson alcoolique. Si ces gens ne sont pas tous ivres morts, c'est qu'il détient sur eux un pouvoir qui m'échappe.

— Oui, celui de Dieu, mon ami. N'oubliez pas que ce sont des moines du Temple. S'ils se battent comme des démons, ils vivent comme des ermites et prient comme des prêtres.

Sir William suivit Bérenger du regard et le vit approcher de la table où ses quatre officiers supérieurs, des chevaliers, finissaient de dîner avec les six sergents qui dirigeaient pour de bon l'équipage de la galère.

Entre les chevaliers et les sergents, les différences étaient frappantes. La couleur de la tenue, pour commencer, blanche pour les premiers et noire pour les seconds. Ensuite, il y avait la barbe à deux pointes que tous les chevaliers, jusqu'au dernier, arboraient fièrement. Une coquetterie qui amusait parfois sir William, mais qui l'agaçait aussi beaucoup, car elle symbolisait parfaitement l'arrogance qu'on reprochait si souvent au Temple. Décidément plus sobres, les sergents portaient un appendice pileux très modeste en guise de signe particulier de l'ordre…

Au milieu de la salle, le combat continuait – au sol, désormais, et devant un cercle de spectateurs de plus en plus excités.

Robert Bruce semblait s'être volatilisé. Mais peut-être était-il simplement invisible dans la foule.

Quand il balaya la salle du regard, sir William fut frappé par l'arc-en-ciel de couleurs. À part en France, peut-être, on n'aurait vu ça nulle part ailleurs. La plupart des hommes, ici, venaient des Highlands. Vêtus de tartan, la barbe et les cheveux en bataille, ils arboraient toutes sortes de bijoux et d'ornements « primitifs », du genre plumes d'aigle ou ceinture de tissu de couleur vive.

Sans savoir pourquoi, sir William se surprit à étudier de près un type tellement occupé à observer les autres qu'il ne s'aperçut pas qu'on l'épiait. N'était l'absence de tartan dans sa tenue, le gaillard n'avait rien de remarquable. S'il ne distinguait pas ses jambes, le Templier vit qu'il portait une tunique ordinaire sous un gilet de cuir fatigué. Tête nue, des cheveux bruns clairsemés tombant sur la nuque, il avait une barbe et une moustache, mais bien trop miteuses pour pouvoir prétendre être des symboles de virilité.

Penché sur sa chaise, le type tendait l'oreille pour entendre ce que l'amiral disait à ses officiers. Un étrange comportement…

Sir William tapota le bras de sir James pour détourner son attention des lutteurs.

— Soyez discret, mais jetez un coup d'œil à la table où Bérenger s'adresse à ses hommes. Vous voyez le type qui tend l'oreille ? Pas de chapeau, cheveux rares, gilet de cuir… Vous le connaissez ?

— Non, mais c'est l'un des nôtres… Des Lowlands, je veux dire, à voir sa tenue. Il doit être venu avec Robert Boyd… Que lui trouvez-vous de spécial ?

— Rien de tangible, sauf que le voir me fait grincer des dents… Et je n'aime pas sa façon d'écouter aux « portes ». Bérenger explique sûrement à ses officiers ce qu'il attend d'eux ce soir, et il n'a aucune raison de se méfier. Mais ça me rappelle ce que disait votre ami d'Annandale sur les traîtres, les espions et les indics qui grouillent dans le pays. Si un type filait avec des informations sur ce qui se passe ici, les Anglais le soudoieraient.

— Comme Judas, oui… Je me renseignerai sur ce gaillard… En attendant, je ne le lâcherai pas des yeux. Vos amis parlent en français, je suppose ?

— Bien entendu, puisqu'ils viennent tous de ce pays…

— Je vois… Comment un type des Lowlands mal fagoté pourrait-il comprendre cette langue ? Dougald !

Un colosse se leva de la table la plus proche et vint écouter ce que sir James avait à lui dire. Quand ce fut fini, il jeta un coup d'œil au type puis se dirigea vers lui, l'air de rien.

— Vous avez un œil d'aigle, sir William… Demain matin, nous saurons tout sur notre ami au gilet de cuir. Avec ses gars, Dougald ne le lâchera plus. Mais je crois qu'on nous appelle…

3

En réalité, c'était seulement sir William qu'on appelait. Abandonnant son nouvel ami, il se leva et suivit l'homme chargé de venir le chercher. Ensemble, ils gravirent l'escalier, évitant au passage d'écrabouiller deux types assis sur les marches, l'air de rien, comme tous bons gardes du corps.

Le roi attendait le Templier dans la salle où ils s'étaient vus un peu plus tôt. Assis seul à la table, il contemplait les flammes de la cheminée en caressant la tête d'un grand chien-loup gris. Dès qu'il vit son invité, il repoussa le chien, qui se coucha à ses pieds.

Quand Robert Bruce se leva pour l'accueillir, sir William fut frappé par la fatigue qu'il lut sur son visage. Mais le souverain se redressa et, en un éclair, tout disparut, y compris les rides, sur son front et autour de ses yeux.

Posément, il s'adressa à l'homme qui accompagnait le Templier :

— Fais en sorte qu'on ne nous dérange pas. Personne ne doit entrer, à part David de Moray, et pas avant une demi-heure.

Le roi attendit que le type soit sorti pour reprendre la parole :

— L'évêque est un sacré combattant, mais son esprit est encore plus acéré que sa lame. Son avis nous sera précieux.

Le roi tira sa lourde chaise près du feu.

— Jetez votre manteau sur la table et prenez place à côté de moi, sir William. Oui, tirez-vous un siège ! Il fait frisquet, cette nuit, avec le vent qui vient de la mer. Vraiment, je remercie les Anglais d'avoir prévu une belle cheminée. Si ça ne tenait qu'à mes Écossais, nous serions exposés aux quatre vents, autour d'un feu de camp. Il y a du vin sur la desserte… Servez-vous et asseyez-vous. L'amiral est parti ?

— Sur le départ, Votre Grâce… Il finit de donner des consignes à ses officiers. Dans une heure, la galère sera en route.

Sir William déclina l'invitation à se servir du vin, mais il posa son manteau sur la table et tira un siège devant les flammes.

— C'est parfait, dit le roi. J'aime bien ce Bérenger. Avant tout, parlez-moi du trésor que vous m'apportez. James a joué les cachottiers, sans doute par peur des oreilles indiscrètes. Du coup, j'ignore le montant de cette manne. C'est Jessica Randolph qui me l'envoie, dites-vous ?

— Oui, la baronne de Saint-Valéry... Mais elle ne vous l'envoie pas, elle vous l'apporte.

— Quoi ? Elle est en Écosse ?

— À bord d'une de nos galères... Comprenez qu'on ne s'attendait pas à vous trouver sur Arran. Je venais en quête d'un mouillage sûr et d'un accueil... courtois. Après, je pensais partir à votre recherche en compagnie de la baronne, qui entend rentrer chez elle.

— C'est une chance que j'aie été là ! En Écosse, vous auriez été mal reçu, car tous les fiefs sont entre les mains des Anglais – à l'exception d'Inverness. Même chose pour les ports. Par bonheur, ce trésor inattendu inversera peut-être les choses. Combien y a-t-il ?

— Onze coffres de pièces et de lingots, sire. Six d'or et cinq d'argent.

— Le ciel soit loué !

— Pour un temps, vous devriez être à l'abri du besoin.

— Et c'est le moment idéal, mon ami ! Il faut que j'achète des épées larges, puis que j'enrôle des hommes pour les manier... Mais nous parlerons de ça plus tard. Pour l'heure, il y a plus urgent.

Le roi se tut, le regard perdu dans les flammes.

— David de Moray a raison : votre présence ici me pose un problème. Mais depuis mon couronnement, des problèmes, j'en ai jusqu'au cou, et presque tous ont une solution. Hélas, le temps est le bien qui me manque le plus, et ça ne s'achète pas...

» Si je me souviens bien, vous avez un millier d'hommes avec vous, entre l'équipage des galères, les marins, la garnison de La Rochelle et les hommes de votre frère. Mon estimation est correcte ?

Sir William acquiesça.

— Parfait… Si j'oubliais mes inquiétudes pour vous autoriser à rester sur Arran, que feriez-vous ensuite ?

Peut-être pour laisser à son interlocuteur le temps de réfléchir, le roi se pencha et ajouta une bûche dans le feu.

— Je pose cette question pour une bonne raison… En tant que chef militaire, j'ai vite appris qu'il est plus facile de lever une armée que de la nourrir et de la loger. Avez-vous songé à ce point ? Sur Arran, vous pourrez cacher vos hommes des années durant. En revanche, les ressources alimentaires sont limitées. On trouve tout ce qu'il faut pour construire des abris et les chauffer, mais les terres cultivables sont rares et le gibier aussi. Si vous vous installez ici, comment remplirez-vous les estomacs ?

Depuis le départ de La Rochelle, sir William pensait prioritairement à ce sujet.

— J'ai beaucoup réfléchi, Votre Grâce, et je crois pouvoir m'en sortir par l'intermédiaire de mes navires.

Robert Bruce plissa le front puis sourit.

— Pas les galères, bien entendu… Je n'envisage pas une reconversion dans la piraterie. Je faisais allusion aux bâtiments de fret. Nous en avons dix, et ils seront chargés d'aller acheter des vivres et des outils – pas des armes, sur ce plan-là, nous avons ce qu'il faut.

» Une fois nos chevaux débarqués, nous pourrons même faire venir des bovins, des ovins et toutes sortes d'animaux.

— Où les achèterez-vous et avec quoi ?

— Où ? En Irlande, en Angleterre et même en France… Mes navires peuvent aller n'importe où, et ils n'arborent aucun pavillon – rien qui les relie au Temple, en tout cas. Mais tous les marins sont liés à l'ordre.

» Avec quoi ? Eh bien, de l'or, j'imagine. En général, c'est une bonne monnaie d'échange.

— Exact, mais d'où le tiendrez-vous, cet or ?

Sir William sentit que le souverain craignait pour ses fonds.

— Nous le tiendrons du Temple, sire. Des fonds dont je suis dépositaire. En partant de La Rochelle, nous avons tout emporté, et comme vous le savez, chaque commanderie garde dans ses coffres les espèces nécessaires au traitement de ses affaires…

» À ce propos, si je puis me permettre une digression, savez-vous où je pourrai trouver le maître du Temple d'Écosse ? J'ai des devoirs par rapport à mon ordre…

Robert Bruce se redressa dans son siège et chercha le regard du Templier.

— Le maître local est mort peu après mon couronnement. Très âgé, il n'a pas été remplacé. Vous trouverez une commanderie à Édimbourg, si vous y tenez, mais elle est vide.

Le roi baissa les yeux sur ses mains. Ces nouvelles, il en avait conscience, ne risquaient pas de plaire à son interlocuteur.

— Sir William, il n'y a plus de Temple en Écosse, parce que votre ordre n'a pas pu rester neutre au milieu d'une guerre civile. Il reste des Templiers, certes, mais ce sont avant tout des Écossais, et ils se tiennent à mes côtés. Les autres ont été rappelés en Angleterre par le Temple local.

Voyant sir William froncer les sourcils, Bruce eut un rictus.

— La politique, mon ami… C'est un besoin aussi impérieux que la prière, et les hommes de Dieu, semble-t-il, trouvent toujours un moyen d'accorder les desseins du Seigneur aux leurs. Les Templiers d'Écosse étaient en majorité des Français et des Normands fidèles au Temple de Londres ou de Paris… Ils ont trouvé plus simple d'amadouer Édouard Plantagenêt plutôt que de le défier ou de l'offenser…

» Comme vous le savez, Édouard Longues Jambes a toujours pris la mouche aisément. Du coup, le Temple a quitté l'Écosse. C'est un problème pour vous ?

— Non, Votre Grâce… C'est décevant, mais rien de plus, et vos explications sont convaincantes. Au sujet des prières et de la politique, vous voyez juste, mais…

— Mais quoi ?

— La manière dont fluctuent les loyautés, sire… Face à ça, je me demande s'il y a une logique et un sens à la vie, au-delà de nos petites préoccupations personnelles. Regardez-moi, en cet instant… Vous appelant « sire », je suis à un souffle de trahir le serment qui me lie au Temple et à son grand maître.

— Et au pape… Vous l'oubliez, celui-là ?

Sir William repensa à la conversation qu'il avait eue avec l'ancien amiral de Saint-Valéry. Membres en réalité de deux ordres – le Temple et Sion –, les hommes comme eux jouaient la comédie quand ils se déclaraient fidèles au pape.

— Oui, le pape, bien sûr, mais à un moindre degré. Avant tout, c'est le grand maître !

— Certes, mais Jacques de Molay est en prison, trahi par le Saint-Père. En tout cas, par l'homme qui occupe le siège de saint Pierre, sinon par la fonction elle-même.

Le roi marqua une courte pause.

— Bien, nous allons résoudre en partie votre dilemme… Quand nous sommes seuls, oubliez les « sire » et les « Votre Grâce » et appelez-moi Robert. Moi, je vous appellerai William, tout simplement. En public, ajoutez « sir » à mon prénom, puisque c'est ainsi qu'on me connaît sur Arran.

» Maintenant, répondez à ma question aussi précisément que votre conscience vous y autorise : que comptez-vous faire de vos galères pendant que vous serez l'invité du roi d'Écosse ?

— Donnant donnant, Robert ?

— N'en vient-on pas toujours là ? Et ne vaut-il pas mieux commencer par ça ?

— Sur ce point, vous avez une fois de plus raison... Voici ce que j'ai à l'esprit depuis notre départ de France...

» D'après ce que m'a dit sir James – en tenant compte également du *non-dit*, bien entendu –, vous cherchez de l'aide auprès des clans des Highlands et des Îles. Avec un certain succès, jusque-là, mais pas suffisant à vos yeux. En partie, je suppose, parce que chaque chef que vous avez contacté se considère comme le souverain de son petit royaume. Je me trompe ?

— Pas du tout... Ici, au sud-ouest, Angus Og MacDonald est le chef local le plus actif. Son territoire, c'est principalement le Kintyre, mais il s'étend aussi au nord, et il a une base sur Islay. Ce type aime se surnommer « le Seigneur des Îles » et il travaille dur – avec succès jusqu'à présent – pour prendre la tête d'une fédération de clans. Pour l'essentiel, les MacNeill, les MacRuarie et les McNaughton. (Robert Bruce sourit.) On dit qu'il se fait aussi appeler « roi des Îles », et bien que ce titre dépasse de loin son véritable statut, c'est révélateur de son état d'esprit. Il me donne du « roi Bruce », comme un égal, et « m'accorde sa loyauté » comme si c'était une faveur – ou en fonction des mercenaires que je lui achète. Les Galloglass, comme on les appelle dans le coin.

— Vous rangez cet homme parmi vos ennemis ?

— Non, mais je ne le range pas non plus parmi mes amis, même s'il m'a beaucoup aidé. L'an dernier, quand j'étais traqué comme un animal, c'est grâce à lui et aux Campbell de Lochawe que j'ai pu trouver refuge dans les Îles. Récemment, quand je marchais vers l'Argyll, afin de parlementer avec John le Boiteux MacDougall de Lorn, il a couvert mon flanc, côté mer. Au bout du compte, l'issue de cette rencontre a dû lui déplaire, puisqu'elle s'est terminée par une trêve et non par le bain de sang qu'il espérait en secret.

» Cela dit, Angus Og est différent de tous les autres. Dévoré d'ambition, il respecte pourtant la parole donnée, comme il sied à un roi, même autoproclamé. Il m'a été très utile et il continue à l'être – à condition, bien sûr, qu'il y trouve un intérêt.

— Donc, il détient le pouvoir dans les Îles ?

— Non, mais il voudrait bien. Le « chef », pour l'instant, c'est Alexander MacDougall d'Argyll – le dirigeant avec qui j'ai conclu un pacte. Ce vieux type ne m'aime pas, mais c'est son fils, John le Boiteux, qui détient en réalité le pouvoir.

» Par alliance, ces gens sont parents des Comyn. John le Rouge, l'homme que j'ai tué à Dumfries, était le beau-frère du Boiteux. Angus Og abomine les Comyn et les MacDougall. Informé que je me dresse toujours contre eux, déterminé à les détruire, il est prêt à me soutenir.

— Pourquoi vouloir détruire les Comyn et les MacDougall, si je puis demander ?

Robert Bruce se frotta les mains pour les réchauffer.

— Pour la raison qui m'a contraint à écraser les MacDowal de Galloway. Ces gens ne me laissent pas le choix. Qu'ils ne m'aiment pas, je peux m'y faire, c'est une partie du métier de roi. Mais la trahison du Boiteux a coûté la vie de centaines d'hommes, dont beaucoup d'amis loyaux que je tenais pour des frères. Cet homme, c'est le mal incarné, au-delà de toute rédemption. Les MacDowal de Galloway étaient de la même eau, en moins monstrueux. Leur trahison m'a coûté deux frères, Thomas et Alexander, capturés sur le champ de bataille et envoyés en Angleterre pour y connaître une mort infamante. Tout ça parce qu'ils étaient de ma famille... Les MacDougall ont été complices des MacDowal. En particulier, ils savaient ce qui attendait mes frères en Angleterre... L'ignominie était intentionnelle. Une offense que je ne pardonnerai pas. Une dette de sang, si vous préférez. Qu'importe ce qu'on dira de moi dans l'avenir, mais le règne des MacDougall sur l'Écosse touche à sa fin. Pour l'heure, nous avons conclu avec eux une trêve sans conditions précises, ce qui arrange les deux camps. Quand elle arrivera à échéance, John le Boiteux de Lorn devra payer sa dette, et ça signera sa sentence de mort.

— Pourquoi lui avoir proposé une trêve ? Selon sir James, vous aviez beaucoup d'hommes et les MacDonald auraient pu vous soutenir. Pourquoi ne pas avoir poussé votre avantage ?

— Je l'ai fait… Cette trêve, j'en avais désespérément besoin. Le Boiteux disposait de plus de mille hommes d'épée, avec une réserve au moins égale. Moi, j'étais à la tête de six cents braves seulement. Au lieu de me battre, j'ai filé vers le grand Glen, jusqu'à Inverness, en ralliant des combattants tout au long du chemin. Là, j'ai pris le château, puis j'ai avancé vers le nord-ouest, sur le territoire des Comyn où j'ai négocié une autre précieuse trêve – de neuf mois – avec le comte de Ross, un de mes pires ennemis. Lui aussi a une dette à payer. En juin prochain, il maudira le jour où il a décidé d'enlever la reine d'Écosse et de la livrer aux Anglais…

Le roi se tut, perdu dans de sombres pensées. Mais il se ressaisit très vite.

— Sans ces trêves, j'aurais dû livrer des batailles rangées, et ce n'est pas ainsi que je gagnerai l'Écosse. Pas après que ses meilleurs hommes, dix ans durant, eurent été victimes des Anglais ou de guerres internes. L'histoire de William Wallace le prouve sans contestation possible. Même à Stirling Brig, où il a détruit l'armée anglaise, il s'est battu selon ses propres règles – comme un « brigand », disent les nobles en pinçant les narines. Peut-être, mais il a gagné. La seule autre bataille qu'il a livrée, c'était à Falkirk, et là, les chevaliers écossais l'ont trahi. Juste avant le combat, ils en ont retiré leur cavalerie, trop tard pour qu'il puisse réagir.

» Falkirk a coûté très cher à Wallace. Après, il n'a plus jamais joué selon les règles de la chevalerie. Mais il a unifié l'Écosse comme nul ne l'avait fait avant lui. Moi, je reprends son flambeau. Je préfère gagner par la ruse et la terreur plutôt que finir à l'échafaud après avoir respecté l'éthique de l'adversaire.

» Mais pourquoi me poser toutes ces questions ? Ces affaires ne vous concernent guère…

— J'avais autre chose en tête, mais vos réponses m'ont fasciné et fait perdre le fil de mes pensées. Voilà, j'y reviens : ces chefs des Îles ont-ils des galères ?

— Bien entendu… Tous en possèdent. Dès qu'ils se déplacent, il leur faut un navire. MacDonald a la plus grosse flotte.

— Quelle taille ?

— Exactement, je ne sais pas… Mais je l'ai vu rassembler plus de cent bâtiments à la fois devant Islay. Qu'avez-vous donc en tête ?

— Dans la baie de Lamlash, mes galères ne serviront pas à grand-chose, pas vrai ? Leur coque se couvrira de bernacles et leur équipage perdra sa combativité. L'idée, c'est de vous prêter ma force, pour la garder en alerte. Une sorte de location – en apparence seulement. Pas de bataille, mais une démonstration de force, en quelque sorte. Qu'on retire les croix des voiles ou qu'on change carrément ces dernières, ce seront toujours des galères du Temple. En aurez-vous l'usage ?

Les yeux plissés, le roi étudia la proposition.

— Eh bien, pour mes déplacements personnels, de temps en temps, un navire me serait utile. Si les autres ne peuvent pas combattre…

— Sur votre galère, quand vous serez à bord, l'équipage se battra pour vous comme il convient pour une garde royale. Les autres galères, ce sera différent…

— Je n'en aurai pas besoin… William, je prends rarement la mer. Une seule galère suffira.

— Mais si vous en possédez une, le goût de fendre les flots vous viendra peut-être.

Le roi sourit.

— Sans doute, mais je ne l'utiliserai quand même pas souvent. Ma priorité, ce sont les terres d'Écosse, que les Anglais tentent d'envahir. Désolé, mais les autres galères ne me serviront à rien.

— Elles seront donc au chômage, les pauvres… Si vous les lui offrez, Angus Og en aura-t-il l'usage ?

Levant une main, sir William incita son interlocuteur à ne pas répondre trop vite.

— Réfléchissez du point de vue d'un souverain… Si vous mettez cinq excellentes galères à la disposition d'Angus Og, qu'y gagnerez-vous ? Si la réponse est encourageante, il sera facile d'établir un contrat. Angus Og devra se limiter à montrer ses « muscles », y compris les cinq cents hommes qui composent les équipages.

» Selon moi, un ambitieux comme lui, confronté à un adversaire plus fort, sera ravi de se faire passer pour plus puissant qu'il l'est.

Le roi se tapota la lèvre, réfléchit quelques instants, puis fit mine de parler. À cet instant, on frappa à la porte et l'évêque David de Moray entra.

— Vous m'avez fait demander, sire ?

Robert Bruce se leva pour accueillir le religieux. Au passage, il jeta un coup d'œil perplexe à sir William.

— Oui, David. Je voulais vous voir après une demi-heure d'entretien en tête à tête, mais le temps a passé à une vitesse folle. Entrez, servez-vous du vin et prenez un siège. Sir William et moi n'en avons pas terminé, mais vous pouvez rester. Ouvrez grandes les oreilles. Après, je vous résumerai ce que nous avons dit jusque-là.

Le roi se rassit et se tourna vers sir William :

— Un cadeau de ma part à Angus Og, avez-vous dit ? Une excellente idée, ça ! Le bougre sautera sur l'occasion. Mais pourquoi cinq galères seulement ? N'en avez-vous pas dix ?

— Une pour vous, une pour moi et trois en réserve pour nous deux, ça en laisse cinq.

— Oui, bien sûr…

Le roi sourit et parut plus jeune de dix ans. Mais ça ne dura pas, car il se rembrunit.

— Donc, ça vous fera la moitié moins de rameurs à nourrir, puisque Angus Og se chargera des « siens ». Et vos autres hommes ?

— Ceux de Kenneth plus la garnison de La Rochelle, ça fait deux cent trente têtes… Comme pour les marins, s'ils s'encroûtent sur Arran, ils se ramolliront. Eh bien, puisque vous avez besoin d'hommes, je peux vous prêter ceux-là – pas tous en même temps, mais en organisant des rotations, avec des chevaliers et des sergents dans trois groupes de soixante-quinze soldats, tous équipés et montés. La relève pourrait avoir lieu tous les quatre mois.

— Vous feriez ça ?

— Sans hésiter une seconde. Mais pas sans une condition.

Le roi leva une main.

— Avant que vous en disiez plus, je ne peux pas m'engager à les tenir loin des combats…

— Et je ne vous le demanderai pas ! La guerre, c'est la guerre… Si je veux une exception pour les galères, c'est parce qu'elles sont tout ce qui reste de la flotte du Temple – à ma connaissance, en tout cas. De plus, j'en suis responsable. Des guerriers, c'est différent… Je demanderai des volontaires, puis je composerai avec eux le premier groupe de soixante-quinze. Tous mes hommes seront volontaires, j'en suis sûr. La condition, c'est qu'ils combattent comme des sergents du Temple, sous les ordres de chevaliers. C'est tout. Qu'en dites-vous ?

— Je marche ! Quel idiot refuserait ? Mais qu'espérez-vous gagner de votre côté ?

— La bénédiction du roi pour nous installer sur Arran, avec le droit d'y vivre à notre guise. Je voudrais aussi que vous parliez en notre faveur à vos voisins du Kintyre et des Îles, histoire que nos navires puissent aller et venir librement tant que nous resterons ici. J'espère que ce ne sera pas longtemps, mais en attendant de retourner en France, nous aurons un fief où vivre et penser librement.

Robert Bruce acquiesça, se tapa sur les cuisses puis se tourna vers l'évêque guerrier :

— Voilà, nous avons fini. À présent, c'est à vous, David, en tant que représentant de l'Église. Vous restez à l'écart, ou nous vous faisons une place près du feu ?

Moray retira son haubert, le jeta sur la table et s'empara d'une chaise.

— Je viens près du feu, Votre Grâce.

Pendant que le religieux s'installait, sir William prit l'initiative d'ajouter du bois dans la cheminée. Le roi en profita pour résumer à Moray la partie de leur conversation qu'il n'avait pas entendue.

— Donc, fit l'évêque quand ce fut terminé, vous avez passé en revue tout ce que j'avais à dire sur le sujet – pour ne pas en tenir compte.

— Non, c'est plutôt une stratégie de… contournement. De plus, vos remarques étaient pour le moins… basiques.

— Non, sire. À l'évidence, vous avez décidé d'ignorer mes avertissements. À présent, nous allons devoir négocier pied à pied…

David de Moray, prince de l'Église, ne se souciait pas de déplaire à son roi. D'ailleurs, Robert Bruce ne s'en formalisa pas. Assis la tête baissée, il regarda l'évêque de biais, puis, du coin des lèvres, souffla à l'intention de sir William :

— Quand il est fâché, David peut être un rien casse-pieds… Mais c'est un bon garçon. Bien, cher évêque, négocions, puisque vous y tenez.

David eut un soupir agacé. Lorsqu'il s'entretenait avec le roi, paria sir William, ça devait arriver souvent.

— En de pareils moments, je donnerais cher pour que l'archevêque Lamberton soit là.

— Moi aussi, David…, dit Bruce sans une once d'ironie. Votre supérieur dans la foi nous manque cruellement. Hélas, on n'y peut rien changer. Dans sa sagesse, Dieu a décidé que l'archevêque serait en Angleterre. Jusqu'à ce qu'on le relâche, nous serons impuissants. Mais en me laissant entre vos mains, cher David, il savait que je ne serais pas démuni. Alors, cessez de pleurnicher ! C'est de vos conseils que j'ai besoin, pas de vos lamentations !

— J'ai quelques idées, c'est vrai…

Moray leva les mains, les observa sous toutes les coutures, puis se pencha pour regarder l'invité du roi.

— Sir William, vous n'avez pas de barbe.

— Non, mais ça ne durera pas. J'ai dû la raser il y a quelques semaines.

— Pourquoi ? Je croyais que la barbe d'un Templier était intouchable ?

Sir William eut un demi-sourire.

— C'est une conviction répandue, monseigneur, mais sans véritable fondement. La tonsure est sacro-sainte, pas la barbe à deux pointes. Ça, c'est juste une tradition héritée des guerres du désert, en Outre-mer. D'ailleurs, je refuse d'y souscrire. Ma barbe est tout ce qu'il y a de plus ordinaire. Et quand il a fallu la raser, je n'ai pas hésité un instant.

— *Fallu* la raser ?

— Pour ne pas me faire remarquer par les hommes de Guillaume de Nogaret.

— Je vois…

David se radossa à son siège, satisfait.

Bruce fronça les sourcils et foudroya du regard les deux hommes.

— Je peux savoir ce que ça signifie ?

L'évêque daigna à peine regarder le souverain.

— Vous n'avez pas entendu ? J'interrogeais sir William sur sa barbe.

— Je ne suis pas sourd ! Ce que je veux savoir, c'est pourquoi.

— Il faut que je réfléchisse, puis que je prie le temps requis. Demain, je vous exposerai tout…

» Sir William, ce que j'ai dit tout à l'heure sur le roi de France et le pape, c'était sérieux. Aucun des deux ne sera content d'apprendre que vous êtes ici et que Robert vous offre un sanctuaire. Si votre récit est vrai, Philippe le Bel sera très fâché. Plus que le Saint-Père, peut-être.

— Pourquoi dites-vous ça, monseigneur ?

— Si l'attaque contre le Temple a été un succès, comme vous le pensez, la fuite de la flotte doit être le seul point noir de l'affaire pour le roi et son séide. Philippe Capet déteste l'échec, surtout quand il est si flagrant, avec vingt navires pour l'attester sur toutes les mers. Apprenant que le roi d'Écosse, qui lui demande son aide, a fait preuve de clémence avec ses proies, il ne sera pas ravi.

— Il ne s'agit pas de clémence, monseigneur, mais d'octroi d'un sanctuaire.

— Selon vous, le Capétien fera-t-il la différence ?

— Non, monseigneur, il ne la fera pas. Mais vous venez de l'appeler « le Capétien ». L'avez-vous rencontré ?

— Trois fois, oui… Pour moi, c'est une statue plutôt qu'un être de chair et de sang. Mais ce n'est pas le propos. Votre « sanctuaire » risque de coûter très cher au roi Robert.

— David, intervint Bruce, laissez donc le « roi Robert » décider, sur ce point. Parlez-nous plutôt du pape. Selon vous, lui aussi sera fâché ?

Moray se tourna vers le roi :

— Est-ce une question sérieuse ? Clément vous a excommunié, Robert, et le peuple écossais avec vous… En d'autres termes, vous êtes banni des affaires de la chrétienté et exclu de tous les sacrements de la sainte Église. Pas d'eucharistie, de pénitence, d'absolution ou de salut. Aucun mariage en terre consacrée, et moins encore de funérailles. Bref, une totale absence d'espoir. (L'évêque jeta un coup d'œil au Templier.) Seule une intervention unanime de l'Église d'Écosse peut épargner cet anathème au roi. Nous, les évêques du royaume, sommes son seul bouclier. Mais la division règne parmi nous, avec des défenseurs et des contempteurs du roi. Contester son droit à la couronne est impie, me direz-vous, puisqu'il est à présent l'Oint du Seigneur et couronné selon les règles à Scone par les principaux prélats du royaume – dont le primat en personne, archevêque de Saint Andrew, qui présidait la cérémonie.

L'évêque se tourna vers le roi, qui se frottait nerveusement le nez du bout d'un doigt.

— Vous ne comprenez pas, sire ? Si Clément a autorisé une outrageante agression contre un ordre de la sainte Église, il se sentira coupable, mais comme tous les faibles, il ne fera rien pour réparer sa faute. Sauf si Philippe le pousse à bout, il ne se rebiffera jamais. Et même là, il risquerait fort de plier l'échine.

» Les évêques d'Écosse sont désormais une cible idéale pour un homme désireux de se venger sans courir de risques. Jusque-là, nous avons réussi à le contrôler en prétendant qu'il a été manipulé et abusé par nos ennemis politiques. Si nous réussissons, c'est parce que nous pensons tous, Lamberton et Wishart aussi, que c'est la vérité. Mais si Clément entend parler de ce sanctuaire, il aura le sentiment qu'on bafoue son autorité et sera tenté de faire un exemple qui marque les esprits. En guise de preuves, il mentionnera notre désobéissance à ses ordres, l'existence du sanctuaire et les arguments que nous utilisions naguère pour plaider votre défense…

» Soudain, nous n'aurons plus de pouvoir ni d'influence. Surtout, ne doutez pas une seconde que Philippe Capet fera tout pour orienter sur nous le courroux du pape. Si ça arrive, que le Seigneur nous en préserve, le royaume d'Écosse sera condamné aux flammes de l'enfer dès cette vie.

Moray marqua une pause, histoire de ponctuer ses propos.

— Voilà pourquoi je propose de *négocier* sur ce qui est requis.

Se levant sans crier gare, l'évêque guerrier alla récupérer son épée, laissée dans un coin, enfila le baudrier, prit son manteau et son haubert, sur la table, et lança :

— Je vais prier un peu, puis dormir… Vous devriez m'imiter, tous les deux. Demain, sous la lumière du Seigneur, je vous dirai ce qui est requis, en espérant que ce soit possible. Jusque-là, je vous souhaite une bonne nuit.

— Une minute, David !

Moray avait déjà ouvert la porte, mais il se retourna.

— Monseigneur, dit le roi, je vous serais reconnaissant de différer votre séance de prière. Ce soir, nous avons encore beaucoup à dire, et je détesterais perdre le fil de mes pensées. Restez encore un peu, je vous en prie…

Moray ferma la porte, étouffant de nouveau les éclats de voix, les rires et la musique qui montaient de la salle.

— La fête bat encore son plein, en bas, fit remarquer le roi. Il ne doit pas être si tard que ça… Alors, William, que pensez-vous de notre évêque guerrier ? Ne vous avais-je pas parlé de son esprit… acéré ?

— Oui, c'est bien le terme… Monseigneur, excusez-moi, mais la fin de votre tirade est très obscure pour moi. Sur quoi vous prononcerez-vous demain, si je peux oser le demander ?

Le roi sourit, se pencha pour mieux voir l'évêque mais parla exclusivement au Templier.

— Les petits mystères de monseigneur… C'est qu'il est malin, notre prince de l'Église. David, pour être franc, je n'ai rien compris non plus à vos sous-entendus.

» William, si nous réglons tout ce soir, demain matin, il daignera nous dire ce qu'il en pense. Après-demain, votre flotte sera ici, mais moi, je serai parti. Venue du nord, une autre arrivera demain…

— Une autre flotte ?

— Oui, celle d'Angus Og. Le simple bon sens, tel que nous le pratiquons, aurait dicté qu'il vienne seul, ou avec une escorte réduite, mais ça n'est pas son genre. Sa flotte entière l'accompagnera, vous pouvez m'en croire. Sa fierté de Highlander, comprenez-vous ? Sur son territoire, il refusera d'être pris en flagrant délit de discrétion et d'humilité.

» Quoi qu'il en soit, il viendra me chercher pour me transporter dans le sud du Kintyre, puis me faire traverser le Firth de Lorn et Loch Linne jusqu'à la lisière du grand Glen. Nous tenons ce terrain, et les hommes de David nous y attendent avec ceux de Neil Campbell et un contingent de MacGregor.

» Dans la région de Moray, David a levé plus d'hommes pour ma cause que je pourrais en trouver à Annandale ou à Ayr, des territoires dévastés. De nouveau, nous traverserons le Glen jusqu'à Inverness, où nous ferons jonction avec les forces de Mar et d'Atholl. Et si Dieu le veut, avec le clan Fraser. De là, nous filerons vers Buchan, des terres appartenant aux Comyn. Le comte de Buchan est un fier gaillard, arrogant et volontiers plein de mépris, mais il me jurera allégeance – ou il mourra au nom de ma noble et juste cause.

— Quand partirez-vous ?

— Demain, le plus tôt possible.

Robert Bruce sourit et le miracle des ans effacés se reproduisit.

— Mais pas avant que David nous ait livré ses conclusions... Ces derniers temps, je ne peux pas m'offrir le luxe de m'attarder quelque part. Je suis venu pour confirmer James à son poste de gardien du Sud-Ouest et pour lui communiquer mes instructions en regard de ce qui se prépare. Mission accomplie ! Désormais, James a huit cents hommes sous ses ordres. Deux cents ici, et les autres l'attendent près de Turnberry, à l'intérieur des terres. Sur le chemin de ma région, il enrôlera des partisans encouragés par le récit de nos récentes victoires.

» Son objectif prioritaire sera de préserver la paix du roi, essentiellement en contrôlant les MacDowal. En même temps, il harcèlera les garnisons anglaises.

— Laissera-t-il une force défensive sur Arran ?

— Oui.

— À quoi bon, puisque nous y sommes ? Qu'il emmène donc tous ses hommes.

— Pourquoi pas ? S'il est en mesure de le faire...

— S'il le faut, il pourra recourir à mes navires.

— Oui, bien sûr... William, vous savez que je risque toujours de refuser votre demande ? Si David me présente des objections insurmontables, je me rangerai à son avis.

— C'est clair dans mon esprit, oui...

Le roi ignora le regard noir de l'évêque.

— Supposons qu'il ne trouve rien de convaincant… Dans ce cas, j'informerai James qu'Arran est désormais votre sanctuaire. Que ferez-vous après ça ?

— J'ai du pain sur la planche, mon seigneur. Mes hommes naviguent depuis des semaines. Quand ils débarqueront, ils seront excités et prêts à toutes les bêtises. Pour commencer, je devrai leur remettre les idées en place…

» J'ai beaucoup de chevaliers sous mes ordres – une écrasante responsabilité qui ne me donne pas envie de rire. Si les sergents sont aisés à discipliner, les chevaliers, vous le savez peut-être, se révèlent moins coopératifs. Enclins à une certaine arrogance, ils risquent de penser que les récents événements, en France, les soustraient à toute autorité et les exonèrent de leurs responsabilités. Ma priorité sera de les reprendre en main et de leur rappeler leurs vœux. Ensuite, je devrai les contraindre à renouer avec la rigueur monastique et le respect de la Règle du Temple.

» Enfin, il faudra garder occupés les frères servants, par exemple en leur faisant construire un abri où nous pourrons rétablir l'indispensable discipline monastique.

— Pour l'instant, installez-vous donc ici. Il y a des cuisines, et la plupart des hommes de James ont pris l'habitude de dormir dans la grande salle. Vous les remplacerez après leur départ. Avez-vous des bâtisseurs dans vos rangs ?

— Des maçons, par exemple ? Non, mais nos charpentiers de marine, nos ouvriers et certains frères ou soldats savent bâtir un abri. Nous nous en sortirons…

— Commencez par les écuries. Cet hiver, vos chevaux auront besoin d'un refuge, au moment des tempêtes. Veillerez-vous sur mon tout nouveau trésor ?

— Bien sûr… C'est vrai, quand il arrivera, vous ne serez plus là…

— Même dans le cas contraire, je ne l'aurais pas chargé sur les galères de MacDonald. On ne sait jamais, la tentation… De plus, après la traversée, nous progresserons à pied dans des régions hostiles, avec la guerre pour destination. Des conditions peu propices à trimballer un trésor.

— Je le garderai pour vous, Robert.

— Merci d'avance… Quand je pourrai le mettre en sécurité, j'enverrai James le chercher.

Le roi étouffa un bâillement, s'étira puis contempla les flammes agonisantes.

— Il faut que je dorme, mon ami, et vous aussi. À côté, une chambre est prête pour vous, mais il faudra la partager avec sir James Douglas. Coup de chance, il y a deux lits…

» Eh bien, je vous souhaite une bonne nuit, car il me reste encore des questions épineuses à régler avec notre prince de l'Église. Demain, tous les trois, nous négocierons, comme il dit. Dormez bien, William Sinclair.

4

À la lueur d'une bougie, sir William se leva bien avant l'aube et ne vit pas trace de sir James, qui avait pourtant en principe partagé la chambre avec lui.

Encore ensommeillé, il s'aspergea le visage avec l'eau glaciale d'un broc, puis s'avisa qu'il n'avait rien pour s'essuyer. Contenant son agacement, il se servit de sa literie. Intrigué de ne pas avoir entendu sir James se lever ou sortir, il glissa une main sous la couverture du second lit et découvrit que le drap était gelé. Surpris, il finit de s'habiller et descendit, pensant trouver le gardien d'Arran au premier niveau. À part l'équipe d'entretien, il ne vit personne. Malgré l'heure précoce, tous les hommes étaient déjà au travail.

Dans la grande salle, on ne voyait plus aucun signe du dortoir qu'elle devenait après les repas. Pour aérer, on avait laissé les portes ouvertes, les tables et les bancs de nouveau rangés dans un coin.

Dans la pièce latérale de gauche, des tables pas encore desservies indiquaient qu'on y avait pris le petit déjeuner. Approchant du buffet, sir William fut ravi de voir qu'il restait de quoi se restaurer. Se servant une portion de bouillie d'avoine encore chaude, il l'arrosa généreusement de lait de chèvre.

Son repas terminé, toujours entouré de gens qu'il ne connaissait pas, le chevalier se sentit un peu perdu. Gêné d'être le seul Templier dans les lieux, il sortit, gagna les remparts et vit qu'il avait été précédé par un des chefs de clan de la délégation Campbell – un type courtois qui s'était adressé à lui en écossais au lieu de lui servir un discours incompréhensible en gaélique.

Voyant que l'homme sondait intensément la mer, sir William l'imita et sursauta quand il repéra deux bateaux à environ un demi-mille marin de la plage. Malmenés par les vagues, les bâtiments frôlaient dangereusement les rochers.

— Pour l'amour du ciel, que font-ils donc ?

Le membre de la délégation Campbell se retourna.

— Oh ! c'est vous ? lança-t-il en écossais. Ils pêchent, mon ami.

— Dans ces eaux ? Ils vont couler.

— Non. En fait, ils ont terminé et ils rentrent. On mangera bien ce soir. Ils sont tombés sur un banc…

— Un banc de quoi ?

— De poissons, pardi !

Le Gaël regarda l'Écossais comme s'il lui manquait une case, puis il se tourna vers la mer et brailla quelque chose aux marins des deux navires – sans aucune chance d'être entendu, paria sir William. Mais ces bâtiments devaient appartenir à son clan…

Un long moment, le Templier regarda les bateaux lutter contre les éléments et accoster. Puis, avec son compagnon, il sortit du fort et assista au déchargement d'une incroyable quantité de longs poissons aux écailles argentées.

Sur le pont des deux navires, les écailles perdues par les prises faisaient comme un tapis d'argent.

À voir l'excitation des marins, qui tiraient les filets, attentifs à empêcher les poissons de s'enfuir, il s'agissait d'une pêche miraculeuse. Arrivés assez près de la plage, les hommes lançaient carrément les poissons sur le sable, où d'autres les récupéraient pour les glisser dans des paniers fournis par les cuisiniers.

L'enthousiasme étant contagieux, sir William dut se raisonner pour ne pas aller donner un coup de main aux pêcheurs.

Quand le dernier panier fut parti pour les cuisines, il se retrouva seul au bord de l'eau, l'esprit traversé par une myriade de pensées et de souvenirs.

Repensant à son enfance à cause de la joyeuse agitation des pêcheurs, il passa ensuite à son adhésion à l'ordre de Sion, le jour de ses dix-huit ans. Peu après, on l'avait envoyé rejoindre le Temple. Dès lors, et tout en avançant régulièrement dans la hiérarchie, il s'était plongé dans l'étude des innombrables mystères et secrets de l'ordre de Sion.

Ensuite était arrivée la guerre. Une vaine tentative visant à empêcher l'expansion de l'islam venu d'Afrique du Nord avec l'intention d'essaimer en Espagne.

Quand il en eut assez que les vagues lui mouillent les bottes, le Templier retourna au fort. Au pied des marches qui donnaient sur l'entrée, il entendit les échos d'un remue-ménage inidentifiable, devant lui.

le royaume peuvent tirer de gros bénéfices de vous avoir ici – en premier lieu grâce au trésor que vous nous apportez obligeamment. Mais il y a aussi vos galères, mises à notre disposition, et un apport non négligeable de combattants aguerris et parfaitement équipés. Pour résumé, le pour et le contre se valent…

» La difficulté, c'est de trouver une méthode simple et efficace pour que l'Église d'Écosse et les divers conseillers du roi – militaires comme civils – acceptent de vous accorder l'asile – hum, le sanctuaire… – que vous demandez. Car s'il y a des avantages, il existe aussi des inconvénients, et on ne saurait les minimiser. Les deux principaux sont la damnation de tout un peuple et la perte d'un puissant allié potentiel.

» Au-delà de cette déconvenue, notons le risque que la France, agacée par cette affaire, décide de se ranger carrément du côté de l'Angleterre.

» Cette nuit, j'ai longuement prié pour avoir un signe m'indiquant ce que l'archevêque Lamberton et l'évêque Wishart penseraient. Hélas, ils sont absents, et je dois me substituer à eux, quoi qu'il m'en coûte.

» Toute la nuit, j'ai tourné et retourné dans ma tête une idée qui m'a traversé l'esprit hier soir. Si vous vous souvenez, nous avons brièvement parlé d'appendice pileux…

— C'est exact.

— Selon vous, la barbe à deux pointes n'a rien de sacré. C'est une tradition née en Terre sainte, au fil des guerres. Musulmans comme chrétiens, tous les hommes arboraient une barbe. Un jour, nul ne sait quand, les chevaliers du Temple ont opté pour la variante à deux pointes, histoire de se distinguer. Mais comment savez-vous ça ? D'où en tirez-vous la certitude ?

Sir William se demanda où c'était censé les mener. Pensif, le roi observait David, les yeux plissés.

— Je suis sûr de mon fait. C'est mentionné dans… Hum… Eh bien, dans des documents que j'ai consultés lorsque j'étudiais pour obtenir de l'avancement au sein de l'ordre. Ce n'était rien de capital, mais pour une raison que j'ignore, c'est resté gravé dans ma mémoire. Parfois, mon esprit retient des détails qui ne servent à rien. Mais pourquoi ces questions ? C'est important ?

— Je crois, oui… Entre Templiers, quels sont les signes de reconnaissance ?

Sir William ne cacha pas sa stupéfaction.

— Quelle drôle de question… Eh bien, il y a la tenue, les emblèmes, la croix pattée, divers insignes…

— Et la barbe à deux pointes ?

— Sans doute, oui, quand il s'agit d'un chevalier. Mais ça ne vaut pas pour les sergents. Eux, ils sont simplement barbus – et tonsurés, bien sûr.

— Bien sûr, répéta David de Moray. Tous portent la tonsure de l'ordre favori de l'Église… (Il changea d'angle d'attaque.) Votre priorité, si j'ai bien compris, sera de rappeler à vos hommes qui ils sont et ce qu'ils représentent.

Désorienté, sir William regarda le roi, en quête d'aide. Mais Robert Bruce ne lui livra pas l'ombre d'un indice.

— C'est ce que j'ai dit, oui, monseigneur. Et je le pensais.

— Je sais, puisque vous avez même précisé vos inquiétudes. Après des semaines en mer, vos sergents et vos chevaliers pourraient avoir perdu le sens de la discipline. Du coup, leur comportement risque d'être imprévisible. Ai-je bien résumé la situation ?

— Parfaitement, monseigneur… Quand vous écoutez, vous écoutez ! (Sir William eut un petit sourire.) Vous dramatisez quand même un peu, mais c'est bien le fond de ma pensée.

— Vous allez devoir leur rappeler leurs vœux, avez-vous dit, ainsi que les obligations de la vie monastique. La pauvreté,

— Savez-vous d'où elle vient, cette tonsure ?

— D'où ? Eh bien, non, mais…

David de Moray sourit.

— Moi, je le sais… Comme vous, je retiens aisément des détails sans grande importance. Il y a huit cents ans, au crépuscule de l'Empire romain, une tête rasée était un symbole d'esclavage. Afin de se distinguer des citoyens, les esclaves n'avaient pas droit aux cheveux. En conséquence, on les tondait afin que tout le monde les reconnaisse.

» Les premiers ordres monastiques se formèrent à cette époque-là. Désireux de montrer qu'ils étaient des humbles parmi les humbles, les esclaves du Christ, les premiers moines décidèrent de se raser le crâne. Très peu de gens savent ça, mon ami. Du coup, une poignée d'hommes seulement regardent la tonsure pour ce qu'elle est : un signe de reconnaissance. Voire une mode, ni plus ni moins. Comme vos barbes à deux pointes…

Guettant une réaction du Templier, l'évêque vit qu'il était bouche bée. Bienveillant, il prit un ton plus amical :

— Sur Arran, vous établirez une nouvelle communauté, avec un chapitre bien à elle, des missions redéfinies et une Règle adaptée à vos nouvelles conditions de vie. Croyez-moi, la disparition des tonsures et des barbes à deux pointes ne vous précipitera pas dans les flammes de l'enfer.

» Sir William, ce qui est en jeu, c'est la survie de votre communauté. Avoir des membres imberbes et chevelus ne la détruira pas. Débattez-en lors d'un chapitre, si ça vous chante. Si vous exposez la situation puis proposez ma solution, je parie qu'il y aura peu de protestations. Et face aux contestataires, je suis sûr que vous saurez que faire. Avant que vous en arriviez là, cependant, le roi et moi serons partis depuis longtemps. Donc, c'est aujourd'hui qu'il nous faut une réponse.

» Quelle sera-t-elle ?

Sir William regarda le roi et l'évêque, puis il secoua la tête, toujours sonné par cette proposition choquante.

— Sur la lande nommée Machrie, dit le roi, il y a tout ce qu'il faut en matière de pâturage. Vos chevaux y seraient bien, et il y a assez de place pour les séparer en créant plusieurs enclos. Au nord s'étend une forêt. Moins luxuriante que celle d'Ettrick, certes, mais vous y trouverez tout le bois nécessaire pour vos constructions.

» Enfin, la tourbe de la lande vous fournira un riche combustible.

Conscient de la bienveillance du souverain, sir William eut pourtant du mal à comprendre ce qu'il disait, tant il était troublé.

— Mais nos armes… nous aurons besoin de…

— Quoi, vos armes ? coupa David de Moray, peu commode. Qu'ai-je dit à ce sujet ? Ai-je nié qu'il vous en fallait ? Ma seule condition, c'est que vous cachiez les signes extérieurs d'appartenance. Les manteaux blancs, les surcots noirs, les emblèmes, les galons, les croix pattées… Un bouclier sans ornement bloque aussi bien les coups, sir William. Cachez tout ça, mais sans rien détruire. Un peu de peinture et d'imagination devraient suffire. À votre retour en France, vous reprendrez vos vieilles habitudes. Tonsurés et la barbe doublement pointue, vos hommes pourront se repeindre des croix partout !

En réfléchissant, sir William dut admettre que ça tenait la route. Imaginant la flotte, la galère de Bérenger en tête, il acquiesça, quasiment convaincu.

— Oui, je vois… Se cacher à la vue de tous. Ça vaudra aussi pour nos bâtiments.

— Pour ça, Angus Og vous aidera, dit le roi. Dès qu'un navire navigue avec lui, il ne veut pas voir d'autre pavillon que le sien. Il sera ravi de vous offrir des voiles neuves.

Sir William eut l'impression d'être soulagé d'un poids écrasant.

— Qu'il en soit donc ainsi, Robert roi d'Écosse. Je suis d'accord. Monseigneur de Moray, je ne saurais trop vous remercier. Votre solution est parfaite, et je vous resterai éternellement reconnaissant.

— Si le pacte est conclu, j'y appose ma royale dextre, annonça Robert Bruce.

Il se leva et tendit une main. Sir William et l'évêque posèrent la leur dessus – un rituel qui fut accompli quand les trois hommes eurent par trois fois secoué les bras.

— Marché conclu ! lança le roi.

— Oui, dit l'évêque, mais il nous reste du pain sur la planche. (Il se dirigea vers la porte.) Nous devons organiser le transfert du premier contingent de Templiers afin qu'il rejoigne le roi quand il en aura besoin. S'il est difficile de fixer la date du rendez-vous, déterminons au moins le lieu.

» Il y a aussi l'affaire des galères et la manière d'expliquer votre présence aux MacDonald. C'est une urgence. Venez avec nous sur le navire d'Angus, sir William. Il vous fera ramener par une chaloupe…

— Le rencontrer sera un plaisir… Cela dit, j'ai une question : où est sir James ? Ce matin, je ne l'ai pas aperçu…

— Il chasse, répondit Robert Bruce. Des informations, pour être précis, dans la partie nord de l'île. Avant de partir, au milieu de la nuit, il a glissé un mot à de Hay au sujet d'un espion parlant le français. Pas un de vos hommes, cependant… Un des nôtres, hélas. À son retour, James vous racontera tout. À présent, allons voir ce qu'Angus Og a pour nous.

Le roi fit mine de sortir, mais il se ravisa.

— Encore une chose, pourtant… Une idée qui vient de me frapper. Je n'aurai pas l'occasion de remercier lady Randolph, baronne de Saint-Valéry. Quand elle arrivera, demain matin, je serai en mer depuis longtemps. Sir William, auriez-vous l'obligeance de la remercier de ma part ? Surtout, ne lésinez pas sur l'émotion, car ma gratitude n'a pas de limites. Dites-lui à quel point je lui suis reconnaissant, et ajoutez que je saisirai la première occasion de le lui prouver, dès que nous nous verrons.

Le roi se tut, songeur.

— Demandez-lui aussi, je vous prie, d'envisager de revenir chez elle, à Moray. Je chargerai James de lui fournir une belle escorte, et en chemin, elle pourrait déposer le trésor à Saint Andrews. À présent, en route !

Une assemblée sur Arran

1

Quand Tam vint le réveiller, le lendemain, sir William, déjà assis sur son lit, était occupé à se frotter les yeux. Une bougie dans une main et une aiguière d'eau chaude dans l'autre, le sergent portait une serviette pliée sur un bras.

Après avoir grommelé un « bonjour », il utilisa sa bougie pour allumer celle qui trônait sur la petite table, posa l'aiguière et laissa tomber la serviette à côté. Son devoir accompli, il se détourna et sortit, conscient qu'il était inutile d'engager la conversation avec son chef avant qu'il ait fait ses ablutions et recouvré sa lucidité.

Ce matin-là, cependant, sir William était déjà bien réveillé et prêt à affronter une journée studieuse. La veille, il avait rencontré Angus Og sur son navire et négocié pour ses bateaux un droit de libre navigation – en échange du « prêt » de cinq galères, comme convenu avec le roi Robert.

Avant de faire ses adieux au souverain, le Templier avait emprunté de quoi écrire à l'évêque de Moray.

Revenu au fort, il avait rencontré l'intendant de sir James – un type austère originaire des Lowlands – et organisé avec lui l'envoi dans la baie de Lamlash d'un groupe de cuisiniers, afin de pouvoir offrir un repas chaud à la flotte du Temple qui arriverait bientôt.

Ensuite, il était retourné dans « sa » chambre, où il avait travaillé très tard dans la nuit. Devenu son propre scribe, il avait rédigé une pléthore de listes récapitulant tout ce qu'il faudrait faire le lendemain. Une fois sûr de ne rien avoir oublié, il s'était glissé dans son lit pour quelques heures d'un sommeil vraiment réparateur.

Descendu dans la grande salle, qui grouillait d'hommes encore mal réveillés indifférents à son manteau blanc de chevalier, il se servit une portion de bouillie d'avoine au lait de chèvre et mangea en silence à une table remplie de Highlanders aussi mutiques que lui. Cette entrée avalée, il retourna au buffet, choisit une tranche de viande froide, la saupoudra de sel et la glissa entre deux morceaux de pain encore chaud.

— C'est appétissant, dit Tam dans son dos. Je vais en prendre aussi. Au fait, je t'ai apporté ça…

Sir William mordit dans son « pain et viande », le posa et prit l'épée et le bouclier que lui tendait son sergent. Puis il enfila le baudrier pendant que son vieux compagnon se servait à manger.

— Tu as bien dormi ? demanda-t-il alors que les deux hommes, tout en se restaurant, se dirigeaient vers la sortie.

— Pas mal du tout, oui… Reposer sur une surface qui ne tangue pas continue d'être un plaisir. La journée va être chargée, non ?

— Tu peux le dire ! Sur la plage, la chaloupe de sire Édouard doit déjà nous attendre. Il devait arriver pendant la nuit, pour plus de discrétion…

Sur la berge, l'embarcation de l'amiral était déjà là. Laissant à peine le temps à leurs passagers de prendre place, quatre rameurs sautèrent dans l'eau pour tirer la chaloupe vers le large.

Dix minutes plus tard, sire Édouard de Bérenger en personne accueillit les deux hommes sur sa galère. Dès que le canot eut été hissé à bord, il donna le signal du départ – et ne

sauter sur notre pont. Je sais sur quel navire il est – d'ailleurs, je l'aperçois.

Se tournant vers le quartier-maître, Bérenger désigna le bâtiment de Kenneth puis donna quelques ordres d'un ton serein.

— Merci, sire Édouard, fit sir William. À présent, regardons mes listes…

Pointant les lignes du doigt, le Templier lut à haute voix les points qui concernaient l'amiral et lui donna de plus amples explications sur des tâches qu'il aurait à accomplir dans un ordre bien précis.

Alors qu'ils approchaient de la flotte, Bérenger prit peu à peu conscience de l'importance capitale de la journée à venir.

Comme sir William le redoutait, avant tout autre commentaire, l'amiral posa la question qui coulait de source :

— Que comptez-vous faire de la baronne, durant ces opérations ?

— Ce que je compte faire d'elle ? Mais rien du tout, mon ami ! Tant que nous n'en aurons pas terminé, elle restera à bord de sa galère. Ensuite… Eh bien, je me fiche de son sort ! Si ça lui chante, elle débarquera.

— Vous entendez la priver de la messe ?

— Absolument. Dans ce cas particulier, ça s'impose… Cette femme vit parmi des prêtres, et s'il lui prend l'envie d'une messe, elle peut en faire dire une dans ses quartiers. Mais aujourd'hui, sur l'île, il s'agira d'une messe de chapitre. La première célébrée par les frères depuis notre départ de La Rochelle.

» Ce sera un rituel solennel, amiral, strictement régi par la Règle de notre ordre. Comme moi, vous savez qu'elle ne laisse aucune place aux femmes. La baronne prendra peut-être la mouche, mais nous n'avons pas d'autres choix. Pendant la cérémonie, elle restera en mer, un point c'est tout !

» À présent, allons récupérer mon frère !

2

Accroché à un cordage, sur le flanc du navire qui voguait de conserve avec une galère, sir Kenneth Sinclair calcula un moment la trajectoire de son bond. Puis il se lança, les mains devant lui et les doigts pliés avec l'espoir de se retenir à quelque chose, sur l'autre bâtiment, histoire de ne pas prendre un bouillon. Des bras secourables se tendant pour le récupérer, il les saisit, réussit un rétablissement spectaculaire et se reçut en souplesse sur le pont de la galère amirale.

Se redressant, il alla donner l'accolade à son frère puis salua Édouard de Bérenger.

— Des problèmes ? demanda-t-il ensuite à sir William.

— Pourquoi donc ? Qu'est-ce qui t'incite à penser ça ?

Kenneth arqua un sourcil.

— Tu as fait tout ce chemin pour me dire bonjour ? Et j'ai dû jouer les acrobates, au péril de ma vie, pour une banale conversation de salon ? Mon frère, il se passe quelque chose, je le sens. Et je suis impliqué, j'en mettrais ma main au feu.

— Gagné ! Mais il ne s'agit pas vraiment de problèmes. Simplement, j'ai besoin que tu fasses quelque chose pour moi. C'est très important.

— Je suis à ta disposition, bien sûr ! De quoi s'agit-il ?

Sir William regarda Bérenger, puis il jeta un coup d'œil alentour, en quête d'oreilles indiscrètes. Rassuré de ne voir personne, il prit son frère par le bras et le fit pivoter face à la côte.

— Kenneth, il faut que tes hommes, équipés et armés, soient à terre d'ici une heure. Sire Édouard te fournira toute la logistique requise. Tu vois cette bande de terre, au bout de la baie ? Elle s'étend sur près d'un quart de lieue et il y a une butte rocheuse au milieu. Pas très haute, mais assez pour ce qu'il nous faut. Tu la vois ?

Kenneth hocha la tête.

— Très bien… Cette butte accueillera notre autel. Quand tu arriveras, tu trouveras sur le site des gens venus de Brodick – l'endroit où j'ai séjourné, dans la baie d'à côté. Le chef du groupe, un certain Harkin, sait que tu dois arriver. Il a pour toi des tréteaux et un dessus de table qui composeront l'autel. Ce sera à toi de le dresser sur la butte. Le drap sacré et les accessoires sont à bord d'un de nos vaisseaux. L'évêque Formadieu les mettra à ta disposition.

» Derrière l'autel, mais pas trop loin, tu devras trouver un endroit où installer le tocsin. Amiral, pouvez-vous charger quelques charpentiers navals d'ériger un trépied pour la cloche ? Ils devront accomplir un exploit, parce qu'il faudra que tout soit prêt avant midi.

Bérenger fit signe que ça ne posait aucun problème.

— Kenneth, je veux que tes hommes forment un arc de cercle autour d'une zone assez grande pour accueillir tout notre petit monde – mais pas *trop* grande, histoire de décourager les mouvements intempestifs. Définis ce périmètre toi-même, puis contrôle les flancs et l'arrière. En revanche, laisse ouverte la partie qui donne sur la plage.

» Poste vingt sergents sur ces trois côtés et ordonne aux vingt restants, ainsi qu'aux chevaliers, de jouer le rôle de bergers quand la foule débarquera. En d'autres termes, qu'ils poussent les « moutons » jusqu'à la butte.

» Avant que ton dispositif soit en place, j'interdirai à quiconque d'autre de débarquer. Mais ne traîne pas, surtout ! La messe doit commencer aussi près de midi que possible.

» Tes hommes devront orienter les nouveaux venus pour qu'ils se pressent devant l'autel.

— Et après ?

— Nous célébrerons la première messe plénière de la communauté depuis des semaines. Ensuite, je m'adresserai aux frères.

Sir Kenneth baissa les yeux sur le lourd médaillon de son aîné.

— Je connaissais son existence, mais c'est le premier de ce genre que je vois… Tu n'es pas censé le porter sous ton manteau ?

— Si, et c'est ce que je ferai à partir de demain. Bref, il se peut que tu ne le revoies jamais. En attendant, file et exécute mes ordres. Des matelots à nous te ramèneront sur ton vaisseau. N'oublie pas : une fois à l'ouvrage, il ne faudra pas perdre une seconde !

Avant même que sir Kenneth ait été hissé à bord de l'autre bateau, la galère se désolidarisa du gros navire et les rameurs du banc de droite poussèrent avec les avirons pour l'en éloigner au plus vite.

En temps normal, sir William, en incorrigible curieux, aurait assisté à la manœuvre. Malgré toute son admiration pour les marins du Temple, il se replongea dans ses listes et vérifia pour la énième fois l'ordre des opérations.

Entendant le bruit régulier des deux bancs de rames, il leva les yeux et vit qu'il naviguait à présent avec la flotte.

Le baucent naval du Temple – un crâne et deux os blancs sur fond noir – fut enfin hissé en haut du mât. Le signal, pour tous les capitaines, de venir au rapport sur la galère amirale.

Quelques minutes plus tard, une flottille de chaloupes convergea vers le bâtiment.

Sur le pont noir de monde, Bérenger grimpa sur la rambarde du bastingage et se retint élégamment au gréement. Dès que le silence se fit, il récita une série d'ordres brefs et précis directement tirée des listes de sir William.

S'adressant à chaque capitaine, il exposa en détail les missions qui lui reviendraient. Puis il insista sur l'ordre dans lequel les navires devraient débarquer leurs hommes.

Pour chaque galère, il cita les noms des sous-officiers, absents pour l'heure, qui devraient être désignés pour superviser les opérations.

Enfin, souligna-t-il, il faudrait faire en sorte, après le débarquement, qu'il reste le moins d'hommes possible sur les navires.

Sa tirade terminée, l'amiral demanda s'il y avait des questions et fut très satisfait de constater qu'il n'y en avait pas. Les capitaines renvoyés vers leur navire, il gagna sa cabine, sir William sur les talons.

En chemin, le chevalier vit que des chaloupes chargées d'hommes de son frère approchaient déjà de la côte.

Dans les hauteurs, au-dessus de la plage, les cuisiniers et leurs aides avançaient lentement avec leurs charrettes lestées de victuailles.

3

Midi sonna et passa sans que la messe soit célébrée, mais l'avancement des opérations rassura sir William, qui se réfugia sous son grand pavillon afin de se recueillir et de se concentrer. Fine mouche, il suivit cependant le déroulement des travaux à travers la fente du rabat.

Après les hommes de Kenneth, les frères servants de La Rochelle avaient été les seconds à débarquer. Depuis, ils s'échinaient à l'ouvrage. Pour commencer, ils avaient érigé deux grands pavillons, sur la droite et la gauche de l'autel. Un pour les évêques qui conduiraient les cérémonies, et l'autre pour l'officier le plus gradé de l'assemblée, à savoir sir William. Cette tâche accomplie, les frères s'étaient attaqués à l'installation de l'autel, sur la butte. Pour l'heure, ils finissaient de disposer les calices et les chandeliers d'or ou d'argent sur le drap de cérémonie d'un blanc immaculé.

Derrière eux, une cloche pendait à un trépied improvisé avec des espars. Sa seule présence, songea sir William, renforcerait le sentiment de solennité des officiants comme des participants aux cérémonies.

Antique symbole du Temple, la grande cloche de bronze prise aux Seldjoukides lors d'une bataille, près de deux siècles plus tôt servait rituellement à appeler la confrérie à se rassembler. Vingt ans auparavant, lors du siège de Saint-Jean-d'Acre, elle avait sonné pour rallier les forces de plus en plus déclinantes qui défendaient le fief contre des hordes de musulmans. Juste avant la défaite ayant entraîné le départ définitif de l'ordre d'Outre-mer, la cloche avait été évacuée en même temps que le trésor. Depuis elle était restée cachée, presque oubliée, jusqu'à ce que le groupe de Kenneth vienne récupérer le tout en forêt de Fontainebleau, avant le drame du 13 octobre.

Dominant la plage d'une île écossaise, le légendaire tocsin était de nouveau prêt à faire battre plus fort le cœur des Templiers.

Comme prévu, soixante hommes de Kenneth contrôlaient trois côtés sur quatre de la zone. Les quarante derniers accueillaient les frères sur la plage et les orientaient vers leur position, autour de l'autel.

Les galères et les cargos ayant quasiment débarqué tout le monde, l'assemblée serait bientôt au complet. Sur quatre rangs, les chevaliers venus de tous les bâtiments faisaient face à l'autel. Derrière eux se tenaient les membres de la garnison de La Rochelle libérés de leurs occupations. Sur la gauche, formant une aile, s'alignaient les marins civils des différents navires de fret. En face d'eux, les équipages des galères attendaient paisiblement la suite des événements.

Les frères servants de La Rochelle, en longue tunique noire, se tenaient derrière l'autel, légèrement sur la droite.

— Ils arrivent, Will, dit Tam, posté devant le pavillon.

Un commentaire inutile, puisque les frères servants, en se mettant à chanter, venaient d'annoncer le départ de la dernière chaloupe chargée de convoyer les évêques et les autres hommes de robe. Ces chants continueraient jusqu'à ce que les trois prélats, dont l'évêque Formadieu de La Rochelle, aient débarqué puis, en procession avec les chanoines, les archidiacres et les diacres, aient lentement avancé jusqu'à l'autel.

Se détournant du rabat, sir William baissa la tête et repassa en revue le discours qu'il tiendrait une fois son tour venu.

Selon l'ordre de préséance de la messe, encore une tradition ancestrale, les hommes de robe se chargeraient de tout le rituel. Quand on en viendrait aux exigences et urgences de la réalité, rien de plus ni de moins, toute l'assemblée serait suspendue aux lèvres de l'ultime représentant du conseil de surveillance.

Alors qu'il répétait son sermon, sir William se demanda s'il serait obéi ou non.

Le pendentif clairement visible sur sa poitrine, le chevalier ne portait pas de manteau. En une occasion si solennelle, il avait opté pour la tenue d'apparat du conseil de gouvernance. Un haubert noir recouvert d'un riche tabard de la même couleur orné d'une croix pattée blanche sur le côté gauche de la poitrine. Sur ce fond, la chaîne d'argent et le médaillon rouge se voyaient de très loin. Muni d'un bouclier noir lui aussi ornementé d'une croix pattée blanche, le chevalier portait son épée longue glissée dans un fourreau qui battait sur sa hanche.

Seul dans son pavillon, il resta immobile comme une statue tandis que les évêques et leur suite prenaient pied sur la plage puis se dirigeaient vers l'autel.

Arrivés à destination, ils se lancèrent dans la célébration de la grand-messe, conduite par les trois prélats et soutenue par les chants des frères servants. Sans en être vraiment conscient, le chevalier bougea trois fois seulement durant l'entière cérémonie – à chaque occasion, ça consista à plier les doigts de sa main droite pour mieux tenir le grand heaume noir calé contre sa hanche.

Quand ce fut terminé, sur la butte, les religieux se retirant, l'amiral de Bérenger avança pour s'adresser à l'assistance. À cet instant, sir William posa le heaume sur sa tête.

Dans un silence plein de respect, Bérenger sonda longuement la foule, puis il leva la main droite, paume ouverte.

— Frères, je sais que vous attendez tous ce moment, donc, je ne le retarderai pas avec de vains bavardages. En silence, priez pour votre supérieur, le seul représentant parmi nous de maître de Molay et du conseil de gouvernance du Temple de Salomon.

L'amiral recula et désigna le pavillon où attendait sir William.

Tam ouvrit le rabat pour laisser sortir son chef, qui gravit la pente, flanqué par deux chevaliers, des vétérans de La Rochelle en grande tenue. Quand il se campa enfin devant l'autel, un soupir jaillit de centaines de gorges, car peu d'hommes, dans l'assemblée, avaient un jour vu un membre du conseil de gouvernance en habit d'apparat.

Un habit noir, par surcroît ! En un sens, cette apparition inattendue incarnait devant leurs yeux le pouvoir intangible qui présidait aux destinées de l'ordre et aux leurs.

Sous le heaume noir à plumet blanc, n'importe qui aurait pu se cacher. Mais en ces premiers moments du drame antique sur le point de se jouer, l'identité du chevalier importait peu, comme s'il représentait à lui seul les grands maîtres et les chefs qui avaient veillé sur l'ordre depuis sa naissance.

Quand l'assistance se tut enfin, sir William, conscient que tous les regards étaient braqués sur lui, baissa son bouclier et se tapa du poing sur le cœur.

Aussitôt, des centaines d'hommes l'imitèrent, produisant malgré eux un boucan d'enfer.

Le chevalier placé sur la gauche de sir William – un vétéran nommé Renaud de Pairaud – avança d'un pas et s'empara du lourd bouclier. Raphaël de Vitune, un autre vétéran, attendit que le chevalier ait débouclé son ceinturon puis le saisit pour le débarrasser de ses armes.

Ainsi allégé, sir William défit les fixations de son heaume, le retira et le cala dans le creux de son coude, puis de nouveau contre sa hanche droite.

— Je vous salue, frères ! lança-t-il.

— Nous te saluons, frère ! répondirent des centaines de voix.

— Au nom de maître Jacques de Molay, je vous convoque à un chapitre.

— Qu'il en soit ainsi !

Quand les derniers échos de cette réponse collective se furent éteints, le chevalier désigna la grande cloche de bronze, derrière l'autel.

— Même si peu d'entre vous l'ont vu un jour, vous connaissez tous le tocsin. Depuis près de deux siècles, il appelle les frères à se réunir en cas d'urgence. Aujourd'hui, il retentira de nouveau pour la première fois depuis la chute de Saint-Jean-d'Acre – parce que l'ordre, une fois encore, est dans la tourmente.

Sir William fit signe à Kenneth, qui indiqua à deux hommes d'agiter le marteau de la cloche afin de la faire sonner. Effrayés par le bruit, des dizaines d'oiseaux s'envolèrent, filant comme des flèches dans le ciel.

Parmi les frères, pas un ne bougea ou ne parla jusqu'à ce que meurent les derniers échos de l'appel.

— Cette île, Arran, sera notre nouveau foyer et notre base arrière – provisoirement, bien entendu. Ce sanctuaire, nous le devons à Robert Bruce, le roi d'Écosse. En ce lieu, où nous resterons aussi longtemps qu'il le faudra, nous allons de nouveau former une communauté. Une de nos missions, vous le devinez, sera de découvrir ce qu'il est advenu de l'ordre et de nos frères en France et ailleurs. Jusqu'à ce que nous le sachions et puissions décider que faire, nous nous comporterons exactement comme à La Rochelle. N'était qu'ici, il faudra construire un abri avant de pouvoir en profiter.

Du regard, sir William évalua les réactions de son auditoire. La plupart des frères, presque trop calmes, semblaient attendre de voir ce qui se passerait. D'autres semblaient furieux, et d'autres encore ne cachaient pas leur perplexité.

Sir William leva la main pour réclamer le silence.

— Pour la plupart, je le sais, vous ignorez ce qui s'est passé à La Rochelle le jour de notre départ précipité. En mer, je n'ai pas eu la possibilité de m'adresser à vous. Ainsi, et je le regrette, les rumeurs sont allées bon train, certaines devenant sans doute de plus en plus folles. Aujourd'hui, j'entends vous dire ce que je sais. Ne perdez pas de vue, cependant, que je dispose uniquement, au même titre que vos officiers, d'informations fragmentaires. Pour l'heure, ce que je vais vous confier est la quintessence de nos chiches connaissances.

Le quart d'heure suivant, fascinant son auditoire, sir William exposa ce qu'il savait sur les terribles événements du vendredi 13 octobre. Il mentionna bien entendu sa visite à Jacques de Molay, à Paris, et n'omit pas de préciser que le grand maître en personne avait douté jusqu'au dernier moment de la véracité du complot, hésitant à renier son vœu d'obéissance au pape afin de préserver l'avenir de l'ordre.

Avec une rare franchise, il évoqua son trouble, face aux révélations du grand maître, et confia qu'il avait également douté – quasiment jusqu'à l'aube du vendredi, en réalité.

Enfin, il parla de la mission de Kenneth, chargé de réunir cent hommes sûrs et d'aller récupérer le trésor du Temple dans des grottes de la forêt de Fontainebleau.

Personne ne mit en cause ce récit, puisque tous les frères présents avaient d'une manière ou d'une autre participé au chargement des coffres.

En revanche, sir William vit à quel point ces hommes étaient fiers d'avoir contribué à sauver l'ordre, en partie au moins, du complot ourdi par le roi de France. S'ils pensaient avoir contribué au salut du Temple – et en un sens, c'était le cas –, ce serait nécessairement bon pour le moral.

Son exposé terminé, sir William se tut un assez long moment, espérant presque que quelqu'un oserait lui poser une question. Mais deux siècles de discipline ne s'oubliaient pas ainsi, et personne ne pipa mot.

Hochant la tête, le chevalier recula d'un pas et tendit un bras vers Tam, debout derrière lui, une sacoche dans les mains.

Sir William la saisit, dut s'y prendre à deux fois pour assurer sa prise, puis la souleva à deux mains tant elle était lourde. Enfin, il la tourna en tous sens afin que chacun la voie sous toutes ses coutures.

— Que va-t-il se passer maintenant ? lança-t-il. Chacun de vous, j'en suis sûr, se pose cette question. Qu'allons-nous faire ? Vers où irons-nous ?

À chaque question, le chevalier souleva la sacoche. Sa déclamation terminée, il baissa les mains et la glissa sous son bras gauche.

— Frères, aujourd'hui, je vais vous donner un début de réponse ! Que va-t-il se passer maintenant ? Eh bien, en vérité, je vous le dis, nous allons nous remplir l'estomac !

Sir William attendit que les vivats s'épuisent.

— Les bonnes odeurs de cuisson que vous sentez sont un message envoyé par les cuisiniers de sir James Douglas, gardien de cette île et loyal sujet du roi Robert Bruce, notre aimable hôte.

Les hommes crièrent encore de joie. Après des semaines en mer, ils devaient rêver chaque nuit d'un bon morceau de viande fraîche rôtie.

Quand le silence revint, sir William brandit de nouveau sa sacoche. Son effet étant calculé à la seconde près, la foule le regarda, suspendue à ses lèvres.

— Quant à ce que nous allons faire, il y a dans cette sacoche de quoi nous guider ! Regardez !

Ouvrant la sacoche, le chevalier en sortit un paquet.

— J'ai ici des documents portant le sceau de notre grand maître, Jacques de Molay. Ils contiennent ses instructions pour les temps à venir. Ces textes, il me les a remis lors de ma visite à Paris – pour que je vous les transmette, bien entendu. Je demande au doyen des chevaliers présents, sire Renaud de Pairaud, ancien membre de la garnison de La Rochelle –, de venir examiner le sceau et d'attester qu'il s'agit bien de celui du grand maître. Qu'il vérifie de ses yeux qu'il est intact.

Le vétéran approcha, attendit que le chevalier ait baissé les bras, puis étudia longuement le sceau avant de hocher vigoureusement la tête.

Après avoir rendu la sacoche et son contenu à Tam, sir William reprit la parole :

— Pour l'heure, allons festoyer en remerciant le ciel de ce que nous sommes encore libres. Demain, nos aînés parmi les frères siégeront à la première réunion du chapitre, dans notre nouveau fief. Examinant les recommandations du grand maître, ils nous diront comment satisfaire aux souhaits du conseil de gouvernance.

» En attendant la fin de leurs travaux, nous ne chômerons pas, je vous le garantis ! Sur cette plage ouverte à tous les vents, nous sommes exposés et nous le resterons tant que nous n'aurons pas construit notre fief !

» Frères, allez en paix, et consacrez-vous à la tâche ô combien gratifiante de redevenir une pieuse communauté après un tel bouleversement de votre façon de vivre. Nos amis de Brodick vous inviteront d'ici peu à vous asseoir à leurs tables, et je devine que vous saurez faire honneur au festin. Que Dieu soit avec vous.

Alors que les frères se dispersaient, sir William remercia les deux chevaliers qui l'avaient assisté, puis il prit le chemin de son pavillon, conscient que Tam, la sacoche serrée contre son cœur, le fixait d'un regard noir.

— Qu'y a-t-il ? demanda le chevalier quand ils furent sous le pavillon, rabat fermé. J'ai oublié quelque chose ?

— Presque rien, grogna Tam. Juste les femmes ! Depuis ce matin, elles croupissent en mer alors que tout le monde, à part elles, a eu le droit de débarquer. Puis-je les envoyer chercher, ou faut-il leur faire apporter un repas ?

— Malédiction, je les ai bel et bien oubliées, ces trois-là !

Un instant, le chevalier envisagea de consigner les femmes sur leur galère. Une idée vraiment révoltante, même pour un homme comme lui.

— D'accord, va les chercher, si ça t'amuse. Pour aujourd'hui, nous avons assez travaillé. Mais isole-les bien des frères, tes protégées ! J'ai déjà assez de mal avec des hommes restés trop longtemps loin de la discipline de l'ordre. Inutile de leur mettre en plus des femmes sous les yeux. Cache-les bien, Tam !

4

Pendant que les Templiers faisaient leur cirque, sur la plage, Jessica Randolph fut loin de se morfondre. Plus encore, elle se réjouit de pouvoir un moment oublier son rôle de baronne et retrouver la grisante sensation d'être libre – par exemple en s'offrant une séance de toilette prolongée qu'elle n'aurait pas crue possible sur une galère du Temple. Et qui ne l'aurait pas été, d'ailleurs, sans l'absence providentielle de l'équipage, parti assister à la cérémonie ?

Tous les hommes de l'expédition, semblait-il, étaient massés devant une butte où se déroulaient de mystérieux rituels. Tendant l'oreille pour entendre les chants des frères servants, Jessica comprit vite qu'il n'y aurait pas à craindre de retour rapide des hommes sur le navire. Apte à saisir au vol les bonnes occasions, elle prit une décision qui aurait choqué les braves Templiers, si elle avait été portée à leur connaissance.

Appelant ses dames de compagnie, Jessica les chargea de demander aux rares membres d'équipage encore présents de faire chauffer de l'eau pour un bain. Ensuite, tirant parti de la quasi-absence des mâles, elle annexa la plus grande cabine pour y déballer sa garde-robe – somme toute assez modeste – à fin d'inspection et d'éventuelles réparations.

Ensuite, alors que les Templiers s'adonnaient aux rituels sacrés de leur ordre, la baronne, Marie et Jeanette sacrifièrent à ceux de la féminité, tout aussi complexes et importants.

Quand tout fut terminé, sur la plage, les hommes se dirigeant vers les tables dressées à l'écart de la butte, les trois femmes, plus pimpantes que jamais depuis le départ de La Rochelle, attendirent qu'on daigne venir les chercher – une mission dont s'acquitta le sergent Tam Sinclair, décidément un modèle de galanterie.

— Une minute ! lança Jessica quelques instants après avoir pris pied sur la plage.

Le sergent s'immobilisa et se retourna, surpris. Aidé par deux rameurs qui portaient à présent les bagages des dames, il avait fait accoster la chaloupe le plus loin possible des tables.

— Si je comprends bien, nous allons nous installer seules à des centaines de pas de la fête. Plus loin que les bouffons, les acrobates, les harpistes et les jongleurs dans un camp militaire. Plus loin même que les mendiants et les filles de petite vertu… Serons-nous servies en dernier, quand tout sera froid ?

» Où est sir William ? Il faut que je le remercie de ses attentions…

Désormais trop familier de la baronne pour ne pas saisir l'ironie de ses propos, Tam répondit pourtant comme s'il les prenait au pied de la lettre :

— Ta nourriture ne sera pas froide, ma dame, je m'en assurerai en personne. J'ai déjà fait en sorte qu'elle soit mise de côté et conservée au chaud pendant que j'allais te chercher. Histoire de t'épargner une remarque acerbe, j'ai dit aux cuisiniers d'attendre une bonne heure avant de procéder à ces opérations. (Tam tendit un bras.) Regarde, Mungo nous attend là-bas. Tu ne le connais pas, je crois, mais c'est un brave homme, originaire du coin. Peu loquace, il a tout d'un ours mal léché, mais je suis sûr que tu l'apprécieras. Il a dû allumer un feu et collecter du bois pour l'alimenter. Quand vous serez bien installées, toutes les trois, j'irai chercher les repas – et du vin blanc d'Anjou, comme tu l'aimes. À présent, suis-moi, sinon, aucun d'entre nous ne se remplira l'estomac. Après le repas, si tu y tiens encore, tu pourras aller remercier sir William.

Quelques minutes plus tard, les trois femmes s'assirent devant un feu que le taciturne Mungo alimentait généreusement avec des morceaux de bois flotté. Quand les deux hommes furent prêts à se retirer, Jessica les remercia de bon cœur puis les regarda s'éloigner et se fondre dans la foule de frères.

Alors qu'elle guettait le retour de Tam, Jessica entendit du bruit, du côté des mâles, et se leva pour voir ce qui se passait. Hélas, même perchée sur la plus haute pierre disponible, elle ne distingua rien du tout.

Envoyée aux nouvelles, Jeanette revint très vite et avoua son ignorance :

— Je ne sais pas ce que c'est, ma dame. Un navire arriverait du nord, dit-on. Mais personne ne sait à qui il appartient ni pourquoi il est là.

Un peu plus tard, à la lumière mourante du crépuscule, Jessica vit Tam et Mungo revenir avec un troisième homme. Chacun portait un paquet plat qui se révéla être une planche lestée d'assez de nourriture (et de bouteilles couchées) pour six personnes.

Les convives se régalèrent d'épaisses tranches de rôti d'agneau ou de chèvre, de délicieux navets en dés et de légumes verts arrosés de beurre, de pain frais croustillant servi avec du miel et de petits gâteaux salés fourrés de fromage de chèvre. Après le régime austère en vigueur lors de la traversée, ce véritable festin combla de joie Jessica et ses compagnes – au point qu'elles se montrèrent plus voraces que les hommes et aussi muettes, en tout cas jusqu'à ce qu'elles soient rassasiées.

Quand ce fut fait, Jessica leva les mains pour observer ses doigts et s'assurer de leur propreté.

— C'était un délice, Tam. Bravo !

— Ce n'est pas moi qu'il faut remercier, ma dame. J'ai joué les livreurs, c'est tout. Le bienfaiteur, c'est sir James Douglas, par l'intermédiaire de son intendant. Sir William a organisé tout ça hier, à Brodick.

— Dans ce cas, je remercierai l'intendant, si je le rencontre un jour. En parlant de rencontre, il paraît qu'un nouveau bateau est à l'approche. Tu sais quelque chose à ce sujet ?

— Oui.

Tam secoua son assiette en bois au-dessus des flammes puis la posa à ses pieds.

— C'est une galère… Des Highlanders du Nord, avec, selon Mungo, le pavillon des MacDonald. Moi, je n'ai rien vu. Mais les hommes debout à la proue arborent un étendard bleu et blanc. Il se peut qu'il s'agisse de sir James Douglas…

— Il se peut ? Tu n'en es pas sûr ?

Tam ne cacha pas qu'il était vexé.

— Non, femme, je n'en suis pas sûr ! Je connais au moins cinq maisons nobles qui ont pour couleurs le bleu et le blanc. Les Douglas sont du nombre, et comme sir James veille sur l'île au nom du roi…

— Veille sur l'île ? Traduction ?

— Il gouverne Arran.

— Et qui est-il, ce gouverneur ?

— Un proche ami du roi. Ils sont presque comme deux frères.

— Alors, je dois rencontrer ce Douglas au plus vite. Il saura me dire où trouver le roi.

Tam faillit dire que Robert était déjà au courant, pour le trésor, mais il se ravisa. Ça ne le regardait pas, et s'il s'en mêlait, il s'attirerait les foudres conjointes de son chef et de la baronne.

— C'est une bonne idée, ma dame. Et si c'est bien lui, ça ne posera aucun problème. Comme je te l'ai dit, je n'en sais rien. Mais s'il est là, tu le trouveras avec sir William.

— Très bien. Dans ce cas, je vais bientôt me mettre en quête de ton supérieur.

Jessica se leva puis plissa les yeux, sondant la plage en quête de l'endroit où sire Grognon pouvait être.

5

De nouveau vêtu de son manteau blanc, sir William, le repas terminé, se lança dans une grande conversation avec sire Renaud de Pairaud, un homme avec qui il devrait se montrer très prudent durant les premiers jours sur Arran.

De notoriété publique – encore que de *supposition* publique eût sans doute été plus exact – sire de Pairaud avait des relations très haut placées dans la hiérarchie de l'ordre. Son frère, le redoutable Hugues de Pairaud, avait été un des membres les plus huppés du conseil de gouvernance, occupant les postes de trésorier du Temple et de superviseur du prieuré de France. Selon toute vraisemblance, il avait dû être arrêté le 13 octobre, à l'instar de tous ses collègues.

Comme sir William, Renaud de Pairaud devait savoir que son influence, depuis les malheurs de son frère, n'était plus ce qu'elle était. Objectivement, en tout cas. Car aux yeux des autres chevaliers, le vétéran restait une figure de proue, et il pourrait très bien mener la fronde contre les changements que sir William recommanderait au cours des prochains jours.

Résister à la nouveauté était dans la nature de Renaud de Pairaud, un défenseur fanatique de la tradition, une valeur qu'il tenait pour l'esprit même de l'ordre. Sans l'ombre d'un doute, il vitupérerait, implacable, contre les nouveautés à venir – simplement parce qu'elles perturberaient la quiétude du groupe ultraconservateur qu'on appelait les Sangliers du Temple. Des têtes de mule attachées au moindre détail de la Règle et des pratiques de la confrérie.

Parmi ces archaïques, le vétéran de La Rochelle était un des plus intransigeants. Décidé à le convaincre par la douceur, sir William s'efforçait de rester amical et courtois face à un interlocuteur grognon et dépourvu d'humour.

La « grande conversation » écourtée par l'absence de coopération du vieux chevalier – résolu à ne *pas* discuter des changements et des aménagements souhaitables –, sir William s'avisa que tous les hommes, autour de lui, se dressaient sur la pointe des pieds afin de sonder la plage.

À haute voix, plusieurs chevaliers se demandèrent qui était la personne qui approchait à cette heure tardive.

Alarmé, sir William se leva souplement. Même ainsi, il ne vit rien. Du coup, il entreprit de fendre la foule afin d'aller à la rencontre du visiteur vespéral.

Son mât et sa voilure illuminés par les dernières lueurs du jour, une galère approchait de la côte à toute vitesse. Au moment où sir William commença à trouver le spectacle inquiétant, les rameurs, avec un bel ensemble fruit de longues heures d'exercice, relevèrent en même temps leur aviron. Sur son erre, le navire continua d'avancer, sa proue finissant par venir mourir à la lisière du sable – l'endroit exact que visait son capitaine, assez près pour que les passagers puissent débarquer sans se mouiller les pieds mais suffisamment loin pour que les rameurs n'aient aucun mal à remettre le bâtiment à l'eau. Une manœuvre si bien exécutée que sir William, toujours en admiration devant l'excellence, dut se retenir d'applaudir.

Même de loin, il avait déjà reconnu la silhouette de sir James Douglas, hautement identifiable grâce à la ceinture en tissu bleu rayé de blanc qui ceignait sa taille. En armure et casqué, le gardien d'Arran, malgré les hommes qui l'entouraient, semblait être seul à la proue de la galère.

Sous le regard fasciné de sir William, les trois premiers visiteurs sautèrent à terre et se reçurent souplement sur le sable humide. En tunique blanche, l'image d'une galère noire sur la poitrine, deux d'entre eux portaient une cornemuse – l'instrument favori des Highlanders – et le troisième arborait au bout d'une longue hampe un étendard orné du même emblème – la galère noire sur champ blanc, en d'autres termes, les armes des MacDonald.

Sans sommation, les joueurs de cornemuse entonnèrent un air tandis que les autres membres de la délégation sautaient à terre. Parmi les derniers, sir William remarqua deux porte-étendards qui brandissaient celui des Douglas.

Précédé par huit soldats en cotte de mailles, sir James sauta à terre le dernier. Aussitôt, le porte-étendard des MacDonald se mit en chemin, suivi par les joueurs de cornemuse. Ainsi annoncé, le gardien d'Arran se dirigea vers l'endroit où l'attendait sir William.

Conscient qu'ils ne parviendraient pas à se faire entendre à cause des cornemuses, les deux hommes se saluèrent de la tête et, souriants, attendirent que le récital soit terminé.

Quand la musique cessa abruptement, la foule resta silencieuse, attendant que les deux chefs se parlent.

Sir William prit les devants :

— Bonjour, sir James, dit-il en écossais – ou plutôt, bonsoir. Bienvenue dans notre camp provisoire.

— Merci, mon ami.

Douglas hocha la tête, eut un petit sourire puis retira son casque et le lança à un des soldats. Sortant de sous son manteau une coiffe ornée d'une plume de coq noir, il l'enfila, tira jusqu'à ce qu'il se sente à l'aise puis jeta un coup d'œil derrière lui, vers la baie où mouillait la flotte du Temple.

— Je suis impressionné, je l'avoue. Vous m'aviez parlé d'une flotte, mais je n'imaginais rien de si imposant. Voilà qui vous donne un certain… poids, pas vrai ?

Sir James se retourna et balaya la foule du regard.

— L'amiral n'est pas là ?

— Pas précisément ici, mais pas loin non plus… Il s'est restauré avec moi, puis il est parti s'entretenir avec ses capitaines. Le ventre bien plein, ils ont dû pouvoir lui parler d'autres choses que de boustifaille. Vous voulez le voir ?

— Non, c'était de la simple curiosité… Et mes officiers de Brodick ? Il y en a dans votre camp ?

Sir William ne cacha pas que la question le surprenait.

— Pas un seul, non… Toute la journée, nous nous sommes occupés de nos affaires. Le débarquement, d'abord, puis les rituels requis pour nous reconcentrer sur l'ordre et la façon de vivre qu'il implique… Dans ces circonstances, je n'ai pas cru bon d'inviter vos capitaines. En revanche, il y a ici vos cuisiniers et leurs aides. Au fait, merci de tout cœur de nous avoir offert ce festin.

Passant au français, sir William haussa la voix pour que les Templiers l'entendent :

— Mes frères et amis, je vous présente sir James Douglas, gardien de l'île d'Arran au nom du roi Robert. C'est grâce à lui que nous avons si bien mangé ce soir, donc je propose que nous lui fassions une ovation.

Quand les vivats se turent enfin, le chevalier reprit la parole :

— Ceux d'entre vous qui parlent l'écossais m'ont sans doute entendu accueillir sir James dans notre camp provisoire. À présent, j'aimerais lui promettre qu'il n'aura pas besoin, lors de sa prochaine visite, de s'asseoir sur un rocher.

Des éclats de rire ponctuèrent cette déclaration.

— En attendant, nous avons des sujets délicats à aborder, lui et moi. Si vous voulez bien nous excuser, je vais le conduire jusqu'à mon pavillon. Restez encore un peu et amusez-vous. Mais ne veillez pas trop tard. Demain, dès matines, notre nouvelle vie commencera sur cette plage.

Ignorant le concert de grognements suscité par son annonce, sir William fit signe à son invité de le suivre.

L'escorte de sir James sur les talons, les deux hommes marchèrent en silence – à la nuit tombée, mieux valait se concentrer sur l'endroit où on mettait les pieds. Le Templier en profita pour se demander ce qui pouvait bien amener sir James à une heure pareille – et sur une galère, en plus.

En son absence, quelqu'un avait veillé au confort de sir William, car il vit de loin qu'un brasero diffusait une lueur rouge dans le pavillon.

— Ce feu sera une bénédiction, dit-il.

À cet instant, il trébucha, s'étala et eut le souffle coupé par l'impact. Vite relevé, il n'essaya plus de parler jusqu'à ce que sir James et lui soient en sécurité et au chaud sous le pavillon.

Une fois qu'un frère servant eut pris leurs manteaux, les deux hommes allèrent se réchauffer les mains au-dessus du brasero. Dehors, les hommes du gardien d'Arran s'étaient déployés autour de la tente, formant un cercle serré.

— Pourquoi cette escorte, sir James ? Un jour comme aujourd'hui, et devant tous mes hommes… (Le Templier sourit pour adoucir ses propos.) Sachez-le, si nous voulions vous molester, huit gardes du corps ne pourraient pas nous en empêcher.

— Vous voulez parier ? lança sir James, d'humeur à plaisanter. Vous n'êtes que quelques centaines – des Français, en plus de tout… Il n'y a pas de quoi pavoiser.

Le gardien se tut, haussa les épaules et reprit d'un ton sérieux :

— L'escorte, c'est juste en cas de besoin… Rien à voir avec vos hommes ou vous. Je viens vous apporter un cadeau.

Surpris, sir William dévisagea son interlocuteur.

— Les cadeaux sont toujours bienvenus, mon ami, mais quel « besoin » pourrait justifier qu'on vous protège alors que vous êtes avec des alliés ?

— Il suffit d'une fois, et on ne sait jamais quand ça se produira… J'arrive directement du nord de l'île. Sachant que votre flotte devait être ici aujourd'hui, j'ai pensé vous y trouver. J'ai eu raison et je m'en flatte.

— Pourquoi être venu me voir directement ?

— Pour louer votre clairvoyance.

— Pardon ? Je ne vois pas de quoi vous parlez.

— Votre intuition, aurais-je dû dire… Vous vous souvenez du type qui écoutait les conversations en français ? J'avais chargé deux hommes à moi de le surveiller, et ce soir-là, il est parti précipitamment, mais sans savoir qu'on l'espionnait. Un de mes gars l'a suivi pendant que l'autre m'attendait…

» Le traître est parti vers le nord-est, à travers les collines puis les glens de montagnes. À l'évidence, en direction de Lochranza, puisqu'il n'y a rien d'autre par là. Le suivre sans être vus n'aurait pas été facile, sur un tel terrain, mais comme nous avions assez de charges contre lui, nous l'avons arrêté cet après-midi pour lui poser quelques questions.

Sir William ne s'attarda pas sur la formulation fleurie. Voyant que sir James ne faisait pas mine de continuer, il l'encouragea :

— Et qu'avez-vous appris avec vos… questions ?

— Que vous aviez flairé un complot contre le roi, mon ami.

— Ce gars en était le cerveau ?

— Sûrement pas ! Ce n'était qu'un sous-fifre – un minable espion en chemin pour rencontrer son maître et organiser le débarquement sur Arran d'une force française.

— Qui est son maître, justement ?

— MacDougall de Lorn… Le fils du vieux chef – John le Boiteux en personne. Rien d'étonnant, quand on connaît ce chien. La surprise, ce fut la suite de la confession de l'espion, au sujet de son plus récent employeur. Il semblerait que sir

Alexander Menteith, notre bien-aimé commandant d'Arran, se soit allié aux MacDougall en échange, une fois Bruce mort et les MacDonald vaincus, d'un poste de commandant d'Arran et du Kintyre. Pour croire à la parole du Boiteux, il faut être fou, mais le pacte fut pourtant conclu. Hélas pour lui, le traître est démasqué et son sort ne fait pas de doute. Le roi ne sera pas clément, dans cette affaire, je peux vous l'assurer. Il y a déjà eu trop de défections et trop de traîtres remis en liberté qui ont aussitôt recommencé à comploter.

Sir William se sentit très mal à l'aise en pensant au frêle commandant de l'île, qu'il avait trouvé plutôt agréable mais bien insignifiant. Si un type pareil pouvait être un traître, n'importe qui risquait de retourner sa veste.

— Où est Menteith ? Qu'avez-vous fait de lui ?

— Rien. Il est toujours à Brodick, ne se doutant pas que le carreau qui le tuera est sur le point d'être tiré. Comme je vous l'ai dit, j'arrive directement du nord. Dans une baie, à l'ouest de la lande, il y avait cette galère, et nous en avons profité, puisque le capitaine venait ici. Nous avons caboté le long de la côte nord de l'île, en quête d'éventuels MacDougall, puis nous avons navigué jusqu'ici. Notre prochaine étape, ce sera Brodick, où nous arrêterons Menteith et l'incarcérerons jusqu'à ce que le roi puisse statuer sur son cas. Voilà pourquoi, en réalité, je voyage avec une escorte. Au fond, Menteith pourrait se défendre quand on l'appréhendera, voire tenter quelque chose avant, s'il se doute que ça va mal tourner pour lui. Voilà l'explication de mes anges gardiens – et du cadeau que vous avez bien mérité.

— Quel cadeau ?

— Lochranza, mon ami ! La place forte de Menteith. Ne désirez-vous pas avoir un fief sur cette île ? Eh bien, vous en avez un ! Lochranza est à vous à partir d'aujourd'hui, faites-en ce qui vous chantera. Menteith lui, n'en aura plus l'usage. Son château est solide, facile à défendre et proche du port le plus sûr de l'île, à part cette baie. Vos galères y seront en sécurité, et il y a assez de place dans le fief et dans le village pour loger tous vos hommes. Mieux encore, il y a des pâturages pour une bonne moitié de vos chevaux – dans les glens, entre les montagnes.

» Vous aurez des pics dans le dos et la mer à vos pieds. On peut trouver pire, non ? Et de mon point de vue, le château pourrait avoir des occupants bien plus désagréables que vous. Et s'il restait vide, il serait une tentation permanente pour nos ennemis. Désormais, il sera le refuge de l'ordre, ce qui vous incitera à le défendre. Du coup, le roi et moi, nous pourrons nous occuper d'autre chose. *Quid pro quo !* La solution idéale.

Les yeux ronds, sir William venait de penser la même chose, mais il n'eut pas l'occasion de le dire, car il entendit soudain des échos de voix. Une dispute, avec des hommes très énervés face à une femme qui leur tenait tête.

Passant par l'entrée secondaire du pavillon, Tam approcha d'un pas décidé.

— Sir William, maugréa-t-il sans faire l'effort de se montrer poli ou amical, la baronne de Saint-Valéry veut te parler. Sachant qu'elle ne tolérera pas un refus, je te l'ai amenée.

Sur ces mots, le sergent se détourna et sortit, laissant le rabat retomber derrière lui.

Sir William et son compagnon se regardèrent en silence, immobiles comme des statues. Qu'allait-il arriver ? se demandèrent-ils au même moment, mais pour des raisons différentes…

Dehors, quelqu'un se racla la gorge, puis le rabat s'écarta pour laisser passer la baronne, qui ne frémit pas sous le regard dur des deux hommes.

— Je vous salue, baronne, souffla sir William après avoir passé une petite éternité à contempler cette femme comme s'il était un adolescent idiot.

Avant de se sentir ridicule, il se redressa et désigna son jeune compagnon :

— Vous ne connaissez pas encore sir James Douglas, je crois ?

Le gardien du roi se fendit d'un grand sourire, retira sa coiffe et s'inclina bien bas – une étiquette apprise lors de son séjour à Paris, dans sa « jeunesse ».

La tête baissée, il ne vit pas la surprise que trahit Jessica Randolph en l'entendant parler dans un français parfait.

— Baronne de Saint-Valéry, dit-il en s'inclinant de nouveau, vous rencontrer est un honneur, après tout ce que j'ai entendu dire sur vous. (Il se releva et chercha le regard de la dame.) J'ai connu votre frère, sir Thomas – de réputation, comme tous les habitants de l'Écosse. Si je n'ai jamais pu le rencontrer, sachez que mon père le tenait en très haute estime. Le nom de votre défunt mari, Étienne de Saint-Valéry, ne m'est pas inconnu non plus, car mon mentor et protecteur, l'archevêque Lamberton, pensait le plus grand bien de lui. En plusieurs occasions, je l'ai entendu louer les qualités de votre mari, dont il admirait les exploits et les succès, quand il occupait le poste d'agent général du roi Philippe, à la cour d'Angleterre.

Jessica eut un hochement de tête plein de grâce. Touchée par la courtoisie de sir James, elle s'étonna qu'un homme si jeune pût avoir une telle prestance et tant d'assurance. Sans le quitter des yeux, histoire de prendre vraiment sa mesure, elle écouta la suite de ce qu'il avait à dire :

— Grâce à sir William, je sais que vous n'êtes plus venue en Écosse depuis un moment. Je me réjouis, sachez-le, que pour votre retour, vous ayez accosté sur l'île d'Arran.

Gardien du roi, j'ajoute au mien l'accueil chaleureux de Sa Grâce Robert.

Lui, gardien du roi ? Mais ce n'est encore qu'un gamin !

Jessica se sentit soudain désemparée, comme si le vent de son courroux venait de tomber, ne gonflant plus ses voiles. En tarabustant Tam, elle avait fini par le persuader de la guider jusqu'à sir William. Devant le pavillon, elle avait à peine hésité, prête à affronter le redoutable Templier. Après tout, son somptueux cadeau au roi d'Écosse méritait bien qu'on lui accorde un peu de considération.

Comme si elle entrait dans une arène, la baronne avait franchi le seuil du pavillon avec la farouche détermination d'un gladiateur. En femme avisée, elle avait imaginé le type de dialogue qui suivrait, lorsqu'elle aurait dit ses quatre vérités au butor.

À aucun moment, elle n'avait prévu l'accueil presque timide de sir William – comme s'il était dans ses petits souliers – et encore moins la présence d'un jeune noble distingué s'adressant à elle avec une exquise délicatesse. De quoi lui couper tous ses effets, vraiment.

Mais qui était ce jeune homme et d'où sortait-il ? Dans le sud de l'Écosse, Douglas était un nom courant, mais qui ne lui disait rien de spécial.

Ah ! si… Au moment de son mariage, elle avait entendu parler d'un Douglas connu comme le loup blanc. Un rebelle, emprisonné en Angleterre pour ses crimes. Sir James était-il parent de cet homme ? Probablement, pour être si important à un si jeune âge. À voir le respect que lui témoignait sir William, l'offenser n'était sûrement pas une idée d'avenir. Du coup, Jessica ravala son acrimonie – qui pourrait toujours resservir plus tard – et se fendit d'un sourire encore timide.

— Mille fois merci, seigneur… Sir James Douglas, c'est ça ? Vous êtes délicieusement courtois.

— Face à certaines personnes, ça ne demande aucun effort, ma dame. (Sir James sourit et s'inclina de nouveau.) James Douglas de Douglasdale, pour vous servir. Mais pas « seigneur »… Ce titre appartenait à mon défunt père, sir William Douglas. Aujourd'hui, il est confisqué par les Anglais, qui accusent mon père de rébellion et de trahison. Comme tous les Écossais, je ne partage pas leur opinion, mais château Douglas, mon fief héréditaire, est entre les mains de sir William Clifford, un des soi-disant « gouverneurs » anglais en Écosse. Il n'en sera pas ainsi pour toujours… En attendant, on ne peut rien y faire.

Jessica fit mentalement le bilan de sa minutieuse inspection du jeune homme. Sa colère envolée, elle dut bien reconnaître que sir James – en tout cas extérieurement – avait des atouts en sa faveur. Par exemple, ses superbes cheveux noirs, inhabituellement longs, ou ses très larges épaules. Son visage plutôt long au menton imberbe n'était pas à proprement parler beau – sans doute parce que ses yeux, sous des sourcils épais, se révélaient un rien trop rapprochés – mais il avait belle allure, et son regard, malgré ce petit défaut, restait franc et limpide. À dire vrai, n'était ce quart de pouce manquant, on aurait pu parler de superbes yeux noirs. En tout cas, ils dominaient un nez bien découpé et une bouche large et mobile qui dévoilait des dents en parfait état – le privilège des jeunes gens en bonne santé. Sur un pantalon écossais bleu, il portait une tunique de la même couleur, mais d'une teinte plus claire, et un long manteau azur. Des bottes montantes aux pieds, il avait accroché dans son dos une épée large à la longue poignée revêtue de cuir.

L'un dans l'autre, conclut Jessica, un jeune noble agréable à regarder, courtois, plein de fougue, suprêmement confiant et d'une remarquable ouverture d'esprit. Bref, d'ici pas très longtemps, un mari parfait pour une jeune femme entreprenante et ambitieuse.

La mesure de sir James rapidement prise, Jessica, cette fois, le gratifia d'un sourire ensoleillé.

— Seigneur ou simplement chevalier, sir James, vous êtes d'une parfaite distinction, et je vous sais gré de votre courtoisie.

Et maintenant, au tour de ce butor de Sinclair!

— Navrée d'avoir interrompu une réunion, sir William. Depuis des jours, je n'ai pas eu un mot de vous au sujet du cadeau que je destine au roi d'Écosse. Depuis votre arrivée sur Arran, j'imagine que vous avez d'autres préoccupations, mais j'estime qu'il serait bon pour tout le monde que mes servantes et moi, avec les coffres, soyons débarquées sur les terres, afin que je puisse me lancer à la recherche de Robert Bruce.

Stupéfié, sir William en resta muet quelques instants. Puis il s'ébroua, piqué au vif par l'arrogance de la baronne.

— C'est votre plan, ma dame? Et comment comptez-vous procéder? Pour commencer, qui vous protégerait, vos dames de compagnie et vous – sans parler du trésor, justement? Où pensez-vous trouver des hommes fiables pour vous escorter? Sachant, bien entendu, que tous les miens sont liés au Temple par un serment et ne peuvent pas quitter l'île sans ma permission.

Choquée que le rustre ait parlé de « trésor » là où elle avait subtilement mentionné un « cadeau », la baronne lâcha la bonde à sa colère – froide, pour le moment.

— J'ai pensé que vous trouveriez judicieux de nous fournir une escorte, dit-elle, glaciale et méprisante.

Un ton qui attisa l'agacement de son interlocuteur.

— J'en ai l'intention, ma dame, et ce depuis notre départ de La Rochelle. Mais le choix du moment me revient, et votre sort, bien entendu, passe largement après mes devoirs et mes responsabilités envers l'ordre. Sachez-le, rien d'extérieur au Temple ne peut avoir la priorité.

Les yeux ronds, sir James n'en revenait pas. Tant d'hostilité, chez un Templier ? Comment était-ce possible ? Certes, il connaissait depuis peu sir William, mais il ne l'avait jamais vu sous un autre jour que celui d'un gentilhomme calme et courtois. En cas de besoin, bien entendu, il devait pouvoir se montrer dur et intransigeant – mais face à la baronne, il se comportait comme un rustre sans la moindre raison apparente. Quel contentieux y avait-il entre ces deux-là ?

Si incroyable que ça puisse paraître, dans ce rapport de force, c'était à l'évidence le Templier qui avait le dessous.

— Si je puis me permettre d'intervenir…, fit sir James avec un sourire apaisant. J'ai peut-être la solution à tous vos problèmes.

Les deux belligérants se retournant pour le foudroyer du regard, le jeune gardien sourit de plus belle puis désigna une table.

— Venez, dit-il. Cette nuit de novembre devient de plus en plus froide à chaque minute. Et cette journée fut très longue, en tout cas pour moi. Dès demain, je repartirai pour rejoindre le roi, qui m'a chargé, ma dame, avant de pouvoir vous rencontrer, de vous remercier de votre générosité. Là, une occasion en or s'offre à moi. En effet, rien ne serait plus simple que de vous emmener, vous, vos servantes et votre trésor. Alors, pourquoi ne pas nous asseoir tous en paix autour de cette table, près de la cheminée ? En somme, il ne reste plus qu'à régler les détails pratiques.

Jessica écoutait à peine. Le roi avait chargé sir James de la remercier ? Il ne pouvait y avoir qu'une explication – qui lui déplaisait au plus haut point.

Se tournant vers sir William, elle siffla, vipérine :

— Le roi voudrait me rencontrer, et en attendant, il me remercie ? Comment est-ce possible, sir William ? Je viens d'arriver. Comment Robert Bruce peut-il être au courant, pour ma contribution ? Qui a pu lui en parler ? Vous avez une idée ?

Quand il comprit ce qu'insinuait la baronne, le Templier s'empourpra. Tentant de parler, il n'y parvint pas mais lâcha un comique soupir de soulagement lorsque sir James vola à son secours. Dans d'autres circonstances, la scène aurait eu sa place dans un théâtre…

— Ma dame, ma dame, veuillez m'excuser, mais quand sir William y a débarqué, le roi était déjà sur Arran. Il n'y est resté qu'une journée, car le devoir l'appelait ailleurs. Mais pendant son bref séjour, il a rencontré sir William et évoqué avec lui les événements qui ont conduit ici la flotte du Temple. J'étais là lors de cet entretien. De fil en aiguille, votre présence sur une galère et le fameux trésor ont également été évoqués. Sir William en a parlé sans aucune malice et en ignorant que le roi serait parti quand vous arriveriez sur l'île. Ces derniers temps, les affaires du royaume l'accaparent…

» Il s'en est allé hier soir, et vous êtes ici depuis ce matin… Ma position auprès de lui m'amenant à le suivre, je serai ravi de vous escorter… jusqu'où vous voudrez.

Sir James éclata de rire.

— En supposant, évidemment, que nous restions loin de ces fichus Anglais, tous avides de me jeter dans un donjon sinistre… À cette condition, je m'engage à vous ramener chez vous. J'ajoute que ce sera un plaisir… En attendant, chère baronne, ne soyez pas en colère contre notre Templier. Je comprends votre réaction, mais il n'a pas trahi votre confiance, ni utilisé votre offrande au roi pour se mettre en valeur. Placé devant une situation où il devait parler, il a su le faire en ménageant votre nom et votre réputation.

Devant un tel plaidoyer, comment ne pas faiblir ? Regardant sir William, Jessica vit qu'il attendait sa réponse, même s'il n'osait pas tourner la tête vers elle.

— Sir James, j'accepte vos explications et je vous en remercie. Sir William, j'ai peur de vous avoir mal jugé – dans ce cas précis, au moins.

Comprenant que le Templier soit incapable de la regarder, dans ces circonstances, Jessica tendit une main et lui tapota l'avant-bras.

— Me pardonnerez-vous ?

Sir William se figea – le seul moyen de résister au désir brûlant de se pencher vers la baronne. De sa vie, jamais il n'avait senti avec une telle intensité la présence d'un autre être humain. La chaleur de son corps, tel un aimant, l'incitait à la toucher, et la fragrance de son parfum lui faisait tourner la tête. Étrangement, il lui semblait en avoir le goût sur la langue.

Il devait répondre et désirait le faire avec courtoisie, mais la vague de désir qui déferlait en lui l'empêchait de s'adresser directement à elle.

Son silence sembla durer une éternité – assez longtemps, en tout cas, pour que sir James s'en inquiète :

— Mon ami ? demanda-t-il.

Au prix d'un effort surhumain, le Templier s'arracha à sa transe.

— Pardonnez-moi, baronne, marmonna-t-il en coulant un regard de biais à la jeune femme. Je divaguais, l'esprit très loin de cet endroit et de ce jour… Je m'excuse, vraiment. Quelque chose, dans ce que vous avez dit, m'a fait penser à ma sœur Peggy.

S'interrompant, le Templier inspira à fond, puis il reprit :

— Quant à ce que vous avez pensé sur moi, ne vous en voulez pas, c'était normal, considérant la situation. Vraiment, je regrette de n'avoir pas pu vous mettre en présence du roi, afin que vous lui offriez votre cadeau…

Il ne savait où, sir William puisa la force de regarder la jeune femme dans les yeux.

— Je jure, quoi qu'il en soit, dit-il d'un ton enfin assuré, que la réaction du roi vous aurait ravie. Il a été ému et honoré par votre décision de l'aider – la *décision*, pas la quantité d'or – et il se félicite d'avoir en vous un soutien dévoué et loyal. Ce que je lui ai entendu dire ne laisse aucun doute sur sa sincérité.

Jessica n'en crut pas ses oreilles. Depuis leur rencontre, à La Rochelle, c'était la première fois qu'il parlait autant devant elle. Et en ce jour lointain, il était avec des compagnons de l'ordre.

Surprise ou pas, la jeune femme devina que le Templier avait hâte d'en avoir terminé avec elle. Compatissante, elle se tourna vers sir James :

— Eh bien, j'accepte vos deux propositions. Ce soir, un siège près du feu, et demain, un départ en toute sécurité. Prenons place et voyons ce qu'il conviendra de faire, à partir de maintenant.

Un quart d'heure suffit pour mettre au point les détails. Au matin, sir William ferait en sorte que les bagages de la baronne et les onze coffres du cadeau, pour l'instant sur la galère amirale, soient transférés sur le navire du vice-amiral de Narremat – un bâtiment laissé pour un mois à la disposition de sir James.

La manœuvre serait à la fois très simple et plutôt complexe. Le transfert ne pouvant pas être réalisé en mer, il faudrait que la galère amirale accoste sur le quai de Brodick, le seul existant sur l'île, puis décharge le « matériel ». Venant prendre sa place, l'autre l'embarquerait dans sa cale.

Quand la baronne demanda pourquoi il fallait se compliquer à ce point la vie, ce fut sir William qui répondit. En mer, même avec les galères bord à bord, il aurait été hautement dangereux de manipuler des coffres si lourds. Une fausse manœuvre, un câble qui casse et adieu pour toujours à une petite fortune – sans compter les dégâts éventuels aux navires.

Pendant ces opérations, sir James serait chargé de choisir une escorte et des gardes du corps à la baronne et à ses dames de compagnie. Des protecteurs qui ne quitteraient pas les trois femmes avant qu'elles soient en sécurité sur les terres ancestrales de Jessica.

Selon toute vraisemblance, le gardien du roi et lady Randolph devraient suivre des routes différentes dès qu'ils auraient posé le pied en terre d'Écosse. Sauf en cas de trop forte présence d'envahisseurs anglais, bien entendu.

À part son développement sur le poids des coffres, sir William resta en retrait pendant cette conversation. Après tout, la baronne et le gardien du roi, bien plus impliqués que lui dans cette affaire, pouvaient s'occuper des détails. Écoutant distraitement, le Templier hochait de temps en temps la tête, les yeux braqués sur les flammes de la cheminée afin d'éviter qu'ils dérivent vers Jessica.

S'il s'était plus ou moins fait à traiter avec la baronne de Saint-Valéry, sir William restait fasciné par « Jessica », la beauté presque sauvage qui faisait battre plus fort son cœur et lui donnait envie de s'enivrer de son odeur.

Quand tout fut réglé, les deux hommes et leur interlocutrice restèrent un moment silencieux, savourant la satisfaction du devoir accompli. Jusqu'à ce que Jessica se tourne vers le Templier et dise sur son ton de baronne :

— Et vous, sir William, que ferez-vous pour occuper votre temps, une fois que vous serez seul sur une île déserte ?

Pris au dépourvu par une question si directe, le Templier répondit avec une franchise qui le déconcerta lui-même.

— Occuper mon temps ? Vous voulez savoir ce que je ferai pour ça ? Ma dame, je n'ai pas de temps à « occuper ». Le mien est sans cesse consacré au bien-être et à la sécurité de l'ordre, surtout en des heures si difficiles…

— Bien sûr ! J'aurais dû deviner avant de poser la question… (Jessica eut un sourire narquois.) Vos écrasantes responsabilités, encore et toujours… Pourtant, après deux siècles de tradition, les frères ne devraient-ils pas être en mesure d'agir comme il convient en toutes circonstances ? En toute franchise, j'aurais cru qu'ils s'installeraient ici et renoueraient avec leur routine sans avoir besoin qu'on leur tienne la main. Dois-je comprendre qu'il leur faut un guide ? Une sorte de père spirituel ?

Conscient que la baronne le provoquait, sir William ravala la réplique qui lui vint à l'esprit. Les lèvres pincées, il prépara une réponse que la jeune femme ne pourrait pas tourner en ridicule.

Comme s'il observait un duel entre deux chevaliers, sir James se garda bien d'intervenir.

— Vous avez en partie raison, baronne, déclara enfin sir William. Dans des conditions normales, les choses se passeraient comme vous le dites. Mais les conditions sont tout sauf normales, et vous êtes bien placée pour le savoir. Ce qui s'est passé en France bouleverse tout, et me voilà face à une situation… Nouvelle ? Non, ce serait un euphémisme. Inédite ? Oui, n'était le caractère anodin de ce mot…

» Étant le seul membre du conseil de gouvernance, c'est à moi d'assumer tout ça. En Écosse, le roi et sir James m'en ont informé, il n'y a plus de grand maître et plus de commanderie. La plupart des Templiers écossais étant des Anglais – les chevaliers, en tout cas –, ils sont retournés à Londres dès le début du conflit. Du coup, je suis le seul responsable du Temple, à ce jour…

Pauvre type, ne vois-tu pas que ta cause est désespérée ? Comment réagiras-tu quand tu découvriras que tu n'es pas le seul commandant, mais le dernier ? Vers qui te tourneras-tu ?

Gardant ses pensées pour elle, Jessica demanda d'un ton compatissant :

— Qu'est-ce que ça implique, exactement ? Je sais que certaines choses sont secrètes, mais il y en a que n'importe qui peut voir et comprendre. Pour occuper tout votre temps, quelles sont les missions qui vous attendent sur Arran ?

— Loger et nourrir mes hommes et prendre soin des chevaux, pour commencer. Heureusement, grâce à sir James, ce sera plus facile que prévu.

— Que veut-il dire ? demanda Jessica au gardien du roi. Qu'avez-vous fait ?

Le jeune noble haussa les épaules.

— Trois fois rien... J'ai confié à sir William le fief d'un homme qui a trahi le roi... Le château de Lochranza, sur la côte nord, conviendra très bien à nos amis. Le port est sûr et les pâturages ne manquent pas.

Si c'est si bien, pourquoi l'offrir à un étranger ?

— Et pour la nourriture, sir William ?

— Au début, nos rations feront l'affaire. Ensuite, il y aura la pêche et la chasse. Quant à l'eau, ce ne sera pas un problème. Plus tard, nos bateaux commerciaux nous ravitailleront. Au début, ils feront des affaires avec l'Irlande et l'Angleterre, puis ils étendront leur champ d'action.

— Où ça, si je puis demander ?

— En France, pour l'essentiel, où ils collecteront par la même occasion des informations sur le devenir de l'ordre.

— Dès qu'ils commenceront à poser des questions, vos hommes ne seront-ils pas arrêtés et jetés en prison ?

Pour la première fois depuis leur rencontre, un mois plus tôt, sir William sourit à Jessica avec la confiance qu'il éprouvait d'habitude en toutes circonstances.

La jeune femme faillit en crier de surprise. Ainsi transfiguré, le Templier paraissait dix ans de moins. Où était donc passé sire Butor ?

— Qui les dénoncera, baronne ? Et pour quel crime ? La curiosité ? Dans un pays qui parlera presque exclusivement de l'affaire du Temple, leurs questions passeront inaperçues. N'oubliez pas que mes hommes n'arboreront aucun signe de reconnaissance. Ils passeront pour des marins avides de ragots, c'est tout.

— Mais des mois se seront écoulés avant que vous en soyez là. L'affaire, comme vous dites, sera du passé. La tirer de l'oubli risque d'être dangereux.

Toujours souriant, sir William regarda sir James puis secoua la tête.

— La tirer de l'oubli ? Baronne, depuis près de deux siècles, le Temple est un pilier de la France. Avec l'Église et la monarchie, c'est l'institution la plus importante du pays. Dans chaque comté, chaque duché ou chaque province, l'influence morale, financière, économique et sociale de l'ordre est capitale. Je ne vois aucun cas où la disgrâce du Temple – ou même sa disparition – pourrait passer inaperçue. En quelques mois, il ne s'effacera pas des mémoires. C'est tout simplement inconcevable.

Jessica s'abstenant de tout commentaire, le Templier continua, toujours avec sa belle assurance :

— Quoi qu'il soit arrivé à l'ordre et à ses membres, les événements du 13 octobre et leurs conséquences resteront très longtemps dans la mémoire des Français – et compteront parmi leurs sujets de conversation favoris.

» Dans les ports des deux côtes – atlantique et méditerranéenne – mes hommes se feront passer pour des marins curieux comme des pies, et ça fonctionnera.

Sir William ne mentionna pas les émissaires qui prendraient contact avec les membres de l'ordre de Sion. Mais il avait déjà mis ce plan au point avec Bérenger et les quelques frères de *leur* ordre présents dans l'expédition.

L'antique confrérie continuerait à privilégier le secret, comme depuis quatre siècles, et ne serait pas touchée par les malheurs du Temple. À coup sûr, elle devait déjà travailler pour compenser la perte d'influence *publique* que lui vaudrait l'effacement de son ordre frère. Revenir à son ancien mode de fonctionnement, avec pour façade des hommes ordinaires, n'aurait rien de compliqué.

Pour l'heure, si sir William avait besoin de lumières, c'étaient celles de l'ordre de Sion qu'il lui fallait...

Dévisageant intensément le Templier, Jessica hocha lentement la tête. Devant tant de sincérité et d'enthousiasme, elle avait perdu toute envie de lancer des piques. Bien au contraire, et à sa grande surprise, elle regardait cet homme avec un intérêt nouveau – et une sincère affection semblable à celle qu'elle éprouvait pour son beau-frère Charles.

À un détail près, cependant... Pour Charles, elle n'avait jamais ressenti l'ombre de l'attirance que lui inspirait sir William.

Un sentiment qui lui donna aussitôt le vertige...

— Je vois que vous avez mûrement réfléchi à tout ça, dit-elle. En effet, avec un tel programme, vous n'aurez pas beaucoup de temps libre. Je vais donc vous souhaiter bonne chance, sir William, et ne plus me mêler de vos affaires.

Jessica se leva, salua le Templier, puis s'adressa au gardien du roi :

— Sir James, merci de votre courtoisie et de vos égards... Demain matin, si vous avez l'obligeance d'envoyer un homme chercher mes affaires, je serai à votre disposition pour la traversée jusqu'à l'Écosse. À présent, je vous souhaite une bonne nuit...

Incapable d'articuler un mot, sir William se leva, furieux de se comporter une fois encore comme un adolescent idiot. Alors que sir James raccompagnait la baronne jusqu'à la sortie – une galanterie dont il aurait dû faire montre, étant chez lui –, il réussit à se reprendre.

— Attendez !

Quand la jeune femme se tourna vers lui, perplexe mais impassible, sir William sentit le sang lui monter à la tête. Quel fou il était de l'avoir rappelée ainsi ! Mais c'était fait, et maintenant, face à la baronne et au gardien du roi, il devait aller jusqu'au bout, sous peine de se ridiculiser.

Mais que dire ? Comment rattraper… ?

Un souvenir lui revenant, le Templier désigna le fond du pavillon, dans son dos – une astuce pour garder son équilibre malgré des jambes vacillantes.

— Il y a… Eh bien, une faveur que… Quelque chose que je voudrais vous demander, si vous étiez assez bonne pour…

Jessica mobilisa toute sa volonté pour ne pas sourire. Même bienveillante, une telle réaction risquait de compliquer encore la tâche du pauvre chevalier.

— C'est avec un grand plaisir que je vous accorderai n'importe quelle faveur, sir William. Soyez-en assuré !

Et si ça te chante, sir William Sinclair, repense à cette phrase subtile quand tu reposeras seul dans ton lit glacé, très bientôt.

Le Templier resta un moment immobile, les yeux braqués sur la baronne, puis il recula dans les ombres du pavillon, se pencha sur un meuble et sembla soulever le couvercle d'un coffret. Quand il revint à la lumière, Jessica vit qu'il serrait quelque chose dans sa main. Rongée par la curiosité, elle parvint de justesse à ne pas avancer vers lui.

Quand il fut devant elle, le Templier ouvrit les doigts pour révéler une petite amulette en or très ancienne attachée à une chaîne du même métal précieux.

— Baronne, vous êtes en Écosse pour voir vos proches, et il m'est venu à l'esprit que vous pourriez rencontrer votre belle-sœur. Autrement dit, ma sœur Peggy. Je ne vous impose rien, mais… Voilà, j'ai acheté ce bijou pour elle il y a des années, en Navarre. Récemment, j'ai eu une lettre d'elle, et quand je l'ai rangée dans le coffret, j'ai revu cette amulette… Eh bien, je crois qu'elle aimerait l'avoir.

» À l'époque, j'ai dû partir en campagne contre les Maures, ce qui m'a empêché de lui envoyer ce cadeau. Il s'agit d'une babiole, acquise sur un coup de tête, et j'avoue l'avoir oubliée pendant des années. C'est un bijou arabe, très bien fait, dont la couleur plaira sûrement à Peggy. Si vous pouviez le lui remettre, je vous en serais éternellement reconnaissant.

Jessica sourit de bon cœur.

— Je me ferai un plaisir de vous rendre ce service, sir William. Et Peggy sera ravie.

La baronne tendit la main. Au lieu d'y laisser tomber l'amulette, sir William hésita. Troublé, il glissa une main sous sa tunique et en tira un carré de tissu. Un simple mouchoir blanc, propre, qu'il déplia dans sa paume gauche avant d'y laisser tomber le pendentif puis de faire un joli petit paquet qu'il tendit à Jessica.

Après l'avoir pris sans lui toucher les doigts, la jeune femme sentit sur sa paume la chaleur corporelle de sir William, transmise au tissu. Refermant sa main sur le paquet avec une étrange tendresse, elle envisagea de le glisser dans une poche de son corsage, mais décida au dernier moment de le nicher entre ses seins – sous le regard fasciné des deux hommes, bien entendu.

Et voilà, sire Sinclair, vous êtes bien au chaud contre mon cœur. Voyez comme ça vous fait rougir ! Pauvre pécheur, encore un moment qui vous incitera à une confession…

Jessica sourit, inclina la tête et planta là les deux hommes.

Sans se laisser prendre au dépourvu, sir James l'accompagna jusqu'à la sortie et ordonna à deux de ses gardes de l'escorter jusqu'à la plage où, avec ses dames de compagnie, elle trouverait une chaloupe pour la ramener à bord de la galère amirale.

Revenant vers sir William, debout près du brasero, l'air confus, le jeune gardien sourit.

— Une sacrée femme, non ? Plus française qu'écossaise, je dirais, sans doute parce qu'elle a séjourné longtemps en France, avec un mari du cru. Qu'en pensez-vous ?

Comme pour tout ce qui concernait la baronne de Saint-Valéry, sir William ignorait que penser. Il se contenta donc de hocher la tête, puis se laissa tomber sur sa chaise, mélancolique sans trop savoir pourquoi.

— Donc vous partez demain ?

— À la marée haute, oui… Mais ce soir, je dois encore arrêter Menteith et il fait déjà nuit… Donc, si vous voulez bien m'excuser, je vais partir à pied avec ma petite escorte. Nous ne sommes pas loin du fort, et mes gars suffiront largement pour ce que j'ai à faire. Menteith sera couvert de chaînes avant d'avoir fini de dîner.

Sir James ajusta son ceinturon d'armes, remit sa coiffe et resserra les pans de son manteau en prévision du froid. Saluant sir William, il gagna la sortie, mais se retourna avant d'avoir écarté le rabat.

— La baronne a raison, vous n'aurez pas le temps de vous ennuyer, ici… Bonne nuit, mon ami. Dès demain, je serai de retour sur ma galère.

Ces mots d'adieu revinrent à l'esprit du Templier le lendemain après-midi, tandis qu'il regardait la galère amirale emporter sir James et la baronne vers l'est, dans l'étroit Firth de la Clyde, en direction de l'Écosse où ils continueraient vers Ayr et Carrick, les terres de Robert Bruce.

La baronne a raison, vous n'aurez pas le temps de vous ennuyer, ici…

Surtout, il n'aurait pas le temps de penser à cette maudite femme, enfin sortie définitivement de sa vie !

Obéissance

1

Les troubles prirent sir William au dépourvu. Pourtant, avec du recul, il estima qu'il aurait dû les voir venir. Hélas, il s'était aveuglé volontairement.

Après coup, certains frères parlèrent d'une révolte, voire d'une mutinerie, mais il n'aurait pas été si radical. Si révolte il y avait, elle n'était pas générale, et elle ne tarda pas à se calmer. En revanche, ses conséquences furent profondes, parce que cet événement allait contre toutes les traditions de fraternité, de tolérance et d'obéissance qui faisaient le quotidien de l'ordre depuis deux siècles. En outre, le drame souligna à quel point la discipline s'était détériorée au cours des dernières années.

Ces deux points suffirent à provoquer chez sir William une explosion de mécontentement qu'aucun membre de son chapitre ne lui avait jamais vue.

Les faits se déroulèrent la veille de l'Épiphanie, le chevalier se retrouvant au milieu de la rixe qui à la fois ouvrit et conclut l'affaire.

Par ce glacial matin de janvier, réveillé longtemps avant matines par la demande d'audience de sir James – arrivé en pleine nuit malgré une violente tempête –, sir William chassa de son esprit les ultimes brumes du sommeil puis sema la panique parmi les frères servants en leur ordonnant d'allumer des feux, d'en ranimer d'autres et de préparer des tables, des chaises, des bougies et des cierges pour une utilisation imminente. Ne reculant devant rien, il exigea aussi qu'on prévoie des vêtements secs et un repas chaud pour les visiteurs rudement éprouvés par la traversée.

Le passage de sir James serait bref, conclut sir William quand on l'informa que la galère n'avait pas l'île d'Arran pour destination finale. Avec ses hommes, le gardien du roi était en route pour l'Irlande, où il devait délivrer un message du roi Robert à son frère, Edward Bruce. Là-bas, Edward tentait de recruter des mercenaires et de forger des alliances avec une partie des rois irlandais – tout ça au nom de son frère, bien entendu.

Tombant sur une flottille anglaise, après avoir quitté le bras de mer de Loch Awe, la galère de sir James s'était échappée sans trop de difficulté, mais au prix d'une rude épreuve dans le Firth de la Clyde balayé par une tempête. Faute d'autres options, le navire avait mis le cas sur Arran, où sir James pensait faire escale à son retour d'Irlande.

Les nouvelles qu'apportait le jeune homme étaient pour l'essentiel excellentes. Dans les Highlands, Robert Bruce progressait très bien et la lignée des Comyn venait d'entrer dans une période sombre – un sort qu'elle méritait depuis longtemps. En dépit de leur fierté, les comtes de Buchan et de Ross avaient rendu gorge et fait allégeance au roi d'Écosse. Les Comyn, y compris ces maudits MacDougall de Lorn et d'Argyll, ne seraient plus jamais une menace pour Robert.

En dépit de ses succès, le roi ne s'endormait pas sur ses lauriers. Récemment, il avait marqué une pause dans sa campagne pour laisser ses fidèles reprendre des forces et pour se consacrer à une tâche urgente : remettre un peu d'ordre dans son royaume sens dessus dessous, et donner quelques espoirs de prospérité à ses habitants.

Ses victoires ayant galvanisé le peuple, des hommes rejoignaient son armée chaque jour. Pourtant, il n'était toujours pas satisfait.

Selon sir James, il en serait ainsi tant qu'il n'aurait pas pu former un Parlement légitime – le premier depuis dix ans – et commencer à promulguer des lois renforçant son autorité et la sécurité du peuple.

Quoi qu'il en soit, la rotation du premier contingent de Templiers « prêté » au roi arrivait à son terme et Robert, ravi par la performance de ces hommes, avait chargé sir James de transmettre une proposition à leur chef. Pour cette unique occasion, la relève pouvait-elle être anticipée, afin que le roi dispose d'hommes et de chevaux frais pour l'escorter lors de sa traversée de l'Écosse désormais quasiment pacifiée ?

Jugeant la demande du roi raisonnable, sir William ordonna qu'on modifie le programme des troupes détachées.

Après le départ de sir James, en descendant l'escalier de la tour où les deux hommes s'étaient entretenus, sir William repensa à cette modification. Une bonne chose, si ça pouvait contenter le roi.

Le jour levé depuis près de deux heures, la tempête enfin retombée, les bouts de ciel gris que le Templier apercevait par les fenêtres ne laissaient cependant pas penser à une journée radieuse.

Au pied de l'étroit escalier, il remonta un couloir puis sortit de la tour dans le froid mordant de la matinée.

Aussitôt dehors, il entendit des cliquetis d'armes ponctués par des cris. Des hommes à l'exercice, sûrement...

Après avoir jeté un coup d'œil à la herse de la tour, ses barreaux constellés de gouttes de condensation, le chevalier obliqua sur la gauche et longea l'édifice en direction des latrines, qu'il avait l'intention d'inspecter. À mi-chemin, cependant, il tomba sur plusieurs hommes en train de se battre dans une cour, un peu en contrebas.

Plusieurs hommes, vraiment ? Non, il n'y en avait que deux, les autres beuglant des encouragements à l'un ou à l'autre.

Un moment, sir William contempla ce spectacle, bouche bée. Puis l'outrage prit le dessus sur la surprise, car il ne s'agissait pas d'un exercice. Ces hommes combattaient à mort, et l'un d'eux avait déjà une plaie béante à la jambe. Leurs lames croisées et pour l'instant bloquées, ils multipliaient les coups vicieux de leur main libre. Deux enragés, en quelque sorte…

Avant que sir William avance, le cercle de spectateurs se défit et les deux adversaires s'écartèrent, le blessé bien moins agile que l'autre. Glissant sur une irrégularité du sol, il bascula en arrière et battit des bras pour se retenir. Même s'il ne lâcha pas son arme, à quoi aurait-elle pu lui servir, dans une position si grotesque ?

L'autre type avança, lame prête à frapper.

Aucun des deux hommes n'entendit sir William leur crier d'arrêter. Les spectateurs, regroupés à une saine distance des duellistes, ne l'entendirent pas non plus.

Furieux, le chevalier enjamba le parapet et sauta dans la cour. Un tout petit bond, au terme duquel il se réceptionna non loin du combattant prêt à tuer un autre membre de l'ordre. D'un coup de pied dans une jambe, il lui en fit passer l'envie et l'envoya bouler sur le sol.

Sous les cris des spectateurs, indignés par cette interruption, sir William dégaina son épée longue, ce qui jeta aussitôt un froid. Un deuxième suivit quand les types reconnurent leur chef. Soudain blafards, ils baissèrent la tête comme des mécréants pris en flagrant délit de blasphème.

Le chevalier propulsé à terre, lui, n'avait rien vu. Humilié par sa chute, il se fichait comme d'une guigne de savoir à qui il la devait. Se relevant avec un rugissement, il chargea, ivre de sang et de vengeance.

Le heaume de travers, il ne devait pas y voir grand-chose, car les fentes n'étaient plus alignées sur ses yeux. Un détail qui lui sauverait peut-être la vie, lors de son procès, si son défenseur songeait à souligner qu'il ne pouvait pas avoir eu conscience de s'en prendre à un officier.

Très calme, sir William lâcha son épée, fit un pas de côté, saisit le fou furieux par le cou et un coude, puis lui flanqua un coup de pied derrière le genou, lui fauchant une jambe.

Quand l'imbécile se fut de nouveau étalé, sir William ramassa son épée.

Sonné mais entêté, l'homme tenta une première fois de se relever, s'écroula lamentablement, recommença et réussit à se remettre debout sur des jambes vacillantes.

Toujours furieux, sir William avança, saisit le type par le col de son plastron, le força à s'agenouiller puis l'assomma d'un bon coup de pommeau sur son heaume. Une manœuvre qui lui rappela l'abattage d'un bœuf par un boucher…

Se retournant, tremblant de rage, sir William apostropha les spectateurs :

— Vous avez tous perdu l'esprit ? Tas de crétins, avez-vous oublié vos vœux ? Et la discipline, qu'en faites-vous ? Au nom du Christ vivant, je vais vous appliquer le châtiment prévu pour l'insubordination, la négligence et le relâchement. Oui, ces punitions auxquelles vous avez juré de vous plier, le cas échéant !

De l'épée, sir William désigna un homme qu'il connaissait de vue.

— Duplassy, cours chercher sire Richard de Montrichard. Si tu tiens à ta peau, reviens vite ici avec lui. Je me fiche de ce qu'il est en train de faire – sors-le de son bain, s'il le faut. Exécution !

Alors que Duplassy, blanc comme un mort, s'exécutait, sir William s'adressa à un autre type.

— Talressin, ramène-moi Tam Sinclair, avec un détachement de ses meilleurs hommes. Compris ?

Il restait quatre spectateurs et les deux combattants. À l'évidence, celui qui avait failli finir sous les coups du fou furieux venait de mesurer l'étendue de sa faute et la gravité de sa situation.

Sir William défia les mutins du regard, prêt à tout si l'un d'eux avait l'audace de lui parler. Mais ils se turent et il finit par rengainer son épée.

— Jetez vos armes, et vite ! Toutes vos armes ! Toi, va délester de la sienne l'imbécile que j'ai assommé.

Quand toutes les armes furent empilées à ses pieds, le chevalier reprit la parole :

— Maintenant, à genoux, tous, et soutenez l'autre idiot. À partir de maintenant, vous ne bougerez plus un cil ni ne direz un mot jusqu'à ce qu'on vous ait jetés en prison, où vous attendrez le procès.

Un type ouvrant la bouche pour parler, sir William beugla :

— Sans dire un mot, abruti ! Si j'étais vous, frères, je me tiendrais à carreau. Quand on est dans de si sales draps, on évite d'aggraver son cas.

L'homme évanoui, toujours casqué, était pour l'instant impossible à identifier. Tout à sa rage, sir William s'en fichait comme d'une guigne. Si la justice était aveugle, comme l'affirmaient les anciens, le chef qui la représentait dans cette communauté pouvait bien se contreficher de l'identité d'un mutin.

Suivi par Talressin, Tam déboula dans la cour. L'épée au poing, il ne fut pas long à comprendre ce qui s'était passé.

— Sir William, ils devront être incarcérés ?

— Oui. Avec des chaînes aux pieds et aux mains.

Tam acquiesça, le visage de marbre.

— Mes hommes seront bientôt là, et ils se chargeront de ces types.

Flanqué de deux officiers, sire Richard de Montrichard arriva à son tour. Tête nue, les trois hommes arboraient la barbe courte désormais en vigueur dans l'ordre.

Faisant signe à ses compagnons de s'immobiliser, Montrichard alla rejoindre sir William – sans cesser de fixer les mutins, cependant. Soutenu par ses deux voisins, le type casqué revenait peu à peu à lui.

— Que s'est-il passé, sir William ?

Encore assez loin, le chevalier entendit des bruits de pas. Les hommes de Tam, sans doute…

— Violation de la discipline, mon ami. Deux hommes se sont battus avec l'intention évidente de tuer. Un des deux m'a attaqué quand j'ai cherché à l'arrêter. J'ai dû le maîtriser.

— Vous êtes touché ?

— Non, tout va bien. Une intervention sans difficulté.

— Je le ferai fouetter, ce chien !

— Non, sire Richard… (Sir William prit l'officier par le bras et l'entraîna à l'écart, hors de portée des oreilles indiscrètes.) Vous ne le punirez pas, et moi non plus. Ce cas dépasse de loin la discipline de base. Ces hommes ont péché contre la Règle qui nous régit tous, et il faut faire un exemple. Lors d'un chapitre, le plus tôt possible. Les frères réunis en tribunal le condamneront peut-être au fouet, mais cette décision dépasse notre juridiction.

Montrichard coula un regard en biais à sir William, puis il acquiesça et fit de nouveau face aux mutins, les mains dans le dos. Arrivant au pas de course, les hommes de Tam se chargèrent de conduire les prévenus en prison.

Avant qu'ils partent, Montrichard leur fit signe d'attendre puis désigna le prisonnier encore casqué.

— Enlevez-lui son heaume…

Un des gardes obéit, dévoila le visage de l'homme et libéra sa longue barbe – au mépris des nouveaux ordres imposant une barbe courte voire un menton rasé.

Étudiant de près le mutin, sir William ne le reconnut pas. À l'évidence, c'était un chevalier de La Rochelle, et la plupart de ces hommes ne lui étaient pas familiers malgré des mois de vie commune.

Montrichard, lui, identifia sans peine le type.

— Martelet…, soupira-t-il. J'aurais dû m'en douter… Les autres, montrez-moi votre menton !

L'un après l'autre, les prisonniers défirent la jugulaire de leur casque plat, libérant une barbe parfaitement réglementaire. Tous s'étaient pliés à la nouvelle Règle.

— Très bien, souffla Montrichard. Emmenez-les, à présent…

Sur un ordre de Tam, la colonne de prisonniers et de gardes s'ébranla, direction le mur d'enceinte intérieur où étaient entreposées les cages de fer servant pour l'instant de cellules.

Se tapotant la lèvre inférieure, sir William les regarda s'éloigner.

— Que pouvez-vous me dire sur ce Martelet, sire Richard ?

— Un mécontent professionnel et une tête brûlée… Avez-vous entendu parler des quatre chevaliers qui ont essayé de débarquer sur l'île de Sanda ? Pour les en empêcher, il a fallu éperonner la chaloupe.

Sir William fit signe qu'il était au courant.

— Eh bien, le meneur, c'était Martelet, comme d'habitude. Je me félicite qu'il soit jugé. Ça lui sera peut-être salutaire.

Sir William se redressa et laissa retomber sa main le long de son corps.

— J'en doute… Il me semble bien trop arrogant et oublieux de notre Règle pour changer sans une… incitation. Le fouet et un mois au pain et à l'eau, voilà qui devrait le briser… Sinon, que ferons-nous ? Eh bien, il faudra lui appliquer la Règle. À quand remonte la dernière condamnation à mort au sein de l'ordre ? Vous le savez ? Pas moi… Mais ça date au moins de cinquante ans, avant les années de combat en Terre sainte… Pourtant, c'est peut-être ce qui nous attend…

» Merci d'être venu si vite, sire Richard. Je suis désolé de vous avoir dérangé, mais vous deviez être informé…

— Vous avez eu raison… Ce chapitre, quand aura-t-il lieu ?

— Après-demain, dans la grande salle de Brodick, si ça vous convient. Mais selon la Règle, ce choix vous revient, et si…

— Aucun problème. Vous commandez, et des charges si lourdes ne peuvent pas attendre. Je souscris à votre choix.

— Soyez-en remercié… Je vais tout organiser et faire prévenir les gens, à Brodick. Notre garnison se mettra en route demain à l'aube. Pourrez-vous être prêt ?

— Je le suis déjà… Demain, c'est l'Épiphanie. Les évêques ne seront pas contents.

— C'est dommage, mais on ne leur laissera pas le choix. Nous partirons à l'aube, et avec l'aide du ciel, nous arriverons le soir même à Brodick. Les évêques pourront fêter l'Épiphanie avant l'ouverture du chapitre. Avec un jour de retard, c'est vrai, mais ce qui compte, c'est la sincérité. Dieu sait bien quelles difficultés nous affrontons. Je suis convaincu qu'Il nous pardonnera cette entorse à la liturgie.

Montrichard acquiesça, l'air grave.

— Je suis en parfait accord avec vous… Qu'il en soit ainsi. À présent, je vous laisse à vos préparatifs. Sauf si vous avez encore besoin de moi.

— Ça ira, Richard. Et si ça change, je n'hésiterai pas à vous appeler…

Sir William regarda le précepteur rejoindre ses officiers puis s'éloigner. En accord avec son grade, Montrichard était responsable de tout ce qui concernait la garnison. Hélas, pour sir William, il avait été une cruelle déception – le maillon faible de la chaîne, en somme. Sous la pression, ce roseau pliait bien trop vite. À La Rochelle, second du redoutable Arnold de Thierry, il avait fait de l'excellent travail, se montrant plus que prometteur. Depuis le 13 octobre, peut-être à cause de la mort violente de son supérieur, il n'était plus à la hauteur. Hélas, il n'y avait rien de précis à lui reprocher – c'était une impression globale – donc aucune raison objective de le remplacer. Pourtant, il faudrait l'écarter un jour au profit d'un homme plus motivé. Muté à un autre poste – relégué, en réalité –, il se sentirait sûrement beaucoup plus l'aise.

Depuis l'arrivée sur Arran – un mois déjà – sir William avait consacré beaucoup de temps à retourner cette question dans tous les sens – sans conclusion satisfaisante. À ce jour, aucun candidat susceptible de remplacer Richard ne sortait du lot. Le principal obstacle, c'était ça.

Jusqu'à aujourd'hui, en tout cas. Car le précepteur, face à une urgence, s'était montré bien plus dynamique et soucieux d'agir que depuis deux mois et demi. Un bon signe qui militait en faveur d'une position attentiste laissant à Richard le temps de s'adapter à sa nouvelle vie. Si ça arrivait, personne ne serait plus heureux que sir William de le garder à son poste.

Des bruits de pas arrachèrent le chevalier à sa méditation. C'était Tam, un lourd trousseau de clés à la main.

— Si ce qui s'est passé ici est bien ce que je pense, il vaut mieux, je crois, garder ces clés sous le coude…

Tam accrocha l'anneau à sa ceinture. Touché par la sollicitude de son sergent, comme souvent, sir William s'autorisa un sourire.

— Et que penses-tu avoir vu, Tam ?

Le sergent passa au dialecte que sir William et lui parlaient dans leur enfance.

— Pour commencer, je t'ai vu furieux comme jamais depuis des mois. Tu sais, ton air « n'ose pas me regarder, ou je t'arrache le cœur avec les dents ». Ensuite, il y a eu ce Martelet, avec sa longue barbe à deux pointes… Clairement, ça veut dire qu'il se fiche de ce que tu dis, sa pilosité étant une façon d'exprimer ce qu'il n'ose pas clamer à voix haute. Il va falloir le remettre à sa place, ce bouffon…

Sir William voulut répondre, mais il vit que Tam n'en avait pas terminé.

— Ensuite, je n'ai pas aimé la façon dont les autres le regardaient, quêtant son soutien alors qu'il n'était pas en état de les aider. Vrai, j'ai même détesté ça !

» Ces types n'ont rien dans le ventre. Des dégonflés… Mais Martelet les a embrigadés dans je ne sais quoi… S'il y en a d'autres du genre, ils pourraient essayer de le faire sortir. Par prudence, j'ai confisqué les clés.

» Alors, tu vas convoquer un chapitre ? Où et quand ?

— Qu'est-ce qui t'incite à croire que je ferai ça ?

Tam jugea cette question idiote et ne le cacha pas.

— C'est indispensable, non ? Demain, c'est l'Épiphanie, avec une grand-messe, les évêques en habit d'apparat et tout le rituel… Le moment semble idéal. Surtout avec la masse de travail dont tu as accablé tout le monde. Au fait, aurais-tu oublié la sacoche de maître de Molay ?

— Non, mais j'ai eu d'autres soucis… Qu'y a-t-il au sujet de cette sacoche ?

— La date, Will… Les documents doivent être lus demain, le 6 janvier.

— Je sais, Tam. Tu crois que j'aurais pu oublier une chose pareille ?

— Non, mais comme tu dis, tu as d'autres préoccupations. Alors, on fait quoi, avec cette sacoche ?

La question agaça sir William, parce qu'il se la posait depuis des semaines. La lettre du grand maître devait être ouverte et lue à la date requise, c'était incontournable. Mais quelles seraient les conséquences ? Ces derniers temps, cette question obsédait le chevalier.

La possibilité que la missive réserve de bonnes surprises était infime pour un texte écrit bien avant les événements du 13 – qui s'étaient révélés plus répugnants et destructeurs que tout ce que le grand maître aurait pu imaginer.

Depuis, sir William avait réussi à trouver un certain équilibre entre ses diverses fonctions. Concentré sur la création d'une nouvelle communauté, il avait aussi pu arracher en partie la confrérie au chaos où le vendredi maudit l'avait plongée. Sa pire peur, même s'il avait du mal à l'admettre, était que les consignes de Jacques de Molay démolissent cet édifice fragile. Tant de travail pour rien ?

Chaque nuit, dans ses cauchemars, la lettre lui ordonnait de retourner à La Rochelle avec ses compagnons. Un plan imaginé bien avant qu'il soit possible de mesurer les dégâts provoqués par le complot…

S'avisant que Tam attendait une réponse, le chevalier revint au présent.

— Oui, je la lirai demain, en espérant que son contenu ne sera pas devenu obsolète depuis que le grand maître l'a écrite. Pendant que tu t'occupais des prisonniers, j'ai pris cette décision. Mais il faut s'occuper des mutins ! C'est une priorité absolue. Le chapitre aura lieu après-demain. Selon le contenu de la sacoche, ma tâche pourrait être moins compliquée…

— Ou plus… On ne sait jamais avec les chefs, si tu vois ce que je veux dire.

Sir William ignora la pique et le rictus qui la ponctua.

— Eh bien, s'il doit en être ainsi, qu'il en soit ainsi… Bon, Tam, il faut que tu sautes sur un cheval pour apporter ces nouvelles à Brodick. Prendras-tu Mungo avec toi ? Non ? Dans ce cas, va chiper des vivres aux cuisines puis pars dans l'heure suivante. Avant, viens chercher les lettres que j'aurai écrites pour Kenneth et pour l'évêque Formadieu.

Sir William fonça vers ses quartiers. L'heure qu'il s'était accordée pour ses travaux d'écriture serait très juste, il le savait.

Le jour du départ de la baronne – depuis, il avait à peine pensé à elle, et quand ça arrivait, il s'autorisait un petit sourire avant de passer à autre chose – il s'était adressé aux frères, en réunion plénière, pour leur préciser ce qu'il attendait d'eux. Sans essayer d'arranger le tableau, il avait évoqué les risques que leur présence à tous en Écosse faisait courir à Robert Bruce. Du coup, aucun homme n'avait protesté en entendant ses ordres.

Pour commencer, toute barbe à deux pointes devait être soit taillée soit coupée. Ensuite, il fallait cacher ou retirer tous les symboles liés au Temple visibles sur les armes et les vêtements, et ne plus porter les éléments d'équipement trop spécifiques. Sur l'île, où les risques d'être attaqués restaient minimes, une tenue allégée suffirait amplement.

Répartis par petits groupes, les chevaux ne devaient plus être soumis aux exercices de masse habituels. Même chose pour l'entraînement des hommes. Autant que faire se pourrait, le maître mot, sur Arran, serait « discrétion »…

Après cette réunion, sir William avait divisé ses forces. Avec ses cent hommes, Kenneth était désormais cantonné dans le fort de Brodick, où Renaud de Pairaud lui tenait lieu de second, tandis que l'amiral de Bérenger lui servait de conseiller naval. Quartier général de l'ordre sur Arran, Brodick était aussi le lieu de résidence de l'évêque Formadieu et de sa suite de clercs et de frères servants.

La mission de ce groupe était de structurer la communauté chargée de ravitailler la confrérie de l'ordre. Les navires commerciaux de la flotte mouillaient en baie de Lamlash et la majorité de la cavalerie légère était répartie dans la lande, derrière le fort.

Les fantassins restants, soit environ cent vingt têtes, avaient été transférés à Lochranza, l'ancien fief du commandant déchu de l'île.

Bâti en hauteur, le château dominait un port facile à défendre. La garnison correspondait en gros à celle de La Rochelle et une bonne moitié de la cavalerie lourde était cantonnée dans les glens de montagnes, aussi loin que possible d'éventuels yeux malintentionnés.

Sir William avait énuméré beaucoup d'autres points, dont certains n'avaient pas fait l'unanimité parmi les frères. Les jours suivants, on avait râlé ferme dans les rangs. Attentif à anticiper les vrais problèmes – avec l'aide active de Tam et de Mungo –, le chevalier n'avait accordé aucune attention à ces manifestations de mauvaise humeur. Comme toujours, le temps et l'habitude viendraient à bout des réticences.

Certes, mais sir William était passé à côté d'une sérieuse poche de résistance et il fallait rectifier cette erreur.

Assis à sa table de travail, il détailla pour Kenneth les mesures à prendre afin d'accueillir la garnison de Lochranza. Après une randonnée de huit lieues, les hommes seraient affamés et nerveux, comme d'habitude. Et peut-être même plus que ça, parce que sir William avait l'intention de leur imposer une marche forcée. Un bon moyen d'éprouver leur endurance, après des semaines de relâchement en mer, et de leur rappeler les règles strictes de la discipline.

La seconde lettre ordonnait à l'évêque Formadieu de préparer sur-le-champ un chapitre qui aurait lieu le lendemain de l'Épiphanie. Comme à l'accoutumée, l'assemblée des chevaliers se déroulerait de nuit, sous bonne garde et loin des oreilles et des yeux indiscrets.

Le chapitre commencerait avant les vêpres et durerait aussi longtemps qu'il faudrait pour traiter tous les problèmes. Même s'il était rare que les débats se prolongent après la tombée de la nuit, ça s'était déjà produit. Face à la montagne de travail qui les attendait lors de cette session – sans compter le procès pour insubordination, conspiration, mutinerie et agression d'un supérieur –, il ne faudrait surtout pas lésiner.

Dans sa missive pour l'évêque, sir William entra bien plus dans les détails qu'avec Kenneth. Pourtant, Formadieu était expérimenté. Mais s'il ne leur fixait pas un cadre précis, le prélat et ses assistants tenteraient d'avoir la haute main sur les débats. Une vieille rivalité entre les hommes de robe et les militaires qui agaçait le Templier, mais qui durerait tant qu'il y aurait au monde un unique prêtre aspirant à porter un jour une mitre.

Par bonheur, les ambitions de ces gens étaient une nuisance relativement facile à contrôler. Quand un homme prenait leurs menaces par-dessus la jambe, ils n'avaient plus d'influence sur lui ni aucun moyen de le manipuler...

Comme la Règle de l'ordre le stipulait, lors d'un chapitre, chaque participant comptait pour une voix. Même adoubé la veille, un chevalier pouvait tenir la dragée haute au plus auguste archevêque, et il n'était pas question de renoncer à cette précieuse égalité.

Dans cet ordre d'idées, sir William avait décidé que le procès de Martelet et de ses complices se tiendrait dès le début. Ce gros morceau avalé, il prévoyait de lire la lettre du grand maître, en priant pour qu'elle contienne des instructions utiles au groupe de Templiers en fuite.

Une fois la sentence du procès ratifiée et les ordres de Jacques de Molay inscrits dans les minutes, l'assemblée plénière commencerait pour de bon, sans distinction de grade ni de rang. Alors, tous les hommes seraient informés des désirs du grand maître et des souhaits du chapitre.

Avant même que le chevalier ait signé et scellé les deux lettres, Tam déboula, pressé de récupérer les messages. Dès que ce fut fait, il les rangea dans sa sacoche de ceinture et s'en fut.

Assis devant sa table, sir William se frotta longuement les yeux, puis il se leva et se mit en quête de l'évêque Bruno, le chef religieux de Lochranza. Après leur entretien, il fila revoir avec Montrichard les mesures prises par ses officiers pour le départ des troupes, quelques heures plus tard.

2

Depuis qu'il avait rejoint l'ordre, à dix-huit ans, sir William adorait entendre les frères chanter ensemble lors d'un chapitre. Sous la voûte d'une église, la sonorité des voix d'un groupe d'hommes, à la lumière des cierges et dans une atmosphère embaumant l'encens, aux petites heures précédant l'aube, était l'expérience mystique la plus exaltante qu'il ait connue. La beauté des chants, l'écho et la lumière vacillante l'incitaient à croire – exceptionnellement – que Dieu était présent pour de bon, baissant sur cette manifestation de ferveur un regard des plus bienveillants.

Dans la grande salle de Brodick, ses portes défendues par des hommes en armes, il n'y avait pas de voûte. Du coup, l'effet de résonance manquait, enlevant de sa magie au moment.

Alors que mouraient les dernières notes de l'antienne, les chevaliers s'ébrouèrent et s'éclaircirent la voix, mais avant que quiconque ait pu s'exprimer, sire Renaud de Pairaud se redressa de toute sa hauteur, avança et leva une main pour revendiquer son droit à la parole au cours d'un chapitre.

Alors que sir William s'attendait à une opposition farouche, le vieux Sanglier, resté à Brodick après le départ pour Lochranza d'une partie des frères, s'était montré très favorable au changement. De plus, à en croire Kenneth, il avait été un second dévoué et loyal.

Unique membre du conseil de gouvernance, sir William, autorité suprême du chapitre, avait la préséance sur le précepteur – sire de Montrichard – qui aurait normalement dû occuper le Siège de l'Est. Du coup, le chevalier écossais siégeait seul sur le rostre du flanc est de la salle, tandis que le précepteur trônait au nord, sur sa droite, alors que le vice-amiral de Narremat, en l'absence de Bérenger, représentait la flotte au sud. En aube verte, l'évêque Formadieu, prélat de l'ordre, était assis sur le rostre de l'ouest – devant les clercs qui seraient chargés de consigner les minutes de l'événement.

Les sergents et les frères servants, complétant le chapitre, étaient placés sur les ailes nord et sud de la grande salle.

Maître du chapitre, sir William avait le privilège d'accorder aux intervenants le droit de parler quand ils en manifestaient l'intention. Balayant l'assemblée du regard, il nota l'endroit où Martelet, le meneur des troubles, se tenait debout avec ses coaccusés – tous couverts de chaînes comme lui. Dans la pénombre, sir William ne distinguait pas bien les traits du rebelle, mais sa longue barbe à deux pointes en disait long sur son entêtement.

— Frère Renaud, notre frère précepteur m'a informé que vous avez une déclaration à faire.

— C'est exact, frère William. (Pairaud se tourna vers Martelet, le dévisagea puis regarda de nouveau le maître du chapitre.) C'est au sujet de la lettre de notre cher Jacques de Molay qui doit être lue aujourd'hui. J'ai soulevé ce point devant le précepteur, et il m'a vivement conseillé de vous présenter ma position.

Le vétéran se racla la gorge.

— Notre ordre du jour place les questions disciplinaires avant toute autre considération...

Le Sanglier du Temple hésita, cherchant le regard de sir William.

— Il m'est apparu – mais ce n'est qu'une suggestion, je tiens à le souligner – qu'il serait judicieux, en des circonstances hors du commun, d'inverser le protocole et de lire la missive en présence des accusés.

Dans un silence plein de respect, le vétéran prit une grande inspiration avant d'enchaîner :

— Depuis notre départ précipité de France, nous n'avons plus eu de consignes de la hiérarchie, et il me semble évident que nous en avons désespérément besoin. Je devine que cette lettre ne comblera pas toutes nos attentes, puisqu'elle fut rédigée avant le drame qui nous a frappés, mais il s'agit d'un message du grand maître, et on peut supposer qu'il y expose ses réflexions face à la menace qui pesait alors sur l'ordre.

Le Sanglier s'interrompit, comme pour laisser intervenir quelqu'un, mais personne ne posa de question ni ne fit mine de le contredire.

— Je suis convaincu que les huit accusés doivent être autorisés à entendre les propos du grand maître. Avant le procès, car il se peut que ce message les incite à revoir leurs positions et à modifier leur comportement.

En ayant parlé avec Montrichard la veille, sir William savait au mot près ce que le vétéran tenait à dire.

Hochant la tête à l'intention de Renaud de Pairaud, il se leva et vint se placer derrière son siège protocolaire.

— Qu'il en soit ainsi... Grâce au vibrant plaidoyer de sire Renaud, les accusés assisteront à la lecture du document.

Une mesure exceptionnelle, je tiens à le souligner, et qui ne sera jamais répétée.

Sir William saisit la lourde sacoche posée sur un guéridon, près de son fauteuil.

— Sur cette nouvelle terre, c'est le premier chapitre de notre communauté. Pas la première assemblée, puisque celle-ci eut lieu sur la plage de la baie de Lamlash, mais la première véritable *réunion* d'une confrérie en cours d'unification. Travailler à notre renaissance, sur l'île d'Arran, est comme vous le savez tous un incroyable défi. Depuis deux siècles, c'est la première fois que des Templiers sont livrés à eux-mêmes sans le soutien de leurs archives et des minutes de leurs chapitres. Mais pour autant, nous ne sommes pas sans ressources. Car s'il nous manque de précieux documents, peut-être perdus à jamais, il nous reste notre mémoire et la compréhension instinctive de la Règle qui doit régir nos actes. Ensemble, nous sommes parfaitement capables de repartir de zéro, si ça s'impose, et de réussir notre métamorphose.

L'idée de repartir de zéro semant visiblement le trouble dans les esprits, sir William dut lever une main pour demander le silence.

— Je sais ce que vous pensez, et c'est en somme résumé dans l'expression « si ça s'impose ». Il se peut que ce ne soit pas le cas, mais comment le savoir aujourd'hui ? Des navires sont actuellement en chemin pour la France, et ils nous rapporteront bientôt des informations sur le sort de nos frères. Avant leur retour, il nous sera impossible de trancher…

» À six jours près, voilà trois mois que nous sommes partis de La Rochelle, selon les ordres de Jacques de Molay. Par bonheur, il m'a confié des documents, et ordonné que certains soient lus aujourd'hui. Enfin, hier, en réalité, mais vous connaissez les raisons de ce retard…

» Quoi qu'il en soit, le moment est venu. Notre cher frère Renaud ayant un grand talent pour la lecture à haute voix, je l'invite à venir me rejoindre à l'est, et à vous dévoiler les consignes du grand maître. Frère Renaud, voulez-vous bien approcher ?

Le Sangler obéit puis saisit le paquet que lui tendit sir William.

— Vérifiez le sceau, je vous prie. Et annoncez à tous le résultat de votre inspection.

Pairaud étudia l'inscription puis releva les yeux, l'air confus.

— Ce paquet vous est adressé, sir William. Votre nom y figure.

— J'en suis le destinataire parce que je fais le lien entre le grand maître et cette assemblée. Brisez le sceau et lisez la lettre. Dedans, il n'y a rien qu'un frère de l'ordre ne doive pas savoir.

Les yeux plissés, Pairaud examina de nouveau le paquet. Puis il brandit le tout au-dessus de sa tête.

— Frère, comme vous le voyez, j'ai là un paquet destiné à sir William Sinclair et revêtu du sceau intact de notre grand maître. Bien que cet envoi lui soit adressé, le chevalier exige que j'en fasse lecture devant vous, sur l'estrade est. Avec à l'esprit l'importance capitale de ce que vous allez entendre, si vous voulez bien m'écouter, j'obéirai à l'ordre de notre seul supérieur présent en chair et en os.

Pairaud brisa le sceau, libérant trois objets bien distincts. Une première lettre, enroulée et tenue par une lanière de cuir, une seconde, roulée plus serrée et portant le sceau du grand maître, et un paquet enveloppé de cire et à l'évidence destiné aux seuls yeux de sir William.

Sans commentaire, le Sanglier laissa tomber le paquet sur le guéridon, près du fauteuil.

Quand sir William eut refusé la seconde lettre scellée qu'il lui tendait, le vétéran la posa sur le paquet puis il ouvrit la première, déroula les feuilles et les porta devant ses yeux.

— Le titre dit... Eh bien, autant vous le lire... « Le Temple à Paris ».

Après une ultime inspiration, le vétéran commença sa lecture :

— « À notre bon et loyal frère, William Sinclair, honorable membre du conseil de gouvernance de l'ordre des Chevaliers des Pauvres.

» Soldats du Christ et du Temple de Salomon, salutations de la part de Jacques de Molay, votre grand maître.

» Mon cher frère,

» Après vous avoir communiqué de vive voix mes instructions relatives aux événements possiblement en cours dans notre cher royaume de France – et sans douter une seconde que vous les appliquerez à la lettre –, j'éprouve le besoin d'approfondir ma pensée, telle que je vous l'ai exposée. J'entends par là éviter qu'aucun frère, quels que soient son grade ou sa position, puisse contester les décisions que vous prendrez dans les temps à venir – en mon nom ou en celui de notre saint ordre.

» À cette fin, j'ai résolu de vous confier des explications sur mes diverses opinions et convictions que j'ai préféré cacher à d'autres membres du conseil de gouvernance, et ce pour des raisons qui vous apparaîtront au fil de votre lecture.

» Après une longue période d'incrédulité, je suis désormais convaincu que les avertissements qui me furent adressés sont absolument fondés. Malgré ses excellents états de service et son soutien continuel à l'Église et à la foi chrétienne, notre ordre est devenu la cible d'une ignoble campagne de calomnie. Des mensonges sournois visent à détruire notre réputation et à miner la crédibilité que nous ont valu deux siècles de bons et loyaux services.

» À mes yeux, il ne fait aucun doute que la source de cette infamie n'est autre que le roi Philippe le Bel, quatrième du nom dans la lignée des Capétiens.

» Au fil d'une vie consacrée au service de l'ordre du Temple, c'est la première fois que j'éprouve de la peur et du désespoir. Tout cela parce que, à l'orée des heures sombres qui nous attendent, je ne vois personne vers qui nous tourner en quête de soutien. Dans la situation qui se profile, les ressources mondiales de notre ordre ne seront d'aucune utilité, faute de temps pour les mobiliser en rendant public ce que nous savons. Et même si nous en avions la possibilité, quelles preuves fournir avant que la catastrophe advienne ? En d'autres termes, nous sommes confrontés à un fait accompli.

» Notre loyauté au pape, le vicaire du Christ, aggrave encore mon désespoir. De tout temps, l'ordre du Temple a juré fidélité et obéissance au Saint-Père en titre. Mieux encore, depuis plus de cent cinquante ans, nous sommes le bras armé de l'Église chargé de faire respecter voire d'imposer la volonté du souverain pontife.

» Aujourd'hui, je crains que le pape se préoccupe plus de servir le roi de France que de défendre l'Église de Rome et ses fidèles.

» Clément V est le fantoche de Philippe Capet, et il suffirait de rien pour qu'il tombe en disgrâce. Tout individu lucide sait, au fond de son cœur, que le roi, grâce aux machinations de son garde du sceau, Guillaume de Nogaret, a provoqué la mort d'un pape qui lui déplaisait. Il est aussi soupçonné d'avoir fait empoisonner le successeur de sa victime, afin d'offrir le trône de saint Pierre à Clément.

» Le pape sait très bien de quoi il retourne, et il ne fera rien pour contrarier son maître.

» Ces mots, je ne peux les dire qu'à vous, après avoir constaté lors d'une conversation que vous pensez comme moi.

Liés par nos serments et le sens de l'honneur, que pouvons-nous faire contre la malveillance à notre égard – ou, au mieux, l'indifférence – de notre supérieur terrestre, lorsqu'il accepte de nous condamner *a priori* ?

» Sauf improbable surprise, je me vois forcé de croire que les événements prévus pour le vendredi 13 octobre se produiront et que vous lirez cette lettre trois mois plus tard, le jour de l'Épiphanie. Au cours de ces trois mois, un de ces deux événements se sera nécessairement produit.

» Le premier, que j'appelle de tous mes vœux, verrait le roi de France prendre conscience de son erreur et entrer en contact avec le conseil de l'ordre pour résoudre le litige.

» Sinon, la couronne de France aura réussi à frapper l'ordre et la sainte Inquisition poursuivra ses membres dans toutes les couches de la société. Alliée à l'Église, la nation française se fera un plaisir de dépouiller l'ordre de toutes ses possessions. Liquidités, propriétés immobilières, objets rares – tout y passera.

» Cher frère William, le destin ne nous sourit pas, c'est le moins qu'on puisse dire.

» Même si l'équité triomphait, l'ordre étant lavé de tout soupçon, il ne serait pas étonnant que la nouvelle ne vous ait pas atteint dans votre lointain refuge. Pour parer cette menace, vous devrez envoyer en France des hommes dépourvus de tout signe de reconnaissance du Temple. *Incognito*, ils débarqueront, se comporteront comme de simples marins plus curieux que des pies et découvriront où en est l'ordre en terre de France.

» La deuxième possibilité, bien moins plaisante, vous demandera beaucoup de courage – rien d'étonnant, puisqu'elle implique la disparition pure et simple du Temple en France. Navré d'être si direct, mais c'est l'hypothèse vers laquelle je penche désormais. Philippe Capet, j'en suis convaincu, est déterminé à détruire notre ordre. Est-ce parce que nous lui en avons refusé l'entrée ? C'est sans doute un élément, mais pas le seul. En déshérence économique et morale, il jalouse notre prospérité – quoi d'étonnant, quand on songe que ses coffres sont vides en permanence ? Entre nos mains, il voit de considérables richesses, qu'il s'agisse de terres ou d'espèces sonnantes et trébuchantes, et il rêve de nous en déposséder. Un moyen de se refaire, si j'ose dire, sans avoir à s'endetter encore plus…

» Si mes prévisions sont exactes, frère William, l'ordre dont je suis le vingt-troisième grand maître légitimement nommé risque de cesser d'exister en France.

» Tenté par le péché de désespoir, j'ignore comment y échapper, car il y a en moi assez de cynisme pour que je reconnaisse un autre cynique quand je le rencontre. Croyez-moi, en la matière, le roi Philippe le Bel n'a pas son égal.

» Malgré notre puissance et notre force, il gagnera parce qu'il a à sa botte le pape et son Église. Avec de tels alliés, il est invincible face à nous. Gonflé à bloc, il n'hésitera pas à lancer une attaque vicieuse contre le premier, le plus grand et le plus honoré des ordres militaires de la chrétienté.

» Philippe ne reculera devant rien. Afin de nous arracher nos secrets, de salir notre honneur et de « démontrer » notre culpabilité, il recourra au chantage et à la torture.

» Comprenez-vous à présent pourquoi je n'ai partagé jusque-là mes pensées avec personne ? Mon point de vue, il faut l'admettre, confine à la félonie. Mais sous la torture, quel homme peut avouer des choses qu'il ne connaît pas ?

» Afin de ne pas mettre mes clercs en danger, j'ai confié la rédaction de ces lignes à un druide de confiance qui s'en retournera à Chypre dès son travail terminé – soit avant la date maudite qui dévastera l'ordre en France.

» À la fin de cette tourmente, je suis convaincu que nous ne posséderons plus rien. Tous les avoirs de l'ordre disparaîtront dans les coffres du roi et ceux du Vatican

– pas obligatoirement en parts égales. En conséquence, si des frères survivent, ils en reviendront aux premiers jours du Temple, cette époque où chaque chevalier abandonnait volontairement ses bien terrestres en échange du Salut et de la paix de l'esprit. En prêtant les trois Serments, il se vouait à la pauvreté, n'ayant pour seuls biens que ses armes, ses vêtements et son cheval – encore que tout cela, en réalité, appartînt à la confrérie et à tous ses membres.

» Au minimum en France, nos jours de gloire et d'influence sont révolus, et je redoute que tous les rois de la chrétienté, motivés par la cupidité, suivent l'exemple de Philippe le Bel. Au fond, pourquoi ne pas s'approprier des fortunes quand on peut le faire sans s'exposer au courroux de l'Église ?

» Frère William, sur tous ces sujets, je suis impuissant, mais je peux au moins les porter à votre attention. En ce qui me concerne, je connaîtrai le même sort que l'ordre en France, quel qu'il soit. Puisque mon serment m'interdit de brandir une arme face à mes supérieurs – le pape étant le premier de tous –, je me soumettrai à toute sentence prononcée contre moi, même si je la juge immorale.

» Alors que j'écris ces lignes, il reste entre mes mains un pouvoir dont nul ne peut me priver, celui de déléguer mon autorité à un membre de notre confrérie en fuite. À cette fin, j'ai inclus dans ce paquet une lettre d'investiture avalisée par les plus hauts membres du conseil de gouvernance, signée par mes soins et revêtue de mon sceau officiel. Ce court texte annonce la nomination du frère William Sinclair, chevalier de l'ordre des Soldats du Christ et du Temple de Salomon, au poste de maître dudit ordre en Écosse – ou partout ailleurs où il décidera de se fixer, au terme de son exode, en compagnie des chevaliers et des sergents du Temple, et avec la ferme intention de préserver et de prolonger les antiques rites et secrets que lui ont transmis ses pairs, ainsi que les sergents et les frères servants de l'ordre.

» Le moment venu, que la seconde lettre soit lue lors d'un chapitre. Avec ma bénédiction, sir William, puisse le Dieu de nos Pères veiller sur vous et sur les vôtres.

» En toute fraternité et humilité, le septième jour d'octobre de l'an de grâce 1307.

Jacques de Molay, chevalier et grand maître de l'ordre »

Un long moment, après que Renaud de Pairaud eut achevé sa lecture, on aurait entendu une mouche voler. Puis, dans les rangs des hommes placés à droite du Siège de l'Est, un chevalier commença à taper lentement sur sa jambe avec sa paume droite – une antique tradition, presque tombée en désuétude et qu'on nommait jadis « applaudissement du chapitre ». Le geste fut très rapidement repris par toute l'assemblée, le cliquetis des cottes de mailles ajoutant une tonalité métallique au son plus sourd des mains frappant des cuisses.

En de longues années d'appartenance à l'ordre, sir William avait assisté deux fois seulement à une telle manifestation de soutien – et dans les deux occasions, il faisait partie de ceux qui applaudissaient.

La troisième occurrence se produisait, et il en avait la chair de poule. Car les chevaliers, quand ils « applaudissaient », ne se contentaient pas d'encourager ou de soutenir quelqu'un. Par ce geste, ils signifiaient leur totale approbation d'une décision ou d'une démarche.

D'un point de vue purement légal, c'était contre toutes les règles d'un chapitre, puisque nulle voix ne devait s'y faire entendre si elle n'appartenait pas à un orateur approuvé. Mais en étant pointilleux, aucune « voix » n'avait retenti, et l'objection n'était donc pas pertinente.

Sentant qu'il rougissait d'aise, sir William dut lutter pour rester impassible tout en se demandant ce qu'il devait faire à présent. Si flatteurs qu'ils soient, les applaudissements n'étaient pas protocolaires, et il fallait y mettre un terme. Pourtant, conscient du caractère exceptionnel de ce chapitre, le nouveau maître d'Écosse n'en avait aucune envie. Jetant un coup d'œil à Martelet et à ses coaccusés, il vit que l'irascible meneur se tenait droit comme un « i », les bras le long du corps et les mains inertes.

Se campant face à l'assemblée, sir William leva les mains lentement, paumes ouvertes, afin de demander le silence. Aussitôt, le bruit diminua, puis il mourut très vite.

En procédant ainsi, il avait obtenu le silence sans vraiment l'imposer… Une très bonne chose, mais que devait-il dire, à présent ?

Soudain, la lumière se fit dans son esprit et il sut.

— Ce chapitre est unique, frères, comme notre célébration, en ce jour… Un événement incomparable et sans précédent. Un instant, songez au sens de ce mot : « unique ». Singulier sous tous les rapports, voilà ce qu'il signifie. Et aussi : « impossible à égaler et sans équivalent ». Et encore : « nouveau et qui n'a jamais été essayé ». Existe-t-il un meilleur terme pour qualifier cette réunion ?

» Dans l'histoire de notre ordre, aucune lettre n'a jamais eu l'importance et l'impact que celle dont nous venons d'entendre la lecture. Jamais un grand maître, en quelques circonstances que ce soit, n'avait si franchement exposé ses vues sur le statut et la pérennité de notre confrérie. Ni si clairement défini l'idéal auquel il a consacré sa vie. En soi, c'est déjà une occurrence unique.

» Depuis la naissance du Temple, il y a deux siècles, et même lors du chaos de la campagne contre les Seldjoukides ou les armées de musulmans de Saladin, en Outre-mer, il n'y a jamais eu de moments où un dirigeant de l'ordre ait dû creuser de nouvelles fondations sans le soutien ni l'assistance des plus hautes autorités du conseil de gouvernance. Sur ce plan-là aussi, ce chapitre est unique. Dans le drame comme dans l'espoir, à l'aube de temps nouveaux ou de sinistres défaites, nous sommes face à l'inconnu.

Sir William marqua une pause afin de laisser le temps aux frères d'assimiler ses paroles. Sur beaucoup de visages, il vit une consternation sans bornes.

— Il y a six mois, frères, que nous soyons ici dans la situation présente était inconcevable. Sans espoir de recevoir de l'aide, nous devons contrôler et garder à tout instant notre équanimité. Nos plus proches associés, les frères du Temple d'Angleterre, ignorent jusqu'à notre présence sur Arran. Considérant nos choix politiques, et la reconnaissance que nous devons à Robert Bruce, il serait trop risqué de les informer. En conséquence, nous voici livrés à nous-mêmes. Contraints de nous gouverner seuls, nous devons commencer à le faire dès cet instant.

Sir William se tut et regarda de nouveau les prisonniers – un geste grave et lourd de signification dont aucun homme présent ne sous-estima l'importance.

— Avant de passer au procès, il faut découvrir le contenu de la seconde lettre du grand maître. Frère Renaud, voulez-vous bien briser le sceau de Jacques de Molay et nous lire son texte ?

Cette fois, le Sanglier du Temple était préparé à ce qui l'attendait. Brisant le sceau sans hésiter, il déroula la lettre et la parcourut du regard avant de lire à voix haute :

— « À tous les frères et les associés de l'ordre de Salomon, quels que soient leur grade ou leur poste.

» Qu'il soit de notoriété publique que Jacques de Molay, vingt-troisième grand maître du Temple, avec l'approbation et le soutien du conseil de gouvernance, annonce par la présente la nomination et l'élévation de notre distingué et bien-aimé frère, sir William Edward Alexander Sinclair de Roslin, au poste de maître de l'ordre d'Écosse.

» Qu'il soit aussi connu et annoncé la chose suivante: s'il advenait que je sois, moi, Jacques de Molay, dans l'impossibilité d'exercer mes fonctions à cause d'une incarcération ou d'un décès – et qu'il en aille de même avec tous les frères supérieurs de France –, le maître d'Écosse accéderait *ipso facto* au poste de grand maître du Temple, avec toutes les charges et tous les devoirs que cela implique. Sir William Sinclair serait le vingt-quatrième homme à porter ce titre glorieux et à exercer les responsabilités écrasantes qui l'accompagnent.

» Ainsi soit-il.

» De ma main, le 4 octobre de l'an de grâce 1307.

Jacques de Molay »

Sir William fut aussi assommé que la majorité des participants. Maître d'Écosse, c'était déjà une surprise, car il n'avait jamais rêvé à un honneur pareil. Le titre de grand maître, c'était tout simplement incroyable. Sauf que... Si on gardait la tête froide, cette « promotion » ultime était la manifestation de soutien la plus éclatante que pouvait lui offrir Jacques de Molay. Un homme bien placé pour mesurer les difficultés qui attendaient son successeur...

Les applaudissements retentirent, mais sir William les étouffa dans l'œuf en levant la main.

— Je vous remercie de votre soutien, frères, mais pour l'instant, il n'y a *rien* à soutenir. Si Dieu le veut, il en sera toujours ainsi, car Jacques de Molay, à notre connaissance, est sain et sauf, comme les autres dirigeants de l'ordre. Il y aura bientôt un mois que quatre bateaux sont partis en direction des côtes atlantique et méditerranéenne. Ils reviendront très bientôt, et nous en saurons plus long. À ce moment-là, nous prendrons des décisions capitales sur notre nouvelle vie. En attendant, construire un abri décent, si provisoire soit-il, devrait nous occuper assez. J'en reparlerai après, mais pour l'heure, un sujet grave requiert notre attention.

Sans les regarder, il désigna les accusés.

— Mutinerie et insubordination... Huit hommes couverts de chaînes et accusés de ces deux crimes contre les fondements mêmes de notre confrérie. À l'aune de ce qui est arrivé récemment, pourraient arguer certains, leurs transgressions semblent mineures... Eh bien, c'est à vous d'en décider, en chapitre. Moi, je ne me mêlerai pas de ce procès. Comme c'est son droit de précepteur, sire de Montrichard présidera les débats. Mais en guise de prologue, et au vu de la gravité des charges, je dois dire quelques mots.

» Quand il entre dans l'ordre, tout Templier doit prêter les trois Serments. Pauvreté, chasteté et obéissance. Le plus important des trois, c'est le dernier, car sans obéissance à la Règle et aux supérieurs, nous ne serions qu'une meute d'hommes aussi dangereuse que les autres, puisque nous sommes entraînés pour nous battre et pour tuer.

» Une meute dangereuse pour elle-même et pour tous ceux qui l'entourent.

Le visage fermé, sir William balaya l'assistance du regard.

— Frères, c'est un homme qui vous parle. Pas un supérieur, mais un égal depuis longtemps membre de cet ordre. Et c'est mon cœur qui s'exprime. Ces derniers mois, nous avons trop négligé la discipline. Au fond, chacun de vous le sait... Mais la vérité est bien plus inquiétante que ça. Depuis des années, nous nous éloignons de nos racines. Tous autant que nous sommes, nous avons cédé au laxisme et à la paresse. Dans le cadre d'un chapitre, je peux le clamer haut et fort, puisque nous sommes entre nous.

» Depuis la chute de Saint-Jean-d'Acre et la perte de nos positions en Outre-mer, les chevaliers et les sergents sont devenus… Eh bien, des navires sans gouvernail… Parce que notre raison d'exister, depuis plus de cent cinquante ans, était de défendre et de protéger la foi et l'Église en Terre sainte. Notre défaite, là-bas, nous a désorientés, et privés, j'ai le regret de le dire, du respect des autres hommes. La chute de la forteresse, qu'on prétendait indestructible et invulnérable, nous a été reprochée, comme si nous avions failli. Défenseurs des intérêts de l'Église en Terre sainte, nous sommes aujourd'hui regardés comme des gardiens négligents. Comme nous le savons tous, c'est faux, mais c'est ce que croient les gens, et nous n'y pouvons rien. Trop d'années ont passé, et plus personne ne nous témoigne le respect que nous avons pourtant gagné au fil du temps. Qui se souvient de nos exploits et de nos succès ? Tout ce qui compte, c'est l'infamante perte de l'Outre-mer.

Sir William haussa le ton, criant presque. Dans les rangs, tous les hommes se pétrifièrent.

— Et nous encourageons les gens à penser ainsi ! Le Temple se déconsidère lui-même. Comme si nous avions envie d'aider nos ennemis à nous haïr !

» Dans le monde entier l'ordre ne paie aucun impôt, même chose pour ses associés – les négociants, les usuriers et les membres de guildes qui se remplissent les poches avec la bénédiction du Temple. Des « Templiers », comme ils se nomment, oubliant qu'ils n'ont jamais possédé une épée ni levé un bras pour défendre autre chose que leur cupidité. Et j'inclus dans ce lot les soi-disant « frères du Temple » qui sont très loin de servir comme nous servons.

» Songez à la façon dont nous voient les plus démunis… Des privilégiés, incroyablement riches et qui ne contribuent même pas au bien commun par l'impôt. Notre empire commercial, ils le vomissent. Voyant nos lettres de crédit et songeant aux milliards, dans nos coffres, les hommes d'Église nous considèrent comme des usuriers.

» Et tout le monde, à raison, j'en ai peur, s'indigne de notre arrogance. Des brutes intolérantes, qui paradent avec leur barbe à deux pointes, leurs beaux habits et leurs superbes chevaux. Et qui, bien entendu, professent le plus grand mépris pour tous ceux qui n'appartiennent pas à leur caste.

Sir William interrompit sa tirade, sa voix retombant en un éclair, puis reprit d'un ton plus serein :

— C'est la vérité… Et c'est ça qui nous a conduits au désastre en France, et peut-être bientôt ailleurs. On peut utiliser des mots différents, et incriminer d'autres causes, mais au bout du compte, nous avons attiré le malheur sur nous en éveillant la jalousie, la colère et le ressentiment des gens. S'il prend le temps d'y réfléchir, quel homme, ici, pourrait me contredire ?

» Mais à présent, nous sommes en Écosse. Grâce à la rigueur et à la bonne volonté de nos prédécesseurs, en ce royaume tourmenté, notre ordre demeure hautement respecté. Tant que nous séjournerons ici, j'entends qu'il en soit ainsi. À mon retour, je vous détaillerai mes plans et vous ferai connaître mes ordres. Pour l'heure, je vais me retirer et laisser le chapitre conduire le procès de ces hommes.

» Je n'aurai qu'un conseil à vous donner : les fautes peuvent être pardonnées, mais dans le cas qui nous occupe, si vous optez pour la clémence, faites-le en ayant mûrement réfléchi au comportement futur de ces frères.

» Je n'en dirai pas plus. Vous connaissez la procédure et les peines prévues en cas de culpabilité avérée. Sire de Montrichard, aurez-vous l'obligeance de me prévenir lorsque les délibérations seront closes ? Ainsi, je pourrai faire ma déclaration finale devant ce chapitre. En attendant, le Siège de l'Est est à vous.

Sir William descendit de l'estrade, sortit de la salle et retourna dans sa chambre, sur la mezzanine. En arrivant, il tomba sur Tam, qui allait en sortir avec un panier vide après avoir reconstitué la réserve de bûches, à côté de la cheminée.

— Tu crois qu'ils sont bons pour être emmurés, Will ?

— Et toi, qu'en penses-tu ?

— Ce n'est pas à moi de le dire, mais il faut vraiment avoir commis un acte affreux pour mériter ça… Crever lentement, par privation d'air… Je ne vois pas de pire façon de mourir, à part d'être enterré vivant dans un cercueil. Si on y pense, c'est la même chose, sauf qu'aux emmurés, on donne du pain et de l'eau pour qu'ils ne crèvent pas avant de n'avoir plus d'air. Tout ça parce qu'un type a refusé de se raser ?

Sir William s'immobilisa, resta silencieux quelques secondes puis secoua la tête.

— Non, non et non, Tam ! Dans cette affaire, ce n'est pas pour ça. La barbe est secondaire. L'important, c'est la mutinerie. L'arrogance de ces hommes, et le mauvais exemple qu'ils donnent aux autres. C'est ça qu'il faut étouffer dans l'œuf… De plus, ils ne risquent pas d'être emmurés. Cette peine est un ultime recours face à l'entêtement de criminels. Ces types seront probablement condamnés à un mois de cellule au pain et à l'eau. Deux ou trois pour Martelet, mais ça n'ira pas plus loin…

— Que tu dis ! Et s'il défie ses juges, l'un d'eux perdant assez son calme pour demander la mort ? Tu n'es pas là pour calmer le jeu, et on a vu des choses plus bizarres…

— Si ça arrive, je mettrai mon veto à la sentence. À présent, j'ai du travail d'écriture… Il y a de l'encre dans ma chambre ?

Tam ne daigna même pas répondre à une question pareille. Très digne, il s'éloigna avec son panier vide.

3

Moins d'une heure plus tard, on vint chercher sir William. Dès qu'il entra dans la salle avec dans une main la liste des points qu'il voulait aborder en rapport avec la lettre du grand maître, il remarqua que les prisonniers n'étaient plus là. Tous les autres participants, debout, attendaient son arrivée.

Attentif à ne trahir aucune hâte de connaître la sentence, il salua le précepteur, qui fit mine de descendre de son perchoir pour lui rendre son siège, mais il lui indiqua de rester sur le rostre et de simplement s'asseoir sur une des autres chaises. Dès que ce fut fait, il invita toute l'assistance à s'asseoir aussi.

— Frères, je n'abuserai pas de votre temps, car ce chapitre est déjà très long, mais veuillez entendre ce que j'ai à vous dire en vertu de l'autorité que m'a conférée Jacques de Molay en personne. J'ai déjà évoqué mon désir que nous nous installions ici. Je vais revenir sur ce point, avec toutes les explications que je juge nécessaires.

» Si nous disposons d'un sanctuaire, c'est par la grâce de Robert Bruce. En échange de cette faveur, qui nous profite à tous, j'ai accepté une obligation morale sur laquelle je ne reviendrai pas.

Suspendus aux lèvres de leur maître, les frères ne bougeaient plus un cil.

— Aux yeux du pape Clément et de la hiérarchie de Rome, Robert est aujourd'hui excommunié. Pourtant, il n'a pas perdu le soutien inébranlable des évêques d'Écosse, dont le primat William Lamberton, archevêque de Saint Andrews de Fife, et William Wishart, l'évêque de Glasgow. Une telle unanimité, face à une sentence d'excommunication, ne s'est jamais vue dans l'histoire de la chrétienté. Le plus surprenant, c'est que les évêques d'Écosse n'ont pas été condamnés pour insubordination par la Curie. La raison, cependant, est toute simple. *Via* les évêques d'Écosse, le roi Robert a des amis dans la Curie, alors que l'excommunication a été obtenue par ses ennemis politiques, pour des motifs qui n'ont pas grand-chose de religieux. Du coup, la décision est loin d'être incontestée, et l'évêque Wishart, agissant au nom de l'archevêque Lamberton, prisonnier en Angleterre pour avoir soutenu Robert, pense que l'excommunication a de bonnes chances d'être levée.

» Mais voici notre dilemme et celui de Robert : l'excommunication d'un souverain s'applique à tous ses sujets. Selon le droit canon, qui a bien entendu cours en Écosse, tous les habitants du royaume sont bannis de la chrétienté – jusqu'à ce qu'ils renversent le roi, du moins… En attendant, aucun sacrement ne saurait leur être administré.

» Mais le roi est légitimement couronné selon les plus anciennes traditions du royaume, et toutes les antiques familles écossaises le reconnaissent, à l'instar des maisons nobles normandes.

» Dans ce contexte, notre simple présence sur Arran est la pire menace pesant sur une solution « à l'amiable » du litige, maintenant que le roi semble sur le point de faire la paix avec ses ennemis. Pour ses évêques et lui, les survivants du Temple français, fuyant le courroux du pape, sont un lourd fardeau. À cette heure, nous ignorons quelle sentence la sainte Église a prononcé contre nous, mais nous le découvrirons bientôt. Quoi qu'il advienne, nous savons que le pape Clément et le roi Philippe œuvrent ensemble à la destruction du Temple en France.

» Ce simple fait souligne le danger que nous représentons pour Robert. S'il devient notoire que nous résidons sur Arran avec sa bénédiction, ses ennemis saisiront une occasion en or de le discréditer aux yeux de l'Église. Ils l'accuseront de défier le pape et de se dresser contre le roi de France. Comment démonter ces allégations, alors que nous sommes en fuite après, justement, une attaque du roi ?

» Quand il est question d'affaires d'État et d'intérêts financiers, les puissants n'hésitent jamais à bafouer la justice et à oublier les exigences de la morale et de l'éthique. Robert Bruce se dresse face à des adversaires puissants, en Angleterre et dans l'Église romaine. C'est la simple et dure vérité, frères.

Sir William se tut assez longtemps pour que les frères commencent à s'agiter nerveusement sur leur siège. Les dévisageant, le chevalier vit le doute qui les tourmentait. Un instant, il se demanda s'il était à la hauteur de la tâche qui l'attendait. Lui qui était si taciturne, d'habitude, parviendrait-il à unir ces hommes par la seule force de son « éloquence » ?

— Étant le maître en ce pays, ainsi que ce sera consigné dans les minutes de ce chapitre, voici la décision que j'ai prise. À dire vrai, nous travaillons déjà dans ce sens, mais il me faut, aujourd'hui, transformer en *ordre* ce qui était jusque-là l'expression de ma volonté. Sachant que j'exige de vous une obéissance aveugle, veuillez m'écouter attentivement. À partir de ce jour, l'ordre des Pauvres Chevaliers du Christ et du Temple de Salomon n'aura plus aucune existence visible sur l'île d'Arran.

Sir William attendit que son auditoire ait encaissé le coup.

— Et ce sera un jeu d'enfant… Dès aujourd'hui, notre mission sera de dissimuler notre véritable identité afin de ne pas mettre en danger le roi Robert.

» Pour commencer, la barbe à deux pointes est désormais proscrite. De plus, tous les frères, sauf nos évêques et leurs clercs, renonceront à la tonsure. Ce signe de reconnaissance, datant des premiers jours de l'Église, n'a rien de sacré. Il distinguait les « esclaves de Dieu », mais nous n'avons pas besoin de ça pour savoir qui nous sommes et quelles sont nos responsabilités. C'est tout ce qui compte.

» Les signes extérieurs caractéristiques des Templiers devront être cachés. Même si nous n'avons pas d'ennemis ici, les armes ne manqueront pas, n'ayez crainte. Mais en cas d'attaque, nous réagirons comme des hommes normaux soucieux de défendre leur terre, pas comme des chevaliers en armure organisés en bataillons à la française… Sauf si ça s'impose absolument, bien entendu…

» Frères, nous allons devenir invisibles ! Certes, nous sommes nombreux, et il n'y a pas de femmes parmi nous, mais seuls les yeux les plus indiscrets le remarqueront, et nous saurons… disposer d'eux.

» L'Écosse est en guerre et l'île d'Arran appartient aux terres personnelles du roi. Un endroit rêvé pour cantonner et entraîner des troupes ou des mercenaires, non ? S'il devient notoire que nous sommes français, les gens penseront à des guerriers de fortune, pas à des Templiers.

» Soyons très clairs, frères. Rien de ce que je viens d'exposer ne nous exonère du strict respect de la Règle de l'ordre. Les rituels et les cérémonies ne changeront pas. Même chose pour les obligations et les devoirs. Il n'y aura aucune tolérance.

» Pour nous garder en forme, l'exercice sera de rigueur, mais par petits groupes. Et il y aura toujours des grandes manœuvres, de temps en temps – dans des endroits très isolés.

» C'est l'essentiel de mon message, frères. Les clercs coucheront tout ça sur du parchemin puis vous communiqueront les textes.

» Une dernière chose, qui découle directement de ce qui précède. Il est essentiel, selon moi, que nous divisions notre communauté afin de limiter les déplacements en masse entre le sud et le nord de l'île. En conséquence, j'entends qu'on établisse à Lochranza une commanderie auxiliaire dotée de son propre chapitre.

Sir William tourna la tête vers les évêques en aube verte massés autour du rostre ouest.

— Frère évêque Formadieu, puis-je demander que vous vous consacriez à cette tâche essentielle ? Si vous y consentez, je vous laisserai organiser la « scission » et la nomination d'un précepteur auxiliaire et de ses officiers.

L'évêque se leva et s'inclina, acceptant la mission.

— Qu'il en soit ainsi, frères ! À présent, monseigneur, si vous voulez bien célébrer les rites de clôture, afin que nos frères puissent se retirer et méditer sur ce qui a été dit aujourd'hui… Les officiers supérieurs, eux, me rejoindront dans mes quartiers.

4

— Mon frère, je ne t'avais jamais entendu parler autant, et j'avoue que tu m'as épaté. Les hommes auront matière à réflexion pour des jours et des jours… Qu'as-tu à m'offrir à boire ?

Kenneth avait déboulé moins d'une minute après que sir William fut entré dans sa chambre. Souriant, le nouveau maître d'Écosse désigna la cruche de vin et les gobelets apportés par Tam.

— J'ai toujours été le plus intelligent de la famille… Comment s'est terminé le procès ?

Kenneth emplit deux gobelets et en tendit un à son frère. Des bruits de pas, dehors, annoncèrent que les autres arrivaient.

— Cellule au pain et à l'eau, isolement total… Deux mois pour Martelet, qui n'a pas manifesté de remords, et un pour les autres, y compris le blessé, Gilbert de Sangpur.

— Oui ! lança sir William quand on frappa à la porte.

Narremat, Montrichard et d'autres officiers entrèrent dans la pièce.

— Et toi, Kenneth, qu'en penses-tu ?

— Je signe des deux mains, surtout pour Martelet. Ce type est une pomme pourrie qui risque de gâter toutes les autres. On ne le brisera pas et il n'est pas près de changer.

— Il changera, tu verras, quand il se retrouvera seul dans son insubordination. Comme un arbrisseau doté d'un tuteur, il poussera droit, je t'en fiche mon billet.

» Mes amis, installez-vous, de grâce !

Sir William fit le service du vin et distribua les gobelets.

Devant tant de simplicité, Kenneth fut conforté dans l'idée que son frère était vraiment un type très spécial.

Le nouveau maître, quant à lui, regrettait d'avoir convié tous ces gens. Intrigué par le petit paquet – le troisième « envoi » de Jacques de Molay –, il s'attristait de devoir attendre des heures avant d'en prendre connaissance.

Il ne montra rien de son impatience, se concentrant sur ses officiers, qui semblaient déconcertés par ce qu'il venait d'annoncer. Que pouvait-il attendre d'eux, dans une situation si étrange ? Et en retour, qu'attendaient-ils de lui ?

Alors que ses hommes, gobelet en main, parlaient entre eux par petits groupes, certains assis et d'autres debout près du feu, il les regarda attentivement sans essayer de s'imposer à eux. Très logiquement, ce fut le précepteur qui posa la question que tous retournaient dans un coin de leur tête.

— Sir William, si vous me permettez, j'aurais un point à soulever.

— Vous n'avez nul besoin de permission, Richard. Nous sommes entre nous, en détente…

— Eh bien, c'est au sujet de nos tenues vestimentaires.

— Mais encore ?

— Je souscris à tout ce que vous avez dit. C'est parfaitement logique, tant pour la protection du roi Robert que pour la nôtre. Nous devons devenir invisibles, c'est un fait. Mais si nous renonçons à nos manteaux et à nos surcots, *idem* pour les hauberts et les plastrons, que porterons-nous ?

Sir William dut se retenir d'éclater de rire. Ces hommes, se souvint-il, du lever au coucher, chaque jour, se référaient aveuglément à la Règle. En matière de tenue et de comportement, ils étaient étrangers au concept de liberté individuelle. Solides mais d'une seule pièce, ils manquaient pour la plupart d'imagination. Après une vie à revêtir ce qu'on leur disait de revêtir, ils étaient plus perdus que des enfants.

— Eh bien, frère Richard, nous opterons pour de très simples tuniques et des hauts-de-chausses, histoire de nous préserver du froid. N'est-ce pas ce que nous arborons déjà sous nos manteaux et surcots ? Pour le reste, des manteaux de laine feront l'affaire, comme il est d'usage dans le coin. Sinon, il y a aussi les pourpoints de cuir, et en matière militaire, de simples cuirasses sans ornements. On ne crèvera pas de froid, je vous le jure. Et si vous voulez savoir comment nous nous procurerons ces vêtements, apprenez qu'ils sont en quelque sorte déjà là. Le long de la côte sud, une famille de tisserands fournit des habits d'hiver à tous les pêcheurs. Et non loin de Lochranza, on trouve aussi des tanneurs. En échange de monnaie sonnante et trébuchante, ces gens seront ravis de travailler pour nous – surtout si nous leur proposons les peaux et la laine que nos navires ont mission d'acheter.

» En d'autres termes, ne vous inquiétez pas, mon ami.

Le précepteur ne parut pas convaincu.

— Vous avez toujours des doutes ? N'ai-je pas été assez clair ?

— Pas du tout, sir William ! Je me demandais comment nous nous distinguerions les uns des autres… Les grades, je veux dire…

Sir William ne cacha pas sa surprise.

— Pourquoi en aurions-nous besoin ? Nous sommes moins de deux cents, et tout le monde se connaît… Ignorez-vous le nom et le grade d'un seul de vos hommes ?

— Non, bien entendu.

— Et parmi eux, en est-il un qui ignore votre nom et votre position ?

Montrichard semblant un peu penaud, le vice-amiral de Narremat vint à sa rescousse :

— Le frère précepteur, je crois, songe aux procédures requises en cas de bataille… Tous les hommes se ressemblant dans le feu de l'action, j'avoue m'être posé la même question. Un amiral ou un capitaine doit être identifié au premier coup d'œil par ses subordonnés.

— Une remarque judicieuse, admit sir William. J'y ai déjà pensé, d'ailleurs… Mais là, nous parlons d'activités journalières, et la question ne se pose pas. En temps de guerre, si ça devait arriver sur Arran, j'ai prévu des galons et des étendards de couleur. Tout est en cours de confection, mon ami, et les hommes en seront informés d'ici à un mois.

Le précepteur étant satisfait, la conversation tourna à un aimable échange de questions et de réponses, chacun ayant besoin des lumières du chef. Dans ces conditions, le temps passa très vite, et quand il se retrouva seul, sir William savoura la satisfaction du devoir accompli. Au-delà de toutes ses attentes, en fait, puisque même les points les plus épineux étaient passés sans problème.

Venu s'occuper du feu après le départ des invités, Tam jeta un coup d'œil au paquet posé sur la table.

— Qu'est-ce que c'est ?

— Je n'en sais rien… La troisième partie de l'envoi du grand maître.

— Et tu comptes l'ouvrir quand ?

— Dès que tu seras parti. C'est strictement pour moi.

— Bien sûr, oui… Que serait un Templier sans secrets ? Tu as hâte de me voir filer, pas vrai ? Comme tu n'es pas connu pour ta patience, je vais me dépêcher. Au fait, et le verdict du tribunal ?

— Au secret et au pain et à l'eau…

— Donc, on peut dire adieu à nos barbes ?

— Pas du tout… Les sergents ne devront rien changer, à part leur tonsure, qui disparaîtra. Les chevaliers, eux, renonceront aux deux pointes. Et tous les emblèmes du Temple seront dissimulés.

Du bout d'une botte, Tam poussa des bûches dans la cheminée. Puis il s'essuya les mains et marmonna :

— Eh bien, j'ai hâte de voir tous ces changements.

— Ça n'aura guère d'influence sur qui nous sommes vraiment, Tam. Mais de loin, ça trompera les curieux. Notre identité doit rester secrète pour des raisons que tu connais. À présent, si tu allais voir ailleurs si j'y suis ?

Le sergent salua, sortit et claqua presque la porte derrière lui.

Sir William s'empara du paquet entièrement entouré de cire – une protection efficace. Le soupesant, il se demanda ce qu'il pouvait bien contenir. Puis il dégaina sa dague et, avec le manche, s'attaqua à la carapace rouge. L'opération se révélant difficile, il dut recourir à la lame pour l'achever et découvrir le contenu du paquet.

Une longue clé noire en tomba, atterrissant sur la table avant qu'il ait le temps de la rattraper. Surpris, il l'étudia un long moment. Plus fine que la norme, aussi longue que sa main, elle semblait presque… délicate. En guise d'ornement, l'anneau avait la forme d'une croix pattée du Temple.

Plus que perplexe, sir William glissa une main dans le paquet en quête d'une lettre. En ayant trouvé une, il la lut et en eut aussitôt des frissons dans tout le corps.

« William,

Si vous deviez me succéder, il faudrait, pour des raisons qui vous restent à découvrir, que vous ayez accès au contenu des coffres déjà en votre possession. Dans le lot, il y en a un plus petit que les autres, bardé de cuivre et doté d'un seul cadenas scellé avec de la cire. Cette clé permet de l'ouvrir. Mettez-la en sécurité, c'est le Devoir du Maître...

Le coffre en question contient la clé de tous les autres. Le moment venu, ouvrez-les en étant seul, et découvrez les preuves détenues par notre antique ordre de Sion. Ainsi, vous saurez que faire pour les protéger – telles quelles ou séparées – si des temps de grand trouble devaient advenir. Que Dieu vous garde, ainsi que tous les autres...

Jacques de Molay. »

Sir William se laissa tomber sur une chaise... Malgré sa surprise, il songea qu'il aurait dû s'en douter. N'aurait-il pas été absurde qu'on lui permette de transporter le légendaire trésor du Temple sans lui fournir le moyen d'y accéder ? Mais la seule idée d'être désormais autorisé à ouvrir les coffres lui donnait le tournis.

À ce propos, il se souvint qu'ils étaient toujours à bord d'un des navires qui mouillaient dans la baie de Lamlash, attendant qu'on leur trouve un site plus sûr. Enveloppé dans des voiles et même pas sous bonne garde, le trésor, en des temps si troublés, avait presque sombré dans l'oubli.

Après plus d'un mois, les hommes chargés de trouver une meilleure cachette étaient toujours bredouilles. Dès qu'on y réfléchissait sainement, c'était inacceptable...

La solution au problème explosa soudain dans l'esprit du chevalier, si saisissante qu'il en eut la chair de poule. Sur Arran, il n'y avait aucune cachette satisfaisante. Les grottes ne manquaient pas, certes, mais aucune n'était assez difficile d'accès pour décourager d'éventuels voleurs.

L'endroit parfait – le seul, en réalité – était très loin de l'île d'Arran, en terre écossaise, dans le domaine paternel de Roslin, au cœur des collines boisées, au sud-ouest d'Édimbourg, à des lieues de la mer.

À la connaissance de sir William, seuls ses frères et lui – dont trois qu'il n'avait pas vus depuis des années, pensant à peine à eux – connaissaient cette grotte dotée d'une entrée si étroite qu'il avait fallu un hasard incroyable pour qu'Andrew, l'aîné de la fratrie, la découvre en cherchant une flèche perdue – un faux pas, une roulade et une chute dans un espace obscur et immense.

Sir William et ses frères, des années durant, avaient utilisé la grotte comme un refuge secret – en jurant de ne jamais révéler son existence à quiconque.

Depuis sa lointaine enfance, le chevalier n'avait plus repensé à ce lieu mystérieux. Ses frères, il l'aurait parié, avaient certainement oublié la grotte. À présent, il se la représentait très bien, son étroite entrée, au pied d'une colline, quasiment invisible derrière un entrelacs de broussailles.

À peine assez large pour laisser passer des gamins, cette faille devrait être élargie. Ça impliquait de briser de la roche, mais le chevalier ne s'attarda pas sur les difficultés pratiques, qu'il serait toujours temps d'affronter sur place. Depuis plus d'un siècle, les frères du Temple construisaient des palais et des forteresses en recourant à des méthodes mathématiques et géométriques héritées de l'Égypte ancienne – par l'intermédiaire de l'ordre de Sion, bien entendu. Du coup, la maçonnerie, l'art majeur des bâtisseurs, était devenue une profession hautement prisée par les chevaliers, qui surnommaient leur talent « géométrie sacrée ».

Parmi ses proches, sir William connaissait une bonne vingtaine de maçons géniaux, et cinq d'entre eux étaient actuellement sous ses ordres. Pour eux, élargir l'entrée puis la dissimuler de nouveau serait un jeu d'enfant.

Comme cachette, la grotte serait parfaite – plus sûre encore et plus secrète que celle de Fontainebleau, où les coffres avaient été en sécurité pendant des années.

La priorité, comprit le chevalier, était de transporter les coffres sur ses terres natales, puis de les cacher.

Ému à l'idée de revoir Roslin après tant d'années et d'entendre de nouveau la voix de son père et d'autres membres adorés de la famille, sir William se leva et fit les cent pas en composant dans sa tête l'escorte qui l'accompagnerait.

— Tam ! rugit-il joyeusement.

Quelques instants plus tard, la porte s'ouvrit pour laisser passer un sergent affolé d'avoir entendu un tel cri.

— Que se passe-t-il ? Qu'est-ce qui cloche ?

— Rien du tout, frère sergent ! Je voulais seulement te dire de te faire beau, d'avoir l'air respectable et de réviser tes bonnes manières. Avant la fin de la semaine, nous partirons pour Roslin !

5

Dans une frénésie d'activité, les jours suivants défilèrent à toute vitesse. Bien entendu, la priorité était de passer de l'île à la terre d'Écosse. Bien qu'il eût à sa disposition une galère commandée par le vice-amiral de Narremat, sir William décida de s'adjoindre aussi un bateau huissier.

Son groupe, estimait-il, se monterait à vingt hommes, moitié chevaliers (lui compris) et moitié sergents. Tous auraient besoin de montures, et même en prévoyant seulement quatre chevaux de rechange, on arrivait à vingt-huit équidés (en ajoutant l'attelage du chariot qui transporterait le trésor) sur un bâtiment qui pouvait en contenir trente-six.

L'espace excédentaire servirait aux hommes, puisque la galère, déjà très encombrée par le trésor, ne pourrait pas les accueillir. Bien entendu, il n'était pas question de transférer les coffres sur le navire huissier, où ils auraient du coup été sans surveillance.

Le deuxième jour des préparatifs, une des galères prêtées à Angus Og MacDonald, en patrouille dans les eaux du clan, fit escale à Brodick. Saisissant l'occasion au vol, sir William interrogea le capitaine sur la meilleure route à suivre pour rallier Édimbourg en partant d'Arran.

Visage tanné par les intempéries et barbe broussailleuse, l'homme parlait l'écossais et le gaélique – avec en sus des notions de français.

— Le plus rapide, dit-il, c'est de caboter dans le Firth, en direction du nord, puis d'obliquer vers le nord-est et de continuer jusqu'à ce que la profondeur insuffisante vous arrête. De là, *via* la vallée Verdoyante, il faut compter cinq jours de cheval jusqu'à Édimbourg. Où allez-vous, exactement ?

— À Roslin, un village situé sur les terres de mon père.

— Jamais entendu parler...

— Voilà qui n'a rien d'étonnant. C'est petit et très à l'intérieur des terres... Mais vous venez aussi de nommer un endroit dont j'ignorais l'existence. C'est quoi, la vallée Verdoyante ?

Le capitaine éclata de rire.

— J'ai oublié que vous n'êtes pas du coin ! C'est l'endroit fondé par le grand saint Kentigern il y a des siècles de ça. Les gens des terres l'appellent Saint-Mungo, mais pour les Gaëls des Îles, c'est Kentigern et ça le restera. La ville qui a poussé autour de son église se nomme Glasgow – la vallée verdoyante, en gaélique.

— Je vois... Y a-t-il une garnison anglaise à Glasgow ?

— Je n'en sais rien, parce que j'évite le coin. Mais c'est possible. C'est une cité fortifiée, avec une cathédrale, donc les Anglais doivent la juger importante. Restez sur la rive nord du fleuve Clyde, ça vous gardera loin de la ville. Le terrain est très boisé et peu de gens s'y aventurent. Prévoyez des éclaireurs, et tout ira bien. Édimbourg sera à une quarantaine de lieues à l'est. Roslin, en revanche, je ne peux pas vous dire…

Sir William remercia le capitaine, le laissa à ses occupations et se mit en quête de Mungo MacDonald, à qui il répéta les informations du marin.

Mungo connaissait la route pour l'avoir empruntée souvent avec son père, quand il était enfant.

Le lendemain, les sentinelles postées sur les remparts de Brodick annoncèrent des voiles à l'approche depuis le sud. Au crépuscule, sir William descendit sur la plage pour accueillir les deux navires partis faire la « tournée » des ports de l'Ouest. À part un rapport préliminaire bref et décourageant, il dut attendre la fin de la prière commune et du dîner pour converser en tête à tête avec les deux capitaines.

Jovial et courtois partout ailleurs que sur le pont de son navire, Trebec, parti de Brest, avait caboté de port en port jusqu'à la frontière espagnole. Dans ces régions, expliqua-t-il, il y avait beaucoup moins de risques qu'on reconnaisse en lui un capitaine du Temple.

L'autre marin, un jeune homme basané natif de Navarre, au nord de l'Espagne – Ramon Ortega – était, lui, parti de La Rochelle – où nul ne le connaissait – pour continuer vers Cherbourg puis Dieppe en faisant escale dans tous les ports, où il avait chargé des hommes de confiance d'aller à la pêche aux informations.

Aucun des deux officiers ne sourit en faisant son rapport. Trop nerveux pour s'asseoir, sir William les écouta en marchant de long en large.

En accord avec les sombres prédictions de Jacques de Molay, tous les membres de l'ordre avaient été arrêtés et incarcérés le 13 octobre afin d'être interrogés par la sainte Inquisition – un groupe de dominicains sinistres qui se surnommaient eux-mêmes les Molosses de Dieu. Défenseurs impitoyables du dogme, ils semaient depuis près d'un siècle la terreur parmi les chrétiens ordinaires en les menaçant de la question puis du bûcher.

Les deux capitaines avaient de nombreux indices en faveur d'une implication de l'Inquisition dans l'affaire du Temple. Tout au long de la côte, les conversations de taverne tournaient autour du 13 octobre et du sort des prisonniers tenus au secret dans les geôles du roi.

Bouillant de rage, sir William se retint d'exploser autant qu'il le put.

— C'est bien beau, tout ça, rugit-il enfin, mais qu'est-ce que ça veut dire ? Où est le sens profond de cette affaire ? Réussir un sale coup de ce genre, c'est facile, mais quand il repose sur du vent, comment maintenir le cap ? De quoi sont accusés nos frères ? Quels crimes, exactement ? Vous ne m'en avez rien dit.

Les deux hommes se figèrent, les yeux baissés.

— Parlez, bon sang ! Vous devez avoir entendu quelque chose. Je suppose qu'il est question d'hérésie... Mais laquelle ? Apostasie ? Usure ? Les deux sont possibles, si fausses soient-elles, bien que l'usure semble un peu légère pour justifier une telle opération. Qu'y a-t-il d'autre ?

Trebec regarda Ortega, qui haussa les épaules, accablé. L'aîné des deux capitaines prit une grande inspiration :

— Il y a plus que ça, sir William. Beaucoup plus.

— Alors, parlez, capitaine ! Je ne suis pas devin.

Le vieux marin blêmit.

— Sorcellerie et satanisme… Crime contre Dieu et la sainte Église… Pédérastie… Messes noires, cérémonies avec baisers et actes obscènes – entre hommes, lors de rituels initiatiques du Temple. Sermons contre Dieu appelant à la suprématie du Malin… Le conseil et les chevaliers sont accusés d'adorer une tête momifiée appelée Baphomet – une créature de Satan – qu'il leur a offerte et qu'ils conservent « pieusement » dans les catacombes secrètes de l'ordre…

Le capitaine marqua une courte pause.

— Mutilations et actes pervers sur des femmes, rites cannibales avec sacrifice d'enfants et consommation de leur chair…

» Sir William, le Temple est accusé de tous les péchés possibles et imaginables, du plus véniel au plus grave. Partout en France, les Inquisiteurs torturent des innocents pour leur arracher de fausses confessions.

Comme si on venait de le souffleter, sir William tituba puis se laissa tomber sur une chaise, secouant la tête comme s'il n'en croyait pas ses oreilles.

Les yeux ronds, Trebec et Ortega se turent pour le laisser reprendre ses esprits.

— Que Dieu les maudisse…, souffla-t-il. Une telle infamie ne peut pas être l'œuvre d'hommes normaux… Que le Seigneur les condamne à croupir en enfer, et qu'il écrase dans Sa main leurs misérables âmes de chiens cupides… Qu'il déchaîne son courroux sur le roi, le pape et tous leurs sbires !

Le nouveau maître d'Écosse se tut, se rembrunit davantage encore, puis se leva et lâcha, furieux :

— Oui, qu'il en soit ainsi ! Je vais réfléchir à tout ça, et décider ce que nous devons faire. Cela dit, nous ne savons pas tout. Deux navires doivent encore revenir des côtes de la Méditerranée. Hélas, je doute qu'ils rapportent des nouvelles plus encourageantes.

» Trebec, avez-vous débarqué à terre Saint-Thomas et Umfraville, comme prévu ?

— Oui, près de Bordeaux... Ils sont partis vers Aix-en-Provence avec l'intention de gagner Marseille, où le navire de Charles de Navarre les récupérera. Ils auront tout le temps du monde, parce que Navarre, à cause du mauvais temps, devra continuer vers le sud et doubler le cap de Gibraltar pour atteindre Marseille. Pour nos deux agents, tout devrait bien se passer.

Sir William acquiesça mais garda pour lui le fond de sa pensée. Membres de l'ordre de Sion, Marcel de Saint-Thomas et Alexandre de Umfraville rapporteraient des informations et des instructions glanées dans le sanctuaire secret de Sion, à Aix. Des données qui seraient bien plus pertinentes que celles des deux capitaines – et dont le chevalier redoutait par avance de découvrir la teneur.

— Dans combien de temps arriveront les deux autres navires ? En bon terrien, je ne sais rien de la vitesse des vents et des calculs de durée.

— Entre une semaine et dix jours, répondit Ortega. Mais ça, c'est le minimum. Mieux vaut compter le double, à mon avis. Ils sont à la merci du vent et du climat, et en cette saison, il ne faut rien attendre d'amical de leur part – surtout au sud du golfe de Gascogne. Allez, soyons pessimistes et parions sur un bon mois !

— Si longtemps que ça ?

Sir William ne cacha pas son mécontentement – qui passa très vite.

— Au fond, ce n'est pas si grave... Demain, c'est le départ pour l'Écosse, et nous serons absents deux ou trois semaines. Ça tombe plutôt bien, non ?

» Mille fois merci, frères. Vos rapports sont excellents. Je vous demande de garder ces nouvelles secrètes jusqu'à ce que j'aie trouvé un moyen d'informer tous nos frères en même temps. Pour l'heure, vous avez sûrement du pain sur la planche, donc, vous pouvez vous retirer.

Les grottes de Roslin

1

Dans les broussailles, les cerfs broutaient depuis les premières lueurs de l'aube. Sans se soucier de la lumière grisâtre mais de plus en plus vive, ils ne s'inquiétaient pas non plus de la bruine froide de janvier qui se déversait des nuages bas. Derrière eux, la prairie semée de buissons descendait en pente douce jusqu'à la rivière gonflée d'eau de pluie. Au-dessus de leurs têtes, à quelques bonds de là, la forêt envahissait le flanc de colline, formant une clôture artificielle à leur pâturage.

Dans un silence pesant, seuls des bruits « liquides » troublaient le calme. Les gargouillis de la rivière, bien sûr, mais aussi le son des gouttes s'écrasant sur les feuilles. Rassurée par la présence d'un vénérable aux superbes andouillers, la harde aurait continué son festin s'il n'y avait eu, soudain, un bruit lointain différent de tous les autres. S'envolant à la hâte, des grouses quittèrent le décor idyllique qui venait de se transformer radicalement.

Quand le grand cerf leva la tête, tous ses congénères l'imitèrent. Sondant la forêt, les oreilles frémissantes, le vieux sage se tendit. Dès que le bruit retentit de nouveau, plus proche, il détala en un éclair, donnant le signal de fuir aux membres de sa harde. En un clin d'œil, il n'y eut plus âme qui vive dans la prairie.

L'étrange son se reproduisit, désormais très reconnaissable – sauf qu'il n'y avait plus personne pour l'entendre.

Un martèlement de sabots, des grincements de cuir…

Trois cavaliers jaillirent du couvert des arbres. Enveloppés dans de lourds manteaux cirés, la tête couverte, ils s'immobilisèrent et sondèrent la prairie. Puis l'un d'eux se dressa sur ses étriers, se retourna, porta deux doigts à sa bouche et siffla.

Ses compagnons s'écartèrent pour laisser passer la colonne montée qui émergea à son tour de la forêt.

Quand tout le monde fut là, sir William prit la parole :

— Mes frères, bienvenue à Roslin. Le soleil ne vaut pas celui de France, je sais, et l'air est beaucoup plus mordant, mais cet endroit a bien des qualités. Des années durant, mon frère Kenneth et moi y avons grandi, et je vous assure que c'est un plaisir de revoir tout ça. Le manoir de mon père est à un quart de lieue, au bord de la rivière, sur une butte rocheuse. D'ici, on ne le voit pas, mais croyez-moi, vous serez ravis de dormir avec un toit sur la tête, dans un bon lit, le ventre bien plein. Un changement heureux, après nos mésaventures des quelques derniers jours… Si j'ai choisi de passer par la forêt, c'est parce que je connais très bien ce chemin. De plus, s'il avait dû y avoir des Anglais dans le coin, ils auraient campé dans cette prairie, faute d'un meilleur endroit à des lieues à la ronde.

Sir William regarda autour de lui puis continua :

— Comme je l'espérais, tout est calme et serein. Mais je dois quand même vous mettre en garde, mes amis. Nous sommes en mission secrète, et vous devrez tenir votre langue. Sur ces terres, personne ne vous regardera d'un air soupçonneux, parce qu'il n'y a que de braves paysans. Ce n'est pas une raison pour vous relâcher. Ces gens vivent ici et ils ne connaissent rien d'autre. Néanmoins, comme tous les humains, ils sont curieux et vous interrogeront sans doute. Si le cas se présente, répondez-leur simplement, et ne les incitez surtout pas à multiplier les questions.

» Nous sommes des soldats en mission pour le roi Robert, pas des moines ! Du coup, ni prière commune ni service religieux. Vous m'avez tous bien compris ? Oui ? Dans ce cas, qu'il en soit ainsi !

Sir William se tourna vers Tam :

— Prends huit hommes et retournez jusqu'à l'étable où nous avons caché le chariot. Puis conduisez-le au manoir par la grand-route. Nous vous y attendrons. Les autres, avec moi !

Avec Mungo et les autres sergents, Tam rebroussa chemin tandis que sir William et ses chevaliers, dont Kenneth, traversèrent la prairie. Arrivés au bord de la rivière, ils la longèrent en direction de l'amont, les deux frères en tête de la colonne.

Alors que sir William sifflotait distraitement, Kenneth regarda avidement autour de lui comme si chaque détail du paysage lui rappelait quelque chose. Devant un lacet du cours d'eau où ils avaient souvent joué enfants, il jeta un coup d'œil dans son dos, vérifiant que les autres étaient loin, puis souffla :

— Tu ne veux pas parler des deux lettres que tu as reçues de France le matin de notre départ, pas vrai ? C'est dommage…

— Pourquoi dis-tu ça ?

Kenneth sourit puis haussa les épaules.

— Tu es morose, mon frère… Quand tu siffles comme ça, c'est que tu es furieux, perplexe ou confronté à un grave problème. Or, tu siffles depuis notre départ d'Arran. Du coup, ça ne peut venir que des lettres, parce que tu étais détendu avant qu'elles arrivent. Que vas-tu dire à père ?

— Sur ce qui se passe en France ? Toute la vérité, bien sûr !

— Tout ce que tu en sais, plutôt. Tu lui parleras du trésor ?

— Seulement à lui… Il se taira, c'est sûr, mais les autres… Un trésor c'est un trésor, et le nôtre est légendaire. Empêcher les gens de bavasser serait impossible.

» Cela dit, sans informer père, nous aurions de grandes difficultés à accomplir notre mission. N'oublie pas qu'il faudra élargir l'entrée de la grotte, puis la resceller. Je ne nous vois pas faire ça à l'insu de notre père. Et si on essayait, il aurait des soupçons et nous bombarderait de questions…

» Donc, je siffle quand ça ne va pas ? Je ne m'en étais jamais aperçu…

— Je sais, sinon, tu ne le ferais pas. C'était déjà comme ça quand nous étions gosses… Je ne t'ai rien dit, parce que parfois, ça m'a épargné de prendre une bonne correction… Tu crois que Tam réussira à amener le chariot sans se faire remarquer ?

— Ce sera un jeu d'enfant, puisqu'il ne cherchera pas à se cacher. Les gens penseront qu'il transporte nos affaires. Les coffres sont arrimés et bâchés, et nul n'ira fouiner – d'autant plus que le transfert se fera dès demain.

— Si tu le dis… Mon frère, c'est toi le chef.

Se dressant sur ses étriers, Kenneth regarda au loin.

— On y est presque, et j'ai l'impression de redevenir un gamin. Je vais partir en éclaireur pour prévenir la famille. Tu crois que Peggy sera là ? Père va nous enguirlander de ne pas l'avoir averti… J'en profiterai pour passer aux écuries, histoire qu'on s'occupe de nos chevaux.

Kenneth partit au galop sous le regard ému de sir William. Quel dommage qu'il lui soit impossible de *tout* dire à son père et à son frère ! Mais le vieil homme savait fort peu de choses du Temple et Kenneth ignorait l'existence de l'ordre de Sion…

Toujours morose, le chevalier se retourna pour vérifier que la colonne était en ordre. À l'approche du manoir paternel, c'était très important. Tout allait bien, mais il ordonna pourtant de resserrer les rangs. Puis il pensa aux raisons de sa morosité « sifflante ».

Déjouant tous les pronostics, un des navires partis en Méditerranée était revenu le matin de leur départ. Laissant son vaisseau frère en arrière, il avait foncé jusqu'à Arran pour livrer à sir William une épaisse liasse de rapports venus du quartier général de l'ordre de Sion, à Aix-en-Provence.

Pendant la traversée, le chevalier avait passé des heures à lire ces textes. Et il s'y replongeait à la première occasion. Malgré son pessimisme de départ, les nouvelles étaient encore pires qu'il l'imaginait.

Jacques de Molay et plusieurs de ses proches, tous membres du conseil de gouvernance, étaient incarcérés à Paris et subissaient la « question » entre les mains de l'Inquisition. Un frère de Sion introduit à la cour du roi indiquait dans son rapport que le grand maître avait avoué ses prétendus crimes et reconnu sa culpabilité. Du coup, sa condamnation n'était plus qu'une formalité…

Sir William tremblait de rage dès qu'il pensait à ça. Quelles horreurs avait-on infligées au grand maître du Temple pour qu'il finisse par confesser de telles ignominies ?

Dans une note jointe au rapport, le seigneur Antoine de Saint-Omer, sénéchal de l'ordre de Sion et descendant direct de Godefroy de Saint-Omer – un des fondateurs du Temple –, fournissait une explication consolante. Selon lui, aucun homme en ce monde n'était taillé pour résister aux tortures de l'Inquisition, dont il établissait la liste non exhaustive.

Brûlure avec des charbons ardents, écartèlement sur le chevalet, fracture délibérément infligée et laissée sans soins, immersion dans de l'eau, quasi-noyade et réanimation au dernier moment, écrabouillement des mains et des pieds dans un étau…

Tout ça des jours et des jours durant !

Telles étaient les « armes » des Inquisiteurs, les prétendus défenseurs de la foi, face aux hérésies.

À la première lecture de cette liste, sir William avait vomi. Et depuis, d'atroces images hantaient son esprit. Si un grand homme comme Jacques de Molay était brisé par ces tortures, quelle chance avait un type normal ?

Au-dessus de la cime des arbres, sir William aperçut le toit du manoir paternel. Chassant les images de terreur et de mort, il tendit l'oreille et capta des éclats de voix devant lui. Un poing levé, il lança son cheval au galop.

2

— Et que comptes-tu faire à présent ? demanda sir Alexander Sinclair de Roslin.

Plus d'une heure durant, en silence, il avait écouté ses deux fils lui raconter les derniers événements, en France et sur l'île d'Arran. À présent, il interrogeait sir William.

Après le dîner, très tard dans la soirée, il avait conduit ses fils dans la chambre qu'il avait longtemps partagée avec leur mère. Une grande pièce, avec des fauteuils confortables et une imposante cheminée où les flammes, depuis leur arrivée, s'étaient transformées en braises.

Sir William ne répondit pas et dévisagea son père, recensant tous les changements qui s'étaient produits en lui depuis son départ. À soixante-huit ans, sir Alexander restait droit comme un « i » et il n'avait pas perdu ses larges épaules. Mais l'âge le minait. La barbe blanche, les cheveux gris et rares, il ployait sous le poids des ans et du chagrin.

Dix ans plus tôt, sa femme était morte, emportée par un mal si foudroyant qu'il n'avait pas eu le temps de se préparer à son absence. Dévasté par ce deuil, il avait perdu beaucoup de sa force et de sa superbe. Mais son esprit restait vif, et ses yeux bleus brillaient toujours d'intelligence.

— Je ne peux pas le dire, père..., répondit enfin sir William.

— Pourquoi ? Tu ne sais pas, ou tu ne veux pas en parler ? Si on excepte tes hommes, il reste peu de Templiers en Écosse. Très peu, même... Sir Alan Moray et sir Robert Randolph, sans doute... Et quelques autres... Dans un pays en guerre, je crains qu'ils aient un peu négligé les rituels et les cérémonies monastiques... D'autant plus que le clergé du Temple est massivement retourné en Angleterre, il y a des années de ça...

» Si tu le demandes, les chevaliers restants se rallieront à toi. Ils n'ont aucune idée de ce qui s'est passé en France, et ils ont sacrément besoin d'un vrai chef, après tant d'années sans discipline... Alors, fils, tu ne peux me répondre, ou tu ne veux pas ?

— Je ne peux pas, père... Parce que pour l'instant, je ne sais que faire. Mais le désir de le savoir me consume jour et nuit.

— C'est normal... et plutôt souhaitable. Ainsi, tu finiras par trouver. Après ton rapport et celui de Kenneth, ton indécision ne m'étonne pas. Trahi de tous côtés, tu as besoin de réfléchir et, sans doute, d'envisager les choses selon un point de vue inédit. Sur le Temple, je suis ignare, pourtant, si je peux t'aider, n'hésite pas à me demander. Mais ça, tu le sais déjà.

— Oui, et je t'en remercie. Il y a...

— Et le trésor ? coupa sir Alexander. J'espère qu'il est bien caché, car l'idée que Philippe Capet se l'approprie me révulse. L'a-t-il découvert ?

Sir William regarda Kenneth, qui en était bouche bée, les yeux ronds, et il ne put s'empêcher de sourire.

— J'allais y venir, père. Le trésor était en sécurité, et les sbires du roi ne l'ont pas trouvé. Kenneth l'a récupéré, en forêt de Fontainebleau, et il me l'a rapporté. Aujourd'hui, il est dans ton étable…

Ce fut au tour de sir Alexander de blêmir.

— Ici ? Le trésor du Temple est à Roslin ? C'est incroyable ! La plupart des gens doutent de son existence.

— Et ils ont tort, car il existe, crois-moi. Demain, je te montrerai les coffres – fermés, car je ne les ai jamais vus ouverts. Ce qu'ils contiennent est le plus grand secret de l'ordre – d'une valeur inestimable. Seul le grand maître est autorisé à savoir de quoi il s'agit. Ses deux plus proches conseillers ont accès aux clés, mais pour qu'ils puissent s'en servir, l'un d'entre eux doit être devenu le nouveau grand maître.

— Et tu as laissé ces coffres dans l'étable ?

— Pourquoi pas ? Que veux-tu qu'ils risquent ? Dix ans durant, ils ont croupi dans une grotte, pour transiter ensuite par la cale de plusieurs navires. Une nuit dans une étable ne leur fera aucun mal. Le temps de choisir une cachette…

Remis de son choc, sir Alexander plissa pensivement le front.

— Quel est ton plan ? À l'évidence, tu veux dissimuler ces coffres, mais pourquoi les avoir apportés ici ?

— Parce que c'est ici, avec ton accord, que j'entends les cacher.

Ignorant le trouble de son père, sir William lui parla de la grotte que ses frères et lui avaient découverte, des années plus tôt.

Le vieil homme gloussa, les yeux pétillants de malice.

— Tu parles si je la connais ! J'y jouais avec mes amis et mes frères, quand j'étais enfant. Elle est assez grande pour y cacher un trésor, c'est vrai. Mais quelle est la taille de tes coffres ? S'ils sont trop gros, ils ne passeront jamais l'entrée…

Sir Alexander s'interrompit et sourit. De la surprise qu'il lisait sur le visage de ses fils, sans doute…

— Tu ne savais pas que j'étais au courant, pas vrai ? William, cette grotte existe depuis toujours, bien longtemps avant l'arrivée du premier Sinclair à Roslin. Avec tes frères, tu croyais garder un secret, comme moi avec les miens. Et je te parie que ce fut le cas de toutes les générations de Sinclair…

Le vieil homme gloussa de nouveau, moins fort.

— La jeunesse aime avoir des illusions… C'est comme la procréation et les joies qu'elle procure… Chaque jeune couple pense avoir découvert un antique secret qu'il restera seul à connaître… Oui, c'est ainsi. Le miracle de la jeunesse et de l'apprentissage.

Sir William s'assit, muet face à cette surprenante manifestation d'humanité de la part d'un homme qu'il croyait sculpté dans du marbre. Si longtemps qu'il doive vivre – et si puissant qu'il devienne – son père serait toujours en mesure de le remettre à sa place, refaisant de lui un enfant.

Désorienté, presque perdu, il dut produire un effort surhumain pour revenir au présent.

— Oui, oui, bien sûr… C'est pour ça que nous demandons ton autorisation et ton aide, père. Avec moi, j'ai d'excellents maçons et deux architectes. Élargir l'entrée ne devrait pas être difficile, puis il faudra la sceller de nouveau une fois le trésor en sécurité. En Écosse, tu seras le seul homme à savoir où il est. Tu es bien le dernier à connaître l'existence de la grotte ?

— Le seul qui me vienne à l'esprit, en tout cas… Mais dans mon enfance, nous étions toute une bande. Aujourd'hui, cependant, si un curieux essayait de retrouver la grotte après l'intervention de tes hommes, il devrait faire chou blanc… Mais pourquoi veux-tu mon aide, fils ? À t'entendre parler, tu n'en as pas besoin.

—Au contraire, père ! Tu devras t'assurer que tes gens ne viennent pas fouiner, histoire de voir ce que nous fichons dans la forêt.

—Ce sera un jeu d'enfant… Personne ne vous dérangera, c'est dans mes cordes. Demain, à la première heure, fais transporter tes coffres ici. On les entreposera dans un coin, et nul ne les verra. Tu as besoin d'autre chose, fils ?

—Non, père…

—Dans ce cas, parle-moi de Robert. Que dis-tu de lui ? Et toi, Kenneth, ton opinion ?

—Je ne le connais pas, père. William est le seul à l'avoir rencontré.

—Je l'ai trouvé… royal, dit sir William. Avec moi, il s'est montré amical, direct, noble, bienveillant et confiant. Bref, je l'ai apprécié.

Sir Alexander émit un grognement dubitatif.

—Tu n'as pas l'air convaincu, père… Ne partagerais-tu pas mon jugement ?

Une simple question, sans hostilité.

—Non, mon garçon, tu n'y es pas du tout… C'est juste que… Eh bien, avant de t'entendre, j'aurais eu des doutes sur lui… Je l'ai connu dans sa jeunesse, et il ne m'a pas impressionné. En ce temps-là, j'ai vu un nobliau ravi d'être le favori du Plantagenêt. Tout ce qui l'intéressait, c'étaient les beaux habits, la chasse, le jeu… et les femmes. Pour résumer, il ne m'a pas paru être du bois dont on fait les grands rois.

» Mon père soutenait son grand-père – Robert Bruce l'Ancien, surnommé le Compétiteur – et toute la famille, moi compris, était sur la même position. On parlait des « hommes de Bruce », à l'époque… Mais le père de ton roi, Robert Bruce le Cadet, était un type infréquentable. D'ailleurs, même son fils le fuyait, préférant la compagnie des Anglais.

» Le Cadet ne semblait pas inquiet, sans doute parce qu'il se réjouissait que le roi d'Angleterre ait pris un de ses fils sous son aile. Pour ce que ça vaut, il n'y avait pas de quoi pavoiser...

» Mais si je t'en crois, ainsi que d'autres sources, le nobliau a bien changé et beaucoup progressé – de comte de Carrick à roi d'Écosse, il y a un sacré chemin – et tous ceux qui le fréquentent ont une bonne image de lui.

» Donc, tu lui fais confiance ?

— Oui, père. Rien ne le forçait à nous aider alors qu'il a lui aussi des ennuis. C'est un homme très digne et fiable quand il s'engage. Royal, te dis-je. Robert d'Écosse n'a rien d'un roi de paille.

— Si tu l'affirmes, je vais te croire et cesser de penser du mal de lui. Au fait, j'ai entendu dire qu'il est tombé malade et que son frère Edward – une forte tête, celui-là – veille sur lui du côté d'Inverurie. Ce n'est qu'une rumeur, cependant... Tu sais que moins les gens en savent, plus ils aiment bavasser...

Sir Alexander se leva, approcha de la cheminée, attisa les braises puis jeta du bois dans le foyer. Après un long moment à admirer son œuvre – une nouvelle flambée –, il parla sans se retourner.

— Comment protégeras-tu tes frères fugitifs ? Et pendant combien de temps ?

Troublé par la possible maladie de Robert, sir William n'avait pas vraiment écouté la suite du discours paternel. Il regarda Kenneth, qui semblait tout aussi perplexe que lui.

— Je ne te suis pas, père... Que veux-tu dire ?

Le vieil homme se retourna pour faire face à ses fils.

— Will, tu es maître d'Écosse, paraît-il. Mais maître de quoi ?

— De l'ordre du Temple, je t'ai dit...

— J'ai entendu, William... Mais je te demande de réfléchir à toutes les implications. Si tes pires angoisses se confirment – et c'est le cas, dirait-on – le Temple est condamné dans toute la chrétienté. La tête est déjà coupée, et le corps ne tardera pas à tomber dans la poussière.

Anticipant des objections, le vieil homme leva une main.

— Dans toute la chrétienté, j'ai bien dit… Ta commanderie dotée de deux cents hommes sera donc le dernier dépositaire de l'histoire et des traditions du Temple. Étant le maître, William, tu devras protéger cet héritage. Et toi, Kenneth, tu l'aideras comme il sied pour un frère. Mais pour combien de temps ? Si l'ordre est aboli, comment trouverez-vous de nouveaux membres ? À partir d'aujourd'hui, chaque homme que tu perdras sera irremplaçable, mon fils. De plus, étant tous des moines, vous ne pourrez pas engendrer vos successeurs… As-tu pensé à tout ça ?

— Non, père, pas jusqu'à ce soir… Mais tu as raison, et ton discours me glace les sangs. D'autant plus que tu n'as pas fini, si je ne me trompe…

— Eh bien, disons que j'ai une idée, rien de plus. Hélas, elle pourrait t'offenser… De quelle autorité disposes-tu ?

Sir William cilla, surpris par la question.

— En Écosse, je suis tout-puissant.

— Mais le conseil de gouvernance a la haute main sur toi, pas vrai ?

— Oui, il peut modifier mes décisions.

— Et s'il ne décide jamais plus rien ? Selon tes propres dires, ça peut arriver.

— Oui, mais Dieu fasse que ça ne se produise pas ! Cela dit, si ce drame advenait, maître de Molay a tout prévu. Je deviendrais le grand maître de l'ordre… qui se réduira peut-être à mes deux cents frères.

— Dans ce cas, libère-les de leurs vœux.

— Quoi ? Père, c'est impossible ! L'idée seule est subversive. Je n'ai pas ce pouvoir-là. De plus…

— Qui le détient, ce pouvoir ? Le pape ?

— Oui.

— Celui qui a chargé l'Inquisition d'arracher de faux aveux à ton maître pour plaire à un roi cupide ? Ce pape-là ? C'est de lui que tu me parles ? Celui qui récompense par la trahison et le mensonge deux siècles de bons et loyaux services ? Le pape lâche et servile dont la seule existence est une insulte à tout ce qu'il est censé incarner ? Celui qui manque de caractère au point de se coucher devant un roi et de tourner le dos au Seigneur ?

» Le caractère, William, c'est ce qu'il te faut, dans ta position. Réfléchis, et tu verras que j'ai raison. Libère au moins tes hommes du vœu de chasteté ! L'obéissance et la pauvreté, ça n'est pas gênant. Mais donne-leur une chance de se marier et de faire des enfants pour défendre votre cause.

— Père, c'est de la folie ! Ces hommes sont des moines ! Ils ne s'adapteront pas à un tel changement, criant au péché et à la damnation éternelle.

Sir Alexander inclina la tête.

— Certains d'entre eux, oui… Les plus vieux… Pas les autres. Leur monde a changé, et on ne reviendra pas en arrière. Devenus *personae non gratae* au sein de l'Église, ils finiront peut-être même par être excommuniés. En les libérant, tu leur offriras une chance de vivre comme des hommes dans le monde nouveau où ils se retrouvent. Et si vingt d'entre eux seulement deviennent pères, tu auras des esprits neufs à qui léguer ta vision du monde et tes convictions…

Sir William resta un long moment muet. Cette proposition choquante venant de son père ? L'homme le plus honorable, le plus digne et le plus respectable qu'il ait connu hors de l'ordre de Sion ? Comment réagir face à un événement pareil ?

Sur son siège, Kenneth essayait de se faire tout petit. Sir Alexander, lui, attendait que son fils ait repris ses esprits. Voyant que ce n'était pas pour tout de suite, il enchaîna :

— Autre chose… As-tu un écuyer ?

— Un écuyer ? Non… J'en ai eu un, mais il a été adoubé en juillet, et depuis je chemine par monts et par vaux. Pourquoi cette question ?

— Parce que ton neveu Henry, fils de ton frère Andrew, a récemment perdu son maître après avoir perdu son père. Juste avant de mourir, Andrew s'était occupé de lui trouver un chevalier. Hélas, sir Gilles de Mar, un homme de valeur, a été blessé à la bataille de Methven, où il était dans le camp de Robert Bruce. Jamais remis, il a succombé à ses blessures il y a deux mois. Depuis, la formation de Henry est interrompue. Il lui faut un nouveau maître. Tu voudras de lui ?

— Je serais ravi de le prendre sous mon aile, mais comment faire dans les circonstances présentes ?

— Les circonstances changent, pas la compatibilité des êtres. Je suis certain que Kenneth m'approuvera si je dis que le maître d'Écosse sera un modèle parfait pour son jeune cousin. À quatorze ans, Henry a besoin de discipline et d'ouverture d'esprit, mais avant tout, il faut que quelqu'un lui donne l'exemple. Intègre, fort et capable de modération en toute chose, tu es le candidat idéal. De nos jours, peu d'hommes pourraient en dire autant.

Sans plus de débat, il fut convenu que sir William se chargerait de son jeune neveu.

Cette décision prise, le chevalier s'interrogea sur son défunt aîné – de six ans, s'il comptait bien. De lui, il gardait uniquement des souvenirs d'enfance.

— Qu'est-il arrivé à Andrew ?

— Pour un chevalier si vertueux et si prometteur, il est mort sans gloire… (Sir Alexander soupira.) Sans gloire, mais très… humainement. Il y a trois ans, il a succombé à un accident, lors d'une chasse hivernale, alors qu'il s'était égaré, coupé de ses compagnons. En traversant une rivière, son cheval a glissé, le désarçonnant. Assommé, il est resté des heures dans l'eau glacée, jusqu'à ce que ses hommes le retrouvent. Ils l'ont ramené ici, mais il n'a jamais repris conscience. Son état se dégradant de jour en jour, il a fini par rendre le dernier soupir. La volonté divine, m'ont assuré les prêtres. Franchement, je les aurais volontiers envoyés en enfer pour récupérer mon fils.

— Et la mère de Henry ?

— Elle a quitté ce monde peu après sa naissance. Il ne l'a jamais connue… Volonté divine ou non, Andrew est mort, mais son fils est bien là, et désormais, il aura un maître d'exception. Ce garçon fera un très bon écuyer, puis, le moment venu, un excellent chevalier.

À partir de là, la conversation devint décousue et sir Alexander ne tarda pas à se déclarer fatigué.

Une fois couché, sir William eut du mal à fermer l'œil à cause de la proposition déconcertante de son père. En y réfléchissant bien, il dut admettre que c'était moins absurde qu'on aurait pu le croire. Si les choses tournaient définitivement mal en France, et qu'il en arrive à prendre une telle mesure, aucune hiérarchie ne pourrait le lui reprocher. Et s'il fallait ça pour assurer la pérennité des chevaliers du Temple…

En s'endormant, sir William vit apparaître devant son œil mental le visage souriant de Jessica Randolph. Très fatigué, il n'eut même pas conscience que son corps réagissait plus que favorablement à cette vision.

Comme il ne se défendit pas, un succube se plaqua contre son ventre, profitant de son sommeil pour se jouer de lui…

3

En début d'après-midi, un merle chantait dans un des cinq ormes majestueux qui se dressaient devant le grand manoir fortifié de sir Alexander Sinclair. Dans la chambre dotée d'une seule fenêtre où se tenait sir William, celle-là même où il était né, il faisait toujours sombre. Un unique rayon de soleil éclairait un coin du lourd bureau de son père et quelques lattes du parquet en chêne.

Le chevalier s'adossa à son fauteuil, poussa un lourd soupir et regarda le coffre posé à côté du bureau.

Très ancien, le meuble avait été acquis par un de ses ancêtres. Selon une légende familiale, il appartenait jadis à un gouverneur romain du royaume de Bretagne. L'homme l'avait laissé derrière lui au moment du départ de la légion, plus de sept cents ans auparavant. Depuis la construction du manoir, un siècle plus tôt, ce vestige du passé trônait dans un coin de la chambre, ses mystérieuses sculptures noircies et usées par le passage inexorable du temps. Comparé au coffre, cependant, le meuble était dans sa prime jeunesse…

Venue de nulle part, cette idée donna la chair de poule à sir William. Du coup, il se concentra de nouveau sur le coffre.

Les armatures de cuivre reflétant la chiche lumière, la relique le fascinait et il sentait le poids de sa clé, pendue à une chaîne autour de son cou.

Une clé fine, certes, mais en fer, et dont la masse n'était pas négligeable. À part lui, nul ne savait que le coffre qu'elle ouvrait contenait d'autres clés – une pour chacun des deux autres grands coffres qui abritaient l'essentiel du trésor du Temple et deux pour les cadenas du dernier, plus petit et très différent des autres.

Se redressant, le chevalier tendit le cou pour mieux voir les quatre coffres – une occasion à ne pas manquer, avant qu'ils soient entreposés pour très longtemps au fond d'une grotte du domaine de Roslin.

Soupirant de nouveau, sir William se tapota pensivement les lèvres. Ces coffres étaient sous sa responsabilité, désormais. Depuis une demi-heure, il les regardait, luttant contre l'envie dévorante de les ouvrir et de connaître leur contenu.

Les clés étant sous sa garde, il en avait le droit. Mais en avait-il la volonté ? Conscient qu'ils contenaient le trésor d'un ordre jeté dans la tourmente, il redoutait de souiller leur sainteté voire de violer leur antique intégrité.

Mais son devoir n'était-il pas de s'assurer de leur intégrité, justement ? Ne devait-il pas vérifier l'état, ou même simplement la présence, des biens inestimables qu'ils abritaient ? Pour les temps à venir, son nom serait attaché à eux – dès l'instant où ils seraient dans leur cachette, en vérité –, et s'ils étaient un jour ouverts pour se révéler vides, ou remplis de détritus, son honneur en pâtirait.

Étouffant un juron, le nouveau maître d'Écosse se leva et gagna la porte, dans son dos. Quand il l'ouvrit, Tam, chargé de monter la garde, se retourna vers lui.

— Tu as fini ?

— Non. Même pas commencé, en fait… Tout va bien ?

— Rien à signaler. Qu'est-ce qui te bloque ?

— Eh bien… la nervosité. Bon, je vais m'y mettre. Si quelqu'un approche, qui que ce soit, préviens-moi puis fais-le lanterner jusqu'à ce que j'aie refermé les coffres.

— Qui viendrait ici en plein jour ? Ton père est sorti et il n'y a que nous deux dans le manoir. Fais ce que tu dois faire, et passons à la suite.

— D'accord. C'est juré.

Sir William referma la porte et alla immédiatement ouvrir le coffre bardé de cuivre. Il en retira les clés, s'étonnant de leur poids et du mal qu'il avait à les tenir toutes en même temps.

Ensuite, il regarda le coffre différent de tous les autres – le Prime Coffre, comme il l'avait baptisé. Posant les clés sur le bureau, il choisit les deux qui correspondaient aux cadenas puis retourna devant le Prime Coffre, le seul qui disposait d'anneaux de fer pour être plus facile à transporter. Contre le mur reposaient les deux barres qu'on glissait dans les anneaux quand on désirait soulever le coffre. Mais ces perches, avait-on dit à sir William, entraient aussi dans le second jeu d'anneaux fixé au flanc de l'objet qu'il allait découvrir.

À l'idée de ce qu'il allait peut-être découvrir, justement, sir William se sentit plus que nerveux. Alors qu'il saisissait le premier cadenas, il eut des fourmis dans la nuque et dut s'interrompre. Tentant de déglutir, il s'avisa qu'il avait la bouche sèche et dut l'humidifier avec sa langue pour que ça fonctionne. Non sans effort, il se reprit, voulut insérer une des clés et constata qu'elle correspondait à l'autre cadenas. Quand il eut rectifié son erreur, tout se passa sans difficulté, et il put enfin soulever le couvercle. Là encore, il s'interrompit, prit une grande inspiration et banda ses muscles pour tirer vers le haut le lourd battant.

Retirant la couverture en tartan qui protégeait le contenu du coffre, il la laissa tomber sur le sol puis baissa les yeux sur l'extraordinaire objet qu'il venait de dévoiler.

Le coffre contenait un autre coffre, à peine plus petit, dont les coins avaient été matelassés pour ne pas s'user au contact des armatures de cuivre. Revêtue d'or, la relique émettait une lueur surnaturelle qui irradiait dans presque toute la pièce.

Surnaturelle ? Non, l'effet du rayon de soleil, dont l'angle d'incidence avait changé avec le passage des heures.

Sir William frémit pourtant de la tête aux pieds. Car il venait de poser les yeux, comprit-il, sur l'objet le plus extraordinaire de la Création. La relique des reliques, plus précieuse que toutes les autres réunies. Un coffre revêtu d'or qui contenait les tables de la Loi ! Oui, l'Arche d'alliance découverte dans le temple de Salomon et recensant les volontés du plus saint parmi les saints.

Même sous la torture, sir William n'aurait su dire combien de temps il resta immobile, les yeux rivés sur ce trésor. D'instinct, il tendit une main, désireux de le toucher, mais il plia les doigts et retira son bras. Selon la légende et d'après les annales de l'ordre de Sion, seuls les prêtres pouvaient poser les mains sur l'Arche. Toute autre personne tombait raide morte, les antiques textes citant plusieurs exemples de telles transgressions.

Avec un soupir, sir William croisa les mains dans son dos – un moyen imparable de résister à la tentation.

Alors et alors seulement, il s'autorisa à étudier les deux statuettes qui ornaient le couvercle de l'Arche.

Deux chérubins, selon la description du Livre saint, mais qui n'avaient rien d'angélique ni de serein… Des gardiens, vigilants et menaçants, les ailes déployées vers le haut, comme s'ils planaient au-dessus de l'Arche afin de protéger la surface sacrée d'où on disait que s'était un jour élevée la voix de Dieu.

Des idoles, songea sir William, surpris par la violence avec laquelle cette pensée étrange avait explosé dans son esprit.

Les juifs abominaient l'idolâtrie sous toutes ses formes. Pourtant, le réceptacle conçu pour abriter les Dix Commandements était en contradiction totale avec le premier de tous – d'autant plus que les chérubins étaient revêtus d'or.

Si les anciens textes ne mentaient pas, l'Arche contenait également le Bâton d'Aaron, l'artefact qui s'était transformé en serpent pour dévorer les reptiles invoqués par les prêtres et les sorciers de Pharaon.

Sir William plissa le front, interloqué. Depuis toujours, il imaginait que le Bâton était au moins aussi long que les barres servant à transporter l'Arche. Le coffre d'or faisant moins de quatre pieds de long et un peu plus de deux de large, le Bâton, s'il était vraiment à l'intérieur, devait être beaucoup plus court qu'il l'avait cru.

Une image s'imposa soudain à son esprit. Celle du sceptre que brandissait le roi de France, la seule fois qu'il l'avait vu. Épais d'environ deux pouces, ce bâton pourtant assez court symbolisait l'autorité du souverain.

L'image du sceptre de Philippe Capet lui rappelant la relativité des choses, le chevalier cessa de se tourmenter au sujet du Bâton d'Aaron. Il n'en continua pas moins à dévorer l'Arche du regard, brûlant d'envie de la toucher de ses mains nues.

Dans sa tête, l'image du sceptre s'effaça, remplacée par celle de son corps livré aux flammes de l'enfer. Sans se rendre vraiment compte de ce qu'il faisait, il rabaissa vivement le couvercle du coffre, appuya dessus de toutes ses forces et haleta comme s'il ne parvenait plus à respirer. Au ralenti, il se détourna du Prime Coffre et tenta de s'intéresser aux trois autres. Malgré toute sa concentration, il lui fallut un temps fou pour que l'image de l'Arche et de ses chérubins-cerbères cesse de tourner en boucle dans son esprit.

En réalité, elle ne cessa pas, mais il fit comme si…

Se détournant des coffres, il avança, le regard braqué devant lui, atteignit un coin de la chambre puis entreprit d'en faire le tour en longeant les murs.

Par trois fois, il répéta le même circuit, puis s'arrêta exactement à l'endroit d'où il était parti. Là, il trouva enfin la force de regarder les autres coffres avec un semblant de sérénité.

Ces trois-là, il connaissait leur contenu, parce qu'on lui avait confié ce secret vingt ans plus tôt, quand ses études l'avaient conduit à s'intéresser au trésor. Plus récemment, on le lui avait répété, dans le cadre de son accession au sommet de la hiérarchie de l'ordre de Sion. Avec plus d'informations que la première fois, puisque le trésor était désormais sous sa responsabilité.

Sur le bureau de son père, il prit les clés restantes, ouvrit les coffres et contempla leur contenu.

Des jarres en céramique, soigneusement empilées et formant des couches régulières. Scellées avec du cuir tenu en place par des lanières, elles se ressemblaient toutes.

Sir William n'éprouva aucun désir de les toucher et pas une once de curiosité concernant leur contenu.

Cependant, il se réjouit de les voir intactes et toujours hermétiquement fermées. Plusieurs jarres ayant été brisées au moment de leur découverte par les neuf fondateurs de l'ordre, dans les catacombes du temple de Jérusalem, le nouveau maître d'Écosse savait ce qu'elles contenaient.

Après cette découverte, deux cents ans plus tôt, les érudits de l'ordre de Sion avaient étudié le contenu des jarres puis confirmé les enseignements renfermés dans les antiques archives de la confrérie. Des notions qui avaient vu le jour en Judée, un millénaire plus tôt, au moment de la destruction du temple de Jérusalem par les Romains, lors de la mise à sac de la ville, le 8 septembre de l'an 70.

Ces jarres d'une parfaite banalité, sir William le savait, étaient le véritable trésor des Templiers – sans sous-estimer l'importance de l'Arche. Si celle-ci incarnait la tradition religieuse et la crainte de Dieu, les jarres ne contenaient rien de surnaturel. Pourtant, leur seule existence bouleversait toutes les idées reçues et ouvrait d'incroyables horizons.

Parce qu'elles abritaient des centaines de rouleaux de parchemin où figurait l'histoire complète des Esséniens de Qumrân, une communauté que Jésus et son frère, Jacques le Juste, avaient dirigée et guidée. On y trouvait les preuves irréfutables que Jésus de Qumrân, désormais connu sous le nom de Jésus de Nazareth, était un homme ordinaire et non, contrairement aux dires de Paul, le Fils de Dieu revenu d'entre les morts puis élevé jusqu'aux cieux…

La menace que faisaient peser ces textes sur l'avenir de l'Église catholique ne devait en aucun cas être minimisée. Pour l'heure, Rome ignorait leur existence, mais si ça changeait, ils seraient immédiatement détruits – en même temps que la vie de toute personne informée de leur existence.

Grâce à la formation reçue au sein de l'ordre de Sion, sir William savait que les textes ne mentaient pas. Car l'Église, en réalité, avait pour fondations un malentendu.

Parmi leurs antiques secrets, hérités de leurs siècles d'esclavage en Égypte et intégrés aux rites ancestraux qui dominaient leur culte pendant cette période d'aliénation, les prêtres des Hébreux avaient jalousement préservé un rituel impliquant une mort symbolique et une résurrection – une nouvelle naissance dans la Lumière impliquant la recherche d'une communion avec Dieu. Transmis au fil des siècles, ce rite était devenu la cérémonie centrale de l'ordre de Sion. Avant d'être élevé au statut de frère, sir William lui-même était passé par là – un protocole qui plongeait ses racines dans les temps reculés de l'Égypte ancienne, avec pour toile de fond le culte d'Osiris, dieu de la lumière, et d'Isis, sa sœur et épouse.

Selon l'ordre de Sion, Paul avait eu vent de ce rituel – ou il avait entendu dire que Jésus était mort puis avait ressuscité, bien avant que lui-même vienne au monde. Étant un Gentil, et donc par définition un « étranger », Paul ne savait rien de la Voie des Esséniens. En conséquence, il avait tout compris de travers, transformant la « mort rituelle » de l'antique cérémonie en un décès bien réel de Jésus – suivi d'une résurrection à laquelle il croyait dur comme fer.

L'Église catholique était née à partir de cette erreur grossière.

— Will, tu vas en avoir fini un jour ?

Arraché à sa méditation, le chevalier sursauta.

— Oui, j'arrive...

En se hâtant, cette fois, sir William referma deux coffres, rouvrit le « Prime », reposa la couverture en tartan sur son contenu, rabattit le couvercle puis verrouilla les cadenas. Quand il eut terminé, il remit les clés dans le dernier coffre et le ferma aussi.

Puis il repassa la clé de sa charge autour de son cou, la glissa sous sa tunique, se frotta les mains pour en chasser la poussière et regarda autour de lui.

Rassuré de voir que tout était en place, il gagna la porte et rejoignit Tam dans le couloir.

4

Au terme d'un périple de quelque cent vingt lieues, sir William et son groupe revinrent à Arran trois semaines jour pour jour après leur départ. Lors du voyage, et dans les deux sens, ils avaient croisé plus d'une bande potentiellement dangereuse, mais face à vingt cavaliers armés jusqu'aux dents, personne ne s'était senti le cœur de passer à l'action.

À Roslin, le trésor reposait en sécurité dans la grotte, les travaux d'élargissement puis de fermeture de l'entrée si promptement exécutés que les broussailles dissimulant l'entrée n'avaient pas eu le temps de se flétrir après qu'on les eut déracinées. Soigneusement replantées, elles remplissaient de nouveau leur office.

Le Templier fut soulagé de voir que rien de fâcheux ne s'était produit durant son absence. À première vue, le nouveau programme de répartition des tâches fonctionnait à merveille, et tout le reste suivait son cours.

Quant aux frères, on ne les distinguait quasiment plus des gens ordinaires que la colonne avait rencontrés durant son voyage. La barbe courte, la tenue passe-partout, presque tous ne portaient plus aucune trace de leur tonsure.

Quelques jours après le départ de sir William, le chapitre auxiliaire, selon ses ordres, avait été établi à Lochranza. Le doyen des évêques, Bruno d'Arles, y faisait office de chapelain et sire Renaud de Pairaud de commandeur exécutif. Ce dernier point ravissait sir William, parce que le vétéran, tout Sanglier du Temple qu'il fût, était d'une fiabilité maximale dès qu'il s'agissait de sens du devoir et de responsabilités.

Lors de sa première visite à Lochranza, quatre jours après son retour, le nouveau maître félicita sincèrement le vieux chevalier d'avoir accompli tant en si peu de temps.

Avec de lointaines montagnes dans son dos, le château de Lochranza, bâti sur une butte qui dominait la baie, se révélait très facile à défendre. Mais son principal avantage était à l'intérieur : un grand hall soigneusement construit, épargné par les courants d'air et très bien illuminé. Deux avantages qui le rendaient plus accueillant que neuf halls de château sur dix – en tout cas, selon l'expérience de sir William.

Sire de Pairaud avait déjà su tirer parti de cet avantage. Mobilisant des charpentiers de talent, il avait fait diviser le volume en deux parties inégales. La première, d'environ les deux tiers du tout, servirait aux tâches quotidiennes classiques d'une garnison. La seconde serait une maison capitulaire dotée d'une porte renforcée. Les Sièges des célébrants, trônant sur des rostres placés aux points cardinaux, encadreraient une grande zone centrale au sol composé de dalles noires et blanches couvertes d'un vernis très résistant.

Dans un cadre bien plus sophistiqué et luxueux que celui de Brodick, les chevaliers de Lochranza pourraient se réunir en chapitre aux petites heures de la nuit afin de conduire les rites et les cérémonies spécifiques de leur ordre.

Devant les murs, on avait bâti une forge et les grands chevaux de guerre des chevaliers, amenés de Brodick, s'ébrouaient dans des enclos par groupes d'une dizaine de têtes au maximum. De petites équipes de palefreniers en prenaient soin, et chaque groupe disposait de zones de pâturage bien distinctes.

Affolés par l'arrivée en masse d'étrangers, les pêcheurs qui peuplaient le village portuaire s'en étaient allés – pour migrer dans les collines environnantes, selon toute vraisemblance. Par crainte des envahisseurs ou parce qu'ils avaient honte du comportement de leur ancien « chef », Alexander Menteith ? Selon Renaud de Pairaud, la seconde hypothèse était la bonne et ils ne tarderaient pas à revenir quand ils auraient compris que nul ne les traquait ni ne les persécutait.

En attendant, plusieurs sergents avaient élu domicile dans les cabanes abandonnées, au bord de l'eau, et ils rendaient de fiers services à la communauté en pêchant chaque jour avec un acharnement admirable.

Dans la haute lande, derrière le château, en direction de la côte ouest de l'île, des équipes ramassaient de la tourbe. Une fois séché, ce combustible serait d'une aide précieuse lors du prochain hiver.

D'autres hommes s'acharnaient à abattre les derniers arbres de l'immense forêt de l'île, irrémédiablement dévastée par la garnison anglaise lors de la construction du fort de Brodick.

Unissant leurs forces, des membres des deux chapitres avaient remis en état les vieilles fosses de sciage des soldats ennemis. Depuis déjà pas mal de temps, des menuisiers débitaient les troncs pour en faire des planches et des poutres qui serviraient aux bâtisseurs de Lochranza comme à ceux de Brodick. Avant d'être utilisable, ce bois de construction devrait avoir séché, mais sir William ne croyait plus une seconde que le séjour sur Arran serait de courte durée. Et même s'il se trompait, abattre tout cet ouvrage aidait à occuper les hommes et à les préserver de l'ennui.

Avant de repartir, sir William s'offrit une inspection détaillée de la lande. Visitant tous les sites de travail, il mit son point d'honneur à féliciter les hommes et à les encourager à continuer sur ce chemin.

Malgré ses occupations, le chevalier ne put s'empêcher de penser très souvent à la maladie du roi. Si les rumeurs n'en étaient pas, Robert Bruce risquant d'être écarté du pouvoir, les Templiers en fuite seraient en danger sur l'île. Voire dans l'incapacité, une idée terrifiante, de récupérer les galères prêtées aux MacDonald.

Obsédé par cette idée désagréable, sir William revint à Brodick d'une humeur tout aussi sinistre que le temps.

Il put très vite retrouver le moral. Pendant son absence, sir James Douglas était passé au fort pour annoncer que Robert s'était retiré à Strathbogie, au bord de la rivière Deveron, non loin d'Aberdeen, avec son frère et toute son armée. Chaleureusement accueilli par le seigneur local, le roi reprenait des forces tout en préparant sa campagne du printemps contre les forces anglaises du coin.

Sir James avait remis à sire de Montrichard un gros paquet de messages adressés au nouveau maître d'Écosse. Après les avoir récupérés, sir William commença à les lire pendant que Tam supervisait les préparatifs d'un bon bain. Un péché mignon, selon bien des frères, que sir William gardait de l'époque où il voyageait parmi les Maures, en Espagne. Dès qu'il avait froid ou qu'il était trempé jusqu'aux os, le chevalier insistait pour s'immerger dans de l'eau chaude. Fataliste, Tam ne se formalisait plus de cette extravagance.

Plutôt qu'accompagner son chef à Lochranza, Tam avait choisi de rester à Brodick pour se charger de la formation abruptement interrompue du jeune Henry. En tant qu'écuyer d'un moine soldat, le garçon devrait en savoir bien plus long que l'assistant d'un chevalier lambda. À dire vrai, sir William n'avait pas été mécontent de laisser ces deux-là en arrière…

Du paquet, il sortit deux documents.

D'abord, une courte note signée de sir James au sujet de la maladie du roi. En bonne voie de guérison, Robert tenait à louer la loyauté et le dévouement du « contingent d'Arran » qui l'avait accompagné tout au long de cette aventure.

Le deuxième message, un rouleau de parchemin, portait un sceau que sir William n'avait jamais vu. Son nom y était tracé d'une petite écriture nette qu'il ne connaissait pas davantage. Sa curiosité en éveil, il brisa le sceau, libérant trois feuilles enroulées très serrées.

Allant directement à la signature, au pied de la troisième, il eut le souffle coupé en découvrant le nom de Jessica Randolph de Saint-Valéry.

Pétrifié, le cœur battant la chamade, il essaya de deviner pourquoi cette femme lui écrivait. Oui, pourquoi elle, parmi tant d'autres correspondants possibles ?

Conscient qu'il ne trouverait jamais la réponse, il se résigna à lire la lettre, honteux de la surexcitation qui s'emparait de lui.

En lisant, il prononça à voix basse les mots en angevin tracés d'une écriture fine et délicate. Un voyage dans le passé, au temps de sa jeunesse, avant que le français, plus universel, ait pris le dessus sur le parler du berceau familial.

« Sir William,

Que j'aie l'audace de vous écrire vous mettra en rage, je n'en doute pas une seconde. Mais vous imaginerez bien, je l'espère, que j'ai une bonne raison de recourir à la langue de vos jeunes années. Si cette lettre tombait entre des mains hostiles, il y a gros à parier que nul n'y comprendrait rien, et c'est exactement le but que je vise.

Je vous écris d'un endroit, dans le nord-est de l'Écosse, où j'ai l'honneur et le privilège, depuis de mois, de prendre part aux soins prodigués à notre roi. Après de rudes épreuves, il est aujourd'hui hors de danger et sera bientôt redevenu lui-même, à la grande joie de tous ceux qui l'entourent et pour le bien de son royaume.

Des rumeurs, je le sais, courent partout sur son retrait imminent du pouvoir. Colportées par des gens qui ne savent pas de quoi ils parlent, elles n'ont aucune valeur. Pareillement, et par expérience, je me doute que votre situation, sur une île isolée, ne doit pas être des plus confortables.

Si les maudites rumeurs ont atteint vos rivages, sans doute vous inquiétez-vous pour la sécurité de vos hommes. Eh bien, si c'est le cas, oubliez vos angoisses, sire chevalier, parce que le roi se porte comme un charme. Le mal vaincu, il est redevenu assez fort pour travailler sur ses campagnes à venir avec ses amis et ses officiers.

Voilà qui me conduit au cœur de cette lettre : vous informer des décisions prises. Une délégation de très puissants Français est venue ici sans que nous sachions comment ces gens ont su où était le roi – un secret bien gardé, vous pouvez me croire. Quoi qu'il en soit, ils sont passés avant de repartir directement pour la France.

L'objet de leur visite ? Évoquer la possibilité d'une alliance entre Sa Grâce et Philippe Capet, qui entend lancer une nouvelle campagne contre les Maures en Espagne. En compagnie de ses plus proches conseillers, notre roi a reçu courtoisement ces émissaires. Se disant tenté par l'aventure, il a promis d'y réfléchir, mais souligné que son royaume est encore trop faible pour qu'il puisse le quitter.

Ses « invités » partis, il m'a fait venir, m'a informée de la teneur des pourparlers et demandé de vous écrire dans votre langue ancestrale – que j'ai apprise grâce à la famille de mon défunt mari. Ma mission est donc de vous exposer ses idées et de vous rassurer sur le sort des Templiers en fuite. Dans l'immédiat, vous n'avez rien à craindre, car il est peu probable que cette affaire d'alliance se précise avant des années.

D'un point de vue purement diplomatique, cet événement est d'une grande importance. Songez-y ! Le roi le plus puissant de la chrétienté reconnaissant la légitimité de Sa Grâce ! À l'avenir, ce sera une arme formidable contre ceux qui voudraient entériner à jamais l'excommunication de notre roi. Vous imaginez un des deux chefs d'une telle coalition condamné par la sainte Église ?

Bien entendu, ce rebondissement repose la question de votre statut de « fugitif ». Si Philippe Capet découvrait le pot aux roses, le pacte serait en danger avant même d'avoir été signé. En conséquence, le roi demande que vous accordiez plus d'attention encore à la « dissimulation » de tous vos hommes. Vous tiendrez parole, Sa Grâce n'en doute pas – et moi non plus –, mais veuillez prendre note que cette partie du « contrat » est plus impérative que jamais.

J'ai beaucoup de respect pour notre roi. Comme vous le savez peut-être, je l'ai rencontré peu après mon départ de chez vous, grâce aux bons offices de sir James Douglas. À cette occasion, il m'a fait l'honneur de me confier le tutorat de sa jeune nièce Marjorie, fille illégitime de son frère adoré Nigel, mort entre les mains des tortionnaires anglais. La petite est une des rares femmes de sa famille encore en liberté, et il pense qu'elle sera en sécurité avec moi, puisque j'arrive tout juste de France, parfaite inconnue pour la plupart des gens.

Officiellement, Marjorie est désormais *ma* nièce, adoptée en France avant mon départ. Quand je quitterai l'endroit où je suis, elle viendra avec moi sur les terres de ma famille, dans la vallée de la Nith, près de la cité de Dumfries.

Si cela vous intéresse, sachez que je vais bien, et que j'ai plus d'une raison de me sentir honorée. D'autre part, ma mission dans le Nord touche à son terme – en un sens, cette lettre en est le point final.

Sir James vient d'arriver et il restera plusieurs jours avec le roi. Après, m'a-t-il juré, il vous délivrera cette missive dès son premier passage en votre… sanctuaire.

De mon côté, je promets solennellement, dès mon retour au pays, à moins d'un jour de voyage de votre refuge, de ne plus jamais tenter de vous distraire un instant de votre écrasant devoir et de vos assommantes responsabilités. Malgré tout, je ne désespère pas que vous puissiez un jour, malgré votre sempiternelle désapprobation et toutes les restrictions que vous vous imposez, penser à moi comme à une amie.

Jessica Randolph de Saint-Valéry »

5

Sir William plia soigneusement les feuilles et alla prendre son bain. Dès les premiers mots de la lettre, il avait oublié que son auteur était une femme. Concentré sur le propos, pas sur son expéditrice, il s'était brièvement agacé d'apprendre que le roi de France « courtisait » Robert Bruce. Esprit ouvert et généreux, il avait vite reconnu que c'était un geste d'une grande valeur pour l'avenir du roi d'Écosse. Par ailleurs, insister un peu plus sur la notion d'anonymat auprès de ses hommes ne pouvait pas faire de mal. Les Templiers d'Arran devaient bien trop à Robert pour le mettre dans l'embarras en se faisant démasquer comme des bleus.

Sa décision prise, le chevalier se changea puis convoqua ses officiers pour une conférence. Résumant la situation, il insista sur la nécessité de rester vigilants et de contrôler sans cesse les mesures d'« invisibilité ». Le moindre relâchement, insista-t-il, pouvait être fatal. Ses subordonnés étaient-ils sûrs d'avoir occulté tous les signes d'appartenance au Temple ?

Ensuite, il y avait l'affaire du mutin, Martelet. Encore à l'isolement pour un mois, il se montrait toujours rétif, refusant de reconnaître ses fautes… S'il persistait, ça finirait par poser un problème.

La réunion terminée, sir William gagna le « donjon » pour aller voir Martelet. En piteux état, après un mois de détention dans une minuscule cellule, l'homme empestait le bouc. Renvoyant le sergent de garde, le maître d'Écosse se campa devant les barreaux de la geôle et dévisagea le prisonnier, qui le foudroya du regard sans dire un mot.

Dans les yeux du mutin, sir William ne lut ni remords ni regret.

— Tout juste la moitié de la peine, et te voilà dans un sale état ! Je prends note de ne pas venir te voir quand tu approcheras de la fin.

Martelet parut ne rien avoir entendu.

— Tu es un idiot, mon vieux. Ici, nul ne peut nous entendre, et, d'homme à homme, je te redis que tu es un idiot. En plus d'un mutin, d'un type arrogant et ingrat et d'une honte pour notre ordre…

Martelet réagit enfin.

— Vous me parleriez autrement s'il n'y avait pas des barreaux entre nous !

— Un idiot doublé d'un crétin ! C'est moi qui t'ai arrêté, rappelle-toi. Alors que tu étais équipé, une lame au poing, ce fut un jeu d'enfant. De quoi devrais-je avoir peur ?

» En revanche, tu aurais intérêt à changer d'attitude. Je n'étais pas présent lors de ton procès, et je n'ai pas pesé sur la sentence. Ce châtiment, tu le dois à nos frères, que tu as insultés par ton comportement. Alors, écoute-moi bien... Dans cette affaire, tu pars perdant. En intégrant l'ordre, tu as prêté trois serments, celui d'obéissance étant de loin le plus important. Tu l'as violé, d'où ta présence ici. Et si tu persistes, une seule fin est possible, car les frères ne l'accepteront pas – et ce pour le bien de tous.

» Martelet, continue, et tu finiras emmuré, comme d'autres rebelles avant toi. Sache-le, crever lentement de faim, de soif ou de privation d'air n'a rien de drôle. Tout ça au nom d'une fierté mal placée ?

Sir William attendit une réponse. Tout ce qu'il obtint, ce fut une ombre fugitive, dans le regard du mutin.

— Réveille-toi, frère Martelet ! Utilise le cerveau que Dieu t'a donné. Nous crois-tu assez nombreux, ici, pour nous passer d'un frère sans broncher ? L'absolution est à ta portée. Regarde-moi ! Plus de manteau orné d'une croix pattée, aucun haubert, plus de tonsure et une barbe toute simple... Pourtant, je suis le même homme qu'avant. N'était mon nouveau titre de maître... Maître d'Écosse, comme tu as dû l'entendre dire. Hors de ce donjon, nos frères n'ont pas changé, sinon d'allure, comme moi. Et tout ça s'est passé sans accrocs. Avant ton procès, tu as entendu les raisons de cette « métamorphose » et tu sais bien qu'elles sont incontournables. Pourtant, tu fais la forte tête. Franchement, c'est le comportement d'un crétin !

Sir William marqua une courte pause.

— Réfléchis à tout ça... Si tu jures de ne plus jamais lever la main sur un frère, de te tailler la barbe et de reprendre ta place parmi nous, je te ferai libérer. Oui, tu sortiras d'ici dès que tu prononceras ces promesses. Mais attention, Martelet, tente de m'abuser, et tu mourras derrière un mur, abandonné de tous. Si tu décides de devenir raisonnable, envoie-moi chercher.

Sur ces mots, sir William sortit et fit signe au sergent de garde de reprendre son poste.

Deux jours plus tard, par un bel après-midi glacial, Tam déboula dans les quartiers de son chef, Henry sur les talons comme un chiot fidèle.

— Martelet demande à te voir, Will. Tu vas y aller ?

Le nouveau maître posa son épée et sa pierre à aiguiser et se leva.

— D'abord, je veux un bain chaud, sergent.

— Pardon ? Tu t'es mouillé il y a trois jours.

— Pas pour moi, Tam, pour notre mutin. Il pue la charogne et les puces prospèrent sur son corps. Trouve-lui des vêtements frais – pioche dans les miens, s'il le faut – puis fais brûler ceux qu'il portait, la vermine comprise. Exécution ! Henry, assiste Tam !

Quelques minutes plus tard, sir William se campa de nouveau devant la cellule du mutin. Très calme, Martelet n'affichait plus trace d'amertume ou de colère.

— Alors, tu t'es décidé ?

— Oui, annonça Martelet, toujours serein. J'avoue avoir été arrogant – voire un peu fou – et m'être très mal comporté. C'est impardonnable.

— Non, puisque te voilà absous.

— Tous mes remerciements... Je jure de ne plus jamais recommencer. Désormais, j'obéirai.

— Qu'il en soit ainsi ! Gardiens, relâchez le prisonnier. Martelet, je vais t'attendre dehors, à l'air frais.

Un peu plus tard, sous un soleil radieux, le prisonnier émergea de son trou et dut se protéger les yeux, ébloui par la lumière du jour. Lui laissant le temps de s'habituer, sir William le guida ensuite vers ses quartiers, où Tam et Henry avaient déjà assuré la moitié du remplissage de la baignoire.

—Abandonne tes frusques dans un coin et lave-toi. Avec le savon, et à fond. Ça tuera les parasites dans tes cheveux et partout ailleurs. Et n'aie crainte, l'eau ne te videra pas de tes forces et ne te livrera pas à la volonté du Malin…

» Il y a des vêtements propres sur cette chaise, là, et ces bottes devraient t'aller. Sur la table, près du mur, tu trouveras des ciseaux. Si tu préfères, Tam t'aidera, pour la barbe. Quand tu seras prêt, mon écuyer te conduira à moi. Je serai avec le précepteur, dans ses quartiers, en compagnie de l'amiral de Bérenger et de l'évêque Formadieu. Tu les assureras de ta contrition, et ils te feront grâce du reste de ta peine. Car tu demeures condamné, ne l'oublie pas, et pour bénéficier de leur clémence, tu devras les convaincre de la sincérité de ton repentir. Et il faudra faire de même avec les doyens de notre communauté. Allons, active-toi ! Nous t'attendons.

Il fallut moins d'une heure. Lavé, peigné, la barbe taillée, Martelet, en tunique et hauts-de-chausses, ne ressemblait plus à la forte tête qui ennuyait tout le monde depuis des mois. Devant le tribunal des doyens, tous plus impassibles les uns que les autres, il se reprocha ses anciens errements et demanda à reprendre sa place dans la communauté.

Après lui avoir posé quelques questions, ses pairs lui rappelèrent qu'il avait prêté trois serments et qu'il vivrait désormais sous leur surveillance.

Sir William fut ravi de voir que Montrichard aussi s'était métamorphosé. L'indécision et la mollesse qui l'avaient tant inquiété n'étaient plus que de mauvais souvenirs.

Le chevalier, désormais, affichait toute l'assurance et toute l'autorité requises chez un précepteur.

Sévère, il rappela à Martelet qu'il serait étroitement surveillé durant le mois à venir. À la première incartade, retour en cellule pour purger une peine doublée par rapport à la sentence de base. Entre obéir strictement à la Règle de l'ordre et croupir en cellule, il n'y avait pas de demi-mesure.

Doutant encore d'avoir été pardonné et libéré, Martelet resta planté là, indécis. Puis il s'inclina et remercia le tribunal de sa clémence. Sa tirade terminée, il se détourna et sortit d'un pas digne.

Dans son fauteuil, sir William s'autorisa enfin à se détendre. Condamner cet homme à mort lui aurait déplu, mais si Martelet ne s'était pas ressaisi, on aurait dû en arriver là.

Alors que les autres se levaient, le chevalier chassa le mutin de ses pensées et s'intéressa à des sujets moins angoissants. Par exemple, l'arrivée imminente du dernier navire en provenance des côtes du sud de la France. Ou encore le nouveau tableau de service qu'il faudrait établir dès le retour du détachement parti avec le roi.

Il y avait aussi des questions plus troublantes… Comme l'éventualité de libérer ses hommes de leur vœu de chasteté… Cette idée lui traversait de temps en temps l'esprit, sans qu'il s'appesantisse dessus. En revanche, un dilemme restait brûlant. Devait-il répondre ou non à la lettre de la baronne ? Pour le rassurer au sujet du roi, elle n'avait pas ménagé ses efforts, et il lui en était reconnaissant – non sans une certaine culpabilité, parce que lire sa lettre avait été un réel plaisir.

Cela dit, Robert Bruce lui avait ordonné de l'écrire. Un détail qui changeait tout… Décidant de ne pas répondre, sir William se leva afin de gagner le réfectoire avec les autres. Mais Richard de Montrichard l'intercepta devant la porte.

— Puis-je vous poser une question ? demanda-t-il.

Une pure précaution oratoire, semblait-il.

— Bien entendu. Qu'est-ce qui vous tracasse ?

Le précepteur s'écarta pour laisser sortir sir William, puis il lui emboîta le pas.

— Ça pourrait passer pour de la curiosité, mais ça ne l'est pas… Selon vous, combien de temps nous faudra-t-il pour avoir atteint les objectifs que vous nous avez assignés avant votre départ, le mois dernier ? Je peux évaluer les progrès de mon groupe, mais vous seul avez une vue d'ensemble. Cela dit, j'estime que nous avons encore au moins quatre mois d'efforts devant nous.

— Pour la totalité des tâches, Lochranza compris ? Sire Richard, je crains que vous soyez optimiste. Mon meilleur pronostic, c'est six mois, et probablement plus. Une montagne de travail nous attend, et tout ne peut pas se faire en même temps. Pensez simplement à la construction des baraquements, des étables et du reste. Et ce ne devra pas être du provisoire qui prend l'air et l'eau aux moindres intempéries. Avec notre matériau de base, tout sera solide, mais il faudra d'abord extraire la tourbe, puis organiser son séchage… Il y a aussi les sites à aménager sur la plage afin de tirer nos navires au sec et de débarrasser leur coque des bernacles. Ce ne sera pas un jeu d'enfant, ça ! Les endroits adaptés existent, mais nous serons les premiers à tenter cette opération, et il faudra procéder lentement.

» Vous connaissez bien la question de l'approvisionnement en bois… Selon les spécialistes de sire de Pairaud, nous aurons abattu tous les arbres disponibles avant trois mois. Après, il faudra se concentrer sur la découpe des planches et des poutres…

» N'oublions pas le plus important ! Nos obligations monastiques, nos jours saints et l'entraînement des hommes, qu'il ne faudra surtout pas négliger. Sans parler de la rotation des détachements, entre l'île et les terres…

» Mon ami, tout compte fait, en avoir fini dans six mois serait un petit miracle !

Entrant dans le réfectoire, les deux hommes s'avisèrent qu'ils avaient traîné en chemin. Devant une assemblée muette, un frère lisait déjà le sermon du jour…

Un catalogue de péchés

1

Assise sur une saillie rocheuse à flanc de colline, au-dessus de la vallée de la Nith, Jessica Randolph contemplait le ruban doré du fleuve qui serpentait dans les collines, au nord, avant de continuer en direction du Firth de Solway puis de la frontière anglaise, à des lieues au sud. Immobile, la jeune femme se délectait du spectacle, savourant le silence d'un après-midi de fin d'été – une quiétude parfois troublée par les cris des enfants qui jouaient au sommet de la butte et par les trilles d'une grive solitaire perchée sur le toit d'un des bâtiments qui se dressaient à quelque deux cents pas de là, au pied de la pente.

À l'ouest, le soleil sombrait déjà, projetant des ombres sur le fleuve, devant la baronne. Le cœur s'accélérant, elle tira de sous sa tunique la bourse de tissu nichée entre ses seins et sentit sous ses doigts la forme oblongue des feuilles enroulées qu'elle contenait.

Une lettre dont la seule existence lui donnait la chair de poule, car son contenu frisait l'outrage. Dès qu'elle envisageait de l'expédier, cette missive, son estomac papillonnait comme jamais depuis l'époque où, jeune fille, elle rêvait de son premier amour.

Riant presque de la culpabilité incongrue qui l'envahissait, elle jeta un coup d'œil par-dessus son épaule. Certaine qu'elle était toujours seule, elle dénoua les cordons de la bourse et en sortit son œuvre, soigneusement calligraphiée sur plusieurs feuilles d'un parchemin d'une incroyable finesse – une partie du « magot » qu'elle s'était constitué en « dépouillant » maître Bernard de Linton, l'abbé récemment devenu le secrétaire du roi. Un clerc qu'elle avait connu et appris à apprécier dans le Nord, lorsqu'elle soignait Robert Bruce.

Un coude posé sur les genoux, elle baissa les yeux sur la lettre puis contempla de nouveau le fleuve, parfaitement inconsciente du tableau qu'elle composait.

Et si elle en avait été consciente, sans doute en aurait-elle ri aux éclats, car elle arborait ce qu'elle considérait comme sa « tenue scandaleuse ». Une mise, en tout cas, qui avait bel et bien outré les femmes du secteur, lorsqu'elle l'avait portée pour la première fois. Selon toute probabilité, son accoutrement avait aussi choqué les hommes, mais aucun n'avait osé lui en faire part.

En gros, elle avait sur le dos des vêtements masculins, spécialement modifiés, qu'elle s'était donné la peine de rapporter de France. Un pantalon en cuir de chamois, moulant sur les reins mais s'élargissant à partir des genoux, surmonté d'une tunique du même matériau cintrée à la taille et portée sur un corsage à col carré en fine laine tenu par une ceinture de cuir à laquelle pendait une dague glissée dans son fourreau. Fabriquées pour elle par un des maîtres artisans qui officiaient dans le domaine de son défunt mari, ses bottes, également en cuir de chamois, lui allaient… comme un gant, si on pouvait oser cette métaphore hardie.

De loin, la baronne aurait pu passer pour un homme. De près, seul un aveugle aurait raté les signes caractéristiques de sa superbe féminité. Ses cheveux d'abord, auburn à la lumière déclinante de la fin d'après-midi – une cascade ondulante tenue par une simple lanière de cuir. Son visage et ses bras, ensuite, hâlés par le soleil estival, de sorte que ses yeux, plus pétillants que jamais, semblaient briller sous la falaise de son front comme deux phares appelant les navires en perdition à rejoindre le port…

Leur couleur, on le lui avait assez dit au fil des ans pour qu'elle le croie, ne pouvait être qualifiée par aucun adjectif existant. À dominante grise, ils changeaient au gré de la lumière, passant au bleu clair ou foncé sans s'interdire parfois quelques excursions dans les territoires fascinants du vert.

Un mouvement, à ses pieds, attira l'attention de Jessica sur le passage furtif d'un campagnol qu'elle regarda filer jusqu'à la base de son perchoir, où il disparut entre l'arbalète et le carquois plein de carreaux qui reposaient contre la roche.

La vue de l'arme incita la jeune femme à tourner la tête vers le bois du Cairn, en bas et à gauche, où un des paysans du cru, la veille, avait vu rôder un ours. Même si elle ne redoutait pas vraiment de se retrouver face au plantigrade, Jessica avait jugé plus prudent de ne pas sortir sans arme.

Cela dit, rien ne bougeait dans cette direction. Agitant la lettre, la jeune femme s'assura de nouveau qu'elle était seule, puis lut à voix haute le texte qu'elle avait laborieusement rédigé ces derniers jours.

Après quelques phrases, elle s'interrompit, pas vraiment satisfaite.

Au nom du Seigneur, William Sinclair, te doutes-tu du trouble que tu as semé en moi ? Comment pourrais-je… ? Non, tu n'en as aucune idée, espèce de sale type borné, têtu comme une mule et stupide ! Comment une telle chose aurait-elle pu traverser ton esprit ? Tu es sur ta fichue île, occupé à jouer les moines vertueux tandis que tes frères, en France, croupissent dans les geôles de Philippe Capet, malmenés et torturés par les hommes mêmes qui… Ah ! Seigneur, donne-moi la force d'être patiente !

Jessica se leva, réenroula les feuilles et chercha à ses pieds le ruban de soie qui les tenait ensemble. Elle le repéra là où elle l'avait laissé tomber, coincé dans une crevasse de la roche. Pour l'atteindre, elle dut se pencher dangereusement, son poids reposant presque entièrement sur une de ses jambes, la botte calée entre deux pierres. Quand elle eut récupéré son bien, non sans difficulté, elle se redressa, écarta une mèche vagabonde de ses yeux et, ce faisant, aperçut les muscles tendus de sa cuisse dont la forme se découpait délicieusement sous le cuir souple du pantalon.

Une vision qui lui arracha un sourire.

Doux Jésus, William Sinclair, si tu me voyais habillée ainsi, dans cette position, tu ne serais plus en état de prier pendant une quinzaine de jours. Cette image flotterait dans ton esprit, parasitant tes plus chastes aspirations et te poursuivant jusque dans tes rêves. N'est-ce pas, mon petit bonhomme ?

Eh bien, sire chevalier, cette lettre je vais te l'envoyer ! Mon jeune cousin, Hugh, la portera jusqu'à l'île d'Arran. Quand même, j'y ai consacré trop de temps et d'énergie pour que ça n'ait servi à rien ! Et d'ailleurs, pourquoi devrais-je me priver de l'expédier ? Elle contient des nouvelles de ta sœur Peggy et du plaisir que lui a fait ton cadeau. Sans compter des informations sur le roi et sur ce qu'il a entendu dire au sujet de ton ordre – de source française, très cher ! Tu es tombé en disgrâce, William Sinclair, comme toute ta confrérie, et qu'importe que ce soit juste ou non. L'heure est venue d'oublier toute idée de retour au bercail et de te construire une vie ici, en Écosse. Une vraie vie, comme un homme digne de ce nom, avec une femme qui te rendra heureux…

Seigneur Dieu, mais qu'est-ce que je raconte ! Parler de mariage à un moine. Je dois être folle… Mais c'est une démence des plus délicieuses, il faut l'avouer. À présent…

Un cri haut perché attira l'attention de la baronne, qui tourna la tête vers le haut de la colline où Marjorie Bruce – officiellement sa nièce de douze ans, mais en réalité celle du roi –, après avoir faussé compagnie à ses amis, sautait de rocher en rocher en criant à tue-tête.

Depuis leur rencontre, Jessica parlait exclusivement en français à la gamine – une stratégie adéquate puisque celle-ci, pour sa propre sécurité, était censée être française. Dotée d'une oreille très fine, la petite avait appris vite, allant même jusqu'à perdre son accent de naissance.

Là, elle était encore trop loin pour que ses propos soient compréhensibles, mais à son ton, Jessica devina qu'il y avait une urgence.

— Attends où tu es ! lança la baronne. Je viens.

Reprenant son arme et son carquois, elle se hâta de gravir la pente.

— Que se passe-t-il ? demanda-t-elle quand elle eut rejoint la jeune fille. Un problème ?

— Des hommes approchent, ma tante... De l'autre côté de la colline...

— Depuis l'ouest ? Venant d'Annandale ? Combien sont-ils ?

— Ils sont trop loin pour qu'on puisse les compter, mais ils arrivent.

— Montre-moi.

La gamine repartit au pas de course. Allongeant le pas, Jessica se souvint avec mélancolie de l'époque où elle était elle aussi capable de gravir des pentes raides sans effort. Mais le vrai souci, c'était l'approche de ces hommes, surtout à partir de l'ouest.

Les terres d'Annan avaient appartenu au père du roi – Robert Bruce d'Annandale – mais tout comme Nithsdale, son propre fief, elles étaient une voie d'invasion majeure pour tout ce qui venait du sud. Durant les récentes guerres, elles s'étaient progressivement dépeuplées, les gens se réfugiant dans les collines pour échapper aux forces anglaises omniprésentes et très agressives. Comme toute la zone sud de l'Écosse, les vallées d'Annan et de la Nith avaient été incendiées à plusieurs reprises – une politique de la terre brûlée visant à priver de nourriture les troupes du roi Édouard.

Au sommet de la colline, Jessica rejoignit une Marjorie qui sautait d'un pied sur l'autre d'excitation au milieu de ses petits camarades tout aussi énervés qu'elle. Le souffle court, la baronne mit une main en visière pour se protéger du soleil couchant et sonda le paysage.

Très vite, elle repéra les jeux de lumière indiquant que des rayons se reflétaient sur des armes, des armures et des éléments de sellerie.

La colonne était encore à plus d'une lieue, puisqu'elle n'avait pas encore dépassé la saillie rocheuse connue sous le nom de Léopard, et qui se trouvait à trois quarts de lieue de la position actuelle de Jessica.

Près de sa tante, sur la pointe des pieds, Marjorie plissait les yeux pour mieux voir au loin.

— Ta vue est meilleure que la mienne, petite. Tu peux les compter, à présent ?

— Non, ma tante, mais je distingue beaucoup de bleu parmi eux.

Bien qu'elle ne vît aucun bleu, Jessica se fia à sa protégée. Ces hommes venaient d'Annandale, le pays du roi, et sir James Douglas avait pour couleurs le bleu et le blanc…

James Douglas, l'homme que Robert avait nommé gouverneur général du Sud, bien des mois plus tôt.

Catastrophée, Jessica songea à sa mise. Sa tenue scandaleuse n'était pas appropriée pour recevoir le jeune émissaire du roi.

Pivotant sur elle-même, la baronne prit sa protégée par l'épaule.

— C'est sir James Douglas, sûrement en mission pour le roi. Il faut que j'aille enfiler une robe… Tu peux t'occuper de rassembler les autres enfants et de les ramener ?

— Bien sûr, ma tante !

Alors que Marjorie commençait à rassembler ses amis, Jessica dévala la pente, son arbalète à l'épaule. Dans ce sens, c'était beaucoup plus facile, constata-t-elle tandis qu'elle fonçait vers le petit groupe de maisons, à moins de cinq cents pas de là.

Déjà à moitié dévêtue quand elle entra chez elle, Jessica se félicita qu'il n'y ait personne dans le hall pour voir ça. Appelant Marie, sa dame de compagnie préférée, elle enleva de son cou la bourse de tissu, la posa sur un guéridon dès qu'elle fut entrée dans sa chambre et entreprit de retirer son pantalon. Dès que la tunique et le corsage eurent suivi, nue comme un ver, à part ses bottes, elle alla ouvrir la grande armoire à la française qui abritait le haut du panier de sa garde-robe.

Son choix vite fait, la baronne tapa nerveusement du pied pendant que Marie s'échinait sur les lacets du corsage d'une robe verte du plus bel effet. Parmi les femmes de Nithsdale, cette tenue aurait été aussi peu à sa place qu'un paon faisant la roue au milieu d'un troupeau d'oies. Mettant merveilleusement en valeur ses yeux, selon les dires de plus d'un admirateur, la robe aurait certainement l'effet voulu sur le jeune gardien du roi.

— Vos cheveux, ma dame, fit Marie, consternée. Il faut y faire… quelque chose.

— Eh bien, fais-le, mais vite ! Notre visiteur peut arriver à n'importe quel moment.

Durant les quelques minutes dont Marie eut besoin pour la coiffer, Jessica lorgna la bourse en tissu. Une bourse très particulière, même si nul ne l'aurait remarqué au premier coup d'œil.

Sir William en serait resté baba, car elle se l'était confectionnée avec le mouchoir qu'il avait utilisé pour emballer le cadeau de Peggy. De ce moment, Jessica gardait un souvenir de troublante intimité – d'autant plus qu'elle s'était avisée, une fois seule, que le mouchoir gardait l'odeur de la peau du chevalier.

Du coup, Peggy Sinclair avait eu le bijou, mais pas l'emballage ! Depuis, Jessica, dans ses moments de solitude, enfouissait son nez dans le tissu pour retrouver ses sensations d'alors. Une folie, sans doute… D'autant plus qu'il n'y avait plus rien à sentir depuis beau temps.

N'ayant pas le cœur de jeter cette tendre relique, Jessica l'avait cousue pour en faire un réticule très utile pour la vie de tous les jours. Elle y rangeait ses minipeignes, son sachet de pétales de roses et de lavande séchée, son petit nécessaire à couture en ébène et son miroir de poche. Et désormais, la lettre pleine d'audace qui violait sa promesse de ne plus déranger l'élu de son cœur…

— Voilà, j'ai terminé, annonça Marie. Personne ne se doutera que c'est improvisé… Mais les bottes…

— Elles sont confortables, et nul ne les verra.

Jessica se leva et prit le miroir que lui tendait Marie. D'un coup d'œil, elle découvrit l'exploit que venait d'accomplir la jeune femme.

— Bravo, Marie, c'est parfait ! Passe-moi mon réticule, je t'en prie. Puis allons accueillir nos invités.

2

Montés sur leurs solides poneys écossais, les premiers cavaliers entraient dans la cour de la ferme au moment où Jessica y déboulait. Dès qu'elle aperçut le fringant jeune gardien du roi, elle n'eut aucun mal à afficher un grand sourire.

Sir James la vit immédiatement, retira sa coiffe ornée d'une plume noire et la salua avec.

— Lady Jessica, dit-il, enthousiaste, peu de voyageurs peuvent se vanter d'être accueilli par un tel arc-en-ciel de beauté.

Se laissant glisser de sa selle, le jeune homme prit la main de Jessica et s'inclina humblement.

— J'arrive sans m'être fait annoncer, et je m'en excuse. Il y a deux jours, nous sommes tombés sur des Anglais – bien plus nombreux que nous, hélas – et il a fallu battre en retraite puis nous cacher.

Même si sir James souriait, il ne s'agissait en aucun cas d'une plaisanterie. Le roi Robert, catégorique, avait interdit à ses officiers de s'engager dans tout ce qui ressemblait de près ou de loin à une bataille rangée. Un ordre logique et sage, mais qui ne plaisait guère à ces hommes fougueux. Dans le lot, sir James avait de loin le sang le plus chaud. Du coup, détaler comme un lièvre avait dû lui valoir des aigreurs d'estomac.

— Vous êtes le bienvenu ici, sir James. Sont-ils derrière vous ?

— Les Anglais ? Non, ils sont à la ramasse, très loin d'ici, du côté de Galloway. Nous les avons semés facilement, pendant la nuit. Ces idiots ont continué vers l'ouest alors que nous avions fait demi-tour pour venir ici. Je ne vous aurais pas imposé de si mauvais invités. Cependant, je vous en ai amené un, pour vous divertir… Voilà un mois que nous l'avons avec nous…

Sir James désigna quelque chose et Jessica plissa les yeux pour mieux voir. Une quarantaine d'hommes se pressaient désormais dans la cour, presque tous déjà à bas de leur monture. Un peu à l'écart, un grand type casqué tournait le dos à tout le monde, le regard rivé sur les dépendances de la ferme.

— Il est timide, souffla sir James. Eh, Thomas ! Tu ne veux pas saluer notre hôtesse ?

L'homme sembla se raidir, puis il se retourna et Jessica vit qu'il était rouge comme une pivoine.

— Allons, viens jouer les courtisans avec cette noble dame !

La baronne croisa le regard de l'inconnu, où elle lut une vague honte et beaucoup d'embarras. Soudain, elle identifia son visiteur, et ne put pas en croire ses yeux. Comment était-ce possible ?

— Thomas ? Ce Thomas-là ? C'est vraiment toi ?

L'homme hocha la tête, puis il avança, les joues toujours aussi rouges.

— Tante Jessica, je suis désolé… Je craignais que tu ne veuilles plus me voir sous ton toit.

Jessica en écarquilla les yeux de stupeur.

— Mon toit ? De quoi parles-tu donc ? Au contraire, c'est ta maison… Mais tu étais… j'ai cru que… Comment es-tu arrivé ici ?

Sir Thomas Randolph, fils du frère aîné de la baronne et neveu du roi *via* une demi-sœur, approcha, parfaite incarnation de la honte et du malaise.

— Tu me croyais en Angleterre, à la botte du Plantagenêt, c'est ça ? Un traître à ma patrie et à mon peuple ? N'est-ce pas ça que tu allais dire ?

Jessica en balbutia de confusion :

— Eh bien… oui et non, en quelque sorte. En Angleterre, sûrement, puisque capturé à la bataille de Methven. Traître ? J'avoue que cette idée ne m'a jamais traversé l'esprit. Aucun Thomas Randolph ne peut être un félon, j'en suis convaincue.

» Donc, si tu voulais bien en finir avec la contrition, tu ferais une heureuse. À présent, si tu me racontais ton histoire ?

Avant que Thomas ait pu répondre, sir James s'écarta un peu et cria à ses hommes de s'installer en silence et sans ficher du désordre partout.

— Combien êtes-vous au juste ? demanda Jessica quand il eut terminé.

— Quarante-quatre, en nous comptant, le jeune Thomas et moi.

— Nous devrions trouver un toit pour tout ce petit monde. En plus des bâtiments principaux, nous avons quatre étables. Assez grandes pour une dizaine d'hommes, je pense. Que vos gars s'y installent et, derrière, plantent des piquets pour attacher les chevaux. En matière de pâturages, nous avons ce qu'il faut et mes cuisiniers – pardon, ceux de sir Thomas – se chargeront de nourrir ces ventres affamés. Cette semaine, nous avons dû tuer une génisse blessée. Du coup, nous ne manquerons pas de viande. J'avais peur du gaspillage, mais ce ne sera plus un souci. Cela dit, nous risquons de dîner assez tard…

Se tournant vers son neveu, Jessica constata qu'il avait repris un teint normal et la regardait avec un mélange d'émerveillement et de gratitude.

— Tu vas rester planté là jusqu'à demain, sir Thomas Randolph ? Entre donc chez toi ! En ton absence, j'ai gardé la maison propre et je l'ai bien chauffée. Puisque tu es de retour, me voilà ton invitée.

Thomas écarta les mains, s'inclina et sourit enfin, les yeux lumineux comme de petits soleils.

— Non, tante Jessica… Inutile de dire ça. Je suis de passage, rien de plus. Tant que tu en auras besoin, cette maison sera à toi. Et je te suis reconnaissant.

— De quoi ?

— De ta clémence et de ton ouverture d'esprit… Sir James m'a dit que le roi te tient en très haute estime. Tu l'as soigné, ai-je appris. Je pensais que tu m'en voudrais d'avoir pris les armes contre lui.

— Eh bien, tu te trompais. Sa Grâce et moi, nous avons parlé de toi, l'hiver dernier, quand il fut annoncé que tu chevauchais avec les Anglais. Robert Bruce ne t'en a pas voulu, voyant en toi un chevalier trop peu expérimenté pour s'y retrouver dans les multiples guerres où il est engagé. Tu l'as fait penser à lui-même, à ton âge. Un esprit plein de chevalerie et d'idéal ayant encore à se frotter aux réalités de la vie.

» Il redoutait que tu le voies comme un brigand indigne de porter le titre de chevalier. Cette idée-là le chagrinait, je dois le dire… Mais nous en reparlerons plus tard. Il faut que je lance le dîner, et il se fait déjà tard. Reviens dès que tu seras libéré de tes occupations, et amène sir James. Pour étancher votre soif, j'aurai autre chose que de l'eau. File, maintenant !

Thomas rosit de nouveau, mais de satisfaction, cette fois, et Jessica ne put s'empêcher de lui sourire. Grand, les épaules larges, mais les traits fins, ce garçon était l'homme le plus séduisant qu'elle ait jamais vu, tout simplement. Vingt ans au maximum, il avait quasiment la moitié de son âge – trente-cinq déjà – et arborait le maintien régalien de son père mêlé à la grâce de sa mère – dont il arborait les cheveux blonds et les yeux bleus.

En s'éloignant, Thomas retira son baudrier et lança avec une nonchalance étudiée son épée au soldat à la barbe grise qui le suivait. Puis il prit la direction des étables, la démarche toujours…

Se souvenant qu'elle avait du pain sur la planche, Jessica cessa d'admirer son neveu.

À partir de là et jusqu'à la fin du dîner – brochettes de viande, pain aux céréales frais et légumes verts au vinaigre et au beurre – la baronne n'eut pas un moment à elle. Se coupant en quatre, elle supervisa à la fois les cuisines, le service et les aménagements requis pour recevoir dignement plus de quarante visiteurs imprévus.

Peu avant minuit, épuisée, elle se laissa tomber dans un fauteuil, devant la cheminée de la grande salle commune, là où ses deux invités d'honneur l'attendaient patiemment.

À dire vrai, sir James somnolait. Pourtant, à l'entrée de la baronne, il s'était levé d'un bond, comme Thomas, pour l'accueillir et l'accompagner jusqu'au fauteuil le mieux placé par rapport aux flammes.

D'abord d'un sourire, puis avec des mots, Jessica remercia les deux hommes. Ensuite, elle s'adossa à son fauteuil et se détendit un peu en regardant autour d'elle.

Très grande mais basse de plafond, la salle était placée sous le signe du confort comme en témoignaient les quatre superbes fauteuils et le divan. Un peu plus loin, douze chaises sculptées entouraient une table en chêne délicatement ornementée. Grâce aux bougies disposées un peu partout, certaines dans des chandeliers, on y voyait parfaitement bien au centre de la pièce. Les coins, en revanche, restaient plongés dans l'ombre.

Soupirant d'aise, Jessica refusa le gobelet de vin que lui tendait son neveu.

— Non, merci, Thomas. Il est tard, et demain, nous devons être debout à l'aube. Alors, assieds-toi et raconte-moi ton histoire. Pourquoi cette visite ?

Le jeune Thomas sourit. Après avoir versé le vin destiné à sa tante dans son propre gobelet, il désigna sir James, qui avait repris place dans son fauteuil.

— L'homme qui m'a capturé tenait à ce que nous passions te voir.

— L'homme qui t'a capturé ?

— Absolument, oui… Je lui ai remis mon épée à Peebles, le mois dernier. En donnant ma parole de ne pas m'évader pour regagner l'Angleterre.

Sir James secoua la tête, accablé.

— Lady Jessica, il raconte n'importe quoi… Je l'ai capturé, ça, c'est vrai. Ensuite, je l'ai conduit devant le roi, qui lui a tout pardonné et lui a accordé sa bénédiction en échange d'un serment de loyauté. Bref, cette histoire de captivité est absurde ! Votre neveu, baronne, est plus dur avec lui-même que n'importe qui d'autre.

— Je vois, mentit Jessica, qui ne voyait rien du tout. Dans ce cas, que fait-il avec vous ?

Sir James tendit son gobelet vide à Thomas, qui s'empressa d'aller le remplir.

— Je suis sa pénitence, ma dame. Pour ses péchés, il doit me supporter et s'accommoder de mes brigandages. Jusqu'à ce qu'il ait appris les règles de la guerre.

De plus en plus perdue, Jessica plissa le front.

— Vos brigandages ? Je ne vous suis plus…

— Ma tante, c'est sir James qui profère des absurdités, à présent.

Thomas donna le gobelet au jeune gardien puis s'assit.

— Longtemps, j'ai estimé que mon oncle Robert était indigne du titre de chevalier… Tu l'as entendu dire, et c'est la vérité. Quand les Anglais m'ont fait prisonnier, à Methven, ils m'ont conduit devant le roi Édouard, qui m'a reçu très courtoisement, me traitant avec une incroyable générosité. Les mois qui suivirent, il continua à exploiter ma crédulité et mon imbécile arrogance. Son objectif était de me convaincre qu'aucun roi méritant sa couronne n'aurait livré les guerres que l'Arriviste ingrat – le surnom qu'il donnait à Robert – imposait à l'Écosse. Selon lui, et j'avoue l'avoir cru, ce qui n'est pas à mon honneur, le roi d'Écosse, ignorant l'éthique de la guerre, brûlait et massacrait sans discernement et multipliait les embuscades les plus viles. Tout ça sans jamais accepter un combat face à face, à la manière d'un homme d'honneur.

» Comme un imbécile, j'ai gobé tout ça !

— Je saisis... Et qu'est-ce qui t'a fait changer d'avis ?

— Découvrir que dame Isobel MacDuff, comtesse de Fife et épouse du comte de Buchan, croupissait nue dans une cage accrochée à la muraille de Berwick.

Un long silence suivit cette description.

— Avant de voir ça de mes yeux, je n'y croyais pas. La chevalerie selon Édouard Plantagenêt ! Les Anglais se délectent du spectacle, bien sûr. La déchéance de la femme qui a couronné le roi d'Écosse malgré l'opposition de sa propre famille et le courroux du roi d'Angleterre !

» Devant cette malheureuse, j'ai commencé à me poser des questions. Fût-il un chevalier ou un roi, voire les deux, quel genre d'homme pouvait renier son sens de l'honneur et s'abaisser à de pareilles abominations ?

Thomas chercha le regard de Jessica.

— À partir de là, j'ai ouvert les yeux sur ce que subissaient nos compatriotes sur ordre de la justice d'Édouard. Bientôt, j'ai compris à quoi tout ça se réduisait. La soif de pouvoir rongeait l'âme d'un homme jadis honorable mais dévasté par la folie... Comme tu t'en doutes, j'ai pensé à revenir au pays, mais la honte m'en empêchait... La honte, et j'en ai peur, mon orgueil blessé.

» Cela dit, quand je me suis retrouvé face à sir James, j'étais décidé à lui remettre mon épée et à rendre des comptes devant le roi que j'avais trahi.

— Ce qu'il a fait, comme je l'ai précisé, intervint sir James. Convaincu par sa sincérité et son éloquence, Sa Grâce lui a pardonné – et moi aussi.

— Alors, s'étonna Jessica, pourquoi est-il en « pénitence » avec vous ?

Le jeune gardien du roi sourit.

— Parce que moi aussi, il me jugeait indigne du titre de chevalier, certain d'avoir affaire à un brigand. S'il est à mes côtés, c'est pour compléter sa formation. Avec moi, il verra comment il faut procéder pour débarrasser l'Écosse des Anglais, et il comprendra pourquoi il n'y a pas d'autre façon de s'y prendre.

» Sa Grâce a jugé approprié que je montre à notre jeune Thomas comment on pacifie un royaume, et ce qu'il en coûte de le faire. Le rapport des forces étant ce qu'il est, une bataille rangée serait un suicide. Comment lutter avec dix fois moins d'hommes et vingt fois moins de ressources que l'ennemi ? En Angleterre, il y a des stocks incroyables de vivres et d'armes. Sans rien d'équivalent pour nous soutenir, nous devons nous battre avec les moyens du bord. Sinon, nos adversaires vaincront sans péril…

» Faute de les écraser, nous les harcelons afin de les désorganiser. Ce qu'Édouard appelait du « brigandage ».

» Que Dieu en soit loué, le vieux lion est mort et la pression a diminué. Son fils n'aura jamais la même force de nuisance, mais les barons sont plus puissants que jamais. Dégoûtés par la faiblesse du nouveau roi – et par ses mœurs particulières –, ils risquent de le renverser un jour.

» Hélas, ça ne les empêche pas de lorgner l'Écosse. Ivres de cupidité, ils rêvent de s'emparer de notre royaume puis de se le partager comme un festin.

» Les Gloucester, les Leicester, les Northumberland et les Hereford sont les chefs de cette meute. En une semaine, tous sont capables d'enrôler plus d'hommes que nous en un an.

» Bref, Thomas est mon élève, et sachez que je le trouve prometteur. Votre neveu deviendra un grand brigand, baronne, et les Anglais ne nous en remercieront pas. Vous pouvez me croire !

— Je vous crois, oui… Et le roi ? Comment va-t-il ? Ses affaires s'arrangent ?

— Par la grâce de Dieu, il se porte à merveille et la chance lui sourit de nouveau. Désormais, tout le Nord-Est est entre ses mains, puisque la population d'Aberdeen, le mois dernier, s'est révoltée et a chassé les Anglais. Pour la première fois, nous disposons d'un port maritime.

» Le frère du roi, sir Edward, a passé les deux derniers mois à malmener les MacDowal et leurs alliés à Galloway. Croyez-moi, ils l'ont senti passer ! Avec l'aide d'Angus Og et de ses Highlanders, il a écrabouillé les MacDowal et leurs fichus Anglais dirigés par Ingram de Umfraville et Aymer Saint-John. Écrasé par le nombre et avec cinquante chevaliers seulement, Edward a massacré ses adversaires.

» Nous venons de Galloway, avec des messages de sir Edward pour son frère. Du coup, nous devons filer vers le nord-ouest, puisque Robert y fait mouvement pour attaquer les MacDougall d'Argyll.

Jessica sursauta.

— Je croyais qu'il y avait une trêve avec les MacDougall…

— Elle a expiré le mois dernier, baronne. Le fils du vieux chef, John le Boiteux de Lorn, a profité de cette trêve pour recruter des soldats afin de reprendre le combat contre Robert Bruce. Mais il y a des hommes, y compris parmi les MacDougall, qui sympathisent avec sa cause, et il est informé de ce qui se passe.

» Aujourd'hui, il est en route pour écraser la tête du serpent. *Via* la passe de Brander, il envahira Argyll. Thomas et moi, nous devons le rejoindre dans dix jours, à Lochawe. Si nous gagnons en Argyll, entraînant la chute du Boiteux – et ce sera le cas –, il ne restera plus, au nord, que le comte de Ross pour se dresser contre le roi Robert. Quand ce comploteur comprendra qu'il ne peut plus gagner, il abjurera sa cause et Robert Bruce sera le souverain de toute l'Écosse.

» Priez pour qu'il en soit ainsi, baronne.

— Je n'y manquerai pas, n'ayez crainte. Mais dites-moi, sir James, savez-vous où en sont les choses sur Arran ?

L'air pensif, le gardien du roi secoua la tête.

— Non, lady Jessica, je n'ai pas d'informations… Sans nul doute, ça doit vouloir dire que tout se passe bien. Les mauvaises nouvelles voyagent vite, et s'il y en avait, nous le saurions. En revanche, je sais que le « détachement » prêté au roi a été relevé fin juin – par un groupe plus important. En d'autres termes, Robert est plus que satisfait du soutien que lui a apporté Arran…

Sir James hésita avant d'ajouter :

— Et sir William, bien entendu… Baronne, excusez mon indiscrétion, mais avez-vous communiqué avec la confrérie ?

— Pas récemment, non. Mais par le passé, à la demande du roi Robert, ça m'est arrivé. Pourquoi cette question ?

Sir James eut la délicatesse de paraître embarrassé.

— Parce que j'ai des nouvelles que les moines d'Arran devraient connaître. L'archevêque Lamberton, « retenu » en Angleterre, a informé le roi que le pape a envoyé une bulle au sujet du Temple à tous les souverains de la chrétienté. Sauf à Robert Bruce, bien entendu, puisqu'il est excommunié.

Jessica blêmit. À l'expression de sir James, elle avait compris que cette nouvelle n'aurait rien pour réjouir sir William et ses hommes.

— Et que dit-elle, cette bulle ?

— Elle a un titre – *Pastoralis praeeminentiae.* Dans ce texte, le pape demande à tous les destinataires d'arrêter les Templiers de leur pays. Il précise, et c'est très important, selon notre roi, que l'opération doit se faire prudemment et en secret. Ensuite, tous les biens de l'ordre doivent être confisqués et remis à la sainte Église.

— Mais c'est une infamie ! Tous les Templiers, partout dans la chrétienté ?

— Oui, baronne…

— Sir William avait donc vu juste…

Jessica se tut, réfléchit un moment puis s'adressa à son neveu :

— Tu étais informé de ça, Thomas ?

Le jeune homme regarda sa tante, surpris par la question.

— Sir James, enchaîna Jessica, ça s'est passé quand ?

— Selon l'archevêque, la bulle est datée du 22 novembre de l'an dernier.

— Un peu plus d'un mois après les arrestations en France. À l'évidence, les Templiers n'avaient pas eu le temps de démonter les mensonges de Guillaume de Nogaret.

— Il semble bien, mais je ne sais rien de plus que ce que je viens de vous dire.

Au prix d'un gros effort, Jessica parvint à rester de marbre, comme si ces nouvelles ne la bouleversaient pas. En réalité, une tempête faisait rage sous son crâne. La lettre qu'elle s'était échinée à rédiger, comprit-elle, n'avait plus aucune pertinence et devrait être réécrite.

3

Dans l'antichambre nord du grand hall de Brodick, sir William posa sa plume sur la longue table de réfectoire qui lui servait de bureau. S'étirant, il cambra le dos puis se frotta les yeux avant de soupirer d'aise quand il fit rouler ses épaules puis craquer sa nuque.

Depuis l'aube, il travaillait sans relâche, ferraillant bravement contre la montagne des documents divers qui s'étaient accumulés tandis qu'il se consacrait à d'autres priorités. Le plus souvent, après lecture, il avait signé ces mémos avant de les entreposer sur un guéridon placé à sa gauche. Certains textes, en revanche, avaient retenu son attention, en particulier ceux qui recensaient les progrès accomplis au fil des mois. Ceux-là finissaient sur un autre guéridon, à sa droite, et seraient relus en temps voulu.

Les frères avaient de grandes réussites à leur actif, surtout en si peu de temps. Sur Arran, les deux chapitres possédaient désormais leur maison, chacune gérant ses propres affaires, qu'il s'agisse du protocole de dévotion, des rituels ou de l'entretien des étables, des baraquements, des fermes et des entrepôts. Le programme d'entraînement et de soins des chevaux était clairement établi pour chaque entité, et l'exercice *journalier* – mais discret – faisait désormais partie de la liste d'obligations quotidiennes des hommes.

Un agenda précis et incontournable régulait désormais les échanges commerciaux, les navires partant de Brodick ou de Lochranza pour s'aventurer dans les eaux anglaises, le plus souvent, mais sans négliger les irlandaises et les françaises, ni pendant les mois d'été celles de la Norvège, du Danemark, de la Germanie ou des Pays-Bas.

Les vivres ne manquaient plus, y compris dans les réserves, et on avait fait venir toutes sortes d'animaux, le plus souvent en petite quantité. Des cochons, des moutons et des chèvres, pour l'essentiel, mais sans négliger les bovins, les oies domestiques aux ailes éjointées et de gros canards bien gras dont les œufs venaient agréablement varier le rata quotidien, massivement constitué de poisson et de céréales.

Les baraquements avaient poussé comme des champignons, mais dans des coins où ils se fondaient dans le décor. Longs et bas, leurs murs et leur toit en tourbe, ces bâtiments étaient beaucoup moins « bas de plafond » qu'on aurait pu le croire, puisqu'on avait creusé leur sol pour en extraire le matériau de construction. Du coup, même les hommes les plus grands y tenaient debout sans difficulté.

Le premier de tous avait été conçu et bâti par frère Anselme, naguère connu comme un des meilleurs architectes et maîtres d'œuvre de l'ordre. Surpris par le manque d'élégance du bâtiment, sir William avait eu un entretien privé avec son créateur. Brut de décoffrage, Anselme n'avait pas caché sa surprise. Ne voulait-on pas être discret ? De plus, la confrérie n'entendait pas rester éternellement sur l'île...

Sir William n'ayant aucune objection contre ces affirmations, Anselme avait haussé les épaules puis écarté les mains. C'était pour ça, très spécifiquement, qu'il avait opté pour un rectangle passe-partout difficile à voir de loin et qui ne défigurerait pas l'île une fois les Templiers rentrés en France. De plus, il n'y avait pas assez de bois pour faire mieux, tout simplement.

Les édifices en tourbe seraient faciles à détruire, quand viendrait le moment du départ, et en quelques années, ils retourneraient à la terre dont ils étaient issus.

Incapable de trouver une faille dans le raisonnement du vieil homme, sir William lui avait donné sa bénédiction. En avant pour la tourbe comme matériau pour tous les bâtiments « provisoires ».

Très fatigué, le maître d'Écosse se consola en songeant qu'il maîtriserait à la perfection ses sujets, lors du prochain chapitre, prévu pour dans deux jours. Ainsi, quand il distribuerait les « bons points », ce serait en toute connaissance de cause.

Il appela son assistant, un austère moine nommé Fernando, et lui indiqua ce qu'il conviendrait de faire des différentes piles de documents. Tandis que le brave homme s'affairait, il s'abandonna à une relaxante méditation.

Dès que Fernando fut parti avec un plein panier de documents, sir William s'ébroua, saisit une feuille de parchemin vierge, reprit sa plume et joua distraitement avec en réfléchissant à la teneur du rapport qu'il comptait envoyer à ses supérieurs – ceux d'Aix-en-Provence, les derniers qu'il lui restait. En février, avril et juin, il s'était livré à cet exercice, résumant les progrès de l'installation sur Arran et demandant des informations sur le sort du Temple en France.

Dans le troisième rapport, il avait abordé un sujet délicat. Face à un avenir des plus sombres, n'était-il pas envisageable de libérer les plus jeunes frères de leur vœu de chasteté ? Leur permettre de se marier et d'avoir des enfants semblait une bonne idée...

Jusque-là, et à son grand désarroi, cette question n'avait pas eu d'écho. Et à ses deux premiers rapports, on avait répondu laconiquement, sans entrer dans les détails et d'un ton franchement décourageant.

À ce jour, il lui restait encore à décrire ce qu'il avait découvert en ouvrant les coffres confiés à ses bons soins. Dans le troisième texte, il avait mentionné que le trésor était en sécurité – en joignant une carte du domaine de son père. Mais sans préciser qu'il savait ce que contenaient les coffres, ni indiquer la position de la grotte.

Ayant reçu confirmation que l'ordre de Sion avait bien réceptionné la carte, il ajouterait cette précision au quatrième rapport.

S'il hésitait à décrire le contenu des coffres, c'était à cause d'une sainte terreur, il devait bien le reconnaître. Coucher ces informations-là par écrit revenait à prendre le risque qu'elles tombent entre de mauvaises mains. Dans son esprit, le secret était en sécurité...

Bien entendu, et il le savait, les chefs de l'ordre n'ignoraient pas la nature exacte du trésor. Logique, puisque c'étaient eux, ou plutôt leurs prédécesseurs, deux siècles plus tôt, qui avaient chargé Hugues de Payns et son petit groupe de retrouver les merveilles décrites en détail dans les archives de la confrérie.

Certaines composantes du trésor, il le savait, avaient été rapportées en France – à Aix, justement – pour étude et confirmation de la pertinence des archives. En revanche, il ignorait pourquoi l'ordre de Sion avait décidé d'expédier les coffres hors de France, avec l'idée qu'ils seraient plus en sécurité ailleurs.

Certes, il y avait la menace de Philippe le Bel et Guillaume de Nogaret, mais aucun de ces brigands ne soupçonnait l'existence de l'ordre de Sion. Et nul chef de l'antique confrérie, bien entendu, n'avait de lien public avec le Temple.

Sous la torture, un homme ne pouvait pas trahir les secrets qu'il ne connaissait pas. Et si des frères de moindre importance au service des deux entités craquaient sous la pression, la complexité de l'ordre de Sion, aussi tentaculaire que secret, interdirait qu'on *prouve* ou qu'on mette au jour quoi que ce soit.

La meilleure protection, pour Sion, serait le manque d'imagination des Inquisiteurs. Concentrés sur une cible, le Temple, ils ne penseraient pas qu'une structure plus ancienne et non chrétienne en était à la fois l'inspiratrice et l'âme. Et s'ils ne posaient pas les bonnes questions, ils n'avaient aucune chance d'obtenir des réponses justes !

Autant d'arguments qui confortaient la méfiance de sir William envers les écrits.

Seigneur Dieu, comment coucher tout cela sur le parchemin ?

Sa plume attendant encore d'être trempée dans l'encre, il fut arraché à sa réflexion par des coups frappés à sa porte. Puis celle-ci s'ouvrit, et le jeune Ewan Sinclair passa la tête dans la salle.

— Désolé de te déranger, oncle William. Mon père voudrait que tu viennes sur-le-champ. Une galère arrive du nord, et c'est celle de l'amiral.

— Qu'est-ce qui l'amène si vite ? Attends une minute, nous irons ensemble…

Reposant sa plume sur l'encrier, sir William remit la feuille vierge avec les autres et se leva. Que pouvait signifier cette arrivée surprise ?

Soucieux de vérifier qu'il n'avait pas laissé traîner un document important, le chevalier écossais balaya la table du regard, puis il alla rejoindre Ewan. Côte à côte, ils traversèrent la grande salle et gagnèrent la porte.

— Comment va ta jambe ? demanda sir William, voyant que le jeune homme boitillait toujours parce qu'il n'osait pas s'appuyer franchement sur son pied gauche. Elle continue à te tracasser ?

— Non, sir William, elle se remet très bien. Le frère Anthony est très content de son évolution. Mais il me gronde tout le temps quand il me voit boiter. Selon lui, je ne devrais pas être si douillet. En y allant franchement, je guérirai plus vite. (Ewan eut un sourire désarmant de sincérité.) C'est facile à dire, quand ce sont les autres qui souffrent !

Sir William sourit aussi et ne s'autorisa pas à marcher moins vite. Lors de l'avant-dernière rotation, Ewan était allé guerroyer avec le roi Robert. Vers la fin de son service, alors qu'il combattait sous les ordres de sir Edward, à Galloway, un guerrier des MacDowal lui avait infligé une sale blessure juste au-dessus du genou – avec une lourde épée large, pour ne rien arranger. Coup de chance, après l'escarmouche, un frère chirurgien habitué à exercer sur les champs de bataille d'Espagne, lors de la guerre contre les Maures, avait immédiatement pris le blessé en charge.

— Et ton père, que dit-il de tes progrès ?

Ewan sourit de nouveau. Comme il répondit dans son dialecte natal, sir William dut se concentrer pour comprendre des mots à la fois avalés et débités à toute vitesse.

— Tu le connais, oncle William. Quand il m'a vu, à mon retour, il avait l'air d'un ours en colère, mais c'est sa façon de cacher son inquiétude… Ce jour-là, il ne m'a pas sermonné, et c'est déjà pas mal. Depuis, il n'a jamais évoqué mon état. Même pour savoir comment c'est arrivé.

— Et comment est-ce arrivé ?

— Je ne sais pas… J'ai tout oublié… Il régnait une telle confusion… Autour de moi, des gens beuglaient, s'étripaient ou criaient de douleur. Il y avait du sang partout, et pour être honnête, je ne savais plus qui était qui, parce que tous ces gars se ressemblaient. Impossible de distinguer les hommes du roi de ceux des MacDowal.

» Perché sur mon cheval, j'écarquillais les yeux, prêt à frapper quiconque foncerait sur moi, mais sans oser m'en prendre aux types qui me passaient à côté, de peur de décapiter un de nos hommes. Soudain, mon genou m'a fait un mal de chien, et en baissant les yeux, j'ai vu qu'une épée y était enfoncée. Pour tout dire, plus personne ne la tenait, à part le trou qui béait dans ma jambe.

» J'ai dû tomber de selle, parce que je ne me souviens plus de rien, après ça…

— Tu t'es évanoui, oui… Rien d'étonnant. Pendant ton service, tu as tué quelqu'un ?

— Non, oncle William…

— Et avant ?

— Non plus. Mais ça m'arrivera bien un jour.

— Ne te souhaite pas ça, mon garçon ! C'est beaucoup moins excitant qu'on peut le croire. Bon sang ! la galère n'a pas traîné ! Bérenger ne perd pas de temps, donc il doit y avoir une urgence.

La galère était encore à l'approche, mais une chaloupe la précédait et fonçait vers la plage. Elle transportait pas mal de gens, dont certains, vêtus de couleurs bariolées, n'étaient pas des résidents de l'île.

Parmi les hommes qui attendaient de tirer la chaloupe au sec, sir William reconnut Tam.

À cette distance, en revanche, il ne put identifier aucun des visiteurs. Pourtant, un pressentiment l'incita à accélérer le pas.

À mi-chemin, il ralentit puis s'immobilisa, soufflé, quand il reconnut un des nouveaux venus, puis le deuxième.

Avec l'aide de Tam, le premier homme débarqua. Les cheveux argentés et le dos voûté, il agita la main dès qu'il aperçut sir William.

— Reste ici, dit le chevalier écossais à Ewan avant de dévaler les dernières marches de l'escalier flambant neuf qui conduisait à la plage.

Étienne Dutoit, baron de Saint-Julien, en la province d'Aix-en-Provence, était un des membres les plus influents de l'ordre de Sion. En outre, il avait été le parrain de sir William, lors de son entrée dans la confrérie.

Simon de Montferrat, l'homme qui suivait Étienne, n'était rien de moins que l'autre parrain de sir William. Actuel seigneur du clan éminent qui revendiquait la préséance sur la fédération d'antiques lignées appelée « les familles amies », il avait pour ancêtres des gens qui s'étaient enfuis de Jérusalem peu avant sa mise à sac par les Romains.

Les deux hommes descendaient en droite ligne des pères fondateurs de l'ordre de Sion. Leur présence sur Arran était un événement dont sir William, toujours stupéfait, s'avoua incapable d'évaluer la portée.

Dès qu'il eut rejoint ses anciens parrains, il mit un genou en terre devant Étienne Dutoit. Refusant ce geste de soumission, le vieil homme le prit par les épaules et le força à se relever – au milieu d'un flot de protestations affirmant que le chevalier n'avait pas l'ombre d'une raison de s'agenouiller.

Lui donnant l'accolade, le baron murmura d'amicales salutations à sir William, puis il le poussa vers Simon de Montferrat, qui le congratula de la même manière.

Derrière les deux hommes, le chevalier remarqua deux jeunes colosses richement vêtus et porteurs d'armes de première qualité. Des chevaliers, à l'évidence – chargés de la sécurité de leurs aînés, à voir leur vigilance.

S'écartant de Simon, sir William recula un peu pour contempler ses deux anciens mentors. Même là, il n'en croyait toujours pas ses yeux…

Se rappelant soudain qui il était – et où il se trouvait –, il écarta les bras et sourit.

— Mes frères et amis, je ne saurais dire à quel point vous êtes bienvenus ici. Mais comment êtes-vous venus ? Et qu'est-ce qui vous amène ? Surtout, je m'étonne de vous avoir vus à bord d'une galère en provenance du nord… Vous en avez sans doute long à me dire, mais ce n'est pas l'endroit idéal. Suivez-moi dans un lieu où nous serons plus à l'aise. Très loin du confort de vos demeures, en Provence, mais sous un toit qui ne fuit pas et entre des murs qui ne laissent pas filtrer les courants d'air.

Sir William regarda les deux jeunes chevaliers.

— Puisque la sécurité de mes invités est votre priorité, je suppose que vous nous accompagnerez ? Je suis William Sinclair.

Les deux chevaliers s'inclinèrent puis se présentèrent. Leur tournant le dos, sir William prit le chemin du fort.

— Ewan, cria-t-il, file devant nous et fais préparer une collation pour nos invités.

» Vous avez des bagages, je suppose ?

— Dans la chaloupe, oui, intervint Tam. Je me charge de tout…

— Merci. Fais porter tout ça dans mes quartiers, à l'étage.

Toujours hésitant, sir William regarda de nouveau ses visiteurs. Aucun des deux n'était membre du Temple. Au milieu d'une foule de frères, ça ne manquerait pas d'alimenter toutes sortes de spéculations. Sauf si on étouffait le mal dans l'œuf...

—Mes frères, tonna-t-il pour attirer l'attention de tous, ces chevaliers sont à la fois mes mentors et mes amis. Faute de le savoir, je ne pourrais vous dire pourquoi ils sont ici, mais je devine qu'ils nous apportent des nouvelles du Temple de France.

Interrogeant Dutoit et Montferrat du regard, sir William ne fut pas surpris de les voir incliner la tête.

—Bientôt, nous aurons des informations fiables... Bien entendu, je vous les transmettrai. À présent, retournez à vos occupations.

Tandis que la petite colonne gravissait les marches, le baron de Saint-Julien répondit à la première question du chevalier écossais – du ton mesuré dont le Templier avait gardé le souvenir, sa voix grave toujours aussi belle malgré les années :

—Nous sommes d'abord passés à Lochranza, pensant t'y trouver. Tout juste de retour, l'amiral de Bérenger nous a accueillis, puis, touché par notre désarroi de t'avoir raté, il nous a conduits ici. Bien plus vite, avec sa galère, que notre navire poussif l'aurait pu.

Sir William ne fit aucun commentaire. Membre de l'ordre de Sion lui aussi, l'amiral devait se demander quelle urgence avait pu inciter de tels hommes à se déplacer.

Les marches étant plutôt abruptes pour des chevaliers blanchis sous le harnois, le maître d'Écosse garda ses autres questions pour plus tard et s'efforça d'aider ses deux anciens parrains à négocier au mieux la délicate ascension. Quand ils se seraient rafraîchis et reposés, le temps de la conversation viendrait enfin.

4

Un nœud de résine ayant explosé dans la cheminée, les bûches s'écroulèrent les unes sur les autres dans un jaillissement de flammèches qui ne troubla pas le moins du monde les hommes assis devant la flambée, chacun étant pour l'instant plongé dans ses pensées.

Dehors, bien que la nuit fût tombée, l'air était encore tiède après une agréable journée de fin d'été. À l'intérieur, la température rappelait aux occupants de la pièce qu'on était en Écosse, un pays où la chaleur traversait rarement les murs de pierre.

Étienne Dutoit se leva, saisit un lourd tisonnier, tapa sur les bûches pour qu'elles finissent de s'écrouler puis en ajouta de nouvelles dans l'âtre. Dès qu'il les eut poussées dans la bonne position, il reposa le tisonnier et se tourna vers ses compagnons.

— Mes amis, il fait rudement froid, chez vous...

Édouard de Bérenger se redressa sur son siège.

— Le pire, ce n'est pas le froid, baron, mais l'humidité... Le froid, il suffit de se vêtir chaudement pour ne presque plus le sentir. L'humidité, elle, vous entre jusque dans la moelle des os en été comme en hiver. Pour la combattre, il faut agir de l'intérieur – en s'emplissant le ventre de bonne nourriture chaude.

Dutoit eut un petit sourire.

— Eh bien, ce soir, nous aurons fait de notre mieux pour la vaincre... Vos cuisiniers sont remarquables...

Soudain plus grave, le baron dévisagea les hommes assis en face de lui.

Près de l'évêque Formadieu, primat de la communauté insulaire, Simon de Montferrat, pensif, passait les doigts dans sa barbe grisonnante clairsemée. Placé sur l'autre flanc de l'évêque, l'amiral de Bérenger voisinait avec sire de Montrichard. À côté du précepteur de Brodick, sire Renaud de Pairaud, précepteur exécutif de Lochranza, était présent parce qu'il avait accompagné sir William en vue du prochain chapitre.

Le maître d'Écosse, quant à lui, siégeait à côté du fauteuil pour l'instant vide du baron.

— Mais oublions le climat, dit ce dernier, et venons-en à la raison de notre visite. Simon et moi, vous le savez, nous n'avons aucun lien officiel avec le Temple. En conséquence, les événements qui se déroulent en France depuis le 13 octobre dernier ne nous ont guère affectés. J'ai dit « affectés », pas « touchés », et j'ai été plus que content lorsque mon cher ami William, dans une lettre, m'a demandé de glaner des informations sur les investigations visant le Temple et ses membres…

Le baron leva une main pour anticiper des protestations… qui ne vinrent pas. Un peu surpris, il continua :

— Sur les investigations, donc… N'ayant aucune intention de vous insulter, j'estime inutile de vous dire ce que je pense de la « légitimité » de l'opération. Sachez seulement que je m'associe à sire Simon et à d'autres hommes d'une grande probité pour déplorer les exactions de notre roi et des sbires dont il s'entoure pour mieux les commettre.

» Cette position de principe, combinée avec ma sympathie de longue date pour sir William et le Temple, m'a conduit à accéder à sa requête avec un vif plaisir, malgré de bien sinistres circonstances.

Dutoit riva les yeux sur sir William.

— Tes questions, William, faisaient vraiment le tour du problème. Très vite, Simon et moi avons conclu qu'y répondre serait un travail de titans. Après trop de temps gaspillé à tenter de le faire par écrit – l'affaire a de telles ramifications qu'il faudrait une bibliothèque entière – nous avons décidé de venir présenter notre « rapport » de vive voix, afin de pouvoir le prolonger par un dialogue des plus enrichissants.

» Avant que je me lance, quelqu'un aurait-il une question ? Ou l'un de vous veut-il contester mon droit à aborder ce sujet, puisque je ne suis pas membre du Temple ?

L'évêque Formadieu se chargea de répondre :

— C'est tout le contraire, baron Dutoit. Un point de vue extérieur à l'ordre nous permettra d'y voir plus clair, car nous manquons d'objectivité dans cette affaire. Ici, je ne vois personne qui puisse s'inscrire en faux contre cette affirmation. Ai-je tort ?

Nul ne bronchant, sir William prit le relais :

— Nous sommes suspendus à vos lèvres, baron...

— Je crains que mes propos vous incitent à changer d'attitude, parce qu'ils n'auront rien d'encourageant...

De sa sacoche de ceinture, Dutoit tira des feuilles de parchemin enroulées. Dénouant la lanière de cuir qui les tenait, il survola la première puis releva les yeux.

— Permettez-moi de vous lire le début du décret ordonnant l'arrestation des Templiers dans tout le royaume. Ce document est de la main du roi...

« Une chose amère, une chose déplorable, une chose assurément horrible à penser, terrible à entendre, un crime détestable, un forfait exécrable, un acte abominable, une infamie affreuse, une chose tout à fait inhumaine, a, grâce au rapport de plusieurs personnes dignes de foi, retenti à nos oreilles, non sans nous frapper d'une grande stupeur et nous faire frémir d'une violente horreur. »

» Vous noterez l'exaltation du style, sans doute délibérée afin de cacher un manque cruel de substance. Quoi qu'il en soit, le 13 octobre 1307, près de quinze mille membres du Temple ont été jetés en prison partout en France. Des chevaliers, bien entendu, mais aussi des sergents, des chapelains, des frères servants et des associés. Oui, quinze mille hommes en un seul jour !

— Des membres éminents de l'ordre ont-ils échappé à cette rafle ? demanda sire de Pairaud.

Le baron secoua la tête.

— D'après les informations dont je dispose, à part vous – dont personne ne parle en France –, seuls quelques chevaliers sont passés à travers les mailles du filet. Deux précepteurs aussi, mais personne ne sait où ils sont.

— On connaît leurs noms ?

— Villiers, le précepteur de France, et Imbert Blanke, celui d'Auvergne.

— Qui d'autre a tenté de fuir ?

— Un seul chevalier que je connais de nom… Pierre de Boucle… Rasant sa barbe, il a revêtu une tenue neutre, mais quelqu'un l'a reconnu et dénoncé. Comme les autres, il a fini en prison.

— Sous quelles charges ? demanda l'amiral, la voix vibrant de colère. À vous en croire, les accusations de Philippe Capet reposent sur du vent. Ce type, souverain ou non, a osé agresser un ordre exempté d'obéissance envers lui et censé ne rendre de comptes qu'au pape. C'est un sacrilège.

Le baron acquiesça.

— Vous avez raison, sire Édouard. Mais Philippe Capet est allé encore plus loin, prétendant avoir consulté le Saint-Père, qui lui aurait accordé sa permission. Ce mensonge, car c'en était un, n'a pas tardé à être porté à l'attention du pape.

— Et qu'a-t-il fait ? Clément, je veux dire…

— Il a écrit au roi de France… J'ai une copie de cette lettre, remise par un ami très cher prêt à courir les pires risques. Voyons voir…

Dutoit feuilleta sa liasse de documents et en sortit une feuille.

— « Vous, mon cher fils, vous avez, en mon absence, violé toutes les règles et porté la main sur la personne et sur les propriétés des Templiers. Vous les avez même emprisonnés, et plus offensant encore pour notre cœur, traités sans aucune considération ni dignité. Pire encore, vous avez ajouté un autre… tourment à celui de la privation de liberté.

» Bref, vous avez attenté à des personnes et à des biens placés sous la protection de la sainte Église romaine. En cet acte soudain, chacun perçoit non sans raison un outrageant mépris de nous et de l'Église. »

— Excusez-moi, baron, intervint l'évêque Formadieu, mais pourriez-vous relire ce texte ?

Dutoit s'exécuta sous le regard pensif de son auditoire. Quand il eut terminé, l'évêque reprit la parole :

— C'est bien ce que j'avais compris à la première lecture… Le pape « déplore », mais ce qui le dérange vraiment, c'est l'offense faite à son autorité, pas l'infamie qui vise le Temple. À quel « tourment » fait-il allusion ?

— La torture.

Ce mot fit l'effet d'un coup de tonnerre.

— Guillaume de Paris, dit Dutoit, le Grand Inquisiteur de France, est aussi le confesseur du roi. Sans nul doute, il était informé du plan visant les Templiers longtemps avant sa mise en application. La preuve, c'est que ses Dominicains maudits ont travaillé main dans la main avec les agents du roi, puis exposé ce qui s'était passé lors d'une réunion publique dans les jardins de Philippe Capet, deux jours après la vague d'arrestations.

— De quel… ? commença Richard de Montrichard. (Sa voix le trahissant, il dut s'y prendre à deux fois.) De quel type de torture parlons-nous ? Que font-ils vraiment, ces Inquisiteurs dominicains ?

L'évêque Formadieu s'empressa de répondre :

— Rien d'abominable, rassurez-vous. Il y a cinquante ans, le pape Innocent IV a autorisé le recours à la question pour défendre la doctrine de l'Église. Les Inquisiteurs doivent s'abstenir de briser des membres et de verser le sang.

L'évêque marqua une pause, peut-être avec l'intention de continuer, mais Dutoit ne lui en laissa pas l'occasion.

— C'est la théorie, mon père, mais la réalité est loin d'être aussi pastorale. Le mot utilisé, c'est « torture », pas « sympathie » ou « compassion ». Les explications telles que les vôtres laissent penser que les Inquisiteurs sont des êtres pleins d'humanité et de clémence. C'est absolument faux ! Pour remplir leur mission, ils ne reculent devant rien. Le chevalet et l'estrapade sont leurs outils quotidiens.

» Le chevalet étire les membres du sujet jusqu'à ce qu'ils s'arrachent de son corps. Sans les « briser », effectivement, ce qui respecte la lettre de la Règle. L'estrapade est encore plus efficace, sans verser de sang. On attache les poignets du sujet dans son dos, puis on le suspend dans les airs au bout d'une corde attachée à ses liens. Souvent, seuls ses orteils touchent encore le sol, mais pas assez pour soulager sa colonne vertébrale. Régulièrement, on le soulève, puis on le laisse retomber brutalement.

» Après quelques heures de ce traitement, on devient très volubile, à condition de ne pas avoir perdu la raison. Bien entendu, il faut un Inquisiteur capable de comprendre des propos pas toujours cohérents.

» Comme vous vous en doutez, il y a une troisième méthode pour délier les langues. Elle n'a pas de nom, mais c'est un protocole très simple qui n'implique ni fracture ni hémorragie. On enduit de gras les pieds d'un prisonnier, puis on les approche d'un feu…

Tous les hommes présents écarquillèrent les yeux.

— Bernard de Vado…, dit simplement Dutoit.

— Je le connais, intervint l'évêque Formadieu. C'est un de nos prêtres, ordonné par mes soins. Que savez-vous de lui ?

— Le mien venait d'Albi. C'est le même homme ?

— Oui.

— Eh bien, ils l'ont fait rôtir, tout simplement. Désolé, mon père, mais ils s'y sont pris si salement que ses pieds ont cuit jusqu'à se détacher de son corps. Un témoin de la scène l'a rapporté à un de mes proches qui officie comme juge. En tout, mes amis et moi avons recensé entre vingt-cinq et quarante-quatre cas de décès consécutifs aux exactions des Inquisiteurs – souvent assistés par des agents du roi.

— C'est inhumain, et inacceptable aux yeux de Dieu comme des hommes !

L'évêque se tut, accablé, et Simon de Montferrat prit le relais :

— Inhumain, oui, mon père, c'est le bon mot. Mais ces horreurs existent, et elles sont commises par des hommes d'Église au nom d'un Dieu d'amour. Savez-vous, parce que c'est presque aussi inhumain, que les prisonniers sont privés de sommeil, gardés aux fers et nourris de pain sec et d'eau ? Une stratégie visant à les affaiblir, avant de les soumettre à la torture.

— Que soient damnés tous les prêtres et leur maudite hypocrisie ! souffla sire de Montrichard, sa fureur palpable même s'il marmonnait.

Dutoit se tourna vers lui, sourcils arqués.

— Baron, comment ces monstruosités sont-elles possibles, alors que le pape affiche son horreur de telles pratiques ?

— La bonne question, enfin, fit Dutoit en s'adressant à sir William.

— Que voulez-vous dire ?

Le baron prit le temps de la réflexion.

— Écoutez-moi bien… Voici ce que nous savons, à ce jour, des crimes dont on vous accuse. L'ordre et ses membres, au service du mal, pratiqueraient l'adoration de Satan en personne.

Ignorant la stupéfaction de son auditoire, le baron continua, impitoyable :

— Chacun de vos novices, dit-on, doit déclarer au moment de son initiation que Jésus était un faux prophète. Afin de prouver sa sincérité, on l'oblige à cracher, à déféquer ou à uriner sur une image du Christ en Croix, puis à embrasser son parrain dans l'ordre sur la bouche, sur le nombril, sur les fesses et parfois sur le pénis ou l'anus. Lors de la clôture de la cérémonie, le nouveau frère apprend qu'il peut sans frémir avoir des relations charnelles avec les autres Templiers – et qu'il s'agit même de son devoir, car pour la confrérie, ce n'est pas un péché.

Dans un silence de mort, le baron attendit un peu avant d'ajouter :

— Jacques de Molay a avoué.

— Avoué ? s'écria l'évêque. Mais avoué quoi ?

— Tous ces crimes, sauf les pratiques homosexuelles.

— C'est… impossible, souffla sir William. Maître de Molay ne pourrait pas…

— Face à des tortures ignobles et des conditions de vie misérables, n'importe quel homme avouerait pour que ça s'arrête. Jacques de Molay est un être admirable, mais tout compte fait, il n'est qu'un homme. Dix jours après son arrestation, le 13 octobre, il a craqué et reconnu avoir craché sur l'image du Christ.

— Au nom du Seigneur, c'est une infamie !

— Oui, et un blasphème, également. Mais votre grand maître n'est pas à blâmer. Dès le 13, les Inquisiteurs se sont acharnés sur lui, et qu'il ait tenu dix jours doit être mis à son crédit.

— Je ne parviens pas à croire qu'il ait avoué ces horreurs, fit Renaud de Pairaud.

— C'est pourtant la vérité… Ils l'ont brisé, comme ils peuvent briser n'importe qui. Votre grand maître fut le premier à se confesser, mais pas le dernier, croyez-moi… De source sûre, je peux affirmer que sur les cent trente-huit Templiers arrêtés à Paris, cent trente-quatre, à la date du mois de janvier, se sont reconnus coupables d'une partie des charges que je viens d'énumérer.

Le baron hésita, puis se tourna vers sire de Pairaud, qui fulminait dans son coin.

— Votre frère Hugues, sire Renaud, Visiteur de France, s'est confessé le 9 novembre, avouant entre autres turpitudes avoir encouragé les Templiers soumis aux tourments de la chair à se soulager en s'adonnant à la luxure avec d'autres frères.

Alors que le Sanglier du Temple essayait de se lever, rouge de colère, le baron continua :

— Sire Geoffroy de Charnay, précepteur de Normandie, s'est aussi accusé de tous les maux. *Idem* pour Jean de la Tour, trésorier du Temple à Paris et conseiller financier du roi, qui a sombré dans le désespoir après avoir avoué des ignominies. À ces noms illustres, il faut ajouter des légions d'anonymes…

» C'était le bilan en janvier de cette année, et nous sommes en août. Entre-temps, beaucoup de choses se sont passées. Pas toutes négatives, mais le drame reste entier.

Incrédules et abasourdis, sir William et ses compagnons ne songèrent même pas à demander au baron ce qu'il voulait dire par là.

Après un long moment, sir William s'éclaircit la voix.

— Par des amis fidèles et bien placés, nous avons appris que le pape a demandé à tous les souverains de la chrétienté de faire arrêter les Templiers et de confisquer leurs biens. En savez-vous plus long sur cette affaire ?

— *Pastoralis praeeminentiae*, c'est ça ? Cette initiative récente est censée redonner au pape le contrôle d'une situation qui lui a échappé depuis longtemps. Le résultat, c'est que les biens du Temple, presque partout, sont désormais entre les mains de l'Église. Ce qui n'est pas obligatoirement une mauvaise chose, dans le contexte actuel.

— Comment ça ? S'ils sont confisqués, nous ne les reverrons plus.

— Pas nécessairement… Ils sont sous la *juridiction* de l'Église, pas dans ses coffres. Enfin, pas encore… Donc, il reste de l'espoir.

» Mes amis, tentez d'imaginer un instant que vous êtes des chevaliers français ordinaires, sans lien avec le Temple. N'auriez-vous pas tendance à penser que de telles accusations sont fantaisistes ? Le pape lui-même ne croit pas à ces histoires… Plus important encore, ses cardinaux restent sceptiques.

» Clément est un souverain pontife de paille, c'est vrai, et l'incapacité de contrarier les plans de Philippe le Bel ne joue pas en sa faveur, en particulier auprès des cardinaux.

» Dès janvier, Guillaume de Nogaret avait assez de « confessions » pour que son maître prétende avoir remporté une victoire morale et se présente comme un défenseur de la foi et de la pureté du christianisme. Face à tant d'aveux, Clément ne pouvait rien dire. Cependant, il a chargé trois cardinaux de vérifier les « travaux » des Inquisiteurs. Une façon, vous l'aurez compris, de reprendre la direction des opérations. Devant ces trois prélats – dont deux Français –, Jacques de Molay s'est rétracté, puis il a arraché ses vêtements pour dévoiler ses cicatrices et ses bleus.

» Il semble s'être montré très éloquent, puisque les cardinaux l'ont cru. D'autres rétractations ont suivi, et elles furent également jugées recevables. Sire de Pairaud, dans le lot, on trouve celle de votre frère.

» Toujours en janvier, les trois prélats ont recommandé la clémence et refusé d'entériner la condamnation de l'ordre. Ensuite, ils ont convaincu leurs pairs. Ce printemps, dix cardinaux de la Curie ont menacé de démissionner pour protester contre la mollesse du pape face aux exactions du roi de France. À leurs yeux, les actes de Philippe Capet n'ont aucune justification et son mépris pour l'Église et ses institutions, dont le Temple, est inadmissible.

Simon de Montferrat se redressa sur son siège et se racla la gorge. Sir William se tourna aussitôt vers lui. Cet homme, il le savait, était encore plus franc et direct que le baron. Incapable de louvoyer, il entrait toujours dans le vif du sujet.

— Quelque chose à ajouter, sire Simon ?

Le vieux chevalier se leva et entreprit de marcher de long en large, mains croisées dans le dos.

— Pas à ajouter, plutôt à clarifier…

Du coin de l'œil, Simon regarda son compagnon de voyage, un ami de longue date, retourner s'asseoir, ravi de lui laisser la place.

— Étienne a un amour immodéré des détails, et il s'y noie parfois… Il allait vous dire que le pape, en février, a tranché en faveur de votre ordre. Après consultation des cardinaux, il s'est déclaré convaincu que les charges ne tenaient pas et qu'il préférait mourir plutôt que condamner des innocents. Du coup, il a ordonné à la sainte Inquisition de suspendre toute procédure contre les Templiers.

— Seigneur ! Ainsi, c'est terminé ! s'écria l'évêque Formadieu, à la fois ravi et surpris.

Des sentiments qui se disputaient la prééminence dans l'esprit de sir William.

Toujours aussi direct, Simon de Montferrat doucha l'enthousiasme de son auditoire.

— Non, c'est loin d'être fini. En réalité, ça vient tout juste de commencer. Mais les enjeux ont tellement augmenté que l'opération d'origine, contre les Templiers, est passée au second plan.

— Comment est-ce possible ? s'étonna l'évêque.

— Les réalités de la politique, monseigneur. Désormais, il s'agit d'une guerre entre Philippe et le pape. Bien entendu, Clément a peur de perdre sa place, mais surtout sa suprématie sur l'esprit des gens. En toute logique, il n'y a pas de conflit entre juridictions. Le roi de France exerce le pouvoir séculier, et Clément le spirituel. La séparation devrait être nette, et il en irait ainsi avec tout autre souverain que ce Capétien. Mais ce roi ne ressemble pas à ses prédécesseurs. Ambitieux et cupide, il méprise tous ceux qui ne pensent pas comme lui. Sa malveillance et sa soif de richesse n'ont pas de limites et n'en ont jamais eu. Il y a cinq ans, son bourreau, Guillaume de Nogaret, est allé jusqu'à Anagni, en Italie, pour terroriser un autre pape – Boniface VIII –, et tout le monde sait qu'il a précipité la mort de ce pauvre homme en agissant ainsi. Pour cette exaction, Philippe Capet n'a jamais manifesté le moindre remords. Guillaume de Nogaret reste excommunié, mais ça ne le gêne pas le moins du monde, et son maître s'en fiche lui aussi éperdument.

» Il y a donc une guerre entre deux hommes. L'un commande des armées, possède des châteaux fortifiés et peut se reposer sur des ministres prêts à lui obéir sans se soucier de morale ou de justice. En face de ce roi impitoyable se dresse un homme qui, malgré les fantastiques ressources de l'Église, lui oppose simplement un droit moral. Un homme, ne l'oublions pas, qui traîne un lourd passé de procrastination et de lâcheté. Dans ce combat, la meilleure arme de Philippe Capet, c'est son emprise sur l'esprit des gens. « Roi de droit divin » autoproclamé, il prétend répondre de ses actes devant

Dieu et personne d'autre. Le pire, c'est qu'il y croit, ce qui le rend vraiment très effrayant.

Sire Simon cessa de marcher et regarda son auditoire.

— Si j'ai un conseil à vous donner, c'est de prendre vos marques sur Arran, parce que vous ne retournerez jamais en France – en tant que Templiers, du moins. Au moment où Clément suspendait la mission de l'Inquisition contre vous, Philippe le Bel tentait déjà de le renverser en l'accusant des mêmes crimes que vous – l'hérésie en plus, pour avoir couvert celle du Temple et soutenu une organisation sataniste. En France, personne n'a douté qu'il irait jusqu'au bout, même pas le pape lui-même.

» Depuis, tout va de mal en pis. En avril, quand Clément a craqué face au roi, les tortures ont repris. Chaque jour, de nouvelles charges apparaissent et des « complots » délirants sont dévoilés. Une grande campagne est en cours pour convaincre le peuple que Philippe, le roi plus chrétien que les autres, a le droit de son côté, la France devenant ainsi la gardienne de la foi.

» Les Templiers sont quasiment tombés dans l'oubli, sauf quand on en exhibe un pour rappeler à quel point ils sont dangereux.

» Le vrai combat, aujourd'hui, a pour enjeu les richesses de votre ordre. Pour l'instant, elles sont encore contrôlées par l'Église, puisque le roi a daigné faire allégeance au pape – officiellement, en tout cas.

» L'Église détient votre fortune – en théorie – mais Philippe garde vos frères prisonniers. Et c'est lui qui l'emportera, au bout du compte. En France, le Temple ne sera plus qu'un vague souvenir. Donc, pensez à vous, mes amis. C'est le meilleur conseil que nous puissions vous donner.

Un long silence suivit le discours de sire Simon.

Ce fut l'évêque qui le brisa en murmurant :

— Eh bien, voilà un sacré casse-tête moral…

Il ne précisa pas sa pensée et personne ne lui demanda d'explications. Sûrement parce que tous les Templiers en étaient arrivés à la même conclusion. La partie était terminée, et ils avaient perdu.

Le baron mit un terme au débat en posant une question à sir William :

— Dis-moi, as-tu eu récemment des nouvelles de ta vieille tante d'Aix ?

La « vieille tante d'Aix » était le nom de code de la confrérie de Sion en présence d'étrangers.

— Non, baron, je n'en ai plus reçu depuis mon départ de Paris. À l'époque, elle allait bien, mais comme nous tous, elle ne rajeunit pas. Peut-être avez-vous des informations pour moi ? L'avez-vous vue ces derniers temps ?

— Oui, mais… Eh bien, ce que j'ai à te dire est très intime… (Le baron balaya du regard l'assistance.) Mes amis, vous vexerez-vous si je vous demande de nous laisser ? Sur l'autre sujet, nous en avons terminé, et j'aimerais m'entretenir en privé avec sir William. Des affaires de famille qui ne concernent que lui et notre ami Simon…

5

Dès que les trois hommes furent seuls, sir William chercha le regard du baron.

— Avez-vous un avis sur la question du vœu de chasteté ? Pouvez-vous m'orienter dans un sens ou un autre ? J'avoue être perdu, sur ce sujet…

— Des mots, voilà ce que nous avons à t'offrir… Rien de moins et rien de plus. Globalement, nos propos te conseilleront et te guideront, comme tu le souhaites. Mais la décision finale te reviendra. Histoire de te réconforter, sache que les membres les plus avisés de notre confrérie se sont penchés sur ton problème, cherchant la meilleure solution pour une communauté en exil telle que la tienne. Simon et moi avons participé à ces débats. En fait, c'est la véritable raison de notre venue. Récapituler ce qui s'est passé en France depuis le 13 octobre était certes important, mais l'avenir de ton groupe sur l'île d'Arran et en Écosse est un sujet vital.

» Les gens ne cessent de répéter que le monde change, et ils n'ont pas tort, bien entendu. Mais là, nous sommes face à un bouleversement. Ton monde, celui des Templiers, ne redeviendra plus ce qu'il était. Une révolution a eu lieu, et ses effets seront permanents. C'est vrai en France, et ça le sera bientôt dans toute la chrétienté.

Dutoit regarda sire Simon, lui passant le relais :

— William, nous sommes ici pour te rappeler tes racines. D'où tu viens, et qui tu es vraiment… Non que nous te soupçonnions d'avoir oublié, mais après avoir consacré tellement de temps au Temple, peut-être n'as-tu plus tout à fait le bon point de vue. Cela dit, nous ne sommes pas là pour te critiquer, et tu n'as commis aucune erreur. Notre intervention vise à recadrer ta réflexion, c'est tout. Es-tu prêt à nous entendre ?

Penché en avant dans son fauteuil, le front plissé de concentration, sir William tourna la tête vers la longue table où il avait posé son ceinturon d'armes en entrant. Au lieu de répondre, il se leva, approcha du meuble, dégaina son épée longue et fit quelques mouvements à blanc avec une lenteur délibérée.

— Savez-vous depuis quand je ne me suis plus servi pour de bon d'une épée ? J'ignore ce que « recadrer ta réflexion » signifie exactement, mais je brûle de le découvrir. Bref, je suis prêt à tout entendre – et pressé de vous écouter.

— Parfait… Étienne ?

Le baron avança, demanda son épée à sir William et fit lui aussi des mouvements à blanc – un enchaînement de parades et d'attaques démontrant qu'il tenait encore sa place avec une lame dans les mains. Après une série de figures très complexes, il s'interrompit, contempla un moment l'épée puis la retourna, pointe dirigée vers le bas et, les mains sur la lame, sous la garde, la brandit comme un crucifix.

— Te souviens-tu de ce symbole ? As-tu toujours à l'esprit ce que tu as appris en rejoignant notre confrérie ? Te rappelles-tu nos enseignements au sujet des pères fondateurs de Sion et de leurs origines ?

» Ne t'avons-nous pas dit que la Croix des chrétiens est une invention – ou plutôt une adaptation de la Croix de Lumière qui symbolisait le dieu romain Mithra ? Un emblème adapté et adopté par des hommes qui cherchaient à convertir à la foi chrétienne des adorateurs de Mithra – à savoir la totalité des soldats de la légion.

» Ne t'avons-nous pas également enseigné que la chrétienté elle-même est une forme détournée et usurpée de la Voie que suivaient nos ancêtres ? La même Voie que Jésus, l'homme, pas le dieu, et son frère Jacques prônaient et dont nous sommes prêts à défendre les secrets au prix de notre vie ?

» Une Voie usurpée, mon ami, parce qu'elle fut empruntée aux Juifs puis dépouillée de tout ce qu'elle avait d'hébraïque. Et détournée, parce que pour plaire aux Romains, on l'expurgea de tout ce qui aurait pu les offenser, eux, les grands contempteurs du peuple juif. Sans hésiter, d'ailleurs, à occulter Jésus lui-même et son action véritable…

» Tous ces enseignements sont-ils encore présents dans ton esprit ?

Surpris par la véhémence du sermon et l'agressivité de la question, sir William leva les mains comme pour se défendre.

— Bien sûr. Je me souviens de tout.

— Alors, l'heure est venue de vivre ta véritable existence – celle d'un frère de Sion.

— Doutez-vous que je l'aie fait jusque-là ?

— Non, mais nous pensons que tu dois voir les choses d'un autre œil à partir de maintenant.

— Ce « nous », c'est Simon et vous ?

— Non, je parle au nom de tous les membres de la confrérie. Voici le message que nous t'apportons : il est temps de faire l'inventaire de ce dont vous disposez, ici, sur l'île d'Arran.

— Après les nouvelles apprises aujourd'hui, tout ce qui nous reste, c'est la liberté, et nous devons nous estimer heureux…

— C'est exact. Pour l'instant, cette liberté est encore limitée, et c'est la raison de notre visite. Si tu ne prends pas d'initiatives, William, vous aurez surtout la liberté de mourir les uns après les autres, jusqu'à ce qu'il ne reste personne. Mais ça, tu l'as déjà compris. Savoir que tu avais beaucoup réfléchi à la question nous a encouragés.

» Oui, libérer de leur vœu de chasteté tes plus jeunes hommes – au moins – est la seule solution. Sinon, de ton groupe, il ne restera bientôt personne pour transmettre un précieux héritage.

— Quel héritage ?

— L'esprit des derniers Templiers libres de l'histoire. Après deux cents ans, n'est-ce pas précieux ?

Sir William leva les bras au ciel.

— J'ai déjà pensé à ça, bien entendu ! Mais dois-je comprendre que vous me conseillez de tout abandonner ?

— Pas le moins du monde… Je viens te dire de vivre désormais comme un membre de *notre* ordre. Ça n'implique pas de renoncer à tes responsabilités, mais de les voir sous un autre jour, et de les assumer différemment. Personne ne te demande de tourner le dos à ton devoir.

— Certes, mais comment envisagez-vous que je libère mes hommes de leur vœu de chasteté tout en leur ordonnant de rester sur Arran ?

Le baron fronça les sourcils.

— Là, je ne te suis pas…

— Voilà qui ne m'étonne pas, baron… Le problème, c'est qu'il n'y a pas de femmes sur l'île, sinon les épouses des rares habitants qui ne sont pas encore partis. Bref, pas l'ombre d'une célibataire en âge d'enfanter…

» Donc, si je libère mes moines de leur vœu – sans même parler de ceux qui refuseront –, ils devront quitter l'île pour partir en quête d'épouses. Un exode qui hâtera notre fin…

Déconcerté, Dutoit chercha du regard l'aide de sire Simon.

— Quand tu parles de « notre fin », dit celui-ci, tu fais référence aux Templiers présents sur Arran, pas vrai ?

— Bien entendu.

— Mais à nos yeux, « nous » fait toujours référence à l'antique ordre de Sion. Le Temple, tu le sais, est depuis toujours un moyen de nous dissimuler et de garder secrets nos véritables objectifs. Pour ce « nous », il n'y a pas de fin en vue. Notre existence restera secrète et notre œuvre se perpétuera. C'est pour ça que nous sommes venus te dire de prendre toutes les mesures requises pour vous protéger, tes hommes et toi. Votre présence ici, en tant que Templiers, renforce celle de Sion en Écosse, où nous ne sommes pas particulièrement bien implantés. Toi et les autres frères de Sion, vous nous représenterez. De plus, nous vous avons confié nos plus précieuses possessions, afin qu'elles soient en sécurité.

— Les coffres, oui… Pour l'heure, ils n'ont rien à craindre.

— Nous n'en doutons pas. Le moment venu, ils reviendront en France. Pour l'instant, les y rapporter serait de la folie. En conséquence, mon jeune ami, tu dois rester ici. C'est la mission que t'assigne l'ordre de Sion ! Et tu dois prospérer en Écosse. La confrérie a besoin que tu pèses de tout ton poids sur le roi d'Écosse et ses barons.

Sir William secoua la tête, perplexe.

— Quel rapport avec le vœu de chasteté des frères ? Je ne vois pas le lien…

Sire Simon inspira à fond, sans doute pour ne pas perdre patience.

— William, les Templiers prononcent trois vœux. Lequel compte le plus ?

— L'obéissance.

— Exactement ! Nommé maître d'Écosse, tu as tous les pouvoirs sur les Templiers de l'île. Si tu suis nos conseils, nous trouverons le meilleur moyen de leur présenter les choses. Même si certains refusent, comme tu le prévois, bon nombre accepteront. En seront-ils moins tenus de t'obéir ? Bien entendu que non ! En conséquence, tu leur ordonneras de partir en quête d'épouses, puis *de revenir avec elles sur Arran*, où ils seront toujours considérés comme des membres de la communauté.

» Comprends-moi bien, je ne dis pas que ce sera facile, mais que c'est nécessaire.

— Au nom du Seigneur, que me chantez-vous là ? Réfléchissez un peu, tous les deux… En libérant ces hommes d'un de leurs vœux, nous les inciterons à se ficher des deux autres. Comment leur dire en conscience, et en gardant mon autorité, qu'une de leurs saintes obligations est moins importante que les autres et qu'ils seront absous d'y avoir dérogé ? Et comment, en même temps, les contraindre à respecter leurs autres engagements ? C'est insensé. Parfaitement illogique.

— Tu as raison, mais ça ne vient pas de nous. C'est le monde qui est devenu fou, et nous sommes bien obligés d'y vivre. Tous les hommes sont des pécheurs, n'importe quel chrétien le sait. Mais dans le cas qui nous occupe, ces frères ont été condamnés et punis par les instances qu'ils ont passé leur vie à défendre : l'Église et la société qu'ils ont servies. Leurs prêtres, et avant tout le premier d'entre eux, les ont trahis sans vergogne, et leur roi, auquel ils ne devaient pas allégeance, les tient pour un ramassis de traîtres bons pour la prison, la torture et les flammes de la mort. S'ils doivent se raccrocher à quelque chose, c'est à eux-mêmes et à leur volonté de survivre et de défendre leur idéal. À cette fin, il faut qu'ils aient des enfants. Au nom de la chrétienté et de la foi, ils auraient sans hésité donner leur vie. Et les voici ostracisés par ceux-là mêmes qu'ils entendaient défendre !

» Crois-moi, William, ils t'écouteront, et ils comprendront. Et si un sur dix seulement accepte ton absolution, nous aurons en Écosse une vingtaine de familles susceptibles de perpétuer la foi.

— La foi chrétienne, je suppose ?

— Oui. La nôtre ne l'est pas… Mais les Templiers d'Écosse doivent se perpétuer à n'importe quel prix.

— Il me semble toujours impossible de procéder ainsi. Il n'y a aucun précédent dans l'histoire. Annuler un vœu collectif…

— Tu te trompes, en tout cas partiellement. Des changements plus radicaux sont déjà intervenus. Avant la fondation de l'ordre du Temple, aucun religieux n'a jamais eu le droit de tuer. Pourtant, quand les circonstances l'ont imposé, cette loi immuable du christianisme a été modifiée. Les prêtres et les moines ont obtenu une dispense qui les autorisait, voire les encourageait, à tuer au nom du Tout-Puissant. En regard de ce que ça représente par rapport aux Dix Commandements, notre affaire de chasteté n'est rien.

— Dit comme ça, c'est évident… Donc, nous devons disparaître…

Voyant la surprise de ses interlocuteurs, sir William crut bon de préciser :

— Un homme d'Église m'a dit ça un jour, ici… Et à l'époque, j'étais d'accord… (Il se tut, pensif, puis dévisagea ses deux parrains.) Comme vous, le conseil pense que c'est faisable ?

— Nous le pensons tous, oui, répondit le baron Dutoit. Et nous mettrons à ta disposition les ressources de notre confrérie.

— Pour sauver ce qui reste du Temple…

— Oui, et pour le préserver. Nous t'enverrons de l'aide, William. De brillants jeunes Français, la fine fleur de Sion, tous mariés et pères de famille. L'Écosse et la France – *notre* France – œuvreront ensemble à cette renaissance.

Sir William resta un long moment silencieux avant d'acquiescer.

— Qu'il en soit ainsi, dans ce cas… Ce sera difficile, mais nous le ferons.

6

Pour la énième fois depuis quatre heures, sir William jeta un coup d'œil méfiant au cylindre soigneusement enveloppé qui reposait sur la table, devant lui. Un nom y figurait – le sien, dans une écriture qu'il reconnaissait et qui lui inspirait des sentiments mitigés. Le rouleau était scellé et il luttait contre l'envie de briser la cire afin de lire la lettre qu'il contenait.

Pourquoi cette personne lui écrivait-elle ? Incapable de deviner, il n'avait pas vraiment envie de le découvrir.

Cette femme avait envahi son esprit contre sa volonté, et il ne parvenait pas à l'en chasser. Aux moments les plus étranges, son image apparaissait devant son œil mental. Très souvent, il lui arrivait de se réveiller avec le souvenir de sa silhouette voluptueuse et de la chaleur imaginaire de sa peau.

Assis devant la lettre, indécis, il dut reconnaître que son obsession ne s'était pas arrangée depuis qu'il avait libéré certains frères de leur vœu de chasteté.

Dégoûté, il grogna, tourna et retourna le cylindre entre ses mains, puis étudia son nom soigneusement calligraphié.

Le matin même, un jeune homme arrivé sur la galère de l'amiral – de retour de Galloway, où Bérenger avait rencontré Edward Bruce et sir James Douglas – lui avait apporté la missive.

Le frère du roi et son gardien, venait d'apprendre sir William, étaient depuis un mois dans le Nord, où ils avaient affronté les MacDougall d'Argyll aux côtés du souverain. L'amiral avait participé à la campagne, sillonnant les lochs marins afin de soutenir les forces du roi.

Le conflit, rapportait Bérenger, s'était achevé par une victoire du roi Robert lors de la bataille de la passe de Brander – l'accès arrière aux terres d'Argyll, réputé imprenable. Essentiellement due au génie de l'improvisation de sir James, la prise de la passe avait permis une percée décisive – et complètement désorganisé les forces de John le Boiteux, convaincu que ses arrières ne craignaient rien.

La maudite lettre était arrivée en même temps que ces nouvelles, apportée par un jeune cousin de la baronne. Pour servir sa parente, ce Randolph était venu à cheval de Nithsdale avec la consigne de trouver le commandant en chef des troupes du roi, au sud, puis d'obtenir un passage sur le prochain navire en partance pour Arran. Contraint d'attendre deux semaines l'arrivée de la galère amirale, il avait ensuite traversé le Firth à son bord.

En marmonnant, sir William se leva, abandonna la lettre sur la table, gagna une fenêtre et observa ses hommes, qui s'activaient dans la cour.

Depuis l'arrivée du baron et de son ami, plus d'un mois s'était écoulé. Profitant de la relève du détachement affecté au roi Robert – trois jours durant lesquels les « partants » et les « revenants » séjournaient ensemble sur l'île –, le maître d'Écosse avait organisé une réunion des deux chapitres afin d'exposer ses nouvelles décisions aux Templiers. Avec l'aide de Bérenger et de plusieurs vétérans, et sans lésiner sur la patience et la pédagogie, histoire que le moins éveillé des frères comprenne tout, il avait tout d'abord exposé en détail la situation en France, puis insisté sur les conséquences qu'elle aurait immanquablement sur la vie des hommes présents sur l'île. Presque à la fin des « débats », il avait révélé son intention de relever les Templiers encore libres de leur vœu de chasteté.

Anticipant de grosses difficultés avec les trois évêques et le Sanglier de Pairaud – qui ne manquait pas de partisans –, sir William avait jugé judicieux de les consulter avant le chapitre général. À sa grande surprise, aucun de ses adversaires potentiels n'avait émis d'objection. Au contraire, et sans mauvais esprit, ils avaient posé des questions pertinentes. Était-il théologiquement admissible, par exemple, de choisir parmi des vœux déjà prononcés celui qu'on pouvait jeter aux orties, et ce tout en respectant les autres ?

Sans tricherie, sir William avait répondu à toutes les questions – et convaincu son petit monde. Après tout, comme l'avait souligné un des évêques, ce n'étaient pas eux qui avaient choisi d'usurper l'autorité divine.

Face à un bouleversement des règles dont ils n'étaient en aucun cas responsables, mais qui mettait en danger leur univers, les Templiers avaient bien le droit de songer à leur avenir.

Quand il s'agit de présenter le projet aux autres frères, les débats furent plus houleux et durèrent très tard dans la nuit. Pourtant, la motion ne fut pas rejetée. Trop ancrés dans leurs habitudes et ne voyant pas ce qu'ils y gagneraient, les vétérans refusèrent d'être libérés de leur vœu. Cependant, parmi les plus jeunes, cinquante-sept acceptèrent, certains avec enthousiasme, d'autres avec indifférence et d'autres encore, plus nombreux, malgré de nombreuses réserves.

Sir William ne fut pas étonné, mais un rien déçu – contre toute logique – que Martelet, le rebelle repenti, soit parmi les premiers à accepter. Contrairement à ses anciens complices, qui campèrent sur leurs positions.

Prolongeant le chapitre, sir William, le lendemain, avait revêtu ses plus beaux atours pour offrir aux frères la bénédiction du Dieu de l'Ancien Testament.

L'exode provisoire avait commencé le jour d'après. Leurs vœux d'obéissance et de pauvreté renouvelés, tous les frères « affranchis », sans exception, avaient juré de revenir sur Arran avec leur épouse, dès qu'ils en auraient une.

Sur les cinquante-sept frères, trente faisaient partie du détachement destiné au roi Robert. Du coup, ils devraient attendre la fin de leur service avant de se mettre en quête d'une femme – à moins qu'ils joignent l'agréable à l'utile en « prospectant » pendant ces mois-là.

Après ce triomphe, les deux envoyés d'Aix-en-Provence étaient repartis chez eux, ravis par la tournure des événements. De jeunes membres de Sion mariés et pères de famille, promirent-ils de nouveau à sir William, arriveraient aussi vite que possible. Pour simplifier les choses, on les présenterait comme des sympathisants du Temple venus prêter main-forte aux valeureux fugitifs.

Encore indécis sur la façon dont il accueillerait ces renforts et sur les tâches qu'il leur affecterait, sir William n'était pas inquiet pour autant. Le moment venu, on trouverait sans problème une place à ces jeunes compagnons.

Se détournant de la fenêtre, le Templier baissa de nouveau les yeux sur la lettre. En toute honnêteté, sa répugnance à l'ouvrir n'avait aucun sens. Lui ayant été remise à la vue de tous par un jeune garçon, la missive ne pouvait rien contenir qui fût contraire aux bonnes mœurs ou délibérément provocant. De plus, la femme en question lui avait déjà écrit, et elle lui communiquait sans doute des informations qu'elle avait pu glaner grâce à son statut très particulier auprès du roi.

En réalité, sir William ne redoutait rien de Jessica Randolph. Ce qu'il craignait, c'était sa propre réaction face à une manifestation si évidente de sa troublante existence.

Ses souvenirs de la baronne – ou pire encore, ce qu'il imaginait d'elle – avaient pendant longtemps perturbé son sommeil. Alors qu'il espérait aller un peu mieux bientôt, voilà qu'elle revenait toquer à sa porte.

Après un gros soupir et une profonde inspiration, le chevalier écossais revint s'asseoir, brisa le sceau du cylindre, en sortit les feuilles et vit au premier coup d'œil que le texte, comme la fois précédente, était rédigé en angevin.

« Sir William,

Vous en savez peut-être déjà plus long que moi sur ce que je vais vous dire, et si c'est le cas, je m'en excuse. Lors d'un récent séjour à Nithsdale, sir James Douglas m'a appris qu'il n'avait pas pu venir vous voir à cause des contraintes de sa campagne à Galloway. Du coup, j'ai pensé que vous aimeriez être informé de ce qui s'est passé dans le Nord.

La trêve en vigueur avec les MacDougall de Lorn et d'Argyll est terminée. À l'évidence, John le Boiteux de Lorn en a profité pour renforcer ses troupes et ses positions, afin de reprendre le combat contre Sa Grâce. Conscient de la duplicité de cet homme, le roi a marché vers le nord puis il a envahi les terres du Boiteux *via* la passe de Brander. Sir James et ses hommes sont en chemin pour le rejoindre.

Si vous n'êtes pas informé de tout cela, sachez que l'issue de ce conflit aura une grande influence sur *votre* situation. J'espère que cet impact sera positif.

Depuis le temps, votre installation sur Arran doit être bien avancée, sinon quasiment achevée. Vous connaissant, je me doute que les choses ont progressé à un train d'enfer. De mon côté, je continue à jouer les tantes de paille – encore que le mot « mère » serait mieux adapté pour définir une relation si profonde et intense. Quelle que soit l'appellation choisie, je prends un grand plaisir à tenir ce rôle auprès d'une enfant délicieuse et très douée pour l'apprentissage des langues. Après moins d'un an de pratique, elle parle français comme si c'était sa langue maternelle.

J'espère que vous ne m'en voudrez pas trop de m'être une nouvelle fois imposée à votre attention, mais je pense très souvent à vous, et comme aimait à dire mon père, avec trop de curiosité pour mon propre bien.

Peggy va bien, l'âge l'embellit et vous seriez très fier d'elle. Votre cadeau, elle le porte en permanence, affichant l'admiration qu'elle voue à son frère aîné.

Le garçon qui vous a remis cette lettre est un cousin à moi. Sachez qu'il est bien plus jeune qu'il en a l'air – une raison de me le renvoyer quand il insistera pour rester avec vous. L'âge venu, il aura toutes les occasions possibles et imaginables de guerroyer.

Votre amie,

Jessica Randolph »

Au sujet de la campagne contre les MacDougall, sir William savait déjà tout par la bouche de l'amiral – des informations bien plus fraîches que celles de la baronne. Cela dit, si la lettre lui était arrivée avant le retour de Bérenger, il l'aurait lue avec un très grand intérêt, et en aurait conçu une vive reconnaissance envers son expéditrice. Les événements avaient joué contre Jessica Randolph, une infortune dont on ne pouvait pas la blâmer. Son intérêt pour ce qu'il devenait – avec ses hommes, bien entendu – semblait sincère et il ne voyait aucune raison d'en douter.

De quoi aggraver sa culpabilité, puisqu'il n'avait aucune intention de répondre. À sa connaissance, il n'avait jamais correspondu avec une femme, et ce n'était pas pour commencer à son âge. Même à Peggy, sa sœur, il n'avait jamais daigné répondre.

La seule idée d'essayer d'écrire à la baronne lui donnait des sueurs froides. Par où commencer, et de quelle manière continuer ?

Le mieux était de camper sur ses positions. Pas de réponse, et donc aucun risque de dire quelque chose qu'il pourrait regretter.

Il relut quand même la missive, la plia soigneusement puis la rangea dans le coffret en bois de santal qui trônait sur son bureau. Là où attendait déjà la première lettre de la baronne – hors de portée des yeux indiscrets.

En route pour la légende

Le retour

1

Par cette superbe matinée de juin de l'an de grâce 1312, sir William Sinclair s'adonnait à une activité qu'il n'avait aucune envie de partager avec quiconque. Dans la vie d'un moine, l'intimité avait peu de place, et ses fonctions de maître et de commandeur du Temple sur Arran n'arrangeaient rien. À tout moment, quelqu'un avait besoin de lui parler, quêtant son avis ou son approbation. Et chaque fois qu'il mettait le nez dehors, un attroupement se formait autour de lui. Du coup, seules la prière et la méditation lui offraient un peu de répit. Et encore, puisque la plupart des prières journalières du Temple étaient communes.

Aujourd'hui, pourtant, le chevalier écossais avait décidé d'être seul. Et pour ça, il avait une excellente raison.

La veille, un vieux loup de mer, en poste sur un navire commercial mouillant en baie de Lochranza, lui avait affirmé que le lendemain serait la plus belle journée de l'année – jusque-là, en tout cas. Cédant à une impulsion, sir William avait décidé de mettre à exécution un plan qu'il mûrissait depuis plus d'un mois.

Aussitôt, il était allé informer sire de Montrichard, le précepteur de l'île, qu'il s'absenterait – seul – et ne reviendrait pas avant deux jours, à savoir pour la fin du mois en cours.

Sire Richard s'était contenté d'enregistrer l'information sans trahir de surprise ni poser de questions. Hélas, même si le précepteur n'y voyait rien d'étrange, une telle escapade du maître – sans l'ombre d'une escorte – éveillerait la curiosité de bien des frères. Histoire d'étouffer les spéculations dans l'œuf, sir William avait précisé qu'il éprouvait le besoin de méditer dans le calme, sans qu'on vienne le déranger toutes les cinq minutes.

Ensuite, il avait informé Tam de son intention de dormir deux nuits à la belle étoile, lui demandant de s'assurer que son écuyer, le jeune Henry, aurait de quoi s'occuper en son absence.

Loin d'argumenter, comme on aurait pu le redouter, Tam avait souhaité un joyeux moment de solitude à son chef.

Quand il eut bourré une sacoche de selle de tout ce dont il pourrait avoir besoin, sir William la jeta sur son épaule et, sur l'autre, fit de même avec une couverture enroulée serrée. Puis il passa aux cuisines et se fit donner des vivres pour deux jours. Après avoir choisi un cheval adapté à la montagne, il sortit des écuries alors que le soir tombait et s'enfonça dans les collines.

Avant qu'il ait fait une demi-lieue, un vent violent se leva, l'incitant à camper. Bien à l'abri dans un creux de paroi rocheuse, non loin d'un petit cours d'eau, il dormit à poings fermés tandis qu'une tempête faisait rage, impuissante à l'atteindre dans son refuge. Grâce à sa couverture et à une épaisse couche de broussailles, il n'eut même pas froid et se réveilla en pleine forme longtemps avant les premières lueurs de l'aube.

Après un petit déjeuner à base de viande froide et de flocons d'avoine avalé dans l'obscurité, il leva le camp et fila vers le sud-est, longeant le flanc du mont Goat Fell jusqu'à ce qu'il retrouve la côte.

Vers le milieu de la matinée, alors que le soleil tapait déjà dur, il atteignit sa destination.

Tournant le dos à la mer, il sonda le versant de la grande montagne en quête d'une âme qui vive, mais sans s'attendre à en repérer une. Sur la côte d'Arran, cet endroit était le plus sauvage – et le moins fréquenté à cause de ses hautes falaises et de la quasi-absence de plage. Pour y arriver, le seul chemin possible, c'était celui qu'il avait emprunté. Deux ans plus tôt, par le plus grand des hasards, en pistant un cerf blessé, il avait découvert cet endroit.

Prenant sa monture par la bride, sir William la guida sur la pente qui conduisait à un étroit défilé où coulait un cours d'eau au courant tumultueux. Vers l'aval de cette petite rivière se trouvait le joyau de ce lieu reculé. À une quarantaine de pieds sous le bord de la falaise, invisible à partir de toutes les directions – sauf si on était en mer –, une saillie rocheuse couverte de bruyère et d'herbe dominait l'eau.

Sir William dessella son cheval et le laissa brouter en liberté. Emportant sa sacoche de selle et quatre branches d'aulne qu'il avait coupées dans un bosquet, à environ un quart de lieue au nord de là, il descendit sur la pointe rocheuse, gagna l'extrémité et baissa la tête pour contempler l'eau, à moins de trente pieds plus bas.

Par une journée sans intempéries, la mer était très calme, n'était la houle qui affluait et refluait sur la pointe de certains rochers, sa présence discrète témoignant du gros grain de la veille. Malgré tout, l'onde restait assez limpide pour qu'on distingue très clairement la forme des poissons qui frôlaient de temps en temps le pied de la falaise.

Sir William scruta de nouveau le flanc de la montagne, au-dessus de sa tête. Comme il l'espérait, il était seul.

Après s'être écarté du bord de la saillie, il retira son baudrier et posa son épée dans l'herbe. Puis ce fut le tour du ceinturon où s'accrochaient sa sacoche et le fourreau de sa dague.

Pour cette escapade, il ne portait ni haubert ni pièce d'armure, car on n'en avait jamais besoin sur l'île. Les habitants de la péninsule du Kintyre ne savaient pas trop qui étaient les nouveaux résidents d'Arran, mais, les voyant nombreux et visiblement experts en matière d'armes, ils leur fichaient une paix royale.

Sir William prit trois de ses branches d'aulne et les lia ensemble avec des lanières de cuir, formant une sorte de trépied, puis attacha la quatrième à deux des « pieds ». Quand ce fut fait, il retira son surcot d'été marron, le plia et le laissa tomber sur ses armes. Débouclant une étroite ceinture, il se défit de sa tunique mi-longue, et, torse nu, écarta les bras pour sentir la caresse de l'air chaud sur sa peau. Quelques instants plus tard, il s'assit, retira ses bottes puis se défit de son pantalon – mais en gardant ce qu'il portait dessous.

D'une main, il saisit sa sacoche de selle, la tira vers lui et en sortit deux objets. D'abord, un pain de savon à l'odeur entêtante pris à la blanchisserie, puis un paquet blanc soigneusement enroulé et attaché qu'il ouvrit et déroula.

Un simple rectangle de peau de mouton décolorée, deux fois plus large qu'il était long. Doux et souple, le côté intérieur était d'une parfaite propreté. Le côté extérieur portait encore la toison de la bête, mais coupée très court. Aux deux extrémités, des trous permettaient de faire passer un long lacet en cuir blanc.

S'agenouillant, le chevalier écossais porta les mains à ses flancs et entreprit de dénouer le lacet qui tenait fermé le rectangle de peau de mouton – identique à l'autre, mais bien moins propre – qu'il portait autour de la taille et qui recouvrait ses hanches et la moitié haute de ses cuisses. Luttant contre les nœuds, il mit un moment à se libérer de ce carcan. Enfin, il se releva, nu comme un ver, et marcha jusqu'au bord de la saillie, sur le côté, pour sonder l'eau et évaluer la force d'un éventuel courant sous-marin. Puis il laissa tomber le sous-vêtement sale et le pain de savon sur une étroite corniche, au bord de l'eau, et gagna de nouveau la pointe de son étrange perchoir.

La décision de venir ici, prise depuis longtemps, avait été avancée à cause d'une rencontre avec Gareth, l'écuyer de sire de Montrichard.

Alors que les deux hommes étudiaient le programme de relève des combattants prêtés au roi Robert, le fichu écuyer était entré dans la salle pour délivrer un message à son maître. Au moment où le garçon passait à côté de lui, sir William avait dû fermer les yeux et retenir son souffle pour ne pas défaillir à cause d'une agression olfactive majeure.

Dans une communauté où on puait volontiers, certains hommes diffusant même des relents de latrines, on devenait vite insensible aux nuisances de ce type. Pourtant, même parmi des moines qui ne sentaient pas la rose, ce garçon empestait plus qu'une fosse septique en plein été.

Respiration bloquée, le maître d'Écosse avait attendu que l'infection sur pieds ait bien voulu repartir d'où elle venait.

— Doux Jésus, Richard ! Ce garçon indisposerait un putois ! Je parie qu'un cadavre polluerait moins l'air ambiant. Quand s'est-il lavé pour la dernière fois, ce goret ?

Sire de Montrichard ouvrit de grands yeux.

— Je n'en sais rien... À Pâques, sûrement, comme nous tous. Soit il y a à peine trois mois. Dois-je lui ordonner de reprendre un bain ?

Tenté de répondre par un « oui » tonitruant, sir William avait soupiré puis haussé les épaules. Au sujet du nauséabond Gareth, il avait déjà un plan...

Après en avoir terminé avec le précepteur, le commandeur d'Arran avait envoyé chercher son propre écuyer et neveu, le jeune Henry Sinclair.

Dans sa chambre, il avait tiré d'un coffre un pain de savon, l'enroulant dans une de ses serviettes. À l'arrivée de

Henry, il lui avait fait signe d'approcher, puis s'était penché pour le renifler soigneusement – non sans pincer quelque peu les narines.

— À quand remonte ton dernier bain ?

— Deux semaines, mon oncle.

Habitué aux excentricités du maître d'Écosse, l'écuyer n'avait pas bronché. Pour une raison connue de lui seul, sir William insistait sur la propreté corporelle. Celle-ci n'étant mentionnée nulle part dans la Règle de l'ordre, les Templiers répugnaient à se baigner – une activité qu'ils jugeaient efféminée et trop propice aux tentations de la chair.

— J'ai une mission pour toi, mon garçon. Il est grand temps que tu ailles nager un peu.

Le jeune homme sourit. Sur les quarante écuyers de l'île, il faisait partie des dix qui ne coulaient pas comme des pierres lorsqu'on les trempait dans l'eau. Nager, il adorait ça, les rares fois où ses corvées lui en laissaient le temps.

— Attrape ! cria sir William en lançant la serviette et le pain de savon à son assistant. Dès que tu seras sorti, rameute tous tes amis qui savent nager, et profitez bien de votre après-midi. Mais il y a une condition… Débrouille-toi pour que Gareth soit de la fête. Il faut le décrasser, et c'est toi qui t'en chargeras. Tu sais te servir du savon, pas vrai ? Eh bien, utilise-le sur lui, et sans modération. Me suis-je bien fait comprendre ?

— Oui, mon oncle, mais…

— Il n'est pas question de pousser Gareth de la falaise, compris ? Ne sachant pas nager, il risquerait de se noyer. Mais attire-le dans l'eau depuis la plage, et ne lésine pas sur l'huile de coude. Exécution !

En repensant à cette scène, sir William songea à la tête qu'avait dû tirer Gareth, à l'évidence allergique de naissance à l'eau et au savon.

Lui, en revanche, il adorait ça. Après un dernier examen, histoire de ne pas se fracasser le crâne sur un rocher, il plongea.

Fin juin l'eau était plutôt chaude, mais le choc de l'immersion lui coupa pourtant le souffle. Alors qu'il remontait vers la surface, il se félicita de n'avoir jamais eu peur de l'eau. Pour la plupart des gens, c'était l'inverse. La mer, à leurs yeux, était une réalité étrangère et terrifiante – un des territoires de la mort, peut-être, sur lequel ils n'avaient aucun contrôle.

Petit garçon, il avait appris à nager avec un des employés de son père. Pêcheur depuis sa plus tendre enfance, l'homme nageait à la perfection et il adorait ça. Élève doué, sir William avait su tirer parti de l'expertise de son professeur. Depuis ses dix-huit ans, il comptait sur les doigts de la main les occasions où il avait pu nager. Pourtant, il n'avait jamais oublié l'ivresse de s'ébattre dans une eau profonde et limpide.

Se sentant à la fois coupable et libéré, il s'ébattit un bon quart d'heure, plongeant régulièrement pour admirer les fonds marins. Avec leur manteau de varech et d'algues, les rochers prenaient des allures de monstres de légende, et il adorait observer les bernacles et les autres coquillages qui tapissaient le sable. L'eau salée ne tardant pas à agresser ses yeux, il resta à la surface, fit la planche et observa paresseusement la falaise en battant de temps en temps des jambes pour ne pas trop dériver.

Dans cette position, il ne tarda pas à avoir une conscience particulièrement aiguë de ses parties intimes, peu habituées à ne pas être confinées et serrées. Cette sensation lui rappelant pourquoi il était venu, il nagea vers l'endroit où il avait laissé tomber le savon et son sous-vêtement.

Dans le bassin naturel, l'eau se révéla bien plus froide que celle de la mer, qu'il venait de quitter. Les membres soudain plus lourds, il dut lutter pour se hisser sur l'étroite corniche où l'attendait un dur labeur.

Le soleil étant bloqué par la saillie rocheuse, il faisait presque frisquet dans ce recoin. Posant le sous-vêtement sur un rocher plat, sir William entreprit de le frotter avec le savon jusqu'à ce que de la mousse apparaisse. Ce ne fut pas un jeu d'enfant, surtout avec un savon de piètre qualité, mais il finit par y arriver et sentit la laine humide frémir sous ses doigts engourdis par le froid. La malaxant sans relâche, il élimina toutes les taches douteuses sans hésiter à ajouter du savon quand ça s'imposait. Après plusieurs trempages dans l'eau et autant de séances de récurage, il décida qu'il ne ferait pas mieux et alla rincer le carré de peau sous la cascade d'eau fraîche qui se déversait dans le bassin. Acharné, il insista jusqu'à ce qu'il ne reste plus trace de souillures dans l'eau ni sur le sous-vêtement.

La peau de mouton sur une épaule, gelé jusqu'aux os, il remonta à la force des poignets sur la saillie rocheuse.

Aussitôt, la caresse du soleil sur sa peau lui procura une sensation de bien-être. Mais avant d'être tout à fait réchauffé, comprit-il, il lui faudrait un bon moment.

Après avoir posé la peau de mouton sur son séchoir improvisé – l'assemblage de branches d'aulne –, il exécuta des figures de gymnastique destinées à étirer ses membres et à accélérer son rythme cardiaque.

Se sentant enfin réchauffé, il s'étendit sur l'herbe, savoura la chaleur du soleil et s'endormit comme une masse.

Il se réveilla une bonne heure plus tard, tiré du sommeil par l'insecte qui rampait sur son torse. D'une pichenette, il força la bestiole à s'envoler puis jeta un coup d'œil à son séchoir. Toujours trempée, la peau de mouton ne gouttait plus, un résultat encourageant.

Sir William se leva, s'en empara et entreprit de la secouer. Un travail plutôt pénible, mais réalisable, à condition d'insister.

Quand il eut fini, le sous-vêtement ne rendant plus d'eau, il s'avisa qu'il était à moitié trempé – mais cette fois, sans trembler de froid.

Utilisant le long lacet, il attacha le rectangle de peau au « séchoir » qu'il orienta afin que les rayons du soleil le bombardent. À leur incidence, il estima que midi approchait.

En cette saison, il restait encore au moins huit heures de jour. Assez pour que la peau de mouton puisse être enroulée et rangée dans la sacoche de selle.

Retournant à l'extrémité de la saillie rocheuse, sir William tourna lentement sur lui-même pour sonder la falaise, au-dessus de sa tête, et l'eau qui s'étendait à l'infini à ses pieds. Ne repérant aucun signe de vie, il s'autorisa à uriner, orientant son pénis pour que le jet décrive un arc-de-cercle majestueux avant de venir se mêler à l'eau.

Soudain conscient de sa nudité, et un peu gêné, il alla ramasser le sous-vêtement propre qu'il avait apporté.

Un pagne de laine d'agneau blanche, pour être précis. Chaque Templier en recevait un le jour de son intégration à l'ordre. Un accessoire vestimentaire qu'on portait sans réel plaisir, puisqu'il s'agissait d'une défense contre les pulsions de la chair – un rempart face à la concupiscence qu'il convenait de garder de jour comme de nuit.

Une protection efficace, si on jouait le jeu et ne s'en défaisait jamais, quelles que soient les circonstances. À force, la puanteur de la peau de mouton devenait à elle seule une garantie de chasteté.

Fataliste, sir William noua l'étrange sous-vêtement sur ses hanches et ses cuisses, emprisonnant de nouveau sa masculinité dans un carcan.

Quand ce fut fait, il tira du fourreau son épée et sa dague, les examina d'un œil critique puis sortit de sa sacoche de selle sa pierre à aiguiser et un petit flacon d'huile très utile pour préserver les armes de la rouille.

Concentré à l'extrême, il travailla un long moment, affûtant les tranchants puis enduisant d'huile les deux lames avant de les polir.

Durant toute l'opération, il ne perdit jamais conscience de la pression du nouveau pagne qui faisait comme un obstacle entre son corps et lui.

Le port du pagne n'avait aucun rapport avec le refus de la sexualité qui caractérisait l'ordre du Temple et l'Église catholique. Plongeant ses racines dans de bien plus anciennes traditions, ce détail vestimentaire était en réalité un signe d'appartenance à l'ordre de Sion – un écho du pagne blanc que portaient les prêtres d'Isis et Osiris à l'époque de la captivité des Hébreux. Plus tard, quand Moïse avait guidé son peuple hors d'Égypte, ses prêtres avaient repris la tradition, arborant le pagne de laine d'agneau blanche pour souligner leur pureté spirituelle – une qualité de l'âme indispensable chez les serviteurs du Dieu vivant, Jéhovah.

Les prêtres du temple de Jérusalem avaient adopté cette coutume longtemps avant l'avènement des Pharisiens d'Hérode, qui n'avaient pas cru bon d'y rester fidèles. Le pagne blanc avait alors été repris par les Esséniens, le mouvement auquel s'étaient joints Jésus, l'homme, pas le fil de Dieu, et son frère Jacques, surnommé le Juste.

Lors de ses études, sir William avait aussi appris comment les Templiers avaient à leur tour adopté cette tradition. À ce souvenir, il ne put s'empêcher de sourire.

Alors qu'ils prenaient un bain, Hugues de Payns et un de ses plus proches amis, Payen de Montdidier, avaient été surpris par d'autres chevaliers étrangers à l'ordre de Sion. Interrogés sur les bizarres sous-vêtements qu'ils portaient, les deux hommes s'étaient troublés jusqu'à ce que Montdidier, en une brillante improvisation, parle d'une pénitence qu'ils s'étaient imposée pendant leurs années de fouille, dans les ruines du temple de Jérusalem.

Une véritable garantie de chasteté, avait-il brodé, puisque le sous-vêtement, cousu sur son porteur, était impossible à enlever. L'aura de Montdidier étant universelle, nul n'avait mis en doute cette explication fantaisiste, et le pagne blanc, dès ce jour, était devenu une pièce incontournable de la tenue des Templiers.

Franchement amusé, sir William sourit de nouveau, puis il donna un dernier coup de peau de chamois à son épée. Si les Templiers portaient bien un pagne, celui-ci n'avait guère de rapports avec le sous-vêtement souple presque sans laine de celui des frères de Sion. Le pagne du Temple, beaucoup plus lourd, gardait quasiment toute la toison. En été, on crevait de chaud avec cet accessoire. Comme les autres frères de Sion, sir William ne souffrait pas de ce genre d'inconfort.

Content de l'aspect de ses armes, il les remit au fourreau et se régala d'un repas très simple – poisson fumé et bannock frais. Puis il alla boire au ruisseau, revint vers son séchoir et vérifia l'état du pagne récemment lavé. Ensuite, il s'étendit sur l'herbe, ses vêtements en guise d'oreiller, et s'autorisa une nouvelle sieste.

Dans les jours à venir, pensa-t-il lorsqu'il émergea du sommeil, il n'aurait guère le temps de se reposer. Au cœur de ses terres, à Ayr, près du Clyde d'Arran, le roi Robert avait convoqué un Parlement qui durerait probablement jusqu'à la fin juillet. Bizarrement, le maître d'Écosse y était invité. Pourquoi, il l'ignorait, mais une lettre l'avait informé que le souverain serait ravi de sa présence. Signée par l'évêque de Moray, la missive lui avait été remise en main propre par un bénédictin venu à pied d'Édimbourg avant de traverser le Firth de la Clyde à bord d'une galère des MacDonald. Le Parlement réunirait tous les hommes puissants et influents du pays.

En cette compagnie, regrettait-il de ne pas pouvoir arborer les signes de sa propre puissance ? Pas le moins du monde…

Sir William Sinclair ne serait qu'un simple chevalier bien armé et sentant particulièrement bon. D'ici trois jours, il quitterait l'île d'Arran…

Le Templier suivit des yeux le vol d'une mouette qui piqua vers la mer, s'y enfonça puis en sortit avec dans le bec un poisson si gros que son poids faillit l'entraîner vers le bas. Admiratif, sir William regarda l'oiseau reprendre de l'altitude – puis il aperçut quelque chose d'étrange, à la périphérie de son champ de vision.

Se redressant, il mit une main en visière, plissa les yeux pour ne pas être ébloui, et finit par reconnaître la silhouette d'un navire, à plusieurs miles marins de sa position. À l'arrêt pour l'instant, ce bâtiment en piteux état – c'était visible même de loin – ne semblait pas menaçant. Mais à qui appartenait-il et où allait-il ?

Deux questions qui n'avaient rien d'alarmant, mais qui suffirent à balayer la sérénité bucolique du maître d'Écosse. Une fois encore, le monde se rappelait à lui, soulignant qu'il devrait bientôt repartir et accepter de ployer de nouveau sous le poids des responsabilités.

2

Depuis la proue du navire qui approchait de la petite jetée d'Ardrossan, le seul village de pêche qui en possédait une sur cette partie de la côte, non loin d'Ayr, sir William identifia sans peine la silhouette de l'évêque guerrier David de Moray.

Alors qu'il prenait pied sur le quai étroit, le chevalier écossais s'étonna que l'évêque, informé de son arrivée, ait pris la peine de venir l'attendre.

Moray cria son nom et agita la main, puis il se détacha du petit groupe avec lequel il conversait et vint à la rencontre de sir William. Comme la première fois, il ressemblait à tout, sauf à un prélat de la sainte Église.

— Sir William, bienvenue en Écosse ! Le roi vous salue et espère que vous aurez le temps de le voir en privé avant qu'on en arrive aux affaires d'État.

David de Moray écarta les bras pour donner l'accolade au Templier. Peu à l'aise avec le protocole, celui-ci avait un instant envisagé de mettre un genou en terre afin d'embrasser la chevalière de l'évêque – le seul symbole de son état qu'il arborait. Au lieu de ça, il s'abandonna de bon cœur à l'étreinte de plantigrade du religieux, petit mais costaud, puis se dégagea, recula d'un pas et tenta de retrouver son souffle.

— Évêque de Moray, je... Eh bien, je suis surpris de vous voir, monseigneur. Surpris et honoré. Comment avez-vous su que j'arrivais ?

L'évêque sourit puis désigna le ciel.

— N'oubliez pas la charge qui est la mienne, mon ami... La sainte Église a des yeux et des oreilles partout – et n'est-ce pas un de mes frères qui vous a apporté l'invitation ? Une fois de retour, il m'a touché un mot de vos plans. Étant dans le coin, en chemin pour Ayr, j'ai fait étape ici pour vous attendre. Suivez-moi, à présent. J'ai une monture pour vous, un toit à vous proposer, et mille sujets à aborder en votre compagnie.

Sir William jeta un coup d'œil derrière lui. Sur le quai, Tam et le jeune Henry donnaient des ordres à l'équipage pour organiser le débarquement de sa suite – y compris les dix chevaux amenés d'Arran.

— Dans ce cas, permettez-moi d'informer mes assistants. Où descendrons-nous cette nuit ?

— Sur la route du Sud, à deux lieues d'ici… Mon cousin Thomas nous prie de faire comme chez nous dans son manoir. Vos hommes ne peuvent pas se tromper, le bâtiment se voit de loin.

Sir William acquiesça et alla parler à Tam. La « délégation » comptait dix membres. Lui-même, Tam, Henry, trois chevaliers et quatre sergents. En l'état, personne, même doté d'un œil d'aigle, n'aurait pu les distinguer les uns des autres. Voyageant léger, les dix hommes transportaient leurs provisions et leur couverture, car ils ne s'attendaient pas à rencontrer des difficultés lors de ce voyage. Néanmoins, ils étaient armés et cuirassés.

Quelques minutes plus tard, après que l'évêque l'eut présenté à ses compagnons, sir William se hissa sur le dos d'un beau hongre bai. Saluant de loin Tam et Henry, il talonna sa monture et suivit ses nouveaux amis.

— Henry, dit Tam, grave ça dans ton esprit. Sir William est le dernier Templier en ce monde accueilli à bras ouverts par un prince de l'Église. Ça ne te donne pas envie de rire ?

L'écuyer roula de gros yeux.

— Un prince de l'Église ? Ce type est un évêque ?

— Comme je te le dis. Mais en France, tu n'en trouveras aucun de ce genre. Tu viens de voir David de Moray – de son vrai nom, David de Moravie –, évêque de Moray. C'est un sacré gaillard, et un guerrier qui n'a pas froid aux yeux. Un des plus fervents partisans du roi. Bon, bouge-toi, il faut débarquer les gars et tout le matériel.

Alors que Tam fonçait vers la passerelle en beuglant des ordres, Henry resta un moment où il était, le regard rivé sur l'endroit où sir William et les autres avaient disparu de sa vue. Un évêque guerrier en armure cabossée, plutôt qu'en chasuble et en mitre ! S'il avait cru voir ça un jour…

Sur son hongre, alors qu'il suivait l'étrange évêque, sir William pensait exactement la même chose. David de Moray était l'un des trois prélats qui avaient permis à Robert Bruce d'accéder au trône, le soutenant malgré la menace d'excommunication qui pesait sur lui après le meurtre de sir John Comyn, sur les marches de l'autel de l'église de Dumfries, en 1306. Depuis, Moray n'avait jamais lâché le roi et l'Écosse, sa loyauté devenant légendaire. Mais à part sa chevalière et la croix d'argent, sur sa poitrine, il n'avait rien d'un homme de robe. De temps en temps, cependant, il consentait à arborer sa chasuble et sa mitre – logiquement, le Parlement devrait être une de ces occasions. Sinon, le prince de l'Église était vêtu comme un guerrier et se comportait en tant que tel. Plutôt petit mais très costaud, il portait une épée longue dans le dos et ne se séparait jamais d'un bouclier cabossé orné de ses couleurs – hélas délavées depuis beau temps.

Comme s'il sentait le regard de sir William peser sur lui, David de Moray se retourna :

— Sir William, venez chevaucher avec moi un moment.

Le Templier talonna son cheval. Obéissant à l'ordre implicite de leur chef, les hommes qui chevauchaient avec lui se laissèrent distancer de quelques longueurs.

— Vous avez l'air en forme, mon ami, dit l'évêque. Difficile de reconnaître en vous un Templier, il faut l'avouer. C'est impressionnant. Sachez que le roi et tous ceux qui veillent sur lui sont admiratifs devant la « métamorphose » de votre communauté. Et vos hommes rendent de grands services à Robert, malgré la Règle qui interdit au Temple de se lier à un souverain. Tout ça n'est pas passé inaperçu.

En français, une langue qu'il parlait à la perfection, David de Moray n'avait pas le même niveau de langage qu'en écossais, où il se laissait souvent aller à une mâle camaraderie.

Là, c'était le prélat qui parlait, en fin politique et diplomate au moins autant qu'en religieux.

— Tous les deux, nous savons que votre engagement auprès du roi est le résultat d'un marché donnant donnant. De l'aide en échange d'un sanctuaire où ce qui restait de l'ordre pourrait survivre. Pour vous, il était vital d'entretenir la flamme, si j'ose dire…

» Un officier du Temple, je viens d'évoquer ce point, n'est pas tenu d'être fidèle à un roi. C'est dans l'ordre des choses, et personne ne vous a demandé de déroger à cette règle. Mais vous êtes allé plus loin de vous-même, soutenant Robert plus loyalement que bien des Écossais que n'entravait aucun autre serment.

» Votre contribution et celle de vos hommes sont appréciées à leur juste valeur. C'est pour ça que Sa Grâce vous a invité. Ce sera votre premier Parlement, je suppose ?

— Oui, monseigneur. Philippe Capet se tient pour un roi de droit divin. Il ne voit aucune raison d'impliquer le peuple dans ses décisions.

Moray eut un grognement approbateur. Encouragé, sir William lui posa la question qui lui brûlait les lèvres :

— Pourquoi Ayr, monseigneur ? Pour le Parlement, je veux dire… Et pourquoi en plein milieu de l'été ?

L'évêque guerrier lâcha ses rênes de la main gauche et se grattouilla la barbe.

— Ami, quand je n'ai pas ma mitre et tout le reste, oubliez le « monseigneur ». Pour vous, je suis David, et ça suffit amplement. Mes amis m'appellent ainsi, et j'aimerais vous compter dans le lot.

» Pourquoi Ayr ? Parce que c'est le choix du roi, tout bêtement. Il en est originaire, et cette région a beaucoup souffert, avec tant d'armées qui l'ont traversée et retraversée. Selon Robert, il est grand temps que la population d'Ayr et de ses environs voie comment le pays est gouverné et par qui.

» Philippe Capet dirige son royaume comme s'il s'agissait de son fief, et il ne fraie pas avec la « populace ». Le roi d'Écosse, lui, règne sur un peuple, pas sur un pays. Il guide les gens et ils lui en sont reconnaissants. C'est l'idée de notre Parlement. Une assemblée de toutes les régions d'Écosse, avec, depuis le temps de Richard Wallace, des représentants des petites gens, afin de défendre aussi leurs intérêts. Les Écossais sont maîtres de leur destin, en accord avec leur roi.

» Pour l'heure, les Anglais se déchirent entre eux, comme vous devez le savoir. Édouard de Caernarvon et le comte de Pembroke ont fait alliance contre un groupe de nobles qui se sont baptisés eux-mêmes « seigneurs des Ordonnances », avec pour meneurs le comte de Warwick et celui de Lancaster. Le rêve de ces barons, c'est *d'ordonnancer*, si j'ose ce bon mot, les royaumes d'Angleterre et d'Écosse. Pour mieux servir leurs intérêts, bien entendu…

» Nous voyons ça d'un très bon œil. Tant qu'ils s'entretuent, ils nous fichent la paix, et c'est un répit bienvenu. Bref, le moment idéal pour convoquer un Parlement.

» Vous savez pourquoi ils s'écharpent ?

— Oui. C'est à cause de l'assassinat de Piers Gaveston, en mai dernier. C'est bien ça ?

— Exactement. Gaveston s'était rendu à Pembroke avec la garantie d'avoir la vie sauve. Mais Warwick l'a intercepté alors qu'il voyageait vers le sud, et il l'a assassiné sur ordre de Lancaster. « Assassiné » est un trop joli mot pour cette indignité. Un crime crapuleux, voilà ce que c'était. À juste titre, Édouard en a été furieux – tout comme Pembroke, dont l'autorité était bafouée autant que l'honneur.

» Concernant Édouard II, je n'ai aucune complaisance envers les pédérastes, et j'estime qu'aucun pays ne mérite d'avoir un roi efféminé. Mais que peut-on y changer ? Son « honneur » bafoué et sa « puissance » défiée, le roi est devenu une proie idéale pour des barons cupides en quête de pouvoir. Aujourd'hui, tous ces gens sont en guerre – et nous non, pour une fois.

— Mais il y a encore des soldats anglais en Écosse, non ? Ou se sont-ils retirés ?

— Ils sont toujours là, mais il s'agit de garnisons, plus d'armées. S'ils tiennent encore nos meilleurs châteaux, Robert est déterminé à les en chasser. Berwick, Dumfries, Caerlaverock, Buitle, Bothwell, Perth, Stirling et Édimbourg, une liste de noms encore douloureux à nos oreilles, mais qui ne le seront plus dès que Robert aura le temps et les hommes requis pour entreprendre la reconquête.

— Et pour mes hommes et moi, quel programme ? Ou suis-je simplement un invité d'honneur ?

L'évêque tourna la tête vers son interlocuteur et sourit.

— Serait-ce de l'ironie que j'entends dans votre voix, mon ami ? Vous ne soupçonnez quand même pas le roi et ses conseillers d'avoir une idée derrière la tête ?

Sir William entra dans le jeu du prélat.

— Moi ? Que Dieu m'en préserve ! En tout cas, pas avec l'intention de nous nuire... Mais pour le bien du royaume, je n'en mettrais pas ma main au feu. Bref, que me demandera le roi Robert quand nous nous entretiendrons à Ayr ?

Moray hocha presque imperceptiblement la tête.

— Rien de plus que ce que vous lui donnez de votre plein gré jusqu'à présent. Votre soutien sans faille et une efficacité redoutable en matière de... discrétion. Cet anonymat, pour les raisons que vous connaissez, est de la plus haute importance.

— Oui, je sais... Où en est la bataille pour faire lever l'excommunication de Robert ?

— Pas très loin, hélas... Quand des hommes cupides se chargent des affaires divines, les changements sont difficiles, voire impossibles. Mais nous ne baissons pas les bras. À la cour du pape, nous avons des émissaires et l'archevêque Lamberton, même captif en Angleterre, continue à envoyer des lettres au souverain pontife et aux cardinaux. Dans le plus grand secret, bien sûr…

— Comment est-ce possible mon… sir David ? En étant prisonnier ?

— Édouard II n'est pas du même bois que son père. C'est l'explication… Le nouveau roi d'Angleterre aime bien notre prélat, et il lui laisse plus d'intimité et de liberté que l'ancien lui en concédait. Lamberton exploite à fond cette faiblesse pour faire acquitter Robert des charges d'assassinat et de trahison que des ennemis sans scrupules lui ont collées sur le dos.

Les deux hommes chevauchèrent quelques instants en silence, puis ce fut au tour de l'évêque de poser une question :

— Dites-moi, sir William, qu'en est-il de vos hommes et de leur vœu de chasteté ? Comment ont-ils pris votre décision ?

— Eh bien, certains n'ont pas voulu de cette nouvelle liberté, et d'autres ont juré de revenir sur Arran avec femme et enfants, quand ils en auront.

— Certes, mais…

David de Moray n'alla pas plus loin, c'était inutile.

— Je sais, sir David, mais qu'aurais-je dû faire ? Attendre que les frères meurent les uns après les autres ? Mon devoir est de préserver les traditions et l'héritage du Temple. Laisser tout ça se perdre aurait été un pire péché que de jeter par-dessus bord un serment devenu destructeur. Ces derniers temps, mes hommes et moi avons été trahis par l'institution que nous avions juré de défendre au péril de notre vie. On nous a abandonnés, mon ami, sans une chance de survivre en tant qu'hommes et que moines. Je lutte pour empêcher notre fin. Est-ce un péché ?

— Voici le manoir... Nous serons bientôt arrivés.

Le fief se dressait devant eux, à environ une demi-lieue du pied de la butte sur laquelle ils chevauchaient. Érigé en hauteur, le manoir dominait une plaine où on n'apercevait pas l'ombre d'un arbre. Un coin assez sinistre, songea sir William, et qui venait de fournir un prétexte à l'évêque pour esquiver une question gênante.

Avant que le Templier ait pu s'indigner de cette dérobade, le prélat lui montra qu'il se trompait :

— Mon ami, en mon âme et conscience, je ne puis vous donner tort. Cela dit, l'évêque en moi s'insurge, car il appartient en principe à Dieu et à ses représentants sur terre d'annuler un tel serment. Bizarrement, mes tripes me crient pourtant que vous avez eu raison. Comptez-vous de jeunes mariés parmi vos frères ?

— Huit de mes hommes vivent désormais sur l'île avec leur famille. Ça nous fait treize enfants, âgés de trois mois à trois ans. Ils sont notre avenir, et à ce titre, nous les traitons très bien, je vous prie de le croire. Avec quelque deux cents oncles pour veiller sur eux, ils ne risquent pas d'être malheureux.

— Excellent ! Nous en reparlerons ce soir, après un bon dîner... J'ai plusieurs raisons de vouloir en apprendre plus sur votre communauté. Pour l'heure, gagnons notre destination et prenons un peu de repos.

Moray se tourna sur sa selle et, en écossais, s'adressa aux hommes qui les suivaient :

— Torrance, MacNeil, approchez !

Se laissant distancer, sir William chevaucha derrière l'évêque et ses deux fidèles gardes du corps.

3

Ce soir-là, le dîner s'acheva très tard. Pourtant, après avoir envoyé tout son petit monde au lit, en vue d'un départ matinal, l'évêque demanda à sir William de rester.

Assis devant la cheminée, les deux hommes attendirent que la salle se soit vidée. En règle générale d'une stricte sobriété, David de Moray plongea pourtant la main dans un sac de cuir accroché au dossier de son fauteuil et en sortit une bouteille de l'alcool d'orge que distillaient ses compatriotes.

— Ce délice vient du nord, non loin de ma région natale… Croyez-moi, c'est la meilleure chose qui soit jamais sortie des terres des Comyn. Nous l'appelons *uisquebaugh,* c'est-à-dire « eau-de-vie »… Trinquons ensemble à notre roi.

Sir William trempa les lèvres dans son gobelet… et dut lutter pour ne pas sursauter.

— Eau-de-vie, dites-vous ? Quand on goûte, on a plutôt l'impression de risquer la mort.

— On s'habitue vite, vous verrez…

L'évêque leva de nouveau son gobelet.

— À notre roi.

— Oui, à notre roi… Puisse-t-il régner longtemps.

— *Amen*…

L'évêque but, resta un moment silencieux, puis posa son gobelet à ses pieds.

— Sir William, il faut que je vous parle des Templiers. Nos Templiers.

— *Nos* Templiers ? Que voulez-vous dire ?

— Ceux d'Écosse… Le roi et moi, nous voulons que vous leur parliez.

— Les Templiers d'Écosse ? Ne m'avez-vous pas dit qu'ils sont allés en Angleterre servir le roi Édouard ?

— Vous m'avez mal compris… Les chevaliers partis en Angleterre étaient tous des Normands français, pas des

Écossais. Ces derniers sont restés, sous les ordres du vieux maître de Soutar. Mais depuis sa mort, il y a cinq ans, ils sont... désorganisés, pour employer un euphémisme. Aujourd'hui, avec les nouvelles qui arrivent d'Angleterre et de France, ils se sentent trahis – y compris par Sa Grâce, hélas. Car même s'ils jouissent d'une totale liberté ici – ce qui n'est plus le cas nulle part dans la chrétienté pour des Templiers –, ils sont toujours frappés d'anathème par le pape et ne peuvent espérer aucune aide de l'Église.

» Il ne reste plus beaucoup de chevaliers... Entre quarante et soixante, dispersés dans le royaume. Ce sont des hommes de valeur, de rudes combattants et des alliés de la première heure du roi Robert. À présent, il voudrait resserrer ses liens avec eux, et il m'a chargé de vous demander votre aide.

Sir William but une nouvelle gorgée et la trouva moins assassine.

— Pourquoi a-t-il besoin de moi ?

La réponse était évidente, mais il avait envie de l'entendre de la bouche du prélat.

— Parce que vous leur direz qui vous êtes – sans rien leur cacher.

Le Templier ne put s'empêcher de sourire.

— Une petite minute... Après des années passées à me dissimuler, vous voudriez que je dise tout à ces hommes ? Pardonnez-moi, mais ça semble illogique.

— De votre point de vue, pas du nôtre. Ces Templiers sont liés à l'Église par un serment qui les empêche en principe de jurer allégeance à un roi. Pour Robert, ils ont fait une exception. Aujourd'hui, ils sont désorientés et sans but. Abandonnés par le pape, ils ne parviennent plus à assumer leur devoir de moines ni de membres du Temple. Sans maison capitulaire ou précepteur, en pleine détresse, ils ont le sentiment de ne rien recevoir de Robert après l'avoir soutenu pendant des années. À cause de la politique du pape, les hommes d'Église ne peuvent rien pour eux.

— Donc, vous redoutez qu'ils vous tournent le dos… Très bien, que devrai-je faire ?

— Convoquer une assemblée spéciale des frères d'Écosse sous l'égide du Grand Chapitre de France.

— Il n'existe plus de Grand Chapitre de France…

— Désolé, mon ami, mais je ne suis pas d'accord… Et si vous réfléchissez, vous changerez d'avis. Le Grand Chapitre de France, c'est votre communauté, désormais. Angevins, Poitevins, Gascons, Normands ou Bretons, tous vos hommes sont des Français. C'est en tout cas ce que clame Philippe Capet, et personne ne le contredit, semble-t-il.

» En conséquence, la communauté d'Arran est bel et bien le Grand Chapitre de France.

Les yeux plissés, sir William dévisagea un long moment son interlocuteur. Puis il but encore une gorgée et sourit.

— David de Moray, c'est un argument spécieux – même pour un évêque – mais je l'accepte pour l'instant. Alors, en quoi consistera la suite ? Où trouver ces chevaliers ? J'ignore par où commencer.

— Aucun souci. Je les connais tous et je les contacterai. La plupart, en tout cas.

— Parfait. Et où se tiendra cette assemblée ?

— La réponse ne vous semble pas évidente ? Sur Arran, bien sûr. Pour avoir envie de la rejoindre, ces hommes doivent voir que vous formez une communauté.

— Évêque, vous êtes grinçant, me semble-t-il…

Sir William sourit et le prélat haussa les épaules.

— C'est l'homme d'Église qui vient me titiller la conscience… Les chrétiens détestent les sociétés secrètes, et on ne trouve pas plus secret que le Temple…

— Si, la sainte Église elle-même !

Moray plissa le front, puis il finit par acquiescer – à contrecœur, trouva sir William.

— Ce n'est pas faux... Mais je peux accepter cette culture du secret – celle du Temple, je veux dire – si votre loyauté envers nous reste inébranlable.

— Ne l'est-elle pas depuis toujours ? Deux cents ans à servir l'Église sans jamais rien demander en échange. Puis il a fallu que le roi de France ait une poussée de cupidité...

— Sur ce point, je ne vous contredirai pas.

— Qu'espérez-vous obtenir de cette réunion, sir David ? Si on vous en croit, il reste peu de chevaliers du Temple ici...

— Cinquante au minimum, peut-être soixante, et qui sait, quatre-vingts. Sans compter les sergents, bien entendu. Ça fait beaucoup de combattants.

— Et vous redoutez qu'ils deviennent incontrôlables ?

— Imprévisibles, en tout cas... Avec une personne peu fiable, il reste possible de négocier. Face à des gens imprévisibles, à quoi s'attendre ?

— Oui, je vois ce que vous voulez dire... Qui sont ces Templiers d'Écosse ? Y a-t-il des Highlanders parmi eux ?

— Des Gaëls, vous voulez dire ? Non. D'ascendance, ce sont des Normands français, mais ils ont leurs racines ici, contrairement à ceux qui ont rejoint Édouard II. Ils se nomment Randolph, Moray, Buchan, Boyd – voire Comyn, pourquoi pas. Mes assistants ont la liste de leurs noms, pas moi... De toute façon, je n'aurais pas le temps de m'y intéresser.

— Aux noms, je suppose ? Mais les hommes, comment comptezvous les rallier à votre idée ?

— Par la bande, bien sûr... Il faudra se montrer prudent, cela dit... Des rumeurs sur ce qui se passe en France et ailleurs courent partout, donc, si la convocation vient de moi, ils se méfieront et n'y répondront peut-être pas.

» J'ai plutôt pensé à des messagers du roi, avec une missive de Robert…

— Dans le lot, il y a des Buchan et des Comyn, soit les pires ennemis de Robert Bruce. Craignant pour leur sécurité, ils ne tiendront aucun compte de sa lettre.

— C'est vrai. Voilà pourquoi Sa Grâce pense que vous devez rencontrer les plus récalcitrants. Pas en tant que messager, mais comme *Templier français*. Notre espoir, c'est que votre autorité les convainque d'assister à la grande réunion. Bien entendu, nous vous laissons le choix des moyens.

— Je vois… Et quand j'aurai réuni tous ces gens, il ne restera plus qu'à leur rappeler leurs vœux pour qu'ils m'obéissent au doigt et à l'œil. Qui a eu cette idée ?

— Pourquoi cette question ? Je vous ai dit que le roi…

— Non, sir David. Quelqu'un d'autre tire les ficelles, et je parie que ce n'est pas vous. Quand avez-vous vu Robert pour la dernière fois ?

— Il y a un mois, à Dunfermline.

— Et vous avez débattu de cette question ?

— Absolument !

— Combien de temps êtes-vous resté ?

— Trois jours. Mais quel rapport avec… ?

— C'est très lié, évêque, et vous le savez aussi bien que moi. La mission que vous voulez me confier influe sur mes obligations les plus saintes envers mes frères et mon ordre. Un plan pareil ne se conçoit pas en quelques jours, si brillant qu'on soit. Donc, je repose la question : de qui est-ce l'idée ?

Moray foudroya un moment du regard le Templier, puis il haussa les épaules, fataliste.

— Vous n'êtes pas du genre crédule, pas vrai ? Je vais répondre, à condition que vous juriez de ne jamais répéter mes propos.

— Je vous en donne ma parole.

— Ce plan est sorti de l'esprit du primat d'Écosse.

Sir William cligna des yeux.

— Lamberton est prisonnier en Angleterre !

— Oui, dans un pays en guerre… L'archevêque a su tirer parti du chaos ambiant et du laxisme d'Édouard II. S'esquivant quelques jours, il est venu ici parler à Robert et l'informer de tout ce qui se trame en Angleterre. Voilà pourquoi vous devez garder le secret.

» Lamberton est resté moins d'une semaine. Après avoir conseillé Robert, il est reparti pour sa « prison ». Organiser la réunion et demander votre aide était son idée.

» En même temps, il juge impossible d'encourager le Temple à s'enraciner *officiellement* en Écosse… Pour ne pas réduire à néant les chances de faire annuler l'excommunication, je sais… Mais il veut aussi renforcer la loyauté des chevaliers qui soutiennent Robert, et gagner à sa cause ceux qui s'en sont abstenus.

» En conséquence, il a imaginé ce plan… Votre présence sur Arran, en tant que communauté respectueuse de la Règle de l'ordre, et l'éventuelle intégration des Templiers du royaume montreront les bonnes intentions du roi envers votre confrérie. Ça prouvera aussi que le Temple peut prospérer dans ce royaume, tant qu'il reste discret. Cerise sur le gâteau, l'opération contraindrait certains des pires opposants au roi, parmi les Écossais, à se plier à la Règle d'obéissance de l'ordre. Ça ne fonctionnera pas avec tous les réticents, mais ce sera toujours ça de gagné. Et si ça décide certains à changer d'avis, Robert pourra les accueillir sans rien demander d'autre que leur loyauté.

— Oui…

Un étrange bien-être l'ayant envahi après l'absorption de l'eau-de-vie, sir William hocha pensivement la tête.

— Votre archevêque est un homme intelligent… Je suis très impressionné, vraiment… Eh bien, c'est d'accord, j'organiserai un chapitre, mais ça prendra du temps. Il faudra se préparer à la perfection, ce qui implique des échanges réguliers entre le porte-parole du roi – vous, en l'occurrence – et ma modeste personne. Hélas, avec votre vie trépidante, vous ne restez jamais longtemps au même endroit. Qui fera la liaison entre nous ?

— Un jeune clerc à l'esprit vif de l'abbaye d'Arbroath, maître Bernard de Linton. Il a l'oreille du roi et l'archevêque lui voue une confiance aveugle. *Idem* pour moi. Il organisera des navettes de messagers, pour rester constamment en contact avec vous.

» J'y pense soudain… La dernière fois que j'ai vu Bernard, il était escorté par votre frère Kenneth. Vous êtes proches, tous les deux ?

— Oui, on peut dire ça… Mais ça le disqualifie pour approcher les Buchan et les Comyn. Il les a combattus, donc ils savent dans quel camp il est. Les hommes que j'enverrai devront être inconnus de ces gens… Je les sélectionnerai parmi les frères qui ne participent pas aux rotations et n'ont jamais chevauché avec Bruce…

Sir William se tut brusquement.

— Que se passe-t-il ? demanda Moray. Une idée vient de vous traverser l'esprit ? Je crois avoir vu ça dans vos yeux…

— Et vous ne vous trompez pas… (Sir William réfléchit quelques instants puis baissa les yeux sur ses mains.) Je viens de m'aviser que j'ai de bonnes nouvelles pour vous et pour Lamberton.

— Vraiment ? Lesquelles ?

— Au sujet de notre présence sur Arran, et des problèmes qu'elle peut vous valoir. Un de ces jours, je conduirai mes hommes ailleurs.

— Où donc ? Pour vous, il n'y a pas d'endroits sûrs dans la chrétienté.

Sir William médita encore un peu, puis il sourit, sa décision prise.

— C'est bien au-delà de la chrétienté…

David de Moray écarquilla les yeux.

— Bien au-delà ? Ce ne peut être que la Terre sainte, puisque l'Espagne, même si elle grouille de Maures, fait toujours partie de la chrétienté. Mais ce serait suicidaire. Vous seriez isolés parmi des milliers, non, des centaines de milliers d'ennemis. Mon ami, vous ne tiendriez pas une semaine…

— C'est exact, mais ce n'est pas là que je compte aller… Sir David, j'ai juré de ne rien dire au sujet de l'archevêque, et vous m'avez fait confiance. Puis-je vous demander la pareille ? Si vous promettez de garder ça pour vous, je vous raconterai une histoire que vous aurez du mal à croire. Pourtant, chaque mot en sera vrai.

David de Moray roula de grands yeux, mais il n'hésita pas un instant.

— Vous avez ma parole. J'écoute…

— D'abord, servez-moi un peu de cette eau-de-vie, parce que parler longtemps va me donner soif. Servez-vous aussi. Écouter dessèche tout autant le gosier.

Ayant pris d'instinct la décision de se confier à l'évêque, sir William rassembla ses idées pendant que son interlocuteur remplissait les gobelets, puis refermait la bouteille et la remettait dans son sac.

Après une bonne gorgée d'*uisquebaugh*, le Templier évoqua l'amiral de Saint-Valéry et l'expédition qu'il avait lancée à la recherche de Merica, un lieu légendaire situé de l'autre côté de l'océan.

Moray écouta, fasciné, sans broncher sauf lorsqu'il s'autorisait une gorgée d'alcool.

— Tout ça remonte à cinq ans ? fit-il quand sir William eut terminé. Et vous n'avez jamais revu l'amiral.

— Non, mais j'ai eu de ses nouvelles, juste avant de quitter Arran pour venir ici.

— Des nouvelles qui arrivaient d'où ?

— De l'endroit qu'il cherchait.

L'évêque se redressa dans son fauteuil.

— L'amiral est mort, mais sa quête est un succès. Il a trouvé Merica, ou une autre terre inconnue, peu importe – huit semaines après nous avoir quittés. Avec ses hommes, il a passé un hiver glacial dans une forêt enneigée où le gibier, par bonheur, ne manquait pas. D'énormes cerfs, mon ami, plus gros qu'aucun chrétien n'en a jamais vu.

» Au printemps, les bateaux sont repartis, cabotant jusqu'à ce qu'ils arrivent dans un endroit au climat plus accueillant. Là, ils ont établi un camp non loin de celui des hommes à la peau ocre qui vivaient dans le coin. Un peuple noble, stoïque et plein de chaleur et de charme.

» Mes frères ont vécu deux ans là-bas, y prospérant, jusqu'à la mort de l'amiral, l'an dernier. Tué par la chute d'un arbre lors d'une tempête… Avant sa triste fin, les explorateurs avaient réarmé un de leurs quatre navires afin de pouvoir nous faire connaître leur découverte. Après un voyage périlleux, ces braves nous ont retrouvés sur Arran. La moitié de l'équipage avait péri dans les tempêtes ou de maladie, mais ils avaient réussi.

— Vous les attendiez ?

— Non. Pour moi, ils étaient tous morts depuis longtemps. Mais je me trompais. Ces hommes ont trouvé une nouvelle terre – un sanctuaire très éloigné de la chrétienté et de ses folies.

— Pourquoi revenir, alors qu'ils n'étaient qu'une poignée ?

— Justement, parce qu'ils ne sont qu'une poignée. Ils sont venus chercher des renforts, afin de pouvoir survivre dans leur nouveau monde.

— Et là, ils sont sur Arran…

— Oui, le temps de reprendre leurs forces.

— Et ils ont découvert une nouvelle terre… Au nom du Seigneur, sir William, savez-vous ce que ça signifie ?

— Oui, mon ami ! Mon ordre a trouvé un sanctuaire très loin de ce triste monde qu'on nomme la chrétienté. Désormais, je peux conduire mes frères en un lieu où ils seront libres de vivre et de croire sans craindre les misérables princes et prélats d'un monde où le message du Christ n'est plus entendu depuis longtemps.

— Mais il y a des gens là-bas, avez-vous dit. Sans doute des sauvages que la sainte Église pourrait arracher à la damnation.

— Je lis vos pensées dans vos yeux, sir David, et ce sont celles d'un prélat, justement… Mais ne perdez pas de vue deux points capitaux. D'abord, vous êtes tenu au secret sur cette affaire. Ensuite, les hommes qui partiront pour Merica sont des évêques, des prêtres et des moines parfaitement capables de répandre parmi les natifs la Parole du Seigneur. Quand nous aurons civilisé cet endroit, avec l'aide de Dieu, il sera temps de revenir et d'annoncer son existence au monde. Pour l'instant, il serait criminel d'attirer sur cette terre l'attention des prédateurs qui dévastent la chrétienté.

» Dieu a révélé l'existence de cette terre aux Templiers, et il doit avoir Ses raisons. Merica est à nous, selon la volonté divine. C'est notre refuge, notre salut et l'unique étincelle d'espoir dans les ténèbres qui se sont abattues sur nous.

» En conséquence, nous défendrons ce secret au péril de nos vies, et aussi longtemps qu'il le faudra. Merica existe, mon ami, et ne disparaîtra pas…

— Et c'est un grand pays, ai-je cru comprendre.

— Assez pour que Saint-Valéry ait dû caboter des mois durant avant de trouver un climat agréable. Au bas mot, c'est l'équivalent de la chrétienté.

— Un nouveau monde…, murmura Moray, pensif. Si ça se savait, tous les rois et les barons d'ici lanceraient des flottes à sa conquête.

— C'est pour ça que le secret doit primer. Jusqu'à ce que nous soyons installés.

— Au nom du roi de France ?

— Vous nous prenez pour des crétins ? Ce ne sera pas davantage au nom du pape, puisque Clément est un incapable doublé d'un lâche. Nous nous installerons au nom du Temple, et s'il nous est un jour possible de rentrer, parce que les puissants, ici, seront revenus à la raison, nous remettrons Merica à notre maître légitime, à condition qu'il en soit digne. Un pape droit et honnête, oui, mais en aucun cas un roi.

— Et pourquoi pas celui d'Écosse ?

Sir William, soudain méfiant, dévisagea l'évêque.

— Comment pouvez-vous dire une chose pareille ? Il est à peine légitime chez lui. Au nom de quoi régnerait-il sur un nouveau monde ?

— Il est aussi qualifié que n'importe quel autre souverain, et certainement bien meilleur que tous les autres. Un jour, votre Merica aura besoin d'un roi.

— C'est possible… Qui peut le dire ? Mais ce jour-là, peut-être lui aurons-nous donné naissance ? Un roi chrétien, certes, mais épargné par la puanteur de la politique et de la corruption.

Incapable de se retenir plus longtemps, l'évêque guerrier sauta sur ses pieds, approcha de la cheminée et contempla les flammes un long moment.

Surpris, sir William se demanda ce qu'il pouvait bien y voir.

— Mon ami, dit enfin Moray en se retournant, vous avez droit à ce refuge. Comme promis, je n'en parlerai à personne, pas même au roi. Mais je compte bien que vous me tiendrez informé de vos découvertes à Merica. Quand partirez-vous ?

Sir William sourit, soulagé d'avoir en cet homme un véritable allié.

— Pas tout de suite, et sûrement pas avant l'assemblée que vous me demandez d'organiser. Nous avons des navires, mais pour un tel voyage, ils devront être modifiés. Il faudra aussi assimiler les informations fournies par les survivants de l'expédition Saint-Valéry… Deux ans au minimum, plus probablement trois. Quatre ne me surprendraient pas outre mesure. Mon ami, nous supporterez-vous quatre ans de plus ?

— Avec un grand plaisir, sir William. Même chose pour le roi, qui apprécie tant votre soutien. N'ayez donc aucune crainte…

» Et maintenant, si nous allions dormir ? En supposant que je trouve le sommeil, après de telles révélations. Il est déjà tard, demain sera une journée chargée, puis le Parlement occupera tout le temps que je ne passerai pas à penser à votre Merica…

4

Avec l'excitation due au retour des hommes de Saint-Valéry, et les possibilités infinies que ça ouvrait, sir William fut un peu déçu par le Parlement. Sans doute aussi à cause de ce qu'il avait entendu sur le précédent, celui de Saint Andrews, qui remontait à trois ans. Tenu dans le centre ecclésiastique du royaume, et premier Parlement du règne de Robert, ç'avait également été le premier qui se tenait en Écosse depuis plus de dix ans.

Celui de juillet 1312 n'eut pas le même retentissement. Tous les nobles, les évêques, les abbés et les officiers d'Écosse accoururent, mais sans l'enthousiasme qui prévalait à Saint Andrews. Probablement parce que la rencontre, loin de célébrer l'accession d'un homme au trône, était un moment de pure politique – et de stratégie, puisqu'on y prépara la campagne audacieuse censée porter le glaive dans le nord de l'Angleterre.

Arguant que les barons étaient occupés à s'égorger dans le Sud, Robert Bruce prêcha pour une attaque massive contre les riches vallées septentrionales de l'Angleterre.

On y trouvait des prieurés prospères tels que Lanercost ou Hexham, souligna-t-il, et des villes comme Carlisle, Durham ou Hartlepool, plus à l'est – autant de cités qui avaient prospéré grâce à l'Écosse au moment où les forces anglaises, avant l'invasion, y avaient été cantonnées.

Méritant amplement d'être châtiées et rançonnées, ces villes renfloueraient les coffres d'Écosse, qui en avaient bien besoin.

La proposition du roi suscita l'enthousiasme de tous. Aller porter le feu en territoire ennemi, pour une fois, voilà qui changerait un peu. L'affaire fut donc rondement menée, les décisions s'enchaînant à toute vitesse.

Edward Bruce, le bouillant frère du roi – et meilleur commandant de cavalerie du royaume –, conduirait une série d'attaques contre les cités et les fiefs anglais du Nord-Ouest, et ce en commençant par Carlisle. Pendant ce temps, Robert lancerait des assauts contre Westmorland, Coupland et Cumberland.

Les combattants qu'il prêtait au roi ayant été pendant deux ans sous les ordres d'Edward, sir William en avait entendu long sur les exploits et les compétences du gaillard. Du coup, il profita de cette occasion de l'observer discrètement. Toujours aussi impressionnant, l'homme à la barbe noire, qu'il avait rencontré le même jour que Robert, restait un guerrier au sang chaud, ça se voyait à la brusquerie avec laquelle il traitait son entourage. Imposant et sans le moindre humour, le nouveau comte de Carrick aurait fait un parfait Sanglier du Temple. Total contraire de son frère, il était impatient, impétueux et connu pour souffrir d'une allergie congénitale à la diplomatie. Pour lui, la force primait la loi, ce qui ne ravissait pas toujours Robert. Mais son génie militaire lui permettait de marcher sur bien des orteils, à part ceux de son frère, bien entendu, à qui il faisait souvent piquer de grosses colères.

Aux « Français » qui servaient sous ses ordres – sa façon d'appeler les Templiers, un peu vexante – il ne demandait pas grand-chose, sinon d'être en permanence prêts à lui obéir, quelles que soient ses volontés.

Bref, Edward était un despote. En l'observant, même d'assez loin, sir William vit qu'il devait enrager d'être toujours dans l'ombre de son frère aîné, un homme au caractère bien plus adapté au pouvoir. À force de lui valoir des déconvenues, son impétuosité semblait avoir fait de lui un éternel mécontent. Une combinaison assez classique, somme toute…

Sir William fut ravi de revoir sir James Douglas, dont il n'avait pas croisé le chemin depuis deux ans. Il fut aussi content de découvrir le plus proche ami du jeune gardien – le désormais célèbre Thomas Randolph, neveu du roi et de la baronne Jessica.

D'abord félon au service de l'Angleterre, puis prisonnier de ses propres compatriotes, sir Thomas avait juré allégeance à Robert – un renversement d'alliance stupéfiant. Ensuite, il s'était distingué sur les champs de bataille, se révélant un des meilleurs officiers d'Écosse.

Sir William rencontra aussi le chancelier du royaume, le haut connétable, plusieurs comtes et une flopée de chefs de clan des Highlands – des gens dont il avait entendu parler sans jamais être mis en leur présence. Tous le saluèrent amicalement et avec le respect dû à un invité d'honneur du roi. Le connaissant de nom, ils voyaient en lui un ami de Robert et l'un de ses plus proches partisans. Plus d'une fois, le Templier sourit en imaginant la tête qu'ils auraient tirée s'il s'était présenté comme le maître de ce qui restait de l'ordre dans la chrétienté.

Contre toute attente, le Parlement dura seulement trois jours. Rien d'étonnant, en réalité, quand on avait une campagne militaire à lancer. Le dernier soir, tous les participants quittèrent le grand hall du château d'Ayr, soulagés d'en avoir terminé – eux, au moins, car des centaines de clercs s'affairaient encore à transcrire les débats.

En bon observateur, sir William se posta près des portes et regarda les nobles et les gens du peuple se disperser lentement. Et lui ? Attendait-on encore quelque chose de sa présence, ou pouvait-il repartir pour Arran ?

Avant qu'il ait pu se décider, quelqu'un cria son nom. Tournant la tête, il vit que sir James approchait à grands pas.

— Je m'étonne de vous voir encore ici, sir James. N'avez-vous pas une guerre à livrer ?

— Ça ne saurait tarder, mais pour l'instant, je reste... Le roi veut vous parler.

— Maintenant ?

— Si vous avez le temps...

— Ou l'audace de refuser l'invitation d'un roi ? Tant pis pour mes occupations de la plus haute importance. Je vous suis !

Sir James conduisit le Templier dans la cour carrée défendue par une palissade hérissée de piques où était installé le camp du roi. Intrigué par ces fortifications et le nombre impressionnant de gardes, sir William ravala ses remarques et marcha en silence jusqu'au pavillon royal, dont deux hommes armés défendaient l'entrée.

Connaissant sir James, ils s'écartèrent, le laissant passer avec son invité.

Après le beau soleil de juillet, l'intérieur du grand pavillon parut crépusculaire aux yeux du Templier. L'endroit grouillait de nobles et d'officiers, ce qui ne l'étonna pas le moins du monde.

Mais où était le roi ? Son frère paradait au milieu d'un cercle de subordonnés et sir Thomas Randolph, moins ostentatoire, conversait avec trois des plus anciens et fidèles amis du roi – sir Robert Boyd de Noddsdale, sir Gilbert de Hay, seigneur d'Erroll, et sir Neil Campbell de Lochawe.

Derrière ce groupe, reconnaissables à leur mitre, des prélats s'entretenaient à voix basse. Sir William en identifia un seul : Nicholas Balmyle, évêque de Dunblane. L'air austère, ce prince de l'Église avait longtemps été chancelier d'Écosse et il devait approcher de ses quatre-vingts ans. Encore très vif d'esprit, il passait pour un des meilleurs conseillers de Robert.

La foule s'écarta pour laisser passer une colonne de domestiques porteurs d'impressionnants plateaux de nourriture.

Au fond du pavillon, sir William aperçut enfin le roi. Assis à une table, il conversait avec David de Moray.

Le Templier frémit. L'évêque était-il en train d'informer Robert de la découverte de Merica ? Non, voyons ! Sir David était un homme de parole. Un peu honteux, sir William emboîta le pas à sir James, qui se dirigeait déjà vers la table et venait de lui faire signe de le suivre.

Sourcils froncés, Robert Bruce leva la tête, agacé par cette interruption – jusqu'à ce qu'il reconnaisse son jeune gardien et son invité d'honneur.

— Sir William, bienvenue à vous, mon ami.

Le roi se leva, contourna la table et tendit une main. Alors que sir William se penchait pour la baiser, il lança :

— J'entends serrer la main à un ami, mon cher, et rien de plus ! Vous ne me devez aucune loyauté, et je ne vous en demande pas. Votre amitié et un soutien plus qu'actif me suffisent amplement. Allons, prenez ma main !

Robert Bruce en profita pour donner l'accolade à sir William – sous le regard attentif de tous les hommes présents, sans aucun doute. Attentif, ou jaloux ? Dans une cour, on ne savait jamais...

— Alors, sir William, que dites-vous de ce Parlement ? Sachez-le, tous ces Écossais de robe ou d'épée se rencontrent rarement, sauf en ces occasions. J'espère que ça vous a impressionné...

— Et comment, Votre Grâce ! J'ai rarement vu tant de gens de talent en même temps.

— Oui, c'était réussi... Maintenant, nous devons nous séparer et mettre en application nos décisions – sans traîner, je précise. Au moment où nous parlons, mes hommes se préparent et nous partirons dès que je les aurai rejoints. C'est de ça que je voulais vous parler. Voudriez-vous voyager avec nous ?

— Vers l'Angleterre, Votre Grâce ?

— Dans le coin, il y a un abbé ou deux à qui je ferais bien les poches. Une contribution à la reconstruction du royaume, après les exactions des Anglais. Vous venez ?

— Avec plaisir ! Mais j'ai très peu d'hommes avec moi. Mon écuyer et quelques guerriers... Nous n'améliorerons guère votre force de frappe.

Le roi éclata de rire.

— Sir William, vos compétences militaires me laissent de marbre. C'est votre compagnie que je veux. Votre aptitude à débattre de sujets « civilisés » sans rapport avec les troubles qui affectent mon royaume. Cela dit, s'il faut se battre, des épées supplémentaires seront bienvenues. Qu'en dites-vous ?

— Je serai prêt à partir dès que vous le serez aussi, Votre Grâce. Mais il faut que j'aille dire à mes hommes de démonter le camp.

— D'accord. Allez-y, puis rejoignez-moi dans la cour principale.

5

Plusieurs jours après avoir quitté les plaines de la côte du golfe de Solway, la petite expédition s'en prit à l'abbaye de Lanercost, près de Carlisle. À cette occasion, Robert Bruce se régala de châtier un fief qui soutenait depuis des lustres le roi d'Angleterre – et où il avait failli mourir de la main d'Édouard Plantagenêt, quelques années plus tôt.

Pour sauver sa peau, l'abbé proposa plusieurs coffres de pièces d'or et d'argent que Bruce fit aussitôt emporter en Écosse, avec l'ordre de les livrer aux bons soins de Nicholas Balmyle, à Saint Andrews.

Les chariots et le trésor qu'ils contenaient furent placés sous la responsabilité d'un jeune chevalier – sir Malcolm Seton, un autre neveu du roi par sa sœur Christina, la comtesse de Mar. L'écuyer de sir Malcolm ayant l'âge de Henry, celui du Templier, les deux garçons avaient sympathisé pendant le court voyage. Du coup, quand Henry lui demanda la permission d'aller dire adieu à son ami, sir William ne vit aucune raison de la lui refuser. N'ayant rien à faire à ce moment-là, il décida même d'accompagner son jeune assistant.

En quatre ans, Henry avait beaucoup changé. Naguère petit et frêle, il avait grandi et forci, devenant très séduisant avec ses épaules larges, sa taille fine et ses jambes joliment formées. Sous de beaux yeux bleus et un long nez droit, sa bouche aux lèvres charnues abritait des dents blanches qu'il n'hésitait jamais à dévoiler en souriant. Bref, un jeune homme fringant qui ne tarderait pas à être adoubé, car il avait presque atteint le niveau d'un chevalier digne de ce nom.

Par un bel après-midi d'été, ravis d'être libérés de leurs responsabilités, sir William et Henry chevauchèrent sans relâche, galopant parfois pour débrider leurs montures, jusqu'au sommet d'une butte boisée en surplomb de la route qu'emprunteraient les chariots.

Gravir un versant de colline comme un jeune chien fou – un spectacle des plus étonnants, quand on était le maître d'Écosse... Sans doute, mais aujourd'hui, le Templier se fichait de sa dignité comme d'une guigne. S'il faisait l'andouille sur un cheval près de son jeune écuyer, c'était bien son droit, après tout !

De toute façon, sa dignité, justement, commençait à lui peser. Du coup, il avait décidé de tirer de cette excursion imprévue tout le bénéfice qui se présenterait. Par exemple, en dégainant pour la première fois depuis quatre ans son épée face à un ennemi !

Hélas, en dix jours, il n'avait pas aperçu l'ombre d'un soldat anglais. Si ça continuait comme ça, ce ne serait pas demain qu'il ferraillerait.

Au sommet de la butte, il s'avéra que la route passait assez près pour que l'ami de Henry le voie agiter la main en guise d'adieux – et puisse même le reconnaître.

Les yeux rivés sur les trois chariots qui avançaient péniblement, le poids des coffres les tirant en arrière, sir William eut une poussée d'euphorie. Qu'il était agréable d'être vivant et libre au milieu d'un si beau paysage, avec le soleil dans le dos et le chant d'une linotte en fond sonore !

Au moment où Henry talonnait son cheval pour lui faire gravir une élévation rocheuse d'où il serait encore plus visible, sir William s'avisa que la linotte avait cessé de chanter. Au lieu de s'en alarmer, il talonna sa propre monture, tira sur les rênes et la força à se cabrer – un geste gratuit, simplement pour montrer qu'il était libre et heureux.

Il n'entendit pas siffler le carreau qui le percuta dans le dos. Ripant sur le métal de son plastron, le projectile y creusa un sillon et la puissance de l'impact éjecta le Templier de sa selle.

Sonné par le choc, il resta inconscient quelques instants puis rouvrit les yeux. Le souffle coupé, il ne parvint pas à faire plus que ça, étendu sur le dos comme une tortue impuissante, la bouche ouverte pour aspirer de l'air.

Sa vision redevenue normale, il distingua très clairement les quatre hommes qui couraient vers lui, lame au poing. Des types en haillons, sans armure – à coup sûr, des paysans du coin ravis de détrousser un chevalier sans escorte.

L'un d'eux portait une arbalète désormais déchargée. Mais deux autres brandissaient un couteau et le dernier serrait dans son poing une dague à longue lame qu'il semblait vouloir utiliser comme une épée.

Sir William tenta de dégainer la sienne. Hélas, le fourreau était coincé entre ses jambes, empêchant l'acier de coulisser dans le cuir.

Alors que le temps paraissait avoir suspendu son cours, un martèlement de sabots annonça l'arrivée de secours. Fonçant sur les agresseurs, le jeune Henry en renversa trois et força le quatrième à s'éloigner de son maître.

Les écuyers n'ayant pas droit aux armes, il déboulait les mains nues, ce qui ne l'empêchait pas de foncer comme s'il avait manié une hache ou un fléau d'armes.

Se relevant d'un bond, le type à l'arbalète s'en servit comme d'une massue et l'abattit sur la cuisse du valeureux écuyer.

Puis il lâcha l'arme, saisit Henry par le talon de sa botte, lui tordit le pied et poussa vers le haut.

Déséquilibré, l'écuyer bascula sur un flanc de sa monture. Ensuite, tout se passa bien trop vite au goût de sir William.

La douleur moins violente, il prit enfin une véritable inspiration. Aussitôt, il se tortilla pour dégager le fourreau et dégainer son arme. Pas encore assez remis pour se lever, il s'acharna, s'appuyant sur son épée comme s'il s'agissait d'une canne.

Tous relevés, les quatre types se répartirent la tâche. Alors que deux fonçaient sur Henry, toujours à terre, les autres coururent vers sir William, se séparant pour l'attaquer sur les deux flancs en même temps.

Quand il parvint enfin à se relever, le Templier acheva de dégainer sa lame. Même s'il titubait, les jambes toujours mal assurées, la vue de quatre bons pieds de métal doucha l'enthousiasme de ses agresseurs. Alors qu'ils se regardaient, hésitants, sir William les remercia intérieurement, car ce répit allait sans doute suffire pour qu'il récupère ses forces.

Épée levée, il braqua la pointe sur l'un puis sur l'autre brigand. Alors que sa respiration devenait régulière, il prit garde à ne pas laisser paraître qu'il se sentait mieux.

Comme pétrifiés, les deux paysans avaient blêmi. Mais leurs complices, en revanche, venaient de se jeter sur Henry, arme prête à frapper.

En une explosion de mouvements, le Templier bondit sur le brigand de droite, lui ouvrit le torse d'un seul coup d'épée, pivota sur lui-même et chargea le type de gauche.

Alors qu'il faisait volte-face pour détaler, ce trouillard leva un bras pour se protéger la tête.

Frappant à l'horizontale, sir William sectionna les tendons, derrière les genoux du fugitif, qui tomba comme une masse. Sans plus se soucier de lui, le chevalier vola au secours de son écuyer.

L'ayant entendu courir, un des hommes se retourna pour l'affronter. Alors qu'il levait son arme, sir William capta une série de sifflements. Une fraction de seconde plus tard, trois flèches se plantèrent dans la poitrine du paysan, qui bascula en arrière.

Concentré sur Henry, le Templier vit que le dernier type le tenait par les cheveux, sa dague prête à frapper dans l'autre main. Au moment où le coup partit, sir William décocha le sien et transperça le dos du tueur.

Trop tard ! Enragé, il dégagea sa lame et frappa de nouveau, cette fois à la nuque. Sans regarder la tête du type voler dans les airs, il poussa son corps sur le côté et s'agenouilla près du jeune héros qui lui avait sauvé la vie.

Conscient que des chevaux approchaient, il ne put pourtant pas détourner le regard du visage blafard de l'écuyer. Porté de bas en haut, le coup avait traversé la chemise de mailles du jeune homme puis déchiré les chairs de son cou…

Des mains s'accrochèrent aux épaules du Templier et le tirèrent en arrière. Dans un brouillard, il vit que quelqu'un venait de prendre sa place, délaçant la cotte de mailles pour accéder à l'endroit où la dague s'était fichée. Pour l'instant, l'hémorragie n'était pas massive, mais que se passerait-il quand on délogerait l'arme ?

En d'autres termes, s'il n'était pas déjà mort, Henry n'avait pas l'ombre d'une chance…

— C'est ma faute, ma faute…, gémit une voix.

Malgré son hébétude, sir William s'avisa que c'était la sienne. Pourtant, il ne put pas s'empêcher de répéter :

— Ma faute, ma faute, ma faute…

— Sir William, êtes-vous blessé ? Vous avez du sang partout.

— Je l'ai tué…

— Vous avez fait mieux que ça ! Deux de ces chiens sont morts de votre main, un a été criblé de flèches, et le dernier finira pendu.

— Non, je parle de Henry… Je l'ai tué… Je suis monté avec lui comme un idiot, sans rien regarder…

— Sir William, il n'est pas mort… Salement touché, mais encore vivant. Regardez-le. Les cadavres ne saignent pas.

Ces mots pénétrant dans sa conscience embrumée, le Templier tourna la tête et baissa les yeux sur Henry. Oui, la plaie saignait toujours. Cette vision déchira le voile qui obscurcissait sa raison.

— Doux Jésus, il est vivant…

Au pied de la butte, les trois chariots étaient arrêtés. La moitié de l'escorte veillait sur eux, l'autre ayant gravi la pente au galop…

— Je dois le conduire en sécurité, là où on pourra le soigner. Je vais le porter.

— Inutile, nous allons fabriquer une civière.

Sir Malcom Seton se tourna vers les deux hommes les plus proches.

— Vous deux, utilisez vos épées et vos ceintures – tenez, prenez aussi la mienne. Après, étendez un manteau dessus et enveloppez le gosse dedans.

Agenouillé près du blessé, un autre homme tenait le manche de la dague. Se laissant tomber à côté de lui, sir Malcom lui prit le poignet.

— Laisse la lame en place, Rob… Si on la retire, il se videra de son sang. C'est un travail réservé à quelqu'un qui sait ce qu'il fait. Les gars, dépêchez-vous avec la civière !

Quelques instants plus tard, debout à côté de sir Malcom, le Templier suivit du regard les quatre hommes qui portaient la civière, attentifs à éviter tout mouvement brusque sur la pente accidentée. Depuis que le jeune chevalier avait pris la direction des opérations, sir William n'avait pas dit un mot, mais il brisa enfin son silence :

— Merci de votre aide, sir Malcolm.

— Ce n'est pas moi qu'il faut remercier, mais la vue d'aigle de mon écuyer, qui regardait dans votre direction. Moi, je ne vous avais pas remarqué, mais le jeune Donald, lui, a vu que vous tombiez de cheval, et il a donné l'alarme.

— Où est-il, ce brave garçon ? J'aimerais le féliciter.

— Je lui ai ordonné de rester en bas. Une fois adoubé, il verra mourir assez d'amis. Franchement, j'étais sûr de trouver deux cadavres en arrivant ici. Du coup, j'ai voulu l'épargner...

— Eh bien, en plus d'un vrai chevalier, vous êtes un bon maître... Je vous suis très reconnaissant, sir Malcolm.

— Vous allez bien, au moins ? Je vous vois couvert de sang, et...

Sir William s'examina puis secoua la tête.

— Ce n'est pas le mien, même si je le mériterais. On devrait me fouetter pour négligence. Foncer comme ça, sans sonder d'abord le bois...

— C'est malheureux, mais compréhensible... Ces hommes n'étaient pas des soldats.

— Certes, mais il s'agissait d'ennemis ! J'aurais dû...

— Sir William, si vous voulez bien m'excuser un moment...

Sir Malcolm se tourna vers l'endroit où deux de ses hommes, après avoir lié les mains du prisonnier, s'efforçaient de lui attacher une lance dans le dos pour qu'il tienne droit malgré ses blessures – que personne n'avait tenté de soigner, bien entendu.

— Dans ton état, dit sir Malcolm au brigand, te ramener au camp sera un calvaire, et tu risques de crever en chemin. D'un autre côté, si tu arrives à destination, on te pendra pour une longue liste d'excellentes raisons...

» Tu es coupable de brigandage et de tentative d'assassinat sur un invité du roi – et sur son écuyer, qui ne survivra peut-être pas.

Sir Malcolm s'adressa aux deux hommes qui soutenaient le type.

— Conduisez-le dans les bois, et trouvez un arbre assez solide pour l'y pendre.

Voyant une ombre passer sur le visage de sir William, le chevalier ajouta :

— Vous avez une objection ?

Le Templier dévisagea le brigand, plus pâle qu'un mort depuis qu'il avait entendu la sentence. Bientôt, il gémirait et se perdrait en protestations. Pour l'instant, il attendait, conscient que sa victime potentielle pouvait encore lui sauver la vie.

Pas aujourd'hui ! Pas après avoir vu Henry dans cet état. Et de toute façon, le type finirait pendu, tôt ou tard…

— Je doute qu'on trouve dans ce bosquet un arbre assez solide pour soutenir un homme… Regardez, ce sont surtout des arbrisseaux… D'autre part, vous avez raison, sir Malcolm, il risque de crever en route. Et sinon, il crèvera quand même…

» Nous devrions le laisser mourir ici, puisqu'il ne peut pas marcher, mais ce serait inhumain.

Il se tourna vers le prisonnier :

— Je ne peux rien faire pour toi… En nous attaquant, tu t'es condamné. Quoi qu'il arrive, ta vie s'arrête là. Puisse Dieu avoir pitié de ton âme, car moi, je n'en ai aucune.

» Soldats, obéissez à votre chef ! Et si vous ne trouvez pas un arbre assez solide, décapitez ce type, qu'on en finisse !

La femme dans l'étable

1

Jessica Randolph était confuse. En plein après-midi, elle s'était endormie sur le sofa de sa chambre – un incident très inhabituel mais peut-être explicable puisqu'elle avait travaillé dans son jardin dès les premières lueurs de l'aube. Des mauvaises herbes s'en prenaient à son potager, et il n'était pas question de les laisser faire.

Ces dernières semaines, la baronne avait négligé le jardinage – pas par désintérêt, mais pour lutter contre l'épidémie de fièvre qui sévissait dans la région, menaçant de mort les nouveau-nés et les vieillards.

Si la maladie était moins meurtrière que la peste, elle avait fait de gros dégâts, forçant Jessica à sillonner le secteur avec ses deux dames de compagnie, Marie et Jeanette. Ensemble, elles avaient aidé les familles du coin, pour la plupart privées d'un ou de plusieurs hommes à cause du récent appel à la mobilisation du roi Robert, parti attaquer les provinces du nord de l'Angleterre.

L'épidémie s'était achevée dix jours plus tôt après avoir fait une seule victime, trop âgée pour qu'on puisse lui venir en aide. Enfin en mesure de rentrer chez elle, Jessica avait passé une journée entière à se reposer, puis elle n'avait pas pu résister à l'envie d'inspecter son domaine. Le jardinage du matin ayant duré jusqu'à midi, elle en était revenue fatiguée au point de s'endormir comme une masse.

Presque après avoir fermé les yeux, lui semblait-il, elle venait d'être réveillée par sa protégée. Devenue une superbe jeune fille de seize ans, Marjorie lui annonça que des cavaliers approchaient depuis le sud.

Réveillée en sursaut, Jessica fut accablée de constater qu'elle avait les cheveux en bataille, les mains sales et les ongles noirs de terre. Résistant à l'envie de se barricader dans sa chambre, elle se rendit présentable et monta au sommet de la tour centrale fortifiée en compagnie de sa « nièce ». Elles y retrouvèrent une bonne partie des domestiques, occupés à observer la colonne à l'approche.

Même de très loin, Jessica reconnut sir William Sinclair au premier coup d'œil. Son petit groupe – six cavaliers en le comptant – escortait un chariot tiré par de puissants chevaux des Lowlands.

Estimant qu'elle aurait largement le temps de se faire belle avant l'arrivée de son visiteur, la baronne faillit redescendre, mais quelque chose retint son attention. Cette colonne avait quelque chose de… miteux qu'elle n'aurait jamais associé au William Sinclair dont elle se souvenait.

Inquiète, elle redescendit, sortit dans la cour et alla ouvrir le grand portail de bois. Troublée par ce qu'elle venait de voir, elle oublia son apparence brouillonne et s'engagea sur la route avant de s'immobiliser, les mains sur les hanches, pour attendre les nouveaux venus.

S'avisant que Marjorie l'avait suivie, elle la renvoya, car elle avait envie d'être seule. Terriblement déçue, la jeune beauté, à contrecœur, laissa sa tante adoptive sonder pensivement la route.

Sir William fut le premier à la voir. Aussitôt, il se retourna sur sa selle et dit quelques mots à son sergent, Tam, que la baronne identifia aussi.

Talonnant sa monture, le chevalier ne tarda pas à rejoindre la maîtresse des lieux, qui le regarda sans rien dire tandis qu'il la saluait avec la coiffe noire des plus ordinaires qu'il venait de retirer.

— Baronne…, dit-il, le front plissé.

Le connaissant assez, Jessica comprit que son visage n'exprimait aucun déplaisir, contrairement à ce qu'on aurait pu croire.

— Je m'excuse platement de débouler ainsi à l'improviste… Sans d'excellentes raisons, veuillez croire que je ne me le serais pas permis.

— Sir William, je m'en doute bien. Qu'est-ce qui vous amène ?

— Mon écuyer, ma dame. Henry Sinclair, qui est aussi mon neveu. Grièvement blessé, il a besoin de soins. Nous étions en Angleterre avec le roi Robert, près de Carlisle, lorsqu'il a failli être tué à cause de ma négligence. C'est le roi lui-même qui m'envoie vous demander de l'aide.

— Vous n'auriez pas eu besoin de son soutien pour l'obtenir, William. Dans quel état est-il, ce jeune homme ?

Le Templier préféra ne pas relever l'usage de son prénom sans son titre – une familiarité surprenante et presque choquante.

— Il ne va pas fort… Souffrant beaucoup, il a besoin de repos et de soins. Dans le chariot, nous lui avons fait un nid douillet, mais chaque cahot de la route lui arrache un cri, même s'il serre les dents pour l'étouffer. Un médecin s'occupe de lui – le frère Matthew, assigné à son chevet par le roi en personne. Mais il n'a pas pu grand-chose contre de rudes conditions de transport.

— J'en sais assez… Quand vos amis arriveront, faites-les entrer et dites-leur d'arrêter le chariot le plus près possible de la porte du bâtiment central. À l'intérieur, nous avons une civière. J'enverrai Hector, qui vous aidera à transférer le blessé. D'ici là, j'aurais fait préparer un lit au rez-de-chaussée.

Abandonnant le chevalier, Jessica retourna dans la maison, ordonna à deux serviteurs de descendre un lit de l'étage, puis demanda à ses dames de compagnie de changer la literie. Installé dans la salle commune, entre la cheminée et une fenêtre, le blessé ne gênerait personne et serait facile à surveiller.

Pendant que tout le monde s'affairait, Jessica, avec l'aide de Marjorie, mit en place des paravents pour aménager une chambre digne de ce nom.

En moins d'un quart d'heure, tout fut prêt. Une bonne chose, puisque Tam, Mungo MacDowal et deux autres hommes entrèrent avec la litière. Dès qu'ils eurent installé le blessé dans le lit, le médecin, un jeune moine au regard plein de bonté, demanda de l'eau et des serviettes propres afin de nettoyer les plaies. Après avoir envoyé Marjorie chercher tout ça, Jessica tapota l'épaule du médecin.

— Frère Matthew, je voudrais vous parler… Mais d'abord, laissez-moi dire quelques mots à vos compagnons. Sir William, vous vous êtes admirablement bien occupé de Henry, mais il est entre de bonnes mains, à présent. Si vous voulez bien, Hector, mon intendant, va vous montrer un endroit où vous livrer à quelques ablutions, puis il vous fera servir une collation à tous.

» Nous deux, sir William, il faudra qu'on se parle, un peu plus tard. Hector, vous voulez bien vous occuper de nos invités ?

Dès que tout le monde fut parti, Jessica se tourna vers le moine :

— Maintenant, dites-moi ce qui s'est passé et confiez-moi votre pronostic. Ce garçon a-t-il une chance, ou vient-il ici pour mourir ?

Encore assez jeune pour être impressionné par une baronne, le médecin secoua vigoureusement la tête.

— Ma dame, s'il peut se reposer, il s'en tirera. La blessure n'était pas mortelle – une chance extraordinaire… Mais son agresseur a dû être gêné par l'approche de sir William, et la lame a ripé sur la clavicule. Déviée, elle a déchiré les chairs de l'épaule et non celles de la gorge – mais sur le coup, avec tout ce sang, ça n'était pas facile à voir. La plaie n'est pas belle, le sang pissait, mais les jours du jeune homme n'ont jamais été en danger. Sauf pendant le transport sur des routes très accidentées. Entre Lanercost et ici, j'ai bien cru qu'il ne survivrait pas.

— Pourquoi ne pas l'avoir soigné à Lanercost ?

— Nous avons commencé, mais le temps pressait… Le roi devait fondre sur Durham, et il ne voulait pas traîner, de peur que sa cible soit avertie de son arrivée. Bien entendu, il n'a jamais été question de laisser le garçon en arrière, entre les mains des Anglais…

— Je peux comprendre ça… Donc, vous êtes venus directement ici.

— Oui, selon la volonté du roi. Sa Grâce nous a affirmé qu'il n'existait pas endroit plus sûr et plus accueillant. Un voyage de trois jours fatigant, croyez-moi. Très éprouvé, Henry a perdu beaucoup de sang, mais avec un lit bien stable et de bons repas, il ne tardera pas à se rétablir.

— En combien de temps, selon vous ?

— Je suis incapable de le dire, car c'est entre les mains de Dieu. Un mois ou peut-être plus… Mais il s'en sortira. Sa blessure étant superficielle, il devrait retrouver l'usage de son bras et de son épaule. Bien sûr, Dieu en décidera, mais je suis très optimiste. Mon maître a étudié les méthodes des anciens, en particulier celles du grand Galien. D'après ce génie, la pire menace, dans les cas comme celui de Henry, n'est pas la blessure elle-même – sauf si elle est mortelle, bien entendu – mais l'infection qu'elle provoque. En conséquence, il recommande de nettoyer soigneusement les plaies et de les vider de leur pus afin de limiter les risques.

Frère Matthew regarda le blessé et sourit.

— Il doit se croire au paradis… Un lit qui ne bouge pas, quel luxe ! Le sommeil guérit bien des maux, ma dame. Espérons que ce sera le cas pour Henry. D'ailleurs, je vais le laisser dormir, et je reviendrai d'ici peu pour les soins.

— Merci, frère Matthew. Marjorie, tu veux montrer à notre ami où sont ses compagnons ? Et revenir me voir après ?

Après le départ de sa nièce et du moine, Jessica resta un long moment à contempler le blessé.

En bien, jeune homme, un nouveau Sinclair ? Tu ressembles à ton oncle, on dirait, même si c'est difficile à déterminer dans ton état. Mais tu as ses épaules et ses cheveux… Ses yeux, on verra quand tu les auras ouverts, et ton visage, eh bien, il faudra attendre que les rides dues à la douleur cessent de le vieillir…

Marjorie étant revenue, sa tante lui désigna un siège, près de la cheminée.

— Pendant mon absence, je veux que tu veilles sur ce garçon. Je doute qu'il se réveille, mais au cas où, dis-lui où il est, calme-le puis viens me chercher. Regarde mes mains ! On dirait une paysanne. Faire un brin de toilette ne me prendra pas longtemps. En attendant, je compte sur toi.

— Ne te fais aucun souci, ma tante…

Les yeux déjà rivés sur le jeune blessé, Marjorie ne daigna même pas regarder sa parente.

2

Lorsqu'elle revint dans la salle commune, Jessica ressemblait de la tête aux pieds à la maîtresse d'une belle et délicate maison. Pourtant, et ça la fit sourire intérieurement, aucun de ses deux invités présents ne parut s'apercevoir de sa métamorphose. Rien d'étonnant à ça, puisqu'il s'agissait de William et Tam Sinclair…

La vieille tenue de jardinage tachée était remplacée par sa plus belle robe de laine d'un ton de bleu proche d'un ciel nocturne – et néanmoins plus bleu que noir. Sa coiffure, encore un chef-d'œuvre de Marie, laissait échapper assez de mèches apparemment vagabondes pour paraître naturelle tout en restant d'une impeccable géométrie. Ses mains, ses poignets et ses avant-bras, frottés jusqu'à en être rouges, avaient retrouvé toute leur douceur grâce à un onguent importé de France qu'elle avait payé une fortune. Et bien entendu, il y avait la délicate touche de parfum – clou de girofle et cannelle – qu'elle avait ajoutée au creux de sa gorge, juste avant de quitter sa chambre. En inspirant à fond, elle arrivait encore à la sentir…

Après avoir salué les deux hommes, elle passa derrière les paravents… et ne vit pas trace de Marjorie au chevet du patient. De quoi s'étonner, puisque la jeune fille n'était pas venue la chercher…

Le garçon dormait toujours, les rides de fatigue et de douleur s'estompant déjà. Après avoir tiré en place un des paravents, Jessica se tourna vers les deux Sinclair, qui conversaient à voix basse.

— Je m'attendais à trouver ma nièce Marjorie. Vous l'avez vue ?

— Oui, ma dame, répondit Tam. Quand nous sommes arrivés, il y a cinq minutes, elle était là. Très gentiment, elle est allée nous chercher de la bière, parce que le cruchon était vide.

— Voilà qui explique tout… Tam, William, pourquoi ne pas vous asseoir ? Le crépuscule approche, et bientôt, on aura froid dans cette pièce. Je vais dire à Hector de faire du feu.

— Merci, baronne, mais je ne peux pas rester, dit Tam. Un peu de bière pour me rincer le gosier, et je ficherai le camp.

— À cette heure ? Pour aller où ?

Voyant sir William froncer les sourcils, Jessica enchaîna :

— Désolée, je sais que ça ne me regarde pas. Curiosité déplacée…

William, toujours aussi fermé et strict… J'espérais que tu aurais un peu guéri de ce mal…

— En partant dans l'heure, il vous restera encore un peu de jour pour voyager.

— Oui, ma dame. J'espère atteindre ma destination peu après la tombée de la nuit.

Mais où vas-tu donc, sergent ?

Sir William parut lire dans les pensées de la baronne.

— Il doit exécuter une mission pour moi. Et pour le roi, qui m'a dit de…

Chargée d'une lourde cruche, visiblement avec l'angoisse de la casser, Marjorie entra, forçant le chevalier au silence.

Tam approcha de la jeune fille.

— Je vais la prendre, petite, et merci de ta gentillesse. Tu aurais pu choisir une cruche moins grande, ou ne pas la remplir complètement. Ç'aurait été moins éprouvant.

Marjorie sourit et fit une gracieuse révérence.

— Je ne me le serais pas permis, sir, dit-elle en écossais. Mais je peux porter plus lourd. Sous ce toit, les invités ne meurent jamais de soif.

— Ni de faim, je dois dire…

Tam posa la cruche sur la table, emplit deux gobelets puis se tourna vers Jessica :

— Ma dame, un peu de bière ?

La baronne consulta sir William du regard.

— Avez-vous fini de parler, ou devons-nous vous laisser terminer ?

Sir William sourit et fit signe que ça irait.

— Non, nous n'avons plus rien à nous dire.

— Dans ce cas, Tam, je veux bien un peu de bière.

Jessica regarda Marjorie, qui la dévisagea, un sourire malicieux sur les lèvres.

— Toi, jeune dame, tu as de l'ouvrage ailleurs. Ce soir, nous dînerons avec sir William, et je veux que tu fasses honneur à ma table. Marie t'attend en haut pour te préparer. Allez, file, et en chemin, envoie-moi Hector.

Marjorie s'inclina, réussit à sourire en même temps aux trois adultes, puis sortit en silence.

— Baronne, demanda sir William, c'est l'enfant dont vous m'avez parlé ? La nièce ? (Jessica acquiesça.) Je suis impressionné. Elle n'a plus rien d'une enfant.

— Enfant, elle l'était il y a cinq ans de ça. Le temps nous change tous, William. Mais asseyez-vous, je vous en prie.

» Au fait, qu'est-il advenu du frère Matthew ?

Sir William sourit encore – décidément, ça devenait une manie – puis désigna les paravents.

— Je n'en sais rien, mais je suppose qu'il dort quelque part. Pendant le voyage, il a encore moins fermé l'œil que Henry. À présent, permettez-moi de finir ce que j'étais en train de dire quand votre nièce est entrée. Le roi Robert veut que j'aille à Saint Andrews pour m'entretenir avec son conseiller et ami, l'évêque Balmyle.

— Je le connais bien. Nous sommes amis, tous les deux… L'avez-vous rencontré ?

— Croisé une fois, c'est tout…

— Vous l'apprécierez, je pense… Il est très vieux, très digne et très respecté, mais c'est un homme chaleureux et plein d'humour. Pour un religieux, il est vraiment agréable. Et très direct, ce qui ne court pas les rues. Le roi tire grand profit de ses conseils.

— C'est ce qu'il m'a dit, oui… L'ennui, c'est que monseigneur Nicholas ne restera pas longtemps à Saint Andrews. Il doit partir pour Arbroath, afin d'y rencontrer au plus vite l'abbé Bernard de Linton. Du coup, j'envoie Tam et Mungo MacDowal le prévenir de ma visite et de la volonté du roi. Ils vont partir sur-le-champ…

Sir William s'interrompit, songeur.

— Quelque chose vous tracasse ?

— Oui, ma dame… Voyez-vous une objection à ce que je laisse ici mon écuyer, pendant que je serai absent ? C'est vous demander beaucoup, non ?

— Comment envisager une autre solution ? Vous nous le laisserez et nous le soignerons – comme l'exige notre loyauté envers le roi, entre autres raisons. Quand il sera guéri, ou lorsque vous en aurez fini avec Nicholas, vous reviendrez le chercher. Sur ce point, la discussion est close.

Après avoir toqué à la porte, Hector passa la tête dans la salle.

— Je suis là, ma dame… Dois-je faire du feu ?

Jessica ayant acquiescé, l'homme entra, suivi par un type qui portait un chandelier allumé et un autre chargé d'un lourd soufflet.

Sa bière bue, Tam se leva et demanda la permission de se retirer. Sir William la lui accordant, il salua Jessica, la remercia de son hospitalité et assura qu'il espérait la revoir très bientôt. Puis il partit en quête de Mungo.

Sir William et Jessica restèrent assis pendant que les hommes d'Hector s'occupaient du feu.

Allumant une bougie à son chandelier, le premier domestique s'en servit pour embraser le tas de petit bois qu'il venait de déposer dans le foyer. Dès que des flammes apparurent, il souffla dessus pour les entretenir.

Son soufflet posé devant la cheminée, l'autre homme s'empara de bûchettes et attendit le moment propice pour les ajouter en prenant garde à laisser des espaces pour que l'air puisse circuler. Puis, avec une très grande précision, il joua du soufflet jusqu'à avoir obtenu une belle flambée.

— C'est bon, dit Hector lorsqu'il estima que le feu ne risquait plus de s'étouffer. Du bon travail. À présent, quelques grosses bûches, et nous pourrons nous retirer. Il vous faut autre chose, ma dame ?

Jessica secoua la tête puis regarda les trois hommes sortir en silence.

— Ça se rafraîchit, dit-elle dès qu'ils eurent refermé la porte. Tirez-vous un siège près du feu, William. Je vous rejoins, car nous avons beaucoup à nous dire…

Jessica redouta un instant que le Templier se cabre face à cette invitation. Mais il fit ce qu'elle lui avait demandé, tirant un lourd fauteuil non loin de la cheminée, puis en apportant un second pour elle.

Pendant ce temps, la baronne emplit le gobelet de son invité, refit le niveau du sien et reposa la cruche sur la table.

Sir William accepta la boisson, s'assit et but une gorgée.

— Elle est bonne. Vous avez un brasseur parmi votre personnel ?

— Hector, oui… Un de ses nombreux talents… En réalité, il n'est pas *mon* intendant, mais celui de mon neveu, sir Thomas Randolph, le propriétaire des lieux. Je dirige la maison en son absence.

Sir William hocha la tête. Un instant, Jessica crut qu'il allait encore sourire, mais il s'en abstint, sans doute parce que ça aurait fait trop dans la même journée. En revanche, son regard resta d'une bienveillance inédite – en tout cas, vis-à-vis d'une dame.

— De quoi voulez-vous que nous parlions, baronne ?

Jessica prit le temps d'étudier son interlocuteur avant de répondre :

— Les sujets ne manquent pas… Mais d'abord, votre état, William. Vous êtes émacié, hagard et accablé. En arrivant, vous m'avez dit que Henry était blessé à cause de vous, et à votre air pitoyable, je vois bien que vous le croyez.

» Un instant !

Jessica se leva, posa son gobelet sur l'accoudoir de son fauteuil et tendit le cou pour entendre ce qui se passait derrière les paravents.

Sir William n'avait rien remarqué, mais il ne s'en étonna pas, car il écoutait… autre chose.

Lui faisant signe de se taire, Jessica se glissa derrière un des paravents. Quelques instants plus tard, elle revint, souriante.

— Henry dort à poings fermés. J'ai cru l'entendre bouger, mais si c'est le cas, c'était dans son sommeil. (Reprenant son gobelet, la baronne se rassit.) William, dites-moi comment vous avez mis en danger la vie de ce garçon…

Sir William prit une grande inspiration, puis raconta toute l'histoire. Quand il eut terminé, Jessica ne cacha pas sa perplexité.

— Pourquoi auriez-vous dû penser à sonder le bois, à cet endroit ? D'autant plus qu'il n'était pas très dense.

— Oui, mais quand même… Des ennemis pouvaient s'y cacher. D'ailleurs, c'était le cas.

— Mais il ne s'agissait pas de soldats.

— Non, c'étaient des paysans. Cela dit, ils nous voulaient du mal.

— Pourquoi s'en sont-ils pris à un jeune garçon désarmé ?

— C'est moi qu'ils voulaient… Un chevalier isolé, pas très bien équipé et donc facile à détrousser.

— Si vous étiez allé voir, les auriez-vous repérés ?

— Peut-être pas… Ils étaient à pied, et ils se seraient cachés à mon approche.

— Dans ce cas, vous seriez peut-être tombé dans un piège. Ils auraient pu vous tuer, au cœur de ce bois…

— C'est possible.

— Et ils auraient aussi abattu Henry. D'autant plus aisément qu'il n'avait pas d'armes.

— Sans doute.

— Alors, pourquoi vous accuser ? Vous êtes tous les deux vivants *parce que* vous n'avez *pas* fouillé ce bois. Et Henry est sain et sauf *parce que* vous l'avez secouru, après qu'il vous eut sauvé la mise. Si l'avis d'une humble femme vous intéresse, vous devriez être tous les deux contents de ce qui s'est passé.

» Allons, William, reprenez-vous ! Le garçon se remettra et vous êtes en grande forme, malgré votre air… pitoyable. Mais une bonne nuit de sommeil devrait arranger ça.

» Vous ai-je convaincu que votre culpabilité est absurde ?

Doux Jésus, voilà qu'il sourit encore ! Et cette fois, même le regard est de la partie. Comme ça le transfigure, malgré sa pâleur et toutes les petites rides d'amertume qu'il trimballe. Seigneur, pourquoi ne permettez-vous pas à cet homme de sourire plus souvent ? Un jour d'orage, il serait capable de faire revenir le beau temps.

— Eh bien, baronne, oui, je suis presque convaincu… De quoi d'autre faut-il que nous parlions ?

— Rien de bien grave… J'aimerais vous poser quelques questions, si ça ne vous fâche pas.

— Aujourd'hui, rien de ce qui vient de vous ne pourrait me fâcher. Pas après l'accueil que vous avez réservé à mon neveu. Je vous écoute.

Jessica fit la moue puis se mordilla la lèvre inférieure tandis qu'elle pesait ses mots.

— Eh bien, allons-y… Peu importe par qui – de toute façon, je ne trahirai pas ma source –, j'ai appris que vous aviez libéré les frères de leur vœu de chasteté.

Voyant le Templier froncer les sourcils, Jessica s'attendit à une réaction hostile, mais il se contenta de hocher la tête.

— C'est vrai. Pour certains frères, en tout cas. Les plus âgés ont décliné mon offre. Parmi les plus jeunes, pas mal ont accepté cette dispense.

Jessica ne cacha pas sa surprise.

— Pourquoi ? Qu'est-ce qui a poussé un homme comme vous, si dévot et si strict, à prendre une décision pareille ? Après une vie d'obéissance aveugle au devoir et à Dieu ?

— Mon Dieu n'est peut-être pas exactement le vôtre…, souffla sir William, si bas que Jessica crut qu'elle avait mal entendu.

Fine mouche, elle ne réagit pas, inexplicablement sûre que le Templier allait en dire davantage. Plus qu'il ne lui en avait jamais révélé, en tout cas, et sans une once d'agressivité.

Pourtant, il ne desserra pas les dents, le regard perdu dans le vide.

William, j'ignore ce qu'il se passe dans ta tête, mais je remercie Dieu de te voir si détendu… et même parfois souriant. Et cette lueur, dans ton regard ! Le Seigneur seul sait d'où viennent ces changements, mais c'est une merveille. Si tu gardes cette expression ouverte, sans arrogance ni désapprobation muette, je veux bien que tu ne dises plus un mot de la journée.

Le Templier resta un si long moment contemplatif qu'on aurait pu croire, en effet, qu'il ne dirait plus un mot. Mais il brisa soudain le silence, les yeux rivés sur la baronne.

— Dès notre rencontre, dit-il en angevin, je me suis méfié de vous… (Il leva une main pour couper court à toute objection.) Non, excusez-moi, je me suis mal exprimé. Je ne me suis jamais méfié de vous. Ce n'est pas le bon terme. En fait, c'est une dérobade… J'avais peur de vous, je crois.

La vérité, c'est ça. Maintenant que je l'ai dite à voix haute, j'en suis sûr. Oui, j'avais peur de vous à cause de ce que vous êtes, et de ce que vous représentez à mes yeux… Une menace pour un de mes vœux…

» Pourtant, en formulant les choses ainsi, je m'abusais, même s'il me sera impossible de vous dire « pourquoi » et « comment ». En toute franchise, je sais « pourquoi » et « comment », mais je ne peux pas l'expliquer sans risquer de trahir des choses sacro-saintes pour moi. Alors, simplifions à l'extrême, et disons que je vous ai toujours trouvée attirante. Et cette attraction menaçait les piliers de mon existence…

Encore ce sourire, mais vite étouffé, comme si tu avais envie de rire de toi-même. William, je n'arrive pas à en croire mes oreilles. Tu me trouvais attirante ? Est-ce toujours le cas ?

— Et aujourd'hui, vous n'avez plus peur de moi, William ?

Ignorant le côté malicieux de la question, le Templier y répondit sans détours.

— Non, Jessica, plus le moins du monde… En réalité, c'était de moi que j'avais peur. De la faiblesse qui risquait de me pousser au péché.

— Au péché avec moi ?

Troublée par la confession de sir William et bouleversée qu'il l'ait appelée par son prénom, Jessica mesura à peine l'énormité de ce qu'elle venait de dire. Voyant qu'il la regardait sans s'empourprer, elle se félicita de son audace.

— Avec vous, oui… Et pourquoi pas ? Je suis un homme, après tout, et vous… êtes ce que vous êtes. Vous voir éveillait en moi la tentation, et les péchés de l'esprit, dit-on, sont aussi puissants et destructeurs que ceux de la chair.

Jessica en resta sans voix.

— Dans votre première lettre, vous vous disiez mon amie, et j'en suis honoré, même si je ne mérite pas votre affection. Mais à l'époque, j'étais un chevalier du Temple dévoué à une communauté que je croyais immuable et sacro-sainte.

» En quelques minutes, c'est la deuxième fois que j'utilise cet adjectif, alors que j'en suis venu à penser qu'il ne mérite pas le souffle que les hommes dépensent pour le prononcer…

» Quoi qu'il en soit, voilà ce que je croyais quand nous nous sommes rencontrés, et c'était sincère et profond, n'en doutez pas. Comme chacun le sait, les chevaliers du Temple avaient interdiction de frayer avec les femmes, y compris leurs parentes, parce qu'ils étaient des moines censés vivre cloîtrés, même s'ils erraient presque toujours par monts et par vaux. Du coup, j'étais outragé…

Sir William ricana, comme s'il se moquait de sa folie d'alors.

— J'étais outragé, oui, et offensé qu'on m'impose votre compagnie, quels que soient le danger qui vous menaçait et vos liens familiaux avec l'amiral de Saint-Valéry. Du coup, j'ai décidé de vous ignorer. Sans jamais voir ce comportement comme de la lâcheté – en ce temps-là, du moins, parce que, aujourd'hui, c'est ainsi que je le considère. Hélas, j'ai très vite constaté qu'il me serait impossible de réussir mon coup.

— De m'ignorer et de me fuir, vous voulez dire ?

Jessica sourit tendrement et son compagnon lui rendit la pareille.

— C'est ça, oui… *Primo*, vous n'êtes pas facile à ignorer, et *secundo*, vous fuir était difficile, dans les circonstances d'alors. Mais je crains de vous avoir maltraitée, parce que vous n'étiez pas responsable de mes tourments.

— Et qu'est-ce qui vous a fait changer de position, si je puis demander ?

— Le temps… Le temps et les aspirations d'hommes de Dieu privés de Dieu… Plus tard, c'est ça qui m'a poussé, devenu maître du Temple d'Écosse, à dégager de leur vœu ceux de mes frères qui le désiraient.

Jessica dévisagea longuement son compagnon.

— William, c'est… un revirement stupéfiant. Je n'ai jamais entendu parler d'une chose pareille.

— Parce que ça n'est jamais arrivé depuis la fondation du Temple. Mais c'était nécessaire.

— Pourquoi ? J'essaie de comprendre, hélas, je ne sais même pas par où commencer. Qu'est-ce qui vous a conduit à ce bouleversement ? Ce n'est pas une décision qu'on prend sur un coup de tête.

— C'est vrai, et ça n'a pas été sans remuer mon âme et ma conscience. Mais j'ai bien fait, et les événements de ces dernières semaines le prouvent…

» Mon amie, votre beau-frère, Charles de Saint-Valéry, est mort.

— Je sais… Depuis des années, je m'en doutais… Cher Charles… Pendant un an, environ, j'ai espéré qu'il reviendrait de son improbable voyage. Après, il m'a paru évident qu'il n'avait pas survécu.

» Mais comment pouvez-vous dire ça avec tant de certitude ? Vous le *savez*, c'est ça ?

Sir William acquiesça.

— La seule explication, c'est que…

— Qu'un témoin m'ait rapporté sa fin, oui… J'ai parlé de méfiance à votre encontre. Aujourd'hui, c'est terminé, et je vais le prouver en vous confiant un secret… explosif. S'il venait à être éventé, ce serait dangereux. Vous rappelez-vous pourquoi Charles est parti ?

— Bien sûr. Il voulait trouver une terre de légende, au bout du monde… Un endroit appelé… appelé…

— Le nom importe peu, coupa sir William. Mais l'endroit existe, et Charles l'a trouvé. C'est là-bas qu'il est mort, il y a un an. La plupart de ses hommes y sont encore, vivant avec les indigènes, mais quelques-uns sont revenus pour recruter des renforts. Leur navire est arrivé à Arran il y a moins de trois semaines.

— Leur navire…

Jessica devina qu'elle avait l'air stupide, mais ce que venait de lui révéler sir William défiait toute logique.

— Cette terre, personne ne la connaît dans la chrétienté ?

— C'est ça.

— Mais où est-elle, alors ?

— Là où on le disait, de l'autre côté de l'océan.

— Et elle est vaste ?

— Énorme, si on en croit les témoins. C'est peut-être un nouveau monde aussi étendu que la chrétienté.

— Mais c'est… ce serait… Oui, il s'agit d'un secret dangereux. Qui est au courant ?

— Moi, vous, l'équipage du navire et ma communauté, sur Arran.

— Et ça ne vous inquiète pas ? Votre communauté, ça fait beaucoup de monde.

— Oui, mais on sait y tenir sa langue. Nous sommes tous des Templiers liés au secret, au silence et à l'obéissance. Et désireux de survivre ! Si la nouvelle se répand, la chrétienté viendra polluer ce nouveau monde avec ses persécutions et ses folies.

— Vous empêchant ainsi de tout recommencer sur cette terre promise ?

— Vous avez tout compris. Un sanctuaire ignoré de la chrétienté, c'est notre chance de salut.

— Le vœu de chasteté… C'est pour ça que vous l'avez annulé… Afin que vos moines aient des fils.

— Des fils et des filles, oui.

— Sinon, vous redoutiez que l'ordre du Temple disparaisse partout dans le monde.

— C'est en cours de réalisation, sauf ici, en Écosse. En France, il ne reste plus rien du Temple et les autres rois de la chrétienté imitent Philippe le Bel, comme Jacques de Molay le redoutait. Notre communauté est le dernier bastion de l'ordre.

» Voilà pourquoi j'ai rendu leur liberté de procréer aux frères. Je leur ai permis de partir en quête d'une épouse, à condition qu'ils reviennent vivre sur Arran.

— Mais n'est-ce pas... ?

Jessica ne sut pas comment finir sa phrase. Perturbée, elle se tut un long moment, puis reprit, un peu taquine :

— Et vous, William, avez-vous renoncé à votre vœu de chasteté ?

Le Templier chercha le regard de la baronne et répondit d'un ton neutre :

— Non, pas moi... Je suis trop installé dans mes habitudes...

Une nouvelle fois, il faillit sourire, mais se retint.

— Cela dit, pour toutes les raisons que j'ai citées, ça ne me gênerait pas plus que ça. Mais un autre serment me lie, et il est bien plus perturbant...

— Quel serment ?

— L'obéissance... Quand j'ai intégré le Temple, j'ai juré d'obéir au pape et, à travers lui, à la sainte Église. Mais à qui dois-je obéir, aujourd'hui ? Le pape et l'Église ont trahi et vendu le Temple par cupidité et pour plaire à un tyran qui s'est baptisé Philippe de France. Quelle arrogante ânerie ! De quelle France parle-t-il ? Un petit territoire, dans le nord de ce qui était la Gaule. Mais dans sa folie, il le voit énorme et tente d'étayer son délire en annexant la Normandie, la Flandre, la Bretagne, l'Anjou, le Poitou, la Bourgogne et l'Aquitaine.

» Dans sa folie des grandeurs, il a entraîné un pape et plié l'Église à sa volonté.

» Mais un serment est un serment, n'importe quel prêtre vous le dira. De ce point de vue, il faudrait que je nous livre à l'Inquisition, mes frères et moi…

» Sur mon amour de la vie, je vous jure que je préférerais brûler en enfer pour préserver ce qu'ils nomment mon « orgueil impie » plutôt que de me soumettre à des hommes que je méprise. Damné au nom de ma fierté, de mon obstination et de mon honneur, je renoncerais sans hésiter à ma chasteté, si j'en avais le moindre désir…

Jessica nota cette étonnante déclaration, mais elle comprit qu'elle n'était qu'une provocation comparée à l'autre métamorphose qui s'était produite chez l'homme qu'elle couvait du regard.

— Depuis notre dernière conversation, vous avez beaucoup changé, sir William…

Une façon bien formelle de présenter les choses, au stade où en était leur dialogue. Mais le chevalier, les yeux rivés sur les flammes de la cheminée, ne sembla pas s'en apercevoir.

— Je peux à peine vous reconnaître et…

— Beaucoup changé ? coupa sir William avec un ricanement. Beaucoup changé… Oui, c'est ce qui doit vous sembler, après si longtemps. Les années passent de plus en plus vite, dirait-on, et elles emportent bien des choses qui étaient en nous.

Sir William se leva, approcha de la cheminée, s'appuya au manteau et baissa la tête comme s'il entendait parler au feu.

— Je n'ai pas changé du tout, Jessica… En revanche, le monde où je vivais s'est écroulé, et il ne me reste plus rien. Certes, j'ai des responsabilités, et je m'en acquitte le mieux possible… J'ai aussi mon honneur et ma foi, et je leur reste fidèle. Mais ma mission en ce monde, naguère si importante, se réduit désormais à protéger la communauté d'Arran.

Sir William se retourna, l'ombre d'un sourire sur les lèvres. Mais Jessica lut une profonde tristesse dans son regard.

— Les changements que vous mentionnez me sont imposés par le monde et la façon dont il me maltraite. C'est vrai, je ne pense plus de la même façon, et je vois les choses différemment. Désormais, je n'ai plus que mépris pour les rois cupides, les prêtres vénaux et leur quête aveugle de pouvoir sur l'âme des hommes, voire sur les hommes eux-mêmes et ce qui leur appartient.

» Plus important encore, je vois comment ces « élites » utilisent la morale et la crainte de Dieu pour satisfaire leurs vils caprices… sans une seule pensée pour le Seigneur au nom duquel ils se vautrent dans la fange. Aujourd'hui, je renie ces chiens et tout ce qu'ils incarnent.

» Si c'est ce que les anciens appelaient *hubris* – le péché d'orgueil –, eh bien, je l'assume. Mais je sais à quoi je crois, et je ne peux pas imaginer que Dieu me condamnera pour ça. Quant au reste… Aucun prêtre pécheur ne pourra plus jamais prétendre définir en mon nom ce qu'est le péché.

Le Templier sourit.

— La seule exception, à mes yeux, ce sont vos prêtres, en Écosse, prêts à risquer la damnation pour rester fidèles à leur roi. Je pense par exemple à David de Moray, un homme que je ne puis voir comme un prélat, malgré sa position…

Sans répondre, Jessica baissa la tête et s'immergea dans ses pensées. Après un moment, craignant qu'elle ne lui parle plus, sir William l'interpella :

— À quoi pensez-vous ?

— À votre nouveau monde… Quand partirez-vous ?

— Jamais assez tôt, à mon goût… Mais d'abord, il y a beaucoup de travail à faire…

Jessica releva la tête.

— Quel travail ?

— Sur les bateaux, pour commencer… Celui qui est revenu était déjà rafistolé – avec les moyens du bord – et il aura besoin de grosses réparations. Là-bas, les natifs ont peur de la mer et ne construisent pas de navires. Tout juste des canoës, pour aller et venir sur les cours d'eau. Des embarcations peu pratiques et dangereuses, paraît-il. Ignorant la métallurgie, ils ne savent pas scier proprement un arbre et doivent attendre que l'un d'eux tombe tout seul. Dans le même ordre d'idées, ils sont incapables de découper des planches ou des poutres… Et sans charpente, pas de bateau !

» Nos hommes essaient de les former, mais quand on ne peut pas fabriquer d'outils, ça ne sert pas à grand-chose. Du coup, ils ont réhabilité le seul navire encore en état de flotter qu'il leur restait. Que ce rafiot soit arrivé à bon port tient du miracle.

» Si je n'avais pas vu les dégâts, j'aurais du mal à croire leurs récits de tempêtes…

» Bref, nous avons besoin de nouveaux navires, assez solides pour résister à de très gros grains. Pour ça, il nous faudra des années, à condition de trouver la matière première. Sur Arran, il n'y a pas de chênes.

— Comment ferez-vous ?

— Nous en achèterons ailleurs, j'imagine. Pour être franc, je n'y ai pas encore réfléchi. Parfois, tout ça me dépasse…

— Si vous trouvez des chênes, avez-vous des charpentiers de marine compétents ?

— Oui, et ils pourront en former d'autres. Mais ça prendra du temps.

— Combien ?

— Autant qu'il y a de nœuds à une corde… (La jeune femme écarquilla les yeux.) C'est une image… Ça veut dire que je n'en sais trop rien. Trois ans, peut-être – si nous avons de la chance.

— Et pourquoi n'achetez-vous pas des bateaux ? Vous ne manquez pas d'argent, je crois.

— Non, mais c'est…

Sir William s'interrompit, perplexe. Au fil de sa réflexion, son visage s'illumina.

— J'allais vous rabrouer, mais c'est une excellente idée ! Comment ai-je pu ne pas l'avoir ? Acheter des bateaux… Pour ça, il faudrait aller à Gênes.

— Gênes ? Pourquoi ?

Sir William sourit encore, très excité, et Jessica se réjouit de le voir ainsi.

— Parce qu'on y trouve les meilleurs chantiers navals du monde, et qu'il en est ainsi depuis l'époque des Romains. C'est de là que sortent nos galères et nos navires marchands. Il y en a peut-être même en stock, puisque le Temple n'honore plus ses commandes…

» L'ennui, c'est que ça risque de nous ruiner. Je ne sais pas combien peut coûter un bon navire, mais ça doit être très cher.

— Qui pourrait vous le dire ?

— Le sénéchal de l'ordre devrait le savoir. Ou le grand argentier… Les dépenses de cette importance doivent – enfin, devaient – passer par leurs services et y être approuvées. Mais le sénéchal croupit dans une geôle en France, et le grand argentier, sire Philippe Estinguay, est mort entre les mains des Inquisiteurs. Leurs collaborateurs devraient savoir aussi, mais où les trouver aujourd'hui ? En somme, personne ne peut me renseigner, et je vais devoir me débrouiller seul.

» Cela dit, si c'est dans nos moyens, nous le ferons. Et s'il ne nous reste plus un sou, quelle importance ? Pas besoin d'or dans le nouveau monde.

Quelqu'un ayant frappé à la porte, sir William fit signe à Jessica de se taire, puis il alla ouvrir et laissa entrer le frère Matthew, encore tout bouffi de sommeil.

Après avoir regardé le Templier, l'air hagard, il s'adressa à Jessica :

— Le garçon est réveillé ?

En guise de réponse, un grognement monta de derrière les paravents.

Henry réveillé, la salle devint plus fréquentée qu'une taverne, car tout le monde tenait à le voir.

3

Plus tard, sir William dîna avec Jessica – sans pouvoir reprendre la conversation, tant il y avait de gens autour d'eux. Du coup, ils parlèrent de tout et de rien, partageant les sujets et les rires des autres convives.

Au début du repas, penchée vers lui, Jessica lui confia qu'elle regrettait de ne pas avoir continué leur dialogue et qu'il faudrait le reprendre très vite.

À sa grande surprise, sir William apprécia la soirée et, plus bizarrement encore, la nombreuse compagnie féminine – jusqu'à un certain point, en tout cas. Huit dames en tout, après une vie à rester entre hommes, ça faisait beaucoup.

Quatre de ces femmes étaient les épouses des employés de Jessica. Des paysannes très ordinaires, mais d'allure agréable, qu'elle avait invitées avec leur mari… et une idée malicieuse derrière la tête.

Remarquant que son « amie » l'observait dès qu'il conversait avec une de ces dames, sir William ne tarda pas à soupçonner un coup monté. Alors qu'elle l'aurait outragé quelques mois plus tôt, cette idée l'amusa et il se réjouit que

Jessica prenne plaisir à le voir faire ses premiers pas dans le monde pas toujours enchanté du gynécée.

Malgré toutes ses bonnes résolutions, une vie entière d'endoctrinement ne se jetait pas aux orties si facilement, et il ne tarda pas à trouver pesante la compagnie de ces dames. Jugeant leur conversation sans grand intérêt – sauf quand elles passaient aux questions personnelles, tels de véritables Inquisiteurs en jupon –, il sursauta plus d'une fois à cause d'un éclat de rire aussi tonitruant qu'incongru, et finit par avoir mal aux joues à force de sourire bêtement. Cela dit, il tint le coup et réussit à ne pas trahir son soulagement quand arriva l'heure du coucher.

Vite endormi, il se réveilla peu après et repensa à ce que Jessica lui avait dit durant cette étrange soirée. À cause de la récente épidémie de fièvre, les serviteurs n'avaient pas eu le temps de chasser, et la viande fraîche menaçait de manquer cruellement. Sur un coup de tête, le Templier décida de remédier à cette situation…

Au matin, dès l'aube, il prit son arc, son carquois et sa lance et partit chasser avec les deux sergents restés à ses côtés.

En milieu de matinée, un des hommes – un Bourguignon taciturne nommé Bernet – réussit à abattre un jeune daim d'un tir d'arbalète si précis que sir William lui-même en resta admiratif – et convaincu qu'il n'aurait pas pu en faire autant.

Peu après, alors que les trois chasseurs rapportaient leur prise à l'endroit où ils avaient attaché leurs chevaux, un sanglier fou furieux les chargea sans même prendre le temps de racler le sol avec ses sabots. Bernet et son compagnon laissèrent tomber la carcasse et dégainèrent leur épée, mais beaucoup trop tard pour pouvoir se défendre.

Alors qu'il portait les lances du trio, sir William eut la présence d'esprit d'en lâcher deux. Prenant la troisième à deux mains, il se laissa tomber sur un genou et cala l'embout de l'arme contre le sol.

Criant pour attirer l'attention du sanglier, il orienta la pointe de la lance dans la direction d'où il viendrait.

Sans relever ce défi, l'animal fondit sur l'infortuné Bernet. Par bonheur, et pour une raison connue de lui seul, il s'arrêta pour piétiner le cadavre du daim.

Bernet profita de ce répit pour tirer complètement sa lame du fourreau. Se relevant, sir William choisit de projeter la lourde lance – sans vraiment prendre le temps de viser, mais sur une si grosse cible, il aurait fallu être aveugle pour rater son coup.

Ébranlé par l'impact, sur son flanc, le sanglier resta un instant pétrifié, puis il tourna la tête vers sir William, le responsable de cet événement douloureux. Encore plus furieux, il chargea, pas gêné le moins du monde par la lance.

Très calme, sir William ramassa une autre arme, se mit en position et attendit le choc.

Comme prévu, le sanglier s'empala sur la pointe barbelée de la lance. Emporté par son élan, il s'y déchira les entrailles et mourut en quelques secondes.

Quand ils eurent repris leur souffle, les trois Templiers décidèrent qu'ils avaient assez chassé pour la journée. Pendant que les sergents s'occupaient de la carcasse du sanglier, sir William détacha les chevaux puis les amena, afin qu'on charge la viande sur leur dos.

De retour à la ferme avant midi, les trois hommes livrèrent directement leurs trophées aux cuisines – où ils trouvèrent un prêtre de passage occupé à engloutir une énorme portion de ragoût. Dès qu'il vit le chevalier, le religieux oublia son estomac, se leva et demanda s'il était en face de sir William Sinclair.

Après une réponse affirmative, le prêtre lui annonça que monseigneur Balmyle l'attendait à Saint Andrews.

Il implorait son invité de venir au plus vite, car le service du roi ne saurait attendre. Devant rencontrer l'abbé d'Arbroath le plus tôt possible, l'évêque ne pouvait s'offrir le luxe de traîner.

En écoutant, sir William fit la grimace. S'il avait su, pour la visite de ce religieux, il aurait pu éviter d'envoyer Tam et Mungo en éclaireurs. Mais le prêtre et ses deux hommes avaient dû se croiser en chemin…

Du coup, le maître d'Écosse allait devoir traverser des terres inconnues avec deux sergents seulement pour escorte. À cinq, l'expédition aurait été moins périlleuse.

Après avoir remercié le prêtre de lui avoir délivré le message, sir William s'attaqua à une portion de ragoût plutôt raisonnable pour un homme qui n'avait rien avalé depuis la veille. Laissant les deux sergents avec le cuisinier, il leur ordonna d'aller préparer les montures et d'être prêts à partir dans moins d'une heure.

Pressé par le temps, il se mit en quête de Jessica pour avoir un bilan de santé de son écuyer.

Henry Sinclair, lui apprit frère Matthew, présent dans la chambre du malade alors que Jessica était introuvable, se portait aussi bien que possible. Tirant sir William à l'écart, le brave moine lui parla à l'oreille – afin de ne pas réveiller le garçon, bien entendu.

Durant la nuit, Matthew avait lavé puis changé le patient. Au matin, il avait renouvelé les soins, très content de constater que la blessure ne rendait plus de pus. Elle saignait encore, mais très peu, et l'inflammation, autour du point d'entrée, avait considérablement diminué. Un élément très encourageant, puisqu'il réduisait de beaucoup les risques de complications.

— Il continue à dormir après une nuit entière de sommeil, fit remarquer sir William. Ce n'est pas un peu inquiétant ?

— Pas dans son cas… Il guérit, voilà tout… S'il était réveillé, ça voudrait dire qu'il souffre toujours, et ce ne serait pas bon signe. Comme je l'ai précisé hier à la baronne, le sommeil est le meilleur médicament du monde.

— Qu'il en soit ainsi, alors… Vous faisant une confiance aveugle, je vous remercie de vos efforts.

Sir William décrocha une petite bourse de sa ceinture et la tendit au moine. S'en saisissant vivement, celui-ci se répandit en remerciements – tout en soupesant la bourse, pour tenter d'évaluer sa valeur.

— Mon frère, savez-vous par hasard où je pourrais trouver la baronne ?

Le moine secoua la tête.

— Hélas, non… Tout à l'heure, elle est venue voir Henry, mais je ne sais pas où elle est allée ensuite.

— C'est ennuyeux, parce que je veux la saluer… S'il se réveille un jour, dites à Henry de rester ici et de reprendre des forces. Quand il sera guéri, je viendrai le chercher. Eh bien, au revoir, mon frère…

Dès qu'il déboula dans la cour, sir William entendit Jessica crier son nom. Debout près du portail avec sa nièce et ses deux dames de compagnie, un gros panier calé contre la hanche, elle regardait le Templier avec une étrange intensité.

— On vient de me dire que notre garde-manger vous doit beaucoup, sir William. Vous voulez bien faire quelques pas avec nous ?

Le Templier traversa la cour et s'inclina devant les quatre femmes.

— J'ai peur de ne pas pouvoir, ma dame… Monseigneur Balmyle m'attend d'urgence à Saint Andrews. D'ici une heure, je serai en chemin.

— Si vite ? Quel dommage… Vous êtes allé voir Henry, je suppose. Selon le frère Matthew, il va très bien.

— Oui, grâce à Dieu.

— J'ai quelque chose à vous montrer, et ce ne sera pas long. Vous venez ?

Sir William acquiesçant, Jessica posa son panier par terre et se tourna vers ses compagnes :

— Continuez sans moi et commencez… Je vous rejoindrai bientôt.

D'un index, Jessica fit signe à sir William de la suivre. Lui emboîtant le pas, il approcha d'un long bâtiment de pierre qu'il identifia à l'odeur qui en montait – une étable. En entrant, il dut baisser la tête pour ne pas se cogner au linteau de la porte. Mais à l'intérieur, malgré le plafond bas, il y avait pas mal d'espace. Les bêtes au pâturage, les stalles étaient vides et la rigole d'évacuation centrale venait à l'évidence d'être nettoyée. De chaque côté, les dalles du sol avaient été balayées, lavées et recouvertes de paille fraîche. Au fond de l'étable, sur une grande palette, des ballots de foin s'entassaient jusqu'au plafond.

Tout au bout, les grandes portes, ouvertes, laissaient entrer le soleil de la fin juillet. Clignant des yeux pour s'habituer à l'alternance de lumière et de pénombre, sir William se tourna vers Jessica :

— C'est ce que vous voulez me montrer ? Une étable ? Il y en a partout en ce monde !

Sans réagir à la taquinerie, Jessica se dirigea vers les ballots de foin. Puis elle les désigna du doigt :

— Vous pouvez les déplacer ? Pas tous, juste ceux du milieu. Il y a une fourche par là…

Intrigué, sir William prit la fourche, sauta sur la palette et entreprit de retirer les ballots du centre.

— Où dois-je les mettre ?

— Juste là… Après, il faudra les replacer.

Plusieurs minutes durant, sir William travailla dur jusqu'à ce qu'il trouve ce que Jessica cherchait : un coffre de bois long et étroit qu'il reconnut au premier coup d'œil.

— Sortez-le, mais faites attention, on a dû s'y mettre à quatre pour le fourrer là-dedans.

S'agenouillant, sir William saisit à deux mains une des poignées de corde, inspira à fond et tira sans à-coups, puisant de la puissance dans ses cuisses et gardant le dos bien droit. Haletant comme un soufflet de forge, il réussit à extraire le coffre de son nid douillet.

— C'est très lourd, ma dame, dit-il en essuyant la sueur qui ruisselait sur son front. Bien entendu, inutile de demander ce que contient ce coffre. Une part du trésor destiné à Robert, c'est ça ?

— Pas exactement… C'est *ma* part, mise de côté au cas où… Le roi a eu tout le reste. Ouvrez ce coffre !

— Pour quoi faire ? Il contient des sacs de pièces d'or, à son poids, c'est évident.

— Combien de sacs, selon vous ?

Sir William se livra à un rapide calcul mental.

— Quatre sacs de taille standard, pleins à craquer.

— Voici la clé. Ouvrez-le.

Bien huilée, la serrure ne posa aucun problème. Mais quand il eut soulevé le couvercle, sir William en resta bouche bée.

— Alors ? Vous aviez vu juste ?

— Diantre non ! Pas étonnant que ce coffre soit si lourd.

Il n'y avait pas de sacs dedans, mais une multitude de cylindres enveloppés de tissu. Sur le dessus, un des « tubes » avait été incisé par une lame, laissant apercevoir des pièces d'or serrées les unes contre les autres.

Sans lâcher le couvercle, sir William tenta d'estimer cette fortune.

Jessica approcha et se pencha aussi.

— Des rouleaux de pièces, dit-elle. Cinquante par unité, quinze cylindres par couche, et cinq couches d'épaisseur. Je n'ai pas compté, mais Yeshua Bar Siméon s'en était chargé.

Un homme honnête, vraiment. Étienne n'aurait pas pu trouver un associé plus fiable. Dire que personne ne se doutait qu'ils étaient en affaires et réussissaient si bien…

— J'ai entendu vos chiffres, souffla sir William, mais quel est le résultat des multiplications ?

— Trois mille sept cent cinquante pièces.

— Trois mille… Que le Seigneur soit loué ! Et chaque pièce vaut au moins cinq marks d'argent écossais.

— Plutôt dix, voire plus…

— Et il y avait cinq autres coffres comme celui-là – ceux que vous avez offerts au roi. Plus cinq coffres de pièces d'argent.

— Exact, mais les cinq autres n'étaient pas aussi pleins et il y avait quelques pièces d'argent…

Sir William tourna la tête vers sa compagne.

— Pourquoi avez-vous gardé ce coffre-là ?

Jessica écarta les mains, presque accablée…

— Parce que c'était la fortune de Bar Siméon, sans aucun lien avec Étienne. N'ayant pas de famille, et sentant venir la mort, il a légué ce coffre à mon mari, en qui il avait une confiance aveugle. Parmi les documents que m'a transmis Charles, on trouve une lettre de Bar Siméon… Un document par lequel un vieillard à l'agonie lègue ses biens à un homme plus jeune… mais déjà mort.

» J'ai pris cet héritage pour moi… En lui donnant les dix onzièmes du trésor, je n'ai pas eu le sentiment de léser Robert – et si ce coffre est plus lourd que les autres, c'est un pur hasard. À l'époque, j'ignorais tout de son contenu. C'est plus tard, à tête reposée, que j'ai lu tous les documents…

» Cette réserve, William, est là au cas où de mauvais jours reviendraient. Pour le roi, je veux dire… L'argent coule si facilement entre les doigts des hommes… Un jour, il aura peut-être besoin d'une petite rallonge.

— Petite ? Il y a de quoi payer la rançon de tout un royaume. C'est plus d'argent qu'il y en avait à la commanderie de La Rochelle. Beaucoup plus…

Jessica sourit, dévoilant ses dents blanches.

— C'est possible… Oui, il y a peut-être de quoi payer la rançon d'un royaume. Le roi étant en Angleterre, en train de faire les poches à nos ennemis, l'Écosse ne risque pas d'être dans le besoin. Moi, en revanche…

— Vous ? Eh bien, je ne vous voyais pas comme ça… Vous envisagez d'acheter un pays ? Pour devenir reine ?

— Non, pas un royaume… Dans la chrétienté, ils ne valent plus grand-chose… Un navire, plutôt. Voire deux… Vous savez, ces merveilles qu'on fabrique à Gênes.

— Avec ces pièces, vous pourriez vous offrir toute une flotte. Mais pourquoi Gênes ? On vend des bateaux ailleurs.

Jessica eut un sourire malicieux.

— Je veux peut-être me lancer dans le commerce, comme mon défunt mari. Ou qui sait ? partir à la recherche d'un nouveau monde, de l'autre côté de l'océan.

Voyant la perplexité du Templier, la jeune femme éclata de rire.

— William, ce que vous pouvez être borné, parfois ! Ces navires, je veux vous les offrir !

Stupéfait, sir William en lâcha le couvercle, qui retomba avec un bruit sourd.

— Baronne, vous êtes trop généreuse. Je ne peux pas accepter un tel cadeau.

— Foutaises ! Bien sûr que vous le pouvez, et vous le ferez ! Hier, n'avez-vous pas dit que l'argent ne servirait à rien, dans ce nouveau monde ? Ce coffre n'a aucune valeur, sauf s'il vous aide à partir. En outre, ce n'est pas un cadeau, mais un paiement.

Le Templier se rembrunit.

— En échange de quoi ?

— D'un passage pour le nouveau monde. Pour moi et ma suite.

— Baronne, vous êtes folle…

— Pardon ? Moi, je me trouve très rationnelle, au contraire.

— Ce n'est pas un endroit pour les femmes – et encore moins pour une dame !

— William, parmi toutes les idioties que je vous ai entendu proférer, c'est la plus belle ! Vous emmènerez les femmes de vos moines, non ? N'est-ce pas un des objectifs de l'expédition ?

— Si, mais…

— Mais rien, William ! Je veux venir avec vous. Cette nuit, je suis restée éveillée des heures, et ma décision est prise. Je paierai les navires, et en échange, vous me conduirez jusqu'à Merica… Oui, le nom m'est revenu.

Sir William ouvrit la bouche sans parvenir à émettre un son. Finalement, il passa du français à l'écossais.

— Jessica, comment pouvez-vous envisager de partir seule pour une terre inconnue ? Là-bas, les habitants sont des sauvages… Ils ne portent pas de vêtements comme les nôtres, juste des peaux de bêtes.

— Comme les Danois et les Anglais, il n'y a pas si longtemps… Et les Highlanders, vous connaissez ? Ces gens vivent sans habits, la plupart du temps, d'après ce qu'on dit. Les guerriers sont nus, et ça ne leur fait aucun mal.

— Mais je vous parle de sauvages ! De barbares impies !

— Des barbares impies ? Comme le roi de France qui a tué mon mari par cupidité puis lancé Guillaume de Nogaret à mes trousses, pour la même raison ? Ce roi qui se prétend oint par Dieu mais qui traque les Templiers, les faisant torturer et tuer par ses sbires ?

» Vous préférez peut-être les rois d'Angleterre ? Le précédent, par exemple, qui enfermait de hautes dames dans des cages accrochées à des remparts – juste pour tromper son ennui. N'est-ce pas une pratique barbare ?

» Et de toute façon, je ne serai pas seule…

— Au milieu de vos amies, vous voulez dire ? C'est bien ce qui m'inquiète. Qui vous protégera, vous et vos donzelles ? Vous n'avez pas de mari et il vous en faudrait un. Sacrément solide, en plus !

— J'en aurai un, William. Le plus fort de tous. Vous.

Sir William sursauta comme si elle l'avait giflé, puis il la foudroya du regard, se leva lentement et se prit la tête à deux mains.

— Au nom du Christ, femme, as-tu perdu l'esprit ?

Les mains toujours sur les tempes, le chevalier se calma soudain, comme si toute tension l'abandonnait. Attendant qu'il parle, Jessica le vit baisser les bras puis secouer la tête.

— Je vous ai tutoyée… et rudoyée au nom du Christ…, soupirat-il, accablé.

— J'ai remarqué, oui… C'est un péché spécial, pour vous ?

— Non, mais ça me montre à quel point un homme peut être grossier et hypocrite quand il est vexé.

— Je ne vous suis pas…

— Je m'en doute… C'est impossible. Mais pour moi, c'est capital. Pensez-vous que quelqu'un nous a entendus ?

Sir William regarda autour de lui, craintif comme si les ballots pouvaient avoir des oreilles.

— Je n'ai pas de temps pour ça… Bon sang ! je devrais être loin à l'heure qu'il est.

» Baronne, je veillerais volontiers sur vous. C'est une évidence, vœu ou pas vœu ! Mais c'est bien trop dangereux. S'il vous arrive quelque chose, je ne me le pardonnerai jamais.

Jessica repassa au français.

— Et ici, William ? Qu'éprouverez-vous s'il m'arrive malheur ici ? Nous sommes en guerre, et ma demeure est au bord de la route de l'Angleterre. Je pourrais être assassinée dans mon lit. D'abord violée puis tuée par des soudards des deux camps. Quand vous partirez sans moi, croyez-vous me laisser en sécurité ?

— Sans vous ? Je n'ai jamais pensé à nous dans ces termes, jusqu'à ce que vous osiez le faire !

— Si c'est vrai, vous êtes un idiot, sir William Sinclair. Un idiot remarquable, mais un abruti quand même. Regardez-vous ! On dirait un navire sans voiles trahi par des hommes qui ne mériteraient même pas de le regarder dans les yeux. Pourtant, après mûre réflexion, vous avez libéré les frères de leur vœu. C'est un acte réfléchi – une décision de chef. Bientôt, vous les conduirez vers un nouveau monde, en quête d'une autre vie. En ce sens, le navire a retrouvé ses voiles. Mais ça ne suffira pas, si vous refusez de changer. Je sais que vous devez partir, alors, écoutez sans m'interrompre.

Jessica se redressa de toute sa hauteur et chercha le regard du chevalier.

— Nous nous sommes dit beaucoup de choses, en ce jour – peut-être trop, mais je ne le crois pas. Pourtant, l'essentiel est simple. Je veux vous aider à acheter une flotte, et j'en ai les moyens. Pensez-y et retournez cette idée dans tous les sens. Si nous le faisons, ça demandera du temps et une grande organisation. Par exemple, vous aurez besoin d'un représentant, à Gênes. David de Moray peut vous aider, sur ce plan. Cet homme a ses entrées partout…

» En attendant, méditez sur ces quelques mots. Je paierai pour les bateaux, et vos fonds serviront à les équiper et à acheter tout ce que vous voudrez emporter – y compris du tissu, pour fabriquer des vêtements décents.

» Réfléchissez aussi à mon offre privée, William. Je vous propose ma compagnie, ma loyauté et… ma personne.

Croyez-moi, je ne le fais pas à la légère. Vous connaissant, je sais que des migraines vous guettent, mais insistez ! Vous voulez bien vous casser un peu la tête pour moi, sire chevalier ?

La main droite sur le pommeau de son épée, sir William dévisagea la jeune femme – puis il hocha la tête.

— Oui, je réfléchirai… Et nous en reparlerons. Pour l'heure, je devrais cacher de nouveau ce coffre et m'en aller. Ce trésor ne risque rien, ici ?

— Pas plus qu'ailleurs, sauf dans vos coffres, sur Arran… N'ayez crainte, il sera en sécurité jusqu'à ce que vous veniez le chercher. À présent, au travail, puis fichez le camp !

Jessica se détourna, hésita, et fit volte-face.

— Quand vous méditerez sur tout ça, ne m'oubliez pas, et pensez à moi tendrement, je vous prie.

Incapable de répondre, sir William émit un vague grognement. S'éloignant, Jessica le laissa se débrouiller avec le coffre.

Des évêques et des cardinaux

Pour sa première visite à Saint Andrews, sir William fut impressionné par la découverte d'une cité dominée par l'ombre tutélaire d'une cathédrale en cours de construction depuis plus de cent cinquante ans. Désormais proche d'être terminée, elle promettait d'être fabuleuse, faisant même paraître petite la tour de Saint-Régulus dont elle partageait le site, non loin du bord de mer.

Principal fief de l'Église catholique d'Écosse, Saint Andrews grouillait de prêtres de tout poil. Et de soldats, bien entendu... À part ça, on y trouvait des marchands et leur famille, des négociants et toute la palette de gens habituelle dans les villes, qu'elles soient grandes ou petites. Pourtant, le sentiment premier restait qu'on venait d'entrer dans un nid de clercs et de prêtres. Des moines, des frères, des abbés et des évêques allaient et venaient partout, le plus souvent avec des rouleaux de parchemin calés sous un bras. Chaque fois qu'il inspirait à fond, le Templier s'attendait à humer une forte odeur d'encens.

Avec ses deux sergents, il lui avait fallu quatre jours de voyage, par un temps abominable, pour gagner leur destination – d'abord en longeant la forêt d'Ettrick jusqu'à Lanark, puis en ralliant Stirling, où il avait traversé le Forth puis obliqué vers l'est – la dernière ligne droite de leur odyssée.

Désormais, ces avanies étaient derrière eux, et sur la côte est, le soleil brillait de tous ses feux. Rêvant d'une vraie nuit de sommeil, sous un toit, dans un lit douillet, les trois hommes se mirent en quête d'une auberge digne de ce nom.

Ils trouvèrent un établissement prometteur dans la grand-rue de Saint Andrews, en face de l'église Saint-Régulus – côté ouest. Entrant le premier, sir William loua une chambre et des places d'écurie pour les chevaux.

Une fois dans les lieux, il enleva sa cuirasse et son haubert, se délesta de son bouclier et de son casque, puis abandonna les deux sergents, certain qu'ils veilleraient jalousement sur son précieux équipement – et sur les chevaux, que l'un d'entre eux passerait voir avant le repas du soir.

Ravi de déambuler sans sa quincaillerie – même s'il avait gardé son ceinturon d'armes –, il se mit en quête de Nicholas Balmyle.

Impressionné par la taille de la ville où de superbes bâtiments en pierre grise se serraient les uns contre les autres, il dut très vite se rendre à l'évidence : il n'avait pas la moindre idée de l'endroit où aller.

Le premier passant qu'il interrogea lui sauva la mise. Non loin de là, il trouverait la chartreuse de la nouvelle cathédrale.

Devant la magnifique entrée gardée par des hommes en uniforme rutilant, sir William songea d'abord qu'il n'était pas assez bien mis pour ces lieux. Se souvenant de la tenue coutumière de David de Moray, il décida que l'évêque Balmyle ne se formaliserait pas qu'un homme convoqué d'urgence ait l'air débraillé.

Se présentant aux sentinelles, il demanda où il pourrait trouver l'évêque, et on l'orienta courtoisement vers un des responsables du site, qui saurait répondre à sa requête.

Un moine en robe de bure noire le guida dans un dédale de couloirs. Arrivé devant une grande porte à deux battants richement sculptée, le religieux frappa deux fois, puis il ouvrit un des battants et fit signe au Templier d'entrer.

La grande pièce, digne d'un palais, était éclairée par de hautes fenêtres. Sur le parquet en chêne, teinté pour être presque noir, une grande table du même bois, garnie de sièges, faisait face à un lutrin.

La température frisquette étonna sir William. Croyant d'abord la salle vide, il remarqua soudain trois hommes, sur sa droite, plongés dans une grande conversation à la chaleur des flammes d'une cheminée assez grande pour qu'on y loge une famille entière.

Avec un bel ensemble, les trois hommes se tournèrent vers leur visiteur. Tandis qu'il approchait, le Templier eut le sentiment que ces inconnus se demandaient s'il valait la peine qu'ils s'interrompent. Puis l'un d'eux le salua en prononçant son nom, et il reconnut David de Moray.

Aussitôt, ses appréhensions se volatilisèrent. Après une accolade avec son ami, ce fut lui qui étudia les deux autres hommes en marchant vers eux.

Sans la moindre hésitation, il reconnut l'ancien chancelier. Logique, puisqu'il l'avait aperçu – sans lui parler – lors du Parlement d'Ayr.

Tout de noir vêtu, l'évêque Balmyle devait compter sur sa barbe et ses cheveux blancs pour varier un peu son allure. Sous son manteau, il portait une soutane serrée à la taille par une ceinture en tissu brillant. Accrochée à une lanière de cuir elle aussi noire, une croix couleur ébène pendait sur sa poitrine.

Moins richement vêtu, son compagnon réussissait à avoir l'air distingué alors qu'il ne faisait rien pour ça – ou peut-être *parce qu'il* ne faisait rien pour ça. Habillé de noir lui aussi, il se contentait d'une soutane en laine tachée et à l'ourlet élimé. En l'absence de manteau et de croix, sir William conclut qu'il s'agissait d'un prêtre – mais très influent, vu les gens qu'il fréquentait. Grand, le dos bien droit, ses cheveux grisonnants clairsemés sur les tempes, il ne portait pas de barbe et des yeux bleus profondément enfoncés dans leurs orbites brillaient au-dessus de sa péninsule de nez.

Sir William le salua puis s'inclina devant monseigneur Balmyle, dont l'âge et les accomplissements imposaient le respect.

— Je suis William Sinclair, monseigneur. Désolé d'arriver si tard, mais je viens d'assez loin. Mon messager m'a-t-il précédé ? J'espère bien que oui…

Le vieil homme sourit puis prit la main du Templier entre les siennes.

— Oui, il est venu, dit-il d'une voix forte étonnante pour un homme de son âge. Avec son compagnon, il est passé me dire que vous ne tarderiez pas à arriver. Mais nous vous attendions plutôt demain.

— Et vous auriez vu juste si un de vos prêtres, à Nithsdale, ne m'avait pas incité à me presser. Du coup, je suis parti sur-le-champ et je n'ai pas traîné.

— Comment se porte votre jeune écuyer ?

— Il se remet, seigneur chancelier. Je l'ai laissé sous la garde de la baronne de Saint-Valéry.

— Une femme de qualité, oui… Mais voilà bien des années que je ne suis plus chancelier, mon ami. Maître Nicholas me convient très bien, désormais.

L'évêque se tourna vers le prêtre à la soutane tachée.

— C'est le chevalier dont vous avez tant entendu parler, seigneur.

Seigneur ?

Avant que sir William ait pu ravaler sa surprise, Nicholas Balmyle lui donna une autre occasion de s'étonner :

— Sir William, puis-je vous présenter monseigneur William Lamberton, archevêque de Saint Andrews et primat du royaume ?

Encore ? Il a de nouveau osé manquer à sa parole !

Monseigneur Lamberton sourit, et son visage austère fut aussitôt métamorphosé – une explosion de beauté et de lumière.

Stupéfié, sir William faillit se pencher pour embrasser la chevalière du prélat. Un geste qu'il n'avait jamais fait, même visant une bague… Eh bien, tant pis ! Devant tant de grâce et de bonté, il s'inclina et posa les lèvres sur la chevalière – en signe de respect pour l'homme plutôt que pour son rang.

L'archevêque serra entre ses mains celle du chevalier, puis il lui parla en angevin :

— Merci de te soucier de moi, mon fils.

— Me soucier de vous, monseigneur ?

Lamberton sourit de plus belle.

— Oui, du salut de mon âme, lâcha-t-il, abandonnant l'angevin, parce que je manque si souvent à ma parole.

Sir William sentit qu'il s'empourprait.

— Monseigneur, je n'ai pas…

— Je l'ai vu dans tes yeux, mon fils. (L'archevêque se rembrunit.) C'est une affaire d'équilibre entre les péchés, voilà tout… Lequel est le plus grave ? Mentir à mes geôliers ou négliger mon devoir envers *mon* Église, *mon* roi et notre royaume ? Brûler la politesse à mes « hôtes » n'était qu'un péché véniel. Rester aurait été plus… criminel. Voilà pourquoi je suis ici, afin de te parler.

— De me parler ?

Désorienté, sir William se montra plus direct qu'il l'aurait en principe dû.

— Qu'auriez-vous à me dire ? Je suis honoré d'être ici, c'est sûr, mais à quoi ça rime ? Je suis un simple chevalier heureux de vivre dans l'ombre et de ne pas me mêler à la politique. De toute façon, ça me serait impossible, puisque j'ai juré de ne jamais m'agenouiller devant un roi.

Lamberton sourit puis jeta un coup d'œil aux deux évêques.

— C'est pour ça que j'ai voulu te voir, William. À cause de ce que tu es et de *qui* tu es. Et nous voilà face à face, debout alors que nous pourrions être assis, et affamés au lieu de nous restaurer. David, pouvez-vous demander à un frère d'aller nous chercher à boire et à manger ? Nous nous installerons près du feu. Viens, William…

Débouclant son ceinturon d'armes, le Templier le posa sur la table et le poussa sur sa droite.

— Tu ne t'offusques pas que je t'appelle William, j'espère ?

— Bien sûr que non, monseigneur.

— Eh bien, dans ce cas, je continuerai… Après tout, c'était aussi mon prénom, avant qu'il soit remplacé par « archevêque » ou « monseigneur ». En retour, appelle-moi aussi William.

— Ce ne sera pas facile, monseigneur… Avec votre réputation et la gloire qui vous accompagne partout… C'est un peu comme si je donnais du « Robert » au roi.

Le prélat fronça les sourcils.

— Et pourquoi pas ? Crois-moi, il n'en serait pas offensé. Pas quand ça vient d'un ami qui lui a maintes fois prouvé sa loyauté…

— Et moi, ce sera Nicholas, dit l'évêque en s'asseyant près de sir William. Vous avez gagné le droit d'utiliser nos prénoms. Et quand nous en aurons terminé, vous aurez peut-être envie de nous agonir d'injures.

— Pourquoi donc ? Qu'est-ce qui m'y inciterait ?

Revenant après avoir été donner des ordres, David de Moray balaya du regard les trois hommes.

— Ai-je raté quelque chose ? Vous semblez tous bien moroses.

— Notre jeune ami s'inquiète à juste titre de ce que nous pourrions lui demander, expliqua Balmyle. Jusque-là, nous n'avons pas expliqué pourquoi nous l'avons fait convoquer ici. Quand vous êtes arrivé, nous allions lui en parler…

— Eh bien, faites donc, jusqu'à ce qu'on daigne nous donner à manger. Je vais écouter et marmonner deux ou trois mots de temps en temps, pour montrer que je ne dors pas… Tous les deux, vous savez très bien ce que je pense de ça…

Les bras croisés, David de Moray se laissa aller dans son fauteuil, cherchant la position la plus confortable.

C'était la première fois que sir William voyait cet homme sans son haubert et ses multiples armes. En tenue d'évêque, il semblait moins taillé en force qu'on aurait pu le croire. Cela dit, les épaules larges et le ventre plat, il semblait être fait pour le combat et prêt à en découdre avec n'importe qui.

— Si nous commencions ? proposa Lamberton.

Sa question à peine posée, les portes s'ouvrirent en grand pour laisser passer une colonne de serviteurs aux bras lestés de mirifiques plateaux.

— Ils ont fait vite, souffla Balmyle.

David de Moray émit un vague grognement.

Bien qu'on fût en plein après-midi, il s'agissait d'un vrai repas, avec du pain sorti du four et de la bière tirée des sous-sols de la cathédrale – un niveau beaucoup utilisé, en attendant la rénovation du toit et de la façade.

Sir William se fit servir un morceau de rôti de porc et des légumes. Ensuite, il s'autorisa une assiette de fromage et de fruits rouges au goût puissant. Alors qu'il dévorait, il constata que les autres convives, comme lui, ne faisaient pas de chichis. L'archevêque avait choisi le porc tandis que David de Moray s'était jeté sur un canard farci de pommes, de mie de pain et de fromage.

Sans doute à cause de son grand âge, Balmyle s'en tint à des fruits frais, à du fromage et à du pain – et il but du lait, qu'un homme alla chercher pour l'occasion.

Mangeant plus lentement que les autres, l'archevêque fut le dernier à terminer. Après avoir repoussé son assiette en bois, il regarda ses compagnons, vit qu'ils ne mastiquaient plus et demanda que les domestiques débarrassent la table.

L'affaire fut rondement menée. Très vite, les quatre hommes se retrouvèrent seuls dans la pièce.

Après le départ des serviteurs, l'archevêque Lamberton posa sa chope de bière sur la table et se tourna vers sir William :

— Eh bien, commençons ! Mon fils, tu viens de dire qu'un serment t'interdit de jurer allégeance à un roi ?

— C'est ça, oui...

— À qui as-tu promis ça ?

— À notre grand maître... J'avais dix-huit ans, et depuis, je respecte ma parole.

— Pardonne-moi cet interrogatoire et n'y vois surtout pas un moyen de te juger voire de te condamner. Mais dis-moi, à qui as-tu juré obéissance ?

— Dieu, bien entendu.

— Ça va de soi, puisque tous les serments et les vœux lui sont adressés. Mais je parlais d'un homme, pas du Seigneur.

— Alors, c'est à Jacques de Molay, grand maître de l'ordre des Chevaliers du Temple.

— Et à travers lui, tu t'adressais au pape, n'est-ce pas ?

En guise de réponse, sir William fit « oui » de la tête.

— As-tu jamais pensé que les événements du 13 octobre et leurs conséquences étaient possibles ? L'ordre proscrit, ses membres excommuniés...

Lamberton leva la tête pour ne rien rater de la réaction du chevalier.

— Non, monseigneur, une telle idée ne m'a jamais traversé l'esprit.

— Pourquoi donc ?

Même s'il enfonça ses ongles dans la paume de ses mains, sous la table, sir William parvint à garder son équanimité.

— Parce que jusqu'au jour où ce plan nauséabond a germé dans l'esprit malade de Philippe Capet ou d'un de ses sbires, une telle abomination n'aurait pas paru imaginable. Près de deux cents ans durant, notre ordre a défendu l'Église. Sa présence en Terre sainte, la chrétienté la doit à des frères dont la détermination et la loyauté n'ont jamais faibli.

» Le Temple avait des états de service immaculés et, à juste titre, il passait pour incorruptible. Hélas, il est devenu une proie bien trop grasse et appétissante pour des prédateurs tels que Philippe Capet…

Craignant d'être allé trop loin, sir William s'interrompit, mais aucun de ses interlocuteurs ne fit mine de prendre la parole.

— Pour nous détrousser, ce roi a d'abord voulu entrer dans l'ordre. Connaissez-vous le sens du terme « blackbouler » ?

Lamberton acquiesça.

— Dans un scrutin secret, une boule blanche vaut acceptation et une noire signifie un refus. Il en suffit d'une pour décider du vote.

— C'est exactement ça, monseigneur… Comme pour tous les autres candidats Templiers, la personnalité de Philippe Capet a été passée au crible, ainsi que sa moralité. J'ai participé au conseil qui devait statuer sur son sort. Sur onze votes, on comptait huit boules noires…

» Une femme très sage m'a dit que le Temple a signé ce jour-là son arrêt de mort. Détruit par huit boules noires…

— Il est bien possible qu'elle ait eu raison, fit l'évêque Balmyle. Qui était cette femme ?

— La baronne de Saint-Valéry, dont le mari est mort à cause de Philippe Capet…

L'archevêque Lamberton s'éclaircit la voix.

— Selon toi, le coupable de cette infamie, c'est le roi de France. Et le pape, là-dedans ?

C'est là qu'on va voir s'ils prennent la mouche…

— Le pape ? Devant des princes de l'Église, comment puis-je exprimer tout le dégoût que m'inspire un homme qui a courbé l'échine devant un roi faussement chrétien, lui permettant ainsi de commettre un acte ignoble ? Clément a volé au gré du vent comme une baudruche. Combien de fois a-t-il changé d'avis, ce misérable ?

» Pour finir, il a lâché l'Inquisition contre mes frères, afin de leur arracher des aveux sur des charges imaginées par Guillaume de Nogaret, un assassin de pape notoire.

» Le pape, me demandez-vous ? C'est une honte pour la chrétienté et pour sa vocation. Un pantin soumis à un monstre ambitieux dont il craint les représailles, s'il osait se rebiffer. Sur ce point, il a raison. Philippe Capet a provoqué la mort d'un pape, voire de deux, qui n'avaient pas eu l'heur de lui plaire. S'il le faut, il n'hésitera pas à faire une troisième victime au nom de son « droit divin ».

— William, dit Lamberton, sur tous ces points, je ne te contredirai pas. Mais pour l'heure, ce n'est pas le roi de France qui nous inquiète. Concentrons-nous plutôt sur d'autres sujets, comme cette affaire de vœu. Tu as libéré tes hommes, m'a-t-on dit, de leur obligation de chasteté.

Sir William acquiesça. Tout en jouant avec sa chevalière, l'archevêque le dévisagea.

— Sur quelle autorité t'es-tu appuyé ?

— La mienne. Celle du maître de l'ordre d'Écosse.

— Elle est si forte que ça ?

— Bien sûr ! Je suis le maître exécutif, et jusqu'au retour à son poste de Jacques de Molay, j'aurai une autorité plénière sur les frères que je dirige. Croyez-moi, je n'ai pas pris cette décision sur un coup de tête.

— Je n'aurais pas insinué ça, mais puis-je avoir des explications ? Dégager toute une confrérie d'un vœu, voilà qui paraît audacieux.

— Désolé de vous contredire, mon seigneur, mais nous parlons des derniers survivants d'un ordre naguère puissant. En libérant les hommes en âge de se marier, j'ai donné une chance à notre confrérie de survivre longtemps après que nous serons tous morts. C'est en tout cas ce que j'espère.

— N'est-ce pas un peu incongru ? demanda Balmyle.

Silencieux, David de Moray ne perdait pas une miette de la conversation.

— C'est possible, maître Nicholas, mais l'autre option – ne rien faire – implique la mort programmée du Temple. Pris dans cette nasse, j'ai saisi au vol la première occasion...

— Je vois... Donc, il y a sur Arran des femmes mariées.

— Quelques-unes, oui. Et des enfants.

— Dis-moi, intervint Lamberton, William, à qui fais-tu allégeance, aujourd'hui ?

— Pas au pape Clément... Même s'il croupit en prison, je reste loyal à maître de Molay. Et par son intermédiaire, je me soumets à Dieu.

L'archevêque posa les coudes sur la table, se massa les ailes du nez puis se redressa.

— On m'a dit qu'il y a des mercenaires français sur ton île. Sir Edward Bruce se repose beaucoup sur eux.

— C'est vrai ? Eh bien, monseigneur, il fallait que ça se sache un jour ou l'autre.

— Oui, et je me félicite que ça ait pris si longtemps... Je suis encore plus surpris de n'avoir jamais entendu un mot, pas même un murmure, sur la présence de Templiers sur Arran. Me croiras-tu si je dis que j'en suis fort satisfait ?

— Oui, monseigneur… Depuis près de cinq ans, personne ne pourrait reconnaître en nous des Templiers. Aujourd'hui, nous ne sommes plus que des insulaires – des mercenaires français assez proches pour être utiles et suffisamment éloignés pour ne gêner aucun Écossais.

Sir William se tut, frappé par une idée qu'il aurait dû évoquer bien plus tôt.

— L'évêque de Moray vous a-t-il parlé de la grande réunion que nous sommes censés organiser ?

— Bien sûr, c'est même pour ça que je suis ici. Tous les quatre, nous devons planifier soigneusement cet événement, parce qu'il est bien plus important que David le croyait quand il a traité avec toi.

Sir William tourna la tête vers son ami – qui haussa les épaules, l'air de dire : « Comment aurais-je pu savoir ? »

— Comment peut-il compter tant que ça, cet événement ? L'urgence, d'après ce que j'ai compris, ce sont les besoins du roi.

Lamberton acquiesça.

— C'était vrai, au début, mais les enjeux ont grossi…

L'archevêque se redressa, tira sur sa soutane douteuse et chercha le regard du Templier :

— Tout ce que je sais de toi, William Sinclair, c'est David qui me l'a dit. Et même si j'ai aimé tout ce que j'ai entendu, j'ai tenu à voir et à juger de mes propres yeux.

Sir William dévisagea l'archevêque, dont la gravité semblait ne rien augurer de bon.

— Et le résultat, monseigneur ?

Un sourire lumineux métamorphosa une nouvelle fois le prélat.

— Personne ici ne songe à te blackbouler, si c'est ce qui t'inquiète.

— Dans ce cas… (Perplexe, sir William se grattouilla le menton.) Auriez-vous l'obligeance de me dire ce qui se passe ?

Le sourire radieux disparut.

— Oui, et sans plus tergiverser. C'est une affaire de politique, et de combat pour l'âme des hommes et leur liberté. Des sujets de poids, William... Quand tu es arrivé en Écosse, il n'a jamais été envisagé de te refuser un sanctuaire. En revanche, David t'a parlé des risques que la présence de l'ordre pouvait faire courir à un roi frappé d'excommunication – sans parler des dégâts si Philippe Capet avait découvert le pot aux roses. Tous ces écueils, tu les as évités à la satisfaction générale, donc, il est inutile de s'étendre dessus.

» Aujourd'hui, j'ai entendu ton opinion sur le pape, et pour être franc, je valide tous les points, sauf un. Un seul, mais lourd de sens. Pour le primat d'Écosse que je suis, le plus important, c'est le peuple. Et si leur roi demeure excommunié, tous les Écossais le resteront. En d'autres termes, si sa punition est confirmée, le royaume sombrera avec lui dans la perdition. Comme tu le sais, aucun sacrement ne peut être administré à un Écossais qui ne tourne pas le dos au roi Robert. Du coup, beaucoup de gens le renieront, que ce soit pour le salut de leur âme, par jalousie ou par cupidité. Et si ça arrive, l'Écosse mourra. Ça semble impensable, pourtant, cette menace se précise jour après jour.

Sir William avait déjà entendu tout ça, mais jamais de la bouche d'un homme si franc et si passionné. Impressionné, il leva une main pour demander la parole.

— Veuillez m'excuser, monseigneur, mais cette excommunication n'est-elle pas déjà effective ? Je sais qu'elle fait toujours l'objet d'un débat, mais ça n'est pas suspensif, je crois.

Lamberton prit le temps de peser ses mots. Le souffle soudain court, sir William attendit sa réponse.

— Pas suspensif, en effet – en théorie, en tout cas... En pratique, ça change la donne. La mesure est l'objet d'une controverse de droit canon – à mon initiative et à celle des principaux prélats d'Écosse, dans les rangs desquels on compte l'archevêque Wishart de Glasgow, prisonnier des Anglais comme moi. Mais Robert Wishart, vieux et malade, risque de ne plus vivre très longtemps...

Lamberton fit le signe de la croix.

— Cela dit, la controverse approche de son terme. Nicholas pourra t'en dire plus long, car c'est lui, désormais, qui plaide notre cause devant le pape et la Curie. Pour les raisons que tu connais, je ne peux plus m'en charger. Avec l'évêque Linton d'Arbroath, il a pris les choses en main. Nous vous écoutons, Nicholas.

L'ancien chancelier prit le relais de l'archevêque :

— L'excommunication originelle avait pour cause une accusation de meurtre aggravée par le lieu du crime, à savoir les marches de l'autel d'une église. Mais il a toujours existé un doute sur la préméditation et même la culpabilité réelle. Les charges étaient présentées par des ennemis de Robert Bruce – des parents de sa victime présumée, John « le Rouge » Comyn. Il y a six ans, comme vous le savez tous, les Comyn étaient bien plus puissants que les Bruce – et de très loin. Ils avaient des relations haut placées et comptaient dans leurs rangs des évêques qui avaient l'oreille de Rome. Très habiles, ils n'ont pas perdu de temps, envoyant leur plainte au pape avant que l'enquête soit terminée. À l'époque, ils accusaient Robert de se rebeller contre le roi légitime, John Balliol.

» Une absurdité, puisque celui-ci, après avoir abdiqué, s'était retiré en France sous la protection de Philippe Capet. En réalité, les Comyn visaient le trône au moins autant que Robert. Hélas, le souverain pontife a tranché en leur faveur. Le décret a été promulgué, et nous l'avons immédiatement contesté. N'étant pas sans influence non plus, nous avons été entendus – pas par le pape, mais par plusieurs cardinaux de poids. Depuis, la controverse fait rage, ce qui permet à l'Église d'Écosse de continuer sa mission.

— Monseigneur Nicholas, tout ça s'est produit avant mon arrivée ici. Désolé si j'ai l'air d'un ignorant, mais sur quelle base avez-vous contesté la sentence du pape ?

Balmyle faillit sourire.

— Une très bonne question, sir William. En nous fondant sur la loi et la morale séculières, pour commencer. L'affaire a une composante théologique, mais trop complexe, voire nébuleuse, pour le commun des mortels. Dès le début, la loi séculière fut notre arme principale.

Monseigneur Lamberton intervint :

— Robert Bruce avait-il l'intention de tuer John Comyn et l'a-t-il vraiment fait ? Notre défense repose sur ces deux axes, et sur les doutes qui les entourent. Comprends-nous bien : le meurtre a été commis, ce n'est pas contestable. Mais il est permis de douter que Robert soit coupable. Tu n'as jamais rencontré John Comyn, pas vrai ?

— Jamais.

— Je m'en doutais... Dans le cas contraire, je n'aurais pas besoin de te faire son portrait. C'était un homme difficile, dans tous les sens du terme. Difficile à aimer, et peu ouvert au dialogue. Il était arrogant, comme c'est si souvent le cas parmi ces nobles. En outre, il se montrait volontiers borné, coléreux, orgueilleux et d'une ambition démesurée. À ses yeux, le seul roi d'Écosse possible, c'était lui. Il y a quelques années, il a ajouté la félonie à ses défauts, et ça a failli coûter la vie à Robert. Prévenu par un ami anglais, il a pu s'enfuir de l'abbaye de Lanercost où Édouard avait l'intention de l'emprisonner avant de le faire exécuter. Ses assassins aux trousses, il a traversé la frontière au sud de Dumfries. Là, il a confronté John Comyn aux preuves de sa trahison. Tu connais l'histoire ?

— Non, pas vraiment...

— Eh bien, à l'époque, ces deux hommes étaient les gardiens du royaume. Par écrit, il avait conclu un pacte les engageant à défendre l'Écosse contre les visées expansionnistes d'Édouard. De ce document, il existait deux exemplaires, chaque homme détenant celui que l'autre avait signé.

» Quand il fut convoqué à Lanercost, Robert apprit que le roi d'Angleterre détenait sa copie signée du pacte. Ça ne pouvait venir que de Comyn, pour inciter Édouard à l'éliminer…

» Les gardiens se sont rencontrés à Dumfries, tous deux furieux et inquiets pour la suite. Afin de parler en privé, ils sont entrés dans l'église…

» On ignore ce qu'ils se sont dit, puisqu'il n'y avait pas de témoins. Mais la conversation tourna mal, il y eut des coups, et Bruce sortit de l'église, confus, pour aller rejoindre ses compagnons. À partir de là nous avons des témoins, dont certains affirment qu'il a déclaré « craindre d'avoir tué John Comyn ».

« Craindre d'avoir tué… » À cet instant, un des partisans du roi aurait crié : « Craindre, seulement. Eh bien, allons achever le travail. » Épée au poing, cet homme est entré dans l'église. Le suivant peu après, ses compagnons l'ont trouvé devant le cadavre de Comyn, sa lame rouge de sang toujours au clair.

L'archevêque se tut, songeur.

— À partir de là, reprit-il, les faits sont de notoriété publique. Entraîné loin de l'église par ses hommes, Robert, dès qu'il eut recouvré son sang-froid, comprit que les dés étaient jetés. Après s'être emparé du château de Dumfries, il a chassé les Comyn de la cité et réclamé la couronne.

» L'évêque Wishart et moi avons été informés peu après. Si désagréable que ce soit, notre devoir nous imposait de mener une enquête préliminaire sur l'affaire puis de déposer nos conclusions. Très vite, il est apparu que la culpabilité du comte de Carrick ne pouvait pas être établie.

» C'étaient des temps très troubles, avec pour enjeu l'avenir du royaume. Car Édouard Plantagenêt, nous le savions, allait saisir ce prétexte pour nous envahir, décider que la couronne d'Écosse était à prendre, et se l'approprier. C'est là que nous avons décidé de soutenir sans conditions le comte de Carrick, et d'en faire un roi oint par la sainte Église. Ce fut réalisé juste à temps, avant le décret d'excommunication, et la controverse commença dès ce moment-là.

— Et nous en sommes où ?

— Ces trois derniers mois, notre cause a gagné bien des soutiens à Rome. Nos représentants là-bas, dont votre oncle William Sinclair, évêque de Dunkeld, ont fait un travail de titans, démêlant un écheveau de preuves, de contre-preuves, de mensonges éhontés et de vérités obscures. Ils sont catégoriques : d'ici à quelques mois, nous aurons un verdict favorable.

— C'est excellent, ça, dit sir William.

Après avoir jeté un coup d'œil à David de Moray, il se tourna vers monseigneur Lamberton.

— Quel rapport avec moi et mes Templiers ?

— En surface, il n'y en a pas. Mais en Écosse, nous avons nos propres Templiers, et ils ignorent votre présence. Or, ces frères sont devenus un problème.

— Un poids mort, vous voulez dire. Comme nous.

— Une gêne potentielle, plutôt… Le pape, hélas, a ordonné l'arrestation de tous les Templiers dans la chrétienté.

— C'était prévu.

— Je sais… L'élément inattendu, c'est que Robert s'y refuse obstinément. Il n'en démord pas, et même si je comprends ses raisons, c'est une menace pour notre campagne en sa faveur auprès du pape. Si Clément et Philippe le Bel ont vent de cette affaire, nous devrons dire adieu à un verdict favorable.

— Le roi d'Écosse est sûrement conscient du danger.

— Bien sûr… Mais les chevaliers encore présents chez nous l'ont trop fidèlement soutenu pour qu'il envisage de les trahir. Et les menaces qui planent contre les rois récalcitrants, émises par des puissances extérieures qui ne connaissent rien à la vie du royaume, ne l'encouragent pas à céder.

— Ainsi, c'est ça l'enjeu…

Sir William se leva et s'étira, dénouant un point douloureux, au niveau de ses reins.

— Une selle, ça va, mais un fauteuil… Veuillez m'excuser… Évêque de Moray, vous n'avez encore rien dit.

— Quand vous en aurez terminé, vous trouverez peut-être que j'en dis trop… N'oubliez pas que je trempe dans cette affaire depuis des années. Mes collègues sont nouveaux pour vous, alors, je les laisse parler et je n'en pense pas moins.

— Vous connaissant, ça ne m'étonne pas… Nous en revenons à notre point de départ, monseigneur. Cette affaire est bien plus importante qu'on le pensait au début. Je vois pourquoi, mais j'ignore toujours ce que vous voulez de moi.

Dans la cheminée, les bûches s'effondrèrent, attirant l'attention du prélat.

— Regarde, dit-il en désignant le foyer.

— Quoi donc ?

— Quand tu es arrivé, ces bûches brûlaient vivement. À présent, ce ne sont plus que des braises. Sur Arran, tu as fait la même chose avec tes frères.

Sir William regarda alternativement Lamberton et Balmyle.

— William, c'est pourtant limpide. Nous voulons ton aide pour faire « disparaître » les Templiers écossais. Sans toi, nous n'y arriverons pas, car tu es le seul à détenir l'autorité requise. C'est pour ça que cette assemblée doit avoir lieu. À l'origine, elle visait à ressouder nos Templiers. À présent, le destin du roi et du pays en dépend.

— J'imagine que ces Templiers portent tous la barbe à deux pointes et la tonsure.

— Bien entendu ! Et ils arborent leur étendard noir et blanc, conscients de défier le reste du monde. Tous leurs emblèmes de l'ordre, ils les appellent des « bijoux » et ils mettent des croix pattées partout où ils le peuvent. Ayant renoncé à la croix rouge des campagnes en Terre sainte, ils s'efforcent de montrer ce qu'ils sont.

— Une fierté que vous ne partagez pas… Je vois. À présent, dites-moi : si nous faisons ce que vous nous demandez, qu'adviendra-t-il de ces hommes ?

Monseigneur Lamberton se rembrunit et consulta ses collègues du regard.

— Ce qu'il adviendra d'eux ? Rien du tout… Ils continueront comme avant, mais sous couverture… Rien de plus.

— Les gens savent que ce sont des Templiers…

— Les hommes ont la mémoire courte, William. Dans un an, quand ces frères écossais n'arboreront plus de signes distinctifs, tout le monde oubliera. Eux-mêmes n'en parleront plus, n'est-ce pas ?

— Non, ils se tairont, vous pouvez compter là-dessus. Les Templiers ont fait vœu d'obéissance, et ils sont tenus au secret.

— Alors, tu nous aideras ? Les rangs de ta communauté grossiront, et nous te serons éternellement reconnaissants.

— Je n'ai nul besoin de reconnaissance et pas davantage de « renforts ». (Sir William revint s'asseoir.) Cela dit, s'il y a un donnant donnant…

— Un *quid pro quo* ? demanda l'évêque Nicholas. De quelle nature ?

— Votre aide en échange de la mienne…

Sir William eut lui-même du mal à croire qu'il allait vendre son secret comme ça. Mais tout ça venait d'une remarque de Jessica, à propos des navires et de David de Moray.

— L'un d'entre vous a des contacts à Gênes ?

— J'y ai un ami, oui, répondit monseigneur Lamberton. Giacomo Bellini, le cardinal-archevêque. Nous étions au séminaire ensemble, à Rome, et nous sommes restés liés malgré l'éloignement. Au sein de la Curie, c'est un de nos plus fidèles soutiens. Mais pourquoi Gênes, William ?

— On y trouve les meilleurs chantiers navals du monde, monseigneur. Avant la catastrophe, tous les navires du Temple en sortaient. J'ai besoin de bateaux, mais je n'ai aucune expérience en ce domaine. Donc, il me faudrait un agent là-bas – honnête, bien entendu, ce qui n'est guère facile à trouver à distance. Avec vos relations partout dans la chrétienté, j'ai pensé que vous auriez moins de mal…

— Tu veux des galères ? demanda Lamberton.

— Non, des navires de ligne solides et résistants. Et ça ne doit pas traîner. Si les Génois sont obligés de les construire, ça prendra du temps, et je ne veux pas en gaspiller. Cela dit, ils ont peut-être du « stock » sur les bras, maintenant que le Temple n'honore plus ses commandes. Il faut obtenir ces informations…

» Bientôt, je quitterai Arran pour conduire ma communauté en sécurité. Voilà qui devrait finir d'apaiser vos craintes.

— Quitter Arran ? William, tu y es *déjà* en sécurité.

— Je sais, mais nous sommes un danger pour le roi et pour vous. Donc, nous irons ailleurs.

— Où ça ? Dans la chrétienté, il n'y a plus d'endroit sûr pour vous.

— C'est vrai. Pourtant, j'ai une destination en vue. Un lieu où nous serons libres de vivre en paix et dans l'honneur.

Sir William regarda David de Moray, qui arqua un sourcil.

— Mon ami David sait de quoi je parle. Nous en avons débattu, mais il ne vous révélera rien, parce qu'il m'a juré le secret.

L'archevêque se massa les ailes du nez, fronça les sourcils et dévisagea sir William.

— Et si je te promettais de me taire, me ferais-tu confiance aussi ?

— Avec joie. Même chose pour maître Nicholas, s'il jure également.

— Marché conclu, William. Je jure devant mes pairs.

— Moi aussi, dit Balmyle. Même si j'avoue que votre sanctuaire me paraît bien fumeux.

Sir William raconta l'histoire de Charles de Saint-Valéry, parti à la recherche de Merica. Fascinés, les trois prélats l'écoutèrent… religieusement. À la fin, ce fut monseigneur Lamberton qui brisa un lourd silence :

— Tu as eu raison de nous faire promettre le secret. Avec sa très longue côte et ses climats différents, cette terre peut être un véritable nouveau monde. Si la nouvelle s'ébruite, des royaumes s'étriperont pour le conquérir.

» Mais comment espères-tu garder cette information secrète, une fois que tu seras parti ?

— En ne laissant personne en arrière… Toute la communauté migrera. Les gens se demanderont où nous sommes allés, mais nul ne le saura, à part vous trois.

— Et le roi ?

— Il a trop de pain sur la planche pour se préoccuper de ça. Après notre départ, vous lui direz tout, si ça vous semble judicieux. À ce moment-là, personne ne pourra nous trouver, et nous ne risquerons plus rien. Mais ça devra rester un secret, pour éviter les guerres que vous évoquiez.

— Reviendrez-vous à l'occasion, mon fils ?

— Très probablement, oui… Des frères ont déjà fait l'aller et retour, et nous les imiterons à l'avenir.

— Reviendrez-vous *ici* ?

— En Écosse ? Bien entendu. Vous nous voyez accoster en France, histoire de stimuler la cupidité de Philippe le Bel ? Pour avoir des nouvelles de notre ordre et de son sort, c'est ici que nous reviendrons. D'ici là, si Dieu le veut, le roi Robert sera bien assis sur son trône et en mesure de nous envoyer de nouveaux explorateurs. Officiellement, cette fois… Qui sait ce qui peut arriver ? Mais quand on en sera là, nous serons installés dans notre nouveau pays.

— Quand partirez-vous ?

La première intervention de David Moray…

— Dès que nous aurons les navires. Ceux dont nous disposons sont trop vieux pour un tel voyage. Le bateau qui est revenu a failli sombrer dix fois. Je ne veux pas courir ce risque.

— Avez-vous les fonds requis pour ces achats ? demanda Balmyle.

— Oui. L'argent rapporté de La Rochelle…

D'instinct, sir William décida d'occulter la participation de Jessica.

Perplexe, monseigneur Lamberton réfléchit un moment, puis lâcha :

— Je peux envoyer un émissaire au cardinal Bellini dès demain, mais je dois savoir combien de navires il te faut.

— Quatre au minimum, et six si c'est dans nos moyens. C'est là que ça cloche. Je n'ai aucune idée des prix en vigueur. Donc, la première chose que je veux connaître, c'est le coût d'un très bon navire neuf. Dès que je le saurai, une simple division suffira…

— Et si ça te laisse sans un sou ?

— C'est possible, mais dans notre nouveau monde, nous n'aurons pas besoin d'argent. Les natifs n'en utilisent pas, m'a-t-on dit. Ils font du troc et n'ont aucun besoin d'or. Alors, avec ou sans le sou, ça ne changera rien.

— Et si vous achetiez vos navires ici ? proposa maître Nicholas. À Aberdeen, les chantiers navals sont réputés.

— C'est vrai, mais pour les eaux de la chrétienté... Il me faut des bâtiments capables d'aller là où seuls quatre navires les ont précédés. Les Génois produisent des bateaux de ce genre depuis plus de cent ans, l'époque où le Temple s'est lancé dans le commerce maritime.

— L'affaire est entendue, trancha monseigneur Lamberton. Ce soir, j'écrirai à Giacomo, et la lettre partira demain pour Leith puis pour l'Italie. Mon messager attendra la réponse et la rapportera aussitôt. Tout ça devrait prendre un mois. Ça me paraît raisonnable.

» Et pour nos Templiers écossais, que préconises-tu ?

— Beaucoup de choses peuvent être faites, et sans grandes difficultés. Mais il faudra du temps, et ça commencera par l'assemblée sur Arran. En un sens, nous avons de la chance. Les frères qui viendront sur l'île savent qu'ils sont des parias dans la chrétienté. Ils ne s'attendront pas à fonder une communauté distincte. Quand ils verront notre métamorphose, ils se joindront à nous – par obéissance envers un maître, au minimum. Cette opération ne m'inquiète pas... Lors d'un chapitre, les « convertir » sera un jeu d'enfant. Ensuite, la disparition des Templiers écossais se passera en douceur.

— Tu sembles pourtant inquiet, mon fils. Pourquoi ?

— Leur avenir, monseigneur. Quand nous quitterons Arran, ces hommes seront de nouveau déboussolés. Hélas, je ne peux pas les emmener. Ils sont trop nombreux. Sauf si vous soutenez à fond le projet audacieux qui vient de germer dans mon esprit, je leur donne peu de chances de survivre.

» D'abord, dites-moi quelle est la principale motivation du roi les concernant.

— La reconnaissance, car ils l'ont soutenu sans faille. Les récompenser en les arrêtant le révulse.

— Tous se sont prononcés pour lui ?
— Oui. Les chevaliers Comyn sont partis en Angleterre dès le début du conflit. Les autres sont tous des partisans de Robert, et il en a conscience.
— Quand cette guerre sera finie, si ça arrive un jour, que deviendront ces hommes ? Sous la protection de leur ordre, ils ont fait vœu de pauvreté, mais le Temple a disparu. Comment subviendront-ils à leurs besoins ?
— Mon fils, ils y sont parvenus jusque-là. Pourquoi ça changerait ?
— Parce que les temps changent, monseigneur. Ces hommes ont des armes, des armures et des chevaux fournis par le Temple. Que se passera-t-il quand les équidés mourront ? Puis lorsque les armes et les armures rouilleront ? Les commanderies qui les approvisionnaient n'existent plus, et tout ça coûtera bien trop cher pour de pauvres hères. Sur Arran, nous survivons grâce aux fonds rapportés de La Rochelle. Sans aide financière, vos Templiers écossais crèveront de faim. Vous comprenez pourquoi je suis inquiet ?
— Présenté comme ça, c'est clair. Que proposes-tu ?
— Un décret, mais comme je l'ai dit, il me faudra votre soutien. Le maître d'Écosse peut libérer ces hommes de leurs vœux de pauvreté et de chasteté, et ce pour d'excellentes raisons matérielles et morales. Mais ils risquent de prendre mal ces bouleversements, et je compte sur vous pour m'aider à les convaincre.
Monseigneur Lamberton consulta Balmyle et soupira.
— William, j'ignore si je peux faire ça… Ai-je seulement l'autorité requise ? Comme tu l'as souligné, les Templiers ont juré d'obéir à leur grand maître et au pape, pas à un archevêque potentiellement hérétique.
— Navré, monseigneur, mais je ne suis pas d'accord. Vous êtes le primat d'Écosse, et c'est une affaire purement nationale. Ces hommes sont des Écossais, et vous voulez

qu'ils se « volatilisent » afin qu'ils ne compromettent pas la grâce du roi Robert. Face au pape lui-même, vous avez déjà assis votre autorité en défendant puis en couronnant Robert Bruce. À côté, cette histoire n'est rien. Avez-vous des objections morales contre mon projet ?

L'archevêque secoua la tête.

— Aucune, William. Que devrai-je faire ?

— Il me faudrait une lettre exposant votre point de vue... Ou peut-être un émissaire qui parlerait en votre nom lors de l'assemblée. Quelqu'un qui exprimerait votre compréhension et votre soutien dans l'affaire de la révocation des vœux. La confirmation que des circonstances dramatiques justifient des mesures d'exception... Cette simple intervention aidera les Templiers écossais à accepter les bouleversements que je leur imposerai. Étant des frères, ils n'en reparleront plus après, donc vous ne vous retrouverez pas dans une position embarrassante.

— Disons un émissaire, parce que je dois rentrer en Angleterre. Nicholas, ce rôle vous tente ?

— Sacrément, oui ! La cause est juste et je soulignerai que votre approbation vient du cœur.

— Merci, mon vieil ami... Donc, nous sommes d'accord, cette assemblée aura lieu. Quand, si ce n'est pas indiscret ?

— Dès qu'il sera possible de l'organiser, répondit sir William. Combien de temps vous faudra-t-il pour contacter vos Templiers ? Si vous me faites la liste de ceux dont je devrai me charger, je m'y mettrai dès mon retour sur Arran. David, avez-vous avancé de votre côté ?

— Oui. Tout le travail préliminaire sera bouclé d'ici à un mois. La liste dont vous parlez est prête. Elle concerne une vingtaine d'hommes qui viendront avec leurs sergents.

» Fixer la réunion dans un mois, ça vous paraît bien ?

— Parfait. À Brodick, dans un mois.

Monseigneur Lamberton tapa dans ses mains.

— Excellent ! Nous avons bien travaillé, mes amis, et je crois que l'avenir s'illumine. Avons-nous terminé ? Le pauvre Nicholas a du chemin à faire avant de pouvoir se coucher.

— J'ai une question pour sir William, intervint David de Moray. Il nous reste le temps ?

— Je vous écoute.

— L'amiral de Bérenger est-il toujours sur Arran ?

— La plupart du temps, oui… Pour le moment, il est à Aix-en-Provence, à la pêche aux informations. Mais il devrait revenir bientôt.

— Lui faites-vous confiance ?

— Aveuglément.

— Et c'est un amiral compétent, j'imagine ?

— Le meilleur de tous. Pourquoi cette question ?

— Attendez, vous allez comprendre… Sur Arran, vous avez des bateaux ?

— Parfois… Beaucoup sont en mer pour commercer, mais ils reviennent de temps en temps. Et il y a les galères, comme vous le savez…

— Je le sais, oui, mais je pensais aux autres bâtiments. Cette lettre de monseigneur Lamberton au cardinal Bellini, pourquoi ne l'apporteriez-vous pas à Gênes en personne – sur un navire commandé par l'amiral ? Vous imaginez le gain de temps ? Vous parleriez au cardinal, puis vous participeriez aux négociations avec pour conseiller un expert en marine. Des mois d'économisés, mon ami…

Sir William se tourna vers l'évêque, bouche bée. Puis il éclata de rire.

— David, quelle idée de génie ! Nous allons procéder comme ça. Vous êtes d'accord, monseigneur ?

— Bien entendu. Dès que nous nous serons séparés, je m'attaquerai à la rédaction de cette missive.

» Eh bien, mes amis, je crois que nous en avons fini – avec une tonne de travail en plus sur les épaules.

Sir William retourna à l'auberge. Avant de dormir, il prévint ses sergents que le départ était prévu pour le lendemain. Passant d'abord à Nithsdale pour voir comment se portait Henry – et le ramener sur Arran en cas de rétablissement miraculeux –, il en profiterait pour informer Jessica Randolph des derniers événements.

Pour la première fois, le Templier se sentit tout émoustillé à l'idée de la revoir.

Cette sensation nouvelle l'étonna un peu et lui donna à réfléchir. Cette nuit-là, il resta longtemps étendu dans le noir, les yeux grands ouverts.

Qu'est-ce qui avait changé ?

La réponse la plus évidente portait un prénom de femme. Par sa nature même, et en postulant qu'il serait prêt à l'amener en Merica, Jessica avait enclenché le processus. Sans s'arrêter une seconde sur les risques d'une telle expédition, elle avait dressé un constat objectif au point d'en être dépassionné : il partirait bientôt, et tout naturellement, comme si ça allait de soi, il l'emmènerait. Après l'avoir choqué, la conversation dans l'étable avait été une source d'inspiration constante. Car il y pensait, dut-il reconnaître, même à des moments où il se croyait occupé par autre chose.

Incapable de dormir, il sourit intérieurement de la folle audace de Jessica. Avoir osé lui demander ça !

Non, rectifia-t-il aussitôt, il n'y avait rien d'audacieux, ni même d'effronté, dans son comportement. Comme tout le reste, c'était l'expression de la totale absence de culpabilité qui caractérisait Jessica. À La Rochelle, des années plus tôt, cette qualité l'avait immédiatement fasciné chez elle.

En revanche, quelle culpabilité n'avait-il pas conçue à cause de cette fascination ! Rien qu'à sentir son parfum, à la commanderie, il avait imaginé la chaleur de la peau de Jessica et la douceur de ses courbes si formidablement féminines.

Après, quels dérisoires efforts il avait produits pour ne pas la dévorer des yeux au-delà de toute décence…

Aujourd'hui, il pouvait enfin reconnaître que sa volonté d'ignorer Jessica était aussi vaine que celle du légendaire roi danois Knut, convaincu qu'il pouvait ordonner à la marée de refluer avant l'heure prévue.

Dans une chambre inconnue, au milieu de la nuit, sir William eut enfin la révélation de ce qui aurait dû lui crever les yeux depuis des années. Pourtant, c'était aussi visible qu'une lame dans la main d'un ennemi. La culpabilité qui l'avait si longtemps rongé parce qu'il désirait Jessica n'avait aucun fondement. C'était un sentiment purement chrétien, certes, mais il n'avait *jamais* été chrétien !

De quoi éclater de rire, vraiment…

Son allégeance au Temple pouvait laisser penser qu'il était chrétien, mais sa loyauté, en réalité, allait à l'ordre de Sion. Fondée quelques décennies après la mort de Jésus et de son frère Jacques, cette confrérie n'avait jamais rien eu d'une congrégation chrétienne. Plongeant ses racines dans le judaïsme, elle reprenait les rituels, les traditions, les croyances et les enseignements de la secte à laquelle appartenaient les deux frères. Une secte parfois appelée les Nazaréens, mais universellement connue, pour les membres de l'ordre de Sion, sous le nom des Esséniens. Les premiers Chercheurs de la Voie de la connaissance et de Dieu – cette Voie si souvent mentionnée dans les chants liturgiques, mais jamais clairement définie.

Des idées tourbillonnant dans sa tête, sir William s'assit dans son lit et sonda les ténèbres, tout autour de lui.

Lors de son admission dans l'ordre de Sion, il n'avait prononcé que deux vœux. *Primo* de ne rien posséder en son nom, mais de tout partager avec ses frères, *secundo* d'obéir aveuglément à ses supérieurs *de la confrérie*. Pour l'essentiel, ces vœux correspondaient à la vocation d'obéissance et de pauvreté des moines chrétiens.

Le troisième serment, celui de chasteté, il l'avait prêté en intégrant l'ordre du Temple. À l'époque, ça ne l'avait pas troublé, car le célibat et l'ascétisme coulaient dans son sang – même si l'ordre de Sion n'imposait ni l'un ni l'autre à ses membres.

Soulagé comme si on venait de le libérer du poids du monde, sir William se permit enfin de reconnaître et même de savourer son attirance pour Jessica Randolph. Avec une vague gêne héritée d'une vie entière de déni, mais sans une once de culpabilité.

Très logiquement, il en conclut qu'aucun impératif moral ne lui interdisait d'accepter la proposition de la baronne.

Un colloque à Nithsdale

1

Quelques jours plus tard, tandis qu'il longeait la Nith, en route pour son île, sir William s'étonna de se sentir si léger alors que les semaines à venir seraient les plus chargées de sa vie. Le voyage de retour depuis Saint Andrews, sur un rythme plus détendu, s'était merveilleusement bien déroulé. Quoi d'étonnant pour une petite colonne de cinq hommes armés, équipés et rayonnant de confiance ? De quoi décourager les bandits de grand chemin, non ?

À présent, par une belle fin d'après-midi de juillet, le chant des oiseaux retentissant dans les branches, le chevalier et ses quatre compagnons avançaient sans difficulté dans les hautes herbes. De temps en temps, ils jetaient un coup d'œil à la lisière de la forêt d'Ettrick, sur l'autre berge, une zone boisée qui s'étendait à partir de là sur des dizaines de lieues. De leur point de vue, les arbres semblaient plutôt petits – pour l'essentiel, des aulnes, des aubépiniers et de jeunes ormes –, car les vrais géants, des chênes vénérables et des ormes antiques, se dressaient beaucoup plus loin à l'est.

À la sortie d'un lacet du fleuve, le terrain s'éleva abruptement et la route devint une piste étroite qu'ils durent négocier en colonne par un. Toujours plongé dans ses pensées, sir William ouvrit la marche et Tam le suivit. Derrière les deux autres sergents, Mungo MacDowal jouait les arrière-gardes.

Quelques minutes plus tard, non loin du sommet de la butte, sir William se tourna sur sa selle pour mesurer le chemin avalé depuis leur lointain point de départ – à peine deux lieues avant qu'il commence à pleuvoir.

Depuis, ça n'avait pas cessé. Trempés jusqu'aux os malgré leur armure, leur haubert et même leur tunique matelassée, les quatre Templiers se seraient volontiers crus au purgatoire, en train d'expier on ne sait quels péchés.

Le pire, bien entendu, c'était de se coucher le soir en mijotant dans son jus – et sans toujours avoir la chance de dénicher un abri à peu près convenable.

Non loin du sommet, conscient que leur destination n'était plus bien loin, sir William eut comme un frisson de plaisir. Talonnant sa monture, il la lança au galop sans se demander si les autres le suivraient.

Le sommet passé, et après une courte descente, le sol remonta de nouveau, mais beaucoup moins que la fois précédente. En pente douce, la piste conduisit le chevalier jusqu'à un autre sommet, où il put enfin contempler la résidence des Randolph de Nithsdale.

Depuis quelques heures, il s'efforçait de ne pas penser à Jessica. À la seule idée de ce qu'il allait lui dire, son cœur battait la chamade. Pourtant, l'enthousiasme le gagnait, et il ne fit aucun effort pour ralentir son cheval, qui s'engagea sur l'avant-dernière descente.

Sur la gauche du chevalier, à environ cent pas, le flanc de la vallée dominait le lit de la Nith, une cinquantaine de pieds en contrebas.

Arrivé au creux du ravin, sir William constata qu'il avait pris plusieurs longueurs d'avance sur ses compagnons. Pourtant, il n'éprouva pas le besoin de ralentir quand il attaqua la dernière montée.

Ce qu'il sentait au creux de sa poitrine, comprit-il, stupéfié, c'était de la joie. Tant d'allégresse, en vérité, qu'il aurait aimé crier à s'en casser les cordes vocales.

Cette euphorie ne dura pas. Parvenu sur le dernier sommet, il vit une colonne de fumée noire monter très exactement de l'endroit où se dressait le corps de ferme des Randolph. Vétéran de nombreuses guerres, il ne crut pas une seconde que le phénomène avait une cause bénigne.

— Tam, rejoins-moi ! cria-t-il.

Le sergent ne tarda pas à arriver, les autres hommes à sa suite.

Sans échanger un mot, les cinq cavaliers dévalèrent la dernière descente qui les séparait de la vallée de la Nith. Toujours en tête, sir William sentait ses hommes derrière lui, chevauchant flanc contre flanc.

Le feu montait d'une dépendance – sans doute l'étable, avec ses ballots de foin. Mais l'activité frénétique, devant le bâtiment principal, n'avait rien à voir avec un combat acharné contre les flammes. Plissant les yeux, sir William vit l'éclair d'argent d'une lame qui s'abat – ou d'un tranchant de hache, peut-être. Tendant l'oreille, il capta des cris d'hommes enragés.

— Le portail est toujours ouvert, dit Tam, qui galopait à présent près de son chef. On fonce dans le tas ?

Sir William hocha la tête.

— Oui, dans le tas, et tête baissée ! Les agresseurs ne nous ont pas vus, donc nous arriverons avant qu'ils pensent à fermer le portail. Tam, tu comptes combien d'hommes ?

— Moins d'une vingtaine.

— Alors, on charge ! Dès que nous serons à l'intérieur, déployez-vous. Mungo, avec Tam, sur ma droite. Les deux autres, sur ma gauche ! Et surtout, pas de quartier !

» Sinclair ! Sinclair !

Un cri de guerre que reprirent les quatre compagnons du chevalier.

Personne ne les ayant vus approcher, ils déboulèrent dans la cour et abattirent l'agresseur le plus proche avant que quiconque ait compris ce qui se passait.

À pied et vêtus de haillons, ces types ressemblaient à des bandits, mais ils étaient lourdement armés et, bien que surpris, ne trahirent aucune peur. S'ils avaient le nombre pour eux, sir William et son groupe, à cheval, avaient l'avantage du poids et de la vitesse.

Le chevalier fonça sur deux ruffians, décapita le premier et enfonça sa lame dans la bouche du second, toute la poussée de son cheval derrière le coup.

N'ayant plus de cibles à portée de la main, il tira sur ses rênes puis étudia la situation. Sur le perron, devant la porte bardée de fer, des assaillants empilaient des broussailles déjà embrasées avec l'intention évidente d'enfumer les occupants de la maison. Concentrés sur leur tâche, les trois bandits n'entendirent pas leur mort approcher au grand galop.

Dès qu'il fut assez près, sir William sauta de selle, se réceptionna sur les marches puis fondit sur les trois types, trop vite pour qu'ils aient le temps de dégainer leur arme.

D'un coup de pied derrière le genou, le chevalier déséquilibra son premier adversaire et le poussa pour qu'il aille s'écraser au pied des marches. D'un geste vif, il ouvrit la gorge du deuxième incendiaire, puis se tourna vers le troisième avec l'intention de l'embrocher. Avec l'énergie du désespoir, le bandit sauta du haut des marches et détala comme un lièvre.

Sans daigner le poursuivre, sir William rengaina sa lame, poussa dans le vide les broussailles enflammées puis cria aux défenseurs de la maison de le laisser entrer.

Quelqu'un lançant son nom, derrière lui, il se retourna et vit Mungo lui faire des signes, au coin du bâtiment.

Derrière MacDowal, un bandit apparut, arme au poing. Avant que le chevalier ait pu lancer un avertissement, l'agresseur s'écroula sur le dos, l'embout blanc d'un carreau dépassant de son plexus solaire.

Un tir qui venait nécessairement du toit... Sautant à son tour, sir William s'écarta assez de la maison pour distinguer le sommet de la petite tour centrale. Jessica y était, entourée de quatre hommes armés d'arbalètes qui canardaient les rares bandits survivants éparpillés dans la cour.

Les uns après les autres, les rescapés jetèrent leurs armes. Délaissant Jessica, sir William indiqua à Tam que la situation était sous contrôle. Puis il fit de nouveau face à la tour.

— Bonjour, sir William, dit Jessica. Vous n'auriez pas pu tomber plus à pic.

— Ravi de vous voir saine et sauve, ma dame. Car vous êtes indemne, j'espère ?

— Oui, pas une égratignure, grâce à vous.

— Et les autres occupants de la maison ?

— Tous saufs... Nous avons vu venir ces gens et tout le monde s'est réfugié à l'intérieur. Ils ont tenté de défoncer la porte de derrière, mais elle est aussi solide que l'autre.

Au-delà de sir William, Jessica aperçut Tam, un œil noir rivé sur un groupe de prisonniers.

— Sergent, derrière la maison, il y a une étable dotée d'une lourde porte fermée par une chaîne et un cadenas. Enferme ces types dedans. William, entrez, je vous en prie. Hector ne devrait pas tarder à vous ouvrir.

À cet instant, la porte s'entrebâilla et l'intendant passa prudemment la tête dehors. Rassuré, il sortit sur le perron.

— Vas-y, Will, dit Tam. Je m'occuperai de ces brigands. Mais avant d'être enfermés, ils débarrasseront la cour des cadavres. Pas question qu'on se les trimballe ! Après, tu veux qu'on saucissonne ces types ?

Le danger passé, sir William trouva le cœur de plaisanter.

— Oui, mais seulement les vivants. Les autres n'iront nulle part – sauf dans un trou, parce qu'il faudra les enterrer. Donc, ne coupe pas trop la circulation des survivants… Il faut qu'ils puissent creuser.

Laissant ses hommes s'affairer, le chevalier retira son heaume et ses gantelets, laissa tomber les seconds dans le premier – qu'il cala contre sa hanche – puis entra en saluant le brave Hector au passage.

Jessica déboula des marches qui conduisaient à la tour. À part des joues très rouges, elle ne portait pas de stigmates des dernières heures, pourtant fort éprouvantes. Dès qu'elle lui sourit, l'invitant à passer avec elle dans la salle commune, le chevalier sentit son cœur s'emballer.

Au premier coup d'œil, il remarqua la disparition du lit de Henry et des paravents qui l'entouraient.

Toujours en silence, Jessica lui fit signe de prendre place dans un fauteuil. Hésitant, il posa son heaume sur un guéridon puis regarda de nouveau l'endroit où se trouvait la « chambre » de Henry.

— Où avez-vous mis le gamin ? demanda-t-il en français.

— Il va beaucoup mieux, répondit Jessica en écossais. Il est dans une chambre d'amis, à l'étage. Toujours alité, mais capable de s'asseoir et de regarder autour de lui. C'est un brave jeune homme.

— Un jeune homme ? Oui, ça me paraît étrange, mais c'est bien ce qu'il est. Un jeune homme…

— Et un sacré veinard ! Frère Matthew affirme qu'il retrouvera l'usage de son bras et de son épaule. Pas demain, ni après-demain, mais la guérison est bien avancée, et bientôt, il se remusclera.

Écoutant à peine, sir William leva les yeux vers une haute fenêtre, puis il grimpa sur un tabouret et jeta un coup d'œil dans la cour, où Mungo et un employé de Jessica tiraient un cadavre par les pieds.

— Nous avons des morts sur les bras… Où voulez-vous qu'on les enterre ?

— Les enterrer ? (À l'évidence, Jessica n'avait pas pensé à ce détail sinistre.) Aussi loin que possible de la maison, j'imagine, mais il faudra que j'y réfléchisse un peu. Nous n'avons pas des funérailles de groupe tous les jours.

— Je suppose, oui… Mais ce ne sont pas les premières, je parie.

— Depuis que je séjourne ici, ça m'a été épargné. Enfin, jusque-là… Cette route très passante est plutôt mal fréquentée. S'il y a eu des précédents, Hector saura où se trouve le… cimetière. Je lui demanderai.

Se retournant sur son tabouret, sir William admira Jessica, ravi par cette vue plongeante sur ses épaules délicates et son visage aux yeux toujours si brillants. Avant qu'elle le prenne en flagrant délit, il sauta de son perchoir et se reçut souplement sur la pointe des pieds.

— Qui étaient ces assaillants ?

— Je n'en ai pas la moindre idée. Mais ils ne nous menaceront plus, et nous n'avons aucune raison de les pleurer, puisqu'ils ont cherché leur triste sort. Attaquer d'honnêtes gens ne conduit jamais bien loin.

» William, asseyez-vous. Si vous voulez, je peux faire allumer un feu.

Le chevalier ignora la proposition.

— Ils ne sont pas du coin, alors ? Vous n'en avez identifié aucun ?

— Non, et je connais de vue tous les hommes des environs. Ces gens viennent d'une autre vallée, au minimum, mais je ne saurais dire laquelle. De la tour, j'ai vu qu'ils étaient affamés, désespérés et trop nombreux pour qu'on les repousse. Ils ont dû nous épier et attendre le moment propice, parce qu'ils nous sont tombés dessus brutalement. Heureusement, l'un d'entre eux était maladroit, et quelqu'un de chez nous l'a vu à temps. Sinon, ils auraient eu raison de nous sans difficulté. L'alarme donnée, nous nous sommes barricadés à l'intérieur. Qu'aurions-nous pu faire de plus ? Et voilà que nous vous devons la vie ! Arrivés quelques heures plus tard, vous n'auriez trouvé personne de vivant.

— Oui, mais nous avons été là à temps, Dieu merci. C'est moi qui suis reconnaissant au destin. Vous ne vous asseyez pas ?

Jessica inclina la tête et sourit.

— Pas si vous restez debout. Mais vous ne m'avez pas demandé ce qu'il est advenu de votre trésor…

— *Votre* trésor, corrigea sir William. Et il doit être toujours dans sa cachette, sinon, vous n'auriez pas dit à Tam d'enfermer les prisonniers dans l'étable.

— Pas dans *celle-là*, William. Il y en a une autre derrière la maison.

— Quoi qu'il en soit, l'or est en sécurité, j'en suis sûr. Vos « invités » n'ont pas eu le temps de tout fouiller, donc, le coffre doit toujours être dans son nid de ballots.

Sir William se laissa tomber dans un fauteuil et Jessica prit place en face de lui, les jambes repliées sous elle – un détail difficile à voir, sous sa jupe volumineuse. Pourtant, sir William ne le rata pas, son regard s'attardant là où se trouvaient les genoux de sa compagne.

Soudain conscient de son audace, il rougit et releva vivement les yeux.

Par bonheur, Jessica parut ne pas avoir remarqué son manège.

— Alors, ce voyage ? A-t-il été enrichissant ? J'avoue être curieuse, parce que monseigneur Balmyle jouit d'une excellente réputation. Sauf pour servir les intérêts du roi, il n'est pas du genre à donner des audiences. Pouvez-vous m'en dire plus sur votre rencontre ?

Sir William ne fut pas vraiment surpris de découvrir qu'il pouvait tout à fait. Pourtant, quelques mois plus tôt, il aurait refusé d'évoquer les affaires du Temple avec Jessica Randolph – ou n'importe quelle autre femme. Là, il se confia sans retenue, racontant ce qu'il avait appris sur le pape et sur les Templiers écossais.

— Donc, que vous demande l'évêque Balmyle ?

En réalité, la clé de tout, c'était l'archevêque Lamberton, mais sir William fit comme si tout venait de l'ancien chancelier.

— Il veut que je soude et encourage les frères du royaume.

— C'est possible, ça ? Dans vos cordes, sûrement, mais comment procéder sans claironner votre présence sur Arran ?

Sir William détailla le plan qui consistait à faire venir les Templiers écossais sur l'île, à les libérer de leurs vœux de chasteté et de pauvreté, puis à les inciter à renoncer à leurs signes extérieurs d'appartenance.

— Et ensuite ? demanda Jessica. Quand vous serez tous partis pour Merica, comment feront-ils pour pratiquer les rituels ? Ou devront-ils aussi y renoncer ?

— Revenus en Écosse, ils créeront un nouveau chapitre – voire plusieurs. Sur ce point, je déciderai lorsque je saurai combien ils sont. Pour commencer, un seul chapitre écossais suffira.

Jessica parut de plus en plus perplexe.

— Comment faire ça sans trahir leur existence ? Pourquoi les rendre « invisibles » s'ils se comportent ensuite comme des chevaliers du Temple ?

— Et des sergents. N'oubliez pas les sergents... Mais ai-je parlé de visibilité ? Notre ordre est familier du secret. Personne ne soupçonnera qu'il continue à vivre. Se cacher à la vue de tous, c'est le summum de la ruse, ma dame. Les gens voient ce qu'ils s'attendent à voir.

— Jessica... S'il vous plaît, laissez tomber les « ma dame ».

— Jessica, donc… Quand les gens aperçoivent un type porteur d'une barbe à deux pointes et arborant une croix pattée sur le cœur, ils pensent immédiatement à un Templier. Lorsque des fermiers se rassemblent, ils se disent que c'est pour une foire. Dans le cas qui nous occupe, ils verront des chevaliers et des soldats se réunir pour des raisons qui les regardent. Le royaume étant en guerre, qui ça étonnera ? Sous ce déguisement très ordinaire, les nouveaux Templiers vaqueront à leurs affaires – en secret, comme d'habitude, et sans clamer haut et fort qui ils sont. Ça fonctionnera, vous pouvez me croire.

Jessica réfléchit puis hocha la tête.

— Je vous crois, William. Et si quelqu'un peut mettre ça en place, c'est vous. Donc, cette assemblée aura lieu d'ici à un mois ?

— C'est ça.

— Et après ? Vous avez posé la question, pour Gênes ?

— Oui, et obtenu une réponse étonnante.

Jessica fronça les sourcils.

— On m'a conseillé d'y aller avec l'amiral de Bérenger, histoire de négocier avec l'aide d'un connaisseur.

— Quelle bonne idée ! Elle venait de Balmyle ?

— De David de Moray, d'abord, mais tout le monde a approuvé. J'aurai une lettre d'accréditation pour le cardinal Bellini, un vieil ami de monseigneur Lamberton et un fidèle soutien de l'Écosse à la cour du pape. Avec son aide, je contacterai sans peine les gens qu'il faut.

— Quand partirez-vous ?

— Le plus vite possible… Après l'assemblée, cependant.

— Et vous serez longtemps absent ?

— Ce qu'il faudra, mais ça ne sera guère plus d'un mois, je pense. Pas deux, en tout cas, sauf si ça se passe très mal. Je crois que nous trouverons très vite ce que nous cherchons, mais je peux me tromper. Il est possible que nous devions faire construire un navire – ou plusieurs, selon le prix – et dans ce cas, je laisserai Bérenger superviser les travaux. Revenu sur Arran, je lui enverrai des marins pour qu'ils se familiarisent avec les nouveaux bâtiments. Un gain de temps considérable…

» Avant de pouvoir quitter Arran, il faudra régler une foule de détails, mais c'est du ressort de l'amiral. Cela dit, je ne chômerai pas non plus.

— Ça, je l'aurais deviné… Donc, vous partirez en septembre pour revenir au plus tard en novembre.

— C'est ça. Pourquoi tant de curiosité ?

— Parce que novembre est un mauvais mois pour traverser la mer du Nord – la plus tumultueuse de la chrétienté. Vous risquez même d'être coincé.

— Je ferai de mon mieux pour éviter ça. Au pire, je resterai à Gênes et je reviendrai au printemps. Henry aimera l'Italie en hiver, je crois.

— Henry ? Pas question qu'il vienne avec vous !

— Vraiment ? Pourtant, il est mon écuyer, non ?

Jessica agita les mains comme si elle voulait chasser des poules lui barrant le passage.

— Écuyer, sans doute, mais sûrement pas en état de voyager. Je serai inflexible sur ce point.

— Mais je ne peux pas le laisser avec vous. Ça paraîtrait… inconvenant.

— Inconvenant ? Quelle mouche vous pique, William Sinclair ? C'est un *garçon*, vous l'avez dit et répété. En d'autres termes, il n'a rien d'un taureau en rut. Vous craignez que j'en profite pour l'entraîner dans la débauche ?

— Ma dame ! s'étrangla sir William.

— Inutile de couiner… Pour qui me prenez-vous ?

Alors qu'il n'avait jamais frémi face à un ennemi armé, sir William vacilla sous l'assaut d'une femme en colère.

Aussitôt, Jessica le prit en pitié et reparla de sa voix douce habituelle :

— William, Henry n'est pas en état de voyager, donc il restera ici. Le débat est clos. Avec tout ce que vous aurez à faire, vous ne prendriez pas soin de lui convenablement. Ici, il sera en sécurité. L'attaque d'aujourd'hui est la première depuis mon arrivée, et je prendrai des mesures défensives, faites-moi confiance.

— Je ne doute pas de vous… En revanche, je suis sûr que ça se reproduira. Les Anglais reviendront, et j'ai peur que ce soit pour bientôt. La cupidité des barons suffirait à les motiver, même si Edward Bruce n'avait pas frisé la moustache de leur roi.

— Que voulez-vous dire ? Friser la moustache du roi d'Angleterre ? D'après ce que je sais, Robert garde sa tête brûlée de frère sous son contrôle.

— Pas assez… J'ai entendu parler de ça à Arbroath. C'est le grand sujet de conversation dans les tavernes. Il y a des mois, Robert a affecté Edward au siège de Stirling, avec l'espoir de l'occuper pendant un moment. Conquérir un des deux derniers châteaux encore entre les mains des Anglais était un sacré défi. Mais au lieu de tenir patiemment sa position, le comte de Carrick, parce qu'il s'ennuyait, s'est comporté comme un idiot. Oubliant que son frère menait une guerre de « brigandage » depuis huit ans, au mépris de l'éthique hypocrite prônée par l'ennemi, il a choisi la voie de la chevalerie. En d'autres termes, il a jeté aux orties la stratégie imaginée par William Wallace.

— Qu'a-t-il donc fait, au nom du Seigneur ?

— Il a négocié une trêve avec Moubray, le gouverneur anglais du château. L'ennui, c'est que les termes de ce pacte sont un défi lancé au roi d'Angleterre. Robert est furieux, mais c'est trop tard. Le mal est fait.

— Que dit-elle, cette trêve ?

— Un an de répit, puis la reddition du château le jour de la Saint-Jean – si la garnison n'a pas été relevée.

— Quoi ? Au nom du Seigneur, c'est absurde ! Edward est fou.

— Fou à lier, oui…

— Il donne un an à l'Angleterre pour lever une armée.

— C'est pire que ça… Il fournit à Édouard II le prétexte idéal pour unir ses barons mutins et mettre un terme à la guerre civile qui lui liait les mains. En outre, il a offensé tout Anglais qui se croit supérieur aux Écossais – autant dire « tous les Anglais ».

» Edward Bruce nous fait cadeau d'une nouvelle invasion, et votre maison est au bord de la route qu'empruntera l'ennemi.

Sous le regard de sir William, Jessica resta silencieuse un long moment, puis elle redressa les épaules et secoua la tête.

— Eh bien, c'est vrai, mais au fond, ça m'arrange. Voilà une raison de plus pour que vous m'emmeniez dans votre nouveau monde.

Malgré la gravité de la situation, un éclair malicieux passa dans les yeux de Jessica.

Face à tant d'effronterie, le pauvre sir William vira au rouge écarlate, la bouche ouverte comme s'il ne parvenait plus à respirer. Cette fois, c'en était trop, malgré toutes ses bonnes résolutions. Comment cette femme osait-elle… ?

— William, reprenez vos esprits ! Sinon, vous allez avoir une attaque. Je plaisantais. Une taquinerie.

Le chevalier se ressaisit à peu près.

— Drôle de sens de l'humour… Et bien étrange sujet pour l'exercer. Navré, ma dame, mais je ne suis pas accoutumé aux traits d'esprit de la gent féminine. Le sachant, vous m'avez en somme pris à la déloyale.

» Du coup, je me demande combien de fois vous vous êtes moquée de moi sans que je m'en aperçoive.

— C'est reparti avec les « ma dame » ? William, taquiner, ce n'est jamais méchant. C'est vrai, les nouvelles sont mauvaises, mais il faut savoir rire de tout, sinon, on sombre dans la folie. Pardonnez-moi, je vous en prie. Mais parfois, vous êtes si prévisible que je me sens contrainte de vous ouvrir les yeux.

Jessica se leva et jeta un coup d'œil à la porte.

— Je me demande si tout est rentré dans l'ordre, un peu partout. Si vous voulez bien m'excuser un moment...

Sir William se leva, attendit que Jessica soit sortie, puis il regarda autour de lui et constata qu'il faisait sombre et presque froid dans la grande salle. Pourtant, on était à la fin d'une belle journée de juillet.

Jessica revint très vite, comme promis. Se rasseyant, elle fit signe au Templier de l'imiter.

— Hector va nous faire servir un repas... Mais vous portez encore votre armure, William. Je sais que vous en avez l'habitude, pourtant, en vous voyant comme ça, je me sens... en prison.

Sir William baissa les yeux sur son torse et comprit ce que sa compagne voulait dire. Pour la première fois, il prit conscience qu'un chevalier tout équipé détonnait dans un décor confortable plein de féminité. En armure complète, à part le casque, il pouvait faire peur. De plus, et ça aussi, il le notait pour la première fois, après une longue chevauchée et une escarmouche, il ne sentait pas exactement la rose.

Gêné, il voulut sauter d'un pied sur l'autre et eut le sentiment que ses bottes ferrées pesaient un quintal.

Sous le haubert et le plastron, il portait un pourpoint matelassé en futaine et une fine chemise de laine – sa seule concession au confort, parce qu'il était allergique à la futaine, qui lui provoquait d'atroces prurits.

Sous ses hauts-de-chausses de mailles, il cachait un pantalon écossais traditionnel, les ourlets fourrés dans le haut de ses bottes.

Pour la première fois de sa vie, sir William se sentit ridicule, grotesque et pas du tout à sa place.

Jessica eut un sourire bienveillant.

— J'espère que vous ne vous vexerez pas, mais sachant que vous voyagez avec peu de tenues de rechange, j'ai pris la liberté de faire déposer sur le lit d'une chambre, à l'étage, un choix de vêtements de mon défunt mari. Vous trouverez facilement, c'est en face de la pièce que vous occupiez lors de votre précédent séjour. Étienne, que Dieu ait son âme, faisait votre taille – peut-être avec des épaules et un torse moins larges. Mais ces habits devraient vous aller, et ils seront bien plus confortables que votre accoutrement.

Attendant une réaction qui ne vint pas, Jessica céda à la taquinerie, son péché mignon.

— Je vous garantis qu'évoluer sans armure ici n'est pas dangereux. Il n'y aura pas d'autre attaque ce soir. Deux par jour, ce serait d'une indélicatesse folle.

Une fois encore, sir William en resta muet. Conscient que Jessica le provoquait sans méchanceté, il se découvrit bien trop mal à l'aise dans cette nouvelle relation pour répondre comme il l'aurait fallu. S'il disait une ânerie, il passerait pour un imbécile, et un sermon pompeux irait tout à fait à l'encontre de ses intentions. Pourtant, l'espièglerie qui faisait briller le regard de Jessica lui donnait très envie de riposter du tac au tac. Faute de compétences pour le faire, il se força à sourire.

— Vous jouez encore avec moi, ma dame, dit-il d'un ton conciliant. Certain qu'il n'y a aucune intention malveillante chez vous, je ne m'offusquerai pas. Donc, comptez sur moi pour essayer ces vêtements. La chambre en face de la mienne, vous avez dit ?

— C'est ça… (Toute ironie oubliée, Jessica eut un tendre sourire.) Vous aurez le choix entre trois ensembles. Dois-je vous envoyer un valet ?

— Ne vous donnez pas cette peine… Un moine chevalier apprend vite à s'habiller et se dévêtir seul. Même chose pour l'équipement et les armes. À présent, si vous voulez bien m'excuser…

— Un moment… Il vous faudra de la lumière. Prenez une bougie, là-bas… Et un conseil, commencez par la tenue verte. Cette couleur vous ira, je crois.

Sir William s'inclina, prit une bougie dans la boîte de réserve, sur la table, et l'alluma au cierge qui brûlait à côté de la boîte. Puis il sortit, conscient que Jessica ne le quittait pas des yeux.

Au nom du ciel, pensa la jeune femme, *pour un changement, c'est un changement ! Qui aurait pu prévoir ça ? Et comment est-ce arrivé ? Voir le grand William Sinclair rougir et se troubler comme un enfant de chœur surpris à boire du vin de messe… C'est presque trop beau pour qu'on y croie. Seigneur, pourvu qu'il ne revienne pas à ses anciennes habitudes ! Habille-toi vite, William !*

Dans la chambre, sir William retira tout ce qu'il portait, à l'exception de son pagne blanc. Puis il se pencha vers le lit, et, pendant une petite éternité, étudia les trois piles de vêtements à la lueur de sa bougie. Puis il les tâta du bout d'un index, pour évaluer la douceur du tissu. La qualité étant équivalente, il opta finalement pour la tenue verte, parce que la couleur lui sembla plus vive que les autres – rien à voir avec la suggestion de Jessica, bien entendu.

Alors qu'il s'emparait d'une fine chemise de laine, se demandant si elle lui irait, il remarqua la cuvette et l'aiguière posées sur un guéridon, au pied du lit. En approchant, il nota la présence d'une serviette en coton égyptien et d'un carré du même tissu censé servir à se nettoyer le visage, s'il se souvenait bien du nécessaire de toilette de sa sœur Peggy. Bien entendu, il découvrit l'inévitable pain de savon parfumé, une spécialité qui ne venait pas d'Écosse. Passant un doigt sur cet objet mystérieux, il décida – sur un coup de tête, vraiment – de l'utiliser.

Versant de l'eau dans la cuvette, il y trempa le carré de coton égyptien et le frotta ensuite avec le savon, dont il huma l'odeur enivrante avec une euphorie qui ne lui sembla pas très éloignée de l'ivresse.

Trop engagé pour reculer, il entreprit de se débarbouiller le haut du corps, frissonnant à l'occasion au contact de l'eau froide. Quand il eut fini, il se sécha pour ne pas prendre mal puis passa à son visage et à ses cheveux. Au terme d'un nouveau séchage vigoureux, il se peigna avec les doigts. Propre comme un sou neuf, et requinqué par ses ablutions, il tenta de s'y retrouver dans le tas de vêtements verts.

Enfilant le pantalon le plus doux et le plus souple qu'il ait jamais porté, il réussit à le faire tenir presque confortablement sur son pagne blanc. Pourtant pas vraiment moulant, le tissu épousait à merveille le contour de ses cuisses et de ses mollets.

Le pantalon fermé, il enfila la fine chemise puis baissa les yeux sur les pièces qui restaient sur le lit. Agacé, il identifia une sorte de culotte qu'il aurait dû mettre avant le pantalon. Fataliste, il retira ce dernier et recommença toute l'opération. Enfin attifé dans le bon ordre, il enfila une paire de bottes d'une incroyable souplesse – du cuir de chamois teint en vert si fin qu'il ressemblait à de la soie. Cerise sur le gâteau, on eût dit que ces chaussures avaient été faites pour lui.

Encouragé par une longue série de succès, il passa une tunique verte au col en « V » et acheva sa métamorphose en enfilant ce qui semblait être un surcot ouvert et doté de manches. Une ceinture en tissu, cousue au vêtement, permettait de le resserrer à la taille.

Dans l'incapacité de voir son reflet, sir William se sentit néanmoins plus à l'aise et plus fringant que jamais. Récupérant son barda, il passa dans sa chambre, où il laissa tomber le tout sur le lit.

Dans sa nouvelle tenue, s'avisa-t-il, il se sentait à la fois un peu empoté et bizarrement plein de confiance.

Dans le couloir, il entendit des rires et se dirigea vers la porte ouverte dont ils sourdaient. Passant la tête dans une chambre vivement éclairée, il vit que Marie, une des dames de compagnie de Jessica, faisait manger un bol de soupe à Henry. Assise au pied du lit, la jeune Marjorie bavardait joyeusement, les yeux baissés sur une broderie.

Lorsque sir William entra, elle leva la tête, regarda Henry et lança une plaisanterie qui le fit éclater de rire – juste avant qu'il aperçoive son chevalier et mentor.

Cessant de s'esclaffer, l'écuyer tenta de se redresser et grimaça de douleur. D'une main, son maître lui fit signe de ne pas insister.

Comme si les trois jeunes gens avaient été transformés en statues de sel, un lourd silence s'abattit sur la chambre.

Après avoir courtoisement salué les dames, le Templier demanda à Henry des nouvelles de sa santé, puis il le fit rougir d'embarras en soulignant qu'il n'avait vraiment pas à se plaindre des soins qu'on lui prodiguait.

Le garçon paraissait en forme, estima sir William. Encore pâle, des cernes autour des yeux, il avait néanmoins le regard vif et le cheveu brillant – un signe qui trompait rarement. Encore bandée, son épaule semblait néanmoins en place, et ses bras reposaient de façon très naturelle sur la couverture.

Sir William resta encore un peu, tentant sans aucun succès de mettre ses interlocuteurs à l'aise. Face à une déroute, il sut battre en retraite avec élégance – et le cœur plus léger à l'idée que son écuyer se remettait.

2

Assise devant les flammes qui rugissaient désormais dans la cheminée, Jessica fit mine d'être trop concentrée sur sa broderie pour songer à relever la tête quand William toqua à la porte puis entra.

Allons, avance, William Sinclair ! Et viens t'asseoir sans t'interroger une éternité durant sur chaque impulsion qui te pousse à faire ceci ou cela. Pour l'amour de Dieu, comporte-toi en homme, pas en moine, et en champion plutôt qu'en chevalier. Mobilisant tout ton légendaire courage, considère-moi comme une femme et une amie, pas comme une terrifiante mégère.

Et quand je le regarderai, Seigneur, permets-moi de voir en lui un changement équivalent à celui de sa tenue.

Immobile sur le seuil de la salle, sir William, le souffle court, attendait que Jessica daigne enfin lever les yeux sur lui.

— Venez donc vous asseoir, dit-elle, la tête toujours baissée. Si vous voulez m'excuser, j'en aurai bientôt terminé avec mon ouvrage.

Sir William alla se camper en face de son hôtesse et ne broncha plus, se sentant presque nu sans la protection de son attirail habituel. Jessica ne réagissant pas à sa présence, il s'assit, les yeux rivés sur les doigts agiles de la brodeuse.

Rassuré par la sereine concentration de sa compagne, il commença à se détendre et à apprécier la chaleur des flammes.

Comme s'il n'était pas là, Jessica continua à broder. En cheveux, elle arborait une coiffure connue sous le nom bizarre de « choucroute ».

Dans le silence de la pièce, à la lueur du feu, sir William imagina qu'il pouvait sentir le parfum de Jessica, prélude à l'incroyable douceur de sa peau. Et peu à peu, fascinée par sa beauté, il prit conscience que la tension qui l'habitait devait être palpable chaque fois qu'il inspirait ou expirait.

Pour Jessica, jouer les indifférentes tenait de l'exploit. Du coin de l'œil, elle parvint à apercevoir les pieds bottés du Templier, et constata qu'il croisait et décroisait sans arrêt les chevilles. Puis il parut se calmer et cessa son manège.

À partir de cet instant, la jeune femme sentit qu'il se détendait. Avec un soupir de soulagement, elle continua à broder en priant le ciel pour que le Templier, sûrement ignare en la matière, ne s'aperçoive pas qu'elle faisait absolument n'importe quoi.

Comme elle le supposait, sir William était un cancre en broderie. Cela dit, il sentait bien que quelque chose d'étrange se passait, mais, pour des raisons qu'il ne chercha pas à analyser, il s'abstint de s'en alarmer.

Les yeux rivés sur la nuque délicate de Jessica, il s'aperçut vaguement qu'un conflit tentait de faire rage en lui. Une affaire de loyautés divergentes, lui sembla-t-il. Mais il décida de ne pas s'en soucier, et de se fier comme toujours à son instinct – qui lui dictait pour l'heure de savourer ce qu'il avait sous les yeux et de croire dur comme fer que tout allait pour le mieux dans le meilleur des mondes.

Quand Jessica leva enfin les yeux et lui sourit, il s'arracha à sa rêverie, conscient qu'il avait failli somnoler, bercé par la chaleur du feu et un profond sentiment de bien-être.

Honteux, il se redressa sur son siège, regarda autour de lui et constata qu'il était seul avec Jessica pour ce qu'il convenait d'appeler un dîner intime.

Craignant d'être tombé dans un piège, il regarda son hôtesse sans une once d'aménité.

— Où sont les autres ?

Jessica afficha l'innocence de l'agneau qui vient de naître.

— Les autres ? Tam, vous voulez dire ? Je lui ai offert une soirée de détente…

Jessica se leva et approcha d'une table secondaire poussée contre un mur. En voyant le tissu de sa robe jouer sur ses courbes, sir William, stupéfié, s'aperçut qu'il avait été jusque-là inconscient de l'existence de ce corps magnifique.

Lui tournant le dos, Jessica reprit :

— Ce pauvre homme n'a pas de vie, savez-vous ? Il passe bien trop de temps avec vous, attentif à vos caprices. Pour le récompenser de son héroïsme, je lui ai donné quartier libre. Avec Mungo et les autres, il doit se régaler de la bonne chère et du vin que leur a fait apporter Hector – s'il ne s'est pas joint au banquet.

Sir William s'éclaircit la voix et osa préciser sa pensée :

— Je ne pensais pas à lui, Jessica. Je pensais à votre… suite. Vos dames de compagnie, par exemple…

— Et que ficheraient-elles avec nous ?

Jessica se retourna, son aiguille toujours en main.

— Vous auriez voulu des chaperons ? Seul ici avec moi, vous sentez-vous en danger ?

— Non, ce n'est pas ce que j'ai voulu dire… (Sir William écarta les mains puis les laissa retomber le long de son corps.) Vous me taquinez encore… Cela dit, je ne vous ai jamais vue si longtemps sans elles. Et Marjorie vous suit comme votre ombre.

— Ça, c'était avant l'arrivée d'un certain écuyer… Depuis, j'ai pris l'habitude qu'on me néglige – ou plutôt, qu'on le privilégie. Il a ensorcelé Marjorie, savez-vous ? Résolue à veiller sur lui, elle nous tyrannise au nom de son bien-être. Et les autres femmes de la maison ne sont guère mieux. Elles maternent Henry, le divertissent et ne cessent pas un instant de tourner autour de lui. Le pire, c'est que je fais comme elles, le plus souvent.

Consciente que son propos pouvait être ambigu, Jessica eut un sourire plein de tendresse.

— Du coup, pendant que toutes se soucient de Henry, j'ai le loisir de m'occuper de vous… Hélas, je crains de vous avoir négligé.

Posant son ouvrage, Jessica refit face à la table et souleva le carré de tissu qui recouvrait le buffet.

— Vous devez avoir faim, dit-elle en balayant d'un geste l'assortiment de délices.

Sir William en eut aussitôt l'eau à la bouche.

— Là, c'est un pâté de venaison en croûte, et à côté, voici du saumon au four – deux spécialités d'Hector, l'homme grâce auquel je ne mourrai jamais de faim. Si ça ne vous tente pas, il y a aussi du cochon de lait rôti, encore bien chaud, et à côté, son lard en robe de farine et de sel, cuit avec une précision qui, selon Hector, ferait saliver un mort.

Jessica désigna trois grandes coupes.

— Du fromage fait maison, des pommes de notre verger, et du pain tout juste sorti du four. Comme boisson, nous avons du rouge et du blanc livrés directement de Bordeaux, il y a deux ans de ça.

Désorienté par un tel choix – et désarmé de sentir le plaisir que Jessica prenait à sa compagnie –, sir William se contenta de hocher la tête, puis il avança vers le buffet et prit l'assiette en bois que lui tendait son hôtesse.

— Le cochon de lait est délicieux. Quand Hector l'a apporté, pendant que vous étiez en haut, j'ai pris la liberté de le goûter.

Jessica sourit, ravie par quelque chose qui dépassait l'entendement du Templier.

— Je vais vous en couper un morceau...

La jeune femme commença par la couenne, en déposant deux tranches sur l'assiette. Puis elle saisit deux tranches de pain, les posa à côté et les garnit avec de beaux morceaux de viande. Enfin, elle coupa une pomme en quartiers puis en réduisit la moitié en purée, à côté de la couenne.

Toujours un peu désorienté, sir William fit signe qu'il ne voulait rien d'autre, puis il regarda autour de lui.

— Asseyez-vous à la table. Elle est mise pour deux, avec des couverts et du sel. Quel vin voulez-vous ?

Sir William opta pour du blanc puis alla s'asseoir pendant que Jessica faisait le service. Après avoir posé deux superbes coupes de cristal devant leurs places, elle retourna au buffet et choisit du pâté en croûte et du saumon, qu'elle arrosa d'une sauce aux œufs, à la crème et aux herbes aromatiques dont Hector n'aurait à aucun prix révélé la recette.

Une fois assise en face de son invité, Jessica récita le bénédicité. Quand ce fut fait, sir William s'attaqua à son assiette avec l'appétit d'un gamin de douze ans. Pas de quoi s'étonner, puisqu'il n'avait plus rien avalé depuis un petit déjeuner très frugal.

Ils mangèrent en silence – une façon de rendre justice à la cuisine d'Hector – jusqu'à ce que leurs assiettes et leurs coupes soient vides.

Quand sir William s'adossa à son siège, repu, Jessica lui sourit de nouveau. Comme s'il s'était enfin habitué à leur tendre complicité, il ne s'en alarma pas le moins du monde, se contentant d'arquer un sourcil interrogateur.

— Je suis contente que vous ayez choisi la tenue verte, expliqua la jeune femme. J'avais raison, ça vous va à merveille. Et la coupe… Eh bien, on dirait que c'est du sur-mesure…

Sir William sentit qu'il s'empourprait – mais de plaisir, cette fois. Du coup, il réussit à être enfin au diapason.

— Je vous suis reconnaissant…

Juste à temps, il ravala un « ma dame » qui eût été anti-climatique. Mais comment appeler sa compagne, alors que l'usage de son prénom continuait à ne pas lui sembler très naturel ? Décidant d'éluder la question, il enchaîna :

— Ce soir, vous m'avez fait découvrir le monde des hommes ordinaires comblés de bonheur qui ne ploient pas quotidiennement sous le poids du devoir et d'un code de conduite écrasant.

Jessica hocha délicatement la tête.

— Des hommes ordinaires comblés de bonheur… En existe-t-il en ce monde, William ? Un être ordinaire est toujours moins… ordinaire qu'il le paraît, et dans votre cas, cet adjectif n'a aucune pertinence. Depuis notre rencontre, vous avez tellement changé. Il y a un an, vous n'auriez jamais dit une chose pareille – parce qu'elle n'aurait pas traversé votre esprit. Mais pour être franche, je n'aurais moi-même pas cru que nous puissions passer un si long moment ensemble sans prise de bec. Le sombre Templier William Sinclair n'aurait pas permis que ça arrive. Je suis bien contente que mon ami William soit venu aujourd'hui à sa place. Il est bien plus humain, beaucoup plus drôle et pas du tout prévisible.

Jessica sourit puis jeta un coup d'œil à la fenêtre, au-dessus d'eux.

— J'ai perdu toute notion du temps… Mais je vois encore un peu de bleu, donc, il ne fait pas tout à fait nuit.

Jessica se leva.

— Si vous avez assez mangé, allons jusqu'à l'étable, pour inspecter notre coffre secret. Depuis votre arrivée, je dois avouer que je n'ai pas songé à aller voir si nos « visiteurs » y ont touché.

» En notre absence, quelqu'un débarrassera la table.

— Pas le vin, j'espère…

Surprise par tant de frivolité, Jessica dévisagea son compagnon.

— Pas le vin, non. Et je demanderai qu'on alimente le feu.

3

Dans l'étable, sir William et Jessica contemplaient l'alignement inchangé des ballots de foin qui protégeaient le coffre de pièces d'or.

Dehors, à la lueur du soleil couchant, les bêtes de retour du pâturage entraient déjà dans la cour pavée. Au fond des stalles, des mangeoires pleines les attendaient, mais le foin devait venir d'ailleurs.

— William, vous pensez que c'est bon ? Ou devons-nous sortir le coffre pour être sûrs ?

Le Templier hocha vaguement la tête, car il pensait à autre chose. Dans la maison puis dans la cour, Jessica et lui avaient croisé pas mal de gens. Même si personne n'avait tiqué, ne risquait-on pas de les soupçonner de comportement… déplacé ?

En lui, cette idée avait éveillé un sentiment de trahison vite étouffé, puisque sa compagne ne lui avait à aucun moment paru nourrir la moindre pensée impure – tout comme lui, bien entendu. En fait, ils étaient l'un comme l'autre étrangers à ces choses-là…

Hélas, cette idée, tel un poison, coulait désormais dans son sang. Qu'allaient donc penser les employés de Jessica, s'ils la voyaient passer des heures en compagnie d'un homme qui n'appartenait pas à sa famille ?

— À quoi pensez-vous donc, sire chevalier ? Vous me semblez bien sombre.

S'arrachant à sa méditation, sir William grommela une réponse sans queue ni tête puis approcha des ballots pour mieux les vérifier. Ce faisant, il se souvint qu'il était dans une étable, avec aux pieds des bottes hors de prix. Dans l'allée centrale, ça pouvait encore passer, mais sur les côtés, c'était une autre affaire. Et bientôt, avec les animaux de retour, ça ne sentirait carrément plus la rose.

Levant les pieds avec une lenteur grotesque, le chevalier battit en retraite, se tourna vers sa compagne et souffla :

— Désolé, baronne, j'avais l'esprit ailleurs… À l'évidence, personne n'a touché à ces ballots. En revanche, les occupants des lieux seront bientôt de retour, et nous devrions lever le camp.

Dehors, le ciel virait déjà au noir, sauf à l'horizon, où le soleil couchant jetait ses derniers feux écarlates, orange et or. Pour mieux admirer ce spectacle, Jessica s'arrêta de marcher.

— Comment peut-on voir ça et ne pas croire en Dieu ? Chaque soir, c'est différent – chaque heure, pourrait-on même dire – mais toujours aussi magnifique. Même chargé et morose, le ciel reste d'une beauté poignante.

» Mais autour de nous, tout change en permanence, n'est-ce pas ? Et je dois avouer, sire chevalier, que votre métamorphose, ces dernières semaines, me laisse bouche bée. Le changement est une des règles d'or de la nature, pourtant, le vôtre ne laisse pas de me surprendre.

— En quel sens ?

— Eh bien, c'est tellement… foisonnant, que j'ai du mal à citer quelque chose en particulier. Non, je me trompe ! Il y a un point évident. Vous avez appris à écouter.

Sir William s'autorisa un sourire.

— Je vous assure, baronne…

— Jessica !

— Oui, Jessica… Je vous assure, Jessica, que je n'ai jamais eu de souci avec mes oreilles.

— Ai-je jamais dit ça ? J'ai parlé d'écouter, pas d'entendre. Entre les deux, il y a une énorme différence. Je connais peu d'hommes qui écoutent vraiment les autres, et moins encore les femmes. Votre ami Tam fait partie des exceptions.

— Tam ? Vous allez m'expliquer pourquoi, j'espère ?

Ce fut au tour de Jessica de sourire – au grand bonheur de son interlocuteur.

— Bien sûr, et je le ferai lentement, pour ne pas brusquer vos oreilles délicates. Mais si nous repartions ? Il commence à faire frisquet.

Ils marchèrent en silence – juste quelques pas, avant que sir William tourne la tête vers le portail, intrigué par des éclats de voix.

— Vous avez donné quartier libre à Tam, c'est ça ?

Jessica acquiesça, interloquée.

— Eh bien, il ne vous a pas prise au mot, semble-t-il. Tam ! Sergent Sinclair, je suis là !

Plusieurs hommes venaient d'entrer dans la cour, certains portant des pelles. Même dans la pénombre, le Templier n'aurait pu manquer de reconnaître son vieux compagnon et ce colosse de Mungo MacDowal.

Le groupe s'immobilisa, puis Tam souffla quelques mots à ses camarades avant d'avancer vers son chef. Pas très droit, pour tout dire, mais il n'était pas, et de loin, le plus éméché du lot.

Quand il fut assez près du couple, il s'immobilisa, stupéfait de découvrir son chef dans les somptueux atours d'un aristocrate français.

— Pour l'amour de Dieu… Que… ? Qu'est-ce que… ?

— Bonsoir, Tam, coupa Jessica.

Encore plus sonné, le sergent se tourna vers la jeune femme.

— Bonsoir aussi, baronne… Et puisque nous y sommes, excellente nuit.

— Mais que fais-tu dehors à une heure si tardive ?

— Si tardive ? Ça fait donc si longtemps qu'on creuse ? Nous avons enterré des morts, ma chère. Et y avait de quoi faire, je te le garantis !

Sir William jeta un coup d'œil au groupe qui disparaissait déjà au coin du corps de ferme.

— Combien d'hommes, ton détachement ?

— Six prisonniers pour creuser et huit braves gars pour les surveiller. Nous quatre et des hommes de dame Jessica.

— Pour combien de cadavres ?

— Neuf, et tous sacrément lourds, les cochons ! Pardon pour mon langage, baronne.

— Du bon travail, admit sir William. Mais la baronne t'avait donné quartier libre, ai-je cru comprendre.

— C'est exact. Dois-je considérer que c'est fini ?

— Pas du tout. Au contraire, je me demande pourquoi tu n'en as pas profité.

— Mais j'en ai profité, et je l'ai humblement remerciée… Pas vrai, baronne ? Et ce n'est pas fini… Ce soir, j'ai l'intention de me soûler à mort. Grâce à l'intendant, Hector McBean, nous avons de quoi boire et manger à nous en faire exploser le ventre, et…

Les yeux ronds afin de ne rater aucun détail, Tam s'interrompit pour étudier son chef de pied en cap. Puis il se tourna vers Jessica :

— C'est ton œuvre, je suppose ?

Jessica eut l'ombre d'un sourire mais ne répondit pas.

— Si j'avais cru voir ça un jour ! Et si ce n'était pas devant mes yeux, je refuserais d'y croire. Des bottes vertes ! Pas d'armure et des bottes vertes ! En plus, même pas une dague…

Tam regarda de nouveau Jessica, puis il se mit au garde-à-vous et lança :

— Eh bien, Will Sinclair, tu es magnifique ! Superbe, même, et… Pas seulement différent, tu vois, mais… comme il faut. Tu devrais t'habiller en vert tous les jours. Vraiment, ça te va à ravir.

Sur ces mots, Tam s'en fut rejoindre ses compagnons.

Sans l'intervention de Jessica, sir William serait peut-être resté pétrifié une bonne partie de la nuit.

— William, je gèle et j'aimerais rentrer.

Quand ils eurent traversé la cour puis franchi le seuil du corps de ferme, les deux amis foncèrent vers la cheminée, car ils frissonnaient tous les deux. Côte à côte, mais chacun plongé dans ses pensées, ils contemplèrent un moment les flammes.

— Vous avez vu ? Tam a validé mon choix. Ça vous surprend ?

— J'en suis resté sans voix jusqu'à maintenant.

Se tournant ensemble, le Templier et la baronne se retrouvèrent face à face, leurs nez se touchant presque. Un long moment, ils ne dirent rien, jusqu'à ce que Jessica se tapote pensivement le menton.

— Avant ce soir, je ne vous avais jamais entendu rire. Vous le saviez ?

Sir William s'écarta et se laissa tomber dans un des fauteuils qu'on avait disposés face au feu en prévision de leur retour.

— Jamais ? dit-il tandis que Jessica s'asseyait aussi. C'est difficile à croire… Depuis quand nous connaissons-nous ? J'ai bien dû rire à un moment ou à un autre.

— Notre rencontre remonte à six ans, en pleine nuit, à La Rochelle. Et vous n'avez jamais ri, du moins en ma présence. Jusqu'à ce soir…

— C'est ridicule… Vous me faites passer pour… Eh bien, c'est comme si… enfin, comme si c'était…

Incapable de trouver ses mots, sir William leva les bras au ciel.

— Je vous fais passer pour le clone d'un chevalier sinistre et strict jusqu'à s'en ennuyer lui-même. Un Templier appelé Guillaume de St. Clair… Un homme qui ne souriait jamais, et plus lugubre encore que vous. Mais revenons-en aux choses sérieuses. À quand remonte votre dernier fou rire ? À en avoir mal aux côtes, je veux dire…

Sir William se concentra, le front plissé et les traits de marbre. Soudain, son visage s'éclaira et il tapa sur le bras de son fauteuil.

— Ça y est, je me souviens ! Un jour, Tam est tombé dans une rivière. Entièrement équipé, il n'a pas été fichu de sortir seul de l'eau. À force de rire, j'en suis tombé de ma selle. Et plus il s'énervait, plus je rigolais.

Au souvenir de cette scène, le Templier eut un petit rire.

— Ce jour-là, il pleuvait des cordes et la rive n'était plus qu'un immense bourbier. Glissant, Tam avait lâché son épée dans la gadoue. Aujourd'hui, j'ai oublié pourquoi il était à pied et pourquoi il avait dégainé son arme. Furieux contre lui-même, il est allé se laver dans le fleuve, et là, il s'est repris une gamelle. Quand il a réussi à se tourner vers moi, il m'a foudroyé du regard. Ensuite, entraîné par son poids, il a glissé sur la gadoue, s'immergeant peu à peu. On aurait dit une tortue sur le dos… Ensuite, à cause du poids de son équipement, il n'a pas pu se relever…

Comme à l'époque, sir William eut un fou rire qui lui fit monter des larmes aux yeux.

— Ce n'était pas très profond, mais qu'est-ce que ça glissait ! Jessica, il braillait de rage ! C'est la scène la plus drôle à laquelle j'aie assisté.

» Il a mis longtemps à nous pardonner, mais ça valait le coup ! Doux Jésus, que c'était drôle !

Jessica fit écho au rire de son compagnon, qui se rembrunit presque immédiatement.

— J'ai bien fait de poser cette question… Où est-ce arrivé ? Sur l'île d'Arran ?

— Non, c'était dans le Languedoc, près des Pyrénées, en chemin pour la Navarre – une campagne contre les Maures. Ça remonte à quinze ans.

Soufflée, Jessica ne sut d'abord que dire. Une campagne contre les Maures, rien que ça… Se ressaisissant, elle finit par trouver une réplique brillante :

— Eh bien, soyons ravis que ce soit arrivé, puisque ça vous a incité à rire en y repensant, pour mon plus grand plaisir.

— Oui, il faut prendre les choses comme ça… Cela dit, vous avez raison. Je doute d'avoir ri pour de bon depuis ce jour-là. Quelques heures plus tard, nous avons perdu plus de la moitié de nos effectifs sur le champ de bataille… Quinze ans déjà…

Dans le silence qui suivit, Jessica dévisagea son compagnon.

Très cher William, si je pouvais te faire voir comment le rire te métamorphose… Les années s'effacent, et comme sous les pelures d'un oignon, on finit par voir le visage d'un enfant…

Une bûche craqua dans la cheminée, rappelant les deux amis au présent.

— À quoi pensiez-vous, Jessica ?

Surprise par la question, la jeune femme répondit sans réfléchir :

— Je me disais que vous devriez rire plus souvent… Et je regrettais de ne pas pouvoir vous montrer à quel point ça vous transforme.

Les yeux dans ceux de la baronne, sir William sourit.

— Ce serait un bon moyen de…

Un rire de femme retentit quelque part dans la maison, brisant l'étrange communion des deux amis.

— Marjorie ! Cette enfant est…

Se levant d'un bond, Jessica tendit l'oreille pour mieux entendre des bruits de pas dans le lointain.

— Depuis que ce garçon est ici, marmonna-t-elle, une lueur dans le regard démentant sa mauvaise humeur, on dirait que les bonnes manières ont été jetées aux orties. Sur ce point, Marie et Jeanette ne sont pas meilleures que la petite. Attendez-moi ici, je vais remettre un peu d'ordre dans tout ça.

Les yeux ronds, sir William regarda s'éloigner la femme qui le troublait tant. Cette lueur dans ses yeux, c'était de l'amusement, ou autre chose ?

Comme Jessica ne ferma pas la porte, il l'entendit gravir les marches en lançant des propos peu amènes. Quand il ne capta plus rien, il se laissa retomber dans son fauteuil et regarda autour de lui, tentant de faire le point sur une journée hors du commun. Non, plus que ça : incroyable. Une journée comme on n'en connaît pas deux dans une vie.

Cette demeure, même si elle ne lui appartenait pas en droit, était le fief de Jessica Randolph. Sa signature figurait partout, jusque dans le moindre détail. La couleur des murs, la disposition des bougies, les nappes et les coussins, les jardinières et les pots de fleurs, partout où il était possible d'en avoir…

Au milieu de ce fief, sir William Sinclair se demandait… ce qu'il fichait là. Comment avait-il fini ici, et que lui était-il arrivé ?

À une époque, il aurait pensé que cette femme l'avait ensorcelé. Et en un sens, c'était le cas, parce qu'elle l'avait lentement et sûrement pris dans ses rets. Dix ans plus tôt, il aurait couru dans un confessionnal en quête d'absolution… Aujourd'hui, il était ravi de rester assis et d'attendre la suite des événements.

Déjà très différent de l'homme qu'il était un an plus tôt – voire un mois –, il n'avait plus aucun rapport avec le chevalier du Temple strict et rigide de ces temps-là. Mais la destruction de ce parangon de vertu taillé dans le marbre était le fait des hommes qu'il avait juré de servir et d'honorer. La sorcellerie n'avait rien à voir dans l'affaire.

À la rigueur, on pouvait parler d'exorcisme, puisque l'esprit qui possédait un jeune chevalier en avait été chassé à jamais. Mais dans ce processus, Jessica Randolph n'avait aucune part de responsabilité. Tout ce qu'elle avait fait, c'était lui inspirer des rêves et des pensées peu chastes. Un « sacrilège » selon la Règle du Temple, certes, mais rien de bien grave aux yeux de l'ordre qu'il servait pour de bon, à savoir celui de Sion.

Ces dernières semaines, tout ce qu'il avait appris, combiné aux décisions prises au fil des ans, avait donné naissance à un nouveau William Sinclair. Un homme endurci par la guerre, certes, mais dévoré par les angoisses d'un jeune puceau.

Dans le calme de la nuit, le cri lointain d'un loup arriva aux oreilles du chevalier. Puis de lourds bruits de pas lui apprirent qu'on en était déjà à la première relève de la garde.

Dans la cheminée, le feu battait de l'aile et les bougies, sur la table et les autres meubles, ne tarderaient pas à s'éteindre.

Depuis quand Jessica était-elle partie ? Incapable de le dire, sir William se leva, très détendu, et alla moucher les bougies les plus entamées. Après les avoir remplacées, il alimenta le feu et se souvint au dernier moment de ne pas pousser les bûches du bout de ses bottes immaculées.

Un moment, il regarda les flammes, le front plissé, puis il se rassit et laissa vagabonder son esprit. De sa vie, il ne s'était jamais montré indécis. Aujourd'hui, il convenait qu'il soit décidé et constructif.

Quand Jessica revint, il l'entendit mais ne se retourna pas tout de suite, attendant pour ça qu'elle parle.

— Vous êtes encore là, William ? J'aurais parié que vous seriez monté vous coucher, las d'être seul…

— Non, je réfléchissais… Des décisions à prendre, des choses à faire… Et vous, c'est l'heure d'aller au lit ?

— Pas encore, sauf si vous désirez rester seul.

— Non, ce sera très bien comme ça… Venez donc vous asseoir, pour profiter du feu.

Jessica tendit avec délices les mains vers les flammes dès qu'elle fut assise.

— Vous avez maté les mutins, à l'étage ?

— Il y a un moment, oui… Les esprits indépendants sont une bénédiction du Seigneur, mais parfois, ils ont besoin d'un peu de discipline. Marjorie et Henry sont au lit, lumière éteinte. Quant à Marie et Jeanette, elles travaillent, pour une fois. À préparer de la laine pour le métier à tisser… Puis-je savoir à quoi vous réfléchissiez ?

— Sous votre toit, vous avez le droit de tout savoir… Pour l'essentiel, je pensais à ma vie et à ce qu'il conviendrait d'en faire. C'est la première fois, vous imaginez ? À un âge déjà avancé, j'ai passé mon temps à faire ce qu'on me disait de faire, quand on me disait de le faire. Avoir le choix est un sacré changement, croyez-moi.

» C'est vous, en parlant de changement, qui m'avez mis sur la voie. Depuis que j'ai quitté maître de Molay, à Paris, il y a six ans, mon univers s'est écroulé. J'ai encore une mission en ce monde, c'est vrai, et de lourdes responsabilités. Mais je pense par moi-même, et c'est ma volonté que j'impose aux autres…

» J'ai aussi pensé à vous… Ce désir de partir avec nous… Comment en êtes-vous arrivée là ?

Jessica ne répondit pas tout de suite.

— « Avec nous » ? Non, William, avec *vous*.

Le chevalier fit mine de ne pas avoir entendu.

— Vous devez partir d'ici, c'est une certitude. Mais partir avec nous n'a aucun sens. Jessica, nous filons vers l'inconnu, et…

— Et quoi ? Le danger ? Les sauvages ? C'est un lieu qui grouille d'hommes cruels et brutaux prêts à tuer, à voler et à détruire ? Rien à voir avec le monde paisible dans lequel nous vivons, pas vrai ? Par exemple l'Écosse, en guerre depuis des lustres. C'est ce que vous voulez dire ?

— Non, mais…

— Tant mieux, parce que je préfère Merica, l'inconnu, à cette chrétienté où j'ai la certitude de me faire tuer, mon seul espoir étant une fin rapide et sans douleur.

» William Sinclair, si je pars d'ici sans aller avec vous, où pourrai-je me réfugier ?

— Sur Arran. Avec votre suite, vous serez en sécurité au château de Lochranza.

— Lochranza ? Le fief du seigneur Menteith ?

— Plus maintenant. Il est tombé en disgrâce.

— Peut-être, mais le château reste son fief, et je n'y serai jamais en sécurité. William, prenez-moi avec vous !

— C'est impossible.

— Pourquoi ? Vous emmènerez bien des prêtres !

— Où êtes-vous allée chercher ça ? Ce n'est pas un endroit pour des clercs. De toute façon, ceux qui me restent sont tous excommuniés. Cela dit, oui, il y aura bien quelques religieux en bonne santé et qui jouissent de la confiance des frères. D'anciens prêtres, en somme.

— Parfait. L'un d'entre eux pourra nous marier.

— Nous marier ?

Sir William se prit la tête à deux mains, puis se voila la face.

Jessica le regarda se détourner d'elle, comme s'il fuyait le démon. Mais ça ne dura pas, et il pivota sur lui-même.

— J'allais vous dire que je suis un moine, mais ce serait une absurdité. Je n'ai plus rien d'un moine. Des gens m'ont volé ma vie, lui crachant dessus, et depuis, je ne suis qu'un homme. Rien de plus ni de moins.

— Et un chevalier. Personne ne peut vous enlever ça.

— C'est vrai, et j'en suis conscient. Mais je reste un homme. Et cet homme, tout bien pesé, n'a pas grand-chose à offrir aux autres… Doit-il devenir un mari et un père ?

» Jessica, proposez-vous vraiment d'être ma femme ?

Même si elle rougit, la baronne n'hésita pas un instant à répondre :

— Femme, favorite, compagne, concubine – tout ce que Dieu voudra. Oui, William, et avec joie. (Jessica leva une main et sourit.) Et même conseillère, si vous en avez besoin dans votre nouveau monde. Qui sait ? le bon sens féminin pourrait vous être utile.

En silence, sir William et Jessica se regardèrent à la lueur de nouveau vacillante des flammes.

— Conseillère... Quelle révolution ! Une femme guidant un Templier, et donc, indirectement, une communauté du Temple. Ça, c'est du changement !

— Uniquement si vous en avez besoin dans votre nouveau monde, rappela Jessica.

— Bien sûr... Puis-je vous mettre à l'épreuve en tant que femme et que conseillère ? Allez, donnez-moi un avis !

— Maintenant ? Sur quoi ?

— Selon vous, j'ai appris à écouter. Eh bien, j'écoute. Et je vous respecte assez pour parier que vous avez déjà un conseil à me donner. Sans arrière-pensée, je vous demande de m'en faire part.

Un long silence suivit.

Cet homme envisage vraiment de m'épouser... Si je lui donne un conseil idiot, ça détruira tout. Et même un conseil qu'il jugerait *idiot suffirait à briser le charme. De toute façon, que puis-je lui dire, pour l'amour de Dieu ?*

Sir William attendait patiemment. Un autre changement d'importance chez lui. Cela dit, quand il arqua un sourcil perplexe, Jessica, à sa propre surprise, se lança sans hésiter :

— L'affaire de Gênes... Vous voulez y aller, mais est-ce vraiment utile ?

Sir William releva la tête. Fascinée par son cou puissant, Jessica ne le regarda pas tout de suite dans les yeux.

— Utile ? Bien sûr que oui. Je dois acheter des navires.

— Je sais, c'est indispensable, mais êtes-vous l'homme de la situation ? Sire de Bérenger ne peut-il pas s'en charger seul ? La lettre de l'archevêque jouera aussi pour lui, je suppose.

— Oui, mais…

— Répondez-moi, avant d'objecter au hasard… Pendant ces négociations, dans quel nombre de cas prendrez-vous une décision sur les plans, la taille et la configuration des navires ? Et dans combien demanderez-vous son avis à l'amiral ?

— Dans tous, ça tombe sous le sens.

— Je ne vous le fais pas dire… Une autre question, à présent… Mettriez-vous votre vie entre les mains de cet homme ?

— Bérenger ? Je l'ai déjà fait, lui confiant nos vies à tous, y compris la vôtre. C'est mon amiral.

— Le gardien, le protecteur, le berger et le capitaine de votre flotte. Alors, pourquoi ne pas lui déléguer la mission à Gênes ? Sur Arran, vous aurez largement de quoi vous occuper, et sire Édouard ne vit que pour les navires. En matière de longs coursiers, il est aussi expert que vous lorsqu'il s'agit de mener une charge, d'entraîner vos hommes, d'administrer une communauté ou de préparer une campagne. Et de votre propre aveu, ce voyage à Gênes peut prendre des mois, pour peu que le mauvais temps s'en mêle.

» Que ferez-vous si Édouard II envahit l'Écosse avant que vous ayez achevé votre tâche sur Arran ?

Jessica se tut.

Adossé à son siège, un bras sur un accoudoir, sir William se plongea dans une profonde réflexion. À un moment, il tourna la tête et riva les yeux sur sa compagne.

Concentrée afin d'avoir l'air aussi impénétrable que lui, Jessica commença à compter mentalement. Hélas, distraite par une pensée parasite, elle perdit le fil autour des deux cents.

Et sir William la regardait toujours.

Jusqu'à ce qu'il revête une ancienne tenue d'Étienne, elle n'avait jamais mesuré à quel point cet homme était grand et fort. En armure, n'importe quel quidam devenait impressionnant. Là, on voyait bien la largeur de son torse et de ses épaules, sans parler de son cou incroyablement puissant. Par décence, Jessica ne baissa pas les yeux sur ses cuisses, mais elle savait déjà qu'elles étaient au diapason du reste.

— Jessica, j'aurais dû commencer à vous écouter il y a longtemps…

La jeune femme frissonna d'entendre prononcer son prénom avec tant de tendresse.

— Vous avez raison, oui… Aller à Gênes est une idée idiote, puisque Bérenger s'en sortira très bien tout seul. Je ne lui servirai à rien, et ma place est sur Arran. D'ailleurs, il faut que j'y retourne au plus vite.

» Bérenger sait mieux que moi de quoi nous avons besoin. Et il estimera votre trésor de guerre à sa juste valeur, ça ne fait aucun doute.

» À ce sujet, cet étrange coffre n'est pas du tout facile à cacher. De plus, il est beaucoup trop lourd, ce qui risque d'attirer l'attention des curieux – la dernière chose que nous voulions. Demain, nous répartirons les pièces histoire de pouvoir les transporter plus facilement. Avez-vous une réserve de bourses ?

— Des sacoches, oui, mais des bourses… Attendez, j'ai une idée. Dans une dépendance, nous gardons trois toiles de tente. Abîmées par le temps, elles servent à recouvrir le sol. Mais elles doivent être encore assez solides pour qu'on coupe des escarcelles dedans. Dès demain, je peux confier cette tâche à quelqu'un.

— Une personne de confiance, et qui travaillera dans un coin discret… La prudence est de rigueur. Se mettre à fabriquer des escarcelles éveillera automatiquement les soupçons, parce qu'on les remplit presque exclusivement avec des pièces.

— Hector prendra les choses en main.

— Il est fiable ?

— Qui m'a aidée à cacher le coffre, selon vous ?

— Va pour Hector, dans ce cas.

Sir William se leva et marcha de long en large devant la cheminée. Soudain, comme pris d'une inspiration, il se tourna vers Jessica :

— Pour cette affaire de mariage, vous êtes sûre de vous ?

— Totalement.

— Et si je vous demandais conseil sur ce point – ne vous emballez pas, ce n'est pas le cas. Vous me diriez de le faire ?

— Affirmatif !

— Je vois... Eh bien, même si c'est une idée folle, je vais y réfléchir. Mais il y a une condition, à prendre ou à laisser dès ce soir. Le garçon ne peut pas encore voyager, nous sommes d'accord sur ce point. Cela dit, si je suis revenu, c'était pour le ramener sur Arran. Dans combien de temps pourra-t-il m'y rejoindre ?

— Un mois au minimum, trois au maximum.

— C'est trop long et trop risqué. Je vous enverrai chercher dans deux mois, soit durant la troisième semaine de septembre. Vous, Henry, vos deux dames de compagnie et qui vous voudrez d'autre.

— Et Marjorie ?

— C'est la nièce du roi, Jessica...

— Illégitime, quand même...

— Quoi qu'il en soit, elle se nomme Bruce et elle a pour père le frère préféré de Robert. Vous ne pouvez pas l'emmener sans son autorisation. Ce serait un enlèvement, même si elle était d'accord pour partir. Marjorie appartient au royaume – une jolie princesse à marier pour sceller une juteuse alliance. Ni vous ni moi n'avons assez d'influence pour changer ça.

Consciente que le Templier avait raison, Jessica ne chercha pas à discutailler.

— Dans ce cas, je devrai aller voir le roi pour obtenir son aval.

— L'autorisation d'entraîner sa nièce dans une aventure où elle risquera la mort ? Il n'acceptera jamais.

— Peut-être, mais je dois essayer.

— D'accord. Avec tout ça, pourrez-vous embarquer pour Arran à la date prévue ?

— Oui, et je serai même prête à voguer vers Merica. William, chargez vos navires commerciaux d'acheter du tissu.

— Du tissu ? Quel genre ?

— De tous les genres, et autant qu'ils pourront. À Merica, nous ne trouverons pas de tailleur, mais nous aurons quand même besoin de vêtements.

— Oui, c'est bien raisonné. Avez-vous d'autres suggestions ?

— Pas pour l'instant, mais ça changera sûrement. Un instant ! Des rouets et du fil ! Combien de femmes viendront avec nous ?

— Je n'en sais rien…

— Dans ce cas, renseignez-vous et tenez-moi au courant très vite. Pour elles, nous devrons avoir un plan précis. Si j'ai le chiffre, je me mettrai à l'ouvrage dès mon arrivée sur l'île.

— Vous semblez certaine de devenir ma femme, baronne, fit sir William avec l'ombre d'un sourire. Or, je n'ai pas encore donné mon accord.

Jessica ne se laissa pas démonter.

— Mais vous y viendrez. Cela dit, quand comptez-vous partir d'ici ?

— Après-demain. Une de nos galères m'attendra sur la côte de Galloway. Je n'ai pas de temps à perdre.

— Dans ce cas, allez prendre un peu de repos, parce qu'il est très tard. Filez au lit. Je me chargerai des bougies et du feu.

— Très bien… Jessica, ce fut une étrange et merveilleuse journée, pleine de surprises que je n'imaginais pas quand je suis parti pour Arbroath, il y a une semaine… Ensemble, nous avons magnifiquement bien avancé. Êtes-vous sûre que nous sommes d'accord sur tout ?

Jessica avança, leva une main et frôla du bout des doigts la joue de son compagnon – la première fois qu'elle le touchait.

Saisissant sa main au vol, sir William la serra entre les siennes.

— J'en suis sûre, William, même si vous doutez encore.

Le chevalier se pencha en avant, les lèvres légèrement écartées. Sachant ce qui arriverait s'ils s'embrassaient, Jessica prit une profonde inspiration puis tapota la joue de son compagnon.

— Au lit, mon héros ! Une rude journée vous attend demain.

4

Sir William se réveilla lentement et à contrecœur. Quelle malchance ! Devoir s'arracher à un rêve merveilleux et à la femme encore plus merveilleuse dont la bouche, collée à la sienne, lui procurait un plaisir comme il n'en avait jamais connu.

Ouvrant les yeux, il vit que la beauté onirique était toujours là et continuait à l'embrasser. Quand il tendit une main et toucha une peau nue délicieusement douce, il se redressa en sursaut, tout à fait réveillé, et il aurait crié si une main ne s'était pas plaquée sur ses lèvres.

— Silence ! William, tais-toi ! Tu vas réveiller tout le monde et nous trahir.

Sir William se pétrifia, cligna follement des paupières et parvint enfin à se situer dans l'espace et le temps. Alors qu'il était dans son lit, en pleine nuit, une inconnue se penchait sur lui… Étreint par une terreur quasi mystique, il se demanda que faire jusqu'à ce qu'il entende un rire cristallin de femme.

— C'est moi, et je ne voulais pas t'effrayer… Je passais te dire bonne nuit, c'est tout. Pousse-toi un peu, s'il te plaît.

Toujours désorienté, mais commençant à entrevoir ce qui se tramait, le Templier se redressa un peu plus.

— Jessica, il y a une urgence ?

— Oui ! Je me gèle et ton lit est déjà bien chaud. Si tu veux bien soulever la couverture et me laisser venir… Allons, bouge-toi un peu !

Sir William obéit. S'écartant autant que possible, il souleva la literie et sentit un corps doux et chaud se glisser dessous puis se serrer contre le sien. Un corps nu, comme il le soupçonnait…

Glissant une main sur sa nuque, Jessica attira son visage vers le sien.

À partir de cet instant, sir William Sinclair bascula dans un tourbillon de sensations dont il n'avait jamais soupçonné l'existence. Emporté par ce feu d'artifice de parfums et de goûts, il reprit vaguement conscience à l'instant où il se retrouva appuyé sur les bras, le corps offert de Jessica sous le sien, ses mains l'attirant vers elle.

— Tu ne veux pas de moi ? Allons, William, viens et sois mon homme !

Les mains posées sur ses reins se faisant très insistantes, sir William ferma les yeux et se laissa guider vers un monde aussi nouveau pour lui que Merica.

DE LA MORT VERS LA MORT

1

En cette première semaine du mois de mai, an de grâce 1314, Jessica Randolph aurait juré que la terre entière s'était donné rendez-vous sur Arran. Le port de Lochranza débordait tellement de galères qu'on avait dû le fermer – une grande première depuis sa création.

Quatre des huit galères originales du Temple y mouillaient, invisibles parmi les bâtiments venus des îles et des lochs du Nord, la plupart arborant le pavillon du clan MacDonald, auquel appartenait le nouveau Seigneur des Îles.

Dans le lot, Jessica avait également vu les armes des Campbell, des MacRuarie, des MacNeil et d'autres clans qu'elle avait été incapable d'identifier. Peu à peu, ces galères avaient envahi le port, qui n'avait jamais paru petit avant, ne laissant même plus trois pieds d'espace entre eux, au point qu'on aurait pu, en sautant d'un pont à l'autre, remonter tous les quais à pied.

Sur les remparts du château, Jessica observait ce spectacle, les yeux ronds. Le temps ayant filé à toute vitesse, elle était à Lochranza depuis près d'un an et demi. Bombardée « châtelaine », elle avait eu maintes fois l'occasion de contempler l'intense trafic du port, mais rien n'avait jamais ressemblé à ce qui se passait à présent.

Entre les quais et le château, l'étroite bande de terre grouillait d'hommes qui s'agitaient comme des fourmis. Et sur les deux flancs du fief, là où Jessica ne pouvait rien voir de sa position, c'était encore pire. Une marée humaine se déversait dans la cour, gagnant ensuite la prairie qui s'étendait derrière les bâtiments.

Alors que le mot « populace » venait à l'esprit de la châtelaine, elle se reprit. Si les hommes qu'elle observait ne ressemblaient guère aux soldats qu'elle avait vus en France, en Angleterre et même en Écosse, ils ne méritaient pas qu'on utilise un substantif si méprisant.

Disparates au possible et tout à fait rétifs au code de la chevalerie, les Gaëls n'en demeuraient pas moins des guerriers. Chacun était indépendant, équipé par ses seuls moyens, et soutenait un chef de sa propre volonté. En cas de désaccord avec le dirigeant en question, tous disposaient du droit de changer d'allégeance ou de reprendre leur autonomie.

Rien à voir avec de la populace ou des émeutiers, Jessica le savait. De plusieurs sources fiables, elle tenait que ces hommes si indépendants – en apparence jusqu'à l'insubordination – étaient des combattants féroces et increvables capables de mettre en déroute des armées conventionnelles et de conquérir des fiefs réputés imprenables. Et quand le besoin s'en faisait sentir, ils savaient s'imposer une discipline de fer.

Venus des Îles ou des Highlands, ils vivaient selon leurs propres règles et ne pliaient l'échine devant personne.

Deux étages plus bas, leurs chefs rencontraient les représentants du roi Robert – sir Robert Keith, le marshal d'Écosse, et le célèbre sir James Douglas. En cinq ans, le gardien avait beaucoup vieilli et il n'avait plus grand-chose d'un jeune homme ensoleillé…

Deux membres importants du clergé écossais complétaient la délégation royale : William Sinclair, évêque de Dunkeld et oncle du compagnon de Jessica, et David de Moray, l'évêque guerrier légendaire. Encore en tenue de combat, il ne ressemblait toujours pas à un prince de l'Église.

En face de ces quatre hommes, on trouvait Angus Og MacDonald, le nouveau (et autoproclamé) Seigneur des Îles, Fergus MacNeil, le seigneur de Barra, MacGregor de Glenorchy, chef du clan Alpine, et deux taciturnes petits chefs des îles Lewis et Uist dont Jessica n'était pas parvenue à retenir le nom. Cela dit, elle les soupçonnait fortement d'être apparentés aux McNeil…

Depuis trois jours, ces hommes occupaient le grand hall, dont ils avaient du coup expulsé la châtelaine. Fataliste, Jessica passait le plus clair de son temps dans ses quartiers avec ses dames, dont la jeune Marjorie, ou sur les remparts, quand les conditions climatiques lui permettaient de scruter le port.

Emmitouflée dans un somptueux manteau en fourrure de phoque, Jessica n'était pas agacée par la perte de son « domaine », mais au contraire ravie d'en avoir laissé l'usage à ses invités. Consciente de l'importance de ces négociations, elle leur fichait la paix, certaine qu'Hector et son équipe, tous venus avec elle de Nithsdale, ne les laisseraient mourir ni de faim ni de soif.

William, celui qu'elle se glorifiait d'appeler « son homme », s'occupait d'une autre réunion, très différente, qui se tenait à Brodick. Là-bas aussi, les galères devaient se presser dans la baie de Lamlash, non loin d'Eilean Molaise, l'île sainte.

Dans quatre jours, à Brodick, se tiendrait le dernier chapitre général des chevaliers et des sergents du Temple en Écosse. Sans se cacher ou incognito, des frères devaient déjà accourir des quatre coins du royaume de Robert Bruce. La réunion terminée, la communauté d'Arran se séparerait, certains frères partant en quête du nouveau monde tandis que d'autres, préférant servir le roi Robert, gagneraient les centres communaux établis les mois précédents partout dans le royaume. Peu nombreux, ces centres avaient au moins le mérite d'exister et de couvrir presque tout le territoire.

Les mots « maison de l'ordre » ou « commanderie » étant bannis, on les appellerait des « loges ». En pratique, ces lieux, comme leurs prédécesseurs, serviraient de points de ralliement et de refuges aux frères désireux de ne pas rompre avec la tradition et seraient officieusement reconnus par le roi Robert. Leurs résidents, impossibles à distinguer des hommes normaux, continueraient à agir comme des Templiers, mais en respectant un secret plus strict que jamais. À l'abri des regards, ils perpétueraient leurs traditions et leurs rites, transmettant les symboles et les arcanes de leur ordre, jadis tout-puissant, à de jeunes hommes qui reprendraient plus tard le flambeau.

Bien entendu, Robert Bruce, pour autoriser les Templiers écossais à assister au chapitre, avait imposé certaines conditions dont William, comme d'habitude, avait débattu avec Jessica. Conscient des ressources que William avait su se constituer sur Arran, le roi était particulièrement intéressé par le cheptel d'équidés du Temple. Dans son royaume, on trouvait moins de quarante destriers, ces chevaux de guerre géants qui contribuaient largement à la puissance de la chevalerie anglaise ou française. En conséquence, la valeur de ces magnifiques montures dépassait l'imagination.

La cavalerie écossaise, elle, comptait à peine cinq cents têtes, uniquement des chevaux légers, parfaits pour les éclaireurs, les maraudeurs, les archers et les hommes d'épée – bref, idéaux pour les escarmouches, les diversions et les raids, mais d'une totale inefficacité face aux « monstres » caparaçonnés de la chevalerie anglaise.

Dans ces conditions, il semblait naturel que Robert jette un œil gourmand sur les destriers du Temple. Conscient des besoins du roi et des menaces qui pesaient sur son règne, William avait accepté de bon cœur de les céder à l'Écosse. D'autant plus, comme il l'avait fait remarquer à sa compagne, qu'il serait impossible de transporter ces animaux jusqu'à Merica.

Le dernier vaisseau huissier ayant été depuis beau temps modifié pour accueillir un autre genre de fret, il ne serait pas facile de transférer les destriers en Écosse, puisqu'on ne pouvait pas les faire traverser à la nage.

Après avoir écouté religieusement son homme, Jessica lui avait conseillé de faire sur-le-champ reconfigurer un ou deux anciens navires huissiers.

Dans la foulée, elle avait abordé la question des armures. À l'évidence, Robert prévoyait d'affecter les destriers à ses chevaliers, mais ceux-ci auraient-ils l'équipement requis pour tirer profit de leurs nouvelles et terribles montures ?

Seule une minorité en serait capable, avait affirmé Jessica. Trop pauvres pour se payer de pareils équidés, les chevaliers écossais combattant en Écosse, très logiquement, n'avaient jamais cherché à se procurer des armures complètes. Privilégiant la légèreté, ils optaient pour des hauberts, des cottes de mailles et des plastrons très éloignés des lourdes carapaces des chevaliers anglais.

Dans cet ordre d'idées, William savait-il combien de ses Templiers comptaient se mettre au service du roi plutôt que partir à l'aventure ?

Comme souvent, ces questions avaient pris le chevalier de court. Depuis des mois, il se concentrait sur la composition du groupe qui lèverait l'ancre pour le nouveau monde. Avec l'idée, bien entendu, de sélectionner les frères les plus compétents, intelligents et résistants.

Malgré le blocus anglais en mer du Nord, Bérenger, en juillet 1313, avait réussi à atteindre Gênes où il avait pu acheter deux longs coursiers neufs, en partie payés par le Temple avant la catastrophe, et deux bâtiments similaires dont la construction avait été interrompue faute d'acheteur. Tous les quatre, à l'en croire, seraient adaptés à l'expédition – et c'était mieux que ce qu'il avait espéré, en réalité.

L'amiral jurait que la nouvelle flotte arriverait à Arran autour de la mi-juin. En conséquence, William n'avait pas ménagé ses efforts afin d'être prêt à partir dans la foulée.

Au cœur de cette agitation, il avait fait une grosse erreur de calcul. Depuis plus de cinq ans, par rotation, des fantassins et des cavaliers de la communauté insulaire combattaient pour le roi Robert. En toute logique, le compagnon de Jessica avait tenu pour acquis qu'ils continueraient une fois réinstallés dans les loges.

Parmi ces hommes, les cavaliers, chevaliers comme sergents, avaient opté pour des chevaux légers et des équipements plus faciles à transporter sur les eaux.

C'était là que William avait omis un point important. Puisqu'ils allaient se « sédentariser », une majorité de ces guerriers – les chevaliers français en tout cas – désiraient récupérer leur destrier et leur armure complète. Du coup, les Templiers, en partant, allaient pouvoir offrir à l'Écosse de somptueux destriers *et* leurs cavaliers équipés de pied en cap.

D'abord chagriné d'être passé à côté d'une telle évidence, William avait eu l'élégance de reconnaître une nouvelle fois la valeur des analyses et des conseils de sa compagne. En chef pragmatique, il avait ordonné qu'on sorte des entrepôts les lourdes armures et tous les accessoires, puis qu'on les remette en état en vue de l'invasion anglaise.

Dès la fin du chapitre, le transfert des chevaux et du matériel commencerait, car il n'y avait plus de temps à perdre.

Si ça n'avait tenu qu'à elle, Jessica aurait été à Brodick pour préparer au voyage les vingt-cinq femmes qui y participeraient, mais son homme lui avait demandé de rester à Lochranza pour y jouer les châtelaines pendant la réunion des chefs. Une perte de temps, puisqu'elle n'avait servi strictement à rien. Mais pour une fois, elle s'était abstenue de protester.

Un soudain vacarme, au pied des remparts, attira son attention. En bas, les « fourmis » ne s'agitaient plus au hasard, se déplaçant au contraire avec une grande détermination. Cherchant à embarquer sur les galères, les guerriers essayaient de repérer la leur dans cette forêt de navires.

Entendant toussoter derrière elle, Jessica se retourna. La porte de la tour tenue par Hector, sir James Douglas baissa la tête pour la franchir puis sourit à son hôtesse.

— Sir James ? Un problème ? Vous avez besoin de quelque chose ?

Sir James salua Jessica avec sa coiffe à plume, un geste qu'elle associait plutôt à l'évêque guerrier, mais il ne se départit pas de son sourire.

— Non, baronne… Tout va bien, rassurez-vous. Nous en avons terminé, et il ne me manque rien, à part du temps. Quelques mois entre aujourd'hui et la semaine prochaine, si vous pouviez m'arranger ça…

— Je le ferais avec plaisir, si c'était dans mes cordes. Êtes-vous sur le départ ?

— Oui, à la marée montante, si nous pouvons embarquer et nous dégager des autres navires… Il faut jouer des coudes, dans le port…

Sir James vint lui aussi s'appuyer aux remparts. Un moment, il observa en silence l'activité de plus en plus frénétique des « fourmis ».

— Les MacNeil, là-bas, partiront les premiers, et ça dégagera l'embouchure du port. Dès que les rameurs auront la place de plonger leurs avirons dans l'eau, les autres galères suivront. Même si ça semble impossible, je veux bien parier que votre port sera vide dans une heure. Ces marins savent y faire, vous pouvez me croire.

Sir James recula d'un pas et s'inclina avec grâce.

— Baronne, je viens vous remercier au nom de tous ceux qui, ces derniers jours, ont envahi votre demeure. Grâce à votre hospitalité à la fois bienveillante et discrète, nous avons atteint tous nos objectifs. Les hommes des Îles et les Highlanders combattront aux côtés du roi quand l'Angleterre viendra frapper à notre porte sans y avoir été invitée. Cette nouvelle apaisera j'en suis sûr le cœur tourmenté de notre noble souverain. À condition que je voyage vite pour la lui annoncer, car il est déjà en route pour Stirling, où il réunira notre armée, comme il convient de le faire.

» Navré pour ma rudesse, mais je dois partir sur-le-champ. Les autres m'attendent.

— Allez-y, sir James, et que Dieu vous garde. Transmettez ma bénédiction et mes meilleurs vœux de succès au roi, et assurez-le que je veillerai sur sa nièce.

— Je n'y manquerai pas, baronne. Alors, adieu, ma chère…

Sir James salua de nouveau, la plume de sa coiffe balayant le sol, puis il se détourna et s'en fut. Dans l'escalier en colimaçon, l'écho de ses pas diminua très rapidement.

Pensive, Jessica fixa un long moment la porte qu'il venait de franchir. Au sujet de Marjorie, contrairement à ce qu'elle prévoyait à l'origine, elle n'avait pas joué franc-jeu avec le roi. Jusque-là, elle ne lui avait pas parlé de l'expédition, et rien ne garantissait qu'elle le ferait le moment voulu. Car tout dépendrait des événements à venir dans les semaines et les mois prochains. S'il lui semblait que Marjorie serait plus en sécurité à Merica, elle l'emmènerait sans l'ombre d'une hésitation.

Car l'invasion anglaise ne faisait plus de doute. Avec sa trêve idiote à Stirling, l'été précédent, Edward Bruce avait tendu la perche au Plantagenêt. Pas né de la dernière pluie, Édouard II avait mis ce répit à profit pour régler sa querelle avec les barons. Les fédérant à grand renfort de harangues chevaleresques, il avait habilement joué de leur cupidité pour les inciter à se jeter sur l'Écosse comme une horde de loups.

La dernière incertitude concernait la date de l'attaque – et encore, elle n'était pas difficile à deviner. La trêve arrivait à échéance le 24 juin, jour de la Saint-Jean.

L'Angleterre avait donc six semaines pour relever la garnison de Stirling ou « perdre » l'Écosse.

Édouard II avait commencé à unifier ses barons et ses comtes des mois plus tôt, juste avant Noël. Informé à temps, Robert Bruce avait décidé d'organiser à Lochranza une réunion de la plus haute importance entre les Écossais et les Gaëls. Si improbable que pût paraître une alliance avec ces gens, très chatouilleux dès qu'il s'agissait de leur indépendance, elle était incontournable. Car si l'Écosse tombait, les Îles et les Highlands ne tarderaient pas à la suivre.

Un concert de cris et de sonneries de cornes ramena Jessica au présent. Baissant les yeux, elle constata, non sans surprise, que le port se vidait très rapidement. En haute mer, des galères donnaient de la voile et des rames afin de filer aussi vite que possible vers leur lointaine destination.

Des vivats retentissant, Jessica plissa les yeux et vit que sir James et les trois autres délégués du roi embarquaient sur l'imposante galère que les Templiers prêtaient au roi depuis leur arrivée sur Arran.

Un très long moment, Jessica regarda sans vraiment le voir le lourd bâtiment qui s'éloignait des quais. Dans sa tête, une question tournait en boucle : qu'allait donc faire son William ? En principe, il comptait rester sur Arran et achever sa tâche, car les affaires de l'Écosse, affirmait-il, ne le concernaient pas. Bien entendu, il continuerait à soutenir Robert en lui envoyant des hommes, des chevaux et des armes. Mais sa loyauté allait d'abord aux frères bientôt en partance pour le nouveau monde.

Un mois plus tôt, Jessica avait cru à toutes ces nobles déclarations. Aujourd'hui, le doute la rongeait. Quand ses amis avaient besoin de lui, sir William Sinclair n'était pas du genre à leur tourner le dos. Or, au fil des ans, Robert et ses conseillers étaient devenus ses amis. Dans ces conditions, et à l'approche d'une invasion, Jessica aurait parié que son compagnon se sentait déchiré entre deux fidélités équivalentes et contradictoires.

Au bout du compte, il ferait le bon choix, elle en avait la certitude. Mais depuis son arrivée à Lochranza, l'inquiétude la tenait éveillée chaque soir. Après l'avoir attendu si longtemps, comment pouvait-elle supporter l'idée de perdre cet homme sur un champ de bataille ? Son sens de l'honneur et sa conscience, elle le savait, risquaient de l'inciter à jouer les héros plutôt qu'à s'occuper de ses propres affaires...

Elle sondait toujours la mer, bien enveloppée dans son manteau, quand elle sentit les mains de William se poser sur ses bras. Les reconnaissant d'instinct, elle se retourna et se jeta contre son compagnon. Comme d'habitude, il se raidit un instant face à une ardeur qui semblait toujours le surprendre, puis il y répondit avec autant de fougue et d'enthousiasme.

Trop vite, au goût de la jeune femme, il rompit leur étreinte et la fit tourner dans ses bras afin qu'elle regarde de nouveau la mer, le dos collé contre son torse. En un éclair, cependant, elle vit le visage tendu et le regard triste de son bien-aimé. Rien qui fût de bon augure, alors qu'il n'aurait en aucun cas dû être là.

—Ainsi, ils s'en vont..., souffla-t-il à l'oreille de Jessica. Les négociations ont abouti ?

Une question rhétorique, mais qui méritait néanmoins une réponse :

— Selon sir James, les Gaëls combattront avec le roi le moment venu.

— Je n'en ai jamais douté. Ils n'ont pas vraiment le choix.

Malgré le ton calme de son homme, Jessica se dégagea de son étreinte, le cœur serré d'angoisse.

— William, que se passe-t-il ? Pourquoi es-tu ici ?

— Je suis venu te voir, mon ange… T'admirer, te sentir contre moi, respirer ton parfum… et t'apporter quelques nouvelles.

— Pas des bonnes, j'en jurerais…

— On peut difficilement imaginer pire…

— Alors, viens, ce n'est pas l'endroit rêvé pour en parler.

Prenant William par la main, Jessica le guida dans l'étroit escalier, puis le long du couloir qui menait à leur chambre, un étage plus bas.

Assises devant la cheminée, Marie, Jeanette et Marjorie sursautèrent quand elles virent la baronne en compagnie de son époux. Sans agressivité, Jessica leur ordonna d'aller aider Hector et son équipe à nettoyer la grande salle, en bas, et de ne surtout pas revenir avant qu'elle les appelle.

Les trois femmes parties, elle caressa la joue hâve du chevalier.

— Je te voudrais tout de suite, dans ce lit, mais tu as plus besoin de parler que de m'aimer. Je le vois dans tes yeux…

Jessica désigna le fauteuil placé devant la cheminée.

— Assieds-toi et dis-moi tout. Quand tu auras fini, tu recommenceras, si terrible que ce soit, mais au lit, cette fois. À chaque occasion, j'écouterai attentivement, c'est juré. Puis je te donnerai mon avis.

William s'assit et Jessica prit place en face de lui.

— Je t'écoute, l'encouragea-t-elle.

Il sourit, conciliant, mais ne desserra pas les lèvres, le regard fuyant comme chaque fois qu'il cherchait ses mots.

Quand il fut enfin prêt, il cligna des yeux, comme s'il se réveillait, puis posa une main sur le pommeau de la dague accrochée à sa ceinture.

— Je viens d'avoir des nouvelles de France, dit-il d'une voix blanche. Après sept ans de captivité, Jacques de Molay est mort. Aujourd'hui, il aurait eu soixante-douze ou soixante-treize ans… Un vieil homme digne détruit par sept ans de persécution et de violence.

» Le pape a envoyé trois cardinaux le juger de nouveau, ainsi que ses trois derniers compagnons, mais il n'a pas reconnu leur autorité. En accord avec le serment prêté dans sa jeunesse, il entendait parler au Saint-Père et à lui seul. De nouveau en mauvais termes avec Philippe le Bel, Clément V est resté à Avignon. Du coup, Jacques de Molay a une nouvelle fois retiré ses aveux. Une confession extorquée par la torture, a-t-il affirmé, tout en dénonçant le roi de France pour ce qu'il est, à savoir un escroc et un voleur…

William soupira à pierre fendre.

— Philippe Capet était à Paris, et il a réagi sans tarder. Le soir même, le grand maître est mort sur le bûcher, sur une île de la Seine, près de Notre-Dame. On était le 18 mars 1314. Antoine de Saint-Omer, un vieil ami à moi, a assisté à l'exécution. Notre grand maître, rapporte-t-il, est mort dignement après avoir proclamé son innocence et celle de l'ordre – et non sans lancer une malédiction contre le roi et le pape coupables de sa mort.

Jessica se leva, approcha de son mari, serra sa tête contre son ventre et ne dit rien jusqu'à ce qu'il la repousse doucement.

— Ainsi, c'est arrivé, Jessica… L'ultime reniement du pape envers un grand homme qui l'a toujours servi. Et le dernier coup porté par un roi qu'il aurait refusé d'honorer.

» Le grand maître n'est pas mort seul. Le précepteur de Normandie, Geoffroy de Charnay, était à ses côtés. Et Jacques de Molay n'a pas succombé en silence non plus, donnant rendez-vous au roi et au pape devant le seul juge qui compte – Dieu – et ce dans moins d'un an. Je tiens ça de Saint-Omer, et il n'est pas homme à mentir sur de tels sujets.

— William, je suis navrée, vraiment... Les frères, à Brodick, comment ont-ils pris la nouvelle ?

— Personne ne sait, pour l'instant... Ces terribles événements n'auraient pas pu tomber plus mal. J'ai décidé d'attendre un peu pour les rendre publics...

— Je vois... Que va-t-il se passer, à présent ?

— Que veux-tu qu'il se passe, Jessica ? Très vite, je vais devoir tout dire aux frères rassemblés en chapitre. Désormais, je suis le grand maître de l'ordre – avec rien à diriger, mais c'est ainsi. Avant tout, je devrai nommer un maître d'Écosse pour qu'il guide les frères qui resteront ici. Ça te paraît aussi futile qu'à moi, comme préoccupation ?

— Silence, William... Allons, viens avec moi.

Lui prenant la main, Jessica guida son homme... jusqu'au lit.

Alors que William dormait à côté d'elle, Jessica réfléchit à ce qu'il devait faire et arriva vite à une conclusion. Une décision très grave qu'elle aurait volontiers rejetée, n'était son caractère incontournable – et tant pis si ça risquait de détruire sa vie.

Elle s'assit dans le lit, se tourna et secoua William pour le réveiller. Ouvrant les yeux, il se rembrunit, gêné de s'être tourné sur le côté et endormi comme une masse après leur étreinte.

Jessica lui sourit et laissa courir un index sur la ligne de petits poils très doux qui courait du haut de sa poitrine jusqu'à son ombilic. Puis elle lui flanqua une tape sur le ventre avant de lui ordonner de se lever et de s'habiller.

Quand ce fut fait, il alla se rasseoir devant le feu et elle se lova dans le fauteuil placé en face du sien.

— Et les Anglais ? As-tu des nouvelles sur ce front-là ?

— Oui. Édouard II a convoqué huit comtes et quatre-vingt-sept barons à Berwick, avec tous leurs hommes. Il a parlé du 10 juin, mais plus de deux mille cinq cents chevaliers, avec destrier et armure complète, sont sur place depuis le mois de mars – chacun accompagné par deux ou trois cavaliers légers. Depuis mars, Jessica, avec deux mois d'avance ! Les corbeaux anglais sont avides de chair écossaise, tu peux me croire…

» Le même mois, une lettre de l'archevêque Lamberton, extraite illégalement de son lieu de détention, en Angleterre, indiquait que le Plantagenêt avait revu ses ambitions à la hausse. Quinze mille fantassins en provenance du Nord et des Midlands, et trois mille archers gallois ! Pour l'intendance, il a réquisitionné plus de deux cents chariots. Quand j'ai quitté Brodick, il y a quatre jours, sir James m'a confié qu'il y aurait déjà plus de vingt mille hommes à Berwick. Tous armés jusqu'aux dents et assoiffés de sang et de pillage.

— Vingt mille ?

— Oui, ma chérie, tu as bien entendu. Vingt mille. Dans toute l'Écosse de Bruce, même en recrutant chaque homme capable de tenir debout, il y a moins de dix mille combattants – et probablement pas plus de cinq mille.

Les deux époux regardèrent un moment les flammes, puis Jessica brisa le silence :

— Tu veux un avis ?

— Sur un sujet pareil, tu aurais ton mot à dire ? Eh bien, je t'écoute, puisque tu m'as toujours bien conseillé.

— Et je ne manquerai pas à cette habitude, William, parce que je t'aime plus que la vie elle-même. Sinon, crois-moi, je choisirais de me taire.

Jessica baissa les yeux sur ses mains, qui tordaient nerveusement le devant de sa robe.

— J'ai longuement réfléchi, et je crois savoir ce que tu devrais faire – non, ce que tu *dois* faire ! Alors, écoute-moi bien, et grave mes paroles dans ta mémoire, parce que je risque de changer d'avis et d'essayer de te convaincre que j'avais tort. Mais j'ai raison, et à cette heure, j'en mettrais ma main au feu.

2

Le grand hall de Brodick – ou « maison capitulaire », comme l'appelaient à présent les frères – débordait d'hommes serrés les uns contre les autres, y compris sur les dalles blanches et noires du carré de cérémonie, au centre de la salle. Délimitées par des cordes et formant une croix, deux ailes seulement donnaient accès aux quatre rostres, situés aux points cardinaux, sur lesquels reposaient les sièges rituels.

Plus grand que les autres, le rostre oriental soutenait le fauteuil du grand maître. L'assemblée entière y faisait face, car il était la clé de tout.

Les rites secrets des moines chevaliers avaient été accomplis – au cœur de la nuit, comme l'imposait la Règle – et les sergents, alors que pointait l'aube, venaient de rejoindre leurs supérieurs pour assister à la partie moins formelle des cérémonies.

Une extrême gravité dominait dans les rangs, car chaque homme ici savait qu'il s'agissait de l'ultime réunion des survivants de l'ordre réfugiés sur Arran. Le dernier chapitre de l'île, et peut-être bien de l'histoire.

Les prochaines réunions seraient secrètes, une nécessité vitale. Du coup, la mélancolie faisait trembler la voix des frères qui chantaient tous ensemble les canons de l'ordre.

Encore dans ses quartiers, à l'étage, sir William observait le spectacle derrière une fenêtre voilée par un rideau. Quand les chants cesseraient, ce serait à lui d'entrer en scène. Sans jamais perdre de vue les conseils de Jessica, il avait préparé cet événement avec un soin tout particulier. Un jour, cela dit, il faudrait qu'il comprenne comment sa femme, censée ne rien connaître de ce cérémonial, avait pu le guider avec une telle pertinence. Sans être informée de l'objet du chapitre, elle avait anticipé l'état d'esprit des participants et accordé toute son attention à des détails dont il n'aurait même pas eu conscience.

Quand le chant en fut au passage qu'il guettait – au fil des ans, il l'avait entendu des milliers de fois –, le grand maître de l'ordre tourna la tête vers les hommes alignés sur sa droite et leur fit signe de se mettre en mouvement. Quand ce fut fait, il les regarda avancer vers l'escalier qui conduisait au pied du mur est du grand hall.

Tous vêtus d'une longue tunique de laine blanche, les quatre hommes arboraient l'emblème – un bijou – de leur charge. Chacun à leur tour, ils toquèrent à la porte et attendirent que l'homme posté derrière leur ouvre. Ensuite, chacun murmura un mot de passe que le garde était le seul à pouvoir entendre.

Une fois dehors, le dernier homme referma la porte.

Ses quatre compagnons, sir William les avait regardés durant tout le rituel, le cœur gonflé d'amour et d'admiration pour eux.

Richard de Montrichard, précepteur depuis leur arrivée, était sorti le premier. Il occuperait le fauteuil du nord, et aucun frère présent n'aurait songé à lui contester ce privilège. Tout au long du séjour sur Arran, il avait joué à merveille son rôle de précepteur. À ce propos, sir William rougissait de honte dès que ses doutes du début lui revenaient à l'esprit. À son poste, Montrichard s'était épanoui, développant une sereine autorité qui en imposait à chacun sur Arran.

Le fauteuil du sud serait occupé par le capitaine de galère Antoine de L'Armentière – au nom de l'amiral de Bérenger, toujours pas revenu de Gênes.

Le fauteuil de l'ouest avait bizarrement deux prétendants. D'abord le plus évident, à savoir l'évêque Formadieu, puis sire Renaud de Pairaud, l'ancien Sanglier du Temple devenu un vieil homme plein de sagesse après de brillantes années de service sur Arran, où il avait, contre toute attente, activement contribué à la métamorphose de l'ordre.

Un an plus tôt, dépité de ne pas avoir pu empêcher l'Église de détruire et de dépouiller le Temple, Formadieu s'était déclaré inapte à occuper le fauteuil de l'ouest. Alors que personne ne le lui demandait, puisque nul ne l'accusait si peu que ce fût du désastre de 1307, il n'avait rien voulu entendre. À contrecœur, sir William avait accepté sa « démission », à condition qu'il reste présent sur le rostre, derrière son remplaçant.

L'honneur douteux de choisir ce dernier revenant à sir William, il avait opté pour Pairaud.

S'arrachant à sa rêverie, sir William se souvint que c'était à son tour d'aller toquer à la porte, puis de donner le mot de passe et de demander la permission de se joindre au chapitre.

D'un coup d'œil, il inspecta sa tenue puis vérifia la présence du sac de cuir noir calé au creux de son bras. Enfin prêt, il approcha de la porte, frappa, attendit qu'on ouvre puis souffla le mot de passe à l'oreille du garde. Quand l'homme lui fit signe d'avancer, il alla rejoindre ses compagnons sur le palier où ils l'attendaient, toujours rangés par ordre de préséance.

En bas, la dernière note du chant collectif venait de retentir. Sans perdre une seconde, sir William fit signe à ses quatre amis en tunique blanche.

Pour sa part, vêtu de noir de pied en cap, il portait la bure toute simple d'un frère mendiant. Mieux taillée qu'un modèle lambda, peut-être, mais dépourvue d'ornement et serrée à la taille par une ceinture de lin noire qui ne payait pas de mine.

Quand Montrichard et les autres se furent mis en marche, il tira sur la lanière de son sac pour le remonter sur son épaule, puis il leur emboîta le pas. Comme toujours, dès que les frères l'aperçurent, un silence parfait s'instaura dans la salle.

Après une courte pause au pied des marches, le chevalier se dirigea vers le rostre de l'est, à moins de trois pas de là, et gravit une petite volée de marches.

Quand il fut assis, les quatre autres officiants se placèrent au centre des deux ailes en forme de croix. Là, L'Armentière obliqua vers la gauche et Montrichard vers la droite. Le sud et le nord, tout simplement…

D'un pas décidé, Pairaud et Formadieu gagnèrent leur rostre commun.

Quand les quatre hommes furent en position, sir William se leva, balaya l'assemblée du regard et eut l'impression que tous les hommes, devant lui, retenaient leur souffle en l'attente de ses propos.

Après avoir compté lentement jusqu'à dix, il posa son sac sur une petite table et l'ouvrit. Puis il leva les yeux et commença son discours, forçant pour que sa voix soit audible partout dans la salle.

— Frères, nous sommes ici pour marquer d'une pierre blanche un événement qu'aucun d'entre nous n'aurait imaginé il y a sept ans, quand nous avons quitté La Rochelle à la hâte.

» Depuis, nous nous sommes reconstruits une vie sur Arran, tout en luttant pour continuer à respecter la Règle de notre ordre. Inlassables, nous avons perpétué les rites et préservé les rituels en rêvant au jour que nous espérions voir se lever. Celui de notre retour en France, notre honneur et celui de l'ordre rétablis, après l'abandon des charges mensongères traîtreusement retenues contre nous. Comme une digne confrérie, nous avons entretenu l'espoir, et l'année dernière, nos frères d'Écosse, venus nous rejoindre, ont grossi nos rangs et renforcé notre détermination.

» Hélas, au fil de ces années, les nouvelles venues de France, de plus en plus mauvaises, ont sonné le glas de nos espérances. Aujourd'hui, celles-ci sont mortes, mais nous vivons encore...

Sir William marqua une pause pour que ses propos se gravent dans les esprits. Voyant partout des frères hocher sombrement la tête, il enchaîna :

— Parce que nous vivions, justement, nous avons changé – une obligation, dans un monde qui se transformait lui aussi...

» Récemment, j'ai appris une nouvelle qui scelle définitivement notre sort d'éternels exilés.

Dans le silence qui suivit, sir William chercha à croiser le regard du plus de frères possible. Chez tous, il lut de l'angoisse et une extrême tension.

— Le 18 mars, notre cher grand maître, Jacques de Molay, est mort sur le bûcher à Paris. Ce meurtre, car il ne s'agit de rien d'autre, a été perpétré en public et sur ordre de Philippe Capet. Ainsi, une monstruosité est devenue une occasion de festoyer.

On eût dit qu'un cyclone venait de balayer la salle, ébranlant jusqu'aux hommes les plus forts. Sans leur laisser le temps de se reprendre, sir William répéta aux frères le récit qu'il tenait d'Antoine de Saint-Omer – sans rien omettre et en mentionnant le défi – très proche d'une malédiction – lancé par le grand maître au roi de France et au pape. Une comparution devant Dieu, tous ensemble, et dans moins d'un an…

— À présent, dit-il quand il eut terminé, vous savez tout. Ailleurs qu'en Écosse, le Temple n'existe plus. Avec notre grand maître, il est mort tout comme l'honneur, la justice et la noblesse en notre beau pays de France.

» En vertu de ce que le grand maître a écrit de sa main, je suis désormais son successeur – le chef du peu qu'il reste, pour dire les choses crûment.

» Mais que reste-il exactement ? Que peut-il subsister après de telles injustices et de si grandes infamies ? Eh bien, frères, ce qui demeure est ici, dans notre maison capitulaire. C'est notre détermination, notre honneur et notre idéal. Épargnée par la cupidité et l'envie, c'est la volonté de rester fidèles à la mission qui reste la nôtre – et à la solidarité qui continue à nous unir. Ce bien précieux, mes amis, même une Église corrompue ne saurait nous l'arracher. Et en le préservant, nous honorons la mémoire de nos frères tombés sous les coups de l'Inquisition.

» Aux yeux du monde, notre ordre est mort, mais nous savons tous que c'est faux. Tant que l'un d'entre nous survivra, le Temple ne périra pas. Désormais, c'est ma plus grande responsabilité : protéger et développer le peu qu'il reste. Pour ça, nous devrons changer, nous adapter et nous réformer. C'est déjà fait, me direz-vous ? Oui, mais pas suffisamment…

» Bientôt, nous aurons totalement disparu aux yeux du commun des mortels. Devenus des spectres, nous continuerons à tenir nos cérémonies, à accomplir nos rituels, à nourrir notre foi et à partager l'existence de frères égaux en toutes choses sous l'œil du Tout-Puissant.

» Nos objectifs, nous les poursuivrons en secret, notre véritable identité scellée à tous. Aujourd'hui, voilà ce que je vous promets : quoi qu'il arrive, nous survivrons, et un jour, l'ordre renaîtra de ses cendres ici même, en Écosse, afin d'honorer la mémoire du dernier *véritable* grand maître du Temple, mort sur une île de la Seine, en mars 1314.

» Dans ce contexte, il me semble adapté que nous chantions, lors de notre ultime chapitre, la *Prose des Morts* en l'honneur et la mémoire d'un très grand homme.

Sur le rostre de l'ouest, l'évêque Formadieu avança et commença à chanter le requiem. Dès qu'il eut achevé la première phrase, des centaines de voix se joignirent à lui avec une ferveur et une solennité que sir William ne se souvenait pas d'avoir jamais entendues.

Transfiguré, tous les poils de sa nuque hérissés, il écouta sans éprouver le besoin de se mêler à la liturgie.

Depuis toujours, il s'efforçait de ne pas gâcher la beauté des chants en y joignant ses vocalises de piètre qualité. Les yeux mi-clos, il se remémora le défunt tel qu'il l'avait vu pour la dernière fois, troublé par de terribles avertissements mais toujours digne et serein. Au souvenir de l'hésitation du grand maître à agir face à ce qui semblait un pur délire, il mesura à quel point un passage du requiem était adapté au destin du grand Jacques de Molay.

Quand les maudits, couverts de honte
Seront voués au feu rongeur
Appelle-moi parmi les bénis.
En m'inclinant je te supplie,
Le cœur broyé comme la cendre,
Prends soin de mes derniers moments.

Quand le chant approcha de sa fin, sir William tira vers lui le sac de cuir et posa les mains dessus.

— Même sans cette atroce nouvelle, nous n'aurions pas eu grand-chose à célébrer en ce jour. Pourtant, il ne doit surtout pas s'achever sur une note de désespoir. Peu d'entre vous, je pense, ont eu la chance de rencontrer Jacques de Molay, car il vivait le plus souvent loin de France, au-delà des mers, œuvrant sans relâche pour le bien de notre ordre. Mais ici, aucun frère n'ignore la vénération qu'il inspirait à ceux qui l'ont connu. Chevalier hors pair, son destin était de mourir au combat – son combat –, ultime nom sur la liste des vingt-trois grands maîtres qui se sont succédé au fil de deux siècles.

» D'Hugues de Payns, en 1118, à Jacques de Molay, ce sont cent quatre-vingt-seize ans de loyauté et de dévotion qu'un roi vénal a foulés aux pieds. Ta « beauté », Philippe le Bel, est de celle qu'on oublie vite, parce qu'elle cache une abominable laideur !

» Mais oublions ce pantin indigne de notre colère. Tout au long de cette journée, frères, tandis que vous exécuterez des tâches essentielles, songez avec amour à Jacques de Molay.

» Mais avant de mettre un terme à ce chapitre, il me reste à vous dire des choses personnelles... Ne craignez rien, je ne vous retiendrai pas longtemps, même si c'est d'une importance capitale...

Dévisageant les frères, sir William remarqua une fois de plus qu'il y avait très peu d'hommes encore jeunes parmi eux.

— Quand nous nous séparerons, ce sera pour nous lancer dans notre grande migration. Les chevaux, les armes, les équipements, les vivres et toutes vos possessions – pour ceux qui en ont – sont déjà sur les quais, et nos navires en attendent le transfert à leur bord. Tous, vous savez ce qu'il vous reste à faire, mais je voudrais apporter quelques précisions, si vous en êtes d'accord.

» À notre arrivée sur Arran, nous étions des fugitifs sidérés par le cyclone qui venait de frapper notre ordre. Désorientés et incrédules, incapables de savoir que faire, nous attendions, aveugles et sourds, la bonne parole qui nous ramènerait en France, dans un monde redevenu tel que nous l'avions connu. Après tout, cette affaire ne pouvait être qu'un terrible malentendu...

» Hélas, la bonne parole n'est jamais venue, et il fallut nous rendre à l'évidence...

» Pourtant, sur cette île, nous avons connu la paix, protégés du désastre grâce à la bienveillance du roi Robert et de ses plus proches conseillers. Comme il se devait, nous l'avons soutenu en échange, mettant à son service nos moyens pourtant limités. Quand mes compagnons et moi serons partis, demain, les frères qui s'installeront en Écosse, dans ce que nous nommons les loges, continueront pour la plupart à aider ce roi qui a tant besoin d'amitié et qui leur en a tellement prodigué en des temps de disette.

Sir William tapa du poing dans sa paume gauche.

— Aujourd'hui, le roi d'Écosse doit relever le plus grand défi de son règne. Car l'Angleterre est résolue à le détruire, et tous ses partisans avec lui. Ce n'est pas nouveau, je sais, puisque l'Angleterre cherche à écraser l'Écosse depuis des décennies. Mais jusque-là, ses efforts sont restés vains.

» La prochaine invasion se profile, j'imagine que vous le savez. En revanche, je doute que vous ayez conscience de son exceptionnelle gravité.

» Édouard II a rassemblé plus de deux mille cinq cents chevaliers à Berwick. Oui, vous avez bien entendu : deux mille cinq cents chevaliers, tous épaulés par deux ou trois cavaliers légers. Et j'évoque à peine les quinze mille fantassins et quelque quatre mille archers. Des centaines de chariots chargés d'équipement et de vivres n'attendent qu'un mot du roi pour partir vers le nord. Le long de la côte, sa flotte vogue vers l'embouchure du Forth, où elle attendra ses forces avec d'autres réserves de vivres et d'équipements.

» En résumé, plus de vingt mille hommes se préparent à déferler sur l'Écosse. Le roi Robert prévoit de les affronter près de Stirling, la partie la plus étroite de leur voie d'invasion et le seul endroit, peut-être, où il sera possible de les arrêter. Mais ne nous voilons pas la face. L'armée du roi, grossie par ceux d'entre vous qui ont choisi de rester, aura une chance sur cinq de l'emporter – et encore, c'est peut-être optimiste.

Ouvrant le sac de cuir, sir William en sortit le pendentif qui marquait son appartenance au conseil de gouvernance du Temple. Le tenant par sa lourde chaîne aux maillons d'argent, il montra à tous le motif en émail représentant un œil ouvert au-dessus d'une pyramide.

— Ce symbole, mes amis, je l'ai retiré de mon cou cette nuit, au cours du chapitre, et je ne le porterai plus jamais, renonçant à mon rôle et à mon grade de chevalier commandant du conseil. À ce jour, ledit conseil n'existe plus, et nous sommes trop peu nombreux pour qu'il soit utile d'en créer un nouveau.

» Dès à présent, ce n'est plus un chef qui vous parle, mais sir William Sinclair, un de vos frères, égal parmi des égaux. Avec l'aide de mes conseillers, j'ai fait ce qu'il fallait, préparant l'indispensable dispersion de notre communauté. En ce jour, tout est en place et nous devons nous en féliciter.

» Certes, mais en tant qu'homme, j'avoue être loin de me réjouir ! Pour tout dire, je suis même révulsé. Extérieurement, nous ne sommes plus reconnaissables. Et depuis sept ans, nous acceptons sans broncher tout le mal qu'on nous fait. Doux comme des agneaux, nous avons tendu l'autre joue, encaissant des humiliations infligées par les hommes que nous étions si fiers de servir. Vous voulez une confidence ? J'en ai assez de tout ça !

» La fierté est un péché, prétendent nos maîtres. En même temps, bouffis d'arrogance et d'orgueil, ils nous ont dépouillés de tout ce qui faisait de nous des hommes et des moines dignes de ce nom. Alors, si la fierté est un péché, je préfère mourir impie plutôt que vivre dans la honte.

Pendant que sir William glissait de nouveau une main dans son sac, des murmures coururent dans les rangs, résonnant plus fort que le tonnerre en une salle en principe consacrée au silence. Ignorant cet accroc à la tradition, sir William déplia un carré de tissu et le brandit au-dessus de sa tête.

— Très peu d'entre vous, je parie, savent de quoi il s'agit. Mais n'ayez crainte, je vais vous le dire…

» Ce simple carré, une moitié noire en haut et une blanche en bas, c'est le premier étendard du Temple, bien avant l'adoption de la croix pattée. Au tout début, c'était sous cet étendard que défilaient nos anciens.

» Savez-vous ce qu'il représente ? Le choix et le changement qui vont avec l'adhésion à notre confrérie, rien de plus ni de moins. Le noir de l'ancienne ignorance remplacé par le blanc de la lumière. Ce carré de tissu, mes amis, incarne tout ce que nous fûmes et illustre les progrès qu'un homme accomplit en assumant les responsabilités liées à la confrérie.

» Du noir au blanc, de l'ignorance à la connaissance, du désespoir à l'espérance et de l'ignominie à l'honneur. Un étendard très simple, mais qui en dit plus long que tout ce que nous pourrions déclamer.

Sir William baissa les bras et contempla un moment l'étendard. Puis il le montra de nouveau aux frères.

— Je tiens cette relique des mains de Jacques de Molay. La dernière de l'histoire, remise par l'ultime géant du Temple. Il me l'a donnée lors de notre rencontre à Paris, il y a sept ans. Selon ses vœux, je ne m'en suis jamais séparé…

» Regardez-la bien, car vous risquez de ne plus jamais la revoir. Moi, je vais l'emporter à Stirling, où elle battra au vent près de celle du roi Robert. Et c'est le Templier qui sera là-bas, mes amis, avec toutes ses armes, et combattant sous ses vraies couleurs – le blanc de la connaissance et la croix pattée noire symbole de la gloire du Temple. Car j'en ai assez de me cacher. Assez de marcher la tête basse. Le roi d'Écosse a décidé de jouer le tout pour le tout, et j'ai résolu d'être à ses côtés – un défi lancé au pape, à l'Église et au roi de France.

Les vivats retentirent avant même que sir William ait fini sa tirade. Quand ce fut fait, il attendit, brandissant toujours l'étendard.

— Viendrez-vous avec moi ? demanda-t-il lorsque le silence fut revenu.

Cette fois, des rugissements d'enthousiasme retentirent. Se tournant les uns vers les autres, les frères se tapèrent dans les mains ou sur l'épaule.

Souriant, sir William attendit qu'ils se calment et le regardent de nouveau.

— Dans ce cas, qu'il en soit ainsi ! Mais écoutez-moi bien. Je ne veux pas de croix rouge, car il ne s'agit pas d'une campagne en Terre sainte.

Baissant les bras, sir William replia l'étendard puis le posa sur son épaule gauche.

— Nous chevaucherons comme des sergents et des chevaliers du Temple. En noir et en blanc, pour notre dernière charge. Sous notre véritable identité, le cœur plein de fierté, et avec le plus profond mépris pour tous ceux qui nous ont trahis et bafoués. Les chevaliers porteront leur manteau blanc et leur armure noire. Quant aux sergents, ils arboreront une croix pattée blanche sur leur surcot noir. Pour les boucliers et le caparaçon des chevaux, ce sera le même principe : croix pattée blanche sur fond noir. Les deux entrepôts, derrière cette salle, renferment tout ce qu'il vous faudra, y compris de la peinture blanche et de la noire.

Observant les frères, sir William vit qu'ils piaffaient d'impatience, comme des chiens de chasse tirant sur leur laisse.

En répondant aux rares questions, il prit conscience que le chapitre s'était transformé en un conseil de campagne.

La planification n'était pas bien compliquée. On était à la fin de la troisième semaine de mai, et il restait un mois avant la Saint-Jean. En revanche, le plan original n'avait plus de raisons d'être. Au lieu de partir rejoindre le roi par petits groupes anonymes, les Templiers allaient se déplacer comme une puissante troupe comptant des chevaliers en armure complète et des cavaliers légers. Après des années d'inaction, il convenait de consacrer une quinzaine de jours à l'exercice, afin que les hommes retrouvent leurs automatismes. Au début de la deuxième semaine de juin, sous les ordres du vice-amiral de L'Armentière, les différentes unités quitteraient Arran pour débarquer en terre d'Écosse. En deux jours, elles iraient de l'estuaire de la Clyde jusqu'à Dumbarton, où elles débarqueraient avant de faire route vers l'est – direction Stirling, à quelque dix lieues de distance, mais sans se faire repérer par d'éventuelles forces anglaises.

Deux jours en mer et quatre sur terre – largement de quoi avoir rejoint Robert avant l'arrivée des Anglais.

Après avoir répondu à la dernière question, sir William leva les mains.

— Frères, c'est décidé, et qu'il en soit ainsi ! La dernière charge des Templiers, en l'honneur de la gloire passée de leur ordre ! Et nous nous ferons voir pour ce que nous sommes, prêts à soutenir le seul souverain qui a su nous témoigner de la compassion et nous traiter dignement. J'ai nommé Robert Bruce, roi d'Écosse !

» Et si nous mourons, quelle importance ? Notre ordre n'existe plus, et nous, nous aurons chevauché de la mort vers la mort. Allons, il est temps de filer vous préparer.

Sir William avait parlé en français. Quand il se tut, une unique voix, son propriétaire impossible à repérer dans la foule, répéta en cadence quelques mots de sa tirade :

— De la mort vers la mort ! De la mort vers la mort !

Cette étrange antienne fut reprise par d'autres frères – tant et si bien qu'ils furent bientôt unanimes à crier :

— De la mort vers la mort ! De la mort vers la mort !

— Qu'il en soit ainsi ! lança sir William.

Se détournant, il descendit du rostre et gagna l'escalier sans se retourner. Dans son dos, des bruits de pas lui indiquèrent que les frères se dispersaient, comme il le leur avait ordonné.

Troublé, le chevalier se demanda à quoi il venait d'assister au juste. Ou plutôt, qu'est-ce qu'il venait de provoquer ? La naissance d'une légende qu'on se raconterait au coin du feu pour les siècles des siècles ? Le récit de l'intervention héroïque d'un groupe de chevaliers inconnus au moment où l'Écosse en avait le plus besoin ? L'apparition, comme dans une tragédie grecque, d'un *deus ex machina* capable de transformer en triomphe la défaite annoncée de Robert Bruce ?

Dans l'escalier menant à ses quartiers, il passa à des préoccupations moins élevées, bien qu'importantes. Que ressentirait-il en portant de nouveau son armure, après si longtemps ?

Eh bien, il verrait le moment venu… En attendant, il allait de ce pas charger Tam de lui ramener Jessica, toujours « affectée » à Lochranza.

Épilogue

1

Trônant sur son immense butte rocheuse, le château dominait la grande plaine où le Forth, à grand renfort de lacets, traversait le vaste et dangereux marais connu sous le nom de Déversoir de Stirling.

Par une nuit de pleine lune, les gardes, sur les remparts du fief, auraient sans doute pu distinguer les sombres contours de la lointaine forêt de Tor. Sachant que s'étendaient autour et au-delà de la forêt les berges encore éventrées de la petite rivière Bannock, ils auraient aussi pu, en mobilisant leur imagination, réveiller le souvenir du chaos qui s'était déchaîné quelques mois plus tôt, lors de la surprenante victoire du roi Robert sur les envahisseurs anglais, pourtant très supérieurs en nombre.

Ces gardes, comme tous les hommes en Écosse, auraient pu penser à la bataille pour la énième fois, puis évoquer ses péripéties en détail. Enfin, comme toujours depuis la Saint-Jean 1314, ils se seraient réjouis du miracle tout en continuant à avoir du mal à y croire.

Sur les berges de la rivière, ce jour-là, qui aurait donné une chance aux piquiers écossais – les fameux *schiltrons*, utilisés pour la première fois par William Wallace lors de la bataille de Falkirk – d'arrêter la charge massive de la cavalerie lourde anglaise ?

Ce même jour, le roi Robert en personne, défié en duel par un noble ennemi, était passé près de la mort, y échappant au dernier moment grâce à son art du combat et à la puissance du coup de hache qui avait presque coupé en deux son adversaire.

Toujours plongés dans le passé, ces gardes se seraient souvenus de l'apparition surprenante de renforts – une charge de cavalerie lourde lancée depuis l'ouest par des Templiers. Oui, des chevaliers du Temple, mais en plus grand nombre que jamais sur la terre d'Écosse, où ils avaient toujours été plutôt rares.

Inversant l'équilibre des forces, cet assaut avait plongé dans la panique les chevaliers et les fantassins anglais. Dans leur frénésie de fuir face à ce qu'ils prenaient peut-être pour des spectres, ces hommes s'étaient piétinés entre eux avant que les survivants, en quête d'un refuge, s'enfoncent dans le marécage qui s'étendait entre la rivière Bannock et les berges du Forth.

Là, ils s'étaient noyés par milliers dans la boue, une fin peu glorieuse qui avait laissé la victoire à Robert Bruce et à ses braves.

Ce triomphe remontait au 24 juin, des mois plus tôt. À l'époque, les feux de la victoire semblaient promis à brûler jusqu'à la fin des temps au cœur de l'âme des Écossais.

Par cette triste nuit, il n'y avait rien pour réchauffer le cœur des gardes. Tremblant sous les assauts de l'hiver, ils restaient hermétiques à toute forme d'exaltation guerrière.

En outre, sous un ciel plombé, un épais brouillard interdisait d'y voir à plus de trois pas. Battus par la pluie et cinglés par le vent, les pauvres soldats rasaient les remparts pour se protéger.

Alors qu'ils ne sondaient rien du tout, faute de visibilité, ces hommes rêvaient au moment où ils pourraient retourner à l'intérieur, retirer leur manteau trempé et s'isoler pour la nuit du vent et de la pluie qui déferlaient du Firth du Forth et, au-delà, de la mer du Nord.

À l'abri des épais murs de pierre du fief, en revanche, nul n'était informé – ni ne se souciait – des aléas du climat. Bien au contraire, il régnait dans le château une atmosphère insouciante et joyeuse comme on n'en avait jamais connu de mémoire de serviteur.

Partout, des torches illuminaient les entrées, les couloirs et les cages d'escalier. Dans les immenses salles, au premier niveau, on y voyait comme en plein jour grâce aux myriades de torches, aux multitudes de bougies et aux innombrables flambées qui crépitaient dans les cheminées.

Dans leurs plus beaux atours – et sans qu'on puisse apercevoir l'ombre d'un plastron –, des gens allaient et venaient partout au son omniprésent de la musique. Qu'il s'agisse de marches militaires ou de pièces plus légères, ces morceaux composaient une atmosphère de fête même dans les endroits où retentissaient des sons plus discordants.

Parmi ces endroits, justement, on comptait le couloir qui menait d'une enfilade d'antichambres aux portes de chêne cloutées de fer du Hall du Roi, la plus grande salle du château, célèbre pour la sophistication de ses ornements.

Ce couloir, sir William le remontait pour aller chercher Jessica dans une des antichambres réservées aux dames – ou plus précisément, à leurs enfants, leurs nourrices et leurs servantes.

Un harpiste jouait dans cette pièce, couvrant les pleurs des bébés. Mais dès que le Templier et sa compagne furent sortis, les accords de harpe disparurent, noyés sous les assauts des airs gaéliques qui sourdaient des portes entrouvertes du grand hall.

Seuls dans le couloir, William et Jessica marchaient d'un bon pas. Comme souvent, le chevalier avait passé un bras protecteur autour de la taille de sa bien-aimée, et il faillit le retirer, presque coupable, quand les grandes portes s'ouvrirent, laissant se déverser un raz-de-marée de musique stridente.

Très surpris, William s'immobilisa et, d'instinct, prit le bras de Jessica pour la tirer derrière lui, dos contre le mur. Face à l'inattendu, les mesures de sécurité ne faisaient jamais de mal…

Derrière un grand type vêtu de jaune et de violet, une bande de Gaëls en tenue multicolore crachaient leurs poumons dans les cornemuses qui symbolisaient si bien leur antique et fort traditionnel mode de vie.

Incapable de voir au-delà du premier rang, William n'aurait su dire combien de joyeux lurons s'étaient ainsi massés en procession. En joyeuse farandole, plutôt, car des rires et des cris d'encouragement montaient de toutes parts.

Le type de tête se mit à danser sur place. Levant très haut le genou droit, il tapa sur le sol de l'autre pied – une façon de donner le *tempo*, alors que l'étrange orchestre changeait de morceau.

Après avoir frappé six fois le sol, l'homme avança, les joues gonflées afin de pouvoir continuer à souffler dans son instrument. À une vitesse folle, ses doigts volaient sur les trous du long tuyau qui permettait de produire les notes de sa mélodie. Quand il passa devant William et Jessica, le chevalier eut la surprise de découvrir que les hommes qui le suivaient jouaient le même air et respectaient à la perfection le *tempo*.

Au passage, William compta vingt hommes derrière le grand type en jaune et violet. Vingt musiciens, plus précisément, car une foule bigarrée suivait l'orchestre ambulant, criant, riant ou sifflant d'abondance.

Quand on n'entendit plus le son des cornemuses, Jessica sourit à son homme.

— Malgré mes efforts, les Français n'ont jamais voulu croire que les cornemuses sont des instruments de musique… Mais qui sont ces hommes ? À l'évidence, ils ont l'habitude de jouer ensemble. Mes gardes, en France, n'auraient jamais pu faire ça.

William sourit et baissa la voix afin qu'aucune oreille indiscrète ne l'entende.

— Tes gardes avaient d'autres préoccupations, ma chérie… Cela dit, tu as raison. Je n'aurais pas cru ça possible : vingt joueurs de cornemuse, le même morceau, et pas de fausses notes ! Si on m'avait dit que j'entendrais ça un jour… Sais-tu que les Romains, à ce qu'on raconte, utilisaient des instruments très semblables, quoique plus petits ? C'était pour stimuler les soldats, pendant les longues marches. Du coup, ils devaient eux aussi savoir jouer à l'unisson, sinon, tu imagines la pagaille ?

Le dos bien droit, William sonda la foule, autour de lui, et reconnut fort peu de monde.

— C'étaient tous des MacDonald, cela dit… En tête, j'ai reconnu Calum MacDonald de Skye. Ce type suit Angus Og comme son ombre, donc je suppose que notre Seigneur des Îles est à l'intérieur avec le roi.

William prit la main de Jessica et la posa sur son avant-bras.

— Nous entrons, mon épouse ?

Comme c'était devenu habituel, lady Jessica Sinclair chercha en vain sur les traits de son mari une lointaine ressemblance avec le Templier grognon et intolérant rencontré à La Rochelle, la veille d'un désastre. Le William Sinclair qui lui donnait le bras, toujours aussi grand et imposant, portait aujourd'hui une tunique et un pantalon serré dans le plus pur style français – une tenue taillée dans du velours bleu par sa noble épouse en personne. Avec ses épaules rembourrées qui flattaient la carrure déjà imposante du chevalier, la tunique, devant comme derrière, jetait mille feux grâce aux têtes de clou d'argent cousues sur des losanges de satin très légèrement plus foncé que le velours. Par-dessus, William arborait une magnifique cape bleu ciel en soie que Jessica, des années plus tôt, avait achetée à un marchand parti s'approvisionner en Asie, d'où il était revenu avec les plus magnifiques tissus dont on puisse rêver.

Encore vêtue de la robe de soie bleu foncé dans laquelle elle s'était mariée le jour même, Jessica savait qu'elle ne détonnait pas aux côtés de son époux. Raffinement suprême, la dentelle française qui ornait les poignets et le décolleté du modèle était identique à celle du voile qu'arborait la jeune épousée.

Hautement conscient de la présence de sa bien-aimée, William avait toujours quelque peine à croire qu'elle était désormais sa femme légitime selon les rites de la sainte Église. Que de chemin parcouru, depuis ce sinistre soir, à La Rochelle…

Posant sa main libre sur celle de sa compagne, le chevalier avança et la foule s'écarta. Remarquant des regards intrigués, sir William ne s'en inquiéta pas. Pour l'essentiel, ces gens le dévisageaient parce qu'ils ne savaient rien de lui, sauf qu'il était sorti de nulle part pour devenir en un clin d'œil un ami du roi Robert estimé au point de s'être marié au château de Stirling en présence du souverain.

Sur le seuil, William et Jessica s'immobilisèrent et sondèrent la salle bondée de gens. Délimité par des cordes, un chemin menait de l'entrée au fond du hall, où il s'interrompait devant les quelques marches d'une estrade.

Plissant les yeux, les deux jeunes mariés reconnurent l'imposante silhouette de Robert Ier, roi d'Écosse par la grâce de Dieu. Autour de lui, mais à une distance respectable, une petite armée de serviteurs guettaient son moindre caprice.

Plus loin derrière, des hérauts attendaient, trompettes entre les mains.

Depuis la bataille de Bannockburn et jusqu'au mariage, quelques heures plus tôt, William n'avait pas revu le souverain. À l'époque, alors qu'il avait des milliers de décisions à prendre après sa miraculeuse victoire, Robert avait juste eu le temps de lui serrer la main, d'esquisser un sourire et de prononcer de brefs remerciements – complétés par la promesse d'une rencontre plus étoffée, en des heures plus calmes.

Quatre mois après, alors que se tenait à Stirling le premier événement purement ludique et joyeux de son règne, Robert fêtait le retour de son épouse, Elizabeth, récemment libérée après huit ans de captivité dans les geôles anglaises. Selon Jessica, la reine avait survécu uniquement grâce à son arbre généalogique. Alors que son mari Robert, aux yeux d'Édouard II, n'était qu'un traître et un chien galeux – une façon de voir les choses qui avait coûté la vie aux frères du roi –, elle était la fille de Richard de Burgh, comte d'Ulster, un des nobles les plus influents du royaume – et le plus ancien et plus loyal ami du roi d'Angleterre, pour ne rien gâter.

Vêtue d'une robe vert foncé scintillant de fil d'or et de perles, la reine rousse se tenait très légèrement derrière son mari.

Le primat d'Écosse, l'archevêque Lamberton, était placé immédiatement sur la gauche du roi. À ses côtés, William reconnut deux visages familiers : David de Moray et Angus Og MacDonald. En revanche, sir James Douglas brillait par son absence, tout comme sir Thomas Randolph.

Toujours hésitant, William serra plus fort la main de Jessica, puis il se décida à avancer – une fraction de seconde avant de voir que le roi, un bras levé, lui faisait signe de rester où il était.

S'immobilisant, le chevalier sentit la main de sa femme se refermer sur son avant-bras. Aussi surprise que lui, elle se demandait si les sourcils froncés du souverain étaient un message à leur intention.

Après s'être brièvement consultés du regard, les deux époux rivèrent de nouveau les yeux sur l'estrade, où il y avait du mouvement. Alors que les compagnons du roi s'écartaient un peu, deux serviteurs venaient d'avancer, tenant entre eux le manteau royal – un lourd vêtement richement orné qui symbolisait l'importance du souverain et lui ajoutait une étrange aura.

Au niveau du sol, constata William, la plupart des partisans du roi n'avaient rien remarqué et ils ne virent pas non plus qu'il écartait les bras pour enfiler le vêtement orné d'un lion rampant écarlate et or sur fond d'or. De loin, le superbe animal, brodé avec des fils épais d'une infinité de nuances de rouge et de jaune, finissait par avoir l'air d'être entièrement composé de métal.

Jusque-là indifférente, la foule se tut lorsque les hérauts avancèrent, levèrent leur trompette et la portèrent à leurs lèvres.

Au terme d'une sonnerie martiale, ils reculèrent, leur mission accomplie. Dans un parfait silence, tous les regards se braquèrent sur l'estrade où le roi, dans son manteau d'apparat, sa main serrant celle de la reine, balayait du regard ses sujets. Entouré par les hommes les plus puissants de son royaume, il leva la main droite, entraînant dans les airs celle de sa femme.

— Mes amis, écoutez-moi et notez bien ce que je vous dis… Aujourd'hui, le royaume est en fête, et c'est la première fois depuis mon accession au trône, en ces temps lointains où j'ai résolu de bouter les Anglais hors d'un bien triste pays. Mais ce soir, toute tristesse est oubliée, car nous sommes libres !

Des vivats retentirent.

Pour les faire taire, Robert leva de nouveau la main.

— Oui, libres, en paix et unis ! Rassemblés pour remercier Dieu et nous féliciter les uns les autres d'avoir su puiser au plus profond de nous-mêmes une mystérieuse force. Une force, vous le savez, que nous avons utilisée *puissamment* pour purifier nos terres de la peste anglaise et mettre un terme au calvaire d'une occupation étrangère.

Quelqu'un siffla puis commença à applaudir. S'avisant que le roi n'avait pas terminé, l'involontaire trublion se calma instantanément.

— Cette puissance, à savoir la détermination combinée de toute la nation écossaise, représentée ici par vous tous, nobles, hommes de robe, notables et gens du peuple, a rendu possible cette fête et celles qui suivront au fil des années.

» Ce soir, ajoutant la grâce de Dieu à notre liesse, notre reine est ici, ainsi que ma très chère fille Marjory, cloîtrée des années durant dans un couvent anglais à cause des péchés de son père. Nous avons aussi la joie de compter parmi nous les prélats de Saint Andrews et de Glasgow, des amis loyaux s'il en fut, eux aussi récemment libérés...

Cette fois, Robert ne tenta pas d'endiguer les cris de joie et les applaudissements. La reine, l'archevêque Lamberton et quelques hommes que William ne connaissait pas sourirent à la foule pour la remercier de sa ferveur et de sa fidélité.

Dès que le joyeux vacarme diminua, Robert leva de nouveau la main puis parla d'un ton plus intime :

— Ce soir, nous avons autre chose à fêter, mes amis. Un événement qui s'est déjà produit, mais qui appelle des prolongements. Comme certains d'entre vous le savent, cet après-midi, nous avons célébré un mariage. Une union prévue depuis longtemps et qui aurait dû se dérouler très loin d'ici, jusqu'à ce que je demande aux futurs époux, des amis très proches – donc de loyaux soutiens du royaume d'Écosse –, de la différer et de nous rejoindre à Stirling pour que nous partagions leur bonheur et leur joie.

William sentit la main de Jessica serrer de nouveau son bras.

Célébré par l'archevêque Lamberton, avec pour officiants les évêques William Sinclair de Dunkeld et David de Moray – pour une fois en grande tenue de prélats –, le mariage était resté une cérémonie privée et discrète. De très prestigieux hommes d'Église, certes, mais une assistance réduite. Quelques proches du nouveau couple, le roi Robert, la reine Elizabeth et un cercle d'intimes du souverain, dont sir James Douglas, l'auguste Nicholas Balmyle et Angus Og MacDonald, le Seigneur des Îles.

William serra tendrement la main de Jessica. À son grand soulagement, il venait d'entrevoir la raison du comportement de Robert. Car devant lui, les gens regardaient à droite et à gauche pour repérer le nouveau couple. Mais aucun n'eut l'idée de se retourner pour sonder l'entrée du hall.

— Il y a des années, continua Robert, alors que je venais d'être couronné, j'ai dû m'enfuir dans les collines après la triste bataille de Methven. Alors que nous vivions les pires moments de notre combat pour la liberté, une femme venue de France m'a fait don d'une fortune pour que je la mette au service de l'Écosse. Un merveilleux cadeau digne d'un miracle, car nos coffres, à l'époque, ne contenaient plus l'ombre d'une pièce. Grâce à cette manne, nous avons pu survivre à ces années noires et en émerger plus forts que jamais. (Le roi leva un index.) Ici, peu d'entre vous la connaissent, mais c'est la mariée dont je parlais, et elle mérite votre gratitude et tous vos vœux de bonheur.

La foule se dissipant un peu, Robert leva la main pour demander le silence.

— Placé aussi haut qu'elle dans notre estime, l'homme qu'elle aime est aujourd'hui devenu son mari sous les bienveillants auspices de notre cher archevêque. Pour vous, ce jeune marié est lui aussi un inconnu. Pourtant, et vous pouvez me croire sur parole, il compte parmi les plus grands héros de la bataille de Bannockburn. Car c'est lui qui mena la charge surprise de cavalerie lourde qui fit croire aux Anglais qu'une seconde armée écossaise les attaquait, les plongeant ainsi dans la panique.

Robert attendit que les exclamations et les vivats se taisent, puis il continua sur un ton hypnotique :

— Sans ce héros et ses braves – l'intervention à point nommée d'une nouvelle armée qui n'en était pas vraiment une – nous aurions sans doute été vaincus à Bannockburn.

» Mais grâce à cet homme, l'espoir a changé de camp. Cette déroute, les Anglais ne l'oublieront pas de sitôt, car ils ont dû repartir la queue entre les jambes, leur fichue chevalerie en travers du gosier, et en nous laissant assez de prisonniers pour que la rançon nous permette de vivre en paix – avec abondance de nourriture et toutes les armes requises – durant les prochaines années.

» Venu de France mais écossais d'origine, ce chevalier porte le même nom que son oncle, l'évêque de Dunkeld William Sinclair.

Après un silence des plus théâtraux, Robert fit signe à William et à Jessica d'approcher, puis il lança d'une voix puissante :

— Amis, joignez-vous à moi pour saluer ce couple promis à un bonheur sans fin – sir William et lady Jessica Sinclair de Roslin.

Dans un tonnerre d'applaudissements, de plus en plus de gens se retournèrent, comprenant que les deux époux arrivaient par le chemin délimité.

Quand les ongles de sa femme s'enfoncèrent dans le creux de son coude, William repensa à tous les grands moments vécus depuis son adoubement. Même en cherchant bien, il n'en trouva aucun où il s'était senti à la fois si fier et si reconnaissant.

2

Des heures plus tard, après une soirée trop riche et foisonnante pour qu'il en garde des souvenirs précis – à part sa joie d'y participer en tant qu'homme marié, une grande première –, William se laissa tomber dans un fauteuil devant la cheminée d'un joli petit salon où le roi l'avait invité en même temps que ses plus proches amis.

Ici, pas de libations, car on était à l'évidence censé débattre de sujets capitaux. Avec ses dames de compagnie, la reine s'était promptement retirée, et Jessica l'avait imitée – non sans planter les ongles dans le poignet de son mari en lui soufflant qu'il pouvait converser tout son soûl avec le roi, à condition de ne pas oublier que c'était leur nuit de noces, et qu'elle l'attendrait *avidement* dans leur chambre.

Sur la droite de William, Robert contemplait les flammes, le menton appuyé sur un poing. Sur sa gauche, sir James Douglas et sir Thomas Randolph discutaient à voix basse. Sur l'autre flanc du roi, Lamberton, Angus Og et un second chef gaël – un McNeil, semblait-il – évoquaient avec une grande solennité l'éventualité de créer un archevêché des Îles.

Trop vieux pour veiller, Nicholas Balmyle s'était excusé depuis longtemps. Dunkeld et Moray, les deux autres évêques, accomplissaient quelque mystérieuse mission pour le roi.

— William, dit soudain Robert, depuis ce fameux jour, je me demande comment vous avez fait pour tomber à pic comme ça.

— Tomber à pic ? répéta le chevalier avec un sourire.

Face à Robert Bruce, rencontré sur Arran alors qu'il se faisait passer pour un simple chevalier, le Templier s'était toujours senti à l'aise. Ça n'était pas différent ce soir, même si le Robert Bruce d'aujourd'hui était pour bien des gens une légende. En privé, il restait semblable au jeune homme courtois mais incisif de ce temps-là.

— Eh bien, Majesté, ce n'est pas à moi que revient...

— Majesté ? Depuis notre rencontre, vous ne m'avez plus donné du « sire » ou du « Majesté ». Quelle mouche vous pique ?

Surpris, le Templier hésita.

— Je... c'était... Pardonnez-moi, Votre Grâce. Par le passé, je ne pouvais pas m'adresser ainsi à vous. Comme vous le savez, c'était une partie intégrante de mes vœux de Templier. Aujourd'hui, l'ordre n'existe plus et je suis libre de faire allégeance à qui je veux.

— Et vous me demandez pardon ? William Sinclair, il n'y a rien à pardonner... Donc, si j'ai bien compris, vous me jurez fidélité de votre propre gré.

— Oui, seigneur, et de bon cœur !

— J'accepte votre loyauté, même si elle m'a toujours paru acquise. Soudain, il me vient à l'esprit que vous feriez un excellent baron de Roslin. Lamberton, qu'en dites-vous ? En récompense de ses services, notre ami ne mérite-t-il pas une baronnie ?

Interrompu en pleine phrase, l'archevêque se pencha en avant et tourna la tête vers William.

— Si on en juge par sa réaction, je dirais volontiers que non...

Intrigué, le roi se tourna de nouveau vers le Templier.

— Eh bien, mon ami, qu'est-ce qui ne va pas ? Vous êtes blanc comme un linge. Vous ai-je offensé ?

Au prix d'un gros effort, William parvint à secouer la tête. Incapable de parler, il fit signe au roi de patienter. Au lieu de se mettre en colère, Robert eut un sourire incrédule.

— Que vous arrive-t-il ?

— Excusez-moi, sire, mais votre offre m'a coupé le souffle. L'ennui, c'est que je n'ai aucune envie d'être baron. Ce titre, si vous maintenez la proposition, devrait revenir à mon neveu, le jeune Henry Sinclair.

Le roi éclata de rire, se tapant du poing sur le genou.

— Vous refuseriez une baronnie et l'offririez à un autre ? Qui est cet homme d'exception, et pourquoi n'ai-je pas l'honneur de le connaître ?

— Vous le connaissez, Votre Grâce. Henry est mon écuyer.

— Celui qui a été blessé ? C'est un gamin ! Et on n'offre pas une baronnie à un écuyer, mon vieux...

— Je sais, mais la baronnie de Roslin lui revient, selon la loi du sang. Bientôt, il sera adoubé, et il le mérite amplement.

— Dans ce cas, je l'adouberai en personne, sur votre recommandation. Venez me voir avec lui demain, que nous arrangions ça. Cela dit, il est bien trop jeune pour faire un baron.

— J'en ai conscience, mais il grandira vite. Le garçon qui part avec moi en quête du nouveau monde vous reviendra un jour assez mûr pour être digne de tous les honneurs.

— Ainsi, vous avez vraiment l'intention de partir à la recherche d'une terre de légende ?

— De légende, sire ? Non, elle existe bel et bien. Et j'entends la trouver, avec votre permission.

— Même si vous me seriez utile ici, vous l'avez... Mais comment comptez-vous faire ? Il vous faut des navires.

— Nous les avons... Quatre bateaux construits à Gênes.

— Et votre femme ? La laisserez-vous en arrière ?

— Oui, mais seulement le jour de ma mort ! Jessica m'accompagnera, avec un peu plus de vingt autres femmes mariées à mes hommes.

— Je vois… Et dans le lot, il y aura ma nièce, Marjorie… Ce matin, elle s'est jetée à mes pieds pour me supplier de la laisser partir avec votre femme. Qu'en pensez-vous ?

Toute légèreté oubliée, William plissa le front.

— Plaît-il, Votre Grâce ? Je n'étais pas informé de sa démarche. En plusieurs occasions, j'ai prié Jessica de ne pas nourrir cette enfant de faux espoirs. Toutes les deux, elles sont comme mère et fille, mais Marjorie est une princesse du royaume, ce qui implique des devoirs. J'en reparlerai dès ce soir avec ma femme.

— Sûrement pas ! Il n'y a rien de pire qu'une dispute durant la nuit de noces. En conséquence, je vous ordonne de ne pas aborder ce sujet. Ai-je été bien clair ?

— Limpide, sire…

— Parfait.

Robert se pencha en avant et baissa le ton :

— Nous avons déjà une princesse Marjory, William. Ma fille, comme vous le savez. La pauvre a traversé des épreuves qui auraient mis à mal la raison d'un homme mûr. Alors, celle d'une jeune fille ! Les Anglais l'ont confinée six ans dans un couvent, coupée du monde et de toute compassion à un âge où elle était à peine assez grande pour comprendre ce qu'on me reprochait. Nos ennemis l'ont punie parce qu'elle était ma fille, et ils ne sont pas passés loin de briser son esprit. Aujourd'hui, elle ne parle presque pas – jamais une syllabe pour moi depuis son retour. Selon Elizabeth, elle se remettra avec le temps, si nous nous montrons tendres et patients.

» Si monseigneur Lamberton est optimiste, comme la reine, il craint que la présence d'une autre Marjory Bruce – du même âge mais épanouie et appréciée de tous – puisse contrarier sa guérison. Notez bien le « puisse », mon ami… Me suivez-vous ?

— Oui, Votre Grâce…

— Alors, répondez à cette question : savez-vous pourquoi vous êtes le seul à qui je peux parler ainsi ?

— Ainsi ? Désolé, sire, mais je ne vois pas…

— Avec mon cœur, pardi ! Eh bien, c'est parce que vous êtes l'unique ami qui n'attend rien de moi… Pas d'avancement, de récompense, de prébendes, de recommandation ou de faveur… Et surtout, vous ne me remplissez jamais les oreilles de considérations politiques, d'affaires d'État ou de sermons sur mes fichus devoirs de roi. Vous ne voulez rien de moi, William Sinclair, et ça vous rend unique à mes yeux – et singulièrement précieux.

» Un nouveau monde, dites-vous… Une vie inédite dans un univers inconnu… Et votre femme ira avec vous… C'est admirable et fichtrement courageux… Mais vous m'avez parlé du retour de votre écuyer. Reviendra-t-il donc un jour ?

Se demandant où le roi voulait en venir, William acquiesça.

— Très certainement, Votre Grâce. Si tout se passe bien, nous vous enverrons des émissaires… et de discrets recruteurs.

— Et vous n'avez pas peur pour votre femme ?

Le chevalier sourit.

— Pas plus que si nous restions ici… Les rivages inconnus se révèlent parfois dangereux, mais ceux qu'on connaît ne sont pas sans risques non plus. Jessica a traversé des temps troublés et elle a eu son lot de danger. Là-bas, notre vie ne sera peut-être pas facile, mais elle promet d'être différente et excitante. De plus, ma femme et moi, nous veillerons l'un sur l'autre comme nous l'aurions fait ici. Être ensemble, c'est la seule chose qui compte vraiment.

— Dans ces conditions, si vous emmenez ma nièce, pouvez-vous promettre de me la renvoyer un jour ?

Sous le regard du roi, William riva les yeux sur les flammes. Un moment, les deux hommes restèrent silencieux, comme réfugiés sur un îlot de quiétude dans l'océan des conversations.

La question, apparemment facile, avait des ramifications qui donnaient le tournis.

— Je n'ai pas de réponse simple, Votre Grâce.

— Alors, oubliez « Ma Grâce » et répondez-moi comme un ami. Oui ou non ?

— Nous serons ravis qu'elle vienne, Jessica encore plus que moi, mais... je ne peux pas jurer de la renvoyer. Pour commencer, elle n'est déjà plus une enfant. Quand nous serons installés, et en mesure de la « renvoyer », elle sera devenue une femme avec l'esprit et la volonté d'une adulte. Si je m'engageais, qu'arriverait-il le jour prévu pour son retour, si elle avait envie de rester ? N'oubliez pas que nous serons dans un univers nouveau où les us et coutumes de la chrétienté n'auront pas cours...

— Je vois... Si elle part, vous la protégerez comme votre propre fille ?

— Bien entendu, et avec joie ! Mais c'est tout ce que je promettrai. Elle peut tomber malade ou...

— Devenir une femme de tête, j'ai compris... Et s'il en est ainsi, pourrez-vous lui proposer un mari digne de son rang ?

Malgré la gravité du débat, William s'autorisa un sourire.

— Là-bas, il n'y aura peut-être pas de « rang » au sens où vous l'entendez... Elle sera comme notre fille et partagera nos éventuels privilèges, c'est tout ce que je peux dire. Pour le mari, ne vous en faites pas. Selon Jessica, notre jeune Henry donnerait sans hésiter sa vie pour elle. C'est une passion de gamin, je vous l'accorde, mais il deviendra bientôt un homme – et un chevalier adoubé par vos soins. En toute franchise, je n'ai que du bien à dire de lui. Ce sera un noble et grand chevalier…

Pensif, le roi se pinça la lèvre inférieure entre le pouce et l'index. Au bout d'un moment, il souffla :

— Qu'il en soit ainsi, alors. Vous avez ma confiance, ma foi et mon amitié. Je dirai à Marjorie qu'elle peut partir, et si vous n'y voyez pas d'inconvénients, je confierai sa tutelle aux époux Sinclair… (Robert releva un peu la voix.) Vous alliez me dire comment vous avez planifié votre charge, à Bannockburn. Parlez enfin et expliquez-moi pourquoi ma question vous a fait sourire…

Déconcerté par le brusque changement de sujet, William s'avisa soudain que quelqu'un se tenait derrière lui. Son oncle et homonyme, l'évêque de Dunkeld, venait d'arriver, et le roi lui fit signe de s'asseoir avec eux.

Du coup, William se lança sans y mettre les formes.

— J'ai souri du mot que vous avez choisi, Votre Grâce. Si nous sommes « tombés à pic », en effet, c'était purement… par hasard. Je n'avais rien calculé du tout.

Perplexe, le roi consulta du regard l'évêque de Dunkeld.

— Sans blague ? Développez un peu, si ça ne vous dérange pas.

Conscient que tout le monde écoutait, William haussa les épaules.

— Nous aurions dû être là plus tôt, mais nous avons été retardés. C'est aussi simple que ça.

— Retardés par qui ?

— Les Anglais, bien sûr… En chemin, nous sommes tombés sur des fantassins. Dans les six cents, commandés par des chevaliers montés. Au sommet d'une colline, nous les avons soudain découverts, sur le flanc opposé.

— Vous n'aviez pas d'éclaireurs ?

— Bien sûr que si, mais ils n'avaient rien vu… Les Anglais avançaient dans un étroit défilé très encaissé, ce qui explique leur erreur…

— Donc, vous avez dû combattre… et vaincre. Après, j'espère que vous avez dit un mot ou deux à vos éclaireurs.

— Non, Votre Grâce. Tous les deux sont morts dans la bataille. Cinq hommes perdus, dont ceux-là. Mais nous avons écrasé nos adversaires, traquant les survivants jusqu'à ce qu'ils ne puissent plus se regrouper.

— Et les chevaliers qui les commandaient ?

— Quatre tués sur cinq, Votre Grâce. Le dernier a fui dans la direction d'où nous venions. Un combat facile, tout compte fait, mais qui nous a coûté près d'une demi-journée.

— Pour avoir empêché six cents Anglais de nous prendre à revers par l'ouest, c'est un prix raisonnable… Combien étiez-vous ?

— Quarante chevaliers et une soixantaine de cavaliers légers…

Au fond de la pièce, une porte s'ouvrit pour laisser entrer l'évêque de Moray, un document au poing. Après avoir marmonné des excuses, il tendit le parchemin à Lamberton.

L'archevêque s'excusa entre ses dents, se leva et suivit son évêque dans le coin le plus éloigné de la salle, où ils parlèrent à voix basse.

— Donc, si je récapitule, dit Robert, ça nous faisait cent hommes contre six cents.

— Cent *Templiers*, seigneur. Une très bonne cote, en réalité.

— Exact, oui… Mais je m'intéresse surtout à la charge de Bannockburn. D'où venait cette armée ? Je connais ces gens, mais comment les avez-vous recrutés ?

Le sourire de William s'élargit.

— Dans votre campement, Majesté. C'étaient des conducteurs de chariot, des palefreniers, des garçons d'écurie, des cuisiniers, des mitrons et même des femmes. De vrais braves, vous pouvez me croire. Au début, ils nous ont pris pour des Anglais, et ils se seraient battus pour protéger vos arrières. Sans une chance de survivre, naturellement…

» Quand nous nous sommes présentés comme des Templiers venus vous aider, ils nous ont appris que la bataille avait déjà commencé de l'autre côté de la colline qui les abritait – le long de la route de Stirling et dans la vallée de Bannockburn. En entendant ça, un de mes hommes, Tam Sinclair – un lointain parent –, a eu une idée géniale. Pourquoi ne pas faire passer ces gens pour des guerriers, comme ils en avaient eu l'intention face à nous ?

» Les organisant à la hâte en bataillon, nous avons pris des étendards à vous dans un chariot, puis nous avons ordonné aux « recrues » de marcher derrière nous quand nous dévalerions la colline de Coxet.

— Oui, votre arrivée n'est pas passée inaperçue. Un hasard peut-être, mais le plus heureux qui ait jamais existé. Cette charge soudaine d'une armée de Templiers – alors qu'il ne devrait plus y en avoir en Écosse – a fait l'effet de… Comment Lamberton a-t-il exprimé ça ? Un assaut d'anges exterminateurs, je crois… Et c'est bien de ça qu'il s'agissait. Une intervention divine…

» Le moral regonflé, mes hommes s'en sont donné à cœur joie. Alors que les Anglais n'étaient déjà pas au mieux, pataugeant dans ce marécage meurtrier, l'arrivée de renforts les a achevés. Brisés, ils se sont débandés…

» Demain, quand vous viendrez avec votre écuyer, amenez aussi Tam Sinclair. On dirait que le royaume doit beaucoup à sa vivacité d'esprit. Devenir chevalier lui conviendrait-il ?

— Lui convenir ? Seigneur, Tam est avec moi depuis que je suis gamin, et il a tout d'un chevalier, à part le titre. Hélas, il n'est pas de noble naissance.

— Quelle importance, de nos jours ? William Wallace devait son titre à ses mérites, pas à ses parents. Pourquoi ne pas faire de même avec votre homme ? S'il a eu l'idée d'enrôler les civils du camp, il est digne d'être adoubé. A-t-il également décidé de partir avec vous ?

Perplexe, William songea à l'effet qu'aurait cette promotion sur son vieil ami si modeste.

— Oui, il viendra, répondit-il, conscient de s'adresser à toute l'assemblée. Et deux cents autres frères avec lui. Mais si je peux en dire un mot, Votre Grâce, il n'y a aucun doute dans nos esprits au sujet de cette aventure. La terre existe, c'est une certitude. L'amiral de Saint-Valéry l'a trouvée, que Dieu ait son âme, et des messagers sont venus nous en avertir.

» Contrairement à la première expédition, quand nous arriverons, des amis nous accueilleront. Une fois installés, nous vous tiendrons au courant, comme promis. C'est là que le jeune Henry Sinclair, mon émissaire, reviendra vers vous, acceptera une baronnie, puis préparera une troisième expédition, encore plus importante.

Le roi posa les mains sur son visage et contempla les flammes à travers les espaces entre ses doigts.

— Eh bien, qu'il en soit ainsi. De toute façon, je ne peux rien faire pour vous retenir. Vos hommes sont tous des Français... Quand partirez-vous ?

— Dès la fin des tempêtes d'hiver, seigneur. En avril ou en mai...

— Serez-vous prêts si tôt ?

— Nous le sommes déjà.

— William, vous devriez accepter le titre de baron... Là-bas, il y a des habitants... Donc, ils doivent avoir des rois.

— Non, Votre Grâce. Pas à la connaissance de mes hommes, en tout cas...

Robert Bruce regarda William avec une étrange lassitude.

— Mon ami, vous étiez un Templier... Dire des choses pareilles est indigne de vous. Partout où des hommes se rassemblent, il y a des rois et des envieux qui voudraient le devenir. C'est dans la nature humaine. Nous *engendrons* des rois, quel que soit le nom qu'on leur donne. Alors, soyez très prudent dans votre nouveau monde. Quel est son nom, déjà ?

— Merica...

— Merica, oui... Un nom étrange qui paraît antique plutôt que nouveau. (Robert s'étira péniblement.) Une longue journée... et celle de vos épousailles, en plus de tout. Vous devriez être au lit, votre bien-aimée entre vos bras. Moi, aussi, car la mienne m'attend sans doute. Hélas, si vous pouvez partir, j'ai encore du pain sur la planche... William Sinclair, je vous souhaite une bonne nuit... et beaucoup de succès. (Robert tendit la main à son ami.) Hasard ou pas, ce royaume vous doit une fière chandelle. Retirez-vous, à présent. Nous parlerons demain.

— Votre Grâce, si je peux me permettre ? demanda monseigneur Lamberton. William, j'ai une dernière chose à te dire au sujet de ta charge héroïque.

William secoua la tête.

— Inutile de vous fatiguer, monseigneur, car je sais de quoi il s'agit. Cette charge, à Bannockburn, était une ultime et orgueilleuse affirmation de ce que nous fûmes avant la catastrophe. Vu le contexte actuel, ça implique que l'Écosse nie avec la plus ferme énergie l'implication des Templiers dans cette bataille.

L'archevêque sourit.

— Que vas-tu chercher là ? On ne niera rien du tout. Comment le pourrions-nous ? Nos soldats ne sont pas aveugles, et tous vous ont vus, ce jour-là. En conséquence, nous ne nierons rien, mais il se peut, pour un temps, que nous omettions votre présence dans nos rapports. Par exemple en affirmant que la charge de la colline de Coxet fut le fait exclusif des civils du camp. Omettre, tu le comprendras, est beaucoup moins brutal que nier…

» En réalité, je voulais te rassurer et te consoler un peu, mon ami… Après ton départ, les hommes que tu laisseras en arrière n'auront à craindre ni la misère ni les persécutions, parce que l'Écosse a une trop grande dette envers eux. Chez nous, ils continueront, en secret, à célébrer leurs rituels et à vivre selon leurs lois. C'est le primat d'Écosse qui te le garantit.

» Au fait, tu auras bien avec toi des représentants de la sainte Église ?

William soutint le regard de l'archevêque et acquiesça, soudain tendu.

— Oui, monseigneur… Nos évêques et nos clercs seront du voyage afin de veiller sur nos âmes et apporter la parole de Dieu aux habitants du nouveau monde.

Même par omission, William détesta devoir mentir au prélat. Mais comment lui dire que la « Parole de Dieu » qu'il comptait exporter ne serait pas celle de l'Église catholique ? Les religieux auxquels il faisait allusion étaient tous membres de l'ordre de Sion, et sur leur terre promise, la Vérité serait celle que prêchait l'antique confrérie. À savoir la Voie de la communion avec Dieu, comme le prônaient Jésus, son frère Jacques et leurs amis de la communauté de Jérusalem.

Lamberton hocha la tête puis se tourna vers le roi et brandit le document que David de Moray venait de lui remettre.

— Votre Grâce, voici des nouvelles que sir William aimerait sans doute entendre avant de nous quitter.

Robert fit signe qu'il était d'accord.

Baissant les yeux sur le parchemin, l'archevêque eut un grand soupir.

— Sir William, ce texte confirme que ton grand maître, Jacques de Molay, est mort dans des conditions atroces.

— Je le sais déjà…

— Ce document signale aussi qu'il a lancé un défi à ses bourreaux. Certains parlent d'une malédiction, mais je privilégie la notion de « défi ». Bref, il a donné rendez-vous au roi de France et au pape devant le tribunal suprême, celui de Dieu, et ce moins d'un an après sa mort. Le savais-tu ?

— Je le savais, oui…

— Alors, écoute la suite, qui te consolera un peu d'une perte cruelle… En matière de « défi », il semblerait que Jacques de Molay ait eu plus de pouvoir que ses bourreaux, pourtant unis par le désir de salir son nom et de le détruire.

Lamberton marqua une pause, toute l'assistance suspendue à ses lèvres, puis il prit le document à deux mains et le leva devant ses yeux.

— On m'apprend ici que le pape Clément est mort à Roquemaure, près d'Avignon.

Après quelques exclamations étouffées, un silence de plomb retomba dans la pièce.

— Mais cette nouvelle, si dramatique fût-elle, passe au second plan quand on sait que le roi de France, Philippe Capet, vient lui aussi de mourir… Il y a trois semaines, pour être précis. Les deux hommes seront donc en temps et en heure au rendez-vous de Jacques de Molay.

Ces mots retentirent dans la tête de William comme autant de coups de tonnerre.

— Ainsi, mon ami, tes deux persécuteurs sont morts, convoqués devant le juge au nom duquel ils se sont permis de pécher sans retenue. (Lamberton brandit le document afin que chacun le voie.) Nul ne saurait dire qui leur succédera, mais le monde va changer, et seul le temps nous révélera dans quel sens… Un dernier détail, cependant. Guillaume de Nogaret a lui aussi quitté ce monde, et ce avant tous les autres.

L'archevêque tendit le parchemin au roi, mais sans cesser de regarder William.

— J'ai pensé que tu serais heureux d'aller te coucher sur ces dernières nouvelles…

William ne répondant pas, le prélat hocha la tête avec bienveillance.

— Va en paix, mon ami, et avec notre bénédiction.

Conscient à la périphérie de son esprit de la réaction de l'assemblée aux nouvelles de l'archevêque, William estima adapté de se contenir et de simplement souhaiter une bonne nuit à tous.

Pourtant, alors qu'il remontait des couloirs, passant devant des gardes immobiles comme des statues, une tempête fit rage dans son esprit. Enfin, le dénouement était connu, et il pourrait dire à ses frères que Philippe Capet et Clément V brûlaient en enfer. Leur grand maître enfin vengé, un nouvel ordre, plus juste, allait régner sur le monde.

Arrivé dans sa chambre, William découvrit qu'une lampe y brûlait encore, sa mèche presque entièrement consumée.

Après l'avoir éteinte, il se déshabilla à la hâte, frissonna un peu puis se glissa sous les couvertures, dans la chaleur du merveilleux corps de sa femme.

À moitié endormie, Jessica se retourna, l'enlaça et l'attira vers elle.

Une épouse, une nouvelle vie et la promesse d'un monde lumineux… Tout ce dont pouvait rêver un homme.

Remerciements

En matière de fiction historique, remercier les différents contributeurs revient à s'attaquer au treizième travail d'Hercule. Si la peur de blesser par omission est si forte, c'est parce qu'une foule de gens ont contribué au « produit fini », certains en offrant à l'auteur leurs vastes connaissances ou le résultat de leurs recherches, et d'autres en lui prodiguant des conseils et des encouragements.

Chaque fois que je commence un livre, j'y vais de mes bonnes résolutions. Ce coup-ci, c'est sûr, je noterai scrupuleusement tous ceux qui méritent ma reconnaissance. Bien entendu, une fois dans le feu de l'action littéraire, je n'y pense plus... sauf quand vient le moment de me demander qui j'ai oublié.

Il y a cependant des gens que je ne manque jamais de citer. Pour l'essentiel, ce sont des auteurs ou des chercheurs dont je me suis inspiré, puisant dans leurs œuvres pour distinguer les faits de la légende afin de bâtir mon récit, avec son lot de spéculations, d'interprétations et, bien entendu, d'extrapolations d'écrivain.

Un bon nombre des licences que je m'autorise en cours d'écriture doivent choquer les « sources » qui ont à l'origine orienté ma réflexion dans un sens ou dans un autre. Dans cet ordre d'idées, qu'une chose soit bien claire : les erreurs et les omissions doivent m'être imputées en totalité, ces « autorités » n'y étant absolument pour rien.

Au fil des années de préparation puis d'écriture de cette trilogie, j'ai lu énormément, comme il se doit, et je tiens à saluer plusieurs auteurs reconnus qui m'ont incité à réfléchir, à comparer les récits et les opinions, et, ultimement, à m'engager sur la voie romanesque qu'ils avaient ouverte pour moi – la plupart du temps à leur corps défendant. Parmi ces « phares », je citerai Piers Paul Read (*The Templars*), Barbara W. Tuchman (*Bible and Sword*) et Malcolm Barber (*The New Knighthood*).

Je tiens aussi à remercier Catherine Marjoribanks et Shaun Oakey, mes directeurs d'ouvrage. Après des années de collaboration, leur compétence continue de m'impressionner. Ma gratitude leur est acquise, comme aux autres membres de l'équipe Penguin et Penguin Group Canada.

Achevé d'imprimer en juillet 2020
Par CPI Brodard & Taupin à La Flèche
N° d'impression : 3039181
Dépôt légal : août 2020
Imprimé en France
2810753-1